KB157644

캐스터브리지의 시장
—한 인간의 삶과 죽음—

옮긴이 **김의락**

(현재) 용인대학교 국제교류학 교수
부산외국어대학교 영어학부 교수 (학과장) 대학원 주임교수 (학장)
University of Arkansas 인문대학 영어영문학과 Fulbright 중견교수 (미국정부 강의초빙)
University of Oklahoma 영어영문학과 교수 Brandeis University 미국학 교수
California State University (SB) University of Arkansas 영어학 및 영어영문학 석/박사
행정고시, 사법고시, 외무고시, 군법무관, 임용고시 시험 출제 및 면접위원
한국관광공사 국가 통역사 자격 수석 면접위원
아시아 태평양 정상회담 동시통역 및 상공회의소 동시통역사 수석 면접위원
미국 주정부 및 연방정부 법원 동시통역사

저서 및 역서:
『전환기의 영미문학』, 『경계를 넘는 새로운 글쓰기』, 『탈식민주의』
『떠오르는 대륙, 아프리카』, 『영미문화 연구』, 『미국문화의 이해』
『영미문학과 탈문화』, 『어머니』, 『잊혀진 세월』, 『캐스터브리지의 시장』
『탈식민주의와 현대소설』, 『영미 문학비평』, 『아프리카 영문학』
『American Nature, American Literature』, 『Introduction to Postcolonialism』 등
을 비롯하여 국내외 40여권의 저역서가 있음.

캐스터브리지의 시장

1판 1쇄 인쇄__2014년 05월 20일
1판 1쇄 발행__2014년 05월 30일

지은이__토마스 하디
옮긴이__김의락
펴낸이__이종엽
펴낸곳__글모아출판
　　　　등록__제324-2005-42호

공급처__(주)글로벌콘텐츠출판그룹
　　　　대표__홍정표
　　　　편집__노경민 김현열 김다솜 **디자인**__김미미 **기획·마케팅**__이용기 **경영지원**__안선영
　　　　주소__서울특별시 강동구 천중로 196 정일빌딩 401호
　　　　전화__02-488-3280 **팩스**__02-488-3281
　　　　홈페이지__http://www.gcbook.co.kr
　　　　이메일__edit@gcbook.co.kr

값 18,000원
ISBN 978-89-94626-15-4 03840

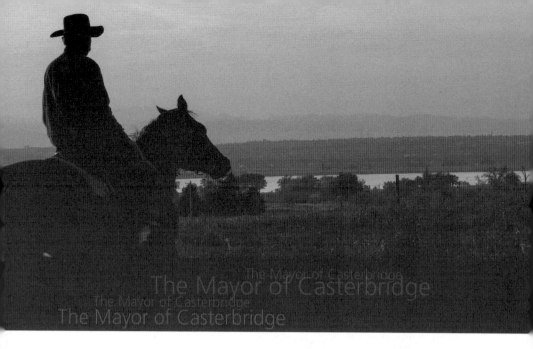

캐스터브리지의 시장

토마스 하디 지음 • 김의락 옮김

글모아출판

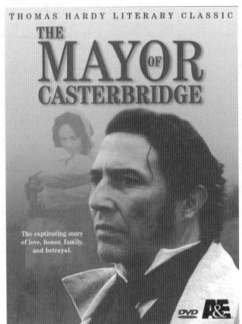

캐스터브리지의 시장 영화표지

마이클 헨처드(시애런 힌즈), 수잔 헨처드(줄리
엣 오브레이), 엘리자베스 제인(조디 메이), 도
날드 파프리이(제임스 퓨어포이), 루세타 템플
만(폴리 워커)

캐스터브리지 시청

목차

1. 아내를 팔다

　19세기를 알린 여운이 채 가시지도 않은 어느 늦여름 날 저녁, 한 젊은 남자와 아기를 안은 한 여인이 걸어서 어퍼 웨섹스의 웨이던 프라이어즈라는 큰 마을 어귀로 다가서고 있었다. 그들은 검소하면서도 남루한 옷차림은 아니었다. 그러나 오랜 여행을 한 나머지 신발과 옷가지에 뽀얀 먼지가 덮여져 그들의 모습은 초라하기 짝이 없었다.

　남자는 거무스름하고 잘 생긴 용모였으나 표정은 엄숙해 보였다. 남성의 얼굴을 옆에서 볼 때면 가파르게 꺾어진 모양이 거의 수직을 이루고 있었다. 그가 입고 있는 갈색 코르덴 천의 짧은 상의는 비교적 새것이었으나 흰 원뿔 모양의 단추들이 달린 퍼스티언 천의 조끼, 같은 천의 바지, 황갈색의 각반, 윤기가 도는 검은 돛베가 덮인 밀짚모자 등은 낡아 있었다. 그는 띠고리로 동여맨 갈대 바구니 하나를 등에 메고 있었다. 그 바구니 한쪽 끄트머리에는 건초를 베는 칼자루가 삐죽 나와 있고, 또 건초를 묶는데 사용될 송곳이 어설프게 바구니 틈 사이로 삐어져 나와 있었다. 그가 걸어가는 모습을 보면 탄력 없는 걸음걸이지만 정확하였다. 정처 없이 어슬렁거리며 걸어가는 일반 노동자들과는 달리, 그는 노련한 시골 노동자들의 걸음걸이였다.

　그러나 한발 한발 떼어 놓을 때마다, 그가 얼마나 특이한 고집불통의 인품을 지닌 남성인지 짐작할 수 있을 정도였다. 한걸음 한걸음 내디딜 때마다 왼쪽 다리에서 오른쪽 다리로 교차되는 퍼스티언 천이 규칙적으로 펄럭이는 모양을 보면 누구나 그가 특이한 남자임을 느낄 수 있었다.

　그러나 이 두 남녀의 걸어가는 모습이 정말 특이했어도 보통 사람들 같으면 아무 관심 없이 지나쳐 버릴 수 있었을 것이나, 그들이 아무런 대화도 없이 묵묵히 걸어가고 있다는 사실은 지나가는 사람들의 시선을 끌기에 충분했다. 철저한 침묵 속에서 나란히 걸어가는 둘 사이에는 애틋하고 부드러운 대화가 있을 법 하지 않았다. 자세히 관찰해 보면 그 남자는 바구니 띠 아래로 내밀고 있는 손에 민요 가사 쪽지를 힘없이 들고 훔쳐보며 읽고 있는 듯한 흉내를 내고 있다는 사실을 알아 챌 수 있을 것이다. 그렇지만 이 남성의 이런 태도가 정말 쪽지를 읽고 있는 것인지 아니면 철저한 침묵속의 발걸음을 이어가기 위한 의도였는지 본인 이외에는 정확히 알 수 없었다. 굳게 다문 남성의 입은 열리는 법이 없었고 그 여인 역시 아무런 말이 없었다. 사실 그 여성은 안고 있는 아기만 아니라면 큰 길을 혼자 걷고 있는 거나 다름이 없었다. 그녀는 남자 쪽으로 바짝 붙어 걷고 있었기 때문에 몸을 기대지 않았어도 남자의 굽은 팔꿈치가 그녀의 어깨에 거의 닿다시피 했다. 그래도 그녀는 남자의 팔을 끌어 잡으려는 기색이 없었고 남자도 잡혀 줄 의향이 없어 보였다. 이런 무관심한 남자의 침묵하는 모습에 놀라움을 드러내기는커녕 그녀 역시 이를 당연시 하는 듯 했다. 이 세 사람들 가운데 나눈 대화가 있었다면 그 여인이 가슴에 안긴 아기한테 하는 말이 전부였다. 짧은 옷차림에 털실로 뜬 파란 장화를 신은 여자 아기한테 이따금씩 귓속말로 속삭이자 알 수 없이 종알대는 아기의 모습 외에는 아무런 대화가 없었다.

그 젊은 여인의 유일한 매력은 얼굴 표정이 풍부했다는 점이다. 어린 아기를 내려다보는 그녀의 옆모습과 얼굴은 예쁘장하면서 너무 아름다웠다. 특히 강렬한 햇살을 비스듬히 받을 때는 더 아름다웠다. 밝은 햇살에 그녀의 눈꺼풀과 콧구멍은 투명해 보였고 두 입술은 활활 타오르듯 강렬한 불꽃을 발했다. 그녀가 말없이 생각에 잠긴 채 길가 울타리 그늘을 따라 또박또박 걸을 때엔, 얼굴이 굳어져 거의 냉담한 표정이었다. 이 세상을 살아가면서 어떤 중대한 일을 성공적으로 해 내려면 우선 공정한 승부에 의해야겠지만, 그것이 안 될 때에는 우선 시간이 있어야 하고 기회를 잡아야만 가능하다는 극히 상식적인 깨달음을 얻은 사람의 얼굴 표정처럼 말이다. 이는 첫째로 조물주가 만들어 놓은 이치이며 그 다음은 인간이 만들어 놓은 문명의 소산이라고 깨달은 여성의 표정 같았다.

그 남자와 여인은 부부였으며, 팔에 안고 있는 아이의 부모임은 의심할 여지가 없었다. 그러지 않고서는 이들 부부와 가슴에 안긴 어린 아기를 둘러싸고 계속 붙어 다니는 어색한 분위기, 곧 친숙함을 도저히 느낄 수 없는 부자연스런 친숙함은 설명되어 질 수 없을 것이다.

일 년 중 이맘때의 보통 영국인이라면 누구든 눈앞에 펼쳐지는 흥미로운 장면에 관심을 가지고 가던 발걸음을 멈춘 채 구경거리라도 즐길 것이겠지만 그 남자의 아내는 아무 흥미조차 없는 시선으로 힐끗 지나치듯 바라보았다. 펼쳐진 길은 평탄하지 않았지만 울퉁불퉁하거나 꾸불꾸불하지도 않았다. 길 양옆은 울타리며, 나무와 갖가지 식물들로 경계를 이루고 있었다. 이런 초목들 가운데 생기가 쇠퇴한 잎사귀들은 이미 우중충하고 노랗고 빨갛게 물들어 가는 검푸른 색깔을 띠고 있었다. 제방을 따라 자란 풀의 가장자리와 울타리의 뻗쳐진 나뭇가지들은 급히 달리는 마차들이 일으킨 먼지를 뽀얗게 뒤집어쓰고 있었다. 이들 먼지는 마치 양탄자 위에 남긴 발자국의 흔적들을 없애려 내려앉은 먼지나 길 위를 덮고 있는 먼지와 다를 바 없었다. 이런 적막한 분위기 가운데 두 사람 사이에 오가는 말이 전혀 없다보니 조그마한 소리조차도 크게 들리게 했던 것이다.

날이 저물어 이 시각쯤이면 시골 어느 언덕에서나 항상 들을 수 있었던 새들의 저녁 노래 소리 외에는 아무 소리도 들리지 않았다. 이 계절의 저녁나절에 약하게 들리는 새 소리는 헤아릴 수 없는 수세기 동안 똑같이 떨리는 단음절의 소리였다. 그러나 두 사람이 촌락 가까이 다가가자 무성한 초목 때문에 잘 보이지 않은 그쪽 어느 고지로부터 왁자지껄한 고함소리들이 멀리서 귀에 와 닿았다. 한참 걸어가다 웨이던 프라이어즈 외각지대 주택들이 어렴풋이 눈에 들어오고 이어서 이들은 저녁 밥그릇을 괭이 끝에 매단 채 어깨에 메고 무밭에서 일하는 일꾼 한사람과 마주쳤던 것이다. 손바닥에 집어든 쪽지를 보는 둥 마는 둥 하며 가던 그 남자는 얼른 고개를 치켜들었다.

"여기 할 만한 일거리라도 있어요?"

그는 손에 든 종이쪽지를 흔들며 앞쪽의 마을을 가리키면서 차분한 어조로 물었다. 그 농부가 자신의 말뜻을 못 알아들었을지 모른다는 생각에 덧붙여 물었다.

"건초더미 묶는 일거리가 있을까요?"

그랬더니 그 무밭 일꾼은 고개를 살래살래 흔들고 있었다.

"참 이상하군요! 하필이면 일 년 중 이맘때 그런 일자리를 찾아 웨이던으로 오다니 말이요?"

"그런데 세 들어 살아갈 집은 있을까요? 갓 지은 작은 오두막이라도······."

그 일꾼은 여전히 부정적인 어투로 대답하였다.

"지금 웨이던에서는 집들을 허물고 있어요. 작년만 해도 다섯 채를 허물었어요. 금년에는 세 채를 허물었지요. 그러니 주민들은 갈 곳이 없어요. 갈 곳이 없단 말이에요. 뭐, 이엉만 두른 헛간도 찾기 쉽지 않아요. 현재 우리가 직면한 현실이 이래요."

건초더미를 묶는 일을 하는 그 여행자는 약간 거만하게 고개를 끄덕거렸다. 이어서 그는 마을을 바라보면서 말을 이었다.

"그런데 이곳 분위기를 보니 무슨 일이 벌어지고 있는 듯한데, 무슨 일이지요?"

"그래요. 오늘이 바로 장날이오. 지금 들리는 요란한 소리들은 어린 아이들과 멍청한 사람들의 돈을 뺏어 가느라고 시끄럽게 떠들어대는 소리이지만 진짜 장날은 훨씬 일찍 끝났어요. 나는 항상 저 소리를 들으면서 일해 왔어요. 그렇다고 올라가 보지는 않았어요.― 나하고는 상관없는 일이니까, 가 볼 이유가 없지요."

건초 일꾼과 그의 가족은 길을 재촉하여 장터 안으로 들어섰다. 오전에 장터는 수백 마리의 말과 양들이 팔려가기 위해 북적거리더니 지금은 거의 치워져 있었다. 예전 같았으면 거래다운 거래가 있었겠지만 지금 사정은 많이 달랐다. 가축 거래가 있다면 지금은 시원찮은 가축들을 경매로 사고파는 것이 전부였다. 마땅히 이런 가축을 처분할 수 있는 방법이 없다보니 전문적인 장사꾼들도 구경만 하고 사려 들지 않았다. 휴일을 맞아 외출한 여행자들, 휴가 중에 있는 한두 명의 군인들, 느지막하게 몰려든 촌락의 상점 주인이 가다오다 들러서 오전보다는 장터가 더 커져 있었다. 이들 가운데는 이상한 구경거리, 장난감 가게, 밀랍 인형 가게, 근사한 사람들, 일반 대중의 건강을 생각해서 멀리서 찾아온 사심 없는 의료인들, 요술쟁이들, 노리개 장수들이며 점쟁이들까지도 끼어 있었다.

그러나 이 두 남녀는 누구도 이런 것들에 관심이 없었다. 그들은 언덕 배기에 흩어져 있는 많은 가게들 가운데 갈증을 해결해 줄 만한 곳을 찾아 두리번거렸다. 이때 제일 가까이에서 햇빛을 강렬하게 반사하고 있는 두 가게가 거의 동시에 그들을 부르고 있는 듯했다. 그중 하나는 꼭대기에 우윳빛의 돛배로 만든 빨간 깃발을 꽂고 있었다. 그 깃발에는 "집에서 빚은 좋은 맥주, 연한 맥주, 사이다가 있어요!"라고 씌어 있었다. 두 번째 천막은 좀 낡았다. 뒤쪽에는 철제연통이 삐죽이 고개를 내밀고 있고 앞쪽에는 "맛있는 밀죽 팔아요!"라는 현수막이 보였다. 그 남자는 두 간판을 마음속으로 저울질해 보았다. 그리고는 첫째 천막으로 발길을 옮겼다.

그런데 옆에 있던 부인이 말했다.

"여보, 아니, 아니에요. 저쪽 천막으로 가요."

"저는 밀죽이 좋아요. 엘리자베스 제인도 그렇다고요. 당신의 피로해진 몸에도 좋을 거예요."

그 남자는 "나는 그런 걸 먹어 본 일이 없다니까"라고 말 하면서도 곧 아내의 주장에 굴복했다. 그들은 곧장 밀죽가게로 들어섰다.

많은 사람들이 천막 양쪽에 꼭 닿는 길고 좁은 식탁에 빽빽하게 앉아 있었다. 숯불이 담긴 난로는 위쪽으로 서있고 그 위엔 쇠 냄비 하나가 매달려 있었다. 쇠 냄비의 테두리가 깨끗한 것으로 보아, 종을 만드는 쇠로 만들어 졌음을 알 수 있었다. 그 천막의 주인은 비쩍 마른 노파로 50

세쯤 되어 보이고 흰 앞치마를 두르고 있었다. 그 앞치마는 폭이 너무 넓어 그 노파의 허리를 거의 한 바퀴를 감고 있었고 그래서 더 점잖게 보였다. 그녀는 솥 안의 죽을 서서히 휘저었다. 콩, 밀가루, 우유, 건포도 등이 섞인 잡탕 죽을 눋지 않도록 휘젓고 있는 커다란 국자의 긁히는 소리가 천막 안에 울려 퍼졌다. 죽이 땅바닥에 흘러 질펀한 진탕을 이룬 곳에서 그녀는 장사를 했다. 나무식탁과 선반위에는 재료들이 따로따로 담긴 그릇들이 흰 보자기에 씌워져 놓여있었다.

젊은 부부는 뜨거워 김이 무럭무럭 피어오르는 잡탕 죽을 한 그릇씩 청해 자리 잡고 앉아 천천히 먹었다. 잡탕 죽치고는 맛이 괜찮았다. 그 남자의 부인이 몸에 좋다고 했듯이 영양분이 많았기 때문이다. 이 고장에서는 사먹어 볼 수 있는 적당한 음식이었다. 그렇지만 이런 음식에 익숙하지 않은 사람들에겐 잡탕 죽 위로 떠오른 레몬 씨알 크기의 밀알들이 보기만 해도 눈에 거슬리게 마련이었다.

그런데 천막 안에는 얼른 보아서는 눈에 잘 띄지 않는 무엇이 있었다. 성격치고는 괴짜인 그 남자는 본능적으로 잽싸게 눈치를 챘다. 조심스레 죽을 먹으면서 그는 노파의 거동을 곁눈질로 살펴보았다. 그는 노파의 꿍꿍이속을 알아차리고는 그녀에게 눈짓을 했다. 노파가 고개를 끄덕이자 그는 자기의 죽 그릇을 내밀었다. 노파는 식탁 밑에서 병을 하나 끄집어내어 술의 양을 능청스럽게 재어본 후 그 남자의 죽 그릇에 기울였다. 부어넣은 알코올은 독한 럼주였다. 그 남자는 술값을 슬쩍 건네주며 치렀다.

그 남자는 자신의 죽 대접을 비우고 한 그릇 더 청했다. 좀 더 많은 양의 독한 럼주를 넣도록 신호를 주었다. 럼주의 효력은 그의 행동에서 곧 나타났다. 그의 부인은 술꾼 남편 때문에 합법적인 술집의 암초들을 힘겹게 극복해 왔지만, 이곳 밀주업자들 틈에서 다시 헤어 나올 수 없는 소용돌이 속으로 휘말려 들었다는 사실을 너무도 슬프게 인식했다.

아기가 보채기 시작했다. 아내는 남편에게 몇 번째 말했다.

"여보, 마이클, 우리 어디서 자지요? 서두르지 않으면 방을 얻기 어렵다는 건 알고 있지요?"

그러나 그는 마치 날아가는 새의 지저귀는 소리를 들은 듯 아예 귀를 기울이지 않았다. 오히려 그는 술기운에 큰소리로 떠들어댔다. 촛불이 밝혀지자 아기의 검은 두 눈은 서서히 이리저리 두리번거리다가 감겼다. 감겼다간 떠지고 그리고 다시 감겼다가 마침내 잠들었다.

처음 한 그릇을 먹었을 때 그 남자는 마음이 잔잔했다. 두 번째 그릇을 비웠을 때는 기분이 유쾌했다. 세 번째 죽 그릇을 비웠을 때는 논쟁이라도 할 듯했다. 네 번째로 비웠을 때는 얼굴 표정이 자주 변하면서 때로는 입모양이 일그러지고 거무스레한 눈에서 불꽃이 튀었다. 그는 오만해져 시비를 벌이려는 기색까지 보였다.

늘 그렇듯이 그 남자의 목소리가 높아졌다.

"선량한 남자들이 악한 아내를 만남으로 망쳐지고, 또 앞날이 촉망되는 많은 젊은이들의 아름다운 목적과 희망이 지각없이 일찍 결혼함으로써 좌절되고 정력을 소모해 버리게 됩니다"라고 내뱉었다.

그 남자는 더욱 분개하면서 말했다. "나 자신도 그런 사람들 가운데 하나요."

"나는 사실 바보같이 열여덟 살에 결혼했어요. 그래서 이 모양 이 꼴이 된 거지요."

그는 자신이 빈털터리라는 사실을 드러낼 모양으로 손을 흔들어 대면서 자신과 가족을 가리켰다.

그 남자의 젊은 부인은 남편의 일상적인 언행에 익숙해 있었다. 남편의 통렬한 언행에 대해 아무 관심이 없는 듯한 태도로 잠들었다 깨었다 하는 어린 아이에게 간간히 은밀한 귓속말을 계속했다. 그녀는 팔이 아플 때면 아기를 잠시 혼자 앉혀 놓고 쉬었다. 그 남자는 쉬지 않고 계속 말을 계속했다.

"이 세상에서 내가 가진 것이라고는 15실링이 전부요. 하지만 나는 내가 하는 일에는 특별한 재능이 있어요. 이 땅에서 건초 베는 일은 나를 당할 자가 없어요. 내가 다시 홀몸이 된다면 100만 파운드 자리가 되겠지만 사람이란 기회를 다 놓치고 나서야 이런 사실들을 알게 되는 법이거든요."

바깥마당에서는 경매인들이 늙은 말들을 파는 소리로 웅성거렸다.

"이제 이것이 마지막이요. 자, 누가 이 마지막 행운을 잡겠소? 40실 링이면 되겠소? 새끼는 잘 낳는 말이요. 다섯 살이 갓 넘었으니 이정 도면 양호하지 않아요? 말의 등이 약간 움푹 들어가고 노상에서 제 누이한테 왼쪽 눈을 걷어챈 것 말고는."

이때 그 남자가 천막 안에서 퉁명스럽게 말을 내뱉었다.

"저 집시들이 그들의 늙은 말을 팔아치우듯 아내가 있기는 하지만 필요하지 않은 사람들이 왜 그들을 처분하지 못하는지 그 이유를 알 수 없단 말이야. 왜 여편네들을 필요로 하는 사람들한테 경매에 붙여 팔지 못해? 여보시오, 염병할, 내 마누라 살 사람 있으면 당장 팔겠소."

"살 사람 있소"하고 손님들 가운데 누군가가 그런 대로 생긴 그 여인을 바라보면서 대답했다.

"정말이요!"

담배를 피우던 한 신사가 말했다.

그 신사의 윗도리는 목 부분, 팔꿈치, 그리고 어깨 날이 오래 입어 닳아서 반질반질했다. 이미 사람이 입을 옷은 아니었고 가구나 다른 물건을 덮어씌우기에 적합한 옷으로 보였다. 겉으로 보기에 그 신사는 전날에 어떤 이웃 마을에서 어느 가족의 마부노릇을 한 사람임에 틀림없었다.

"내가 어떤 사람인가 하면, 훌륭한 사회에서 누구 못지않게 교양을 쌓아왔다오. 그래서 나는 진짜 교양 있는 사람이요. 그런데 내가 유심히 관찰해 보니 저 여자는 그런 교양이 있구먼!—뼈 속까지 말이요. 무슨 말인지 알겠소? 이 장터 어느 곳을 둘러봐도 저 여인처럼 그런 교양 있는 여자 찾아볼 수 없단 말이야. 꽃망울이 피어오르다 시들어 버린 점이 있기는 하지만 말이요."

말을 마치면서 그는 허공을 향하며 두 다리를 포개면서 담배 파이프를 다시 물었다.

술기운으로 정신이 혼미해진 젊은 남편은 자기 아내에 대한 얘기치 않은 칭찬의 말을 듣고, 반신반의 하면서 교양 있다고 한 그 신사를 한동안 노려보았다. 그리고 생각을 정리하면서 거칠게,

　　"좋소, 그렇다면, 당신이 선택할 차례요. 누구든지 자신 있으면 이 여자를 가질 수 있소."

그 여자는 남편 쪽으로 얼굴을 돌리며 중얼거렸다.

　　"마이클, 당신은 전에도 사람들 앞에서 이런 씨알머리 없는 말을 뱉었어요. 아무리 농담이라도 너무 지나치지 않아요? 제발 정신 차리세요!"

　　"물론, 내가 전에도 그런 말을 한 것은 알고 있어. 그러나 농담이 아니란 말이야. 내가 지금 원하는 것은 당신을 다른 남자에게 팔아넘기는 것이야."

그 순간 제비 한 마리가 계절의 마지막을 알리기라도 하듯 천막 틈새로 들어와 그들 머리위에서 재빨리 방향을 바꿔가면서 이리 저리 날아다녔다. 주변사람들은 모두 그 제비를 멍하니 쳐다보았다. 제비가 다시 밖으로 날아 갈 때까지 천막 안의 사람들은 그 일꾼의 제의에 아무런 반응이 없었다. 그 제의가 당연히 농담이었을 거라고 생각하고 있었다.

그러나 그 남자는 강한 알코올을 많이 섞어서 먹었는데도 워낙 술고래 체질이어서 아직까지 취기가 없어 보였다. 이어서 15분이 지나자 아름다운 음악의 선율과 더불어 자신이 제의한 생각을 다시 떠오르게 한 모양이었다.

　　"여러분, 내가 제의한 것에 대한 여러분의 생각을 기다리고 있소. 이 여자는 나한테 필요 없어요. 누가 이 여자를 사겠소?"

사람들은 이때쯤 이미 눈치 채고 있었다. 그 남자의 재연된 제의에 웃음으로 받아넘겼던 것이다.

　　"여보, 여보, 날이 저물어 가요. 제발 말도 안 되는 이야기는 집어치워요. 당신이 함께 가지 않겠다면 혼자라도 가겠어요. 어서요."

그녀는 계속 기다렸지만 그 남자는 꿈쩍도 하지 않았다. 10여 분이 지난 후 그 남자는 술기운에 취해 똑같은 말을 되풀이 했다.

"내가 이 제의를 했지만 나서는 사람은 하나도 없구먼. 누구라도 좋
으니 내 물건을 살 사람이 없소?"

그 여인이 정색을 하면서 냉혹한 얼굴을 했다.

"여보, 정말 해도 해도 너무하군요. 아! 이럴 수는 없어요!"

"이 여자 살 사람 없소?"하고 그 남자는 말했다.

"누구라도 좋으니 저를 사주세요"하고 그녀는 단호한 태도로 말했다.

"저의 현 주인이 저와는 통하는 데가 전혀 없어요."

"당신이란 존재도 나한테는 마찬가지야!"하고 남편이 서둘러 대꾸했다.

"자, 이제 우리 두 사람은 합의를 보았소. 여러분 모두 들었지요?
서로 헤어지기로 했다는 말이요. 내 여편네가 원한다면 저 계집아이를
데리고 가도록 하겠소. 나는 내 연장을 챙겨 내 갈 길을 떠나면 되오.
성경에 나오는 이야기만큼이나 아주 간단해서 좋구먼. 수잔, 그러면
어서 일어서 보라고. 선을 보여야 할 것 아닌가?"

이때 넉넉한 부인 옷을 입은 귀엽고 포동포동한 코르셋 끈 장수가 나
지막한 소리로 말했다.

"이봐, 젊은이!"

그 끈을 팔면서 생계를 이어가는 여인은 그 남자의 부인 옆에 앉아
있었다.

"젊은이, 당신은 지금 무슨 이야기를 하고 있는지도 모르고 있는 거예
요."라고 하면서 자리에서 벌떡 일어섰다.

그러자 건초 일꾼은 다시 소리쳤다.

"자, 경매인은 누구요?"

"나요!"하는 소리가 곧 들려왔다. 코를 보니 구리 색의 문손잡이를 닮
았고, 목소리를 들으니 축축했다. 두 눈을 보니 단춧구멍을 빼 닮은 땅딸
막한 사람이었다.

"이 여인의 몸값을 누가 제의하겠소?"

그 여인은 초인간적인 인내로 간신히 몸을 지탱하며 땅바닥만 내려다
보고 있었다.

"5실링."

하고 누군가가 말했다. 그 말에 주변에선 웃음이 터져 나왔다.

"모욕하지 마시오!"

그 여인의 남편이 말했다.

"1기니를 부를 사람 없소?"

아무 대답이 없었다. 그러자 코르셋 장사하는 여인인 말참견했다.

"젊은이, 제발 사람답게 굴어요! 아! 저런 잔인한 남자와 결혼을 한 여자가 불쌍하기도 하지! 어떻게 부부간에 저런 일이 있을 수 있단 말인가! 함께 동고동락하는 것만으로도 부부가 얼마나 힘이 되는 존재인데."

"값을 더 올려봐요, 경매인."

하고 건초 일꾼은 말했다.

"2기니!"

하고 경매인이 다시 소리쳤지만 아무도 대답하지 않았다.

"그 값에 그녀를 데려가지 않는다면 10초 후엔 값을 더 내려야 할 거야."

하고 남편이 말했다.

"좋아. 자, 경매인, 1기니 더 올리세요."

"3기니—3기니로 올립니다!"

라고 코멘 목소리의 경매인이 말했다.

"입찰이 없단 말이요?"

하고 남편이 말했다.

"젠장, 저 여편네에게 들인 돈이 그 돈의 50배는 족히 되는데. 계속 올리시오."

"4기니!"

경매인이 소리쳤다.

"맹세코 말하지만— 5기니이하로는 절대로 팔지 않겠소!"하면서 남편은 엄청 세게 주먹으로 식탁을 내리쳐 접시들이 마구 춤을 추게 하였다.

"누구든지 나한테 돈을 지불하고 저 여자를 잘 대우해 줄 사람이면 5기니에 팔겠소. 그러면 완전히 저 여자를 가질 수 있소. 자, 5기니— 그러면 저 여자의 주인이 되는 거요. 수잔, 괜찮지?"

그녀는 아무런 관심도 없이 고개를 숙였다.

"5기니를 내시오."

하고 경매인이 다시 소리쳤다.

"5기니를 내지 않으면 경매물은 없었던 걸로 하겠소. 5기니 낼 사람 없소? 이번이 마지막이오. 있소, 없소?"

"있소!"

하는 커다란 목소리가 문간 쪽에서 들려왔다.

모든 눈길이 그 쪽으로 쏠렸다. 천막의 출입구에 세모꼴 틈새 아래로 선원처럼 보이는 한 사람이 서 있었다. 그 선원은 2~3분 전에 그곳에 당도해 있었으나 본 사람은 아무도 없었다. 기대하지 않았던 그 선원의 대답소리에 숨소리도 들릴 듯한 침묵이 뒤따랐다.

"당신이 사겠단 말이오?"

하고 그 선원을 노려보면서 그녀의 남편이 물었다.

"그렇소."

하고 선원이 대답했다.

"어디 진짜인지 아닌지 봅시다. 돈은 어디 있소?"

그 선원은 잠시 주저하더니 여인을 다시 흘깃 바라보고 들어와서 빳빳한 종이 다섯 장을 펴들었다가 식탁위에 내던진다. 영국 은행권으로 5파운드 지폐였다. 그는 이 지폐 위에 실링 주화 하나, 둘, 셋, 넷, 다섯 닢을 하나하나씩 땡그랑 땡그랑 소리 나게 내던졌다.

그때까지는 모두 장난으로만 생각했는데, 그만한 돈을 전액 모두 실제로 건네자 구경꾼들이 크게 놀라는 눈치였다. 주변 사람들의 시선이 이들 두 부부와 그 선원 사이를 이리 저리 옮겨 다니다 식탁 위에 놓인 실링 주화에 눌려 놓여 있는 지폐 위로 옮아갔다.

젊은 이 여인은 이 순간까지 애타는 마음으로 남편이 하는 말이 정말 진심인지 아닌지 확신하지 못하고 정신이 오르락내리락 하였을 것이다. 구경꾼들은 이런 처사를 도저히 현실로 받아들 수 없는 장난으로만 생각하고 있었다. 구경꾼들이 보기에는 일자리가 없어 생계가 막막한 사람들은 세상과 사회 그리고 가까운 친척들에게 노여움을 터트리고 불평불만을 일삼는다고 생각했던 것이다. 그러나 자기 부인을 상품으로 내놓고 흥정을 하고 진짜로 현금을 내놓고 함으로써 이것이 경박한 장난이 아니라는 사실을 깨닫게 된 것이다. 이는 마치 천막 안에 알 수 없는 신비한 색채가 꼭 메워져 그 내부의 모습을 온통 바꿔놓은 듯 했다. 구경꾼들의 얼굴에서 웃음기가 사라졌다. 그들은 열린 입을 다물 줄 모르고 기다렸다.

"자."

하고 여인이 침묵을 깨뜨렸다. 그녀의 나직하고 담담한 목소리가 아주 크게 울렸다.

"마이클, 당신이 마지막으로 내 말부터 잘 듣도록 해요. 당신이 저 돈에 손가락 하나라도 까딱하면 저와 이 아기는 저 남자를 따라갈 거예요. 명심하세요. 절대 농담 아니에요!"

"농담이라고? 농담 같은 소리 하지 마, 농담 아니야!"

하고 그녀의 남편은 아내의 말에 핏대를 올리면서 고함을 쳤다.

"나는 저 돈을 가질 거야. 저 수부 양반은 당신을 데려갈 거고. 아주 간단한 일이야. 다른 곳에서도 이런 일이 있었어―그러니 여기서도 안 된다는 법이 어디 있어?"

"저 부인도 기꺼이 응하겠다고 하니 거래는 성립된 셈이군."

하고 선원이 점잖은 말씨로 거들었다.

"난 절대 저 부인의 감정을 건드리고 싶지 않아."

"정말, 나도 마찬가지요. 그러나 내 아내도 저 이만 데려가게 해주면 기꺼이 응할 것이오. 내가 어제 그렇게 말을 했더니 저 여자도 그때 그렇게 수긍했던 거요."

" 그 말이 정말이요?"

하고 선원이 여인을 향해 물었다.

그녀는 남편의 얼굴을 힐끗 쳐다보았다. 그 얼굴에 후회하는 빛이 없자,

"그래요."

하고 대답했다.

"좋아요. 그럼 아이는 그녀한테 주도록 하지. 흥정은 이제 끝났어."

하고 건초 일꾼이 말했다.

그는 그 선원이 던져 놓은 지폐들을 집어 천천히 접었다. 그리고는 모든 일이 끝났다는 태도로 지폐들을 주화와 함께 겉호주머니에 깊숙이 밀어 넣었다.

그 선원은 여인을 바라보고 미소를 지었다.

"갑시다!"

하고 친절하게 말했다.

"어린애기도 함께 가요. 가족은 많을수록 좋은 법이지요!"

그녀는 선원을 한 번 유심히 바라보고 잠시 동안 가만히 서 있었다. 두 눈을 다시 내리깔고 아무 말 없이 아기를 안고 문 쪽으로 향하는 남자의 뒤를 따랐다. 문에 이르자 그녀는 몸을 돌려 그녀의 결혼반지를 뽑았다. 그녀는 그것을 건초 일꾼의 얼굴에 세차게 던졌다.

"마이클."

하고 그녀는 입을 열었다.

"난 당신과 수년을 같이 살아 왔어요. 하지만 당신한테서 받은 것이라곤 신경질이 전부였어요. 이제 난 당신 것이 아니에요. 내 행운은 다른 곳에서 찾아야겠어요. 그것이 내 자신이나 아기 모두에게 더 좋을 거예요. 잘 사세요!"

바른 손으로 그 선원의 팔을 잡고 왼팔로 아기를 안은 채 그녀는 비통한 표정으로 흐느끼며 천막을 나섰다.

남편의 얼굴에는 이렇게 끝나 버릴 것을 전혀 예상치 못했다는 듯이 얼빠진 표정으로 가득 채워졌다. 손님들 중엔 웃음을 터트리는 사람들이 있었다.

"그 여자는 갔는가?"

하고 남편이 말했다.

"그럼, 물론이지. 미련 없이 떠나버렸어!"

하고 출입구 가까이 있던 이 마을 사람들이 말했다.

남편은 자리에서 일어나 술기운에 여전히 사로잡힌 채 조심스런 걸음으로 문간을 향해 걸어갔다. 몇 사람이 뒤따랐다. 그들은 저녁노을을 유심히 바라보면서 서 있었다. 이곳에서는 사람보다 못한 하등동물들도 평화롭게 잘 살아가지만 인간이 지닌 알 수 없는 적대감은 이와는 확연하게 차이가 있었다. 천막 안에서 벌어진 냉혹한 거래와는 대조적으로 몇 마리의 말들은 참을성 있게 집으로 돌아갈 채비를 기다리면서 서로 목을 맞대고 사랑스럽게 몸을 비비고 있었다. 장터 밖은 골짜기와 숲속 모두가 깊은 고요 속에 싸여 있었다. 해는 서산으로 막 넘어가고 서녘 하늘에는 불그스레한 구름이 걸려 있었다. 구름은 요지부동으로 보였지만 서서히 모습이 바뀌어져 갔다. 그 모습은 마치 불 꺼진 강당에서 벌어지는 굉장한 장면을 무대에 올려놓고 보는 듯 했다. 구름이 변함에 따라 그 형상도 변화는 걸 보니 인간의 존재가 광활한 우주 가운데 미미한 티끌처럼 느껴졌다. 이 세상의 모든 활동들이 멈추고 또 고요 가운데 싸여있는 삼라만상이 숨 쉬고 있는 밤에도 인간은 천진난만하게 잠자고 있을지도 모른다는 생각이 떠올랐다.

"그 선원이 살고 있는 곳이 어디요?"

하고 한 구경꾼이 물었다. 그때 그들은 공연히 두리번거리고만 있었다.

"아는 사람이 아무도 없어요!"

하고 고상하게 생긴 사람이 말했다.

"그 선원은 이곳에 사는 사람이 절대 아니오."

"그 사람은 약 5분 전에 천막 안으로 들어왔지요."

이때 죽장수는 엉덩이에 두 손을 꼽고 그 자리에 끼어들면서 말했다.

"그 선원이라는 남자가 천막 안으로 들어왔다가 밖으로 나가더니 잠시 후 다시 천막 안을 들여다보는데, 어쩐지 그 사람이 마음에 들지 않았다오."

"그 여자의 남편은 당해도 싸지."

하고 코르셋 끈을 파는 여인이 말했다.

"귀엽고 점잖게 생긴 여자였는데—도대체 그 여자에게서 그 이상 바랄게 뭐가 있다는 거야? 난 그 여자의 성품이 마음에 들더구먼. 나라도 그랬을 거야. 남편이란 작자가 그 따위 짓거리를 하는데도 그냥 내버려 둔다면, 이거야 원. 오, 하나님 날 죽여주세요. 나 같으면 떠날 거야. 남편이 목이 터져라 불러대도, 나는 결코 발길을 돌리지 않을 거야— 정말이야. 뒤를 따라오면서 빌고 또 빌어도 절대로 난 용서하지 않겠지."

"어쨌든, 그 여인은 앞으로 그 수부와 살면서 형편이 좀 나아질 거야."

하고 비교적 신중하게 보이는 한 사람이 말했다.

"선원생활을 해본 사람은 육체적 정신적 고통을 당해 본 그 여인을 잘 돌보기 때문이지. 그 남자는 돈도 많아 보이더군. 그 여인은 어느 모로 보나 돈을 많이 써본 일이 없는 것 같고."

"이보시오— 난 그녀를 절대 뒤쫓아 가지 않을 거요."

하고 건초 일꾼은 고집 세게 자기 자리로 돌아갔다.

"갈 테면 가라지요! 그만한 장난에 좌우되는 여자라면 할 수 없지. 아니요! 그 여자는 자신의 의사에 따른 것이 아니요— 모두 내 탓이요. 그 일을 다시 되풀이 하더라도 그 여자는 스스로 그런 행동을 할 여자는 절대 아니오."

도저히 있을 수 없는 일을 벌였다는 죄의식에서, 그리고 날이 저물었다는 이유로 고객들은 이 만화 같은 사건이 있은 직후 하나씩 둘씩 천막집을 빠져나갔다. 주인공 남자는 식탁위에 두 팔꿈치를 내뻗고 두 팔 속에 얼굴을 파묻은 채 곧 코를 골기 시작했다. 이 천막집의 주인 노파는 가게를 닫을 셈이었다. 그 독한 럼주 병들, 우유, 콩, 건포도 등을 손수 수레에 실은 후 그 남자가 엎드려 있는 곳에 다가갔다. 노파는 그를 흔들었으나 깨울 수가 없었다. 앞으로 장터는 2~3일 더 열릴 것이고 천막은 그날 밤에 철거할 것은 아니기 때문에 죽장수 노파는 그 잠든 이를 측은하게 여겨 그의 바구니와 함께 그대로 내버려 둘 작정이었다. 그 죽장수 노파는 마지막 촛불을 끄고, 천막을 낮춘 후 밖으로 빠져나와 수레를 밀고 사라졌다.

팔려가는 헨처드 부인과 엘리자베스 제인

캐스터브리지 도시 전경

2. 술을 끊기로 맹세하다

천막의 갈라진 틈으로 아침 햇살이 쏟아져 들어오고 있을 때 그 남자는 잠에서 깨어났다. 따사로운 햇살이 천막 안에 널리 퍼지고 커다란 파리 한 마리가 윙윙 거리면서 천막 안을 이리 저리 맴돌고 있었다. 그는 주위를 살폈다. 의자들이며, 식탁들이며, 연장 바구니며, 텅 빈 대접들이며, 밀죽을 끓이던 화로며, 엎질러진 밀알들이며, 풀 덮인 밑바닥 여기저기 사방에 흩어져 있는 병마개들에까지 그의 눈길은 옮아가 두리번거렸다. 이때 갖가지 자질구레한 물건들 중 반짝거리는 조그마한 것이 하나 눈에 들어왔다. 그는 그것을 집어 들었다. 바로 아내의 반지였다.

간밤에 있었던 일들이 혼란스럽게 되살아 머리를 스쳐지나 가는 듯했다. 그는 한 손으로는 가슴 위쪽에 있는 호주머니 속으로 밀어 넣었다. 바스락 거리는 소리는 아무렇게나 쑤셔 넣었던 그 선원의 지폐임을 짐작케 했다. 이렇게 그는 지난밤 희미한 기억들을 두 번째로 확인하였다. 그는 이제 그것이 꿈이 아니었음을 알게 되었다. 그는 한동안 땅바닥만 내려다보면서 멍하니 앉은 채로 있었다.

그는 머릿속에 생각이 떠오르면 그걸 거침없이 말로 내뱉는 사람이었다.

"가능한 한 빨리 이곳을 나가야 해!"
하고 깊은 한숨을 내쉬었다.

"그 사람은 가버렸군—진짜로—돈을 지불한 그 선원과 함께 가 버린 것이군. 내 딸 엘리자베스 제인도 함께 갔어. 우리가 먼 길을 걸어와 여기서 밀죽을 함께 사 먹었는데. 난 그 밀죽에다 럼주를 섞어 먹었고, 그리고는 내가 그녀를 팔아버렸지. 맞아, 간밤에 그런 일을 저질렀지.

그리고 이제 난 혼자가 되었군. 어떻게 할까?- 고주망태가 되도록 술을 마셨는데 걸을 수나 있을지 모르겠고."

그는 일어섰다. 걸어 다니기에는 큰 무리가 없음을 알았다. 그러고 나서 연장 바구니를 짊어졌다. 아무렇지도 않았다. 그리고 천막 문을 들치고 밖으로 나왔다.

우울한 마음으로 천막 밖으로 나왔지만 도대체 알 수 없는 기분으로 주변을 두리번거리면서 살펴보았다. 가을 아침의 상쾌함이 우울한 그에게 생기를 불어넣어 마음을 새롭게 해 주었다. 어제 저녁 도착했을 무렵 그와 가족들은 너무 지쳐있었기 때문에 이 주변의 경치는 별로 눈여겨 보지 못했었다. 그래서 그는 새로운 광경을 보게 된 것이다. 한쪽으로는 농지가 인접해 있고, 꾸불꾸불한 길을 따라 걸으면 확 트인 고지가 있어 볼만했다. 그 아래를 보니 골짜기에 촌락이 하나 서있는데 사방으로 골짜기들이 뻗쳐져 있었고, 위로는 언덕들이 옹기종기 고개를 내밀고 다른 지역과 연결되어 아주 옛날의 흔적들을 고스란히 간직하고 있었다. 그 촌락의 이름을 따서 매년 장터도 열리고 있었다. 사방을 둘러보니 아침 햇살에 아직 마르지도 않은 이슬방울들이 풀잎 위에 놓여있었고 주변 광경과 어우러져 있었다. 풀잎 위에 맺힌 영롱한 이슬방울 속에는 노랗고 빨간 마차의 그림자들이 바퀴와 함께 혜성 같이 둥근 모습으로 길게 늘어진 모습으로 보일 듯 안 보일 듯 투영돼 있었다. 포장마차 안에는 집시들과 요술쟁이들이 모두 땅바닥에 말 등받이를 깔고 세상모르게 편한 모습으로 잠자고 있었다. 그들의 코고는 소리가 주변의 적막한 고요를 깨트리는 것 외에는 쥐죽은 듯 조용했다. 그러나 '7인의 잠꾸러기'라는 별명이 붙여진 흥행사들에게는 개 한 마리가 함께 있었는데 고양이 같기도 하고 또 여우 같기도 한 개들이 사방에 엎드려 있었다. 조그마한 개 한 마리가 어느 마차 밑에서 머리를 들고 멍멍 짖어대다가 턱을 다시 내려놓았다. 이 녀석은 그 건초 일꾼이 웨이던 장터를 빠져나가는 것을 본 유일한 목격자였다.

이런 주변 분위기가 건초 일꾼인 그에게 낯선 장면은 아니었다. 사방에서 노란 새들이 부리에 밀짚을 물고 울타리 위에서 경쾌히 날고 있었고 길 양쪽에는 버섯들이 인사를 하고 지난 밤 장터에서 팔리지 않은 양들의 방울소리도 요란했지만 그는 아무런 관심이 없었고, 마냥 묵묵히 깊은 생각에 잠겨 걸어가고 있었다. 간밤에 있었던 사건 현장으로부터 약 1마일 남짓 떨어진 곳에 다다르자 그는 등 뒤의 바구니를 내려놓고 어느 집 문에 몸을 기대었다. 한두 가지의 어려운 문제가 그의 마음을 사로잡았다.

"간밤에 내가 누구한테라도 내 이름 말했던가? 아니면 안 했던가?" 하고 혼자 중얼거렸다. 그리고 자신이 이름을 말하지 않았을 거라는 결론을 내렸다. 그는 늘 그랬듯이 습관적으로 어떤 생각을 할 때는 울타리에서 뽑아든 지푸라기를 잘근 잘근 깨물어 씹는 버릇이 있었다. 그러나 그의 아내는 지난밤 그가 너무도 흥분한 상태에서 저지른 일이었기에 그의 말을 문자 그대로 사실인 것처럼 받아들이지 않을 수 없었던 것이다. 그러나 건초 일꾼은 자기 아내도 흥분한 상태에서 그런 결정을 했을 것이라는 확신을 가졌다. 더욱이 아내는 이런 거래행위가 구속력을 갖는 것으로 믿었을 거라는 생각이 들었다. 평소 아내는 성격이 차분하여 경솔하지 않았고 또 교육을 많이 받지 못하여 무식했다는 점을 고려하면 자기 생각이 틀림없을 거라는 확신을 가지게 되었다. 그녀의 평상시 차분한 성격의 바탕에는 어떤 순간적인 의혹을 짓눌러 없애버리게 하는 무모함과 울분이 충분히 잠재해 있었을지도 모를 일이었다. 왜냐하면 이전에도 내가 그녀를 팔아버리겠다고 술기운에 말을 했을 때, 그녀는 그따위 소리를 몇 번만 더 듣게 되면 그대로 해 버리겠다고 자포자기한 어조로 말하지 않았던가.

"하지만 그 사람은 내가 그런 정신 나간 소리를 할 땐 내 정신이 온전한 상태가 아니란 걸 알고 있어." 하고 소리쳤다.

"좋아, 그녀를 찾을 때까지 돌아다닐 거야. 찾아내야지. 그 여편네는 나를 이렇게 치욕스런 구렁텅이로 몰아넣는 것이 나쁜 짓이란 걸 모른단 말인가!"하고 부르짖었다.

"내가 제 정신으로 그런 짓을 했다면, 현실을 받아들이는 것이 당연하지만. 그 여편네가 그렇게 단순하다니. 그러나 수잔다운 결정이기도 하군. 참 순진한 여편네야─ 그 순수한 성품이 나에게 말할 수 없을 만큼 상처를 가져다주는군!"

마음이 진정되자 스스로 부끄러움을 느끼고 잘 견뎌 내야겠다는 생각을 다졌다. 그리고 아내와 어린 딸 엘리자베스 제인을 찾아야겠다고 다짐했다. 자신이 저지른 일이니 스스로 감당해야 했다. 우선 그는 한 가지 맹세, 그때까지 해 왔던 어떤 다른 맹세보다 더 큰 맹세를 하기로 결심했다. 그런 맹세를 확실히 하기위해 적당한 장소와 맹세할 조각한 상像이 필요했다. 그의 마음속에 믿음이나 맹세를 할 수 있는 조각한 상이 있어야 했다.

그는 두 어깨에 연장 바구니를 메고 한걸음 한걸음 걸으면서 주변의 풍경을 관심 있게 쳐다보면서 나아갔다. 3~4마일 떨어진 곳에 한 촌락 지붕들과 교회 종탑이 눈에 들어왔다. 그는 그 교회 쪽으로 곧장 발길을 옮겼다. 촌락은 쥐죽은 듯 고요 속에 감싸여 있었다. 마침 그 시간은 일꾼들이 일터로 나갔고 그들의 아내와 딸들은 일터에서 귀가하는 가족들을 위해 조반을 준비하는 시간이어서 시골생활에서는 흔한 모습이었다. 그러니 교회까지 걸어갔어도 누구 한 사람 눈에 띄지 않았던 것이다. 교회 문은 걸쇠로만 채워져 있었기 때문에 그는 쉽게 안으로 들어갈 수 있었다. 그 건초 일꾼은 바구니를 성수대聖水臺 옆에 내려놓고 제단 앞까지 걸어갔다. 난간의 문을 열고 성소聖所 안으로 들어섰다. 여기서 그는 잠시 동안 이상한 기분이 들었다. 곧 그는 제단 위쪽으로 가서 무릎을 꿇었다. 성찬대 위에 고정되어 있는 책에 이마를 대고 큰소리로 말했다.

"나 마이클 헨처드는 9월 16일 아침에 이 성스러운 장소에서 하나님 앞에 앞으로 21년 동안, 제 나이와 맞먹는 이 기간 동안 술을 마시지 않을 것을 맹세합니다. 이 성서 앞에 맹세합니다. 제가 만약 이 맹세를 깨뜨리는 날에는 귀가 먹고, 눈이 멀며, 의지할 데 없는 인간이 되게 하소서!"

맹세를 마치고 그 커다란 성서에 입을 맞춘 후 건초 일꾼은 일어섰다. 새 출발을 한 것에 마음이 홀가분해 보였다. 현관에 잠시 동안 서 있는데 가까운 오두막집의 붉은 굴뚝에서 검은 연기가 갑자기 솟아올랐다. 집 주인이 불을 막 피웠다는 것을 짐작할 수 있었다. 그래서 그 집 문 앞으로 돌아갔다. 그 집 안주인은 그에게 간단한 아침밥을 싼 값에 준비해 주기로 했다. 식사를 마치자 그는 아내와 자식을 찾아 길을 나섰다.

처자식을 찾으러 나서고 보니 참으로 난처해졌다. 사방을 돌아다니면서 수소문하여 찾아보려고 애를 쓰고 이리 저리 돌아다녔지만 처자식을 데리고 떠난 그 선원을 본 사람은 눈을 부릅뜨고 찾아도 찾아 낼 수가 없었다. 더군다나 그 선원의 이름조차 모르니 더욱더 막막했다. 그래서 주저하다가 그 선원에게서 받았던 돈을 사용해서 찾아보기로 마음을 바꾸었다. 그러나 자신이 이런 비극을 자초한 범인임을 다른 사람들이 알게 된다는 사실이 마음에 걸렸다. 처자식을 찾기 위해서는 사람들에게 자초지종을 설명하고 떠들어야 하는데 도저히 그럴 자신이 없었다. 처자식을 찾으러 다닌다는 사실을 큰 소리로 떠드는 것은 아무 일도 아니었지만 그 자세한 이유를 어떻게 자기 입으로 설명할 수 있는 처지가 아니어서 곤경에 처한 것이었다.

한 주일 또 한 주일이 지나고 여러 달이 되었다. 중간 중간 자질구레한 일거리로 간신히 생계를 유지하면서 처자식을 찾는 일도 게을리 하지 않았다. 이때쯤 그는 어느 항구에 이르게 되었다. 여기서 처자식을 데리고 떠난 그 선원이 얼마 전에 다른 곳으로 이민을 떠났다는 소식을 듣게 되었다. 그래서 처자식을 찾는 노력을 그만두기로 하였다. 그 대신 오랫동안 마음속으로 생각하고 있었던 지방으로 가 정착할 결심을 했다. 다음날 그는 남서쪽으로 여행길에 올랐다. 숙박하기 위해서만 밤에 쉬었다. 마침내 웨섹스의 구석진 곳, 캐스터브리지 도시에 도착했다.

헨처드와 부인 그리고 어린 딸
엘리자베스 제인

3. 아내와 어린 딸의 힘든 여행길

웨이던 프라이어즈 촌락으로 가는 큰 길은 먼지로 온통 뒤덮여 있었다. 길가의 나무들은 옛날 모습 그대로 우중충해 보였다. 한때 헨처드의 세 식구가 함께 걸었던 길을 이제 엄마와 딸이 걸어가고 있었다.

이웃 마을에서 들려오는 사람들의 목소리며 덜커덩 거리는 소리까지도 전날과 다를 바 없어 처자를 팔아넘긴 그 다음날 오후로 착각할 정도로 주변 장면들이 똑같았다. 자세히 관찰하지 않으면 약간의 변화도 찾아볼 수 없을 정도로 모든 것이 비슷했다. 그러나 시간이 지나가니 많은 변화가 있었다. 이 길을 따라 걷고 있는 두 사람 중 하나는 전날 헨처드의 젊은 부인이었던 사람이었다. 이제 그녀의 포동포동했던 옛 모습은 많이 사라졌고 피부도 싱싱한 맛이 없었다. 머리카락도 윤기가 사라져 가고 피부도 탄력이 없어 보였다. 그녀는 미망인의 상복 차림이었다. 역시 상복차림인 그녀의 동행자는 약 열 여덟 살 정도의 잘 생긴 처녀였다. 그녀는 얼굴 윤곽이나 생김새를 보니 젊음 자체가 아름다움이라 할 수 있는 활력과 부드러움이 넘쳐나는 싱그러움을 고스란히 간직하고 있었다.

얼핏 보아도 그녀가 수잔 헨처드의 성장한 딸이라는 것을 알기에 충분했다. 한창 젊음이 절정에 이른 성장한 딸의 모습을 보면 어머니의 처녀 시절 모습이 그대로 그려졌다. 지금은 얼굴에 고생티가 역력하여 처녀시절 화사하던 모습이 모두 사라졌지만 딸의 얼굴을 보면서 그녀의 모습을 상상해 보기란 어려운 일이 아니었다.

그들은 손을 꼭 잡고 걸었다. 모녀간에 얼마나 서로 사랑하는지를 그대로 볼 수 있었다. 딸의 한쪽 손에는 옛날 구식의 고리 바구니가 들려있고, 어머니는 이상하게 느껴질 만큼 검은 상복과는 대조되는 파란 꾸러미를 들고 있었다.

마을의 외곽지대에 이르자 그들은 전날처럼 오솔길을 따라가다가 장터를 향해 오르막길을 올라갔다. 이곳에서도 많은 변화가 있었음을 알 수 있었다. 개량한 여러 기계 기구들이 길 모퉁이에 있는가 하면, 나사를 죄는 공장들도 눈에 띄었다. 그러나 이 장터의 실질적인 규모는 상당히 축소되어있었다. 이웃 촌락에서 정기적으로 개설되는 대규모 신식 시장들은 수세기 동안 이곳에서 행해온 전통 시골 장터를 침식하여 주민들의 생업을 심각하게 위협하고 있었다. 옛날에 비교하면, 양의 우리들과 말 매는 고삐들은 절반가량 줄어들었고, 마차들도 그 수가 훨씬 줄었다. 그들 두 모녀는 한동안 사람들 틈을 이리저리 빠져나가다가 조용히 발걸음을 멈췄다.

"왜 이쪽으로 와서 시간만 허비하죠? 난 엄마가 곧장 앞으로 갈 거라 생각했는데?"

"그래, 얘야. 네 말이 맞아."

하고 부인이 이유를 설명했다.

"그런데 난 이곳에 한 번 올라와 보고 싶었단다."

"왜요, 엄마?"

"내가 뉴손을 처음 만났던 곳이 바로 여기야. 오늘 같은 장날에 말이야."

"아빠를 여기서 처음 만났다고요? 어, 전에도 그렇게 말씀하시더니. 하지만 아빠는 물에 빠져 우리 곁을 영원히 떠나셨잖아요!"

하고 처녀는 말하면서 호주머니에서 카드를 하나 끄집어내어 한숨을 깊이 내쉬면서 들여다보았다. 가장자리는 검은 테로 둘러져 있었고 다음과 같은 글귀가 새겨져 있었다.

"……천팔백 사십 몇 년 십일 월, 향년 사십일 세로 바다에서 불행히도 작고하신 친애하는 선원 리처드 뉴손 씨를 기념하여……."

"그리고 여기였단다."

하고 그녀의 어머니는 더욱 망설이면서 말을 계속했다.

"우리가 찾으려 하는 친척—마이클 헨처드 씨를 내가 마지막으로 본 것이 바로 여기였단다."

"엄마, 그분이 우리와 정확히 어떤 관계야? 난 그 점에 관하여 아는 게 없어요."

"그분은 현재, 아니, 옛날에—이미 작고하셨을는지도 모르지만— 엄마 시가 댁의 친척이셨단다."

하고 그녀의 어머니는 신중하게 말했다.

"엄마는 전에도 똑같은 이야기를 수십 번이나 하더니 똑같은 말이잖아!"

하며 딸은 어머니를 무심코 돌아다보며 말했다.

"그분이 가까운 친척은 아닌가 봐?"

"가까운 친척은 절대 아니야."

"엄마가 전에 그랬었잖아. 그분의 소식을 마지막으로 들었을 때까지 그분은 건초 일꾼이었다면서?"

"그랬단다."

"그분이 나를 본 일은 없었겠네, 그럼?"

하고 그 처녀는 천진난만하게 말을 이었다.

헨처드 부인은 잠시 머뭇거리다가 불안한 말투로 대답했다.

"물론 없지, 얘야. 이리 와봐, 엘리자베스 제인!"

그녀는 장터의 다른 한쪽으로 걸음을 옮겨갔다.

"엄마, 여기서 어떤 사람의 소식을 묻는다는 것은 별 소용없는 일로 생각이 돼요."

하고 딸은 주위로 시선을 돌리면서 말했다.

"장터에 나오는 사람들은 불어오는 바람처럼 언제나 바뀌게 마련이거든. 모르긴 해도, 오늘 장터에 들른 모든 사람들 가운데 엄마 혼자만 예전에 이 장터에 들른 적 있는 유일한 분일지도 모르지."

"그거야 누가 알겠니?"

하고 그녀는 말했다.

뉴손 부인은 조금 떨어진 푸른 제방 아래 무엇을 뚫어지게 바라보다가 갑자기 정신이 번쩍 들었다.

"저기 봐, 얘야!"

딸은 엄마가 가리키는 쪽을 바라보았다. 자세히 보니 땅바닥에 박힌 삼각대에, 세 발 달린 솥이 있었고 아래에는 모닥불이 피어나면서 데워지고 있었다. 그 솥 위로 얼굴이 쭈글쭈글한 바짝 마른 노파가 남루한 옷차림으로 몸을 굽히고 뭔가 하고 있었다. 그 노파는 커다란 국자로 솥 안에 있는 내용물을 저으면서 이따금 쇠약한 쉰 목소리로 외쳤다.

"맛난 밀죽 팔아요!"

그 노파는 옛날 천막을 치고 장터에서 깨끗한 앞치마를 두르고 돈푼이나 짤랑거리던 그 여주인임이 확실했다. 그러나 지금은 천막도 없이 불결했으며 식탁도 의자도 없이 밀죽을 팔고 있었다. 거무튀튀한 두 소년이 다가와서

"반 푼어치만 주세요, 할머니―좀 많이 주세요."

하는 것 이외는 별로 손님은 없었다. 노파는 지저분하고 모퉁이가 깨진 질그릇에 죽을 부어 내놓았다.

"저 할머니는 옛날에도 여기서 장사 했단다."

하고 뉴손 부인은 좀 더 가까이 다가가려는 듯 발자국을 떼놓았다.

"저 할머니한테 말을 붙이지 마, 엄마!―창피하잖아!"

하고 딸이 떼를 썼다.

"꼭 한 마디만 할게, 얘야. 너는 여기 가만있어."

처녀는 그렇게 하기로 했다. 어머니가 할머니를 향해 가고 있는 동안 그녀는 색체 판화 상점으로 향했다. 죽장수 할머니는 부인을 보자마자 좀 팔아 줄 것을 간청했다. 뉴손 부인이 한 푼어치를 달라고 하자 그 노파는 옛날 장터에서 여섯 푼어치를 주문했을 때보다 더 민첩하게 움직였다. 그 옛날 걸쭉한 잡탕 죽과는 달리 멀건 죽 대접이었다. 과부 모양을 한 부인이 죽 대접을 받아들자 할머니는 올려다보면서 나직한 목소리로 속삭였다.

"죽에다 럼주를 좀 섞어 보는 게 어때요, 부인? 밀주에요. 두 푼어치만 드려볼까요? —청량음료처럼 미끄러져 내려가요."

부인은 할머니의 장사 수법에 언짢은 미소를 지으면서 할머니가 알아차리지 못하는 의미로 고개를 혼들었다. 부인은 납 숟가락을 잡고 죽을 조금 뜨는 시늉을 하면서 할머니한테 상냥하게 말을 건넸다.

"옛날에는 장사가 잘 됐지요!"

"아, 부인— 정말 그랬어요!"

하고 할머니는 마음 문을 활짝 열면서 말을 되받아쳤다.

"나는 이 장터에서 처녀로서, 아내로서, 그리고 과부로서 지난 세월 39년 동안이나 이 장사를 해왔어요. 옛날에는 장터에 나오는 사람들이 아무거나 잘 먹었으니까 장사가 다 잘 되었지 뭐요! 부인, 내가 옛날 이 장터에서는 인기를 끌었던 큰 천막집 주인이었다고 하면 믿어지나요? 누구든지 이 장터에 나타나면 이 구덴노프 부인 천막집에서 죽 한 대접 먹지 않고 귀가하는 사람이 없었다오. 성직자나 한량들의 입맛을 나는 너무 잘 알았지 뭐요. 도시사람의 입맛이나 시골사람의 입맛까지도 알았어요. 또 막되 먹은 여자들의 입맛까지도 알고 있었으니, 무슨 말을 더 해요? 그런데, 염병할 놈의 사람들이 알아주지를 않는단 말요. 요즘엔 옛날처럼 장사하면 망해요. 손님들의 필요를 충족시키는 약은 장사를 해야 돈을 벌 수 있어요!"

뉴손 부인은 뒤를 돌아다보았다. 딸은 여전히 멀찌감치 떨어진 곳에서 가게들을 기웃거리고 있었다. 부인은 할머니한테 조심스럽게 입을 열었다.

할머니는 생각에 잠겼다. 그리고는 고개를 갸우뚱했다.

"큰 사건이었다면 당장 생각해 낼 수 있겠지만. 심각했던 부부싸움이란 싸움은, 살인이란 살인은, 사람 때려잡은 일이란 일은, 심지어 날치기 사건까지도 죄다 기억하고 있어요— 적어도 큰 사건이었다면 말씀이야. 그런데 부인을 팔았다고? 그런 일이 잠잠하게 이루어 졌단 말인지?"

"아, 예. 그랬던 것 같아요."

죽장수 할머니는 다시 고개를 갸우뚱했다.

"아, 이제야 기억나는군. 어쨌든, 한 남자가, 코르덴 천의 윗도리를 입고 연장 바구니를 짊어진 한 남자가 그런 짓을 한 기억이 나네요. 하지만, 아이쿠, 우린 그런 일이란 머리에 담고 있지 않아요. 결코 그런 일은 기억하지 않아요. 그렇지만 옛날 그 남자가 기억에 남는 단한 가지 이유는 만약 어떤 여자가 자기를 찾으면, 그는—그러니까, 어디라더라?—캐스터브리지—맞았어—캐스터브리지에 가 있다고 전해달라고 나한테 은밀하게 간청을 했었기 때문이요. 하지만, 염병할, 그 사건을 왜 떠올리는지 나도 모르겠군!"

뉴손 부인은 옛날 자기 남편이 타락한 길을 걸은 것이 이 괘씸한 노파가 권했던 술 때문이었다고 원한을 품고 여기까지 오지 않았다면 할머니는 그 지겨운 옛 기억을 되살리지 않았을 거라는 생각을 했다. 부인은 할머니에게 옛 남편에 대한 정보를 귀띔해 준 것에 감사하며 딸과 다시 함께했다. 딸은 어머니를 향해 말했다.

"엄마, 우리 어서 가요. 어떻게 그렇게 불결한 집에서 음식을 돈 주고 사 먹는단 말이에요?"

"하지만 엄마는 알고 싶어 하던 정보를 알아냈단다."

하면서 조용히 말했다.

"우리 친척이 이 장터에 마지막으로 왔을 때 그분은 캐스터브리지에 살고 있다고 말씀 하셨다는구나. 그곳은 여기서 엄청 먼 곳이야. 뿐만 아니라 그분이 그렇게 말씀하신 것은 아주 오래전의 일이지. 하지만 그곳에 가봐야 겠다는 생각이 드는구나."

부인이 말을 마치면서 그들은 장터를 빠져나와 마을 쪽으로 발걸음을 옮겼다. 이 마을에서 그들은 하룻밤 쉬어갈 곳을 정했다.

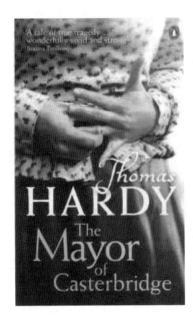

헨처드 부인이 버리는
결혼 반지

4. 들려오는 옛 남편의 소식

　부인이 옛날 남편인 헨처드를 만나야겠다고 내린 결심은 최선의 효과를 얻고자 함이었지만 그녀 자신은 난처한 입장이었다. 부인 바로 옆에 있는 처녀가 된 딸의 나이에 웨이던 장터에서 자신이 팔려갔었던 그 서럽고 황당했던 내력을 엘리자베스 제인에게 이야기할까 말까 했던 순간이 백 여 번이나 있었던 것이다. 그러나 그때마다 부인은 자신을 억제해 왔었다. 천진난만한 이 처녀는 그 어진 선원과 어머니의 관계가 언제나 그러해 보였듯이 정상적인 부부였다는 분위기 가운데 성장해 왔었다. 그렇게 순수하게 자라온 딸에게 부인 자신의 괴로움을 털어놓기 위해 위태로운 모험을 한다는 것은 헨처드 부인 자신이 허락하지 않는 두려운 일이었다. 엘리자베스 제인이 이런 사실을 알게 한다는 생각 자체가 어리석은 짓 같았다.

　그러나 부인 자신의 과거 내력을 말함으로써 애지중지하는 사랑하는 딸자식에게 가져다 줄 충격을 생각하면 자신이 괴로움을 삭히는 쪽이 더 마음 편했다. 헨처드가 그녀를 멸시하여 그와의 관계가 정리되었던 것이고 선원 뉴손이 수잔의 몸값을 현금으로 지불하고, 법적으로 여전히 모호했지만, 정당한 권리를 얻도록 했던 것도 바로 이 때문이었다. 정신이 멀쩡한 기혼 부인이 그러한 매매의 법적 효력을 진실로 믿을 수 있었다는 사실은 세상물정에 밝은 사람들 눈에는 이상하게 보일 수밖에 없었다. 뿐만 아니라 그런 일은 주변에서 보기 드문 일이었던 것이다. 그럼에도 그런 사건에 관한 기록들은 남아있었다. 그렇다고, 뉴손에게 팔려간 수잔이 촌스럽기 짝이 없는 무식한 여자도 아니었다.

　그동안 수잔 헨처드가 겪어야 했던 힘든 모험과 여정은 결코 두서너

줄의 글로 이야기 할 수 없다. 어쩔 수 없이 불가항력적으로 그녀는 캐나다로 데려가졌던 것이다. 이곳에서 그녀는 어느 여인들 못지않게 그들만의 오두막집을 아담하고 넉넉하게 꾸려가기 위해 온갖 노력을 기울였지만 수년 동안 어려운 생활을 해야만 했다. 엘리자베스 제인이 열두 살쯤되었을 때 그들 세 식구는 영국으로 되돌아와 팔머스에 정착했었다. 그곳에서 뉴손은 몇 년 동안 뱃사공으로서 그리고 해안의 잡일꾼으로서 생계를 유지해 갔다.

그 후 그는 뉴펀들랜드에서 무역에 종사했다. 수잔은 이 기간 동안에 옛날 자신의 슬픈 내력을 사람들에게 털어놓았고 주변 친구들은 현재 그녀가 처한 환경에 만족하라고 빈정거렸다. 부인 마음을 지켜주었던 평화로움은 산산조각이 났다. 뉴손은 어느 겨울이 끝날 무렵 귀가해 보니 자신을 일으켜 세워준 힘이 되었던 꿈들이 사라졌음을 알게 되었다.

그러고 나서 힘든 시간이 시작되었다. 이때 그녀는 뉴손에게 더 이상 함께 살아갈 자신이 없다는 점을 말했던 것이다. 제 철이 돌아오자 뉴손은 다시 집을 떠나 뉴펀들랜드 근해 무역선을 탔다. 그 얼마 후 그가 바다에서 죽었다는 막연한 소식이 전해 왔을 때, 그녀 마음속 깊이 뿌리내리고 있었던 고통은 해결되었다. 그리고 그녀는 뉴손을 더 이상 보지 못했다.

그들은 헨처드에 관해 전혀 듣지 못했다. 엘리자베스 제인은 빨리 성장하여 벌써 부인 티가 났다. 뉴손이 뉴펀들랜드 방파제 밖에서 죽었다는 통지를 받은 지 1개월이 지난 어느 날 열여덟 살이 다 돼가던 그 처녀는 그들 모녀가 아직도 살고 있는 오두막집에서 버들가지 의자에 앉아 어부들이 사용하는 실그물을 짜고 있었다. 그녀 어머니도 같은 방 뒷구석에 앉아 같은 일을 하고 있었다. 그녀는 실이 걸린 무거운 나무바늘을 내려놓으면서 딸을 유심히 살폈다. 문 사이로 비친 햇살이 딸의 이마와 머리카락 위에 쏟아졌다. 딸의 머리카락은, 맑은 날 햇살이 개암나무 덤불 숲속까지 비추듯, 엉성하게 흐트러져 햇살이 머릿속 깊이 비추는 것을 허락하였다. 딸의 얼굴은 혈기왕성한 것은 아니었지만 아직 덜 피어난 아름다움을 그대로 지니고 있었다. 삶에 찌든 딸의 얼굴모습 속에서 피어나는 꽃망울이 궁색한 환경 때문에 완전히 밖으로 나오지 못하고 감추어진 아름다움을 억누르고 있는 듯했다. 딸의 골격은 윤곽이 분명하여 아름다웠지만 아직 피부 살결은 아름다운 정도는 아니었다. 생활의 어려움 때문에 딸의 아름다운 모습이 완전히 피어날 가능성은 장담할 수 없었다.

딸의 이런 모습을 보면서 어머니는 슬펐다. 이는 막연한 생각에서가 아니라 앞뒤를 따져보고 생각해서 나온 서러움 같은 것이었다. 이들 모녀는 가난의 궁색한 외투를 걸치고 살아가고 있었다. 어머니는 딸을 위해 궁색하기 이를 데 없는 가난의 외투를 벗으려고 여러 번 애써왔다. 어머니는 딸이 세상을 폭넓게 알 수 있도록 하기위해 오랜 세월동안 무던히도 애를 써왔다.

그런데도 딸의 나이 열여덟 살이 되었지만 여전히 어릴 적이나 성인이 되어서나 별 변화를 볼 수 없었다. 엘리자베스 제인은 세상을 있는 그대로 진지하게 보고, 듣고, 이해하기를 원했다. 그러나 어머니에게 딸의 존재는 어떻게 하면 좀 더 폭넓은 지식을 갖추고 좀 더 높은 신분에 보다 나은 명성을 누릴 수 있는 여인이 될 수 있는가— 그것이 어머니가 놓지 않고 붙잡은 한결같은 기대였다. 딸은 같은 처지에 있는 다른 처녀들보다 더 열심히 노력하면서 세상을 배우려고 애를 썼지만 어머니는 딸의 노력에 도움이 되 주지 못한다는 생각 때문에 무척 괴로웠다.

그 선원이 익사했건 아니건 이제 그들에겐 사실상 잊혀 가는 사람이었다. 세상물정을 깨달아 선원에게 팔려온 그녀의 처지가 올바르지 않았음을 깨달았지만, 그래도 선원인 남편에게 충실한 부인 역할을 했던 수잔에게 과거는 이제 중요하지 않았다. 이제는 자신이 얽매인 대상이 없는 여인이 되었으니 마음껏 딸의 성숙한 삶을 위해 노력할 수 있는 기회가 되었다는 생각을 하게 되었다. 그래서 첫 남편을 찾아 잃어버린 자신을 회복하는 일이 가장 시급한 문제로 떠올랐다. 그러나 첫 남편은 술에 취해 죽었을 지도 모른다는 생각이 들었다. 다른 한편으로 생각해 보면 첫 남편은 부인을 팔아넘긴 후 깊은 회한과 함께 새로운 사람이 되어 살아갈 지도 모른다는 생각이 스쳐 지나갔다. 왜냐하면 그녀와 함께 살았을 때 그는 일시적인 기분에 굴복하여 이리저리 흔들렸을 뿐이지 상습적으로 술에 취하는 주정뱅이는 아니었기 때문이었다.

여하튼 그가 살아만 있다면 마땅히 그에게로 돌아가야 된다는 것은 두말할 나위가 없었다. 어색한 일이긴 하지만 그를 찾아야 함은 엘리자베스의 성숙한 삶을 위해서도 필요했었다. 수잔 혼자의 힘으로선 생각조차 할 수 없는 힘든 일이었기 때문이다. 그녀는 마침내 자신의 첫 남편 헨처드와의 관계를 딸한테 털어 놓을 필요 없이 그를 찾는 일에 착수하기로 결심했다. 그러한 일은 그들이 그를 찾기만 하면 모든 운명을 그에게 맡겨 그가 결정하는 대로 어떠한 조치를 취하든 따르기로 했다. 이렇게만 된다면 그들 모녀가 장터에서 나눴던 대화와 엘리자베스가 알고 싶어 하는 의혹에 대해 설명할 필요가 없게 되는 것이다.

이런 태도로 그들은 그 죽장수 할머니가 헨처드의 확실하지도 않은 행방에 관한 제보를 의지하면서 여행을 시작했다. 돈이 넉넉지 않으니 극도로 아껴 써야만 했다. 때로는 도보로, 때로는 농부들의 달구지에 의지하여, 때로는 우편 마차를 얻어 타면서 여행을 했다. 이렇게 그들은 캐스터브리지에 한걸음 한걸음 다가갔다. 엘리자베스 제인은 어머니의 건강이 전과 같지 않음을 알고 몹시 걱정했다. 어머니의 이야기 속에는 이따금씩 자포자기한 말투가 섞여 있었다. 딸자식만 아니라면 지칠 대로 지친 이 세상을 당장 떠난다 해도 여한이 없다고 여러 번 말을 했기 때문이다.

어머니와 딸이 찾아가고 있는 곳에서 1마일 이내에 있는 어느 나지막한 산꼭대기에 도달한 것은 10월 중순에 가까운 어느 금요일 저녁 무렵, 해가 막 지기 직전이었다. 이곳은 역마차길 양쪽에 밑을 쌓아올린 울타리가 있었다. 그들은 이것을 타고 넘어 안쪽의 푸른 잔디위에 앉았다. 이곳에서는 그녀들이 찾아가고 있는 마을과 그 주위의 낯선 전경이 한눈에 들어왔다.

"어쩌면 저렇게도 어설픈 도시 같아 보인담!"

하고 엘리자베스가 말했다. 그러나 침묵만 지키고 있는 그녀의 어머니는 도시의 겉모습에는 상관하지 않은 채 다른 일들로 곰곰이 생각하고 있었다.

"온통 뒤죽박죽으로 한데 긁어모아 놓은 곳이에요. 온 사방이 나무 상자로 둘러싸인 마당처럼 사각의 나무장벽에 갇혀 있네요."

정말 저들의 눈길을 사로잡은 것은 네모반듯하면서도 고색창연한 도시의 모습이었다. 이 캐스터브리지라는 도시는 근대화의 물결이라고는 전혀 미치지 않은 곳이었다. 그냥 도미노 상자처럼 건물들이 빽빽이 들어차 있었다. 그러니 교외가 있을 리 없었고 시골과 도시가 정확한 일직선상에서 만나고 있었다.

좀 더 높이 날아 올라가는 새들에게는 이 좋은 날씨— 저녁나절에 캐스터브리지가 짙은 초록색 장방형 틀 속에서 빨강, 갈색, 회색과 투명한 수정 모자이크로 어설프게 결합된 물건으로 보였을 것임이 틀림없었다. 직선으로만 보는 사람의 눈에 수마일이나 뻗쳐있는 둥근 언덕과 오목한 들판 속에 위치한 이 도시가 참피나무의 두터운 울타리에 가려져 있어 하나의 희미한 덩어리로만 보였다. 자세히 보면, 이 하나의 엉성한 덩어리에는 탑들, 박공벽들, 굴뚝들과 유리창들이 서녁 하늘의 햇빛으로 구릿빛처럼 빨갛게 비치는 모습들도 볼 수 있었다.

이 나무로 둘러싸인 사각형 한 가운데는 가로수 길들이 동, 서, 남으로 달려 광활한 곡식밭과 약 1마일 정도 떨어진 협곡 속으로 통해 있었다. 이 도보 여행자들이 걸어 들어가려는 길은 이 길들 가운데 하나였다. 그들이 보행을 계속하기 위해 자리에서 일어나려 할 때 어떤 두 사람이 시비조의 대화를 나누면서 그 울타리 바깥쪽을 지나갔다.

"아니, 확실히."

하면서 엘리자베스가 두 사람이 멀어지자 말했다.

"저 사람들이 자기들의 대화 속에서 헨처드라는 이름을— 우리 친척의 이름을 말했지 않아요?"

"그래 말이야, 나도 그렇게 들었어."

하고 뉴손 부인이 말했다.

"그분이 아직도 여기 계시다는 생각이 들어요, 엄마."

"그럴 수도 있겠구나, 얘야."

"제가 그들을 뒤쫓아 가 그 분에 대한 소식을 알아볼까요?"

"아니, 안 돼, 안 돼! 아직은 절대 안 돼. 감옥에 갇혀 있는지 아니면 어떤 상태인지 알 수 없으니까 말이야."

"어머머! 엄마, 왜 그런 생각을 해요?

"아니 그냥 해 본 말이야. 그냥. 그러니 아무도 눈치 채지 못하게 수소문해 보면 될 것 같구나."

충분한 휴식을 취한 후, 그들은 해질 무렵에 다시 길을 재촉했다.

길 양쪽으로 늘어선 나무들은 마치 터널 속이 어두운 것처럼 주변을 뒤덮고 있었다. 그러나 넓은 들판은 아직도 엷은 햇살을 받아들이고 있었다. 이렇게 두 모녀는 하루해가 저물어가는 땅거미 사이를 뚫고 어두워져 가는 길을 따라 걷고 있었다. 지나가면서 나누던 그 사람들의 대화가 자꾸 생각나서 어머니는 남다른 관심을 갖지 않을 수 없었다. 사방을 찬찬히 둘러본 결과 내린 결론은 캐스터브리지를 에워싸고 있는 많은 나무들이 바깥쪽으로 이어진 도랑과 함께 길임을 말해 주고 있음을 알았다. 이 제방 안쪽으로는 이따금 끊긴 성곽이 있고 그 성곽 안쪽으로는 이곳에 사는 주민들의 집으로 꽉 차 있었다.

이들 두 여인이 모르고 있긴 했지만, 이런 도시의 모습은 이곳이 옛날 이 도시의 방어벽이었지만 시간이 지나면서 길 양쪽으로 나무를 심어 산책길로 변했던 것이다.

이제 가로등 불빛들은 이 도시를 둘러싸고 있는 나무들 사이로 비추고 있었다. 그 불빛들은 도시의 아늑함을 더해주었다. 반면에 불빛이 없는 바깥 지역은 도시 안쪽의 활기찬 모습과는 대조적으로 적막이 감돌면서 공허한 느낌을 자아내게 했다. 도시와 도시의 외각간의 차이는 요란한 취주악대의 연주소리가 그 간격을 더 크게 만들었다. 두 모녀는 고지대에 이르렀다. 이곳의 많은 집들을 보니 위층들은 바깥으로 고개를 내밀고 있었다. 이곳의 집들은 조그마한 유리창 틀에 끈을 매달아 줄무늬 무명천으로 만든 커튼으로 가렸고, 박공널판지 밑에는 낡은 거미줄들이 미풍에 흔들거리는 모습도 눈에 들어왔다. 벽돌 같은 나무토막들로 지어진 집들도 있었는데 이 집들은 이웃집들과 서로 붙어있어 지탱되고 있었다. 간혹 초가지붕과 함께 타일로 덮여진 슬레이트 지붕이 있었고 슬레이트로 덮고 타일로 만들어진 지붕도 볼 수 있었다.

이곳에 사는 사람들의 생활수준은 창문 안에 진열돼 있는 상품으로 알아 챌 수 있었다. 철물상에는 낫, 곡식 베는 갈고리, 양털 깎는 가위, 호미, 곡괭이, 괭이들이 진열되어 있었고, 가게에는 벌통, 버터통, 우유 짜는 기계, 우유 짤 때 사용하는 의자, 물통, 갈퀴, 농군들의 술병, 씨받이 그릇들이 보였고, 마구 점에는 짐마차의 밧줄과 쟁기 부속품들이 보였다. 수레바퀴 제조소와 기계상에는 달구지, 손수레, 물방앗간 톱니바퀴들이 있었으며 화공약품상에는 말의 찜질 약들이 진열되어있었으며, 피혁상에는 정원사의 장갑, 지붕 잇는 사람의 무릎받이, 쟁기질하는 사람의 각반, 시골 사람들의 덧신과 나막신들이 진열되어 있었다.

두 모녀는 회색으로 보이는 낡은 교회에 이르렀다. 교회의 육중한 정방형 탑은 어두워가는 하늘을 향해 치솟아 있었다. 가까운 가로등의 불빛은 교회 종탑 아래까지 비추고 있었다. 밑 부분을 자세히 보니 오랜 세월의 풍상으로 많이 허물어져 있었고 이 틈바구니를 비집고 풀들이 흙벽까지 뿌리를 내리며 자라고 있었다. 이 탑에서 시계는 여덟 시를 알렸다. 시계소리가 울리고 나니 웅장한 종소리가 사방으로 굉음을 내면서 퍼져나갔다. 캐스터브리지에서는 아직도 통행금지가 실시중이라 이 종소리를 들으며 주민들은 가게 문을 닫는 것이었다. 묵직한 종소리가 올리자 이곳 모든 노상에서는 덧문 닫는 소리로 요란했다. 이렇게 캐스터브리지의 하루는 지나갔다.

주변에 널려진 다른 시계들도 하나 둘씩 여덟 시를 알렸다. 감옥에서 을씨년스레 들리는 시계 종소리며 양로원의 벽에서 울리는 시계도 요란했다. 종소리보다 더 크게 들리는 것은 시계장치에서 나는 삐거덕 거리는 소리였다. 시계 점의 안에서는 일렬로 늘어서서 니스칠 된 기다란 벽시계들이 순서대로 울렸다. 마치 일렬로 늘어선 배우들이 막이 내리기전 그들의 마지막 대사를 전달하려는 것처럼 말이다. '시실리 선원들의 노래'가 더듬거리며 차임벨 소리에 뒤이어 흘러나왔다.

교회 앞의 공터를 지나가는 한 여인이 있었다. 그녀가 입은 겉옷 소맷자락들이 너무 말려 올라가 그녀의 무명 속옷 아래 가장자리가 보였고, 치맛자락은 걷어 올려져 호주머니에 끼어 있었다. 겨드랑이 아래에는 빵덩어리 하나가 끼어 있었다. 그녀는 동행하는 다른 여인들에게 빵을 조금씩 뜯어 나누어 주었다. 동행하는 여인들은 빵조각을 입에 넣어 조금씩 씹었다. 그런 모습을 본 뉴손 부인과 딸은 시장기를 느끼기 시작했다. 그래서 지나가는 여인에게 가장 가까운 빵집이 어디에 있는지를 물었다.

"지금 캐스터브리지에서는 먹을 만한 빵을 찾기가 하늘에서 내려오는 '만나'보다 더 어려운 지경이요."

하고 그들에게 길을 가리키면서 말했다.

"잘 먹고 사는 사람들이야, 나팔소리와 북소리를 울려가면서 왁자지껄하게 저녁 만찬을 즐길 수 있겠지만, 우리야 뭐."

하면서 길에서 좀 떨어진 곳을 향해 손짓을 했다. 그곳을 보니 불이 훤하고 건물 앞에는 취주악대가 서 있는 모습 보였다.

"지금 우리에게 필요한 것은 먹을 수 있는 빵조각이오. 지금 캐스터브리지에는 마실 수 없는 맥주와 먹을 수 없는 빵 밖에 뭐가 있단 말이오."

"구정물이나 다를 바 없는 맥주가 판을 치니"하고 어떤 남자는 호주머니에 두 손을 밀어 넣으면서 말했다.

"먹을 만한 빵이 없다니, 그게 무슨 말이에요?"

뉴손 부인이 물었다.

"그거야 곡물 도매상 때문이지요. 제빵업자들이나 도정업자들이 거래를 하고 있는 사람이 곡물 도매상인데 그 자들이 싹이 튼 밀을 팔았지 뭐요. 자기네들 말로는 밀가루 반죽이 수은처럼 화덕 위에 달라붙는걸 보고서야 밀이 싹텄다는 걸 알았다지 뭐요. 그 때문에 빵 덩어리가 두꺼비 등처럼 납작해요. 속은 기름덩어리 같고. 내가 가정을 이끌어 가는 주부로서 캐스터브리지에 오래 살아왔지만 이런 형편없는 빵을 본 일이 한 번도 없었다오. 이곳에 사는 사람들을 보면 이번 주에는 모두 배가 바람을 불어 넣은 것처럼 불룩해져 돌아다니고 있는데도 잘 모르는 걸 보니 댁은 이곳 사람이 아닌가 본데?"

"그래요."

하고 엘리자베스 어머니는 움찔하면서 말했다.

이 도시에서 앞으로 좀 더 알게 될 때까지 더 이상 남의 눈에 띄고 싶지 않아 그녀는 딸과 함께 그 말 많은 여인에게서 물러났다. 그 여인이 알려준 가게에서 임시로 비스킷을 몇 조각 산 후 그들은 본능적으로 음악이 연주되고 있는 곳을 향해 발길을 옮기기 시작했다.

마이클 헨처드

5. 푸짐한 저녁 만찬회

　수십여 미터를 걸어 두 모녀는 아름다운 선율로 유리 창틀을 흔들어 내는 지점에 이르렀다.

　그곳은 캐스터브리지에서 가장 큰 '킹즈암즈'라고 불리는 호텔이었고 문 앞쪽으로는 취주악대가 연주하기 위해 악보대를 고정시켜 놓은 것이 보였다.

　현관 너머로 길을 향해 넓게 휘어진 창이 자리 잡고 있었다. 열려진 창문 사이로 종알거리는 목소리며, 유리잔 부딪치는 소리며, 병마개 뽑는 소리가 시끄럽게 들려왔다. 더욱이 덧문들이 열려있었기 때문에 맞은 편에 위치한 마차 사무소 방향 돌계단 꼭대기에서는 이 방안의 내부까지 송두리째 살펴 볼 수 있었다. 그래서 구경하려는 한가한 사람들이 한 떼거리로 그곳에 몰려 와 있었다.

　"모르긴 해도, 우리는 결국 알게 될 거야─ 우리 친척 헨처드 씨에 대해서 말이야."

　캐스터브리지에 들어온 이후 줄곧 뉴손 부인은 몸이 쇠약해지고 흥분해 있었지만 이번에는 나직한 목소리로 속삭였다.

　"이곳이면 알아보기 좋은 곳인 것 같은데. 사람들에게 물어보면 그 분이 이 도시에서 어떻게 지내고 있는지 알 수 있을 거야─ 내 생각대로 이곳이 있다면 말이야. 얘, 제인아. 네가 사람들에게 물어나 봐. 난 지금 너무 힘들어 아무것도 할 수 없구나. 우선 네 앞가리개부터 내려라."

　그녀는 충계 맨 아랫단에 앉고, 엘리자베스는 어머니가 시키는 대로 구경꾼들 틈에 끼어 섰다.

"오늘 밤에 무슨 일이 있나요?"

하고 엘리자베스는 한 노인에게 물었다. 그 노인은 그녀 옆에 오래 동안 붙어 서서 구경하고 있었기 때문에 부담 없이 물어볼 수 있는 상대였다.

"어허, 넌 이곳에 사는 애가 아니군. 외지에서 왔나 보군!"

하고 노인은 창에서 눈을 떼지도 않고 말했다.

"이곳에 거주하는 지도자들과 신사 분들이 거창한 저녁 만찬을 베풀고 있는 중이야— 현직 시장도 함께 참석하고 있어. 우리 같은 서민들이야 초대받을 수도 없지만, 사방에 문이 열려있으니 여기에 서서 그저 음식 냄새나 맡고 구경이나 하는 게지. 계단위에 올라서면 누가 초대받았는지 볼 수 있어. 저 식탁 끝에서 이쪽으로 향해 앉아 있는 분은 시장인 헨처드 씨야. 그리고 그분의 양 옆에 앉은 분들은 시의원들이고. 아! 저 사람들 모두 나와 똑같이 저들 엄마 배속에서 태어났지 않았는가!"

"헨처드!"

하고 엘리자베스는 놀라 말했다. 그러나 결코 믿어지지 않았다. 그래서 그녀는 층계 꼭대기로 올라섰다.

그녀의 어머니는 고개를 숙이고 있었지만 그 노인의 '시장 헨처드'라는 말이 들려오기 전에 이미 창가에서 하는 이야기를 모두 들어 알고 있었다. 그녀는 자리에서 일어나 곧 딸 옆에 올라섰다. 남들보다 구경에 열의가 더 있어서 한 행동은 아니었다.

계단에 올라서니 호텔 식당의 내부가 그녀 앞에 활짝 펼쳐졌다. 방안의 식탁들, 유리잔들, 쟁반들, 그리고 사람들이 모두 보였다. 높은 자리에 약 사십여 세의 한 남자가 창문을 향해 앉아 있었다. 육중한 체구에 굵직굵직한 이목구비, 우람찬 목소리의 남자였다. 얼른 보기에 체격은 탄탄하지 못하여 허름해 보였다. 얼굴에는 윤기가 흘렀다. 얼굴 윤곽은 거무스레하고 검은 두 눈은 부리부리하며, 눈썹과 머리카락은 검고 숱이 많았다. 이따금씩 큰 소리로 웃을 때에는 그의 커다란 입이 벌어져 아직도 튼튼한 서른두 개의 건강한 이빨 중 이십여 개가 샹들리에 불빛에 환하게 비쳐 보였다.

그 남자의 웃음에 주변 사람들은 별 반응이 없었다. 아마도 그런 웃음에 익숙지 않았던 모양이다. 약자에게는 강한 웃음이고, 강자한테는 굽실거리는 웃음이어서 일까— 온갖 상상이 머릿속을 뱅뱅 돌았다. 그러나 이 웃음의 장본인에게 장점이 있다면 이따금씩 나타나는 기질이 그러했고, 친절함보다는 타인에 대한 너그러운 관용이라 할 수 있을 것이다.

그는 적어도 수잔 헨처드의 법률상 남편이었다. 이제 그가 성숙한 모습으로, 굳어진 모습으로, 허세부리는 기풍으로, 단련된 모습으로, 사려 깊은 모습으로, 그리고 나이를 더 먹은 모습으로 아내와 딸의 눈앞에 앉아 있었다. 엘리자베스는 어머니처럼 번민해야 할 추억도 없었다. 오랫동안 찾고 있었던 친척이 뜻밖에 유명 인사가 돼 있는 현실 앞에서 호기심 가득한 마음으로 그를 지켜보았다. 그가 입고 있는 옷차림을 보니 넓은 가슴위로 드러나 보이는 주름 잡힌 셔츠에다 구식 야회복을 입고 앉아 있었다. 보석이 박힌 단추를 달고 무거운 금시계 줄을 차고 있었다. 그의 오른손 옆에는 유리잔 세 개가 있었는데, 놀랍게도 두 개의 포도주 잔은 비어있고 세 번째 큰 잔에는 물이 반쯤 차 있었다.

옛날 그녀가 그를 마지막으로 보았을 때 그는 코르덴 천의 윗도리에 퍼스티언 천으로 만든 조끼와 바지를 입고, 때 묻은 가죽 각반차림으로 뜨거운 밀죽 대접을 앞에 놓고 앉아 있지 않았던가. 세월이 흘러 많이도 변하였다. 그를 지켜보고 지난날을 회상하다 그녀는 너무도 감동이 되어 계단이 나 있는 마차 사무소의 문기둥에 몸을 움츠리고 기대어 섰다. 문기둥의 그림자에 그녀의 모습이 가리어 아무에게도 보이지 않았다. 엘리자베스 제인이 그녀를 부를 때까지 잠시 동안 넋을 놓고 있었다.

"그분 보셨어요, 엄마?"

하고 엘리자베스는 나지막한 소리로 물었다.

"그래, 보았어."

하고 그녀는 곧바로 대답했다.

"이제 내가 원했던 것을 다 이루었어! 이제 내가 마지막으로 바라는 건 그저 ―사라져 버리고 싶은 마음뿐이야― 그냥 죽어버리고 싶구나."

"엄마― 뭐라구요?"

하고 엘리자베스는 좀 더 가까이 다가가서 어머니의 귀에 속삭였다.

"그분이 우리를 도와주지 않을 것처럼 보여, 엄마? 난 그분이 너그러운 사람으로 보이더구먼. 정말 신사답게 보였어요! 번쩍 거리는 다이아몬드 단추에다 최고의 신사분이셨어. 그런데 그분이 감옥에 갇혀 있거나 죽었을지도 모른다고 엄마는 말씀하시다니, 정말 말도 안 되는 소리를 하고 있잖아! 그분한테 죄라도 지었나요? 왜 그분을 그렇게 경계하고 거리를 두려고 하세요? 난, 그분이 너무 마음에 흡족하던데. 엄마, 난 그분을 만나야겠어요. 그분이 나 같은 친척이 없다고 말을 한다 해도 밑져야 본전이니까요."

"난 뭐가 뭔지 도대체 모르겠구나. 어떻게 해야 할지 모르겠어. 내 마음은 천 길 낭떠러지로 떨어지는 것 같다."

"엄마, 그러지 마세요. 이렇게 힘들게 찾아와 우리가 원하는 대로 그분을 찾기까지 했잖아요! 잠시 이곳에서 휴식을 취하세요. 계속 지켜보다 그분에 관해 뭘 좀 더 알아 볼 테니까요."

"난 헨처드 씨를 도저히 만날 수 있을 것 같지 않구나. 그분은 내가 생각했던 것과는 너무 많이 변해 버렸기 때문에 내가 완전히 압도당해 버렸어. 만나봐야 무슨 소용이 있을까?"

"엄마, 하지만 조그만 더 기다리며 잘 생각해 봐요."

엘리자베스 제인이 이제껏 살아오면서 지금처럼 흥분되고 마음이 들뜬 적은 일찍이 없었다. 그녀 자신은 이 도시의 시장이 자신의 친척이라는 사실을 발견한 후 득의만만해진 기분을 억제할 수 없음을 깨닫고 있었다. 초대받은 손님들은 이야기를 나누면서 먹는데 열중하고, 나이 많은 손님들은 맛있어 보이는 음식을 찾아 이곳저곳을 기웃거리며 맛을 보는데 그 모습은 흡사 돼지가 도토리를 찾아 코를 쑤셔 박고 코를 흥흥거리며 음식을 주접거리며 먹는 모습을 연상하게 했다. 자세히 보니, 술이 세 가지 종류인데 포도주와 셰리 그리고 독한 럼주가 놓여있었다. 그래도 눈에 번쩍 들어오는 것은 세 가지 종류의 술이었다.

식탁위에는 숟가락이 하나하나 단정하게 꽂힌 채로 큰 술잔에 장식된 그림들이 뚜렷이 보이게 일렬로 놓여 있었다. 이 잔들에 물을 타서 따뜻하게 데운 술이 금방 부어졌다. 초대받아 앉은 이들은 김이 모락모락 나는 따뜻하게 데운 술을 음미하면서 마셨다. 사방에서 술을 주고받으며 마시는데 시장의 술잔을 채워 주는 사람이 아무도 없다는 것을 곧 알아차렸다. 시장은 포도주와 독주용 유리잔들 뒤에 놓여 있는 큰 잔의 물만 홀짝홀짝 마시고 있었다.

"아무도 헨처드 씨한테는 술을 따라 주지 않는군요?"

하고 그녀는 옆에 있는 노인에게 용기를 내어 물었다.

"그럼, 없고말고. 저분은 술은 입에도 대지 않는 분으로 잘 알려져 있는걸 몰랐나 보군! 저분은 술이라 하면 고개를 돌리는 분이야. 술은 입에도 대지 않는지 오래됐다네. 정말이야─ 그런 점에서 의지가 대단한 분이지. 사람들이 그러는데 옛날에 저 시장이 성경책에 맹세하면서 술을 끊었다고 하는 이야기를 들은 적이 있어. 그때부터 그 맹세를 한 번도 어긴 적이 없다는 군. 그래서 주위 사람들이 함부로 술을 권하지 않는다는군. 성경책에 맹세한 약속은 진실한 서약이기 때문이지."

다른 노인 한 사람이 이 대화를 듣고 끼어들면서 물었다.

"솔로몬 롱웨이즈, 저 양반은 언제까지 술을 끊으려나?"

"사람들 말로는 2년이라 하더군. 무슨 이유로 21년이란 기한을 정하고 술을 마시지 않는지 모르겠어. 저분은 그런 사연에 대해 다른 사람들에게 이야기하는 법이 없으니 그 이유를 누가 알겠어? 21년은 적은 세월이 아닌데. 아무튼 의지가 강한 분이야!"

"정말 그렇다네. 하지만 누구든지 마음속에 희망이 있다면 그런 결심을 하는데 큰 힘이 되는 법이야. 21년 동안 꾹 참고 있다가 그 후에 실컷 마시고 그동안의 회포를 풀 수도 있으니까 말이야. 꼭 그렇지 않더라도 남모르는 희망이 있으면 견딜 수 있어."

"자네 말이 백 번 천 번 맞아. 정말이야."

"저 양반은 그런 결단이 필요할지 몰라 외로운 홀아비니까."

하고 롱웨이즈 노인이 말했다.

"저분은 언제 부인을 잃었어요?"

하고 엘리자베스가 물었다.

"잘 알지는 못하지만, 내가 듣기로는 저 시장이 캐스터브리지로 오기 전에 그랬다더군."

롱웨이즈 노인은 자기가 헨처드 부인을 모른다는 사실이 마치 그녀의 내력에는 관심이 없다는 것을 나타내 주기라도 하듯 말끝을 힘주어 대답했다.

"하지만 저분은 성경에 맹세한 단호한 금주주의자이지. 그러니 자기 부하들 중에 단 한 방울이라도 술을 마신다면 하나님으로부터 처벌을 받을 것을 알고 있기에 술을 마시지 않도록 한다네."

"그분한테는 부하들이 많나 봐요?"

하고 엘리자베스가 물었다.

"그럼, 많은 정도가 아니지! 이봐, 아가씨. 그는 시장으로서 모든 권력을 지닌 분이야. 뿐만 아니라 이 지역의 막강한 지도자야. 헨처드 시장은 밀, 보리, 귀리, 건초, 구근(球根) 류 등등을 가장 크게 장사하고 있는 사람이기도 해. 그리고 요즘엔 다른 것에도 손을 대려고 하더군. 이것이 그가 잘못된 실수를 하고 있다는 증거야. 저분은 맨주먹으로 이곳에 와서 성공한 분이야. 그리고 지금은 이 도시의 기둥이나 다름없는 분이기도 해. 그런데 최근 저분이 거래처에 공급한 질 나쁜 곡물 때문에 말썽이 많았어. 내가 이곳에 정착해서 살아온 지 69년이나 되었는데 헨처드 씨는 나의 사정을 잘 알고 내가 잘못을 해도 한 번도 부당하게 벌을 준 적이 없었어. 그런데 최근 헨처드 씨의 밀로 만든 빵을 먹어본 사람은 알겠지만 딱딱하여 먹을 수 없는 정도인 것은 말해야겠어. 그분이 공급한 밀은 싹튼 밀로 엿기름처럼 딱딱하고 빵 밑바닥은 구두창만큼이나 두꺼워 먹을 수 없을 정도란 말이야."

이때 취주악대는 또 다른 한 곡을 연주하고 있었다. 연주가 끝날 무렵 만찬이 끝나면서 잡다한 이야기로 시끌벅적했다. 깊어가는 밤은 적막하기 이를 데 없었고 창문들은 여전히 열려 있었기 때문에 연설 소리가 또렷하게 들려왔다. 자신의 건초 장사 경험을 이야기하는 헨처드의 목소리는 누구보다 더 컸다. 시장은 자기와 경쟁하던 한 능력 있는 사업가를 계략으로 이겼다는 이야기를 했다.

"하하하!"

하고 손님들은 헨처드의 이야기가 끝나자 박장대소했다. 좌중의 분위기는 흥겹기만 했다.

"시장님 그 야기는 의미심장하군요. 헌데 질 나쁜 빵은 어떡할 건가요?"

식탁 아래쪽에서 들려온 소리였다. 한 떼거리의 소매상인들이 그쪽에 앉아 있었다. 저녁 만찬회에 초대 받아 온 손님들 이긴 했으나 다른 사람들보다 사회적으로 신분은 다소 낮아 보였다. 그들은 상석에 앉은 교양 있는 사람들과는 달리 각자 제 나름대로 어떤 견해를 갖고 앞뒤가 잘 맞지도 않는 불협화음처럼 들리는 토론을 벌이고 있는 듯 했다. 마치 교회 구석에 앉아 있는 사람들이 성가대원들이 부르는 찬양에 따라가지 못하고 엉뚱한 가락의 화음을 내는 것과 같았다.

질 나쁜 빵에 관한 이야기가 불쑥 튀어나오자 창밖의 건달들이 재미있어 했다. 그중에는 다른 사람이 곤경에 처하는 꼴을 보기 좋아하는 사람들도 더러 있었다. 그들이 한껏 기어들면서 똑같은 말을 크게 외쳤다.

"이보세요, 시장님! 질 나쁜 빵을 어떻게 할 작정이죠?"

더욱이 주변 사람들이 제지를 하지 않사 건달들은 기고만장하면서 따지고 들었다.

"시장님! 시장님은 그 이야기를 지금 하셔야 합니다."

이 말을 들은 시장은 참다못해 한 마디 했다.

"뭐, 나도 그 밀이 싹을 틔워 변질됐다는 건 알고 있어요. 그러나 나한테서 밀을 구입한 사람들만큼이나 나도 그 밀들을 속아서 구입한 것이요."

"그렇지만 가난한 사람들은 그걸 먹어야 하니 어떡하면 좋아요?"

이번에는 창밖의 사람들과 잘 어울리지 않은 한 사람이 거들었다.

헨처드의 얼굴이 금방 어두워졌다. 부드럽기 만한 눈 주변의 피부에서 노기가 드러났다. 그 노기는 약 20년 전 아내를 팔아 쫓아 보냈던 그대로였다.

"여러분들은 큰 사업체의 의도하지 않은 사고 정도는 이해해 주셔야 합니다. 그 밀을 수확할 때 기후가 과거 어느 때보다 비교할 수 없을 정도로 나빴다는 걸 알고 있지 않습니까? 이런 불상사로 인하여 나 혼자서 모든 일을 처리하기에 힘이 들어 곡물부서에 훌륭한 관리인을 구하기 위해 광고를 냈다오. 관리부서에 유능한 사람이 들어오면 곡물들을 더 철저하게 관리하여 이런 실수가 다시 발생하는 일이 없을 것이요."

"그러나 우리가 이미 구매한 것에 대해서는 어떻게 보상할 것인가요?"

하고 조금 전에 말했던 사람이 물었다. 보기에 그 사람은 제빵업자 아니면 제분업자인 듯 보였다.

"우리가 지금 갖고 있는 싹튼 밀을 온전한 밀로 바꿔 주시겠어요?"

이 말을 듣고 헨처드의 얼굴은 더욱 굳어졌다. 흥분한 마음을 가라앉히려 큰 잔을 들고 물을 마셨다. 그가 부드럽게 말을 하고자 했으나 여전히 딱딱한 말이 되었다.

"누구든지 싹튼 밀을 온전한 밀로 되돌릴 수 있는 방법을 말해 준다면 내가 그걸 기꺼이 돌려받겠습니다. 하지만 그렇게는 할 수 없어요."

헨처드는 더 이상 대꾸하지 않았다. 이 말을 마치면서 그는 자리에 털썩 앉았다.

도날드 파프리이

6. 숙박

마지막 몇 분 사이에 새로 도착한 사람들로 창밖의 군중들이 불어나 있었다. 그들 중에는 상당한 규모의 사업을 하는 상점 주인들과 점원들이 섞여 있었다. 하루 영업을 마무리 하고 잠깐 바람을 쐬려고 나온 사람들이었다. 이들 가운데는 다소 궁핍하게 보이는 서민들도 많았다. 그런데 그들 중에 분명히 다른 곳에서 온 듯한 낯선 사람이 하나 보였다. 외모가 아주 귀엽게 생긴 젊은이였다. 그는 당시 유행했던 예쁜 꽃무늬 여행용 가방을 손에 들고 있었다.

그는 불그스레한 혈색에 잘 생긴 얼굴이었다. 맑은 눈동자에 몸집은 가늘었다. 그가 이곳에 도착한 것은 밀과 빵과 무슨 연관이 있는 것처럼 보였다. 그런 이유가 아니면 그곳에 올 이유가 없을 것 같아 보였다. 헨처드와 시민들 간의 대화가 그 젊은이의 발길을 멈추게 했고, 젊은이는 구경꾼들에게 몇 마디 나직하게 물어 본 후 이야기를 계속 듣고 있었다.

헨처드의 "그렇게 할 수 없습니다"라는 끝맺는 말이 들려오자 그는 충동적으로 웃으면서 호주머니에서 수첩을 끄집어내어 창가의 불빛 아래서 몇 자 적었다. 그러고 나서 그 수첩 장을 찢어 몇 번 접더니 그 위에 수신인의 이름을 썼다. 그는 그것을 열려진 문을 통해 식탁위로 던지려 하는 듯했다. 그러나 생각을 고쳐먹은 듯, 군중 틈을 헤치고 나가 호텔 문 앞에 멈춰 섰다. 그곳에는 방안에서 시중들던 웨이터 한 사람이 이제 한가로이 문기둥에 몸을 기대고 있었다.

"이 쪽지를 시장님한테 곧장 전해 주세요."

하고 젊은이는 휘갈겨 쓴 그 쪽지를 웨이터에게 넘겨주었다.

엘리자베스 제인은 그 젊은이의 언행을 하나도 놓치지 않고 유심히 지켜보았고 그가 하는 말을 들었다. 특히 그 젊은이가 하는 말투와 억양 때문에 더 관심을 갖게 되었다. 말투를 들어보면 그 지방에서 흔히 사용하는 억양과는 판이하게 다른 북쪽지방의 말투였다.

웨이터가 쪽지를 받아들자 그 젊은이는 이어서 물었다.

"여기보다 값이 좀 싼 그럴 듯한 호텔을 하나 알려주겠소?"

웨이터는 무관심한 표정으로 이쪽저쪽 거리를 휘둘러보았다.

"바로 조금 아래 '선원들이 묵는 호텔'이란 뜻의 머리너즈 호텔이 있다고 들었어요"하고 기운이 없는 소리로 답했다.

"하지만 한 번도 그곳에서 잠을 자본 적은 없어요."

스코틀랜인처럼 보이는 그 젊은이는 웨이터에게 고맙다는 인사를 하고 느린 걸음으로 머리너즈 호텔을 향해 걸어갔다. 그 젊은이는 자신이 보낸 쪽지의 운명보다는 지금 향하고 있는 호텔에 더 많은 관심이 있는 것처럼 보였다. 왜냐하면 호텔로 향하는 그의 마음은 안정되었지만 그 쪽지는 순간적인 충동으로 쓴 후에 전달되었기 때문이었다. 그가 길 아래쪽으로 사라지는 동안 웨이터도 문 안으로 들어갔다. 엘리자베스 제인은 그 젊은이가 전해준 쪽지가 시장에게 전달되는 과정을 유심히 지켜보았다.

헨처드는 그 쪽지를 무관심하게 바라보더니 한 손으로 펴들고는 쭉 훑어 내려갔다. 놀랍게도 뜻밖의 표정을 지었다. 이제까지 곡물거래에 관한 이야기로 초조하고 어두웠던 표정이 한순간에 긴장된 표정으로 변해갔던 것이다. 쪽지를 곰곰이 읽어 내려가면서 깊은 생각에 잠긴 듯했다. 침울한 표정이 아니라 어떤 생각에 깊이 빠져있어 몰입한 모습이었다.

이때쯤 축배와 시끌벅적한 이야기는 노래하는 분위기로 바뀌었고 밀에 관한 화제는 잊혀 가고 있었다. 손님들은 둘씩 셋씩 머리를 맞대고 환담을 나누고 있었다. 소리 없는 웃음을 짓느라 모두 표정들이 가지각색이었다. 그들 중에는 어떻게 이곳에 왔으며, 왜 왔으며, 그리고 어떻게 돌아갈 것인가를 모르고 있는 사람들도 더러 있었다. 그들은 다만 어리둥절한 표정으로 얼굴에 미소를 지으며 생각 없이 앉아 있었다. 몸집이

딱 벌어진 사람들은 앞으로 몸을 수그려 곱사등처럼 되어가고, 위엄이 있어 보이는 사람들은 구부린 자세로 위엄을 잃어가고 있었다. 이러한 몸가짐 가운데 얼굴 모습도 엉클어져 가고 있었다. 한편 왕성한 식욕으로 먹어댔던 몇몇 사람들은 움츠린 자세로 앉아 있었고, 그들의 입과 눈 언저리는 뒤로 젖혀진 자세로 들려져 있었다. 다만 헨처드만이 꼿꼿한 자세를 유지하고 있었다. 그는 점잖은 자세로 똑바로 앉아 조용히 생각에 잠겨 있었다.

시계가 아홉 시를 알렸다. 엘리자베스는 어머니에게로 몸을 돌렸다.

"엄마, 이제 밤이 깊어 가는데, 어떡하지요?"

그녀는 어머니가 우유부단해 하는 모습을 보고 놀랐다.

"우선 잠잘 곳부터 구해야겠다. 이제 헨처드 씨를 보려던 희망을 모두 이루었으니 뭘 더 원하겠니."

하고 어머니는 혼자 중얼거렸다.

"여하튼 오늘 밤에는 모든 일이 흡족하게 되었네요."

하고 딸은 엄마를 위로하듯 말했다.

"헨처드 씨에 관해 어떻게 하는 것이 최선인지는 내일 생각하기로 해요. 지금 당장 하루 밤을 보낼 숙소를 정하는 것이 우선이잖아요?"

어머니가 아무런 반응이 없자, 엘리자베스는 머리너즈 호텔이 비교적 값이 싼 숙소라던 그 웨이터의 말을 생각하였다. 그 젊은이도 값싼 곳을 찾아 그곳으로 갔으니 우리에게도 유익한 숙소가 될 거라는 생각이 들었다.

"우리도 그 젊은이가 간 곳으로 가요. 그 젊은이는 점잖아 보이던데. 어때요, 엄마?"

어머니도 동의했다. 그들은 함께 길을 걸어 내려갔다.

한편 앞서 말한 그 쪽지로 인해 시장은 계속 이런 생각 저런 생각에 사로잡혀 있었다. 이윽고 옆 사람에게 자기가 할 역할을 대신해 달라는 나지막한 부탁을 한 뒤 그곳을 빠져나갔다. 그의 옛 아내와 딸 엘리자베스 제인이 그 장소를 떠난 바로 직후였다.

연회장 밖에는 그 웨이터가 보였다. 시장은 웨이터를 손짓으로 불러 15분 전에 넘겨받은 그 쪽지를 누가 가져왔는지 물었다.

"시장님, 어떤 한 젊은 분이었어요."

"그 젊은이가 어떻게 그 쪽지를 입수했는지 말하던가?"

"시장님, 그 젊은이는 창밖에 서 있다가 그걸 손수 썼습니다."

"아, 그걸 손수 썼단 말이지? 그럼 그 젊은이는 이 호텔에 묵고 있는가?"

"아니요, 시장님. 머리너즈 호텔로 간 것 같습니다."

시장은 두 손을 저고리 옷자락 밑으로 넣고 현관문 앞을 왔다 갔다 했다.

마치 그가 답답한 실내 공기를 피해 시원한 바깥 공기를 찾아 만끽하려는 듯한 모습이었다. 그 쪽지의 내용이 무엇인지는 알 수 없어도 시장의 태도를 보아 그의 마음이 완전히 그 쪽지 내용에 사로잡혀 있음을 읽을 수 있었다. 마침내 시장은 연회장 문까지 되돌아가 걸음을 멈추었다. 시장이 없어도 노래와, 축배 그리고 대화가 아주 만족스럽게 진행되어가고 있었다. 시정市政 관계자들, 시민들, 그리고 크고 작은 상인들은 술에 취할 데로 취해 누가 누군 인지 상관 않고 정치적, 종교적, 사회적 신분을 까맣게 잊고 있었다. 연회장이 이런 분위기로 진행되자 시장은 모자를 집어 들었다. 웨이터가 네덜란드 외투를 거들어 입혀주자 밖으로 나와 현관에 섰다.

길거리에는 사람들도 눈에 띄게 줄어들었다. 시장의 눈길은 알 수 없는 힘에 이끌려 약 100여 미터 아래쪽 어느 지점에 멈췄다. 그곳은 그 쪽지를 쓴 사람이 가있다는 머리너즈 호텔이었다. 호텔의 모습을 보니 엘리자베스 여왕이 살던 그 시대 스타일로 지어져 박공벽이 두 개 우뚝 솟아있고 둥근 모습의 창과 입구에는 불빛이 빛나고 있었다. 얼마 동안 그곳에 시선을 고정시키더니 서서히 발길을 옮기기 시작했다.

이 호텔이 들어서기 전, 지금 그곳은 이미 오래전 헐리고 사라졌지만 한 여인숙이 있었던 자리였다. 그 여인숙에는 사람과 동물이 동시에 지

널 수 있도록 부드러운 모래 돌로 지어져 칸막이가 설치 되어있었으나 기초가 부실했었음을 알 수 있었다. 자주 그곳을 이용한 사람들에겐 인기가 있었던 그 여인숙엔 긴 창문이 있었지만 덧문으로 닫혀 있었다. 각 덧문 위에는 원추형으로 된 구멍이 하나씩 나 있었는데 좌우가 다소 홀쭉했다. 약 한 뼘 간격으로 불빛이 새어나오는 이 구멍들 안쪽에는 그 앞을 지나가는 사람은 모두 알고 있듯이 킹즈암즈 주민들 가운데서도 사회적 신분이나 생활수준에서 격이 다소 떨어지는 유리 장수인 빌리윌즈, 구두장이인 스마트, 잡화상인 부즈포드, 그리고 같은 부류의 많은 사람들이 긴 담뱃대를 들고 종종 모여 있는 모습을 볼 수 있었다.

입구 위에는 네 모서리를 떠받치고 있는 튜더 왕조풍의 아치가 하나 서 있었고, 그 위에는 간판이 하나 걸려있었는데 맞은편 불빛에 비춰져 시야에 금방 들어왔다. 이 간판에는 화가가 실물크기보다는 작게 그린 선원들이 꼼짝 않고 나란히 서 있었다. 간판이 있는 쪽은 그 길가의 햇볕이 드는 쪽이었기 때문에 그 세 친구들은 뒤틀리고, 찢겨지고, 퇴색되고, 볼품없이 되어 있었다. 그러니 그들의 모습은 간판의 갈라진 틈바구니에서 엉거주춤한 모습으로 희미하게 보이는 게 전부였다. 그 그림이 사실 이런 지경에 이르게 된 것은 여관주인 스태니지의 무관심한 태도 때문이라기보다는 그 전통적인 인물화를 재현할 수 있는 화가가 캐스터브리지에 없다는 것이 결정적인 원인이었다.

머리너즈 호텔로 통하는 좁고 기다란 길을 따라 희미하게 불이 밝혀져 있었다. 그 좁은 통로를 따라 호텔 뒤쪽의 마구간으로 들어가는 말들과 사람들은 서로 부딪쳤다. 그러나 사람들이 동물들의 발에 밟힐 위험은 별로 없었다. 이 호텔을 출입할 수 있는 길은 이 좁은 길 외에는 없었어도 사람들은 변함없이 머리너즈의 친숙한 마구간과 맥주를 좋아했던 것이다.

헨처드는 한동안 그 호텔 밖에 서 있었다. 셔츠 위로 네덜란드 천으로 된 저고리 단추를 채우고 평상시의 무덤덤한 모습으로 그 호텔 문을 들어섰다.

수잔과 헨처드

7. 설득

엘리자베스 제인과 그녀의 어머니는 약 20분 먼저 도착하여 건물 밖에서 이들 모녀는 발걸음을 멈추었다. 비록 값싼 호텔이라고 했지만 얄팍한 호주머니 사정으로 숙박비가 비싸지나 않을까하는 조바심으로 불안했다. 그러나 그들은 용기를 내고 들어가 주인 스태니지 씨를 만났다. 조용한 사람이었다. 그는 거품을 뿜어내는 맥주를 따라 종업원들과 나란히 이 방 저 방으로 가져가고 있었다. 종업원들과는 달리 동작이 느렸다. 바쁜 시간에는 누가 도와 달라는 요청이 없어도 종업원들을 그렇게 도와주었기 때문이다. 호텔 안주인은 방안에 앉아서 꼼짝도 하지 않았으나 이를 지켜보는 시선은 빨랐고 주변의 말소리를 모두 듣고 있었다. 그녀는 남편이 가까이 있으면서도 못 보고 넘기는 고객들의 긴박한 요구들을 열린 문과 승강구를 통해 보기도 하고 듣기도 했다. 엘리자베스와 그녀 어머니를 어쩔 수 없이 손님으로 받아들이는 듯 했다. 이들 모녀는 조그만 침실로 안내 받았다.

이 호텔에서는 통로와 마룻바닥, 그리고 창문들이 모두 낡아 보기에 흉하고 통로는 꾸불꾸불하고 어둠침침하여 필요하다면 언제나 깨끗한 리넨을 깔아 보상해 주는 것을 서슴지 않고 있었다. 그래서 여행자들이 매우 좋아했던 것이다.

"우리한테는 너무도 과분한 곳이야. 다른 호텔 같으면 숙박료를 감당할 수 없을 거야"하고 헨처드 부인은 방안을 둘러보며 말했다.

"엄마, 정말 그래요. 그러니까 감사한 마음을 가져야 해요."

"감사한 마음을 갖는 것도 좋지만 숙박료부터 지불해야 하는데"하고 그녀의 어머니는 대답했다.

"헨처드 씨는 신분이 높은 분이라 우리가 함부로 그분 가까이 갈 수 없다는 것이 문제야. 그러니 우리 얄팍한 호주머니만 쳐다보는 길 밖에는."

"엄마, 내가 어떻게 해 볼게요"

하고 엘리자베스는 한참 머뭇거리다 말했다. 그 동안에 아래층에서는 너무 바빠 그들의 저녁밥을 까맣게 잊고 있는 듯했다. 그녀는 방을 나와 아래로 내려갔다.

이 순박한 처녀한테 가장 값진 장점이 있다면 그것은 상호간의 이익을 위해 자신의 편안함이나 체면 따위는 기꺼이 희생한다는 점이었다.

"오늘 밤, 이곳에 계시는 여러분들은 무척 바쁘신 듯하고, 제 어머니는 몸이 불편하시니 제가 거들어 드리면 저희 숙박료를 좀 깎아 줄 수 있을는지요?"

하고 엘리자베스는 여관 안주인에게 물었다.

그 여주인은 안락의자에 깊이 파묻혀 앉아 꼼짝 않고 엘리자베스를 뚫어지게 훑어보았다. 엘리자베스의 제안은 시골마을에서는 있을 법한 일이었다. 캐스터브리지가 고풍의 오래된 도시이긴 했지만 그런 관습이 이곳에서 사라진지 오래되었다. 그러나 그 여주인은 엘리자베스의 사근사근함에 마음이 열렸다. 그러자 엘리자베스는 서둘러 음식을 챙기고 말 없는 남자 주인의 몸짓을 따라 저녁밥을 챙기고 총총걸음으로 층계를 오르락내리락했다.

그녀가 이렇게 하고 있는 동안 이 호텔 한 가운데 있는 나무 칸막이 한가운데 있는 초인종이 '땡~'하고 울렸다. 위층에서 누군가 초인종의 줄을 당긴 것이다.

"그 스코틀랜드 젊은이로군."

하고 마치 모든 것을 다 알고 있는 듯 말했다. 그 안주인은 엘리자베스에게 시선을 돌리면서 말했다.

"얘야, 네가 이층 주방에 가서 젊은 신사에게 가져갈 저녁상이 차려졌는지 보고 오겠니? 만약 차려 졌으면 그걸 그분한테 날라다 드리도록 해라. 이층 앞방에 그분이 계셔."

엘리자베스 제인은 배가 고팠지만 밥 먹는 일을 잠시 동안 기꺼이 뒤로 미루고 주방의 요리사에게로 갔다. 그곳에서 밥상을 들고 위층 젊은이 방으로 갔다. 머리너즈 호텔 대지는 상당히 넓었지만 객실의 크기는 좁았다. 방안에는 서까래, 칸막이, 통로, 층계와 높고 긴 의자 그리고 네 모퉁이가 두드러진 침대가 공간을 차지하고 있어 사람을 위한 공간은 여유롭지 않았다. 더욱이 한때 이곳에서 소규모 영업을 하던 양조업자들이 자가 양조영업을 그만두기 전 술을 빚기도 했던 곳이며, 또 남자 주인이 36리터짜리 맥주만을 고집하는 곳이었기 때문에 맥주의 질을 얼마나 중요하게 생각하는 장소인지 짐작이 갔다. 따라서 모든 관심사와 일상생활의 무게는 맥주의 품질 앞에 희생되어야 했다. 이제 엘리자베스는 그 스코틀랜드 젊은이가 자기 모녀가 머무는 작은 방에서 아주 가까운 방에 투숙하고 있다는 사실을 알게 되었다.

그녀가 방문을 열고 들어서자, 그 젊은이는 혼자 있었다. 킹즈암즈 호텔 창밖에서 서성거리는 모습을 본 바로 그 젊은이였다. 그는 그곳의 현지 신문 한 부를 손에 잡고 한가하게 읽고 있었다. 그는 그녀가 들어오는 것을 거의 의식하지 못했다. 그녀는 아주 침착한 태도로 그를 바라보았다. 그의 이마는 불빛을 받아 번쩍였으며 머리는 단정하게 이발한 모습이었다. 그의 뒤쪽 목덜미는 벨벳의 잔털 같은 털들이 있었고, 눈썹과 속눈썹은 일부러 그린 것처럼 선이 뚜렷하여 구부러진 두 눈을 가리고 있었다.

그녀는 쟁반을 내려놓고 저녁밥을 차린 후 조용히 나왔다. 아래층으로 다시 내려오자 안주인은 비대한 몸으로 앉아 있었다. 엘리자베스는 또 다른 일이 있으면 도와주려고 서 있었는데 친절하게도 스태니지 안주인은 제인이 피곤해 보였는지 모녀가 배가 고플 것이라고 동정어린 말을 하면서 식사부터 먼저 하라고 명령조로 말했다.

엘리자베스는 그 젊은이의 식사를 날라다 준 것처럼 그들 모녀의 간단한 저녁밥을 챙겨 나와 위층으로 올라갔다. 그녀는 어머니를 홀로 앉혀놓은 방의 문을 쟁반모서리로 조용히 밀고 열었다. 그녀는 어머니가 자리에 누워있지 않고 입을 벌리고 꼿꼿한 자세로 앉아있는 모습을 보고 놀랐다. 엘리자베스가 들어서자 어머니는 손가락을 들어 한 방향을 가리켜 보였다.

곧 그 의미를 알 수 있었다. 두 모녀에게 배당된 이 방은 한때 스코틀랜드 젊은이가 투숙하고 있는 방의 의상실로 사용되었던 것이다. 그 두 방을 둘로 나눈 흔적이 뚜렷이 남아 있는 문을 보니 못질이 되어 있었고 그 위에 벽지로 밀봉했음을 알 수 있었다. 그러나 머리너즈 호텔보다 더 좋은 조건의 호텔들에서도 종종 그러했다. 그런데 이 두 방의 어느 한쪽에서 하는 말이 그 옆방에까지 한 마디 한 마디 똑똑히 들렸던 것이다.

이렇게 엘리자베스는 마치 최면술이나 마술에 걸린 사람처럼 쟁반을 살며시 내려놓고, 어미니 가까이 다가가자 그녀의 어머니는 아주 작은 소리로 속삭였다.

"지금 들리는 목소리가 그분이셔."

"누구 말하는 거야, 엄마?"

하고 딸이 답답해하며 물었다.

"시장."

수잔 헨처드의 불안한 목소리가 떨렸다.

그녀의 딸은 어머니를 전혀 의심하지 않았다. 그러나 어느 누구라도 어머니의 떨리는 그 목소리를 들은 사람은 헨처드 시장이 단순한 인척 관계를 넘어 알지 못하는 은밀한 무엇이 있으리라는 추측을 하고도 남음이 있었을 것이다.

그 젊은 스코틀랜드인과 헨처드 두 사람이 정말로 옆방에서 이야기를 나누고 있었다. 엘리자베스 제인이 주방에서 저녁밥이 준비되기를 기다리고 있는 동안 이 여관에 들어선 헨처드를 이집 주인 스태니지가 이층으로 안내했던 것이다. 잠시 후 엘리자베스는 보잘 것 없이 보이는 저녁 밥상을 벌려 놓고 어머니한테 함께 먹자고 손짓했다. 어머니는 기계적으로 밥상 앞으로 다가왔다. 그러나 그녀의 모든 주의력은 밀봉된 문을 통해 들려오는 두 사람의 대화에 집중되었다.

"나는 당신이 전해준 쪽지 내용에 꼭 확인하고 싶은 것이 있어 직접 확인하고 싶은 심정으로 잠시 들렀소."

하고 시장은 조금도 주저함이 없는 친절한 어투로 말했다.

"하지만 아직 저녁 식사 중이었군요."

"예, 식사가 거의 끝났어요. 시장님, 앉으세요. 식사 다했어요. 아무렇지도 않아요."

헨처드는 권하는 의자에 앉는듯하다 곧 다시 말을 이어서 시작했다.

"그런데, 이 쪽지는 당신이 직접 쓴 거요?"

종이쪽지를 꺼내면서 바스락 소리가 났다.

"예, 그렇습니다."

"그렇다면 우리는 서로 약속을 지키기 위해 내일 아침을 기다리고 있는 중에 이렇게 만나게 된 셈이군요. 내 이름은 헨처드요. 당신은 신문에서 어느 곡물 도매상의 지배인을 구한다는 광고를 보고 온 것 아닌가요?— 말하자면 당신이 그 일로 온 것이 아닌가 말이요?"

"아니요, 그렇지 않아요."

그 스코틀랜드 젊은이는 놀란 기색이었다.

"틀림없이 당신이 그 사람인데 뭘!"

하고 헨처드는 우격다짐으로 말을 계속했다.

"누가 당신을 보내어 나를 만나게 했소? 조슈아, 조슈아, 지프—조프— 그 사람 이름이 뭐요?"

"시장님께서는 뭘 잘못 아시고 계십니다!"

하고 그 젊은이가 대답했다.

"제 이름은 도날드 파프리이입니다. 제가 곡물 업에 종사하고 있는 것은 사실입니다. 하지만 저는 어떤 광고를 본적이 없고 누가 저에게 어떤 이를 만나라고 주선하지도 않았습니다. 저는 브리스톨로 가는 중입니다. 그곳에서 이 지구의 반대쪽으로 가려고 합니다. 밀을 대량 재배하는 서쪽 세계에서 내 행운을 잡아볼 심정으로 말입니다! 저는 곡물 분야에 아주 중요한 몇 가지 아이디어가 있습니다. 그런데 이곳에서는 그것을 개발할 기회가 전혀 없거든요."

"미국으로─ 그래도 그렇지. 아무리 그렇다 해도."

하는 헨처드의 말에는 실망감이 깊이 스며들어 있었다. 그 실망감은
분위기로 보아 금방 알아챌 수 있는 큰 것이었다.

"하지만 내 생각엔 당신이 곡물상 지배인으로 적절한 사람 같소!"

그 스코틀랜드인은 나직한 소리로 한 번 더 부인했다. 잠시 침묵이 흐
르더니 헨처드는 다시 입을 열었다.

"정 그렇다면, 당신이 쪽지에 써 준 몇 마디의 말에 대해 깊이 감사
드리고 싶습니다."

"아닙니다, 시장님."

"아니오, 그 쪽지 내용이 나에게는 아주 중대한 내용입니다. 싹튼
밀에 대해 사람들이 이렇게 몰려와서 불평불만을 털어놓기까지 그 밀
이 상했다는 사실을 전혀 모르고 있었지만, 그 일로 나는 궁지에 몰려
있다오. 아직도 내 창고에는 그렇게 싹튼 밀이 2,500파운드나 있어요.
그런데 당신 같은 젊은이가 싹튼 밀을 재생하는 방법을 성공적으로 만
들 수 있다면, 내가 이 곤경에서 헤어 나올 수 있겠구먼. 당신이 그 쪽
지에 쓴 말이 상당한 가능성을 지니고 있음을 느꼈지만, 그것을 입증
해 내는 걸 확인하고 싶소. 지금 당장 당신에게 그 대가를 지불하지
않는다 하더라도 상세하게 몇 가지만이라도 말해 줄 수 없을까요?"

그 젊은이는 잠시 1~2분 동안 깊은 생각에 잠겼다.

"그렇게 해드리지요. 저는 어차피 외국으로 떠날 사람이니까요. 뿐
만 아니라 상한 밀을 가지고 앞으로 영업할 사람도 아니니까, 죄다 말
씀드리겠습니다. 시장님께서는 제가 외국에서 싹튼 밀을 재생하는 것
보다 이곳에서 더 쉽게 이용하실 수 있을 것입니다. 시장님, 여기를 잠
시 보세요. 제가 가방 속에 견본을 가지고 있습니다."

옆방에서 들으니 젊은이 방에서는 딸각하는 소리가 들려오고 체 치는
소리와 바스락거리는 소리가 이어서 들렸다. 그 후에 무게를 재는 단위
로 온스에서 부피를 재는 단위인 부셸에 이르기까지 단위, 건조와 냉동

등에 관해 의논하는 소리가 들려왔다.

　"이 몇 알의 곡식 알맹이가 시장님이 직접 확인하실 수 있는 증거입
　니다."

하는 젊은이의 말소리가 들려왔다. 잠시 침묵이 흘렀다. 침묵이 흐르
는 동안 이 두 사람은 어떤 작업을 열심히 지켜보는 듯했다. 곧 젊은이가
소리쳤다.

　"자, 이제 그걸 맛보세요."

　"야, 이거 완전한데 그래!─ 아주 완전히 재생됐어. 아니, 이건 완전
　한 정도가 아니라 원래 그대로야."

"싹튼 놈으로 좋은 이등품을 만들어도 전혀 손색이 없을 정도로 재생됐
습니다"하고 스코틀랜드 젊은이는 말을 계속했다.

　"싹튼 밀을 완전히 재생한다는 것은 기후조건이 따라주지 않기 때문
에 불가능한 일입니다. 그러나 완전한 재생에 가까운 정도로 만들 수
는 있습니다. 시장님, 제가 조금 전에 어떻게 재생할 수 있는지 보여드
렸지요? 제가 보기엔 재생하는 과정이 결코 어려운 일이 아닙니다. 기
후만 좋으면 싹튼 밀에 관한 논쟁은 아무 소용없는 논쟁거리니까요. 제
가 말씀드린 내용이 시장님께 도움이 되었다면 그것으로 저는 만족합
니다."

　"하지만, 젊은이, 내 말을 좀 들어보세요,"

하고 헨처드는 애원하듯 말을 했다.

　"내 사업은 곡물과 건초 장사입니다. 나는 건초 베는 일꾼으로 자랐
기 때문에 내가 가장 많이 알고 있는 것은 건초라오. 지금은 곡물업이
가장 큰 부분을 차지하고 있지만 당신이 좋다면 곡물 쪽의 관리를 전적
으로 당신에게 맡기겠소. 그뿐만 아니라 월급 외에도 수당을 지급하겠
소."

　"시장님은 참 너그러우시군요─ 정말 너그러우신 분이세요. 하지만,
저는 그럴 수 없습니다!"

하는 젊은이의 말에는 다소 근심이 어려 있었다.

"그러지 말고 같이 한번 해봐요, 젊은이!"

하고 헨처드는 결론을 내린 듯 말했다.

"자— 화제를 바꿉시다— 남에게 베풀고 좋은 일을 하면, 내게도 좋은 일이 오는 법이요. 이곳에서 그런 형편없는 저녁밥이나 먹고 있지 말고 내 집으로 갑시다. 식어 빠진 햄 조각과 맥주보다 더 좋은 것으로 대접하고 싶소."

도날드 파프리이는 고마워했다. 그는 사양하지 않았지만 내일 아침에는 일찍 떠나겠다고 말했다.

"좋아요."

하고 헨처드는 바로 답했다.

"좋으실 대로 하세요. 하지만 젊은이, 견본에서처럼 이 방법이 많은 양에서도 똑같이 성과가 좋다면 당신은 이미 내 신용을 회복시켜 놓은 셈이오. 아직 우리는 서로 잘 모르는 사이이지만 말이오. 이렇게 가르쳐 준 데에 대해 얼마나 지불할까요?"

"천만의 말씀을 하시는 군요. 제가 보여드린 방법은 그렇게 자주 쓰일 필요는 없을 것입니다. 게다가 저는 그 방법이 대단하다고 생각지도 않거든요. 그냥 어려움에 처한 시장님께 알려드렸으면 좋겠다는 생각으로 말씀드린 것 밖에 없어요. 마음고생 많이 하였겠어요, 시장님."

헨처드는 잠시 생각에 잠겨 있다가 입을 열었다.

"이렇게 친절하게 싹튼 밀을 재생하는 방법에 대해 알려준 젊은이의 은혜는 잊지 않을 거요. 그것도 초면의 나에게 이런 큰 도움을 주다니! 정말 젊은이는 내가 만나기로 한 사람이 아니라고는 믿어지질 않아요!"

하고 헨처드는 계속 말을 이어갔다.

"'그 사람은 내가 누구인지도 모르면서 이런 방법으로 젊은이를 추천하는군' 하고 혼자 중얼거렸다오. 그런데 당신은 내가 생각한 대로 신문광고를 보고 찾아온 사람이 아닌 것이 사실이었군!"

"예, 예. 그런 것 같습니다."

헨처드는 다시 말을 중단하였으나 곧이어 의미심장한 그의 목소리가 다시 들려왔다.

"파프리이 씨, 당신의 이마를 보니 내 불쌍한 동생이 생각나는구려 — 지금은 죽고 없는 동생이지만, 코도 많이 닮았다오. 젊은이는— 가만있자— 5피트 9인치나 되겠군? 나는 6피트 1인치인데 신발을 벗으면 6피트 반 정도가 되지요. 하지만 그게 무슨 사건이라도 되나? 사람은 부지런하게 열심히 뛰어야 돈을 버는 법이지. 사실 그래요. 헌데 사업 기반을 잡으려면 판단력과 앞을 바라보는 식견이 있어야 한단 말이요. 그런데 난 그런 재능이 없어요. 숫자에 어두운 사람이거든— 뭐든지 주먹구구식이지요. 젊은이는 보니 전혀 그렇지 않군요— 난 사람 보는 눈이 있다오. 나는 지금껏 젊은이 같은 상대를 3년 동안 찾고 있었던 중이라오. 그런데도 젊은이는 나와 함께 일을 하길 원치 않는군요. 아무튼 내가 돌아가기 전 하나만 더 물어봅시다. 젊은이가 원하던 원치 않던 상관없이, 한 번만 더 물어봅시다. 여기에 나와 함께 머물러 있을 수 없겠소? 정말 미국으로 떠날 작정이요? 내 마음속을 다 열어 보여주고 싶다오. 젊은이가 나한테는 한없이 소중한 사람이 될 것 같다오. 정말 진심으로 하는 말이오. 젊은이가 이곳에 남아 내 지배인만 되어 준다면 더 이상 바라게 없을 것 같은데."

"시장님, 제가 세워놓은 계획은 이미 정해졌어요."

하고 젊은이는 거절하려는 말투로 답했다.

"저는 한 가지 중요한 계획이 있어요. 그러니 다른 생각은 있을 수 없지요. 시장님, 저와 함께 술이나 한 잔 하시지요? 이 캐스터브리지의 맥주는 뱃속까지 짜릿한 맛이 있더라고요."

"아니야, 아니요. 술을 한 잔하고 싶지만 그럴 수 없는 사정이 있다오."

그의 말은 엄숙했다. 그리고 그가 자리에서 일어나 떠나기 전에 의자를 끌어당기고 일어서려는 동작을 하고 있음을 느낄 수 있었다.

"나도 젊었을 때는 그런 술을, 아니 그보다 훨씬 더 독한 술을 마구 마셨다오─ 그래서 거의 패가망신하다시피 했다오! 나는 그놈의 술 때문에 죽는 날까지도 얼굴을 들지 못할 창피한 짓을 한 일이 있다오. 그런 수치스런 일을 저지르고 나서, 나는 그때 그곳에서 맹세했다오. 그때 내 나이만큼 수십 년 동안 차(茶)보다 더 강한 음료는 어떤 것이라도 마시지 않겠다고 맹세했다오. 나는 오늘날까지 그 맹세를 지켜오고 있는 중이라오. 하나 파프리이 씨, 이렇게 푹푹 찌는 더위에는 4온스 아니면 한 통 정도 마실 수 있을 것 같기도 하다오. 하지만 내가 한 맹세를 생각하게 되면 강한 음료는 결코 입에 대지 않아요."

"억지로 강요하지는 않겠습니다, 시장님.─ 억지로 드시라고 하지 않아요. 시장님의 그 다짐에 깊은 존경을 전해드립니다."

"젊은이가 지배인이 싫다면 어차피 나는 지배인을 다른 곳에서 찾아야겠구만"하는 헨처드의 말은 강한 이미지를 남겼다.

"그래도 나한테 적합한 사람을 하나 구하는 데도 오랜 시일이 걸리는데."

젊은이는 시장이 자신을 인정해 준다는 사실에 깊은 감동을 받는 듯 보였다. 두 사람이 문 앞에 이를 때까지 말이 없었다.

"이곳에 머물러 있을 수만 있다면 좋겠습니다─ 정말로 그렇게 하고 싶습니다만."

하고 젊은이는 아쉬운 대답을 했다.

"그러나 안 되겠어요─ 그렇게 할 수 있는 상황이 아니에요! 정말 그렇게 할 수 없어요. 저는 넓은 세상을 구경하고 싶어요."

8. 향수

이렇게 그들은 헤어졌다. 엘리자베스 제인과 그녀의 어머니는 밥을 먹으면서도 각자 제 나름대로 생각에 깊이 잠겨 있었다. 지난날 수치스러운 행위를 한 사실에 헨처드가 부끄럽게 여긴다는 말을 들은 이후 줄곧 어머니의 얼굴은 이상하리만큼 밝아졌다. 나무 칸막이 중심부가 떨리면서 파프리이 씨가 다시 초인종 줄을 당겼음을 알게 해 주었다. 아마도 젊은이의 저녁 밥상을 치우라는 신호였음이 틀림없었다. 콧노래를 부르고 서성거리는 젊은이의 표정으로 보아 아래층 손님들의 떠들썩한 대화와 노랫소리에 마음이 이끌려 있는 듯 했다. 그는 복도로 나와 계단 아래로 내려갔다.

엘리자베스 제인이 그 젊은이의 저녁밥상과 그들 모녀가 먹은 밥상을 치울 때가 되자 언제나 그러하듯 아래층에서는 손님들에게 시중드느라 아주 시끌벅적했다. 엘리자베스는 아래층에 내려가 봉사할 마음이 내키지 않아 엉거주춤 서서 그 광경을 말없이 지켜보았다. 이런 경험은 이제까지 해변의 오두막집에서만 은둔 생활해 온 그녀에게는 너무도 생소하고 새로운 경험이었다. 넓은 홀에는 등받이가 튼튼해 보이는 20~30여개 의자가 벽 옆으로 놓여있고 각 의자에는 친절해 보이는 사람들이 앉아 있었다. 바닥에는 모래가 깔린 홀이 있고 등받이가 높은 검은 의자 하나는 문 안쪽 벽에서 앞으로 삐죽이 몸통을 내밀고 있어서 엘리자베스는 다른 사람들이 보이지 않는 위치에서 그 곳에서 벌어지는 광경을 놓치지 않고 모두 구경할 수 있었다.

그 스코틀랜드 젊은이도 손님들 틈에 끼어 있었다. 둥글게 휘어진 창 아래와 그 주위의 특별석에 앉아 있는 명망 있는 상인들 외에, 불이 밝혀지지 않은 구석에는 다소 지위가 낮은 사람들이 자리를 차지하고 있었다. 그들이 차지하고 있는 좌석들은 그냥 벽에 기댄 채 세운 벤치들에 불과했다. 그들은 유리잔 대신 컵으로 음료수를 마시고 있었다. 자세히 보니 이들 가운데는 킹즈암즈 창밖에 있던 사람들도 더러 눈에 띄었다.

그들 뒤에는 환풍기가 달린 조그마한 창문이 하나 있었다. 그 환풍기가 휘─이─잉 소리를 내면서 갑자기 돌아가기 시작했다. 그러나 멈추는 듯하다 또다시 돌기 시작했다.

이렇게 숨어서 훔쳐보고 있는 사이, 잘 보이지 않는 어느 의자 앞쪽에서 노래하는 소리가 그녀의 귀에 와 닿았다. 노래 가락과 억양이 특이한 매력을 지녔음을 깨달았다. 그녀가 숨어서 그 광경을 보기 전에도 이미 몇 곡이 불렸었다. 이제는 스코틀랜드 젊은이도 이 분위기에 빠져 주변 상인들이 요구하자 민요 한 곡으로 방안의 분위기를 맞춰주었다.

엘리자베스 제인은 노래를 좋아했기 때문에 관심을 가지고 듣지 않을 수 없었다. 그 젊은이가 부르는 노래 소리를 들으면 들을수록 황홀한 기분에 젖어들었다. 이전에는 이런 아름다운 노래를 들어본 일이 없었다. 주변에 앉아있던 손님들도 모두 특별한 관심을 가지고 귀를 기울이고 있는 모습을 보아 그들도 대부분 그런 노래를 들어본 일이 없었을 거라는 짐작을 할 수 있었다. 구경하는 대부분의 사람들은 서로 대화도 잊은 채, 술은 마시지도 않고, 빨대를 맥주잔에 꽂아 목을 축이지 않고, 맥주잔을 옆 사람에게 내밀어 권하는 일도 없이 마냥 조용하게 황홀한 노래에 넋을 놓고 있었다. 노래하는 사람 자신도 노랫가락이 계속됨에 따라 스스로 감정에 사로잡혀 눈물을 흘리고 있는 모습을 볼 수 있었다.

"고향, 고향, 고향으로 가고 싶어라
오 고향, 고향, 그리운 내 고향!
유쾌한 친구들과 앤난호(湖)를 다시 건너는 날,
눈에는 눈물이 흘러내리지만, 얼굴은 환하게 밝아지리라.
꽃망울이 맺히고 나무 잎이 돋아나면

종달새는 노래하며 내 고향으로 날 데려다 주리라!"

사방에서 박수갈채가 쏟아졌다.

이어서 긴 침묵이 뒤따랐다. 솔로몬 롱웨일즈는 이런 황홀한 긴박감을 만끽하게 하는 분위기 가운데 사람들의 시선을 끌면서 긴 빨대로 맥주를 들이켜 마신다는 생각은 분위기를 망칠 수 있기에 그래서는 안 되겠다는 생각을 하게 되었다. 이때 유리창문의 환풍기가 발작적으로 다시 가동되었고, 황홀한 분위기는 순식간에 사라져 버렸다.

"노련한 솜씨인데. 정말 뛰어난 솜씨야!"

크리스토퍼 코우니가 끼어들면서 말했다. 입에 물고 있던 빨대를 살며시 뽑으면서 외쳤다.

"젊은이, 계속해서 2절도 해 보세요."

"젊은이, 재창이요. 한번만 더 해 보세요"

하고 이번에는 유리 장수가 거들었다. 그의 몸집은 딱 벌어졌고, 머리는 물통처럼 생겼으며 흰 앞치마는 허리춤까지 말아 올리고 있었다.

"이 지방에서는 몸집이 저렇게 딱 벌어진 사람이 많지 않아"하고 슬쩍 곁눈질하면서 낮게 말했다.

"저 젊은이는 누구야?─ 스코틀랜드 사람이라며?"

"응, 바로 스코틀랜드에서 왔다더군"하고 코우니가 대답했다.

파프리이는 마지막 절節을 되풀이했다. 사람들이 그처럼 감상적인 노래를 머리너즈 호텔에서 들어본 일이 없었음은 분명했다. 억양의 차이, 노래하는 사람의 정서적인 반응, 강렬한 지방색 그리고 스스로 감정의 절정으로 이끌어 가는 열정과 진지함이 주변 사람들을 감동시키기에 충분했던 것이다. 이 지방에 사는 사람들은 그 젊은이와는 달리 자신의 감정을 자연스럽게 표현하기보다는 스스로 통제해 버리는데 익숙하였기 때문에 젊은이의 노래에 큰 감동을 받을 수밖에 없었던 것이다.

그때 스코틀랜드 젊은이가 "내 고향으로"하고 말꼬리를 떨어뜨리자,

"염병할, 우리도 저 젊은이처럼 마음껏 노래할 수 있다면 얼마나 좋을

까!"하고 유리 장수가 말을 이었다.

"우리들이 사는 캐스터브리지 이곳은 멍청한 인간들, 부랑배, 건달, 바람난 말괄량이 아니면 정숙치 못한 여자들이 활개 치는 세상이니 어디 가능이나 하겠냐고."

"백번 천 번 맞는 말이야."

하고 장사꾼 부즈포드가 식탁위의 빵 부스러기를 무심히 내려다보면서 맞장구쳤다.

"캐스터브리지는 어느 모로 보나 오래된 도시지만 악에 물들었어. 1,200년 전 우리가 로마 황제한테 반기를 들었었지. 그 일로 수 없이 많은 사람들이 갤로우즈 언덕에서 교수형을 당하며 사지가 찢기는 고통을 당했었어. 갈기갈기 찢겨진 살점들은 푸줏간 고깃덩이처럼 전국으로 보내졌다더군. 사람들은 믿지 않을지 몰라도 난 그런 사실들이 믿어져."

"젊은이, 왜 당신은 그렇게 고향을 못 잊어 하면서 당신 나라를 떠나 왔어요?"

하고 크리스토퍼 코우니가 물었다. 그의 말투는 원래 사람의 이목을 끄는 기질이 있었다.

"젊은이가 이 도시에 왔지만 우리는 보여드릴게 별로 없소. 빌리월즈 씨가 지적한데로 이 도시에 사는 장사나 하면서 살아가는 우리들은 생각하는 만큼 그렇게 정직하지 못하다오. 겨울철은 일거리도 없어요. 먹여 살려야 할 입들은 많은데 일거리가 없으니 참 힘들어요. 하나님께서 복이라도 많이 주시면 좋겠소만 어떻게 하겠소? 그저 먹고 살기가 바쁘다 보니 우리는 꽃이며 예쁜 얼굴이며 하는 호강스런 생각은 할 여유가 없소. 그냥 무얼 먹고 살아갈까하는 생각 외에는 다른 일들은 맘에 담아둘 수가 없다오."

"무슨 그런 말씀을 다 하시나요!"

도날드 파프리이 씨는 진지한 얼굴로 사방을 둘러보면서 방금 한 말에 대해 반감을 가지고 말했다.

"이 도시에 사는 천민들이 정직하지 않다는 말씀을 하다니— 절대로 그건 잘못된 생각이요. 여러분 생각해 보세요. 여러분들은 어렵게 살아가지만 다른 사람의 물건을 훔쳐본 적이 있습니까?"

"아 ! 물론 그런 도둑질을 하지 않지요. 절대로 도둑질 하면서 살지는 않아요!"

그때 솔로몬 롱웨이즈가 험악한 미소를 띠면서 다시 거들었다.

"아, 저 사람은 말을 앞뒤 가리지 않고 하는 습성이 있다오. 그러니까 생각이 항상 모자라는 사람이라고 놀림을 받아요."

그는 크리스토퍼를 향해 꾸중하는 듯한 어투로 말했다.

"자네는 처음 보는 젊은이한테 지나치게 말을 함부로 한다고 생각지 않는가?— 저 먼 북극에서 오시다시피한 젊은 여행객에게 그런 말을 하면 안 되지."

크리스토퍼 코우니는 입을 꾹 다물었다. 주변 분위기와 사람들의 냉랭한 태도에 기가 죽었다.

"염병할, 나는 저 젊은이가 자기 나라를 사랑하는 것의 반만이라도 내 나라를 사랑하는 마음이 있다면, 돼지우리 청소를 하면서라도 꾹 참고 살겠어. 허지만 난 그런 사랑이 없어!"

"어쨌든, 저 젊은이가 부르던 노래를 끝까지 들어나 보세. 이러다가 여기서 밤을 새우겠는걸."

하고 롱웨이즈가 말했다.

"내가 바라는 것은 그것이 전부요."

파프리이 씨는 사과하는 듯 말했다.

"어쨌든, 한 곡만 더 들어봅시다!"

하고 잡화상 주인이 말했다.

"젊은이, 숙녀 분들을 위해 한 곡만 더 불러주지 않겠소?"

아름답게 무늬가 새겨진 앞치마를 두른 뚱뚱한 여인이 젊은이에게 이렇게 요청했다. 그녀가 두른 앞치마는 허리끈이 잘 보이지 않게 뒤쪽에 매달려 있어 사람들 눈에 잘 띄지 않았다.

"쿡섬 어머니, 저 젊은이에게 한숨 돌릴 여유를 주세요. 그러다 쓰러지겠어요. 저 젊은이가 지금 제정신이 아니라고요"하고 유리 장수가 한마디 거들었다.

그때 스코틀랜드 젊은이는 곧장 말을 되받아 외쳤다.

"괜찮아요. 아직은 힘이 많이 남아 몇 곡을 더 부를 수 있습니다!"

그는 즉시 심금을 울리는 '오, 대니 보이'[1]를 깊이 감동적인 가락으로

---

1) [역자 해설] 존 맥코맥 / JOHN McCORMACK — THE LONDONDERRY AIR, 1936
대니 보이(Danny Boy)는 19세기 중엽부터 아일랜드 북부의 런던데리 주에서 불리던 <London Derry Air>가 원곡인데, '당신의 가슴을 장식하는 능금 꽃이 되고 싶다'는 사랑의 노래였다. 1913년 영국의 프레데릭 에드워드 웨드리가 <Danny Boy>라고 하는 새로운 가사를 쓰고, 아일랜드 출신의 명테너 가수 존 맥코맥(John McComack)이 레코드로 취입하여 대중적인 인기곡이 되었다. 제2차 세계대전 중에는 빙 크로스비(Bing Crosby)의 레코드로 리바이벌해 유명해졌으며 출정하는 자신의 아들을 보내는 어버이의 사랑 노래이기도 하다.

대니 보이 / Danny Boy, 1945

Oh Danny boy, the pipes, the pipes are calling
From glen to glen, and down the mountain side

아 목동들의 피리소리들은 산골짝 마다 울려 나오고
The summer's gone, and all the roses falling,'
Tis you, 'tis you must go and I must bide

여름은 가고 꽃은 떨어지니 너도 가고 또 나도 가야지
But come ye back when summer's in the meadow
Or when the valley's hushed and white with snow

저 목장에는 여름철이 오고 산골짝 마다 눈이 덮여도
'Tis I'll be here in sunshine or in shadow
Oh Danny boy, oh Danny boy, I love you so!

나 항상 오래 여기 살리라 아 목동아 아 목동아 내 사랑아
But when ye come, and all the flowers are dying
If I am dead, as dead I well may be

그 고운 꽃은 떨어져서 죽고 나 또한 땅에 죽어 묻히면
You'll come and find the place where I am lying
And kneel and say an "Ave" there for me.

부른 후, 주변 사람들이 앙코르를 요청하자 '올드 랭 사인'2)을 불렀다.

나 자는곳을 돌아보아 주며 거룩하다고 불러 주어요
And I shall hear, though soft, your tread above me
And all my grave will warmer, sweeter be

네 고운 목소리를 들으면 내묻힌 무덤 따뜻하리라
For you will bend and tell me that you love me
And I shall sleep in peace until you come to me!

너 항상 나를 사랑하여 주면 네가 돌아 올 때까지 잘 자리라.

2) [역자 해설] 한 해를 마감하는 섣달그믐이 가까이 오면 늘 들려오는 노래가 있다. 새해를 맞이하는 'New Year's Eve Song'으로 알려져 있는 "Auld Lang Syne, 올드 랭 사인 혹은 올드 랭 자인"이 그것이다. 이 노래는 "작별" 혹은 "석별의 정"이라는 제목으로 번안되어 불리기도 한다. 올드 랭 사인은 스코틀랜드의 오래된 민요로 로버트 버언즈(Robert Burns)가 노랫말을 작사하였다 한다. 하지만 이것이 악보로 발표된 것은 그가 사망한 후인 1796년이다.

스코틀랜드 언어인 "올드 랭 사인(Auld Lang Syne)"을 영어로 직역을 하면 "old long since"가 된다. 그러므로 보다 적합하게는 "Times long gone 또는 Times gone by, 지나간 시절"로 번역된다. 또 스코틀랜드에서 "syne"은 현대 영어의 "sign, (IPA [sain])"과 동일한 발음이라 한다. 그러니까 "zine [zaIn]"이라는 발음은 원 발음은 아니다. 그럼에도 많은 사람들은 'syne'을 '자인'으로 발음하고 있어 그대로 통용되고 있는 실정이다.

이 노래를 호그머네이(Hogmanay; 스코틀랜드의 섣달그믐 풍습) 또는 섣달그믐 저녁, New Year's Eve에 부르는 것은 원래 스코틀랜드의 풍습으로 알려져 있다. 이 노래는 세계 도처로 이민을 떠난 스코틀랜드 이민자들에 의해 널리 알려지게 된다.

재미있는 사실은 많은 사람들이 노래의 곡조는 잘 알고 있고 또 노래의 앞 구절의 가사는 기억하고 있지만 정작 미국인이나 영국인들조차도 노랫말을 다 기억하는 사람이 드물다는 점이다. 물론 이것은 노랫말이 영어와는 다른 스코틀랜드어로 만들어졌기 때문이라고 한다. 또한, 이 노래가 새해맞이를 위한 섣달그믐 저녁에 많이 불리고 있지만, 나라에 따라서는 졸업식에서나 장례식에서 혹은 업무의 종료를 알리는 곡으로서 이 노래가 불리거나 연주되고 있다.

Times Long Gone(그리움)

Should old acquaintances be forgotten, (오랜 친구들이 잊혀지려나?)
And never brought to mind? (다신 생각나지 않으려나?)
Should old acquaintances be forgotten, (오랜 친구들이 잊혀지려나?)

이때쯤 젊은이는 머리너즈 호텔 고객들의 마음을 완전히 사로잡았다. 심지어 코우니 노인까지도 감동을 했을 정도였다. 그 순간 젊은이는 그곳에 있던 사람들의 마음 깊은 곳에 숨겨진 감정을 불러 일으켜 놓았고, 이런 젊은이의 기풍에 감동을 받은 그들은 젊은이를 이상적인 인물로 환상을 가지고 바라보게 되었다. 캐스터브리지에는 감상이 있었고, 또 캐스터브리지에는 낭만도 있었다. 그러나 이 이방인을 통해 경험한 감상적인 체험은 질적으로 다른 것이었다. 캐스터브리지에 사는 사람들의 생각이 지나치게 피상적이어서 그런 느낌을 받은 것일까? 그 젊은이는 단순한 이방인으로서 여행객 그 이상의 존재— 곧 어떤 새로운 학파의 시인과 같았다. 그렇다고 해서 그 젊은이가 새로운 어떤 것을 캐스터브리지 시민들에게 가져다 준 것은 아니었지만, 그들 마음속 깊이 내재해 있었던 표현할 수 없는 그 어떤 것을 말로 드러내 표현한 첫 번째 사람이었음에 틀림없었다.

그 젊은이가 노래할 때 별 말이 없는 호텔 주인도 다가와 의자에 몸을

And days of long ago! (함께 지낸 지난날도 잊혀지려나!)

Chorus:
For old long ago, my dear (오랜 동안 함께 한, 내 친구여)
For old long ago, (지난날을 생각하면서)
We will take a cup of kindness yet (아직 여전한 우정의 잔을 드세)
For old long ago! (지난날을 생각하면서)

We two have run about the hillsides (우리 둘은 언덕길을 달렸었지)
And pulled the daisies fine, (그리곤 예쁜 데이지 꽃을 뽑았었지.)
But we have wandered many a weary foot (하지만 우린 발이 피곤하도록 방황했었지)
For old long ago! (지난 오래 동안)

We two have paddled (waded) in the stream (우리 둘은 강에서 뱃놀이를 하였지)
From morning sun until dinner time, (아침부터 저녁때까지)*
But seas between us broad have roared (하지만, 우리 사이에 놓인 넓은 바다들은 포효하듯 출렁거렸지)
Since old long ago. (···오래 전부터)
For old long ago! (지난 시절을 생각하면서)

기대고 서 있었다. 스태니지 부인까지도 뚱뚱한 몸을 **빼내고** 문 앞까지 나오는 일이 벌어졌다. 몸집이 큰 안주인이 문기둥을 안고 돌았을 때 문기둥이 흔들렸다. 마치 짐마차 꾼이 술통의 가장자리를 잡고 흔들 때 술통이 흔들리는 그런 흔들림 같은 것이었다.

"그런데, 젊은이는 캐스터브리지에 앞으로 사실 작정이세요?"
하고 여주인이 캐물었다.

"아, 아니요─ 아니에요!"
하는 스코틀랜드 젊은이의 목소리는 힘이 없었다.

"저는 브리스톨로 가기위해 그냥 이곳을 잠시 스쳐 지나가는 사람입니다! 그곳에서 외국으로 가려구요."

"정말 서운한데 그려."
하고 솔로몬 롱웨이즈가 거들었다.

"젊은이 같이 노래 잘 부르는 사람이 우리와 함께 생활하면 정말 신날 텐데. 이왕 말이 나왔으니 하는 말이지만, 야생동물인 곰이 개똥지빠귀와 쉽게 친구가 될 수 없는 것처럼, 눈이 많이 내리는 스코틀랜드에서 온 저 젊은이와 친구가 된다는 것도 쉬운 일은 아니지. 뿐만 아니라, 젊은이 같이 상식이 많은 사람이 입만 열기만 해도, 우리처럼 항상집안에 처박혀 있는 무식한 사람들한테는 좋은 가르침이 될 터인데 말이야."

"아이고, 그런 것이 아닙니다. 여러분들께서는 저의 나라를 잘못 알고 계세요."
하고 젊은이는 심각한 표정으로 사람들을 횡하니 둘러보면서 말했다. 잘못 알고 있는 그들을 바로잡으려는 열의에 가득한 눈망울에 불꽃이 뛰어올라 볼은 **빨갛게** 달아올랐다.

"제 고향에는 만년설이나 이리떼 구경은 할 수 없습니다. 추운 겨울철이면 눈이 이따금 조금씩 내리고, 여기저기 조심스럽게 돌아다니는 늑대 몇 마리만 볼 수 있는 곳입니다. 야생동물이라고 하지만 사람들에게 위협적인 존재는 아니지요. 그러나 여름철에 에든버러로 여행을

와 보시면 더 잘 아시게 될 겁니다. 아이더 왕의 궁궐터 주변을 돌아다녀보시고 5~6월에 온통 물이 흘러 넘쳐나는 바닷가와 스코틀랜드 고지의 특유한 풍경을 구경해 보세요ー 그러면 그곳이 만년설과 이리떼가 득실거리는 위험한 곳이 아님을 잘 아시게 될 테니까요!"

"정말 맞는 말이군ー 무슨 말인지 이해가 가는군."

하고 부즈포드가 말했다.

"우리들 머릿속이 텅 비어 있으니 그런 말을 할 수 밖에 없는 거지. 시골 촌놈들 입에서 나온 말이니 젊은이가 이해하구려."

"그런데 젊은이는 침대, 이불, 쇠 냄비, 밥그릇 같은 일상 용품들을 가지고 가는 거요? 아니면 맨몸으로 가는 거요?"

크리스토퍼 코우니가 물었다.

"저는 가져갈 짐들은 이미 모두 수화물로 부쳐 놓았습니다ー 얼마 되지는 않지만 오랜 시간 여행을 해야 하니까요."

젊은이는 먼 곳을 쳐다보면서 이렇게 덧붙였다.

"저는 항상 마음속에 '인생이란 직접 뛰어들고 도전해야 성공하는 법'이란 말을 깊이 새겨두고 있었어요. 그래서 먼 여행을 떠나기로 결단을 내린 것이지요."

이 말을 듣고 있던 엘리자베스 제인은 신선한 충격과 함께 아쉬움이 파도처럼 몰려옴을 느꼈다. 그곳에 있던 사람들의 얼굴에서도 아쉬움과 서운함이 역력히 나타났다. 의자 뒤쪽에서 엘리자베스 제인은 파프리이를 바라보면서 이런저런 생각을 하게 되었다. 그 젊은이가 매혹적인 노래를 열성적으로 예절바르게 불렀던 것이 그곳에 있던 사람들에게 좋은 인상을 남겼다는 사실을 알게 되었다. 또 젊은이가 사물을 직시하고 깨달아 어떤 결단을 내리는 그 진지함에 깊은 감명을 받게 되었다. 그 젊은이는 캐스터브리지 술고래들처럼 모호한 행동이나 쉽게 남을 속이는 일을 하는 사람이 아니었다. 아무리 보아도 그런 사람으로 보이지 않았다ー 성품 자체가 그런 부류의 사람들과는 달리 보였다. 엘리자베스 제인은 졸렬한 농담이나 지껄이는 크리스토퍼 코우니와 그 패거리 들이 맘에 들지 않았다. 그 젊은이 역시 그런 쓸데없는 농담을 좋아하지 않았다. 그 젊은이는 엘리자베스 제인과 같은 인생관과 삶에 대한 태도를 지닌 것처럼 보였다. 다시 말해, 사람이 살아가는 과정 자체가 즐겁기만 한 것이 아니라 비극적인 요소가 많다는 생각과, 즐거움을 만끽하는 생활 가운데 항상 즐거운 삶이 유지되는 것이 아니라 즐거움이 한 순간에 불과하며 슬픔과 기쁨은 삶의 한 부분들임을 깨달은 사람으로 생각되었다. 그들의 인생관과 세상을 바라보는 시각이 이처럼 비슷하다는 사실은 우연치고는 너무도 이상한 우연이었다.

아직 초저녁이었지만 스코틀랜드 젊은이는 피곤하여 휴식을 취하고 싶다고 했다. 그 말을 들은 호텔 안주인은 엘리자베스에게 위층으로 어서 올라가 젊은이의 잠자리를 펴 주라고 낮은 귓속말로 했다. 엘리자베스는 촛대를 들고 시키는 대로 위층으로 올라갔다. 그리고 잠자리를 펴고 내려오는 데는 채 몇 분도 걸리지 않았다. 촛대를 잡고 되돌아 나와 층계 앞에 이르자 파프리이 씨는 계단에서 올라오고 있었다. 그녀는 몸을 피할 도리가 없었다. 두 사람은 계단이 바뀌는 모서리에서 마주쳐 서로 비켜섰다.

그 젊은이는 엘리자베스를 보자 그녀의 검소한 옷차림에 알 수 없는 매력을 느꼈다. 어쩌면 그녀의 검소한 옷차림에 젊은이의 마음이 이끌렸는지도 몰랐다. 엘리자베스는 진지하면서도 얌전한 성격을 지닌 아가씨였기 때문이다. 그런 조용하고 점잖은 처녀에게 검소한 옷차림은 잘 어울리는 법이었다. 두 젊은이가 서로 마주친다는 사실에 당황하여 그녀의 얼굴이 화끈거리기 시작했다. 그래서 그녀는 바로 코밑에 들고 있는 촛불에만 두 시선을 모으고 그 젊은이를 지나쳤다. 젊은이는 마주치는 그녀를 향해 미소를 지어 보였다. 곧 이어 그 젊은이는 아주 흥겹고 경쾌하게 들려 사람의 마음을 사로잡아 흔들며 두둥실 떠있게 하는 옛 민요를 부드럽게 불렀다.

"하루해는 저물어 가고

나는 침실로 들어선다.

아, 부드러이 사뿐사뿐 층계 내려오는 발자국 소리,

내 사랑 패기(Peggy)가 아닌가."

엘리자베스 제인은 안절부절 못하면 층계를 서둘러 내려왔다.

그 젊은이의 목소리는 방안으로 사라지면서 닫힌 방안에서 콧노래로 바뀌었다.

이렇게 해서 젊은이를 둘러싼 구경거리와 낭만적인 향수를 불러일으켰던 분위기는 일단 끝났다. 그리고 그녀는 어머니에게 돌아왔을 때 어머니는 여전히 깊은 생각에 잠겨 있었다— 한 젊은이의 향수어린 노래 때문이 아니라 전혀 다른 문제로 골몰하고 있었다.

"오늘 저녁 우리가 잘못한 것 같구나."

하고 그녀의 어머니는 스코틀랜드 청년이 머무는 방에 들리지 않게 귓속말로 나지막하게 속삭였다.

"네가 여기서 저녁 시중을 들지 말았어야 하는 건데. 우리를 위해서가 아니라 헨처드 그분을 위해서 말이야. 만약 그분이 호의를 베풀어 우리를 도와주다가 네가 여기 머물면서 시중 든 사실을 알게 되면 시장으로서 자존심도 상하게 될 거고 또 체면이 구겨질 텐데 말이야."

그녀 어머니와 헨처드의 진정한 관계를 엘리자베스가 알았다면, 그녀 어머니보다 자신이 더 걱정했을 법한 일이었지만, 숨겨진 비밀들을 알지 못하는 그녀에게 어머니의 거추장스런 염려에 전혀 동요하지 않았다. 엘리자베스에게서 '헨처드 씨, 그분'은 측은하고 가련한 어머니의 '그분'과는 전혀 다른 인물이었다.

"엄마, 내가 그 젊은 청년한테 잠시 시중들었다고 해서 뭐 이상한 것 없잖아요. 그 젊은이는 매우 유식하고 점잖은 분이에요— 이 호텔에 머무는 어떤 분도 그분만큼 훌륭하지 않을 거라 생각해요. 이곳 사람들은 그들의 거칠고 험상궂은 농담에 그 젊은이가 가세하지 않는다는 이유로 젊은이를 고지식한 사람으로 오해를 하더라구요. 물론 그 젊은이는 마음이 세련된 분이라 그런 시시한 농담 따위에는 어울리지 않아요!"

엘리자베스는 진지한 표정으로 그 젊은이 편을 들었다.

한편 그녀 어머니의 '그분' 헨처드는 모녀가 생각하는 것만큼도 멀리 가지 못했다. 머리너즈 호텔을 나온 후, 그는 그 호텔 앞을 서성거리다 텅 비어 인적이 드문 약간 언덕진 하이 스트리이트를 이리저리 거닐고 있었다. 스코틀랜드 젊은이의 노랫소리가 덧문 위로 뚫린 둥근 구멍들을 통해 그의 귓전을 두드렸고 그 노랫소리가 끝날 때까지 발걸음이 멈추게 되었던 것이다.

"정말, 저 젊은이에게 내가 끌려들어가는 것 같군!"

하고 혼자 중얼 거렸다.

"내가 너무 외로운 탓일까? 저 젊은이가 내 부탁한 대로 이곳에 머물러만 준다면 내 사업의 삼분의 일이라도 떼 줬을 거야!"

캐스터브리지 도시 전경

헨처드 시장의 집

9. 중대한 결정

　엘리자베스 제인이 다음날 아침 돌쩌귀 창문을 열었을 때 그녀는 마치 자신이 외딴 마을에 있을 때 가을이 임박했음을 완숙한 공기에서 느낄 수 있었던 것처럼 완연한 가을공기를 맛 볼 수 있었다. 캐스터브리지가 도시 분위기에 어울리지 않는다고 하기보다 오히려 시골풍의 자연적 정감을 더해 주었다. 시의 가장 높은 지대에 자라는 옥수수 밭에서 서식하는 벌들과 나비들은 아래쪽 초원을 마음껏 누비며 날아다니지만 아무 생각 없이 하이 스트리트 지역에 언제든지 날아와 내려앉기도 하였다. 가을이면 엉겅퀴의 하얀 솜털들이 공중에 날아다니다가 길가 상점 앞에 내려앉기도 하고, 바람에 밀려 하수구로 굴러 들어가기도 하고, 수없이 많은 단풍잎들은 포장도로 위를 스쳐 뒹굴기도 하며 사람들 집 문지방까지 날아왔다. 바람에 이리저리 굴러다니는 수없이 많은 나뭇잎들은 마치 스커트 치마를 입은 수줍은 여인이 낯선 집을 방문할 때 망설이는 모습 같이 살며시 굴러가다 멈추는가 하면 멈추는 듯하다 굴러가곤 하였다.

　시끌벅적한 소리가 들리자 엘리자베스 제인은 창문 뒤쪽 커튼으로 고개를 내밀고 주변을 힐끗 둘러보았다. 그녀의 시야에 들어온 사람은 다름 아닌 헨처드였다. 그는 더 이상 유명인사가 아닌 성장하는 사업가로 길 가운데 너머 가던 길을 잠깐 멈추고 있었다. 그리고 그녀 방과 인접한 창문을 통해 스코틀랜드 젊은이가 밖을 내다보고 있었다. 호텔에서 다소 떨어진 곳으로 갔던 헨처드는 곧 전날 밤 만났던 그 젊은이가 창밖을 내려다보고 있는 모습을 우연히 보았던 모양이었다. 도날드 파프리이가 창문을 더 열어 제치자, 헨처드는 다소 엉거주춤한 모습으로 몇 걸음 뒷걸음질 했다.

"젊은이도 곧 떠나려는가 보지요?"

하고 헨처드가 말했다.

"예- 막 떠나려던 참이었습니다, 시장님"

하고 대답했다.

"마차가 올 때까지 걸어 갈 생각입니다."

"어느 방향으로 가오?"

"시장님이 가시는 같은 방향입니다."

"그럼, 시내 저 위쪽까지 함께 걸어갈까요?"

"잠시만 기다려 주세요."

하고 그 스코틀랜드 젊은이가 말했다.

잠시 후 가방을 손에 든 채 젊은이가 모습을 드러내었다. 헨처드는 젊은이 손에 들린 짐 가방이 못마땅한 듯했다. 젊은이가 떠난다는 사실을 곧 짐작할 수 있었기 때문이었다.

"아, 젊은이 보게. 한 번만 더 고민해 보는 게 어떨까? 나와 함께 이곳에 머물도록 하세."

하고 헨처드는 다시 물었다.

"예, 맞는 말씀입니다- 제가 한 번 더 고민하는 것이 지혜로운 생각일 수 있습니다. 제가 외국으로 떠날 계획을 세웠다고 말씀드린 것은 단순히 사실만을 말씀드린 것입니다"

하고 도널드는 먼 곳에 위치한 집들을 뚫어지게 바라보면서 말했다. 이때쯤 두 사람은 호텔에서 멀어져 갔고, 엘리자베스 제인은 그들의 대화소리를 더 이상 들을 수 없었다. 그녀는 단지 두 사람이 멀어져 가며 나누는 대화하는 모습만 볼 수 있었다. 종종 헨처드는 젊은이를 향해 중요한 몸짓을 하면서 말을 하였다. 이렇게 두 사람은 킹즈암즈 호텔, 장터, 그리고 세인트 피터스 교회를 지난 후, 언덕 끄트머리로 올라가더니 길게 늘어진 길을 따라 걸어가면서 차츰 차츰 작아지더니 마침내 두 개의 옥수수 알갱이로 보이다 브리스톨 오른쪽 길로 접어들다 시야에서 사라졌다.

"그 젊은이는 참 좋으신 분인데― 이제 가버렸구나."

하고 그녀는 혼자말로 중얼거렸다.

"하기야, 나랑 그 젊은이와 무슨 관계가 있기나 한가? 그러니 그 청
년이 떠나면서 나에게 작별인사 하지 않은 것에 내가 서운하게 생각할
필요는 없는 거야."

엘리자베스는 은밀히 혼자만의 생각으로 그 젊은이와 잠시 마주치며
단순하게 있었을 법한 장면을 상상해 보았다. 스코틀랜드 청년이 방에서
나오면서 우연히 그녀를 마주친다. 그리고 고개로 간단히 할 수 있는 목
례나 미소 아니면 한 마디 말도 없이 외면한다.

"엄마, 아직도 헨처드 그분 생각하세요?"하고 엘리자베스가 물은 후
곧장 그 젊은이에 대한 생각에 빠져 들었다.

"그래, 헨처드 씨가 갑자기 왜 그 젊은이에게 호감을 갖게 되었는지
생각하고 있단다. 그분은 늘 그런 분이셨지. 그래서 하는 말인데 말이
야, 만약 그분이 자신과 아무런 친척관계가 아닌 사람에게 그렇게 친
절하다면 자기 친척이면 당연히 따뜻하게 반겨 주지 않을까?"

이런 문제로 두 모녀가 한창 이야기하는 중에 커다란 다섯 마차들이
행렬을 지어 지나갔다. 건초더미를 가득 실은 채 밤새 먼 시골길을 지나
오느라 말 등은 땀으로 범벅이 되어 김이 무럭무럭 솟아나고 있었다.

마차 기둥에는 작은 판자가 매달려 있었는데 흰 페인트로 '헨처드 옥
수수 위탁판매인― 건초 상인'이라고 적혀 있었다. 이를 본 엘리자베스
어머니는 딸을 위해 헨처드와 만나야겠다는 결심을 하기에 이르렀다.

아침 식사하는 동안 줄곧 이 문제로 고민하다 마침내 그녀 어머니는
결과가 좋든 나쁘든 엘리자베스 제인을 헨처드에게 보내기로 했다. 그녀
를 보내는 이가 헨처드의 친척이며 선원의 과부인 수잔이라는 사실과
지금 캐스터브리지에 머물고 있다는 취지의 쪽지도 함께 동봉할 작정이
었다. 두 모녀를 알아차리든 아니든 모든 운명은 헨처드에게 맡길 참이
었다. 이런 결정을 하게 된 이유는 두 가지이었다. 헨처드 자신을 외로운
홀아비로 묘사했다는 점과 그가 과거에 부인을 돈 받고 팔아넘긴 사실

을 수치스럽게 생각하고 있다는 점이었다. 그래서 어느 정도 가능성이 있다고 판단했기 때문이었다.

그녀의 어머니는 엘리자베스 제인이 턱밑에까지 리본을 매는 여성용 모자를 쓴 채 막 출발하려 할 즈음 덧붙여 어떻게 행동할 것인지 주의를 주고 있었다.

"만약, 그분이 외면하면, 만약 우리가 그분의 먼 친척이라는 사실에 거부감을 가지게 된다면 '고집을 부리면서까지 시장님에게 부담이 되려는 마음은 없습니다. 그냥 우리 두 모녀가 아무도 눈치 채지 못하게 이곳을 찾아온 것처럼 조용히 캐스터브리지를 떠나 우리가 살던 시골로 다시 돌아가겠습니다'라고 말씀드리거라. 나는 그분이 차라리 그런 말을 해 주면 오히려 맘 편하겠구나. 그분을 뵌 지도 여러 해 지났으니 이제 서로가 서먹서먹할 거야!"

"하지만, 그분이 반갑게 받아들이면?"

하고 한결 더 희망 섞인 말로 물었다.

"그러면, 그분께 언제 어떤 방식으로 우리를― 아니면 나를 만날 것인지 메모해 달라고 해라."

하면서 어머니는 조심스럽게 시켰다.

엘리자베스 제인이 떠나기 위해 몇 걸음을 옮길 때, 어머니는 계속 말을 덧붙였다.

"그분께 말씀드려라. 내가 그분께 뭘 원하는 것은 없으며, 그분이 하는 일이 잘되니 기쁘고, 앞으로도 하는 일들이 모두 잘 되길 바란다고 말씀드리렴. 이제 가 봐!"

그녀의 어머니는 어쩔 수 없이 이런 일을 해야 한다는 사실을 잘 알면서, 막상 하려고 하니 어색하기 이를 데 없었다. 그러나 가련하기 이를 때 없는 어머니는 과거에 있었던 사건에 대해 전혀 알지 못하는 딸에게 이런 심부름을 시켰다.

오전 10시경이 되었다. 마침 시장이 서는 날 이기도 했다. 엘리자베스는 하이 스트리이트 대로변으로 천천히 걸었다. 그녀 자신이 단순한 임무를 위임받아 부자 친척, 성공한 시장을 찾아 가는 것이 초라하게 느껴졌다. 이 포근한 가을철 집집마다 앞문들은 열려있었다. 이 캐스터브리지 자치 도시에 사는 사람들은 우산을 도적질해가는 좀도둑들을 걱정할 필요가 없는 것처럼 보였다. 그러니 길게 쭉 뻗은 입구 통로들이 열려 있어도 신경을 쓰지 않을 수 있겠다고 생각했다. 마치 터널을 지날 때 볼 수 있는 이끼긴 정원처럼 금련화金蓮花, 관상용 바늘꽃, 주홍색 제라니움, 금어초金魚草, 그리고 다알리아 꽃들이 빨갛게 불타고 있는 모습을 보자 그녀의 눈은 휘둥그레졌다. 온통 꽃들로 덮여 눈부시게 하는 정원의 광경은 도시의 매끈하게 정리된 길가에서 꽃을 보며 느끼는 감동보다 캐스터브리지 같이 오래된 도시에서 더 장관이었고, 아직까지 이 도시에 남아있는 석조물을 타고 올라 더욱 그 빛을 발했다. 고색창연한 이 도시 주택들을 자세히 보니 건물 뒤뜰이나 이를 지탱하는 서까래보다 건물의 앞면이 더 오래된 흔적을 산책하는 이들이 길을 지나가면서도 분명히 볼 수 있고, 안쪽 활모양의 미닫이 창문은 군인들 요새처럼 돌출하여 지나가는 보행자가 숨바꼭질하듯 경쾌하게 지나갈 때 기웃거리며 구경할 수 있었다. 이쯤 되면 집집마다 문 앞에 계단, 신발 흙털개, 땅을 고르는 기계, 천장을 위로 젖히는 출입구 쪽문, 교회 버팀벽과 원래는 그렇지 않았으나 지금은 다리가 굽어져 안짱 무릎이 불쑥 튀어나온 벽들의 모퉁이는 마치 그리스 여신을 연상하게 해주어 구경거리가 될 만도 하였다.

보행인들의 발길을 많이 방해하는 이러한 고정된 장애물 외에도 움직이는 많은 물건들이 보도와 차도를 난처할 정도로 점령하고 있었다. 우선 캐스터브리지를 오고가는 운송업자들의 마차들이 멜스토크, 웨더배리, 더힌토크즈, 셔턴 아바즈, 킹즈비어, 오버콤 그리고 많은 인근의 촌락들로부터 몰려들어왔다 나가곤 했다. 마차 주인들은 한 부족으로 간주하기에 족할 만큼 수가 많았으며, 한 종족으로 간주하기에 족한 특수성을 지니고 있었다. 이곳에 막 도착한 그들의 마차들은 길 양쪽에 빽빽이 끌어대어져 보도와 차도 사이에 군데군데 장벽을 형성해 놓고 있었다. 더욱이 상점마다 보도의 가장자리 돌 위에 받침대와 상자들을 내놓고 그 위에 그들의 상품들을 절반가량 진열해 놓았다. 그들은 두 허약한 늙은 순경들의 충고에도 불구하고 그들의 진열을 매주 조금씩 차도 안으로 넓히고 있었기 때문에 마차들이 길 한복판으로 가까스로 지나갈 만한 꼬불꼬불한 좁은 길만이 남아 있어서 마차 모는 기술을 연마하기에 좋은 기회를 제공해 준 셈이 되었다. 양지쪽의 보도 위로는 연애 이야기로 유명한 크랜스타운의 가블린 페이지의 '보이지 않는 손'처럼 행인의 머리를 보기 좋게 툭 쳐 모자를 떨어뜨리기 알맞게 설치된 가게의 차일들이 매달려 있었다.

팔려갈 말들은 일렬로 묶여 있었다. 말들의 앞발은 사람이 다니는 인도 위에 또 뒷다리는 차도에 있어서 종종 어린 아이들이 학교 가는 도중에 그 앞을 지날 때 말들이 이따금씩 학생들의 어깨를 깨물어 아이들이 깜짝 놀라 어깨를 움켜잡은 채 도망가기도 했다. 그러다 사람이 다니는 인도보다 후미진 곳에 위치한 어느 집 공터가 조금이라도 있으면 그곳은 돼지를 사육하는 사람들이 돼지우리로 이용하곤 했다.

소지주들, 농부들, 목축업자들, 시민들은 이들 고색창연한 거리에서 상거래를 하기 위해 몰려들어 언어에 의해서보다는 다른 방법으로 의사소통을 했다. 상거래에서 그들과 이야기하고 있는 사람들의 표정을 보지 못하면 그 사람의 말뜻을 전혀 이해하지 못했다. 여기서는 얼굴, 팔, 모자, 지팡이, 몸뚱이가 혀나 다름없이 말을 했다. 만족을 표시하기 위해 캐스터브리지의 장사꾼들은 그들의 언어 이외에 두 볼을 넓게 펴 보이고, 두 눈을 길게 떠 보이고, 두 어깨를 뒤로 젖혀 보였다. 때로는 뒤로 너무 벌렁 젖혔기 때문에 길 저쪽 끝에서도 알아 볼 수 있었다. 헨처드의 달구지와 마차들이 덜커덩거리면서 앞을 통과하고 있는데도 누가 의아하게 여긴다면 그의 빨간 입안과 과녁처럼 빙글빙글 도는 눈을 보면 그것을 알 수 있었다. 지팡이 끝으로 인접해 있는 벽 위의 이끼를 여러 번 침으로써, 바로 쓰인 모자를 약간 비스듬하게 고쳐 씀으로써 심사숙고하고 있다는 것을 나타냈으며, 몸을 낮추어 두 무릎을 마름모꼴로 벌리고 두 팔을 비꿈으로써 지루함을 나타냈다. 어느 모로 보아도 정직하기만

한 이 자치 도시 거리에서는 속임수와 협잡질은 발붙일 곳이 없었다. 가까운 법정에서 변호사들이 그들의 변론을 맡아 진행하던 중에, 분명히 실수였겠지만, 순전히 관용에서 상대방을 위해 열변을 토했다는 소문이 있었다.

이렇게 캐스터브리지는 어느 면으로도 인근 시골 생활권의 중심지였다. 푸른 초원 위 공통점이라고는 찾아 볼 수 없는 둥근 돌들처럼 서로 이질적인 몸뚱이들로 놓여 있는 많은 제조업 도시들과는 많이 달랐다. 캐스터브리지는 이웃 촌락들보다는 농업에 의존하면서 생활하였다.— 그 이상은 아무것도 아니었다. 시민들은 시골 상황의 변동을 하나하나 죄다 알고 있었다. 그 변화는 노동자의 수익만큼 그들의 수익에 영향을 미쳤기 때문이었다. 그들이 곤경에 처하였거나 즐거움을 맞이하면 귀족들은 사방으로 돌아다녔다. 사업가, 만찬회 석상, 아니면 평범한 생활가운데 화제는 늘 곡물, 가축의 질병, 파종, 수확, 울타리 치기 그리고 나무 심는 것이 전부였다. 한편 정치는 권리와 특권을 가진 시민의 관점에서 보다는 자기 고장의 이웃사람의 관점에서 이루어졌다.

시장이 열리는 이 특이한 옛 거리에서 그 묘한 모습 때문에 다소 그럴 듯하게 사람들의 눈을 기쁘게 해 주는 근사한 기계와 혼잡스러운 것들은 모두 해변가에서 어망을 손질하며 살아온 엘리자베스 제인에게는 너무도 생소한 것들이었다. 그녀는 어려움 없이 헨처드의 집을 찾아 갈 수 있었다. 헨처드의 집은 앞쪽이 희미한 빨간색과 회색으로 된 멋진 벽돌로 지어진 가장 좋은 집들 가운데 하나였다. 앞문이 열려 있었기 때문에 그녀는 다른 집에서처럼 출입 통로를 통해 정원 끝까지 볼 수 있었다. 거의 300여 미터나 되는 기다란 정원이었다.

헨처드 씨는 집안에 없었고, 바깥 작업장에 있었다. 그녀는 이끼가 많은 정원으로 들어섰다. 문을 통하여 들어가 보니 벽면에는 녹슨 못들이 박혀있었다. 이를 통해 그녀는 그곳에 자라는 과일 나무들이 상당이 오래전 심어지고 가꾸어져 왔는지를 알 수 있었다. 출입문은 안마당 뜰로 연결되어 활짝 열려 있었고 이곳에서 헨처드를 만나기를 기대했다. 그녀는 안마당 사방을 둘러보았다. 뜰 양쪽에는 건초 저장용 헛간들이 있었고 엄청난 양의 사료와 다발로 묶인 건초더미가 많은 공간을 차지하고 있었다. 이를 더 자세히 보기 위해서는 벨기에 사람들이 사용하는 사다리를 통해서만 접근이 가능했다. 또 저장 창고는 여러 층으로 높게 만들어졌고 어느 곳을 가더라도 모든 문들이 활짝 열려 있었다. 그 내부를 보니 엄청나게 많은 밀 자루들이 더 이상 쌓아놓을 여유가 없을 정도로 빽빽이 쌓여 있음을 볼 수 있었다. 그 정도 양이라면 세상에 굶주려 죽을 사람은 없겠다는 생각마저 들었다.

그녀는 이곳을 서성이면서 곧 헨처드 씨와 만남을 의식하며 지쳐있는 몸과 마음이 모두 편치 않았다. 그녀는 용기를 내어 어떤 소년한테 헨처드 씨 만나려면 어느 곳으로 가야 하는지 물었다. 그 소년은 그녀가 전에는 본적 없었던 사무실을 가리켰다. 그녀가 사무실 문을 노크했을 때 안에서 "들어오세요"하는 소리가 들려왔다.

엘리자베스는 문고리를 잡아 돌리고 들어갔다. 그녀 앞에 서 있었던 사람은 옥수수 장사꾼이 아니라 책상위에 견본 주머니를 놓고 허리를 구부린 채 유심히 관찰하던 스코틀랜드 젊은이, 파프리이이었다. 그 젊은이는 한 손에서 다른 손으로 밀 낱알들을 쏟아 붓는 시늉을 하고 있었다. 그 젊은이 모자는 벽에 걸려있었고 지니고 다니던 여행용 가방은 사무실 한쪽 구석에 있었는데 반짝거리며 빛났다.

그녀는 감정을 추스르며 헨처드 씨를 만나 해야 할 말들을 머리로 정리하였다. 그런데 그 젊은이가 혼자 있다는 사실에 잠시 동안 당황했다.

"무슨 일로 오셨지요?"

하고 스코틀랜드 젊은이는 마치 자신이 주인인 것처럼 당당한 자세로 물었다.

그녀는 헨처드 씨를 만나 뵈러 왔다고 말했다.

"야, 그래요? 잠시만 기다려 주시겠습니까? 그분이 많이 바쁘셔서."

하고 젊은이는 말했다. 그 젊은이는 호텔에서 그녀를 만난 사실을 전혀 알아채지 못하는 것처럼 보였다. 그 젊은이는 그녀에게 의자를 내주면서 앉으라고 권했다. 그리고는 다시 견본 주머니에 관심을 가지고 몰두했다. 엘리자베스 제인이 젊은이와 함께 있다는 사실에 들뜬 마음으로 기다리고 있는 동안에 그 젊은이가 어떻게 헨처드 사무실까지 오게 되었는지 간단히 설명하면 이렇다.

이들 두 사람은 그날 아침 그녀의 시야를 벗어나 바아스와 브리스톨 길을 향해 아무런 대화도 없이 침묵속에 걷기만 했다. 이렇게 걸어가다 마침내 그들은 북쪽과 서쪽의 급경사 지역이 만나 한 모퉁이로 이어지는 초크워크라고 하는 이 도시의 성곽위의 대로를 걸어내려 갔다. 이 네모진 광장의 토목공사장에서 광대한 들판이 한눈에 들어왔다. 오솔길 하나가 푸른 언덕 아래로 가파르게 내리달려 그 성곽 위의 그늘진 산책 길로부터 그 경사지의 기슭에 있는 차도까지 이어져 있었다. 스코틀랜드 젊은이가 내려가야 할 길은 이 오솔길이었다.

"아, 젊은이 덕분이 일이 잘 되었으니 고맙소."

하고 헨처드는 그의 한 손을 그 내리막길을 막고 있는 작은 문을 꽉 잡고 말했다. 헨처드의 이런 모습은 다소 실패하고 좌절한 사람에게서 볼 수 있는 거칠고 촌스런 행동처럼 보였다.

"나는 종종 이런 때가 오기를 생각해야 했어요. 그런데 젊은이가 바로 적기에 와서 곤경에 처한 나에게 한 가닥 희망의 빛을 비추어 주는구려."

헨처드는 그 젊은이의 손을 여전히 잡은 채 잠시 주춤하다 심사숙고한 모습으로 한마디 덧붙였다.

"나는 꼭 해야 할 말을 하지 않아 중대한 기회를 놓치고 후회하는 사람이 아니오. 젊은이가 영원히 떠나기 전에 말을 해야겠소. 다시 한 번 말하는데, '이곳에 나와 함께 머물지 않겠소?' 내가 하고자 하는 말은 이것뿐이오. 젊은이도 아시겠지만 이렇게 부탁하는 나는 이기적인 마음에서 하는 말이 아니오. 내가 하는 사업은 상식을 벗어날 만큼 과학적인 지식을 요구하는 것도 아니오. 다른 사람들 같으면 그렇게 일을 할 수도 있을 것이오. 이기적인 생각으로 한다고 생각할 수도 있겠지만 그 이상의 어떤 것이 있단 말이오. 나는 똑같은 말을 반복하는 사람이 아니오. 나와 함께 이곳에 머물도록 합시다— 그리고 내 앞에서 그렇게 하겠다고 다짐해 주시오. '기꺼이 함께 머물도록 하겠습니다'라고 말해 주시오. 파프리이 씨, 난 당신이 좋단 말이오!"

"저는 이런 일이 있으리라고는 전혀 예상 못했어요— 전혀 상상도 못했단 말입니다!"하고 젊은이는 말했다.

"이건 하나님의 섭리인 것 같군요! 그러니 누가 감히 거절하겠어요? 절대 거절할 수 없지요. 미국으로 가지 않겠습니다. 저는 이곳에 머물며 시장님을 도와드리겠습니다!"

헨처드가 잡은 젊은이의 손은 맥 빠진 것처럼 놓여 있었고 헨처드는 그의 다른 손을 꼭 잡았다.

"잘 결정했어요"하고 헨처드는 말했다.

"제가 결정할 일을 한 것뿐입니다"하고 도날드 파프리이 씨가 대답했다. 헨처드 씨 얼굴에서 세상을 모두 얻은 듯 만족스러운 표정이 역력했다.

헨처드가 "이제 당신은 내 친구요!"하고 외쳤다.

"이제 사무실로 갑시다. 사무실가서 복잡한 심정들을 정리하여 이 문제를 깨끗하게 결말을 짓도록 해요. 그러면 마음이 한결 편해질 거요."

파프리이 씨는 여행용 가방을 집어 들고 왔던 북—서쪽 도로를 되돌아 헨처드 사무실로 갔다. 이제 헨처드 씨는 자신감으로 넘쳤다.

"내가 사람들이 싫을 때는 이 세상에는 나 혼자 뿐이었어요"하고 헨처드는 말했다.

"그러나 어떤 이가 내 상상력을 가져갈 때, 나는 힘이 빠지더군요. 아침 식사를 더 하시겠소? 번거로운 이른 아침에 식사를 제대로 했을 리가 없었겠지요. 그러니 우리 집으로 가요. 가서 제대로 된 식사를 함께 합시다. 또 젊은이가 원한다면 앞으로 사업에 관한 내용들도 확실하게 해결하고 말이요. 나는 내가 한 말에 대해서는 확실히 지키는 사람이오. 아침 식사는 항상 확실히 챙기는 편입니다. 열대산 나무에서 수확한 콩으로 만든 파이도 준비되어 있어요. 원한다면 집에서 만든 맥주도 준비되어 있고요."

"이른 아침에 맥주를 마시는 것은 그렇잖아요"하고 웃으면서 파프리이는 말했다.

"맞아요. 그건 그래요. 나는 술을 입에 대지 않겠다는 맹세를 했기 때문에 술을 마시지 않지만 사업에 동참하고 있는 직원들을 위해 집에서 할 수 없이 담그지요."

이렇게 대화를 하면서 헨처드 저택으로 돌아와 뒷문이나 차고 통로를 통해 집안으로 들어갔다. 이곳에서 아침은 해결했다. 헨처드는 스코틀랜드 젊은이 접시에다 푸짐한 음식을 가득 담았다. 헨처드는 파프리이 씨가 브리스톨에 있는 수하물을 캐스터브리지로 보내달라는 편지를 우체국에서 보내기까지는 마음이 놓이지 않았다. 모든 일들이 제대로 마무리되자 자신감으로 충만한 헨처드 씨는 새로운 친구인 젊은이가 거주할 적절한 숙소를 찾을 때까지 자기 집을 사용하도록 했다.

그러고 나서 헨처드는 젊은이를 데리고 다니면서 밀과 저장해 놓은 다른 건초들 저장 상태를 여기저기 보여준 후, 마침내 엘리자베스가 젊은이를 만났던 사무실로 들어왔다.

10. 아버지와 딸의 첫 대면

스코틀랜드 젊은이가 바라보는 가운데 엘리자베스는 조용히 앉아 있었다.

헨처드가 안쪽 사무실 문을 열고 엘리자베스가 들어오도록 할 참이었는데, 바로 그때 한 사람이 문으로 걸어 들어왔다. 그 새로 온 방문객은 마치 베데스다 연못에서 치료받기 원하는 지체 부자유자처럼 심하게 절름거리며 앞으로 나왔다. 엘리자베스는 그 방문자가 헨처드에게 하는 말을 들을 수 있었다.

"제 이름은 여호수아 욥이라고 합니다ㅡ 신입 매니저 문제로 약속하고 왔습니다."

"신입 매니저라고!ㅡ 새로 부임한 매니저는 지금 사무실에 있어요." 하고 헨처드가 퉁명스럽게 말했다.

"사무실에 있다고요?"

하고 방문객이 어안이 벙벙한 표정으로 되물었다.

헨처드는 "내가 목요일이라고 말하지 않았소"하고 말했다.

"당신이 약속을 지키지 않아 다른 분을 매니저로 모셔왔습니다. 처음에 그분이 당신인 줄로 생각했어요. 사업이 정신없이 돌아가는데 내가 계속 기다릴 수 있다고 생각하지는 않겠지요?"

"사장님께서는 목요일이나 토요일이라고 말씀하셨어요."

하고 방문객은 편지를 꺼냈다.

"어쨌든, 당신은 너무 늦었습니다. 더 이상 할 말이 없군요"하고 헨처드는 재차 말했다.

"사장님도 나만큼 바쁘신가 보군요"하고 방문객은 혼자 중얼거렸다.

"면접을 했어야지요. 미안해요— 정말 미안합니다. 그러나 이젠 어쩔 수 없어요"하고 헨처드가 말했다.

더 이상의 대화는 없었고 방문객은 엘리자베스 제인과 마주치면서 밖으로 나갔다. 방문객의 입은 분노로 일그러져 있었고 격한 실망감이 온통 얼굴에 역력했다.

이제 엘리자베스 제인이 들어가 그 저택의 주인 헨처드 앞에 섰다. 항상 붉은 불꽃을 뿜어낼 것 같았던 그분의 검은 눈동자는 겉보기와는 달리 무관심하게 검은 눈썹 아래로 방향을 바꾸더니 그녀에게 오자 눈동자가 멈추었다.

"그런데 아가씨는 무슨 일로 오셨어요?"하고 그분은 붙임성 있게 물었다.

"시장님, 사업과 관련하여 온 것이 아닌데 잠깐 말씀 나눌 수 있는지요?"하고 그녀는 물었다.

"그럼요. 말씀하세요." 그분은 그녀를 더욱 흥미로운 표정으로 쳐다보았다.

"시장님, 저는 어떤 분의 요청으로 오게 되었어요" 천진난만한 표정으로 그녀는 말했다.

"시장님의 먼 친척인 수잔 뉴손이라고 하는 선원의 과부가 시내에 와 계세요. 그 여자 분은 시장님이 그 여자 분을 만나길 원하시는지 궁금해 해요."

붉은 눈동자와 검은 눈썹을 지닌 시장의 표정이 살짝 변하는 모습을 목격했다.

"아, 수잔이— 아직도 그 여자 분이 살아계시나요?"

하고 그분은 힘들어 하는 모습으로 물었다.

"그래요, 시장님."

"아가씨는 그분의 딸인가요?"

"예, 시장님— 그 여자 분의 외동딸이에요."

"아가씨는 기독교식으로 이름이 뭐죠?"

"엘리자베스 제인이라고 해요, 시장님."

"뉴손이라고?"

"엘리자베스 제인 뉴손."

곧 헨처드는 외이돈 시장에서 초기 신혼생활 가운데 아내를 팔아넘긴 거래가 그의 가족사에는 기록되지 않았음을 알았다. 전혀 예상치도 않은 일이었다. 그의 부인은 헨처드 자신이 못할 짓을 한 것에 대해 친절로 되돌려 주었지만 딸자식에겐 지난날 아픈 기억을 한마디도 하지 않았던 것이다.

"이런 소식을 듣게 되어 무척 흥분되는군요. 이것이 사업상의 문제가 아니라 아주 기쁜 소식이니 우리 안으로 들어가 대화를 하기로 해요."

하고 그분이 말했다.

헨처드의 태도는 부드러우면서 세심한 면이 있었다. 그래서 엘리자베스는 놀랐다. 헨처드는 엘리자베스를 사무실 밖으로 안내한 후 밖에 있는 방을 지났다. 그곳에서 파프리이 젊은이는 콩과 견본을 처음 시작단계에서부터 철저하게 의문을 가지고 검토하며 조사하고 있었다. 헨처드가 엘리자베스에게 소개한 식당에는 파프리이 젊은이를 위해 차린 사치스런 아침 식사 후 남은 음식들이 여전이 그대로 있었다. 식당의 가구는 무거운 마호가니였고 붉은 스페인계 색깔이 깊게 스며있었다. 펨브로우크 식탁은 나뭇잎들이 천정에서 아래로 낮게 드리워져 거의 바닥 가까이까지 내려왔으며 코끼리 다리와 발바닥처럼 벽면에 서 있었다. 그리고 세권이 큰 책이 놓여있었다—『가족 성경책』, 『죠세푸스 이야기』 그리고 『사람이 평생 하는 일』. 굴뚝 모서리에는 반원형으로 된 둥근 홈을 새긴 난로 쇠가로대가 있었는데 항아리와 꽃 줄장식이 균형 있게 새겨져 있었으며 의자에는 치펜데일과 세라톤이란 이름이 새겨져 있었다. 이런 유형들은 유명한 목공들조차 듣거나 보지도 못할 것들 이었다.

"엘리자베스 제인 앉아요, 어서 앉아요"하고 헨처드는 말했다. 그녀의 이름을 부를 때 헨처드의 목소리가 떨렸다. 헨처드는 의자에 앉아마자 자기 두 손을 무릎위에 두고 바닥의 카펫을 쳐다보았다.

"그런데 아가씨 어머니는 건강하신가요?"

"어머니는 여행하시면서 많이 지쳐있으세요."

"어떤 선원의 과부라고 하셨는데— 그 선원은 언제 사별하셨나요?"

"제 아버지는 지난봄에 돌아가셨어요."

헨처드는 엘리자베스가 '아버지'라는 말을 할 때 얼굴을 주춤했다.

"아가씨와 아가씨 어머니는 외국에서 오시는 길인가요— 미국이나 호주?"

하고 헨처드는 물었다.

"아니요. 우리 두 모녀가 영국에 온지는 몇 년 되었어요. 캐나다에서 이곳으로 왔을 때 제가 12살이었어요."

"아, 그러셨군요."

이런 대화를 주고받으면서 헨처드는 죽어서 무덤에 있을 것으로 생각했던 그의 부인과 딸이 여태껏 어떤 삶을 살아왔는지 알게 되었다.

상황을 모두 파악한 헨처드가 제 정신으로 돌아오자 그 아가씨에게 물었다.

"아가씨 어머니는 어디에 머물고 계시나요?"

"머리너즈 호텔에 계세요."

"아가씨는 어머니의 딸인 엘리자베스 제인인가요?"하고 헨처드는 반복해서 물었다. 그리고 일어나 그녀 가까이 다가서서, 그녀의 얼굴을 유심히 쳐다 보다 갑자기 흘러내리는 눈물을 감추려 시선을 피하며 말했다.

"내가 아가씨 어머니에게 전할 편지를 줄 테니 가져가도록 하세요. 아가씨 어머니를 뵙고 싶어요…. 남편이 세상을 떠나면서 아가씨 어머니에게 유산은 남겼나요?"

헨처드의 시선은 엘리자베스가 입고 있는 옷에 고정되었다. 그녀가 가장 맘에 들어 하는 입은 옷이 보기에는 그럴듯한 검은색 원피스였지만 캐스터브리지 자치 도시에 사는 사람이 보기에도 완전히 오래전 유행이 지난 볼품없는 옷으로 보였다.

"볼품없는 옷이에요"하고 그녀는 말했다. 헨처드는 그녀가 그런 말을 하지 않았어도 이미 그렇게 느끼고 있었다.

헨처드는 테이블에 앉아 짧게 편지를 적었다. 그리고 호주머니에서 5 파운드 지폐를 꺼내어 봉투에 편지와 함께 넣었다. 잠시 생각에 잠기더니 다시 5실링을 더 넣었다. 봉투를 조심조심 봉한 후에 "머리너즈 호텔 뉴손 여사에게"하고 적었다.

그리고 그 편지를 엘리자베스에게 건넸다.

"부탁드리는데 꼭 아가씨 어머니께 전해주십시오."

하고 헨처드는 말했다.

"이곳에서 엘리자베스 제인 아가씨를 만나 얼마나 기쁜지 말로 표현 못하겠습니다. 우리가 오랫동안 대화를 나누어야 하는데— 지금은 아직 때가 아닌 것 같군요."

그는 그녀의 손을 잡으면서 보냈다. 그분의 손길이 너무도 따뜻하여 우정이 무엇인지 잘 알지도 못하는 그녀는 적지 않게 감동을 받았고 천사처럼 영롱한 회색의 눈망울에서 눈물이 흘러내렸다. 그녀가 헨처드 저택을 떠나자마자 보다 더 놀라운 모습이 보였다. 헨처드는 식당 문을 닫은 채 반대편 벽을 뚫어지게 응시하면서 뻣뻣하게 앉아 있었다.

"제기랄! 세상에 이런 일이 있다니."

그는 갑자기 펄쩍뛰면서 외쳤다.

"나는 생각지도 않았던 일이야. 이 사람들이 남의 이름을 사칭하는 사람들일 수도 있어— 수잔과 어린 딸은 죽었단 말이야!"

그러나 엘리자베스 제인이 하는 언행을 생각해 보면 또 그런 의심이 사라졌다. 몇 시간 후 그녀의 어머니를 만나보면 그들이 진짜인지 가짜인지 신분이 분명하게 드러날 것이었다. 그가 편지에서 그날 저녁 만나기로 했으니 말이다.

"비가 오기만 하면 억수처럼 쏟아지는군!"

하고 헨처드는 말했다. 스코틀랜드 청년에 대한 그의 들떠있던 관심은 이 사건 때문에 식어졌고 파프리이 씨는 헨처드가 반나절 내내 보이지 않자 갑자기 헨처드 기분에 큰 변화가 있는 것이 궁금해 졌다.

한편 엘리자베스는 호텔에 돌아왔다. 그녀 어머니는 헨처드로부터 도움을 기대하면서 호기심으로 편지를 받기보다 딸이 돌아오자 신이 났다. 그녀는 편지를 당장 읽지 않고 엘리자베스에게 처음 그분을 대면했을 때 헨처드가 무슨 말을 했고 어떻게 대하던지 물었다. 뒤돌아 서 있던 엘리자베스는 어머니가 편지를 개봉하자 등을 돌렸다. 편지에는 이렇게 적혀있었다:

"가능하다면, 오늘 저녁 8시에 버드마우스 길가에서 원형경기장에서 나와 만나요. 만날 장소는 찾기 쉬운 곳이오. 만나서 모든 이야기를 나누기로 하오. 당신에 관한 소식에 미칠 것 같고 무척 혼란스럽소. 당신이 보낸 딸아이는 아직 아무것도 모르고 있는 듯하였소. 내가 당신을 만날 때까지 딸아이가 모르게 해두오.

헨처드 씀"

그분은 편지 속에 동봉한 5파운드 돈에 대해선 아무 언급을 하지 않았다. 그 액수는 의미심장한 큰돈이었다. 그가 말은 하지 않았지만 자신을 5파운드에 팔아넘긴 똑같은 액수의 돈을 되돌린다는 의미였으리라. 만날 시간을 초조하게 기다렸다. 엘리자베스에게는 헨처드 씨가 자신을 초대했는데 자기 혼자만 갈 것이라고 말했다. 그러나 그녀 어머니는 만날 장소가 헨처드 집이 아니라는 사실은 딸에게는 비밀로 했고, 편지는 자기가 보관했다.

11. 어색한 부부의 만남

캐스터브리지 원형경기장은 그렇게 훌륭하지는 않았지만 영국에서 현존하는 옛 로마시대 경기장들 가운데 하나로 알려졌다.

캐스터브리지 거리, 골목, 경내 어디를 둘러보아도 옛 로마의 흔적들이 넘쳐났다. 도시와 예술을 보아도 로마제국의 흔적을 그대로 간직하고 있었다. 이 도시에서 들판이나 정원을 1~2피트 깊이로 팠을 때에도 옛 로마제국의 키 큰 병사와 사람들이 발굴되었다. 그들은 그곳에서 1,500년이란 오랜 세월동안 침묵가운데 휴식을 취하고 잠들어 있었던 것이다. 그들은 대개 계란껍질 속의 병아리처럼 백토질의 타원형 굴속에 길게 누운 채로 발견되었다. 무릎은 가슴위로 끌어올려져 있었으며, 때때로 창檣들이 그들 팔에 걸쳐져 있었고, 그들의 가슴과 이마 위에는 청동으로 만들어진 핀과 브로치가 얹혀 있었으며, 두 무릎에는 그릇이, 목에는 항아리가, 입에는 병이 놓여 있었다. 캐스터브리지 거리를 지나가는 아이들과 어른들의 눈에는 그 시체들 위로 복잡한 추측들을 쏟아내면서 바라보는 것이었다.

상상력이 풍부한 주민들은 그들 정원에서 발견되는 비교적 가까운 시대 해골들에는 약간의 거부감을 느꼈을 것이지만 이들 소름끼치는 시신들의 모습에는 마음의 동요가 전혀 없었다. 너무도 오랜 시간이 흘러 과거와 현대를 갈라놓은 시간과 공간이 생존한 사람들과 유령이라는 건널 수 없는 깊고 넓은 심연의 틈을 만들어 놓은 듯했다.

이 원형경기장은 거대한 원형으로, 남북으로 그 지름의 양 끝에 협곡이 하나씩 있었다. 그 안쪽의 경사진 면으로 보면 거인 죄툰이 친 야구공 모양을 하고 있었다. 캐스터브리지에서 이곳은 마치 오늘날 현대화된 로마가 폐허가 되어버린 과거 원형경기장을 바라보는 심정으로 비교가 될 법한 것으로 크기도 거의 비슷한 정도였다.

저녁 해질 무렵, 만나기로 한 이 장소는 두 사람에게 많은 생각을 하게 할 적당한 곳이었다. 해질 무렵 이 시각에 경기장 한복판에 서 보면 그 광대함을 천천히 실감할 수 있다. 그러나 대낮에 그 꼭대기에서 내려다보면 그런 사실은 묻혀 버린다. 을씨년스러우면서 장엄하고, 쓸쓸하지만 싫지만은 않아 이 도시의 어느 쪽에서나 손쉽게 접근할 수 있었기 때문에 사람들은 이 역사적인 장소를 은밀한 약속을 위해 자주 찾았던 것이다. 갖가지 음모들이 이곳에서 행해졌으며, 다투고 싸운 후에도 이곳에서 화해를 하기도 했던 것이다. 그러나 가장 흔히 있는 일이면서 이 경기장이 앞을 다투어 나서려 하지 않는 일이 있었는데 그것은 행복한 연인들을 위한 은밀한 만남이었다.

이곳은 주변 환경과 격리되어있고 사방에서 접근이 용이하여 사람들이 선호하는 장소임에도 불구하고 왜 행복한 연인들이 이 폐허가 된 경기장을 좋아하지 않는 것인지는 또 다른 의문으로 남아 있게 될 것이다. 아마도 이곳에서 음흉한 일들이 많이 일어났기 때문인지도 모른다. 이 경기장의 역사를 보면 금방 알 수 있다. 초기 이 경기장에서는 혈기왕성한 경기들이 벌어졌지만 나중에는 불미스러운 일들이 많이 발생했었다. 다시 말해, 이 도시의 교수대들이 수십 년 동안 이곳의 한쪽 구석에 자리잡고 있었으며, 1705년에는 남편을 살해한 한 여인이 이곳에서 반쯤 교살된 후 수만 명의 관중이 지켜보는 가운데 화형 당했던 것이다. 들리는 소문에 의하면, 그 화형당한 여인이 불길 속에서 타들어가면서 심장이 터져 몸 밖으로 튀어나와 구경꾼들을 혼비백산하게 했으며, 그 일이 있고 나서 이 장면을 목격한 수만 명의 사람들은 뜨겁게 구운 불고기는 먹거나 아예 쳐다보지도 않았다는 것이다. 이런 비극 이외에도 권투시합에서도 죽음에 이르는 끔찍한 장면이 벌어져, 이 경기장 꼭대기 위로 기어 올라가지 않는 한, 외부와 격리된 이 경기장에서는 불행한 일들이 계속 일어났던 것이다. 그런데 이 도시의 주민들은 이 경기장 주변에서 일상적인 생활을 하면서도 별 관심을 두지 않았다. 따라서 대낮에도 각종 범죄들이 이곳에서 끊임없이 기승을 부리고 있었다.

최근에는 이 경기장을 크리켓 경기장소로 이용함으로써 침울한 경기장의 분위기를 바꾸려고 하였다. 그러나 경기를 격려하는 행인들의 찬사와 외부사람들로부터 있을 법한 칭찬을 모두 차단해 버렸기 때문에 주어진 경기장의 공간 외에는 음침한 분위기를 바꿀 수 없었다. 공허한 분위기에서 아무리 떠들고 왕성하게 경기를 한다 해도 텅 빈 집에 대답 없는 메아리만 울리는 꼴이었다. 또 어느 여름날 대낮에 어떤 노인이 그 경기장에서 책을 읽다가, 잠시 졸고 앉았다가 깨어나 보니 로마 황제 헤드리안의 병력이 마치 검투시합을 지켜보는 듯 경기장 안을 노려보면서 경사면 위에 도열하여 환호성을 내는 모습을 보았는데, 모두 눈 깜짝할 사이 일어났다가 사라져 공포에 질렸다는 소문에 소년들이 겁을 집어먹었는지도 모를 일이었다.

사람들의 말로는 남쪽 입구 아래에는 경기에 참가한 야구선수들과 육상선수들이 대기한 동굴들이 아직도 남아있다고 한다. 경기장 바닥은 아직도 여전히 부드러웠으며, 원래 모습을 지니고 있었다. 관중들이 오르내리던 경사면 위의 좁은 길들도 역시 그대로 좁은 길이었다. 그러나 잡초가 모두 자리를 차지하고 있었다. 여름이 끝날 즈음에 이들 잡초들은 서로 엉키고 얽히어 내는 소리가 자세히 들어보면 이올리아의 부드러운 선율3)로 착각하게 했으며, 바람에 떠돌아다니는 작고 부드러운 엉겅퀴 털들을 잠시 붙들어 두기도 했다.

헨처드가 오랫동안 잊혀져 가고 있었던 아내를 만나기 위해 이곳을 선택한 것은 다른 사람들이 쉽게 볼 수 없는 안전한 곳이었기 때문이었다. 이 도시의 시장으로서 체면을 지키고 사람들 눈에 띄지 않기 위해 모종의 확실한 대책이 마련되기 전에는 부인을 자기 집으로 데려갈 수 있는 상황이 아니었다.

---

3) [역자 해설] 신화적 이미지가 창출하는 음향 중에서도 자동적인 충동으로 제멋대로 줄이 울어대는 것이 이올리아 하프(Aeolian Harp)이다.

그는 황량한 흙더미로 변한 이곳을 여덟 시 직전에 도착하여 앞서 지적한 동굴들을 지나 아래 남쪽의 작은 길을 따라 걸어 들어갔다. 곧 이어 관중들이 출입할 수 있는 북쪽 커다란 문으로 한 여인의 형상이 들어오는 것을 볼 수 있었다. 두 사람은 경기장 바닥의 한가운데서 만났다. 어느 누구도 먼저 말하지 않았다. 아무런 말이 필요 없었던 것이다. 그 가련한 여인은 헨처드에게 몸을 기댔다. 그는 두 팔로 그녀를 지탱해 주었다.

"나는 요즘 술은 입에 대지도 않아."

하고 그는 조용한 목소리로 머뭇거리며 마치 용서를 구하기라도 한 듯 말했다.

"수잔, 내 말을 듣고 있어요?— 이제, 술을 끊었단 말이오. 그날 밤 이후 한 번도 술을 입가에 대본 적이 없어요."

그것이 헨처드가 한 첫 번째 말이었다.

그는 아내가 알고 있다는 뜻으로 고개를 떨어뜨리는 것을 곧 느낄 수 있었다.

1~2분이 지나자, 숨 돌릴 겨를도 없이 이어서 말을 했다.

"여보, 수잔! 만약 당신이 살아 있었다는 것을 내가 알았다면! 하지만 당신과 딸아이가 죽어 이 세상 사람들이 아니라고 믿을 수밖에 없었던 여러 가지 이유가 있었다오. 당신을 다시 찾기 위해 할 수 있는 방법은 모두 해 보았다오— 전국을 돌아다니며— 신문광고도 내 보았어요. 당신이 그 선원과 함께 먼 곳으로 떠나다 항해 중에 익사했을 거라는 생각을 떨쳐버릴 수 없었다오. 왜 당신은 그렇게 단 한 번도 연락하지 않고 지냈소?"

"오오, 마이클! 그 사람 때문이었어요— 특별한 이유가 있었던 것은 아니에요. 어느 한쪽이 죽을 때까지 서로 신의는 지켜야 한다고 생각했기 때문이었어요— 참, 제가 어리석었어요. 그 거래가 법적으로 강한 구속력이 있다고 생각했죠. 그 분이 저에게 참 성실하게 잘 대해 주셔서 고마워서라도 그분을 감해 배신할 수 없다고 생각했어요. 저는 지금 세상을 떠난 그분의 미망인으로서 당신을 만나고 있다고 생각해요. 당신에게 무엇을 요구할 아무런 권리도 없어요. 만약 그분이 살아 계셨더라면 절대 나타나지도 않았을 거예요— 정말이에요! 당신도 확실히 아실 거예요."

"어휴! 어떻게 당신은 그토록 생각이 없어?"

"나도 몰라요. 하지만 내가 그런 마음과 다짐으로 살지 않았더라면 사는 것이 참 피곤했을 거예요!"

하면서 수잔은 거의 목이 메어 울다시피 했다.

"그래, 이해 할 수 있어. 내가 당신에게 생각 없는 여자라고 하는 것도 바로 그런 이유 때문이야— 나를 이 지경으로 만들어 놓았으니!"

"뭐라고 했어요, 마이클?"

그녀는 깜짝 놀라 펄쩍 뛰면서 물었다.

"아니, 우리 세 사람이 다시 함께 살아야겠다는 말이요. 그 애한테는 말하지 말아요— 그 아이가 우리를 정상적인 사람들로 보겠어? 그런 모습을 나는 참고 견딜 수 없어!"

"그러니까— 그 애한테는 비밀로 하고, 우리가 함께 살아갈 계획을 의논해야겠소. 당신은 내가 이곳에서 사업을 크게 하고 시장으로 또 교구위원으로 활동하는 사실을 모두 들어서 알고 있겠지?"

"예."

하고 그녀는 맥 빠진 소리로 답했다.

"난 그 애가 과거에 있었던 일을 알게 되지는 않을까 하는 불안감이 커. 또 시장의 신분으로 언행에 주의를 해야 하는 것은 말할 필요도 없소. 내가 당신과 어린 딸을 내쫓았으나, 이제 집으로 다시 들어 올 수 있는 방법을 찾아야 하는데 그게 참 큰 문제요."

"우리 모녀는 곧 떠나겠어요. 제가 온 것은 다만—"

"무슨 말이야, 수잔. 당신은 가서는 안 돼— 내가 한 말을 잘못 이해했군!"

하는 그의 말은 단호하면서도 친절했다.

"내 생각에는 이렇게 했으면 하오. 그러니까, 당신과 엘리자베스가 뉴손 씨의 미망인과 그녀의 딸로 시내 어느 오두막집에 살고 있으면 내가 당신을 만나 구애하고 당신과 결혼하여 엘리자베스는 내 의붓딸로서 내 집으로 들어오도록 하는 것이오. 듣기에도 그럴듯하지 않소? 그렇게 어려운 일이 아니고 반쯤은 문제 해결이 된 셈이요. 이렇게 하면 내 젊은 시절 치욕스럽고 부끄러웠던 삶을 주변 사람들이 알지 못하게 될 것이고, 과거의 비밀은 당신과 나만 알고 있는 일이 될 거요. 그러면 당신과 하나뿐인 딸자식을 내 지붕 밑에서 생활하며 보는 즐거움을 가지게 될 것이요."

"당신이 그렇다면 좋으실 대로 하세요. 당신이 하는 대로 따르겠어요." 하고 그녀는 부드럽게 말했다.

"제가 이곳에 온 것은 엘리자베스를 위해서예요. 만약 제가 당신에게 걸림돌이 된다고 생각하여, 나보고 내일 아침 떠나고 다시는 나타나지 말라고 한다면 기꺼이 그렇게 할게요."

"이봐, 우리가 그런 이야기나 하자고 만난 것은 아니잖아." 하고 헨처드는 점잖게 말했다.

"당신이 떠난다고 문제가 해결되는 건 아니야. 내가 지금 제의한 계획들을 몇 시간 동안 잘 생각해 봐. 그런 계획들이 문제가 안 되면 그대로 하기로 해요. 하필이면 내가 이틀 정도 사업일로 출장을 떠나야하오. 그 동안 당신은 숙소를 정할 수 있을 거고— 여기 시내에서 당신 모녀에게 적합한 것들은 하이 스트리이트 위쪽으로 도자기 가게 건너편에 있는 집들이요. 그것들이 맘에 들지 않으면 조그마한 오두막집을 구해 볼 수 도 있어."

"그런데, 잘은 몰라도, 하이 스트리이트 위쪽의 하숙집이라면 상당히 바싸겠지요?"

"그런 걱정은 말아요— 우리 계획을 달성하려면 처음부터 어느 정도 중상류급 생활수준에서 출발해야 하오. 돈 문제는 내가 알아서 할 것이니. 내가 출장에서 돌아올 때까지면 충분하겠소?"

"그럼요."

"지금 호텔에서 생활은 어떻소?"

"좋아요."

"그런데 엘리자베스는 우리 과거사에 대해 알지 못하는 것 사실이야?— 그것 때문에 내가 무척 불안하오."

"당신이 믿어지지 않겠지만 그 애는 그런 일이 있었을 거라는 상상을 하려야 상상할 수도 없어요."

"물론 그러겠지!"

"우리가 한 번 더 결혼하는 게 어떨까하는 생각이 들어요."
하고 헨처드 부인은 뜸을 들이면서 말했다.

"지난날의 치욕스런 기억에서 자유롭게 될 수 있는 유일한 방법인 것 같아요. 이제 엘리자베스에게 돌아가 헨처드 씨가 친절하게도 우리 모녀가 이 도시에 머물 수 있기를 바란다고 말해야겠어요."

"좋은 생각이오— 그렇게 합시다. 잠시 동안이라도 나와 함께 가도록 하오."

"아니, 안 돼요. 사람들이 보면 어떻게 하려고 그래요!"
하고 헨처드 아내는 급히 말했다.

"아직 초저녁이고 호텔 되돌아가는 길도 알고 있어요. 그러니 혼자 갈게요."

"그럼, 당신 좋을 대로 하오. 그런데, 한 가지 궁금한 게 있어요. 수잔, 당신은 날 용서하는 거요?"
그녀는 뭐라고 대답하기가 곤란하여 혼자말로 뭐라고 중얼거렸다.

"말하기 곤란하면 말하지 않아도 되요. 앞으로 내가 당신에게 어떻게 하는지 보면서 말해도 늦지 않아요— 조심해서 가오!"

헨처드는 자기 아내가 좁은 길을 따라 빠져나가면서 시내를 향해 나무숲 속으로 내려가고 있는 동안에 천천히 발걸음을 옮기면서 집으로 향했다. 그의 발걸음이 너무 빨라 집 문 앞에 다다랐을 즈음, 조금 전 헤어졌던 아내도 거의 호텔에 이르렀다. 그는 아내가 길을 따라 올라가는 뒷모습을 지켜보다 집안으로 들어갔다.

킹즈암즈 호텔 전경

12. 과거의 나, 지금의 나

헨처드는 아내가 시야에서 사라지자, 집안으로 들어섰다. 그리고 터널 같은 통로를 지나 정원 안으로 걸어 들어갔다. 다시 뒷문을 통해 곡물들이 쌓인 창고들이 있는 곳으로 갔다. 사무실은 내부를 가리는 덧문이 없었기 때문에 창문을 통해 불빛이 밖으로 흘러나왔다. 도날드 파프리이가 몇 시간 전과 같이 그대로 앉아 있는 것을 볼 수 있었다. 그 젊은이는 장부들을 점검하는 일에서부터 지배인 노릇을 착실히 수행하고 있었다. 헨처드는 사무실로 들어서면서 가볍게 말을 했다.

"이렇게 늦게까지 사무실에 있었구려."

헨처드는 파프리이가 명석한 두뇌로 꼼꼼하게 장부를 확인하면서 상황을 교묘하게 파악하는 모습을 뒤쪽에서 넌지시 훔쳐보았다. 이를 지켜보던 곡물 도매상인 헨처드의 표정은 거의 감탄하는 태도였다. 그러면서도 하나하나씩 빈틈없이 확인해가는 젊은이의 성품에 동정심이 발동했다. 헨처드는 정신적으로 육체적으로 때 묻은 장부를 세밀하게 파헤치기에 많이 지쳐있었다. 그는 현대적인 의미로 아킬레스 교육을 받았던 사람이며 문자로 쓰인 글자는 하나의 복잡한 기교로 생각했었다.[4]

---

4) [역자 해설] 아킬레스는 신과 인간의 아들로 주변으로부터 많은 축복을 받고 태어난다. 그러나 그의 어머니 신(神) 테티스는 아킬레스가 창과 칼, 혹은 화살에 맞아 죽을까 봐 항상 걱정을 했다. 결국 테티스는 아들 아킬레스를 거꾸로 잡고 스틱스 강물에 담근다. 온몸을 스틱스 강물에 담근 아킬레스는 총과 칼과 화살에 맞아도 죽지 않는 불사조와 같은 영웅(영재)이 되었다. 아킬레스는 어머니가 키워낸 영웅(영재)이 된 것이다. 수많은 전쟁에 나가도 용감무쌍하게 싸워 최고의 전쟁 영웅이 되었고, 적의 어떠한 공격에도 결코 다치지도 죽지도 않는 대단한 영웅이 되었다. 그러나 아킬레스는 아주 사소한 약점 하나로 그냥 허물어졌다. 어머니 신 티테스가 아킬레스의 몸을 강하게 만들기 위해 발뒤꿈치를 잡아 물에 담글 때, 다만 한 곳, 그의 발뒤꿈치만은 스틱스 강물에 닿지 않았다. 영웅으로 만들려

"오늘 밤은 이제 그만하도록 하게."

하면서 헨처드는 커다란 손으로 젊은이가 파헤치던 회계장부를 가려 버렸다.

"오늘만 날인가, 내일도 시간은 충분해. 나와 함께 안에 들어가 뭘 좀 들도록 하십시다. 어서 일어나요! 난 한번 고집을 부리면 끝까지 밀어붙이는 사람이오."

헨처드는 좋은 의도로 회계장부를 덮어 버렸다.

도널드 파프리이는 자기 숙소로 돌아가 쉬고 싶었다. 그러나 자신의 친구이자 고용주인 헨처드가 절제할 줄 모르는 충동적인 성격의 사람인 사실을 잘 알고 있는 터라 어쩔 수 없이 요구하는 대로 따랐다. 젊은이는 헨처드의 이런 별난 성격이 불편하면서도 싫지 않았다. 이처럼 두 사람은 성격적으로 차이가 많았다.

헨처드가 먼저 사무실을 나가자, 젊은이는 동료와 함께 조그만 비상문을 통해 일터와 연결되어 있는 안쪽 정원으로 들어갔다. 정원은 정적에 싸인 채 이슬을 머금고 꽃향기가 가득 차 있었다. 이 정원은 잔디밭, 화단, 과수원으로 연결되어져 후미진 곳까지 길게 뻗어 있었다. 과수원에서 자라는 과일나무들은 이 집만큼이나 나이를 먹었고, 시렁에 묶인 긴 가지들은 너무 굵게 자라 스스로 주체하지 못한 채 몸을 비비 꼬고 서 있었는데, 그 모습은 땅바닥에서 말뚝을 뽑아 올려 잎이 난 라오콘이 고통 가운데 몸부림치는 것 같았다[5]. 시야에 들어오는 꽃들에서 향기로운 냄새는 맡

다보니, 불가피하게 따라붙는 약점이 생길 수밖에 없었던 것이다. 천하무적의 아킬레스도 결국 발뒤꿈치의 약점이 노출됨으로, 트로이 전쟁 중 발뒤꿈치에 정통으로 꽂힌 화살에 죽게 된다. 이 신화는 신이 치밀하게 준비하여 만들어낸 영웅도, 결국 아주 소소한 약점 하나로 모든 영웅적인 것을 잃어버리게 된다는 교훈을 준다. 교육에도 이런 아킬레스건이 있을 수 있다. 영웅이 되는 교육을 귀하게 여기고 소중하게 생각하기 때문에, 오히려 더 그 속에 치명적 약점이 존재할 수 있다는 것은 아이러니다. 강한 영웅으로 만들기 위해 불가피하게 만들어지는 약점이 생길 수 있고, 이것이 교육의 근본을 흔들 수도 있기 때문에 우리는 이 약점에 대해 주목할 필요가 있다.

5) [역자 해설] 라오콘(그리스어: $\Lambda\alpha o\kappa\acute{o}\omega\nu$)은 그리스 신화에 나오는 아폴론을 섬기는 트로이의 신관이다. 트로이 전쟁 때 그리스군의 목마를 트로이 성안에 끌어들이는 것을 반대하였기 때문에 신의 노여움을 사, 해신 포세이돈이 보낸 두 마리의 뱀에게 두 자식과

을 수 없었다. 이 두 사람은 정원을 지나 집안으로 들어갔다.

푸짐했던 아침 식사 때와 같은 환대를 해 주었다. 식사가 끝나자 헨처드는 먼저 말문을 열었다.

"여보게, 내 친구. 난로 가까이 의자를 당기시오. 따뜻한 불을 피우도록 합시다ㅡ 9월이어도 불을 피우지 않은 난로 옆에 있는 것이 난 싫소."

난로에 땔감을 넣고 불을 붙이니 활활 타오르는 불빛이 사방으로 퍼졌다.

"우리가 사업을 목적으로 만난 지 겨우 하루가 지났는데, 젊은이에게 내 가족 이야기를 하고 싶어지는 것이 참 이상하구려. 파프리이, 헌데, 난 참 외로운 인간이요. 당신이 아니면 대화를 나눌 상대도 없어요. 그러니 당신에게 못할 말이 있겠소?"

"사장님이 괜찮으시다면 무슨 말이든 하셔도 좋습니다."

하면서 파프리이는 벽난로 선반위에 놓인 갖가지 나무 조형물들 쪽으로 시선을 돌렸다. 자세히 보니 황소 머리에는 보자기가 씌워져 있고, 옛날 그리스 하프들 위에는 화관花冠 장식이 되어있었으며, 방패와 화살 통들을 비롯하여, 가장자리에는 얕게 새겨진 아폴로와 다이애나의 머리가 놓여있었다.

"과거의 나는 지금의 내가 아니었다오."

하는 헨처드의 목소리는 엄숙하고 흔들림이 없었다. 그는 지금 어떤 오랜 친구에게도 결코 하지 않았을 이야기를 새로 사귄 젊은이에게 모두 털어놓아야겠다는 걷잡을 수 없는 충동에 사로잡혔다.

"나는 건초 일꾼으로서 내 인생을 출발했다오. 혈기왕성한 18살 나이에 결혼을 했어요. 내가 결혼한 사람처럼 보이오?"

함께 졸려 죽었다. 라오콘 군상(이탈리아어: Gruppo del Laocoonte)은 헬레니즘의 대표 미술 작품 중 하나이다. 라오콘 군상은 인간이 고통 받고 있는 모양을 표현한 것이다.

"시장님께서 홀몸이시란 소문을 주변 사람들로부터 들었어요."

"아, 그래요— 그런 소문이 당연히 퍼질 만도 하지. 내가 19여 년 전에 아내를 잃었지요— 내가 잘못하여. 그래서 내가 홀아비 신세가 된 것이오. 어느 여름날 밤 우리는 일자리를 찾아 여행을 하고 있었소. 집사람은 어린 아기를— 하늘아래 단 하나뿐이던 딸자식을 가슴에 품고 내 옆에 붙어 걷고. 우리는 어느 시골 장터 안의 가겟집에 다다랐지요. 그때만 해도 난 술을 아주 많이 즐기던 사람이었소."

헨처드는 잠시 하던 말을 중단하고 몸을 의자 뒤로 털썩 기댔다. 그는 팔꿈치를 식탁위에 놓았다. 그리고 그의 이마를 손으로 가렸다. 그러나 헨처드는 당시 그 선원과의 거래사건을 젊은이에게 자세히 설명하면서 자신이 저지른 실수를 자책하며 괴로워하는 심정을 손바닥으로 모두 가릴 수 없었다. 스코틀랜드 젊은이는 줄곧 별 관심을 보이지 않다가 이런 헨처드의 고통스러운 장면을 대면하자 태도가 달라졌다.

헨처드는 아내를 찾으려했던 일들이며, 그가 했던 맹세들이며, 그때 이후 지금까지 살아온 외롭고 힘들었던 생활에 대해 차근차근 이야기해 나갔다.

"난 19년이란 세월동안 내가 맹세한 약속을 지금까지 어긴 적이 한 번도 없었다오"하고 계속 말을 이어갔다.

"젊은이가 보는 바와 같이, 이런 과정을 거치면서 오늘의 내가 있었던 거요."

"그러셨군요!"

"허나, 그 오랜 세월동안 난 아내 소식을 들을 길이 없었다오. 나는 원래 여자를 좋아하는 기질이 아니어서 부부관계를 오랫동안 갖지 않고 살아왔어도 아무 문제없었소. 지금까지 한 번도 아내 소식은 들어본 적이 없었소. 아, 그런데 그 아내가 이제 돌아왔다오."

"그 부인께서 돌아오셨다고요? 지금, 그 부인께서!"

"오늘 아침에— 바로 이 오늘 아침에 돌아왔는데, 어떻게 해야 할지 모르겠소!"

"그분을 받아들여 함께 살 수 없단 말씀이군요? 그러니 함께 살 수 있는 방법을 강구해야겠다는 말씀이시죠?"

"맞아요. 내가 계획하고 생각하는 점이오. 그런데, 파프리이."

하고 헨처드는 수심이 가득한 표정을 지으며 뜻밖에 우울한 어조로 말을 계속했다.

"수잔과 다시 재결합하게 된다면 나는 또 다른 순진한 여인에게 상처를 준단 말이오."

"설마 그런 일이야 있겠습니까?"

"파프리이, 세상을 살다보면 알겠지만, 현재 내가 모은 재산을 내 혼자 힘으로만 이루었다고 하기엔 무리가 있소. 그 배후에는 두 여인의 도움이 있었소. 돌이켜 보면 지난 여러 해 동안 나는 사업차 감자를 수확하는 철이나 근채류를 거두어들일 때에는 버릇처럼 저어지라는 곳으로 훌쩍 건너가곤 했소. 지금까지도 그곳 사람들과 상당한 규모의 거래를 하고 있소. 그런데 어느 가을 내가 그곳에 체류하고 있는 동안에 난 심한 병으로 자리에 눕게 되었소. 난 외로움에 지쳐 우울증에 빠지게 되었고 성서 욥기에 나오는 욥처럼 내가 당하는 고난이 너무도 힘겹고, 세상이 온통 지옥같이 어두워 하나님을 향해 내가 태어난 생일을 저주했소."

"아, 그렇지 않습니다. 저는 그런 느낌을 전혀 느낄 수 없습니다."

하고 파프리이가 말했다.

"그렇다면 앞으로는 절대 그런 일이 없도록 하나님께 기도하도록 하오.

병상에 누워 지내는 동안 난 한 여인으로부터 동정어린 간호를 받게 되었소. 젊은 여인이었는데 숙녀였소. 출신 가문도 훌륭했고 교육도 상당히 많이 받은 여인이었는데, 그녀의 아버지는 군인장교로서 재정적으로 어려움에 처하자 봉급을 모두 몰수당하게 되었소. 그리고 고통 가운데 세상을 떠나고 그녀의 어머니 또한 그 충격으로 돌아가셨다오. 그래서 그 여인은 나처럼 외로운 처지였는데, 내가 머물고 있던 하숙집에 똑같이 머물고 있었소. 이런 상황 가운데 내가 병상에 눕게 되자 그 여인은 스스로 나를 간호하게 되었소. 그때부터 그녀는 어리석게도 나를 사랑하게 되었소. 왜 그렇게 했는지는 우리 둘 모두 알 수 없소. 그 훌륭한 여인이 나 같은 사람을 좋아했으니 알 수 없는 일이었소. 우리가 한 집에 함께 기거했으니 서로의 감정은 가까워지게 되었고 친해질 수밖에 없었소. 어느 정도 가깝게 되었는지는 더 이상 말하지 않겠소. 허나, 우리는 서로 결혼을 약속했을 정도로 가까웠소. 그런데 좋지 않는 소문이 떠돌기 시작했소. 내게는 별로 손해날 일은 아니었지만 그녀에게는 큰 상처가 되었소. 파프리이, 우리 두 사람이 모두 남자니까 말하는데, 내가 여자의 꽁무니를 쫓아다니는 일은 내게 미덕이나 악덕, 둘 모두 아니었던 사실은 분명하오. 그런데 그녀는 세상의 이목에 대해 전혀 상관하지 않았소. 반대로 나는 내 새로운 삶 때문에 세상의 이목에 신경이 쓰였소. 그러나 좋지 않는 소문이 일어난 것도 사람들의 이목에 신경을 끊었던 것도 이유가 있었소. 그리고 나서 내가 몸이 어느 정도 회복되면서 난 그곳을 곧장 떠나버렸소. 내가 떠나온 후, 그녀는 나로 인해 많이 힘들었나 보오. 매번 편지를 보내 올 때마다 그녀는 꼭 자신의 힘든 하루하루에 대해 하소연했소. 최근에 와서 나는 비로소 그녀에게 빚을 지고 있다는 사실을 알게 되었소. 그래서 난 수잔의 소식을 오랫동안 전해 듣지 못했기 때문에 이 두 번째 여인으로 내 삶에 대한 보상을 되찾으려는 생각을 했소. 그래서 난 그녀에게 만약 잃어버린 옛 아내 수잔이 살아 돌아올 지도 모른다는 사실―그 가능성은 희박하긴 했지만―에 모험을 감행할 자신이 있다면 나와 결혼해 줄 것을 요청하게 되었소. 그 여자는 기뻐서 어쩔 줄 몰라 했소. 이렇게 우리는 결혼하기로 약속을 하게 되었던 거요― 그런데, 까맣게 잊고 있었던 수잔이 나타나게 되었단 말이오!"

그 젊은이는 자신의 순진한 경험으로는 도저히 받아들이기 어려운 이 복잡하고도 미묘한 이야기에 깊은 관심을 보였다.

"한 남자의 존재가 주변 사람들에게 얼마나 엄청난 피해를 주게 되는지를 이제야 알겠소! 젊은 시절 내가 옛 아내 수잔에게 그 못된 짓을 한 것을 후회하지만, 저어지에서 나에게 그토록 정성을 다하여 간호하고 나를 사랑해준 아가씨에게 또 이런 아픈 고통을 주어야 한다는 생각을 하면 내가 얼마나 이기적인 인간인가 하는 자책감이 떠나지 않소. 허나, 사태가 이 지경이 되었으니, 나로서는 이 두 여인을 놓고 한 여인을 선택함으로써 한 여인에게 쓰라린 상처와 실망감을 주게 되었소. 상처 받을 여인은 두 번째 여인이 될 것은 의심의 여지가 없소."

"두 여성이 모두 딱한 처지에 놓여 있군요. 피해 갈 수 없는 현실이군요!"하고 젊은이는 겨우 들릴 정도로 혼자 중얼 거렸다.

"그렇소! 내가 어떻게 할 수 있는 일은 아닌 것 같고― 어차피 한 사람은 고통스런 화살을 품어야 하는데. 두 여자 가운데 한 여자…." 헨처드는 잠시 말을 중단한 채 깊은 명상에 빠져들었다.

"내 생각에는 두 번째 여인도 첫 번째 여인 못지않게 최대한 친절하고 따뜻하게 대접해 줘야 하는 것이 도리인데 참 고민이요."

"아, 가슴 아픈 일이지만 어쩔 수 없는 상황이잖아요!"
하고 젊은이는 애석한 표정을 지으며 말했다.

"사장님께서 그 젊은 두 번째 여인에게 편지를 쓰시는 게 순서인 것으로 생각됩니다. 첫 부인이 돌아오셨기 때문에 당신은 나의 아내가 될 수 없겠다고 솔직히 정직하게 밝히는 것이 좋겠습니다. 그리고 더 이상은 만날 수 없으니 앞으로 행복해 지시길 바란다고 하십시오."

"그렇게 해서는 안 될 것 같소. 내가 좀 더 친절해야 할 것 같소. 그 두 번째 여자는 나에게 그녀가 부유한 아저씨와 아주머니를 자랑하며 큰 유산까지 받게 되었다고 자랑을 하곤 했지만, 내가 그녀에게 위자료 명목으로 상당한 액수의 돈을 보내주는 것이 인간적인 도리로 생각되오― 생각해 보면 참 가련한 여인으로 생각되오……. 그런데 젊은이가 날 좀 도와주겠소?

내가 지금까지 들려 준 이야기를 가능한 한 점잖은 말로 그녀에게 보낼 편지를 하나 써 주겠소? 나는 편지를 쓰는 것이 서툴러서 말이오."

"그렇게 해드리죠."

"아직 내 이야기는 끝나지 않았소. 내 아내 수잔에게 내 딸이 있소. 그 장터에서 내 아내의 젖가슴에 안겨 있었던 그 어린 아기 말이오. 이 딸아이는 현재 내가 결혼으로 어떤 친인척 관계가 된다는 것 외에 나에 대해 아는 게 아무것도 없소. 그 애는 내가 그녀의 어머니를 팔아넘겼던 그 선원이 ㅡ지금은 죽고 없지만ㅡ 자기 아버지이며 자기 어머니의 남편으로 알고 자라왔소. 그런데 나는 내 아내와 마찬가지로 과거 이런 사실을 그 딸아이에게 말해 우리들의 부끄러운 행동을 알리고 싶지 않는 것이 우리 모두를 위해 현명한 결정이라고 생각하고 있소. 자, 젊은이 같으면 어떠하겠소?ㅡ 당신의 조언이 필요하오."

"저 같으면 용기를 내어 주저하지 않고 딸에게 모두 털어놓겠어요. 그 아가씨는 두 분을 모두 용서할 것입니다."

"아니요, 절대 그렇게 할 수 없소! 그 아이한테는 비밀로 하겠소. 수잔과 나는 다시 결혼할 생각이오. 그렇게 하는 것은 그 딸아이에게도 자연스러운 일이 될 것이고 좀 더 합리적인 방법으로 생각되오. 지금 수잔은 자신을 죽은 그 선원의 미망인으로 생각하고 있을 뿐 아니라 종교의식에 의한 결혼을 다시 하지 않고는 나와 함께 예전처럼 산다는 것은 상상도 하지 않고 있소ㅡ 따지고 보면 그녀의 생각이 틀린 것은 아니오."

파프리이는 그 말을 들으면서 더 이상 할 말이 없었다.

저어지에 살고 있는 두 번째 여인에게 보낼 편지는 젊은이가 그 자리에서 조심성 있게 썼다. 그리고 대화는 끝났고 파프리이가 자리에서 일어나자 헨처드는 말했다.

"파프리이, 이야길 털어놓고 보니 한결 마음이 후련하오! 젊은이는 내가 캐스터브리지 시장이니 모든 생활이 넉넉하여 부족함이 없다고 생각했을지 모르지만 내게도 이런 말할 수 없는 어려움이 있었다오."

"그렇습니다. 듣고 보니 참 그 어려움이 이해가 됩니다!"

젊은이가 자리를 뜨자, 헨처드는 그 편지를 다시 베꼈다. 그는 수표 한 장을 동봉하여 우체국으로 가져갔다. 우체국에서 돌아오면서 그는 갖가지 생각에 잠겨 있었다.

"이런 일들이 어렵지 않게 끝날 수 있다니! 애처로운 것— 에이, 내가 알게 뭐야! 이제 수잔에 대한 대책이나 골몰히 생각해 보아야지!"

13. 다시 되찾은 부부의 인연

마이클 헨처드는 아내와 약속한 계획에 따라 그녀를 위해 뉴손 미망인 이름으로 오두막을 빌렸다. 그 오두막은 이 도시의 고지대인 서쪽 지역에 위치하고 있었고 로마시대 성곽 가까운 곳이어서 가로수 그늘 속에 가리어져 있었다. 저녁 햇살은 이 가을, 다른 어떤 지역보다 이곳을 더 노랗게 비춰주고 있는 듯했다. 시간이 지남에 따라 햇살은 가장 낮은 단풍나무 가지들 아래로 뻗쳐 녹색의 덧문들이 달린 이 집의 아래층 깊숙한 곳에 까지 들어왔다. 이 도시의 성벽들 위쪽은 물론 단풍나무들 아래와 거실에서도 먼 고지대의 성채들을 한눈에 볼 수 있었다. 지금은 우울한 분위기로 잘 알려져 있지만 옛날의 두드러진 경치는 그대로 이었다.

어머니와 딸이 흰 앞치마를 두른 하녀 한 사람과 함께 편안히 입주하여 모든 것이 정돈되자 헨처드는 그들을 방문하여 차를 마시고 있었다. 간단한 다과와 함께 커피를 마시고 있는 동안, 엘리자베스는 두 사람 사이에 오고가는 평범한 대화에서도 어떤 이상한 느낌을 알아채지 못하였다. 헨처드는 약간 재미있는 분위기 가운데 대화를 나누려 하였지만, 수잔은 행복하지만은 않았다. 시장은 사업가적인 기질로 두 모녀는 여러 번 방문했다. 시장은 두 번째 여인이 감당하기 어려운 희생과 고통을 극복하면서까지 이미 수잔에게로 마음이 기울어져 있었다.

어느 날 헨처드가 수잔을 찾아왔을 때 딸은 집에 없었다. 그래서 그는 담담히 말했다.

"수잔, 오늘은 우리 두 사람만 집에 있게 되는구려. 그래서 말인데 당신이 우리 모두 행복해 지는 날을 지금 결정할 좋은 기회로 생각되오."

무거운 삶의 무게에 짓눌려 살아온 수잔은 힘없는 미소를 지었다. 그녀는 오로지 딸의 장래를 위해 이곳으로 왔지만 이곳의 환경이 주는 편안함을 즐기며 누리지 않았다. 그녀는 기분이 좋지 않아, 살아온 지난날의 삶에 자책하며 왜 과감히 딸에게 이런 과거를 말하지 못하는지 괴로워했다. 그러나 그녀도 사람인지라 그런 변명과 괴로움은 다시 자기합리화로 지워졌다.

"오, 마이클. 우리 모녀가 이런 일로 당신의 시간이나 빼앗고 당신에게 폐만 끼치는 일이 되고 있지 않나 걱정이 되요— 그러려고 한 것은 아닌데."

그러면서 그녀는 누가 헨처드를 보아도 부유한 사람임을 짐작할 수 있는 옷차림이며, 그가 그녀의 오두막집에 사 넣어 준 화려하고 사치스러워 보이는 가구로 시선을 돌렸다.

"아무것도 아닌 걸 가지고 그래!"

하고 헨처드는 쑥스러운 말씨로 말했다.

"이런 오두막집에 가구 넣은 걸 가지고— 누구나 다 갖추고 사는 일이잖소. 그리고 내 시간이 빼앗긴다는 말도."

헨처드의 검붉은 얼굴표정을 보니 만족감으로 흐뭇해졌다.

"이제 내 사업을 감독할 능력 있는 한 사람을 고용했소— 이전에는 결코 붙잡아 둘 수 없었던 인물이오. 곧 그 젊은이에게 모든 것을 맡기고, 지난 20년 동안 보다 더 많은 시간을 내 자신을 위해 사용할 거요."

평소에는 늘 권위적이고 거만했던 헨처드가 젊은 미망인 수잔이 거주하는 오두막집을 방문하는 일이 너무 일상적인지라 그가 그녀에게 홀딱 반해 빠져있다는 소문이 공공연하게 나돌았다. 헨처드가 이제껏 보여준 여성들에 대한 냉담함과 여성들을 회피하는 습성을 생각해 볼 때 미망인 수잔과의 잦은 만남은 낭만적이기 보다 전혀 의외의 사건이었다. 가족문제를 떠나 가난하고 병약한 미망인과 헨처드가 약혼을 했다는 사실은 누가 보아도 납득이 가지 않는 일이었다. 더욱이 사람들은 헨처드와 수잔이 서로 친인척 관계라고 알고 있었다. 병약한 헨처드 부인은 너무 창백한 모습을 하고 있어서 주변에서 아이들은 그녀를 도깨비로 불렀다. 헨처드가 성곽위에서 아이들이 뛰어놀면서 수잔을 도깨비로 부르는 소리를 들어서 알게 되었다. 그런 소리를 들은 헨처드는 아이들에게 험악한 표정을 짓고 우울해지기도 했다. 그러나 그 아이들에게 아무 싫은 말을 하지는 않았다.

그는 단호하게 양심에 따라 흔들림 없이, 병약한 수잔과 재결합하기 위한 모든 준비를 서둘렀다. 늘 신사다운 언행을 보이는 헨처드를 사람들이 보면, 그가 볼품없는 오두막집을 빈번하게 드나들면서 겉으로 드러나지 않는 깊은 마음속 불꽃같은 사랑과 옛 추억에 사로잡혀 수잔과 재결합하기 위해 번잡한 일에 전념하는 모습을 상상하기란 쉬운 일이 아니었다. 헨처드는 세 가지 결심을 했다. 첫째, 오랫동안 내팽개쳐 버렸던 수잔에 대한 보상책을 마련하는 것이고 둘째는 아빠 없이 어린 시절을 보낸 엘리자베스 제인에게 안락한 가정을 제공하는 일이며, 셋째는 스스로 자책하며 잃어버린 세월을 되찾으며 자기징벌을 하는 일이었다. 하지만 이 세 가지 다짐을 떠나, 볼품없는 수잔과 결혼을 함으로써 시장으로서 체면과 이제까지 쌓아온 위신을 떨어뜨리는 것은 별개의 문제로 생각되었다.

수잔 헨처드는 결혼식을 올리는 날, 그녀와 엘리자베스 제인을 교회로 데려가기 위해 집 앞에 세워둔 사륜마차를 평생 처음 타 보았다. 그날은 가랑비가 조용히 내리는 11월이었지만, 포근했고 바람 한 점 없는 아침이다.

가느다란 빗방울이 밀가루처럼 내려와 모자와 옷의 보풀로 밀가루처럼 내려앉았다. 교회에 도착해 보니 문 앞에 모여 있는 사람들은 별로 없었으나 교회 안에는 많은 사람들이 자리를 메우고 있었다. 그 스코틀랜드 젊은이는 신랑의 들러리 역할을 하였고 이 두 사람의 과거 내력을 모두 알고 있는 유일한 참석자였다. 그러나 순진한 그 젊은이는 결혼이라는 중대한 의식을 심각하게 받아들이고 있었기 때문에 교회 안으로 들어가는 발걸음이 무거웠다. 이렇게 되자 크리스토퍼 코우니, 솔로몬 롱웨이즈, 부즈포드 및 그들 동료들의 도움이 필요했다. 그들은 주인공들의 과거 비밀에 대해서는 아는바가 없었다. 그러나 결혼식이 끝나갈 무렵 그들은 교회 옆의 보도위에 모여 서서 이 결혼식에 관한 이야기를 제멋대로 해석하며 떠들어댔다.

"내가 이 도시에 정착한지도 45년이나 됐단 말이야."

하고 코우니가 먼저 이야기를 시작했다.

"하지만, 교회에서 결혼식을 이렇게 간단히 하고 함께 살면 될 걸 그토록 오래 질질 끌다가 결혼에 골인하는 사람은 본적이 없어! 낸스 모크리지, 당신도 희망을 가지란 말이야."

그의 어깨너머 서 있던 여자에게 한 말이었다. 그 여자는 엘리자베스와 그녀의 어머니가 캐스터브리지 시내 첫 발을 내딛었을 때 사람들 앞에서 헨처드의 질 나쁜 **빵**을 가지고 불평을 늘어놓았던 여인이었다.

"만약 헨처드 같은 남자나 당신 같은 남자와 결혼할 바엔 차라리 지옥에 가겠소."

하고 그 여인이 톡 쏘아 붙였다.

"크리스토퍼, 사람들은 당신이 어떤 사람인지 모두 잘 알고 있소. 말은 적게 하는 게 몸에 이로운 거요. 그런데 헨처드 그분을 말하자면 − (목청을 낮추면서) 그분이 옛날에는 어느 교구의 가난한 도제이었다는 말이 있더군. 흠잡아 헐뜯으려는 의도는 아니지만, 그분이 인생을 거의 빈털터리 거지나 다름없이 시작했다는 거야."

"빈털터리라도 돈이 있으면 달리 보이는 법이야!"

그가 얼굴을 돌리자, 한 여인이 눈에 들어왔다. 얼굴은 세상살이에 찌들어 주름살 투성이였다. 머리너즈 호텔에서 노래 한 곡을 청했던 바로 그 여인은 미소를 짓고 있었다.

"아이고, 쿡섬 어머니, 어떻게 이런 곳까지 오셨어요? 볼품없이 병약한 뉴손 미망인은 그녀를 먹여 살려줄 두 번째 남편을 얻었는데 당신같이 모든 것을 갖추고 여유 있게 사시는 분은 잠자코 있으니 어디 있을법한 일이요?"

"난 재혼 같은 걸 생각해 보지 않았어. 재혼해서 행패나 부리고 서방질이나 하는 남자라면 이제 신물이 난다고…. 아, 그런 말을 하고도 남지. 쿡섬이 세상을 뜨고 난 후부터 가죽회초리로 구타하는 일이 없게 되었으니 말이야."

"정말이지. 구타하는 남편이 없어진 것도 하나님의 은혜야."

하면서 쿡섬 부인은 계속했다.

"어쨌든, 난 주어진 운명을 따라 덤덤하게 살거요."

"옳은 말씀이요. 당신 어머니는 참 훌륭한 분이었어요─ 아직도 생생하게 기억하지. 그분은 교구의 도움을 받지 않고 건강한 아이들을 가장 많이 낳으셨어. 그리고 덕성이 많은 분이셨지. 농협에서 표창을 주기도 했었고."

"그 때문에 우리가 지금 이렇게 형편없이 가난한 모습으로 살고 있지요."

"맞는 말입니다. 이것저것 선심을 베풀다 보면 내 가족 챙기는 일도 힘들어 지기 마련이니까요."

"크리스토퍼 씨, 난 어머니께서 노래는 잘 부르셨는지 기억이 나지 않아요."

옛날을 회상하느라 얼굴이 빨갛게 달아오르면서 계속 말을 이었다.

"그런데 어머니랑 멜스토크 파티에 갔던 일이 기억나지요?─ 농부 쉬나아 씨의 아주머니, 레드로우 할머니 집에서 있었던 일말이에요. 그때 내 기억으로는 얼굴이 노랗고 주근깨가 많다고 해서 그 부인을 두꺼비라 부르곤 했는데 기억이 나요?"

"아무렴, 기억이 생생하지─ 그때 사람들은 나를 고집이 세다는 이유로 어떤 때는 처녀라 부르고, 또 어떤 때는 부인이라 불렀지. 그리고 이것도 생각나는군."

하면서 그녀는 두 눈썹 사이에서 두 눈이 반짝거리고 있는 동안 손가락 끝으로 솔로몬의 어깻죽지를 꾹꾹 찔러대었다.

"셰리 와인6)과 포도주……. 그리고 집으로 돌아가고 있었을 때 조안 덤메트가 병이 나서 잭 그리그즈가 진창길을 힘겹게 그녀를 업고오던 기억도 생각나는군. 또 그가 그녀를 스위태플 씨의 마구간에 내동댕이쳤을 때 우리가 그녀의 옷을 풀로 닦아 주기도 했었지— 그때는 그런 일들이 사람들의 관심을 가장 크게 끌었지 않았나요?"

"그럼요— 그때는 그렇게 소동을 부리는 것이 재미있었어요. 옛날에는 그런 개망나니 짓거리를 많이 했었어. 정말 그랬어! 아, 난 그 먼 길을 항상 걸어 다니곤 했어. 하지만, 지금은 한 걸음도 마음 놓고 걸을 수 없게 되었어!"

그들의 옛날 일들에 대한 회상은, 헨처드 부부가 나타남으로써 중단되었다. 헨처드는 알 수 없는 애매한 표정으로 구경꾼들을 둘러보았다. 그 얼굴 표정에서 만족감을 드러내는가 하면 다음 순간엔 주변사람들을 멸시하는 듯하기도 했다.

"자세히 살펴보면, 헨처드 부부는 서로 다른 점이 많아 보여. 헨처드 자신은 술을 입에도 대지 않는 금주주의자라고 하지만"하고 낸스 모크리지가 말했다.

"헨처드 부인은 겉으로 드러내지 않는 살기(殺氣)가 있어. 허나, 세월이 흘러가다보면 무서운 모습들도 사라지겠지."

"무슨 소릴 하는 거야— 헨처드 그분은 아주 건강한 사람이야! 어떤 이들은 아첨받기 좋아하기도 하지. 헨처드같이 훌륭한 분이라면 더 이상 뭘 바라겠어? 볼품없는 그녀에겐 헨처드는 하늘이 내려주신 남편 감이지. 그녀야 말로 행운의 대박을 뒤덮어 쓴 거야."

그 수수한 사륜마차는 안개 속으로 굴러 사라지고 구경꾼들도 뿔뿔이

---

6) [역자 해설] 포도의 달콤함과 발효과정에서 독특한 향기를 뿜어내는 유명한 와인으로 셰리는 스페인와인 생산량의 3%되는 식전주이다. 셰리는 Jerez de la Frontera의 Jerez가 변형된 영어식으로 Sherry가 된 것이다. 이 지방은 연간 강우량이 500mm이하이고 300일 이상 맑은 날이 지속되는 곳이다. 때문에 산도가 약하고 무덤덤한 와인이 된다. 원료 포도는 빨로미노(Palomino)라는 청포도를 주로 사용한다. 생산지로는 헤레스 델 라 프론떼라, 산루까르 데 바라메다, 엘 뿌에르또 데 산따 마리아 세 군데를 묶어서 셰라의 삼각지라고 부르는 곳에서 생산한다.

흩어지고 있었다.

"요즘 세상은 참 혼란스러워 뭐가 뭔지 도대체 알 수 없어!"하고 솔로몬이 말했다.

"여기서 얼마 떨어진 곳에 사는 한 사람이 추락해서 죽었어. 사람 산다는 것은 파리 목숨 같아. 정말 산다는 것이 허무하기 짝이 없단 말이야. 오늘 날씨는 후덥지근하고 습하군. 이렇게 살아본들 무슨 의미가 있나? 요 며칠 사이 술을 마시지 않았더니 목이 컬컬하군. 지나가는 길에 머리너즈 호텔에 들러 목이나 축여야겠군."

"그거 좋은 생각이군. 나도 함께 가겠네, 솔로몬"하고 크리스토퍼가 말했다.

"끈적거리는 달팽이 껍질처럼, 내 목이 답답하여 술 한잔해야겠어."

14. 부자연스런 어머니의 행동

　헨처드 부인은 남편의 엄청난 저택에 들어온 이후 생활이 많이 안정되어가고 있었다. 11월이라 해도 이 집에는 뜨스한 기운이 감돌았다. 겨울이지만 여름철 날씨처럼 기분 좋게 따스하고 맑은 날씨였다. 오랫동안 남편의 사랑이 그리웠을 그녀를 위해 헨처드는 의식적으로 아내에게 마음에도 없는 애정을 표현하기로 결심했다. 이 집의 철제난간은 80년 세월에 볼품없이 녹이 슬고 낡았지만 본래 모습을 잃지 않도록 밝게 녹색으로 칠해져 있었다. 무거운 창살에 작은 유리들이 끼인 조지아조(朝)[7] 스타일의 들창문들은 세 겹의 흰 페인트칠로 깨끗하고 산뜻해 보였다. 헨처드는 남편으로서, 시장으로서, 그리고 교구위원으로서 할 수 있는 최대한의 친절을 그녀에게 베풀었다. 집안은 크고 방의 천장들은 높았으며 계단도 넓었다. 두 모녀에게 방안에 갖추어야 할 더 필요한 가구는 없었다.

　엘리자베스 제인에게 주어진 이런 혜택으로 그녀는 자신만만했다. 그녀는 이런 놀라운 자유와 후대는 결코 예상하지 못했다. 이런 혜택과 풍족하고 안락한 환경이 엘리자베스 제인에게 주어진 것은 엘리자베스에게 큰 변화의 시작이었다. 그녀는 그녀가 원하는 것이면 무엇이든 '두드려라, 가져라, 그리고 즐겨라' 식으로 소유할 수 있다는 사실을 경험을 통해 알게 되었다. 그녀의 마음이 평안해 지자 얼굴도 아름답게 밝아졌다. 그녀가 사물을 보고 판단하는 능력도 있었다. 그러나 그녀에게 부족한 것은 학식과 예능이었다.

---

7) [역자 해설] 건물 내에 있는 아름다운 도자기, 은으로 장식한 우아한 방, 정교한 회화와 가구 등은 당시의 생활상과 사회적 상황을 잘 나타낸다. 높고 좁은 건물들과는 대조적으로 넓은 공간을 사용하는 것이 조지 언 건축양식이다.

겨울이 가고 봄이 오면서 그녀의 여윈 얼굴과 몸은 조금씩 둥글고 부드러운 곡선으로 변했다. 그녀의 귀여운 이마 위 주름살과 덧살들은 사라졌다. 태어날 때부터 우중충했던 피부는 그녀의 환경이 풍족해지면서 사라지고 그녀의 볼은 꽃이 활짝 피어났다. 종종 깊은 생각에 잠긴 그녀의 두 눈에는 장난기 어린 쾌활함이 나타나기도 했다. 그러나 이런 일이 자주 있었던 것은 아니었다. 그녀의 두 눈동자에서 보이는 알 수 없는 진지함은 겉으로 드러나는 경쾌한 분위기와는 쉽게 어울리지 않았다. 어려운 시절을 경험한 사람들이면 알 수 있는 일이지만, 그녀의 경쾌함이라고 해서 특별한 것은 아니었다. 이따금 한두 모금씩 술을 마시기도 했다. 오랜 세월동안 익숙해져 있었던 그녀의 버릇은 하루아침에 바꿔지지 않았다. 그녀 자신이 많은 주변 사람들에게 괴로움을 주었던 감정 상태는 잘 인식하지 못했다. 어느 시인의 말처럼, 엘리자베스가 원래부터 우울증을 지닌 것은 아니었다. 그러나 그녀가 어떻게 해서 우울증이 생겨났었는지는 자신이 잘 알고 있었다. 그런데도 그녀는 스스로 명랑한 분위기를 만들기 위해 노력하는 만큼 쾌활한 모습을 보였다.

사람들은 흔히 가난한 처녀가 갑자기 얼굴이 예뻐지고, 환경이 풍족해져, 돈을 마음껏 쓰게 되면 방종에 빠져 옷가지나 사 입고 자신에게 갇혀 자신을 바보로 만들 것으로 생각하지만 엘리자베스는 달랐다. 사생활을 살펴보아도 엘리자베스는 의복문제에 대해서 특별히 남다른 행동을 보이지 않았다. 흔히 듣는 말이지만, 사람은 즐거운 일이 있을 때는 즐겨야 하고 기회가 있을 때 놓치지 말아야 한다는 교훈을 잊어서는 안 된다. 그런데 엘리자베스는 태어났을 때부터 지각과 분별 있는 성품을 지녔다. 그녀는 봄철 창포 꽃처럼 요란하게 화장하며 사람들의 시선을 사는 대신에 캐스터브리지 모든 처녀들처럼 평범한 옷차림에 값싼 장신구를 지녔다. 그녀는 취미생활을 해도 신중했다. 앞날이 촉망되어 있음에도 불구하고 아직도 들쥐처럼 매사에 주위사람들의 시선을 의식하며 두려움에 사로잡혀 있었다. 이런 두려움은 어린 시절 가난을 경험한 사람이면 알 수 있는 흔한 두려움이었다.

"나는 아무리 즐거운 일이라 해도 그 즐거움에 빠지진 않을 거야."
하고 혼자말로 중얼거리기도 했다.

"즐거움에 탐닉하게 되면 엄마와 내 삶이 내동댕이치게 될 것이고, 하나님께서 늘 그러하시듯, 그런 사람에게 다시 고통을 안겨주는 일이 될 거야."

시간이 지나자 엘리자베스는 검은 비단 모자를 쓰고 벨벳 외투나 비단 재킷과 검은 의상을 입고, 파라솔을 들고 다니는 모습을 보였다.

파라솔을 보니 가장자리에 선을 그어 그곳에 조그만 상아 고리를 달고 있었다. 그 고리는 파라솔을 접을 때 쓰자는 것이었다. 왜 파라솔이 필요한지 궁금했다. 그녀의 얼굴 피부는 맑아지고 두 볼은 불그스레해져 가자, 자신의 피부가 햇볕에 민감해지는 것을 깨달았다. 그녀는 여성의 두 볼이 여성다움의 표현으로 생각했기 때문에 보호하려고 했다.

헨처드는 엘리자베스가 좋았고, 그녀는 어머니보다 그와 함께 외출하는 일이 더 잦아졌다. 어느 날 헨처드는 엘리자베스가 너무 매력적이고 아름다워 그녀를 뚫어지게 쳐다보았다.

"우연히 리본이 하나 생겨서 그걸 맸어요."
하고 그녀는 수줍으면서 말을 했다. 그녀는 헨처드가 약간 밝은 장식을 착용한 것이 마음에 들지 않아 그렇게 쳐다보았다고 느꼈던 것이다.

"괜찮아― 밝은 장식도 어울려."
하고 헨처드는 덤덤한 태도로 말했다.

"네가 좋을 대로 하면 되지. 아니면 네 엄마가 조언해주는 대로 하던지. 신경 쓸 것 없어. 그러니 네가 알아서 해!"

집에 있을 때, 엘리자베스는 머리를 흰 무지개처럼 양쪽 귀 위에 화살 모양으로 갈라 붙이고 지냈다. 머리카락을 가른 선의 앞부분은 온통 머리카락으로 덮이고, 뒤쪽은 매끈하게 빗겨 매듭으로 묶여 있었다.

세 식구는 어느 날 아침 조반을 들고 있었다. 헨처드는 흔히 그렇듯이, 엘리자베스의 머리타래를 유심히 쳐다보았다. 그녀의 머리카락은 얇은 갈색이었다.

"난 엘리자베스 제인의 머리카락을 생각하고 있었어ㅡ 당신은 엘리자베스가 젖먹이 아이였을 때 저 애의 머리카락이 검어지겠다고 말했지?"

하고 헨처드는 아내에게 말했다.

그녀는 놀란 표정으로 경고하듯 남편의 발을 쿡 찌르면서 중얼거렸다.

"그랬었나?"

엘리자베스가 자신의 방으로 들어가자, 헨처드는 다시 입을 열고 말했다.

"아이고, 내 정신 좀 봐. 깜박했구려! 난 그저 저 아이의 머리카락이 젖먹이였을 때보다 좀 더 검어지지 않을 까하는 의도였는데 말이야."

"그랬어요. 하지만 자라면서 변하지요"

하고 수잔이 대답했다.

"아이들의 머리카락이 좀 더 검어진다는 건 알고 있지만, 머리카락의 색깔이 엷어져 간다는 건 몰랐어."

"아, 그랬군요."

아내의 얼굴에는 여전히 불안감이 감돌았다. 이 불안감은 그녀가 헨처드와의 새로운 결혼생활에 결정적인 영향력을 행사할 정도로 중대한 것이었다.

헨처드가 말을 이어서 계속하면서 그 이야기는 묻혀버리는 듯 했다.

"허나, 머리카락이 짙을수록 좋은 법이야. 자, 여보, 난 이제 그 아이를 헨처드 양이라고 부르고 싶은데ㅡ 뉴손 양이 아니라. 뭐라고 부르던 상관없는 일이긴 하지만 말이요. 그 아이의 합법적인 이름이 헨처드 양이란 말이오ㅡ 그러니 평상시에 엘리자베스를 그렇게 불렀으면 하오. 내 살과 피를 받은 아이한테 다른 사람의 이름을 붙이는 것이 좋을 리 없잖소. 그 아이의 정확한 이름을 캐스터브리지 신문에 광고 내야겠소ㅡ 그래야 그 아이의 이름이 바꿔진단 말이오. 그 아이도 반대하지 않을 거요."

"안 돼요. 하지만. 그건, 정말 안 된단 말이에요ㅡ"

"난 내 생각대로 그렇게 하겠소."

하고 헨처드는 단호하게 말했다.

"그 아이가 그렇게 하자고 한다면 당신도 따라야 하지 않겠소?"

"정 그러시다면, 그 아이가 하자는 대로 해요."

하고 그녀는 대답했다.

그 이후 헨처드 부인의 행동에 자연스럽지 못한 티가 보였다. 그런 행동을 보이는 그녀의 부자연스런 모습은 그냥 무시하고 넘어가기에 다소 이상한 점이 있었다. 그러나 그녀는 감정적으로 진지했고 엘리자베스의 이름이 올바르게 되기를 바라고 있었음은 틀림없었다. 그녀는 딸에게로 다가갔다. 엘리자베스는 2층 거실에서 바느질하고 있었고 헨처드 부인은 딸에게 성^姓에 관해 헨처드가 제의한 바를 들려주었다.

"얘야, 넌 어떻게 했으면 좋겠니?— 이제 그분은 돌아가시고 안 계시니 뉴손이란 이름이 그렇게 중요하지는 않은 것 같은데 말이야."

잠시 엘리자베스는 생각에 잠겼다.

"엄마, 좀 생각해 볼게요."

하고 딸은 대답했다. 그날 늦게 엘리자베스는 헨처드를 보자 그녀의 성을 바로잡는 의견에 대해 자신의 생각을 말했다.

"아빠, 성을 바꾸는 것이 그렇게 심각할 정도로 중요한 일이에요?"

하고 망설임 없이 물었다.

"그렇게 심각한 일이냐고? 아니, 난 그저 내 생각을 말했을 뿐이었는데! 그냥 말해본 것이야— 그뿐이라고. 엘리자베스야, 네가 좋을 대로 하렴. 내가 너무 너에게 부담감을 주었으면 날 용서하렴. 무슨 말인지 알겠어? 내가 그런 말을 했다고 해서 꼭 그렇게 하지는 말아."

여기서 그 문제는 잠시 중단되었다. 그 이상의 어떤 말도 없었으며 어떻게 하겠다는 답변도 없었다. 그리고 엘리자베스 제인은 여전히 뉴손 양으로 불렸을 뿐이었고 그녀의 법적인 이름 역시 변하지 않았다.

한편 헨처드의 대규모 곡물 및 건초 장사는 도날드 파프리이의 관리 아래 전례 없는 번창을 했다. 이전에는 덜커덩거리는 마차에 실려 물건들이 운반되었으나 지금은 기름 쳐진 차량에 실어 운반되었다. 이전에 헨처드가 장사를 할 때는 계약까지도 대충대충 말로만 이뤄졌었는데 그 젊은이가 관리를 하고부터는 옛날 장사 방식은 배제되고 정확하게 이루어졌다. 말로만 계약을 하면서 "그렇게 합시다" "그러면 될 것 같소"라는 주먹구구식이 문서와 정확한 매출장부로 바꿔졌다. 그 젊은이가 하는 방식은 모두 새로운 방식이어서 헨처드가 장사했던 옛날 방식은 자취를 감추게 되었다.

엘리자베스의 방은 약간 높은 위치의 방이었기 때문에 방안에서 정원 너머로 건초 저장 창고와 곡물 창고들이 보였고, 그녀는 이곳에서 이루어지는 일들을 정확하게 관찰할 수 있었다.

엘리자베스는 헨처드와 도날드 파프리이가 떨어질 수 없는 사람들이라는 것을 알았다. 이 두 사람이 걸을 때에는 헨처드는 마치 젊은이가 그의 어린 동생인 양 지배인의 어깨에 허물없이 얹어 젊은이의 호리호리한 체구가 헨처드 팔의 무게에 눌려 앞으로 약간 구부러졌다. 엘리자베스는 종종 정원 너머에서 헨처드가 웃으면서 도날드와 많은 이야기를 나누는 소리를 들을 수 있었다. 순진한 도날드는 웃지 않았다. 헨처드는 이제까지 외로운 생활을 해 오다 만난 그 젊은이가 참으로 괜찮은 사람임을 분명히 알 수 있었다. 헨처드가 도날드를 처음 만나서 그의 총명한 재능에 감탄했었고 첫 만남에서 느꼈던 인상이 지금까지 그대로 유지되어 있었던 것이다. 젊은이가 겉으로 보기에는 호리호리한 체격에 활발한 모습이었지만 그런 이유로 그가 보잘것없이 보였던 것도 사실이다. 그러나 그 젊은이의 명석한 두뇌는 헨처드로 하여금 존경심을 품게 했던 것이다.

엘리자베스 제인의 침착하면서도 조용한 눈에 비춰진 헨처드와 그 젊은이의 모습은 그 젊은이에 대한 헨처드의 신뢰가 지나친 애정으로 나타나 파프리이에게 스트레스로 나타나고 있음을 알 수 있었다. 그러나 이런 두 사람의 관계는 정말 그 젊은이가 언짢은 표정을 짓는 순간 잘 억제되었다. 어느 날 그녀가 2층 높이의 방에서 이들 두 사람들의 모습을 내려다보고 있었다. 정원과 마당 사이의 문간에서 그 젊은이는 헨처드에게 산책이나 하고 드라이브나 하는 습관이 그들의 가치를 높여주는 것이 아니라는 어투로 말하는 소리를 들었다.

"염병할 놈의 세상!"

하고 헨처드는 소리쳤다.

"도대체 살아간다는 것이 뭔가 말이야! 난 대화의 상대가 필요해. 그러니, 들어가서 뭘 좀 먹는 게 어쩌겠소. 너무 일에만 골몰하지 마시오. 젊은이의 그런 모습을 보면 숨이 다 막힐 것 같소."

한편 엘리자베스는 어머니와 함께 산책을 할 때마다 그 스코틀랜드 젊은이가 그들을 항상 호기심 있는 시선으로 바라보는 걸 가끔 보았다. 그런 젊은이의 모습은 단지 머리너즈 호텔에서 잠시 그녀를 만난 적이 있었다는 사실 때문만은 아니었다. 왜냐하면 그녀가 파프리이가 머물렀던 호텔방을 여러 번 드나들었지만, 한 번도 그 젊은이는 고개를 들어 그녀를 쳐다본 적이 없었기 때문이었다. 그 외에도 너그러운 성품의 엘리자베스가 실망한 것은 젊은이가 그녀를 유심히 쳐다본 것이 아니라 그녀 어머니를 뚫어지게 바라보았다는 점이었다. 그녀로서는 왜 그 젊은이가 어머니에 대한 관심이 그렇게 큰지 도저히 이해할 수도 없고 또 더구나 설명하기란 더 어려운 일이었다. 그래서 그녀는 혼자 결론 내리기를 파프리이가 습관적으로 사람을 유심히 바라볼 것이라고 생각했다.

엘리자베스가 그 젊은이를 여러 가지 관점에서 판단해 볼 때 그들 모녀를 유심히 바라보는 것은 파프리이가 사회 경제적 우월한 위치에서 볼품없는 사람을 바라보면서 느끼는 일종의 우월감이었다. 항상 허약한 몸에 창백한 얼굴을 하고 온갖 힘든 생활로 단련된 어머니를 헨처드가 정성껏 아끼는 모습을 보면서 헨처드로부터 깊은 신뢰를 받고 있는 파프리이가 그 우월감을 느낄 만도 했을 것이다. 과거에 대한 엘리자베스의 추측은 우연히 듣고 본 이야기와 분명치 않는 추측들— 헨처드와 그녀 어머니가 젊은 시절 서로 사랑하는 사이로 다투다 헤어졌을지도 모른다는 막연한 추측 외에 그녀가 알 수 있는 사실은 아무것도 없었다.

앞서 이미 암시한 바대로 캐스터브리지는 작은 도시로 들판에 횡하니 떨어져 있었다. 이곳은 현대적 의미의 교외, 아니면 도시와 시골이 과도기적 현상으로 합쳐진 곳이었다. 이 도시는 인접해 있는 비옥하고 넓은 경작지와는 달리, 파란 식탁보 위의 장기판처럼 윤곽이 뚜렷하게 드러나는 곳이었다. 그러다보니, 농부의 아들이 들판에서 보릿단 더미 아래 앉아 놀다가 돌을 집어 들고 시청사 사무실 유치창 안으로 던질 수도 있고, 곡식단 틈에서 일을 하고 있는 사람이 길 모퉁이에 서 있는 친지에게 눈인사를 보낼 수도 있으며, 판사가 빨간 법의(法衣)를 입고 양을 훔쳐간 도둑을 재판정에 세우고 들판에서 풀을 열심히 뜯어먹는 양떼들이 "매애에앵"하고 내는 소리에 장단을 맞추어 판결을 내릴 수도 있으며, 사형집행장에서 사형수가 교수대 발판에 선 모습을 초원에 나온 구경들이 볼 수도 있으며, 교수대 주변에서 풀을 뜯는 소떼들을 한쪽으로 몰아내어 사형수가 마지막 가는 모습을 볼 수 있도록 틈을 주기도 하는 도시였다.

이 도시의 변두리에 거주하는 도너버라고 불리는 농부들은 고지대에서 재배되는 곡식을 창고에 쌓았다. 이들이 수확한 밀 낟개의 단들은 거리와 교회 탑에 걸쳐놓아 말리고, 솔로몬 궁전의 문만큼이나 높은 파란 초가지붕의 창고들은 대로상에 열린 채로 있었다. 곡물을 저장하는 창고들은 많아 길을 따라 5~6집마다 하나씩 있을 정도였다. 이 묵은 땅위로 매일 걸어 다니며 생활하는 시민들이 거주하고 있었고, 성곽 내의 혼잡한 가운데 목동들이 살고 있었다. 도시라고 하지만 거리에는 농부들의 집이 들어서 있었고, 시장과 자치단체장이 관리를 하지만 콩을 수확하는 도리깨소리, 밀과 쌀을 까부르는 풍구의 윙윙거리는 소리, 우유를 통에 붓는 소리가 거리마다 울려 퍼져, 도시라는 분위기를 어디서도 찾아볼 수 없었다. 이곳은 캐스터브리지에서도 가장 외곽에 위치한 더노버였다.

헨처드는 작은 규모의 농사를 짓는 소작인 농부들과 큰 거래를 했다. 그래서 헨처드 소유의 마차들이 종종 그쪽으로 내려갔다. 이곳에서 곡물을 집으로 실어 나를 준비를 하고 있던 어느 날, 엘리자베스 제인은 더노버 힐의 어느 곡창으로 즉시 와 달라는 발신인이 적히지 않은 쪽지 한 장을 인편으로 전달 받았다. 그곳은 헨처드가 큰 거래를 해 오고 있던 곡창지대였기 때문에 그녀는 그 요구가 그의 일과 무슨 관련이 있다고 생각하고 모자를 쓰자마자 그쪽으로 급히 향했다. 그 곡창지대는 농장 구내에 위치해 있었고 사람들이 그 아래로 걸어 들어갈 수 있을 정도로 석축 위에 높게 서 있었다. 창고 문들은 열려져 있었고 그 안을 보니 아무도 없었다. 그러나 그녀는 안으로 들어가서 기다렸다. 곧 문 앞으로 다가오는 사람의 모습이 보였다. 도날드 파프리이였다. 그는 교회탑의 시계를 올려다보고 들어섰다. 어떤 까닭을 알 수 없는 수줍음 때문에, 그곳에서 그를 홀로 만나고 싶지 않았기 때문에 그녀는 곡창 문으로 이어져 있는 사다리를 급히 올라가 그의 눈에 띄기 전에 그 안으로 들어섰다. 파프리이는 자기 혼자뿐이라고 생각하면서 다가 왔다. 빗방울이 몇 방울 떨어지고 있었기 때문에 그는 급히 몸을 움직여 그녀가 조금 전 서 있었던 처마 아래에 섰다. 거기서 그는 그 축대 중 하나에 몸을 기대고 끈기 있게 인내하고 있었다. 그도 누군가를 기다리고 있었음이 분명했다. 그 사람이 그녀 자신일까? 만약 그렇다면 그 이유는 무엇일까? 몇 분이 지나자 그는 자기 시계를 들여다보았다. 그리고 쪽지 하나를 끄집어냈다. 그녀 자신이 받은 것과 똑같은 쪽지였다.

엘리자베스 제인은 당황하기 시작했다. 그녀가 오래 기다리면 기다릴수록 더욱더 안절부절못했다. 바로 아래쪽에서 기다리는 파프리이에게 숨어있던 자신을 드러낸다는 사실이 바보스럽게 보일 것 같아서 그녀는 이러지도 못하고 저러지도 못한 채 그냥 서 있었다. 풍구 하나가 그녀 옆 가까이 서 있었다. 그녀는 자신의 불안을 덜기 위해 손잡이를 살며시 돌렸다. 그러자 밀 껍질들이 그녀의 얼굴로 확 날아와 그녀의 옷과 모자를 뒤덮고, 그녀 어깨를 두르고 있던 모피 털에 달라붙었다. 그는 그 조그만 소리를 들었음이 분명했다. 그가 시선을 들어 올려다보고 곧 그 사다리로 올라왔다.

"아ー뉴손 양이시군요."

그는 창고 안을 들여다보면서 말했다.

"난, 아가씨가 그곳에 있는 줄을 몰랐어요. 아무튼 저는 약속을 지킨 셈이군요. 그러니 아가씨께서 하라는 대로 순종하겠습니다."

"오, 파프리이 씨."

하고 그녀는 엉거주춤한 몸가짐으로 말했다.

"저도 마찬가지예요. 하지만 저를 만나고 싶어 한 분이 선생님이신 걸 몰랐어요. 그렇지 않았다면……."

"내가 아가씨를 만나고 싶어 했다고요? 아, 아닙니다— 그건 잘못 아신 것 같군요."

"선생님께서 저에게 이곳으로 와 달라고 하지 않으셨어요? 이 쪽지를 보내셨잖아요?"

엘리자베스는 그 쪽지를 내밀었다.

"아닙니다. 제가 어떻게 그런 편지를 써요? 아, 그러면 내가 받은 이 쪽지를 아가씨가 쓰지 않았어요? 나를 만나자고 한 분이 아가씨 아니었어요?"

하고 그 젊은이는 자기가 받은 쪽지를 치켜들었다.

"아니요. 절대로 제가 보내지 않았어요."

"아, 그러셨군요! 그렇다면 우리 두 사람을 모두 만나고 싶어 하는 사람이 두 개의 쪽지를 동시에 보냈을 것 같군요. 우리 조금만 더 기다려 보는 것이 좋겠습니다. 그러면 이 쪽지를 보낸 사람이 나타나겠지요."

두 사람 모두는 당황한 모습으로 서 있었다. 엘리자베스의 표정은 도저히 이해를 할 수 없다는 표정이 되어가고, 스코틀랜드인 젊은이는 바깥에서 발걸음 소리가 들릴 때마다 지나가는 사람이 들어와 자신이 두 사람을 만나자고 한 사람이라고 아닐까하고 아래쪽을 둘러보았다.

그들은 맞은편 지붕에서 빗방울이 밀짚 하나하나를 타고 내려 땅바닥으로 뚝뚝 떨어지는 것을 아무 생각 없이 지켜보면서 서 있었다. 그러나 아무도 오지 않았다. 곡물저장 창고 지붕에서 떨어지는 빗방울 소리는 유난히 크게 들렸다.

"쪽지를 보낸 사람이 올 것 같지 않습니다."

하고 파프리이가 먼저 말을 했다.

　"누군가 장난을 하고 있는 것 같습니다. 그렇다면 이렇게 멍하니 서서 시간만 허송하고 있으면 안 되지요. 할 일이 얼마나 많은데."

　"이건 참 기가 막힌 짓이에요."

　"정말 그래요, 뉴손 양. 어떤 식으로든지 우리 모두 알게 되겠지요. 두고 보기로 합시다. 어떤 사람이 이따위 짓거리를 했는지 알게 될 것입니다. 난 이런 일로 신경을 쓰고 싶지 않군요. 그런데 뉴손 양. 아가씨는……."

　"저도─ 크게 신경이 안 쓰이는 군요."

　"저도 같은 심정입니다."

두 사람 사이에 다시 침묵이 흘렀다.

　"그런데, 파프리이 씨는 스코틀랜드로 돌아가고 싶으시죠?"

　"아, 아니에요, 뉴손 양, 뭐 하러 돌아가요?"

　"머리너즈 호텔에서 선생님께서 스코틀랜드 고향을 그리워하며 노래 부르시는 모습을 보고 그런 상상을 해 봤어요. 제가 보기에는 선생님께서 고향을 그리워하시는 것처럼 보였단 말이에요. 그래서 우리들이 동정을 한 거예요."

　"맞아요─ 내가 거기서 그런 노래했지요─ 맞아요. 그러나 뉴손 양."

그 젊은이는 진지할 때마다 그러했듯이 목소리의 진동이 반음에서 울렸다.

　"한동안 노래 내용을 생각하면 눈물이 흘러내리지요. 그러나 노래할 때는 그래도 노래가 끝나면 그런 감정이 사그라들어요. 그러니 노래할 때만 그런 표정이지 돌아가고 싶은 마음은 없어요! 아가씨가 좋아하신다면 언제든지 그 노래를 불러 드릴 수 있어요. 지금 불러 봐요? 그렇게 할까요?"

　"선생님, 정말 고마워요. 그러나 이제 돌아가 봐야겠어요─ 비가 오고 있지만."

　"그렇게 하세요. 그런데 뉴손 양, 아가씨는 이 황당한 장난 쪽지에 신경 쓰지 마시고 잊어버리세요. 만약 장난 쪽지를 쓴 사람을 만난다면 침착하게 없었던 일인 것처럼 친절하게 대하세요— 그러면 장난질한 사람도 민망하여 다시는 그런 짓을 하지 않을 겁니다."

젊은이가 이런 말을 하면서 밀 껍질로 뒤덮인 엘리자베스 겉옷을 뚫어지게 바라보았다.

"온통 밀 껍질과 먼지로 뒤덮여 썼군요. 안 보이세요?"

하고 자상한 어투로 말했다.

"옷에 왕겨가 묻어 있을 때 비를 맞으면 옷가지가 아주 엉망이 됩니다. 왕겨가 옷가지 깊숙이 스며들어가 옷을 망치게 되지요. 제가 도와 드리지요— 입으로 불어 털어야 해요."

엘리자베스가 망설이는 사이, 파프리이는 그녀의 뒷머리, 옆머리, 목덜미, 모자 꼭대기, 모피 망토의 털에 덮인 밀 껍질들과 먼지를 불어댔다. 엘리자베스는 젊은이가 입 바람으로 불어서 먼지를 털어 낼 때마다,

"아, 정말 고마워요."

하고 말했다. 잠시 후, 그녀를 뒤덮고 있던 껍질들과 먼지가 말끔히 털어졌다. 그러나 파프리이는 엘리자베스가 서둘러 떠나는 것이 썩 마음에 들지 않았다.

"아— 지금 내가 가서 아가씨를 위해 우산을 가져올게요."

그런데 엘리자베스는 그의 친절한 제의를 거절한 채 빗속으로 걸어 나갔다. 파프리이는 그녀의 작아지면서 사라져 가는 모습을 유심히 쳐다본 후, 낮은 휘파람소리로 '내가 캐너비를 떠나 올 때'를 부르면서 서서히 발길을 옮겼다.

"She has gone on with Mr. Henchard, you say?"

15. 돌이킬 수 없는 후회

캐스터브리지에서 꽃망울처럼 터져 나오는 뉴손 양의 아름다움을 관심 있게 지켜봐 준 사람이 처음엔 없었다. 그러나 도날드 파프리이는 헨처드 시장의 의붓딸에게 남다른 뜨거운 눈길을 쏟고 있었다. 그는 유일하게 그녀를 향한 관심이 컸다. 그녀는 "처녀란 무릇 흥겨운 것을 좋아한다"는 바룩 선지자의 말을 증명이라도 하듯 쾌활한 아가씨였다.[8]

그녀가 집 밖에서 산책할 때는 마음속의 생각에 깊이 몰두하는 듯했을 뿐 눈앞에 보이는 사물에는 크게 신경을 쓰지 않는 듯했다. 특별히 그녀는 의복을 사치스럽게 치장하는 일이 없었다. 왜냐하면 과거 어려웠던 생활을 그녀가 잘 알고 있기 때문에 사치스런 생활이 어울리지 않음을 미리 알았기 때문이었다. 그녀에게서 아무것도 아닌 공상을 소망으로 확대해서 받아들인다던지 아니면 단순한 바람을 욕망으로 잘못 받아들여 현재와 과거의 삶이 조화를 잃어버리는 것은 위험한 일인 것을 그녀가 이미 알고 있었다. 어느 따스한 봄날 헨처드는 섬세하게 물들여진 장갑상자를 엘리자베스에게 주었다. 그녀는 헨처드의 친절함에 고마움을 표현하기위해서 그 장갑을 끼고 싶었다. 그러나 그녀의 모자가 장갑과 어울리지 않았다. 특별히 그녀는 자기가 아끼는 모자를 소중히 여겼다.

---

8) [역자 해설] 바룩은 예레미아의 친구이자 제자이며 예언가로서 힘든 삶을 살다가 이집트에서 순교 당했다. 우리는 모든 일이 잘 되기를 바란다. 우리는 지금 이곳에서 더 나은 경험을 누리기를 바란다. 그러나 그런 일은 절대 일어나지 않는다. 바룩의 뜻은 축복 받은 사람이라는 뜻이다. 세상 적으로 보면 그는 세상이 줄 수 있는 것 중에 얻은 것이 아무것도 없다. 세상의 관점에는 전혀 축복받은 사람이 아니다. 그러나 그의 이름 뜻대로 그는 생명을 얻었다. 세상을 다 얻고도 생명을 잃으면 모든 것을 잃은 것이지만, 모든 것을 다 잃고 영생을 얻는다면 우리는 모든 것을 얻은 것이다.

그 모자를 갖고 보니 모자가 장갑에는 어울리는데, 이번엔 그 모자에 어울리는 옷이 없었다. 그렇다보니 이제 모자, 장갑, 옷이 모두 어울리는 세트가 필요했다. 그래서 필요한 이들 물건들을 주문했다. 그런데 또 옷과 어우러질 파라솔이 없었다. 어차피 한번 시작한 일이라 끝장을 보는 것이 필요했다. 그래서 파라솔도 구입했다. 마침내 한 벌이 완전하게 마련된 것이다.

그녀의 겉모습이 완전히 바뀌자, 주변 사람들의 시선이 모아졌다. 사람들은 엘리자베스가 순수하게 살아온 평소 생활은 그녀의 순진함을 드러내기 위한 '로시파우코우의 기만'이었다는 소문도 돌았다. 모자, 장갑, 옷을 완전히 바꿈으로써 한 가지 효과, 곧 예전과는 다른 반응을 불러일으켜 놓았다. 그녀가 의도적으로 이런 효과를 노린 것은 아니었으나 효과는 있었다. 순수한 캐스터브리지 주민들은 그녀가 수완이 좋다고 생각하며 그녀를 주목하기 시작했다.

"내가 이런 칭찬 받기는 평생 처음인걸. 누구나 받는 칭찬 따위가 중요한 것은 아니지만 말이야."

하고 그녀는 혼자 중얼거렸다.

도날드 파프리이 역시 놀라움을 감추지 않았다. 적절한 때에 알맞게, 그의 마음도 들떴다. 이전에는 엘리자베스에게서 여성적 이끌림을 강하게 느끼지 못했었다. 그녀가 너무 인간적인 모습만을 보였기 때문에 여성다움을 느껴볼 여지가 없었다는 변명이 더 설득력 있어 보였다. 어느 날 외출에서 돌아온 그녀는 집으로 돌아와 2층 방으로 올라가 침대에 얼굴을 파묻은 채 옷이 흐트러지고 구겨질 정도로 엎드려 뒹굴었다.

"어떻게 이럴 수가 있단 말인가! 내가 이 도시의 미인으로 통하다니!"

그녀가 곰곰이 생각해 보니 자신이 스스로 외모를 가장하고 있었다는 서글픈 사실을 깨닫게 되었다.

"이 모든 일들이 참 이상하게 돌아가는군"하고 그녀는 생각을 하게 되었다.

"만약 사람들이 내가 세련되지 못한 여자아이란 사실을 안다면 어떻게 반응할까ㅡ 이태리어도 못하고, 지구 천체에 대해 알지도 못하며 기숙학교에서 배운 것들도 모르는데, 이런 사실을 그들이 알게 된다면 얼마나 나를 무시할까! 이제 차라리 내 이 아름다운 옷들을 죄다 팔고 사전과 문법책, 아니면 철학서적들을 대신 구입해서 공부하는 것이 더 나을지 모르지!"

그녀는 창밖으로 눈길을 돌렸다. 헨처드와 파프리이가 건초 쌓인 마당에서 이야기하고 있는 모습이 보였다. 헨처드 시장의 뜨거운 우정과 젊은이의 친절한 겸손이 두 사람의 대화를 무르익게 했다. 두 사람의 우정은 남성과 남성 간의 우정이었다. 그 우정 속에 두 사람 사이에서만 볼 수 있는 남성다운 힘이 느껴졌다. 그러나 두 사람의 듬직한 우정의 기초에도 불구하고 그 우정의 밑바닥까지 뿌리째 뽑아 버릴 강력한 씨앗이 뿌리를 내리고 있었다.

여섯 시가 다되어갈 무렵이었다. 일꾼들은 하나씩 하나씩 집으로 돌아가고 있었다. 마지막으로 일터를 빠져 나가던 사람은 열아홉 아니면 스무 살 정도 돼 보이는 어깨가 둥그스름하고 눈을 깜박거리는 젊은이이었다. 이 사람의 입은 조금 화가 나도 입이 널브러지게 열려 그 입을 지탱해줄 턱이 없을 것 같이 보였다. 그가 문밖으로 막 나가고 있을 때 헨처드는 큰소리로 그를 불렀다.

"이봐ㅡ 아벨 휘틀!"

휘틀은 가던 걸음을 멈추고 뒤돌아서서 달려왔다.

"예, 사장님."

하고 그가 대답했다. 그가 대답하는 모습에서 헨처드가 곧 무슨 말을 할 것인지 모두 알고 있는 듯, 숨죽이며 대답했다.

"다시 말하지만ㅡ 내일 아침엔 시간을 잘 지키도록 하게. 무슨 말인지 알자? 내 말 듣고 있는 거야? 그리고 내가 더 이상은 그냥 보고 넘어갈 수 없다는 것도 알고 있지?"

"예, 사장님."

아벨 휘틀은 대답을 마치고 떠났다. 헨처드와 파프리이도 떠나고 없었다. 그들의 모습이 엘리자베스에게도 더 이상 보이지 않았다.

그런데 헨처드가 이런 명령조의 말을 하는 데는 그럴 만한 이유가 있었다.

그의 이름 대로 아벨은 늘 늦잠을 자고 일터에는 제시간에 나오지 못하는 오래된 버릇이 있었다. 그의 마음은 항상 일찍 출근하는 사람들 가운데 속하고 싶었다. 그런데 엄지발가락에 줄을 묶어두고 아침이 되어 그 줄을 당겨 그를 깨우지 않는 한 그가 출근을 제시간에 한다는 것이 힘든 일이었다.

그는 건초를 매다는 일이나 곡물의 자루를 들어 올리는 기중기에서 종종 도와주는 역할을 하거나, 아니면 구입해 둔 물건들을 운반해 오기위해 시골로 마차를 타고 따라가야 하는 사람이었기 때문에 항상 늦게 출근하는 아벨은 회사 일을 처리하는데 많은 걸림돌이 되었던 것이다. 금주에 들어와서, 아벨은 벌써 두 번씩이나 다른 일꾼들이 한 시간 동안 기다리게 했다. 그래서 헨처드가 좀 거친 말을 하지 않을 수 없는 상황이 된 것이다. 내일 아침에는 어떤 모습으로 그가 출근할지 두고 볼 일이 된 것이다.

여섯 시를 알리는 종소리가 울렸다. 그러나 휘틀의 모습은 어디에도 보이지 않았다. 여섯 시 반에 헨처드가 마당 안으로 들어섰다. 아벨이 동행할 마차에는 말이 채워져 있었다. 그 마차의 마부는 20분이나 기다리고 있었다. 분개한 헨처드가 욕지거리를 내뱉는 그 순간 휘틀은 숨을 헐떡거리면서 뛰어 들어왔다. 헨처드는 끓어오르는 감정을 억누르면서 이번이 마지막이라고 경고하고, 한 번만 더 늦게 출근하면 그를 잠자리에서 직접 끌어내겠다고 말했다.

"사장님! 체질적으로 저에게 문제가 있나 봐요."

하고 아벨이 말했다.

"마음으로 다짐 해보지만 안돼요. 특히 저는 기도문을 몇 줄 외우려고 해도 돌아서면 모두 잊어버려요. 정말입니다─ 그런 증상은 제가 사춘기부터 나타났습니다. 저는 밤에 잠도 제대로 못자거든요. 잠자리에 누우면서 잠들어버리고, 눈을 채 뜨기도 전에 벌떡 일어나 버리거든요. 그래서 전 참 무척 힘들어요. 사장님, 어떡해야 이 고통에서 자유로울 수 있을까요?"

"그 따위 시시콜콜한 소리는 집어치워!"

하고 헨처드는 고함을 내질렀다.

"내일은 새벽 4시에 마차들이 출발해야 해. 그러니 그때까지 올 수 없다면 잠자리에서 일어나자마자 알몸으로라도 뛰어 오도록 해. 자네 스스로 결단을 내리고 잘못된 습관을 바로 잡도록 해 봐!"

"사장님, 제 이야기를 좀 더 들어봐 주세요ㅡ."

헨처드는 들은 척도 하지 않고 발길을 다른 곳으로 옮겼다.

"사장님은 내 말은 듣지 않으려 하시고 무조건 나에게 이것저것만 하라고 하시니!"

아벨은 주위 여러 사람들을 향해 투덜거렸다.

"염병할, 오늘 밤엔 사장님이 두려워 밤새 시계바늘이 돌아가면서 경련을 일으키는 것처럼 그 꼴 나게 생겼군!"

이튿날 마차들은 블랙무어까지 멀고 먼 여행을 떠나야 했다. 새벽 4시가 되자 앞마당에선 여러 개의 불빛들이 분주하게 움직이고 있었다. 그러나 아벨의 모습은 보이질 않았다. 누가 먼저 앞서 아벨의 집으로 달려가 경고할 틈도 주지 않고, 헨처드가 정원 문간에 나타났다.

"아벨 휘틀은 어디 있어? 내가 그렇게 말했는데도 아직 나타나지 않았어? 정말 이런 식이라면 내가 경고한대로 행동으로 보여주는 수밖에 없지ㅡ 이 녀석에게는 아무리 말해 보았자 소용없으니까! 내가 직접 가겠어."

헨처드는 머뭇거림 없이 바로 백 스트리이트 위쪽 아벨이 살고 있는 조그만 오두막집을 찾아갔다. 이 집에 도둑맞을 물건들이 없었기 때문에 문은 항상 열려있었다. 헨처드는 조용히 문을 열고 아벨이 잠자고 있는 침대로 가서 낮은 목소리로 힘차게 고함을 쳤다. 아벨은 정신 차릴 겨를도 없이 벌떡 일어났다. 헨처드가 자기를 노려보고 있는 것을 보자, 전기에 감전이나 된 듯 펄쩍 일어나 옷을 챙겨 입을 생각은 하지도 못했다.

"당장 일어나 창고로 가세. 그렇게 하지 않으면 오늘 당장 해고야! 이건 자네가 깨달아야 할 한 가지 교훈이야. 어서 서둘러! 옷을 챙겨 입으려는 생각은 하지 말어!"

이 가련한 휘틀은 엉겁결에 조끼를 잽싸게 걸치고는 계단 끄트머리에서 장화 한 쪽을 발에 끼우자, 헨처드는 그 머리에 모자를 눌러 씌워주었다. 휘틀은 백 스트리이트를 총총 걸음으로 걸어가고 헨처드는 엄한 표정으로 뒤를 따라 걸었다.

이때 막 파프리이가 헨처드를 찾기 위해 집 안으로 들어갔다가 뒷문으로 나와 음산한 아침공기에 나풀거리는 흰 물체를 보았다. 그는 그것이 아벨의 조끼 아래로 삐어져 나온 셔츠 자락이라는 것을 알아차렸다.

"아니! 저건 또 무슨 꼴이야?"

하고 파프리이는 아벨을 따라 마당 안으로 들어서면서 말했다. 헨처드는 아직도 저만큼 멀리 떨어져 있었다.

"파프리이 씨, 사실은ㅡ."

하면서 공포에 질린 아벨은 체념 하듯 어설픈 미소를 띠면서 더듬거리는 소리로 말했다.

"제가 잠자리에서 제 시간에 일어나지 않으면 제 알몸뚱이를 드러내어 창피하게 하겠다고 하셨어요. 사장님께서는 그래서 지금 이렇게 하신 거예요! 파프리이 씨, 어쩔 수 없지요. 세상을 살아가다 보면 종종 알 수 없는 일들이 일어나지요! 이런 제 모습을 그대로 받아들일 겁니다.ㅡ 사장님의 명령인 만큼, 이렇게 반쯤 알몸인 상태로 블랙무어까지 가겠습니다. 그곳에 다녀와서는 죽어버리겠습니다. 이런 치욕스런 일을 당했으니 어떻게 살아 갈 수 있겠습니까? 가는 길 오는 길, 모든 여자들이 '바지도 입지 않은 남자'라고 놀려댈 것이니 말입니다. 파프리이 지배인께서는 제가 얼마나 내가 괴로운지 이해하시겠지요? 정말 내 자신이 밉습니다ㅡ 정말 저주하고 싶다고요!"

"당장 돌아가서 바지 입고 사나이답게 당당한 모습으로 들어오시오! 그렇지 않으면 그 자리에서 죽던지!"

"안 돼요! 헨처드 씨가 한 말이 있어요ㅡ."

"헨처드가 어떤 말을 했던 상관없어요! 이따위 짓거리는 멍청한 짓이요. 휘틀, 얼른 가서 옷을 입고 오시오……."

"이봐, 이봐!"

뒤쪽에서 헨처드가 걸어 들어오면서 외쳤다.

"저 사람을 돌려보내는 사람이 누구야?"

사람들은 모두 파프리이 쪽으로 시선을 돌렸다.

"제가 돌려보냈어요."

하고 파프리이가 대답했다.

"이 정도에서 재미있는 장난은 그만 두시는 게 좋겠습니다."

"아니, 내 생각은 달라! 휘틀, 어서 마차에 올라타게."

"내가 지배인만 아니라면."

하고 파프리이가 말했다.

"저 사람을 집으로 보내 옷을 입고 오게 하던지, 아니면 내가 이 마당을 아주 걸어 나가 버리든지 하겠습니다만."

헨처드는 울그락 불그락 화난 얼굴로 그를 노려보았다. 그러자 파프리이는 말을 중단했고 두 사람의 눈이 마주쳤다. 도날드는 그에게로 다가갔다. 헨처드의 화난 표정도 좀 누그러졌다.

"죄송합니다."

하고 도날드는 조용히 말을 했다.

"시장님의 위치에 있는 분이라면 그렇게 하시면 안 됩니다. 그것은 시장님으로서 해서는 안 될 폭력적인 행동이나 다름이 없습니다."

"난, 그렇게 심하다고 생각하지 않아요."

하고 헨처드는 고집 센 소년처럼 심술궂게 중얼거렸다.

"그 녀석이 말을 듣지 않아 제정신 차리게 하자는 의도였을 뿐이요!"

헨처드는 몹시 기분이 상하여 이렇게 퉁명스런 어투로 덧붙였다.

"파프리이, 사람들이 보는 앞에서 나한테 그런 태도를 보인 이유가 뭐요? 우리 두 사람이 조용히 대화를 할 수도 있지 않소. 아ㅡ아……,

그 이유를 내가 알 것 같군! 지난날 내 인생의 비밀을 당신에게 모두 털어놓았었지— 내가 성급하게 일러준 것이군. 내가 바보 같은 짓을 했어. 당신이 이제 그런 약점을 이용하는 것이군!"

"그런 것들은 모두 오래전에 잊었습니다."

파프리이는 담담하게 말했다.

헨처드는 땅바닥만 내려다보고 있다가, 더 이상 말도 없이 발길을 돌려 가 버렸다. 그날 낮에 파프리이는 어떤 소문을 들었다. 헨처드가 아벨의 노모에게 겨울 내내 쓸 땔감과 양식을 주었다는 사실을 일꾼들한테서 듣고 알게 되었다. 이야기를 듣고 나서 도날드는 헨처드에 대한 적개심이 다소 줄어들었다. 그러나 헨처드는 계속 침울한 기분으로 말이 없었다. 일꾼들 중 어느 누가 귀리들을 창고 위층으로 끌어 올릴 것인지 헨처드에게 묻자 그는 짤막하게 답했다.

"파프리이한테 물어 봐. 그 사람이 이곳 주인이니까!"

사실 그러했다. 의심의 여지없이 그곳의 주인은 파프리이였다. 지금까지 헨처드는 이 사회에서 가장 존경받아 온 사람이었지만, 이제는 그렇지 않았다. 어느 날 더노버 어느 작고한 농부의 딸들이 그들의 건초더미 값에 대한 의견을 듣고자 파프리이에게 한 사람 보내 달라는 전갈을 보내왔다. 그 심부름 온 사람은 어린아이로 마당에서 파프리이가 아니라 헨처드를 만났다.

"그래, 내가 가 보도록 하지."

하고 헨처드가 말했다.

"하지만 파프리이 씨가 가도록 해 주세요, 네?"

하고 심부름 온 소년이 말했다.

"나는 그쪽 방향으로 가는 길이야……. 그런데 파프리이 씨는 왜?"

하고 뭔가 깊이 생각하고 있는 표정으로 헨처드가 캐물었다.

"왜 사람들은 파프리이 씨만 찾는 거지?"

"사람들은 그분을 많이 좋아하기 때문이겠지요— 대단히 많은 사람들이 그렇게 말해요."

"아, 그래?— 이제 알겠군. 사람들이 그렇게 말한다고 그랬지? 그 젊은이가 헨처드보다 더 현명하고 아는 것도 더 많아서, 사람들이 더 좋아하는 것이군. 그러니까 헨처드는 그 젊은이의 발꿈치에도 미치지 못한다는 말이군. 응?"

"예— 맞아요. 어느 정도는 그런 것 같아요."

"아, 그래? 또 할 말이 있어? 물론 더 있겠지? 또 더 할 말이라도 있어? 말해주면 6펜스 은화를 줄게."

"그리고 '도날드는 성격도 좋고, 헨처드는 그 사람에 비하면 멍청한 사람'이라고들 말해요. 그리고 어떤 여자들은 집으로 걸어가면서 이렇게 말했어요. '그 젊은이가 최고야. 그 사람 참 재미있단 말이야. 그 젊은이는 우리한테 돈을 벌게 해주는 사람이야.' 또 어떤 사람들은 이렇게 말했어요— '도날드는 두 사람 중 훨씬 이해를 더 잘해주는 사람이야. 난 헨처드보다는 그 젊은 사람이 주인이었으면 좋겠어.'"

"사람들은 종종 제 멋대로 지껄이는 법이란다"

하고 헨처드는 울적한 표정을 감추며 말했다.

"자, 이제 가봐. 그러나 내가 건초 값을 매기려 갈 것이나 그렇게 알고 있어. 알았지?— 바로 내가 갈 거야."

헨처드는 그 소년이 떠나고 난 후 혼자 중얼거렸다.

"뭐라고? 도날드가 여기 주인이었으면 좋겠다고? 망할 놈들!"

헨처드는 더노버로 향했다. 도중에 그는 파프리이를 만났다. 그들은 함께 걸었으나 헨처드의 시선은 땅바닥으로만 향해 있었다.

"시장님, 오늘은 기분이 안 좋아 보이시는군요?"

하고 도날드가 물었다.

"아니야, 아주 기분이 좋은 걸."

"그런데 우울해 보이시는데요?— 정말 우울해 보여요. 화내시지 마세요. 블랙무어에서 실어 온 곡물들은 아주 좋습니다. 그런데 더노버 사람들이 저에게 건초 값을 매겨 달라는군요."

"바로 내가 그곳으로 가는 중이요."

"저도 함께 가겠습니다."

헨처드가 아무 대답도 하지 않자 도날드는 낮은 소리로 어떤 노랫가락을 흥얼거렸다. 그 유가족의 문전에 가까워지자 도날드는 노랫소리를 멈추었다.

"암. 부친이 돌아가셨으니 상(喪) 당한 집에서 노래 할 수 없지. 그런 아픔을 내가 어떻게 잊을 수 있겠어?"

"상처 입은 사람들의 기분을 참 잘 챙기시는구먼?"

하고 헨처드는 냉소적인 말을 내뱉었다.

"젊은이가 힘들고 고통 받는 사람들을 배려하고 있다는 걸 내가 잘 알지요─ 특히 내 기분에 대해서 그렇다는 말이요!"

"제가 시장님의 기분을 상하게 해 드렸다면 용서해 주십시오."

도날드는 가던 발걸음을 멈추고 서서 의아한 표정으로 헨처드에게 물었다.

"왜 그런 말씀을 하세요─ 왜 그런 생각을 하시냐고요?"

헨처드는 정색을 하면서 젊은이 쪽을 향해 고개를 돌리고 얼굴이 아닌 가슴 쪽을 바라보았다.

"요즘 내가 이런 저런 소리를 들으면서 마음이 많이 상한 상태요. 그래서 내 말도 퉁명스럽게 튀어나온 것이요─ 그래서 내가 당신에 대해 적대감을 가지게 된 것이요. 그러니, 당신이 건초 값을 매기려 들어가도록 하시오─ 파프리이, 당신이 나보다 그 일을 더 잘 할 수 있소. 또 사람들은 당신이 오길 기대하고 있어요. 난 11시에 중요한 회의가 있소. 지금 곧 바로 가야하오."

그들은 이렇게 서먹한 분위기 가운데 서로 헤어졌다. 도날드는 헨처드가 한 말의 의미가 애매모호하게 들렸지만 캐서 물어보려 하지 않았다. 헨처드로서는 할 말을 다 했으니 마음이 편했다. 그러나 헨처드가 파프리이를 생각하면 생각할수록 그에 대한 두려움과 불안감을 떨쳐 버릴수 없었다. 헨처드는 그 젊은이에게 자신의 과거 비밀을 경솔하게 모두 털어놓은 것이 두고두고 후회가 되었다.

킹즈암즈 호텔 주변 거리

16. 허물어지는 우정

이런 일들이 있은 후, 파프리이에 대한 헨처드의 태도는 경계하는 마음이 역력해 보였다. 헨처드는 젊은이를 대하는 태도가 정중해 졌다— 예전과는 비교가 안 될 정도로 정중해 졌다. 헨처드는 그 젊은이가 인정이 많고 진지하기는 하지만 아직 어리다고 생각했었지만 이제는 그의 처신과 언행에 아주 놀랐다. 이제까지 헨처드는 그 젊은이의 어깨에 자신의 팔을 걸치고 기계적인 우정으로 다스리다시피 했으나 이제는 많이 달라졌다. 그는 별생각 없이 지금까지는 도날드의 숙소에 와서,

"이봐, 파프리이, 함께 가서 식사나 하세. 혼자 이곳에 처박혀 있지만 말고!"하면서 망설임 없이 소리치던 일도 중단했다. 그러나 그 두 사람의 일상적인 하루하루 일과에는 변함이 없었다.

그들이 이렇게 생활해 가던 어느 날, 이 도시에서 최근 발생한 엄청난 사건을 기념하여 전국적으로 공휴일이 지정되기에 이르렀다.

캐스터브리지 사람들은 천성이 느린 탓으로 얼마 동안 반응이 없었다. 그러던 어느 날 도날드 파프리이는 헨처드에게 곡물 덮개용 천막 몇 개를 빌려줄 수 있느냐고 물었다. 젊은이가 지정된 공휴일에 어떤 친목회를 가질 계획으로 많은 사람들이 들어 설 장소가 필요하다는 이유에서 였다. 또 참석하는 사람들로부터 입장료도 받을 계산이었다.

"얼마든지 가져다 쓰세요."

젊은이가 그 일로 분주하게 움직이자 헨처드는 경쟁심이 불타올랐다. 헨처드는 이런 일이 있기 전, 공휴일에 있을 행사를 시장으로서 토의하고 협력해 가는 것이 마땅하다는 생각을 하였다. 그러나 파프리이는 민첩하여 낡은 사상에 젖은 시의 관계자들에게 주도권을 내주지 않았다.

그렇다고 헨처드가 볼 때 너무 늦은 것도 아니었다. 다시 생각해 보고나서 헨처드는 다른 시의원들이 자기에게 모든 위임을 해 준다면 공휴일 몇 가지 행사를 책임지고 해내겠다고 했다. 시의원들은 대부분 무사안일 주의자로 생활하는 사람들이었기 때문에 헨처드의 제안에 동의를 했다.

헨처드는 정말 시민들이 감동할 일— 최고의 행사를 위한 준비에 착수했다. 파프리이의 조그만 행사에 관해서 헨처드는 거의 잊고 있었다. 그러나 어쩌다 도날드가 개최하는 행사가 머릿속에 떠오르면,

"입장료를 받는다고 —역시 스코틀랜드 사람답군!— 입장료를 내고 갈 사람이 어디 있기나 할까?"

젊은이는 입장료를 받지만, 시장은 모두 무료로 제공한다는 것이었다. 그러나 헨처드는 파프리이에게 의지해 온 버릇이 익숙해져 그를 불러들여 이런 문제로 상의하고 싶은 마음을 억제할 수 없었다. 하지만, 헨처드는 자신을 스스로 다스려야 했기 때문에 잘 참아냈다. 앞으로도 도날드와 그런 상의는 하지 않을 것이라고 다짐했다. 파프리이가 하는 일들은 모두 너무도 정교하여 헨처드는 본인의 의도와는 달리 그 젊은이의 장단에 놀아나는 꼴이 될 것으로 생각했다.

헨처드 시장이 모든 경비를 혼자 부담한다는 소문이 퍼지자 주변 사람들이 환영했다.

캐스터브리지 시내 가까운 곳에 오래된 흙으로 기초 토목공사를 한 높은 녹색지대가 있었다. 이곳에서 시민들은 유흥이나 집회, 아니면 더 넓은 공터가 필요한 양[¥] 품평회를 개최하였다. 이곳에서는 한쪽으로 프루움 강^ェ이 흘렀고 온 사방 수마일까지 시골 풍경이 훤히 다 보였다. 이 상쾌하고 근사한 지대가 헨처드가 물색한 오락과 휴식을 취할 장소였다.

각종 오락과 유희가 이곳에서 열릴 것이라고 핑크색 긴 포스터로 시내 곳곳에 붙이고 광고했다. 그리고 그는 한 무리의 사람들에게 직접 일을 착수하도록 지시했다. 인부들은 긴 장대 꼭대기에 훈제한 햄과 캐스터브리지에서 만든 치즈를 매달아 세우고, 뛰어 넘을 장애물도 몇 줄 세웠으며, 그 강위에 미끄러운 장대 하나를 가로로 걸쳐 놓았다. 강 저쪽

끝에는 산 돼지 한 마리가 매달려 있었다. 누구든지 장대 위를 걸어 돼지 앞까지 가면 그 돼지를 가질 수 있도록 했다. 경주용 손수레와 당나귀들이 준비돼 있으며 권투와 레슬링 그리고 여러 시합장들이 설치되었으며 포대기들도 준비가 되었다. 헨처드는 대규모 찻집을 마련했다. 이곳 시민들은 누구든 무료로 마실 수 있도록 했다. 성벽 안쪽 경사면에는 차를 마실 수 있는 탁자들이 나란히 놓여있었고 그 위에는 천막들이 펼쳐져 있었다.

사방을 돌아다니면서 헨처드 시장은 웨스트 워크에 세워진 파프리이의 볼품없는 오락터를 구경했다. 크기와 색깔이 가지각색인 천막들이 어울리지 않게 흰 나무틀 위에 걸쳐져 있었다. 이를 지켜본 헨처드는 한결 마음이 가벼워졌다. 자신이 마련한 오락터와 휴식터는 파프리이와는 비교할 수 없을 정도로 뛰어나다고 생각했기 때문이었다.

새 아침이 밝아왔다. 이때까지 한 이틀간 맑기만 하던 하늘이 온통 구름으로 덮혀 있었다. 날씨는 폭풍우 기미가 있었고 습기를 담은 바람이 기세를 떨치고 있었다. 헨처드는 좋은 날씨만을 맹목적으로 믿었던 것이 다소 후회가 되었다. 그렇다고 일정을 수정하거나 변경하기엔 너무 시간이 늦었다. 그래서 행사를 그대로 진행했다. 12시부터 비가 계속 내리기 시작했다. 가랑비가 빗방울을 키우더니 큰 비로 변했고, 큰 비가 가랑비로 바뀌기도 했다. 날씨가 너무 변덕스러워 앞으로 날씨를 예측하기가 어려웠다.

행사가 시작되면서 많은 사람들이 몰려들었지만 3시간이 지나자 상황은 좋지 않았다. 헨처드는 직감적으로 자신의 계획이 실패로 끝날 운명에 놓여 있음을 깨달았다. 장대 끝에 매달린 햄들은 고동색 수증기를 내뿜고, 돼지는 비바람 속에 바들바들 떨고 있었으며, 천막 밑으로 비가 제멋대로 휘몰아쳤기 때문에, 널빤지 탁자들의 나뭇결이 찰싹 달라붙은 식탁보 위로 투명하게 비춰졌다. 소용없는 일이었지만 어쩔 수 없이 비가 들이치는 천막 옆을 막으려고 애를 써 보았다. 강 건너편 풍경은 사라졌고, 바람은 천막 친 줄 위에서 바람을 맞으면 저절로 울리는 악기로 즉흥

연주를 했다. 드디어 강력한 바람이 불자 시설물이 송두리째 땅바닥으로 기울어졌다. 사람들은 천막 안에서 이리저리 허둥대면서 밖으로 기어 나올 수밖에 없었다.

그러나 6시 경, 폭풍우의 기세가 꺾였다. 조금은 건조한 산들바람이 빗물에 휘어진 풀잎들을 부드럽게 흔들어 물기로 젖은 나뭇잎들을 말렸다. 그러자 헨처드는 행사장 일정대로 계속 밀고 나갈 수 있을 것 같았다. 천막이 다시 바로 세워지고 천막 안에 대기하고 있었던 음악을 연주할 밴드는 불려나와 연주를 하였다. 탁자들로 어지럽게 놓였던 곳은 춤추기 위해 깨끗하게 정리되었다.

"그런데 사람들은 모두 어딜 간 거야?"

하고 헨처드는 한 시간 반 정도 지나자 말했다. 그동안 남자 두 사람과 여자 한 사람만이 춤을 추기위해 일어서 있었다.

"상점들은 모두 문을 닫았는데, 왜 사람들이 안 올까?"

"사람들은 웨스트 워크의 파프리이 오락터로 갔습니다."

시장과 함께 있던 시의원이 대답했다.

"몇 사람 정도만 거길 갔겠지. 그 많은 사람들이 모두 어딜 갔는지 궁금하단 말이오."

"집을 나온 사람들은 모두 파프리이 오락 행사장에 갔습니다."

"모두 정신들 나갔군 그래!"

헨처드는 기분이 상한 채 그곳을 빠져나갔다. 한 두 사람의 젊은이들이 빗속에 버려져 가는 그 햄들을 구하기 위해 용감히 다가와 장대들을 기어 올라갔다. 그러나 구경꾼들은 없고 오락장은 텅 비어 허전한 분위기만 나타나자 헨처드는 모든 행사의 진행을 중지시키고 음식은 생활이 어려운 주민들에게 나누어 주도록 지시했다. 얼마가 지난 후 들판에는 몇 점의 장애물들, 텐트들과 장대들만 보이고 모두 정리되어 말끔하게 치워졌다.

헨처드는 집으로 돌아와 딸과 부인과 더불어 차를 마시고 다시 밖으로 나왔다. 하루도 저물어 가고 있었다. 이제 헨처드는 모든 산책을 하는 사람들의 발걸음이 파프리이 행사장인 워크의 어느 특정 장소로 향하고 있음을 알았다. 결국 헨처드 자신도 그쪽으로 발길을 돌리게 되었다. 갖가지 악기로 연주하는 소리가 파프리이 행사장— 그의 말대로라면 파프리이 궁전에서 흘러나왔다. 그 앞에 도달하자 시장은 굉장히 큰 천막 하나가 장대나 밧줄도 없이 정교하게 세워져 있음을 알았다. 단풍나무로 뒤덮인 가로수 길은 나뭇가지들이 빽빽하게 뒤엉켜 하늘을 가리는 천장을 이루고 있었다. 천막은 이들 가지들에 걸려 있어서 원통형 지붕을 만들고 있었던 것이다. 바람이 불어오는 방향은 바람을 막았고 반대쪽은 완전히 개방되어있었다. 한 바퀴 휙 돌아 내부를 훔쳐보았다.

내부 모양은 성당의 회중석처럼 보였으나 텐트 안을 가득 채운 사람들은 열광의 도가니였다. 참석한 주민들은 비틀거리며 빙빙 돌아가며 신나게 춤을 추고 있었다. 평상시에는 침착하고 차분한 파프리이는 스코틀랜드 고지대 사람들의 거친 의복을 입고 사람들 사이에서 비틀거리며 음악에 맞추어 춤을 추었다. 이런 파프리이의 모습을 보면서 헨처드는 웃음이 터져 나왔다. 주변을 살펴보던 헨처드는 이런 파프리이의 모습에 여성들이 흠뻑 빠져 열렬한 찬사를 보내는 모습을 볼 수 있었다. 음악 한 곡에 맞추어 추었던 춤이 다른 춤과 음악으로 바뀌고 있었다. 파프리이는 잠시 자리를 떴다가 돌아올 때는 평상복 차림이었다. 파프리이 주변에는 여성 파트너가 사방에 깔려있었다. 젊은 아가씨들이 파프리이와 같은 젊은이와 함께 시간을 보내고 싶어 하는 것은 전혀 이상한 일이 아니었다.

캐스터브리지 거의 모든 시민들이 워크로 몰려들었다. 그곳 주민들은 파프리이가 준비한 그런 즐겁고 환희에 넘치는 무도회를 한 번도 생각지 못했던 것이다. 구경꾼들 틈에는 엘리자베스와 그녀의 어머니도 끼어있었다. 엘리자베스는 조심스럽게 지켜보는 눈치였으나 재미있어 했다. 그녀의 두 눈은 마치 조물주가 그것들을 창조할 때 이탈리아 화가 코레조에게서 조언이라도 받은 듯 뭔가를 동경하면서 머뭇거리는 듯한 그런 모습을 하고 있었다. 춤은 꺾이지 않는 열기 속에 계속되었다. 밖으로 걸어 나온 헨처드는 아내가 집으로 돌아갈 때를 기다렸다. 그는 불빛이 싫었지만 어둠 속으로 들어가도 기분은 더 좋아질 기미가 없었다. 왜냐하면 아래와 같은 기분 망치는 소리가 종종 들려왔기 때문이었다.

"헨처드 무도회와는 근본적으로 차이가 있어."

하고 누군가 말했다.

"파프리이가 준비한 무도회를 두고, 헨처드 무도회장으로 가는 사람은 촌스럽고 무식한 사람들임에 틀림없어."

사람들은 시장이 부족한 점들은 이것 외에도 많다는 식으로 말했다. "파프리이가 아니라면 헨처드의 사업은 망할 거야. 헨처드가 이런 젊은 이와 함께 사업을 한다는 것은 하늘이 내린 복이지. 파프리이가 처음 왔을 때만 해도 헨처드의 장부들은 가시덤불이었다고 하더군. 헨처드는 곡식자루들을 마당 옆으로 말뚝들처럼 늘어놓고 분필조각들로 헤아렸다는군. 곡식 단들은 두 팔을 뻗어 대충 측정하고, 건초더미는 들어보고 무게를 계산하였고, 곡물의 품질은 입안에 넣고 씹어봄으로써 평가하고, 값은 대충 정했다는 거야. 그러나 이제는 이 훌륭한 젊은이가 그런 일을 모두 수학적인 방법으로 계산하고 있다더군. 그리고 그 말썽을 부리던 밀ㅡ빵을 만들어 놓으면 그렇게도 쥐 냄새가 나던 그 밀을 파프리이가 정상적인 상태로 만들 수 있는 기술을 갖고 있다더군. 그렇게만 되면 그 작은 네발짐승이 그 위를 걸어 다닌 것 같은 냄새를 아무도 맡지 않아도 될 거야. 그럼, 그렇고 말고. 파프리이를 신뢰하지 않는 사람이 주변에 어디 있을까? 그러니 헨처드는 그 젊은이를 반드시 붙잡아 두려고 할 거야"하고 결론은 내리는 것이었다.

이런 소리를 듣고 있던 헨처드는 나무 뒤에 숨죽이고 서서 혼자말로 중얼거렸다.

"나, 헨처드는 그렇게는 하지 않을 거야."

"절대로 그렇게는 하지 않지!"

"그렇게 된다면 내가 지난 18년 동안 쌓아온 인격과 지위를 모두 빼앗기고 빈 벌통 같아지는 거야!"

그는 다시 춤추는 열기로 가득한 천막으로 돌아갔다. 파프리이는 엘리자베스 제인과 이상할 만큼 멋없는 춤을 추고 있었다— 그 춤은 그녀가 알고 있는 유일한 시골 춤이었다. 파프리이는 수줍어하는 그녀의 엉성한 스텝에 보조를 맞추기 위해 느릿느릿 춤을 추었지만, 눈에 뜨일 정도로 반짝거리는 구두의 움직임은 구경꾼들의 시선을 끌었다. 밴드에서 흘러나오는 매혹적인 음악에 엘리자베스는 빨려 들어가고 있었다. 경쾌한 스텝의 음악이 바이올린 현 위에서 때로는 낮게, 때로는 서서히 강렬하게 울려 퍼졌다. 마치 사닥다리를 타고 올라갔다 내려오는 듯한 그런 음악이었다. 지금 울려 퍼지는 음악은 스코틀랜드에서 유행하는 '에이어 맥레오드 처녀'라는 노래였다.

춤은 곧 끝났다. 엘리자베스는 헨처드를 쳐다보면서 춤을 춰도 되는지 동의를 구하는 시선을 보냈다. 그러나 헨처드는 아무런 반응을 보이지 않았고 그녀를 못 본 체했다.

"이봐, 파프리이!"

하고 헨처드는 마치 정신이 나간 사람처럼 말했다.

"내일 내가 포트 브레디 시장에 가는데, 자네는 여기 머물며 자네 짐들이나 챙기도록 하게. 그리고 이런 쓰잘데없는 놀이를 하고나서 허약해진 두 다리에 힘을 비축하게."

처음 헨처드는 미소로 도날드를 맞이했지만 지금은 적대적 시선으로 변했다. 몇몇 시민이 그에게 다가오자, 도날드는 옆으로 비켜섰다.

"헨처드, 왜 그래?"

하고 시의원 튜버가 치즈를 맛보는 사람처럼 손가락으로 헨처드를 꾹 찌르며 말했다.

"누가 자네가 하는 일을 훼방이라도 했던가? 일꾼이라도 종종 주인보다 더 뛰어날 때도 있는 법이야, 알았어? 저 젊은이가 자네보다 더 훌륭해, 알기나 해?"

"헨처드, 이왕 말이 나왔으니 말인데."

또 한 화끈한 변호사 친구가 끼어들었다.

"당신의 실수는 그 먼 들판까지 나갔다는 거요. 젊은이는 이처럼 비를 가린 곳에서 오락 행사를 했지만, 당신은 거기까지 생각을 못했던 거요. 당신의 생각이 부족했던 것이요."

"저 젊은이가 곧 당신의 상급자가 될지도 모를 일이오. 그러면 주변의 모든 사람들이 그에게 몰릴 것이오."

하고 익살맞게 튜버가 덧붙여 말했다.

"무슨 말을 그렇게 해!"

하고 헨처드가 우울하게 말했다.

"그런 일은 일어날 수 없어요. 저 젊은이는 이곳을 곧 떠날 거요."

헨처드는 젊은이 쪽을 바라보았다. 도날드가 가까이 다가오자 헨처드는 말했다.

"파프리이, 내 지배인으로서 당신이 떠맡았던 모든 일들은 곧 끝나지요?"

그 젊은이는 무언의 동의를 표하면서 헨처드 얼굴 윤곽위에 새겨진 주름살들을 찬찬히 훑어보았다. 주위 사람들이 이런 사실에 놀라 그 젊은이에게 왜 곧 떠나야 하는지를 물었다.

"헨처드 씨는 더 이상 저의 도움을 필요로 하지 않기 때문입니다."

하고 파프리이는 간단히 대답하였다.

헨처드는 만족한 표정으로 집으로 돌아갔다. 그러나 이튿날 아침, 헨처드는 그 젊은이에 대한 끊어 오르던 질투심을 가라앉히고 자신이 한 말과 행동을 생각하며 후회했다. 파프리이가 이번만큼은 확실하게 자신이 한 약속을 지킬 것임을 알았기 때문에 헨처드 마음이 더 뒤숭숭하고 어지러웠다.

엘리자베스 제인과 도날드 파프리이가 춤추는 모습

17. 사랑에 빠져드는 딸

엘리자베스는 그녀가 그 젊은이와 춤추는 실수를 저질렀음을 헨처드가 못마땅해 하는 태도를 보고 알았다. 너무도 순진한 그녀는 아무것도 모른 채, 눈인사 정도로 알고 지내는 어느 주변 사람이 그 젊은이와 춤을 춘 것이 잘못되었음을 암시해 주고 나서야 겨우 어떤 상황인지 알게 되었다. 시장의 딸로서 상대를 가리지 않고 사람들과 어울려 춤추었다는 것이 자기 신분에 걸맞은 행위가 아니었음을 깨닫게 된 것이다.

이런 자신의 분별없는 실수를 생각할수록, 그녀의 귀와 얼굴 그리고 턱까지 숯불처럼 붉게 달아올랐다. 이런 생각에 사로잡힌 그녀는 슬펐다. 그래서 엘리자베스는 어머니를 이리 저리 찾아 다녔다. 그러나 헨처드 부인은 엘리자베스보다 더 개방된 생각을 지니고 있었기 때문에 딸이 돌아오고 싶을 때 돌아올 수 있도록 내버려 둔 채 집으로 돌아갔다. 곧, 엘리자베스는 이 도시의 경계선을 따라 늘어선 울창한 나무들로 뒤덮인 가로수와 큰 산 나무 아래를 걸어가다, 가던 발걸음을 멈추고 생각에 잠겼다.

한 남자가 몇 분후 그녀의 뒤를 따라왔다. 바로 파프리이였다— 그는 자신이 해고될 것임을 헨처드와의 대화 가운데 알고 돌아가는 길이었다.

"뉴손 양? 아가씨였군요— 제가 사방으로 아가씨를 찾고 있었어요!"

그는 헨처드와 막역했던 사이가 멀어지게 됨으로써 서먹서먹해 졌다는 사실이 슬펐다.

"아가씨 집 앞 길모퉁이까지 함께 걸어도 되겠습니까?"

그녀는 도날드의 하소연 하는 듯한 말이 자연스럽게 느껴지지 않았으나 구태여 반대하는 말은 하지 않았다. 이렇게 두 남녀는 처음엔 웨스트

워크 길을 걸었고 나중에는 볼링 워크 길을 함께 걸었다. 이윽고 파프리이가 말했다.

"아가씨, 우리 곧 헤어지게 될 것 같습니다."

"아니, 왜요?"

하고 그녀는 의아해 했다.

"그저— 단순한 사업상의 이유— 아니, 그것 말고 다른 이유는 없어요. 우리가 특별히 이런 일에 관여할 필요는 없어요— 그러는 것이 자연스럽지요. 아가씨와 한 번 더 춤추고 싶었습니다."

엘리자베스는 더 이상 어떤 식으로든지 춤출 수 없다고 했다.

"아니요. 한 번 같이 춤을 춥시다. 춤추는 사람을 기쁘게 해 주는 것은 춤출 때 스텝을 밟는 것이 아니라, 춤추는 감정입니다.— 난 이번 일로 아가씨 아버지의 분노를 불러일으켰습니다! 그 때문에 저는 이 세상의 저 끝으로 영원히 내쫓기게 될 것입니다."

젊은이의 우울한 이야기를 듣고 있던 엘리자베스는 깊은 한숨을 내쉬었다. 파프리이가 들을 수 없을 정도의 낮은 한숨 소리였다. 그러나 그가 그 한숨 소리를 들었는지는 알 수 없었다. 사람들은 흔히 불빛이 희미하던지 없는 곳에서 서로 얼굴을 보지 않으면 속마음을 털어놓기 마련이다. 그 젊은이는 충동적으로 다음과 같이 말했다.

"뉴손 양, 난 잘사는 부자였으면 좋겠어요. 그러면 아가씨 아버지도 나에게 화를 내지 않았을 겁니다. 난, 오래가지 않아, 아가씨한테 물어 볼 질문이 있습니다— 아니, 오늘 밤 물어 볼 것입니다. 그 질문은 나를 위한 질문이 아닙니다!"

그 젊은이가 엘리자베스에게 무엇을 물어보려했는지 그는 말하지 않았으며, 그녀 역시 말없이 침묵만 지키고 있었다. 이렇게 두 남녀는 서로 견제하면서 산책길을 걷다가 볼링 워크 입구에 이르렀다. 바로 눈앞에서 가로수 길은 끝나고 시내 가로등이 우뚝 서 있었다. 두 남녀는 이곳에서 걸음을 멈추었다.

"난 우리 두 사람을 그날 황당하게 더노버로 보냈던 사람이 누구였는지 아직 알아내지 못했어요."

하고 도날드는 답답해하는 말투로 말했다.

"뉴손 양은 알아냈어요?"

"아니요."

"누가, 왜 그런 짓을 했는지 정말 궁금해요!"

"아마, 누가 장난질 했겠지요."

"설마, 장난삼아 그런 짓을 했겠어요? 어쩌면 우리 두 사람이 그곳에 기다리면서 서로 대화를 하도록 의도적으로 그런 기회를 만들었을 수도 있지 않았을까요? 이제, 그 말은 그만해요. 내가 캐스터브리지를 떠난 후에도 나를 잊지 말아주세요."

"저도 잊히지 않을 거예요!"

하고 그녀는 진지한 표정으로 말했다.

"저는 선생님께서 떠나지 않았으면 좋겠어요."

두 남녀는 이미 가로등 아래 불빛을 받으며 서 있었다.

"그렇다면 다시 생각해 보겠습니다. 이제 그만 여기서 헤어지는 게 좋겠습니다— 아가씨 아버지가 보시면 더욱 화를 내실 테니까 말입니다."

그들은 헤어졌다. 파프리이는 어두운 볼링 워크로 되돌아가고, 엘리자베스는 곧바로 시내로 향했다. 그녀는 아무 생각 없이 힘차게 뛰어 마침내 아버지 집 앞에 이르렀다.

"어머나! 내가 지금 무슨 짓을 하고 있는 거야?"

하고 그녀는 가쁜 숨을 몰아내 쉬면서 생각했다.

집 안으로 들어온 그녀는 파프리이가 물어보고 싶다는 그 수수께끼 같은 말의 의미를 이렇게 저렇게 추측해 보았다. 엘리자베스는 파프리이가 캐스터브리지 시민들의 인기를 얻고 있음을 이미 오래전부터 알고 있었다. 더 나아가 헨처드의 성격을 잘 알고 있는 그녀가 파프리이의 호강스러웠던 날들도 끝나가고 있음을 직감적으로 알고 있었다. 파프리이가 말을 빙빙 돌려가면서 자신의 처지를 말했을 때에도 그녀는 별로 놀라지 않았다. 그렇다면 파프리이는 아버지로부터 해고당한 후에도 이곳에 머물게 될까? 엘리자베스가 느끼고 있는 파프리이에 대한 신비로운 감정도 그가 떠나면 모두 정리될 것이라는 생각을 했다.

다음날은 바람이 새게 불었다― 바람이 세차게 부는 가운데 정원을 거닐다가 그녀는 파프리이가 쓴 업무용 편지 초안의 일부를 우연히 줍게 되었다― 그 편지는 바람이 세게 불어 사무실에 있던 종이를 담장 너머로 날려 온 쪽지였다. 그녀는 버려진 편지쪽지를 집 안으로 가지고 들어와 그의 특이한 글씨체를 베끼기 시작했다― 그 필체는 놀라울 정도로 뛰어났다. 편지는 "친애하는 선생님"으로 시작되었다. 그녀는 다른 쪽지 위에다 "엘리자베스 제인"이라고 쓴 후, 그것을 파프리이가 "선생님"이라고 쓴 단어 위에 올려놓아 "친애하는 엘리자베스 제인"이라는 글귀를 스스로 만들어 놓았다. 무심코 그녀가 한 행동을 아무도 본 사람이 없었음에도 불구하고 그녀는 얼굴이 화끈 달아오르며 온몸이 짜릿해졌다. 그리고 그녀는 그 쪽지를 급히 찢고 팽개쳐 버렸다. 잠시 후, 그녀는 냉정을 되찾고 스스로 부끄러워, 방안을 거닐다가 다시 웃었다. 그 웃음은 기뻐서 나오는 웃음이 아니라 다소 괴로워하는 자신에게서 흘러나온 웃음이었다.

파프리이와 헨처드가 헤어지기로 했다는 소식이 캐스터브리지 시내를 빠르게 퍼져나갔다. 파프리이가 이 도시를 떠날 것인지 너무도 궁금한 나머지 엘리자베스 제인은 초조하여 어쩔 줄 몰라 했다. 그녀 자신은 파프리이가 떠난다는 사실에 왜 그렇게 안절부절못해 하는지 알고 있었다. 마침내 사람들에 의해 들리는 소문에 의하면 파프리이가 이 도시를 떠나지 않을 것이라는 사실이었다. 소규모로 헨처드와 같은 사업을 하고 있는 한 사람이 자기 업체를 파프리이에게 매각賣却하여 파프리이가 독자적으로 곡물과 건초 사업을 곧 시작할 것이라는 소문이 자자했다.

파프리이가 사업을 곧 시작할 것이라는 소식을 듣게 되면서 그녀의 마음은 날아갈 듯했다. 그가 사업을 시작한다는 것은 이곳을 떠나지 않을 것이라는 증거이기 때문이었다. 그러나 염려스러운 점은 그녀에게 관심을 갖고 있는 그 젊은이가 헨처드와 경쟁하는 사업을 벌임으로써 자신과 젊은이의 관계를 위태롭게 할 수 있다는 생각이 들었다. 그러나 그렇지 않았다. 그녀가 자신에게 스스로 던진 일시적인 질문이었기 때문이었다.

엘리자베스는 파프리이와 그날 밤 춤추며 그녀가 입고 있었던 모습이 궁금하여 짧은 스웨터, 샌들, 파라솔 등— 똑같은 복장을 하고 거울 앞에 섰다. 그리고 그녀의 모습이 한 남성의 사랑을 끌어들일 정도로 매력적이었는지 확인해 보고 싶었다. 하지만 거울에 비친 그녀의 모습은 일시적으로 한 남성의 관심을 끌 수는 있었으나 그 이상은 아니라는 생각이 들었다.

"그 남자가 멍청하지 않는 한 나의 이 모습에 유혹되지 않아."

하고 그녀는 반짝 거리는 눈을 깜박이며 혼자 중얼거렸다.

아마 그 젊은이는 지금쯤 그녀가 별 볼일 없는 상대라고 결론 내렸을 수도 있을 거라고 생각했다.

이렇게 그녀는 자신도 모르게 그 젊은이에게 마음이 이끌리고 있음을 알게 되자 자신의 마음을 추스르려 했다.—

"아니야. 엘리자베스 제인, 네가 왜 그런 생각을 하지? 그런 망상은 네게 도움이 되지 않아!"

엘리자베스는 그 젊은이를 보려고도 생각하지도 않고 머릿속에서 떨쳐버리려고 애썼다. 보지 않으려는 노력은 별문제가 안 되었으나 머릿속에서 그를 지워보려는 노력은 별 효과가 없었다.

헨처드는 파프리이가 해고당한 후 자기의 길을 독자적으로 갈 것이라는 사실을 알게 되자 무척 기분이 상했고, 그 젊은이가 자신의 경쟁 상대자로서 똑같은 사업을 하게 될 것을 알자 이성을 잃을 만큼 분개했다. 헨처드는 시청에서 회의가 끝난 직후 파프리이가 캐스터브리지에서 독립하여 같은 업종의 사업을 하게 될 것이라는 사실을 알았다. 헨처드는 너무도 분노하여 마음속에 품고 있었던 감정 섞인 말들을 쏟아내었고 그 소리는 이웃 양수장까지 들렸다. 이런 불같은 그의 성격은 오랫동안 스스로 자제하면서 무난하게 시장자리까지 올라왔지만, 그의 성격은 웨이던 장터에서 아내를 팔아 넘겼던 때와 꼭 같아, 마치 화산이 폭발하여 걷잡을 수 없는 화산재를 뿌리듯, 여전하였다.

"아니, 난 그 젊은이의 친구요, 그는 나의 친구야. 이제까지 우리는 그런 사이였잖아? 세상이 우리 두 사람의 관계를 다 알고 있어. 그를 캐스터브리지에 머물게 한 장본인이 내가 아니었던가?─ 그가 이곳에 정착하도록 내가 도움을 주었어. 그가 돈이 필요할 때 내가 도와주었어. 내가 도와주지 않은 것이 뭐가 있어? 나는 내 입으로 그에게 어떤 조건을 제의하지도 않았어─ "젊은이가 어떻게 할 것인지 결정하시오"라고 말했을 뿐이야. 나는 그 젊은이와 마지막 남은 빵 한 조각까지 나누어 먹었을 거야. 내가 그 젊은이를 얼마나 좋아했는지는 사람들이 다 알고 있어. 그런데 그 젊은이가 나를 상대하는 경쟁자로서 도전장을 내고 있단 말이야! 그 놈이 정신이 정상이라면 그렇게 할 수 없어. 이제 그 놈과 사투를 벌이는 경쟁을 하는 수밖에 다른 방법이 없어! 한 번 도전할 테면 해 봐! 내가 비싼 값으로 매매를 해도 그따위 풋내기는 이길 수 있어. 그렇지 못하면 내가 교구위원이 될 자격도 없는 거야! 내가 어떤 사업을 하는지 본때를 보여주게 될 거요!"

시의회 동료들은 아무런 반응을 보이지 않고 덤덤하게 듣고만 있었다. 2년 전만 해도 헨처드는 그의 정력적인 카리스마 덕택에 최고 치안관으로 선출될 만큼 인기가 있었지만 지금은 그의 인기는 시들해 졌다. 그의 주변 인물들은 모두 헨처드의 이런 기질을 이용하면서도 드러나지 않는 그의 불같은 성질을 경계했다. 헨처드는 회의실을 나와 혼자 산책을 했다.

집에 도착하자, 헨처드는 알 수 없는 만족감으로 깊은 생각을 하고 있었다. 그는 엘리자베스 제인을 불렀다. 그녀는 헨처드의 엄숙한 표정에 두려움이 엄습했다.

"왜, 겁에 질린 모습을 하고 있어? 네가 잘못해서 부른 게 아니야." 하고 헨처드는 겁에 질린 딸을 유심히 쳐다보면서 말했다.

"애야, 파프리이와 관련해서 너랑 잠시 이야기 하고 싶구나. 그 사람─ 네가 그 남자와 이야기하는 걸 몇 차례 보았어. 그리고 오락장에서 함께 춤추고 함께 돌아오는 것도 보았어. 뭐, 그것이 잘못되었다는 것은 아니야. 하지만, 내 말 잘 들어봐. 너 혹시 그 사람과 생각 없이 어떤 약속 같은 걸 했어? 아니면 조금이라도 그 사람에 대해 다른 감정이 있는 것 아니야?"

"아니요. 그 사람과 무슨 약속을 해요? 그런 일 없어요."

"그래. 모든 일은 마무리를 잘 해야 돼. 내가 널 부른 것은 네가 그 사람을 다시는 만나지 말라는 거야."

"네, 아빠."

"약속하는 거지?"

그녀는 잠시 망설이더니 입을 열었다.

"아빠가 그렇게 원하시면 그래야죠."

"내가 그런 걸 원하기만 한다고 생각해? 그 놈은 우리 집안을 대적하는 놈이야!"

그녀가 방을 나가자, 그는 자리에 앉아 파프리이에게 다음과 같이 어려운 편지를 썼다.

"젊은이― 나는 젊은이가 내 의붓딸과 더 이상 만나지 말 것을 바라는 바이오. 그 아이도 젊은이의 친절을 더 이상 환영하지 않겠다는 약속을 했소. 다시 말하지만, 젊은이가 내 딸에게 더 이상 치근대는 일이 없기를 바라오.

헨처드 씀"

주변 사람들의 생각은 달랐다. 헨처드가 계획적으로 파프리이를 자기 사업에 끌어들이고 사위로 삼아 그의 사업을 원활하게 할 것이라고 잘못 알고 있었던 것이다. 그러나 외골수인 헨처드의 생각은 전혀 달랐다. 그는 가정적인 사람이 아니었고 융통성이라곤 눈곱만큼 사람이었다. 그의 상대가 맘에 들든지 안 들든지 상관없이 자기생각만 외고집으로 무조건 몰아가는 그런 고집이 센 사람이었다. 그렇기 때문에 그의 아내도 헨처드에게 여러 가지 조언을 하고 싶어도 감히 내색을 하지 않았다.

한편, 도날드 파프리이는 더노버 힐의 어느 곳에 곡물상을 자력으로 개업했다. 파프리이는 이전 자신의 고용주였던 헨처드의 고객들과는 주의를 해서 거리를 둔 채 거래를 하기 위해 가능하면 헨처드 가게로부터 멀리 떨어진 장소를 선호했다. 그 젊은이가 생각하기에 그런 자신의 세심한 배려가 두 사람 모두에게 상처를 입히지 않는 방법임을 깨닫고 있었던 것이다. 캐스터브리지 도시는 작았지만 상대적으로 곡물업과 건초업은 작은 도시 규모를 능가할 정도로 컸다. 그러나 천성이 순수하고 영리한 파프리이는 큰돈을 벌 수 있는 좋은 기회를 많이 잡을 수 있었다.

그 젊은이는 시장에게 사업상 적대적으로 보일만한 행위는 절대로 하지 않을 결심을 했기 때문에, 자신의 첫 고객으로 평판 좋은 어느 대농가의 제의를 거절했다. 대농장 주인은 이전에 헨처드와 3개월 동안 거래를 한 적이 있었기 때문이었다.

"헨처드 그분은 한때 내 친구 분이셨어요."

하고 파프리이는 말했다.

"그러니 제가 그분의 거래처를 뺏을 수 없지요. 실망시켜드려 죄송해요. 헨처드 그분은 나에게 무척 친절하셨던 분이셨고 그분에게 피해를 안겨드릴 수 없어요."

이런 절제할 줄 아는 파프리이의 양심적인 행동에도 불구하고, 그의 사업은 날로 번창했다. 파프리이의 정렬적인 기질이 느긋하고 서두르지 않는 웨섹스 주민들의 기질을 압도했는지, 아니면 그가 운이 좋아서 이었는지 알 수 없지만, 그가 손댄 일들은 무엇이든 번창하고 있음은 분명했다. 성경에서 팔려간 야곱이 손을 대는 보잘것없는 장사가 모두 번성했던 것처럼 그가 하는 사업은 날로 번성했다.[9]

---

9) [역자 해설] 앉아서 축복 기다리지 않는 적극적 행동파 / 하나님 약속 투쟁으로 쟁취 야곱은 독특한 삶의 스타일을 보여준 인물이다. 야곱의 신앙은 아브라함 같이 묵묵히 기다림도 아니요, 이삭과 같이 순종으로 일관된 유순한 삶도 아니었다. 히브리적 사고는 사유가

그러나 그가 운이 많아서 사업이 번성하게 된 것은 아니었다. 독일 낭만파 시인이었던 노발리스는 '사람의 성격이 운명의 여신'이라고 읊은 적이 있었다. 파프리이의 성품은 헨처드와는 정반대였다. 파우스트가 묘사한 것처럼 헨처드는 그를 좋은 길로 안내해 줄 돕는 사람도 없었을 뿐만 아니라 일상생활이 늘 침울한 사람이었다.

파프리이는 헨처드가 그에게 편지로 엘리자베스 제인과 어떤 관계도 단절해 달라는 요청을 정식으로 받았다. 그러나 파프리이가 볼 때 헨처드의 언행은 경박스러웠기 때문에 거의 무시했다. 그렇다고해서 파프리이가 엘리자베스 제인에게 관심이 없었던 것은 아니었다. 한동안 깊이 생각해 본 후, 파프리이는 어린 아가씨를 위해 지금은 자신이 로미오 역할을 하려고 전면에 나설 때가 아니라는 결론을 내렸다. 이렇게 솜털같이 돋아나던 두 사람의 애정은 숨을 죽인 채 억눌러야 했다.

아니라 행동에 있음을 보여준 최초의 히브리인이 야곱이다. 야곱의 신앙은 곧 아브라함과 이삭에게 약속된 하나님의 복을 믿는 것일 뿐 아니라 그것을 성취하기 위한 투쟁이기도 했다. 야곱은 하나님의 약속을 앉아서 기다릴 수만은 없었다. 그는 일어나서 싸우고 행동으로 쟁취했다. 그는 인도주의자도 아니고 사변적인 사상가는 더욱 아니었다. 기근과 전쟁이 많은 척박한 현실에서 피나는 노력을 하지 않고는 하나님의 복도 현실화될 수 없다고 보았던 것이다. 에서의 진노를 피해 외삼촌 라반의 집에서 20년간 타향살이를 하면서 아내를 넷이나 얻고 아들 열하나(또 하나는 그 후에)와 많은 가축을 이끄는 큰 부자가 되었다. 야곱은 현실을 타개하고 원하는 것을 성취하기 위해 속이기도 하고 끈질기게 찾기도 하고 대들기도 하며 기회를 놓치지 않는 고투의 길을 걸었던 것이다. 야곱은 외삼촌 라반의 영향권에서 벗어나기 위해 가족과 가축을 모두 이끌고 밤중에 도망쳐 나온다. 뒤늦게 이를 안 라반은 야곱을 추적해 따라잡았으나 『낮에는 더위를 무릅쓰고 밤에는 추위를 당하며 눈 붙일 겨를 없이』(창 31:40) 외삼촌을 위해 20년간 일했다는 야곱의 항변에 오히려 수그러지면서 돌무더기를 쌓아 불가침 평화조약을 맺고 헤어진다. 라반과의 문제를 깨끗이 해결지은 야곱에게 남은 문제는 형 에서를 만나는 일이었다. 그는 우선 형 에서에게 사람을 보내어 최대의 경칭 어인 『주』라 부르고 자신은 『종』이라 비하하면서 『주께 은혜받기를 원하나이다』(창 32:5)라고 했다. 그런데 뜻밖에도 형이 400명의 사병을 이끌고 온다는 소식을 듣고 야곱은 전략을 바꾼다. 이번에는 선물공세를 펴는 것이다. 또 야곱은 에서가 한 떼를 치면 나머지 한 떼는 피하라는 작전도 세웠다. 그는 또 여종과 그 자식들을 제일 앞에, 그 다음에 레아와 그 자식들, 그리고 사랑하는 라헬과 요셉을 그 다음에 두는 계략까지 만들어 놓았다. 야곱의 이름에 『속이는 자, 간사한 자』라는 뜻이 있듯이 그는 모든 수단을 다 강구했다. 이처럼 야곱은 철저히 준비하고 나섬으로써 하나님의 복을 쟁취했던 것이다.

헨처드가 이전의 가까운 친구였지만, 그와의 직접적인 충돌은 가급적 피해야 했지만, 생존경쟁의 사업을 하면서 헨처드와 경쟁을 어쩔 수 해야만 할 때가 왔다. 파프리이는 헨처드의 앞뒤 가리지 않는 맹렬한 공격에 마냥 당하고만 있을 수 없었다. 파프리이와 헨처드 두 사람간의 가격경쟁이 시작되자 모든 사람들이 관심을 가지고 지켜보면서, 앞으로 어떤 결과가 나타날 것인지 추측하는 이들도 있을 정도였다. 이들 두 사람간의 경쟁은 남부의 외고집과 북부의 통찰력의 싸움 곧, 곤봉과 단검의 싸움이었다. 그러나 헨처드의 곤봉은 한두 번의 공격으로 상대를 눕히지 못할 경우 곧바로 적의 단검에 당할 수밖에 없는 무기였다.

매주 토요일마다, 이 두 사람은 거래처를 드나들면서 몰려드는 농부들 사이에서 자주 마주쳤다. 파프리이는 헨처드를 마주 칠 때마다 친근한 말로 분위기를 지켜주려고 애를 섰다. 그러나 시장은 항상 피해의식을 가지고, 파프리이를 절대로 상대하지 않을 것처럼 험악한 표정을 지은 채 외면하면서 지나쳤다. 안절부절 못하는 파프리이의 이런 마음을 헤아리지 못하는 헨처드 입장은 단호했다.

곡물시장 사무실 안에는 이름들이 쓰여 있었다. '헨처드', '에버딘', '샤이너', '달턴' 등등의 친숙한 이름들이 보였다. 이 이름들 가운데 '파프리이'라고 뚜렷이 새겨진 이름이 첨가되자 헨처드가 불편해 하는 기색이 역력했다. 기분이 상한 헨처드는 마치 페가수스 천마天馬를 타고 키메라 괴물을 죽인 용사처럼 군중 밖으로 걸어 나가버렸다.

그날 이후, 헨처드 집에서 도날드 파프리이 이름은 사라졌다. 아침식사 또는 저녁 식사를 하는 도중에 혹, 헨처드 부인이 무심코 그녀 맘에 들었던 그 청년에 관한 말을 꺼내면 엘리자베스 제인은 애태우며 어머니에게 잠자코 있으라는 눈짓을 했다. 그러면 헨처드는

"뭐라고?- 당신까지 내 적이란 말이요?"

하고 쏘아 붙였다.

18. 아내의 안타까운 죽음

누구나 길을 가다 큰 장애물을 만나면 가던 길을 멈춰 서야함을 잘 알고 있다. 엘리자베스 제인에게도 예견되어온 감당하기 힘든 일이 오고 말았다.

그녀의 어머니가 병으로 병상에 눕게 된 것이다― 그녀 어머니는 몸이 너무 아파 문밖출입이 불가능할 정도였다. 헨처드는 부인에게 화난 경우를 제외하곤 언제나 따뜻하게 대해 주었다. 놀란 헨처드는 자신이 알고 믿을 수 있는 가장 권위 있고 유명한 의사를 데려오도록 사람을 즉시 보냈다. 취침 시간이 지나도 집안에는 밤새 불이 밝혀져 있었다. 하루 이틀이 지나자 헨처드 부인은 기력을 다시 되찾게 되었다.

어머니의 병상을 밤새 간호했던 엘리자베스가 다음날 아침 식탁에 나타나지 않고 헨처드는 혼자 식탁에 앉아 있었다. 헨처드는 저어지에서 온 아주 친숙한 필체의 편지를 받고 놀랐다. 그가 그 여성으로부터 그런 편지를 다시 받을 것이라곤 상상도 하지 못했기 때문이었다. 정신 나간 사람처럼 헨처드는 편지를 손에 들고 마치, 생생한 그림이라도 바로 보듯, 어떤 환상에 사로잡힌 듯, 또 지난날 아름다웠던 추억을 되새기라도 하듯 바라보면서 깊은 생각에 잠겼다.

편지에서 그 여성은 헨처드가 이미 재혼을 했기 때문에 그들이 더 이상 친밀한 교제를 하기란 어려워 졌다는 말을 하였다. 그 여성의 입장에서는 헨처드의 재혼이 충분히 이해할 수 있는 올바른 선택이었음을 인정하고 있다는 것이었다.

"저는 지금 지난날 있었던 일들을 하나하나씩 생각하고 있어요. 당신께서는 저에게 모두 솔직하셨고 친절하셨지요. 저는 당신이 이렇게 떠나버린 사실 앞에서 당신을 용서하고 있어요. 당신 부인께서는 15~6년을 그렇게 떨어져 지내왔기 때문에 당신이 저를 만나고 있었다는 사실이 전혀 문제가 되지 않았겠지요. 당신은 저에게 우리 두 사람의 친밀한 교제에 어떤 위험이 따를 수도 있다고 우울한 표정으로 말씀을 한 적도 있었어요. 이렇게 우리가 헤어져야 하는 원인이 당신에게 있는 것이 아니라 제가 불운한 것에 있다는 생각을 하게 되요.

그러니까, 마이클, 이제까지 제가 내 자신만 이기적으로 생각하고 당신에게 매달렸던 모든 기억들을 잊어버려주시길 바라고 있어요. 제가 이제껏 보내드렸던 편지들은 당신에게 섭섭한 감정이 떠오를 때마다 보낸 편지들이에요. 그러나 당신의 지난날 고통스러웠던 기억들을 내가 모두 이해하고 나니, 내 자신이 얼마나 매정했었는지를 깨닫게 되는군요.

이제 우리의 관계는 이렇게 끝나지만, 한 가지 바랄 것이 있다면 우리 두 사람 간에 있었던 과거의 일들은 외부에 절대로 알리지 말아 달라는 것이에요. 당신도 그러실 것으로 믿어요. 당신이 우리 둘 사이에 있었던 일들을 외부에 발설할 분이 아니시란 걸 저는 알고 있어요. 당신께서 우리 둘 사이에 주고받았던 많은 내용의 편지들을 깨끗이 소각해 주시면 저의 마음이 훨씬 더 편안할 것 같군요. 그렇지 않으면 제가 보낸 모든 편지들을 되돌려주시면 더 고맙겠어요.

제가 마음 상할 것 같아 많은 위로를 해 주신 것 잊지 않을 거예요.

저는 지금 유일한 친척을 만나기 위해 브리스톨로 가고 있는 중이에요. 그 친척은 부유하지요. 그 친척이라면 저를 많이 도와줄 수 있어요. 저는 캐스터브리지와 버드머드를 경유하여 돌아올 예정입니다. 버드머드에서 우편선을 타게 될 것 같아요. 제가 보낸 모든 편지들과 물건들을 가지고 저를 만나주세요. 저는 수요일 저녁 5:30에 엔틸로프 호텔에서 갈아탈 역마차에 있을 거예요. 많은 사람들 가운데 저는 빨간 천의 목도리를 두르고 있을 것이니 찾기 쉬울 거예요. 우편물들을 직접 건네받는 것이 더 마음 편하고 좋을 것 같아서— 당신을 사랑했던 여인으로부터

루시타"

헨처드는 무거운 숨을 내뱉었다.

"불쌍한 여자— 나를 만나지 않았더라면 더 좋았을 텐데! 진심으로 내가 당신과 약속한 결혼을 할 수 있는 입장이라면, 망설이지 않고 그렇게 할 수 있을 텐데— 정말 결혼을 해 버릴 텐데 말이야!"

헨처드에게서 루시타와 결혼을 할 수 있는 한 가닥 희망이 있다면 물론 헨처드 부인이 병상에서 죽는 일이었다.

루시타가 요청한 대로 헨처드는 그녀가 보내왔던 모든 편지를 꾸려놓고 약속한 날 가져가기 위해 두고 있었다. 그러나 그가 느끼기에는 루시타가 편지 꾸러미를 돌려받으려는 계획보다는 지나치는 길에 헨처드와 잠시 만나 이야기를 나누고 싶어 하는 쪽에 무게가 더 있다는 생각이 들었다. 그는 그녀와 더 이상 만나지 않기를 바랐지만, 이런 기회에 한 번 더 그녀를 만난다고 해서 크게 손해날 것이 없다는 생각을 했다.

하루가 저물어 지나며 해질 무렵이 되어 그는 집을 나서 역마차 사무소 맞은편으로 발걸음을 옮겼다. 저녁 공기는 차가웠으며 역마차는 예정된 시간보다 늦어졌다. 이윽고 역마차가 도착하고 역마차의 말들이 바뀌어 채워지고 있는 동안 그는 역마차 쪽으로 건너갔다. 그런데 역마차 내부와 바깥을 샅샅이 둘러보아도 어디에서도 루시타의 모습은 보이지 않았다. 그녀에게 피치 못할 어떤 일이 있을 거라는 생각을 하면서 애써 루시타에 대한 생각을 지워보려 애쓰며 집으로 돌아갔다. 그러나 마음이 개운하지 못했다.

그동안 헨처드 부인은 누가 보아도 느낄 수 있을 정도로 쇠약해져 갔다. 더 이상 바깥출입을 할 수 없었다. 어느 날 그녀는 이제까지 그녀를 괴롭혀 왔던 많은 생각을 되씹어 본 후, 종이 위에 어떤 글을 남기고 싶어 했다. 그리고 그녀는 혼자 있고 싶어 했다. 이어서 작은 책상이 펜과 종이와 함께 그녀의 침대위에 놓였고 혼자만 남게 되었다. 조용히 뭔가를 종이에 적은 후 그 종이를 조심스럽게 접은 후 엘리자베스 제인을 불러 밀랍을 가져 오도록 했다. 그리고 힘겹게 혼자 힘으로 그 종이쪽지를 봉한 후 수신인 성명을 쓰고 그녀의 책상 서랍에 넣고 잠갔다. 그녀는 겉봉투에 이렇게 썼다―

"마이클 헨처드 앞,

엘리자베스 제인의 결혼식 날까지는
개봉하지 말아주세요."

엘리자베스는 온갖 정성을 다해 매일 밤을 그녀 어머니와 함께 밤을 새웠다. 어머니의 병상을 간호하면서 엘리자베스는 세상일들을 몸으로 겪으면서 산다는 것이 무엇인지를 조금씩 깨달았다. 캐스터브리지는 정적에 쌓여 있었다. 술을 마시고 늦게 귀가하는 사람들, 이른 새벽부터 깃털을 털고 요란하게 지저귀는 참새들, 드물게 들려오는 야경꾼이 외치는 소리, 그리고 층계 위 벽시계에 맞추어 미친 듯이 똑딱 거리며 돌아가는 침실 안 벽시계 소리만이 이 작은 도시의 고요함을 깨뜨렸다. 시계의 똑딱 거리는 소리는 조금씩 거칠어지더니 더 큰 소리로 들려왔다.

섬세하고 여린 감정을 가진 엘리자베스는 이런 고요함 가운데 묻혀 스스로 많은 질문을 내던지고 있었다. 왜 그녀가 태어났으며, 왜 그 방안에 있어야 하며, 왜 초롱초롱한 눈빛으로 촛불을 바라보고 있으며, 왜 그녀 자신이 현재 그런 모습으로 살아가고 있는지를 스스로 자문하고 있었다. 그녀가 앉아있는 주변의 무기력하게 보이는 모든 물건들은, 마치 그들을 해방시켜 줄 어떤 요술 지팡이라도 기다리듯, 왜 그녀를 째려보고 있는 것일까? 그녀가 느끼는 혼란스러운 의식은 도대체 무엇일까? 이런 끝도 없는 의문들이 머릿속을 꽉 채우고 있었다. 그녀는 두 눈꺼풀이 무거워지는 걸 느꼈다. 눈을 떠보았으나 곧 깊은 잠에 빠져 들었다.

잠시 후, 그녀의 어머니가 엘리자베스를 불러 깨웠다. 엘리자베스가 듣고 있든지 않든지 상관없이 어머니는 자기 마음속에 담고 있던 모든 생각을 순서 없이 말하고 있었다.

"너와 파프리이에게 보내졌던 그 쪽지를 기억하고 있니?─ 너희들 두 사람이, 더노버 바턴에서 아무것도 모른 채 만나 기다리다 어떤 사람이 장난삼아 그런 짓을 했다고 했던 그 사건 말이다."

"응, 엄마!"

"그 쪽지는 너희 두 사람을 놀리려고 했던 짓이 아니었어─ 그건 너희 두 사람을 서로 엮어 보려고 내가 계획적으로 한 것이었단다."

"왜요?"

엘리자베스는 깜짝 놀라며 물었다.

"나는 네가 파프리이와 결혼하길 바랐던 거야."

"아, 엄─ 마─!"

엘리자베스는 자신의 두 무릎 사이로 머리를 깊숙이 숙였다. 그러나 어머니의 말이 계속되지 않자 다시 물었다.

"왜 그러셨어요?"

"이유? 이유가 있었어. 앞으로 알게 될 거야. 내가 살아있는 동안 그 일이 이루어 졌으면 좋겠구나! 그런데 내가 바라는 것들이 한 가지도 내 뜻대로 되는 일이 없구나! 헨처드는 그 젊은이를 싫어하고 있어!"

"앞으로 다시 두 분이 친구가 될 수 있을 거예요."

하고 딸이 낮은 소리로 중얼 거렸다.

"난, 도대체 알 수가 없어─ 도저히 모르겠단 말이야."

이렇게 말을 한 그녀의 어머니는 말이 없었다. 그녀 어머니는 졸고 있었다. 그리고 이 문제에 대해서는 더 이상 언급을 하지 않았다.

어느 일요일 아침 파프리이는 헨처드 집 앞을 지나가고 있었다. 그때 그는 모든 덧문들이 내려져 있음을 보았다. 대문 앞으로 가까이 가서 초인종을 살짝 눌렀고 한 번은 '딩—동—'하고 크게 울렸고 또 다시 한 번은 작은 소리가 들렸다. 그리고 얼마 후에 헨처드 부인이 죽었다는 사실을 전해 들었다— 그가 초인종을 눌렀던 바로 그 시간에 죽었다는 것이었다.

파프리이가 이 도시의 양수 펌프장을 지나갈 때 나이 든 주민들이 몇 사람 모여 이야기를 나누고 있었다. 그들은 언제든지 물을 길러야 할 때는 양수 펌프장으로 모여 들었다. 그들 집에 있는 우물보다 양수 펌프장의 물이 더 깨끗했기 때문이다. 쿡섬 아주머니는 정신 나간 사람처럼 물 양동이를 가지고 오랫동안 그곳에 서 있으면서 간호사로부터 들은 헨처드 부인의 사망 소식을 설명해 주고 있었다.

"글쎄, 헨처드 부인이 죽을 때가 되어서는 대리석같이 아주 창백했다더라.

그리고 생각이 참 깊은 여자답게 — 참, 안됐어!— 죽을 줄 알았는지 그녀 주변 정리를 깔끔하게 하나씩 정리정돈 했다더군. 마지막 가는 길에 남긴 유언도 있었다는군. '내가 떠나고 나면, 내 마지막 숨이 끊어지고 나면 뒷방 창가에 놓인 옷장의 맨 위 서랍을 열어 보세요. 거기에 내가 마지막으로 입고 갈 수의가 있어요. 내 시신 아래 깔 플란넬 천과 내 머리를 받칠 작은 천도 그리고 내 두 발에 신길 양말도 포개져 있어요. 내가 사용했던 모든 물건들과 함께 가장 무거운 4온스 동전들이 리넨 봉지에 싸여져 있어요. 두 개는 내 왼쪽 눈을 덮을 것이고, 두 개는 내 오른쪽 눈을 덮게 될 것이에요. 그렇게 할 즈음에, 내 두 눈은 두 번 다시는 뜨지 않을 것이니, 동전은 땅에 묻어주세요. 그 동전을 사용하지 마세요. 난 그렇게 하는 걸 싫어해요. 내 시신이 운반되어 나가고 나면 집안의 모든 창문들은 활짝 열어젖히고 엘리자베스 제인을 위해 될 수 있는 대로 명랑하게 대해 주세요.'"

"아, 참 불쌍하기도 해라!"

"그런데 헨처드 부인이 남긴 유언대로 마르타가 그대로 했다더군.

정원에 그 무거운 동전들을 묻었대요. 그런데 말이야. 크리스토퍼 코우니 그 사람이 그 동전들을 다시 파내고 머리너즈 호텔에서 써 버렸다는군. 그 동전을 쓰면서 이렇게 말했다더군. '염병할, 왜 죽은 사람이 산 사람의 동전을 네 닢씩이나 빼앗아 가야 하는데? 죽는다는 사실은 그리 유쾌한 소식이 아니지만 산 사람이라도 제대로 살아야 할 것 아닌가!'"

"그러나 그건 야만인들이나 하는 짓거리야!"

그녀의 이야기를 듣고 있던 사람들도 한결같이 그녀의 말에 동의를 하며 크리스토퍼 코우니의 행위를 비난했다.

"기막힐 짓거리를 했군. 나 같으면 그 동전을 손에 쥐어준다 해도 받지 않을 거야"하고 솔로몬 롱웨이즈가 말했다.

"일요일 아침에 내가 이런 말을 해서는 안 되는데. 일요일 아침에 부정한 돈 이야기를 해서는 안 되는데, 그렇다고 해롭지는 않을 테지. 죽은 자에 대한 경외심을 갖는 것은 사자死者의 영혼을 떠나보내면서 위로하는 훌륭한 주문이 되는 법이니까 말이야. 나는 해골을, 아무리 보잘것없는 해골이라도 팔아서 해부 실험용으로 약품을 칠하도록 허락하지 않을 거야. 입에 풀칠을 못할 정도로 생활이 어려워 빈둥거리고 놀 때가 아니면 절대로 그렇게는 안 할 거야. 하지만 돈은 귀하고 목구멍 포도청이다 보니 먹어야 살겠으니 참 딱하군. 왜 죽은 사람이 살아있는 사람의 동전 네 닢을 빼어 가느냐고? 할 말은 아니지만, 그런 짓을 했다고 해서 반역죄를 저지른 것은 아니잖아"하고 쿡섬 아주머니가 대답했다.

"이제 죽은 헨처드 부인의 반짝이는 열쇠들을 가지고 생전 그녀가 아끼던 찬장들을 모두 열고 뒤져 보겠지? 남들이 보아서는 안 될 온갖 물건들을 누구나 보게 될 터이고. 그러면 그녀가 죽기 전 남기고 떠난 유언들은 모두 물거품이 되고 말거야."

19. 친딸이 아님을 알다

헨처드와 엘리자베스는 난롯가에 앉아 이야기를 함께 나누고 있었다. 헨처드 부인의 장례를 치르고 나서 3주가 지났을 때였다. 거실에서 헨처드와 엘리자베스는 촛불을 밝히지도 않은 채 벽난로를 피우고 있었다. 타오르는 불꽃은 마치 곡예사가 곡예를 하듯 활활 타오르며, 뜨거운 불꽃은 그늘진 벽으로부터 도금한 거울과 거울 테두리, 사진틀들과 여러 가지 고리와 손잡이들, 그리고 벽난로 선반의 양쪽에 하나씩 매달린 초인종 줄의 끝에 놋쇠로 된 장미송이들을 비롯하여 구석구석을 비추며 훈훈하게 했다.

"엘리자베스야, 넌 옛날 생각을 많이 하니?"

하고 헨처드가 먼저 말했다.

"네, 아빠. 가끔씩 생각해요."

"지난날을 생각하면 누가 가장 기억에 남게 되니?"

"엄마와 아빠─ 그 두 분 외에는 별로 생각나지 않아요."

엘리자베스가 리처드 뉴손을 '아빠'라고 부를 때마다 헨처드의 심장은 고통스러웠다.

"그래! 그럼 나는 네 기억에서 완전히 사라진 존재가 되는군, 응?"

하고 뜸을 들이면서 다시 말했다.

"뉴손 씨는 다정다감한 아버지셨어?"

"네, 아빠. 참 정이 많으신 분이셨어요."

이때 헨처드는 정신 나간 사람처럼 허전한 표정을 지었다가 분위기를 바꾸려고 애를 쓰고 있었다.

"엘리자베스! 만약, 내가 너의 생부(生父)였더라면 네가 리차드 뉴손을 사랑했던 것만큼 나를 사랑했겠어?"

"모르겠어요. 한 번도 그런 경우를 생각해 본적이 없어요"하고 얼른 대꾸했다.

"우리 아빠가 아닌 다른 아버지는 상상이 안돼요."

헨처드는 세상과 자신이 따로 떨어져 존재한다고 느껴졌다. 그의 아내는 죽어서 분리되었고, 그의 친구이자 협력자였던 파프리이는 서로 사이가 좋지 않아 끝난 사이가 되었으며, 엘리자베스 제인은 주변을 둘러싼 지난 일들을 몰라서 헨처드와 분리된 상태였기 때문이다. 그러나 헨처드에게서 마지막 남아있는 한 개 되찾을 희망은 있었다. 그것은 그 딸아이였다. 헨처드는 자신이 누구인지 그녀에게 드러내 보이고 싶은 소망과 그대로 내버려 두자는 갈등에서 끊임없는 동요가 시작되었다. 마침내 그는 더 이상 견딜 수 없는 지경에 이르게 되어 잠자코 있을 수 없었다. 동물원에 갇혀 당황하고 경계하는 눈으로 우리 안을 불안하게 왔다 갔다 하는 사자처럼, 그는 난처한 표정으로 방안을 이리저리 걸어 다니다 그녀 등 뒤에 붙어 서서 그녀 머리 위를 내려다보았다. 더 이상 과거에 있었던 사건에 대해 말해야 한다는 충동을 억누를 길이 없었다.

"네 엄마가 혹시 나에 대해서─ 나의 과거 있었던 일에 대해 무슨 말을 안 하시더냐?"

"엄마는, 그냥 시장님이 가까운 친척이 된다는 말씀만 하셨어요."

"네 엄마가 다른 말을 분명히 했을 터인데─ 네가 나를 알기 전에 말이다. 그런 말을 하고 네가 들었다면, 내가 이렇게 곤란하고 힘들지 않았을 터인데……. 엘리자베스야, 내가 바로 네 친아버지란다! 리차드 뉴손은 네 아빠가 아니야. 네 엄마와 나는 지난날에 있었던 부끄러운 일들 때문에 네게 말을 할 수 없었던 거야."

엘리자베스는 꼼짝도 하지 않은 채 앉아 있었다. 그녀가 앉은 자세에서 숨을 들이쉬고 호흡하는 어떤 움직임도 보이지 않았다. 헨처드는 계속 말했다.

"나는 이런 은밀한 과거를 네게 비밀로 하고 지내는 것보다, 어떤 원망과 멸시를 네가 한다 해도 차라리 네게 이런 사실을 모두 털어놓고 솔직하게 알려주는 것이 도리라고 판단했어. 내가 너무 힘들었어. 네 엄마와 나는 젊어서 결혼하고 서로 부부였었지. 네가 본 이번 결혼은 네 엄마와 내가 치른 두 번째 결혼이었어. 네 엄마는 참 정직했단다. 나는 네 엄마가 죽은 줄로만 생각해 왔어― 그래서 ― 뉴손 씨가 네 엄마의 남편이 된 것이었어.”

헨처드의 말은 거의 사실에 가까운 설명이었다. 헨처드는 자신에 대한 어떤 사실도 숨길 필요가 없었다. 하지만, 그의 어린 딸이 받을 충격을 생각하면서도 그녀가 이제 성인이 되었으니 말하는 것이었다.

헨처드가 자세한 이야기를 털어놓자, 엘리자베스는 지난날 있었던 이해하기 어려웠던 여러 가지 사소한 사건들이 그의 이야기와 맞물려 하나씩 이해가 되었다. 다시 말해서, 헨처드의 이야기가 모두 사실로 받아들여지자, 그녀는 극히 흥분하여 테이블 위에 얼굴을 떨어뜨리며 울음을 터트렸다.

“애야, 울지 마라― 울지 마!”

하고 헨처드는 북받쳐 오르는 서러운 감정으로 위로의 말을 했다.

“심장이 터질 것 같구나. 심장이 터질 것만 같아. 내가 네 아빠야! 왜 그렇게 울어? 내가 밉고 원망스러워? 엘리자베스야, 나를 미워하지 마라!”

헨처드는 눈물로 범벅이 된 그녀의 손을 움켜잡으면서 말했다.

“나를 미워하지 마라― 옛날에 내가 술을 과하게 마시고 네 엄마를 힘들게 했지만 앞으로 너에겐 아빠 노릇 잘할게. 나는 네가 나를 아빠로 받아들이기만 한다면 널 위해 무엇이든 할 거야!”

엘리자베스는 간신히 일어나 헨처드를 의지하며 그를 쳐다보려 했다. 그러나 마음먹은 대로 되지 않았다. 성경에 나오는 힘든 삶을 살아가는 요셉에 관한 설교를 듣고 있는 신자들처럼, 그녀는 헨처드가 쏟아놓는 지난 이야기를 듣고 있는 것이 편하지 않았다.

“나는 네가 지금 당장 네 모든 감정을 돌이켜 내게로 와 주길 바라지 않는단다."

이런 말을 하는 헨처드의 표정은 당당하여 마치 강풍^{强風}에도 흔들리지 않는 커다란 나무처럼 보였다.

"엘리자베스야, 모든 감정은 시간이 지나가면 정리될 거야. 당분간 네가 혼자 시간을 가지며 마음을 가라앉히도록 해라. 내가 한 말이 모두 사실임을 입증할 서류들을 보여주마. 난 이제 갈게. 마음 편하게 가져… 얘야, 네 이름도 내가 지었단다. 네 엄마는 네 이름을 수잔으로 하자고 했었어. 내가 네 이름을 지었다는 사실을 명심하거라!"

헨처드는 문을 열고 나가면서 엘리자베스 홀로 남겨둔 채 문을 살며시 닫았다. 헨처드가 정원 밖으로 사라지는 소리가 살짝 들렸다. 그런데 헨처드가 완전히 사라진 것이 아니었다. 조용히 앉아있던 엘리자베스가 몸을 한번 움직이기도 전에 또 혼란스럽고 복잡한 생각과 머리를 가다듬기도 전에 헨처드가 다시 방문을 열고 들어왔다.

"엘리자베스야, 한 가지만 더 말하고 갈게. 이제 내 성을 따르겠니 ─ 응? 네 엄마는 네 성을 바꾸기 원치 않았지만, 나는 네 원래 성을 되찾았으면 더 좋겠구나. 법적으로 원래 성을 되찾는 거야. 그러나 아무에게도 네 성을 바꾼다는 사실을 알릴 필요는 없어. 혹, 누가 알게 되면, 네가 원해서 성을 바꿨다고 하면 되는 거야. 내가 변호사와 상의해 볼게─ 법적인 절차는 내가 잘 알지 못해서 말이야. 우선─ 네 이름이 이러저러하다고 신문에 몇 줄 올려도 되겠지?"

"원래 합법적인 이름이 그것이라면 그렇게 해야죠?"

"그럼, 좋아. 이런 문제가 닥치면 뭐든지 있는 그대로 하는 것이 상책이야."

"엄마는 왜 내 성을 바꾸는 걸 반대했는지 궁금해요."

"네 엄마의 생각은 달랐나 보지. 자, 종이 한 장 가져와서 내가 말하는 데로 적어보렴. 우선 불부터 밝히고 하렴."

"난롯불만으로도 충분해요. 정말─ 난롯불이 더 좋아요."

하고 그녀는 대답했다.

"그래? 좋아."

그녀는 종이 한 장을 가져와, 난로 아래 받침대 깔판위로 몸을 구부린 채 그가 부르는 말을 받아 적었다. 텔레비전 광고에서 익히 들어 친숙한 말이었다. 이제까지 엘리자베스 제인 뉴손으로 알려져 왔던 그녀가, 이 글을 쓴 이후로는 스스로 엘리자베스 제인 헨처드로 불리길 원한다는 취지의 글귀였다. 모두 적고나자, 편지를 봉하고 캐스터브리지 기록신문사 앞으로 주소를 적었다.

"자, 이제 됐구나."

하고 헨처드는 자신의 목적을 달성할 때마다 언제나 그러하듯, 좀 더 부드러운 기분으로 기분 좋게 말했다.

"나는 위층에 올라가서 네게 보여줄 서류들을 찾아 봐야 겠구나. 하지만 너무 그런것에 신경 쓰지 마라. 엘리자베스 제인, 내 딸아. 잘 자거라."

엘리자베스가 이런 혼란한 상황을 이해하고 적응하기도 전에, 복잡한 마음을 정리하기도 전에, 헨처드는 방을 나가버렸다. 헨처드가 방을 나가고 나니 한결 마음이 편해졌다. 그리고 벽난로 앞에 앉아 한없이 울었다— 이제 그녀가 슬퍼 눈물을 흘리는 이유는 이 세상을 이미 떠난 어머니 때문이 아니라 그토록 다정다감했던 선원 리차드 뉴손이 생각났기 때문이었다. 그녀는 뉴손 그분에게 무슨 큰 죄를 저지르고 있다는 생각이 들었던 것이다.

그동안 헨처드는 이층에 올라가 있었다. 집안의 모든 중요서류들은 그의 침실 안쪽 서랍에 깊숙이 간직해 두고 있었다. 그는 이 서랍을 열고 서류들을 뒤적거리다 잠시 생각에 잠겼다. 엘리자베스 제인은 마침내 그에게 돌아왔다. 게다가 그 아이는 마음씨가 곱고 착해 헨처드를 잘 따르게 될 것이라고 생각했다. 그리고 헨처드의 마음속 고민을 마음껏 털어놓을 수 있는 상대이기도 할 것이라는 생각을 했다. 그의 아내가 사망하기 전에도 이런 생각이 항상 그의 뇌리에서 사라지지 않았었다. 그러나 이제 모든 사실을 털어놓고 나니 마음이 편해졌다. 그는 다시 서랍에 몸을 굽히고 서류들을 천천히 살폈다.

많은 서류들을 살펴보다가 그의 아내가 열쇠를 그에게 넘겨주며 유언했던 조그만 책상에 들어있던 물건들을 보게 되었다. 이 물건들 가운데 "엘리자베스 제인이 결혼식을 올리는 날까지 개봉하지 마세요"라는 단서가 붙은 편지를 보게 되었다.

헨처드 부인은 그녀의 남편보다 더 참을성이 있었지만, 모든 면에서 완벽한 사람은 아니었다. 편지를 봉투에 넣지 않고 옛날식으로 몇 번 접고 종이 끝을 봉했는데 그 접고 봉한 부분은 큰 밀랍덩어리를 끼워 둔 채 그대로 두었던 것이다. 봉했던 부분은 갈라져 있었고 편지는 열려있었다. 시간이 흘러가자, 고인이 된 그녀에 대한 헨처드의 미련도 그렇게 크지 않았다.

"불쌍한 수잔이 하고 싶었던 말이 뭘까?"

하고 별 호기심도 없이 그의 두 눈은 그 편지를 훑어 내려가고 있었다 —

"여보, 마이클— 우리 세 사람 모두를 위해 저는 지금까지 당신한테 한 가지 일을 비밀로 해왔어요. 저는 당신이 그 이유를 이해해 주셨으면 좋겠군요. 이해해 주실 것으로 믿어요. 당신이 저를 용서하지 못한다 해도 할 수 없어요. 하지만 사랑하는 마이클, 저가 선택할 수 있는 최선의 방법이라는 걸 알아주세요. 당신이 이 편지를 읽을 때 즈음 저는 무덤 속에 들어가 있을 것이고 엘리자베스 제인은 가정을 꾸미고 있을 거예요. 저는 욕하지 마세요, 마이클. 제 입장도 좀 생각해 주세요. 차마 이런 말을 하고 싶지 않지만 하게 되네요. 엘리자베스 제인은 당신의 딸 엘리자베스 제인이 아니에요— 당신이 나를 팔았을 때 내 품안에 있었던 그 아이가 아니란 말이에요. 정말이에요. 그 아이는 그 후 3개월 만에 죽었어요. 그리고 지금 살아있는 이 아이는 다른 남편의 아이에요. 저는 이 아이에게 우리들의 첫 아이에게 붙였던 꼭 같은 세례명을 붙여 주었어요. 그래서 이 아이는 첫아이를 잃음에서 얻은 상처를 치료해 주었어요. 마이클, 저는 이제 죽어가고 있어요. 죽어가는 내가 입을 다물 수도 있었을 거예요. 하지만 그렇게는 할 수 없었어요. 이런 사실을 그 애가 결혼할 남편에게 말하건 않건 그건 당신이 알아서 하세요. 그리고 제가 당신을 용서하고 떠나듯, 당신도 옛날 몹시도 괴롭혔던 한 여인을 용서해 주세요.

수잔 헨처드 드림"

헨처드는 그 편지를 읽으면서 마치 그가 창문을 통해 몇 마일 밖을 한 눈에 내다보는 듯한 느낌이 들었다. 헨처드의 입술이 떨렸다. 그는 몸을 제대로 가눌 수 없을 정도로 현기증을 느꼈다. 이제껏 살아오면서 헨처드는 인간의 운명에 대해 믿지도 않았고 생각하려고도 들지 않았다. 힘들고 고통스러운 일이 그에게 일어날 때는 항상 그는 단순하게 "나는 이런 고통을 마땅히 받아야 해"하는 것이 전부였다. 불같은 성격의 헨처드는 이런 생각이 들었다― 불같은 성격의 그가 오래전에 고인이 된 부인에게서 이런 말을 듣고 고통당했어야 할 소리를 지금 당하고 있다고. 이제야 헨처드는 그의 아내가 이 딸아이의 이름을 뉴손에서 헨처드로 바꾸는 걸 망설였던 이유를 알게 되었다. 늘 그의 아내는 그렇게 정직했었는데 이번 기회에 그녀의 성실한 태도를 다시 한 번 증명해 준 셈이었다. 헨처드는 넋을 놓고 앉아 정신 나간 사람처럼 거의 한두 시간을 멍하니 있었다. 그리고 괴로워하면서 외쳤다.

"아― 세상에 어떻게 이런 일도 있단 말인가!"

제 정신으로 돌아오기도 전에 벌떡 일어나 슬리퍼를 내팽개치며 촛불을 들고 엘리자베스 제인의 방으로 걸어갔다. 방문 열쇠 구멍에 귀를 대고 방에서 들려오는 소리에 귀를 기울였다. 그녀가 깊이 잠들어 있음을 알리는 숨소리가 들렸다. 헨처드는 소리 나지 않게 문 손잡이를 잡고 살며시 돌리고 들어가 촛불을 가리고 그녀가 잠자고 있는 침상 옆으로 다가갔다. 커튼 뒤로 가려진 촛불을 천천히 앞으로 가져와 불빛이 그녀의 두 눈에 비치지 않도록 비스듬히 잡고 움직이지 않은 채 그녀의 잠든 모습을 유심히 살펴보았다.

그녀의 얼굴은 희고 부드러워 밝았다— 그런데 헨처드의 얼굴은 검지 않은가. 그러나 헨처드에게 이런 혼란을 주는 생각은 대수롭지 않은 일시적 현상일 수도 있었다. 매일 보는 엘리자베스의 발랄한 움직임이 그로 하여금 판단을 흐리게 했기 때문이었다. 헨처드는 엘리자베스의 잠든 얼굴에서 자신의 가계에 흐르는 특징, 조상들로부터 물려받은 윤곽이나 특징을 찾아보기 어려웠다. 고요히 잠들어 있는 엘리자베스의 모습을 통해 리차드 뉴손의 모습을 읽을 수 있었다. 헨처드는 그녀를 바라볼수록 맘이 고통스러워 그 방을 얼른 나와 버렸다.

헨처드는 자신의 처지가 너무 힘들고 괴로워 견딜 수 없었지만, 용기를 내어 인내하는 방법 이외는 뾰족한 수가 없었다. 그의 아내는 이미 고인이 되어 무덤에 있고, 아내에 대한 복수심이 불길같이 일어나지만 그녀는 이 세상 사람이 아니라는 생각을 하면서 그런 마음이 사라졌다. 헨처드는 이글거리는 눈으로 어둠속을 뚫어지게 바라보았다. 그는 미신을 믿는 사람이었다. 오늘밤 있었던 일련의 고통스런 일들도 어떤 불가항력적인 존재가 악의적으로 그에게 형벌을 가하는 것이라는 생각을 떨쳐버릴 수 없었다. 그런데 며칠 사이에 일어난 일들은 너무도 자연스럽게 일어난 일이 아니었던가. 만약 헨처드가 엘리자베스에게 과거의 내력을 털어놓지 않았더라면 그는 서류들을 찾아 서랍 속을 뒤지지 않았을 것이다. 헨처드는 엘리자베스에게 자기 품안으로 돌아오라고 말했지만, 그녀가 헨처드와 아무런 혈연관계가 없다는 사실을 깨닫게 된다면 이것은 큰 웃음거리가 아닐 수 없었다.

이런 일련의 앞뒤가 맞지 않는 일들로 헨처드는 무척 화가 났다. 풍성한 식탁이 그를 위해 준비된 것 같았으나, 이를 질투하는 지옥의 악마들이 훼방하는 것 같았다. 울적한 기분에 집을 나와 하이 스트리이트를 따라 걸었다. 여기서 그는 이 도시의 북동쪽 경계지역인 강둑위로 뻗은 작은 길로 접어들었다.

남쪽에 뻗은 가로수 길은 밝고 유쾌한 분위기를 느끼게 하는 것과는 대조적으로 이곳은 캐스터브리지의 어둡고 답답함을 느끼게 했다. 이곳은 여름철에도 햇볕이 이르지 않는다. 봄철이면 사방에서 봄기운이 만연하는데도 이곳에 하얗게 내린 서리는 따뜻한 봄기운 앞에서도 물러서려 하지 않는다. 게다가 겨울철이면 두통, 류머티즘, 경련 등 갖가지 질병들을 유발하는 본거지이기도 하다. 만약 북동쪽의 알 수 없는 기운이 없었더라면 환자가 없으므로 생계가 위협을 받았을 것이다.

캐스터브리지의 쉬바르츠바세로라고 불리는 이 강은 나지막한 절벽 아래로 유유히 검푸르게 흘렀다. 이 강과 절벽은 한때 어울려 천연의 요새를 이루고 있어 성곽이나 인공적인 방어망이 불필요할 정도였다. 이곳에는 프란시스코 수도회 사원과 부속 물방앗간이 있었다. 이 물방앗간의 물은 음산한 소리를 내면서 뒤쪽 수문 안으로 흘러 떨어졌다. 이 절벽 위 그리고 강 뒤쪽에는 한 무리의 건물들이 서 있었다. 이 건물들 앞에는 사각형 모양의 큰 덩어리가 하늘을 향해 솟아있었고, 동상이 없는 받침대 같았다. 동상이 없으니 불완전하게 보였지만, 사실 보기에는 사람의 같았다. 사각형 덩어리는 교수대 주춧돌이었고, 뒤편에 흩어진 건물들은 형무소였다. 헨처드는 이 목초지대를 걸으면서, 구경꾼들이 사형집행이 있을 때마다 이곳에 몰려들었을 거라는 생각을 했다. 이곳 수문에서 떨어지는 요란한 물소리를 들어가면서 사형집행을 구경했으리라.

날이 어두워지면서 헨처드가 더 우울해 지는 것은 크게 이상한 일이 아니었다. 이곳의 침울한 분위기는 헨처드가 지금 경험하는 괴로운 가정사와 너무 흡사하여 그 분위기를 잘 대변해 주고 있었기 때문이었다. 그의 우울한 기분은 이곳의 분위기로 인해 더욱 악화되었다. 그는 크게 소리 질렀다.

"왜 내가 이곳에 왔지?"

헨처드는 오래전 이 지방의 교수형을 집행하는 늙은이가 살다가 죽은 오두막집을 지나 험한 뒷길을 따라 시내로 들어섰다.

그가 극복해야 할 좌절감과 허무함 때문에 밀려오는 괴로움을 생각한다면, 그는 동정을 받아 마땅했을 것이다. 그는 절반은 기절한 사람과 같았다. 그런데 회복할 기미가 보이지 않은 사람으로 느껴졌다. 이미 고인이 된 아내가 원망스러웠지만 마음으로는 반드시 그런 미움을 품지 않았다. 아내가 죽기 전 편지 겉봉투에 적은 마지막 요구를 지켜주었더라면, 그는 오랫동안, 틀림없이 지금 당하는 고통을 당하지 않아도 되었을 것이다— 엘리자베스가 자신의 안전하고 홀로 즐길 수 있는 처녀생활을 접고 투기적인 결혼을 당장 할 가능성이 없어 보였기 때문이었다.

불안했던 밤은 지나고 아침이 찾아왔다. 아침이 오자 헨처드는 계획을 하나 세울 필요성을 느꼈다. 그는 고집이 너무 세어 무슨 일을 하든 쉽사리 뒤로 물러서는 사람이 아니었다. 뒤로 물러서는 행동은 자신을 굴복시키는 수치스런 것으로 생각했다. 그러다보니 엘리자베스 제인은 그의 딸이어야만 했고, 어떤 위선이 더해질지라도 그녀는 헨처드의 딸이 되어야만 했다.

그러나 헨처드는 이런 일련의 문제를 풀어 가는데 있어서 첫 단추부터 잘 채워지지 않았다. 아침 식탁으로 헨처드가 내려오자, 엘리자베스는 마음의 문을 활짝 열고 밝은 모습으로 그에게 다가와 그의 팔을 잡았다.

"저는 밤새도록 그 문제를 두고 생각하고 생각해 봤어요."

하고 진지하게 말했다.

"그래서 저는 어제 아빠가 말씀하신 내용들이 모두 사실임을 알게 되었어요. 따라서 저는 아빠를 제 아빠로 인정하겠어요. 그리고 앞으로는 헨처드라고 부르지 않을 거예요. 정말이에요, 아빠. 만약 제가 아빠의 의붓딸에 지나지 않았더라면, 이제까지 저한테 아빠가 해 주신 것의 절반도 해 주시지 않았을 거라는 생각이 들어요. 또 제가 무엇이든 하고 싶은 대로 하게 내버려 두시지도 않았을 것이며, 저에게 여러 가지 선물도 사 주시지 않았을 거예요. 뉴손 씨— 그분은— 가엾은 엄마가 실수로 결혼을 했지만, 참 친절하신 분이셨어요(이런 이야기를 들으면서 헨처드는 이렇게 사실이 와전된 것이 기뻤다)— 아! 그분은

정말 친절하셨어요!(엘리자베스는 이 말을 하면서 눈물을 글썽거렸다)
그러나 아무리 그분이 친절하셨어요, 진짜 아버지가 하는 일과는 같지
않겠지요. 아빠! 아침 식사 드셔야죠!"

하고 그녀는 명랑한 표정으로 말했다.

헨처드는 그녀의 볼에다 키스를 했다. 엘리자베스와 이 순간을 이런
행복한 순간을 기대하면서 마음속으로 수주 일을 그려 왔던 헨처드였다.
그러나 막상 이런 행복한 순간을 맞이한 그는 행복은커녕 비참함을 느
끼고 무기력해 지는 자신을 느꼈다. 헨처드가 고인이 된 그녀의 어머니
와 재결합을 한 동기는 이 딸아이를 위해서 했던 일이었지만 지금에 와
서 이 모든 계획은 너무도 허무하게 끝나버렸다.

20. 어머니 무덤

헨처드가 엘리자베스 제인에게 자신이 그녀의 아버지임을 선언한 후, 엘리자베스는 불가사의한 일을 경험하게 되었다. 그것은 그토록 따뜻하고 정렬적일 만큼 그녀에게 친절을 베풀었던 헨처드의 태도가 전날과는 완전히 달라졌다는 점이었다. 이튿날 아침부터 그녀는 예전엔 헨처드에게서 볼 수 없었던 태도를 보아야 했다.

헨처드의 냉대와 멸시는 폭발하여 공공연한 꾸중과 나무람으로 일관했다. 엘리자베스는 종종 사투리를 쓰는 결점이 있었다— 정말 예절바른 아가씨에게는 큰 오점이었다.

저녁 식사 때가 되었다— 두 사람이 만나는 시간은 식사시간뿐이었다. 헨처드가 식사를 마치고 식탁에서 일어서려고 하는데 엘리자베스는 헨처드에게 무엇을 보여드리고 싶은 마음에,

"아빠, 그 자리에서 잠깐만 참고 있으면 제가 뭘 보여드릴게요."

하고 아무 생각 없이 말했다.

"그곳에 참고 있으면 이라고?"

하고 헨처드는 그녀를 멸시하는 듯한 말로 쏘아붙였다.

"아이고, 너같이 무식한 아이는 돼지우리에 구정물이나 나르면 딱 어울리겠군. 어떻게 그토록 무식할 수 있니?"

그녀는 창피하고 서글퍼 얼굴이 붉어졌다.

"아빠, 제가 하려고 했던 의도는 '그곳에 잠시 계시면'이란 뜻이었어요."

하고 그녀는 기가 죽은 목소리로 낮게 말했다.

"앞으로는 조심할게요."

헨처드는 말도 없이 그대로 방을 나가 버렸다.

헨처드의 그 독설적인 말들이 엘리자베스의 상처 입은 마음에서 쉽게 잊히지 않았다. 그녀는 '거드름을 피우다'는 표현 대신에 '성공하다'라는 말을 썼으며, '땅벌'이란 말은 '풍뎅이'로, 젊은 남녀가 '함께 산책하다'는 '약혼하다'로 말을 바꾸어 사용했다. 또 그녀는 '야생 참제비 고깔' 대신에 '히아신스'라는 말을 사용했고, 또 밤새 악몽이나 잡귀들의 훼방으로 잠을 자지 못했을 때는 이튿날 아침 '소화불량으로 고생했다'라고 말했다.10)

엘리자베스의 이런 변화에 앞서, 헨처드는 우선 교양이 없었기 때문에, 이 착한 아가씨가 저지를 수 있었던 사소한 실수도 신랄하게 비판했다― 그러나 엘리자베스가 닥치는 대로 책을 읽으면서 이제는 그런 실수가 거의 없었다. 그런데 헨처드는 까닭 없이 그녀의 필체를 놓고 시비를 걸었다. 어느 날 저녁 그녀는 식당 문 앞을 지나치다가 아주 급하게 가져올 물ㅌㅌㅌㅌ 건이 있어서 안으로 들어가려고 했다. 그녀는 문을 열고나서야 시장이 어떤 사람과 마주 앉아 상담을 하고 있음을 알았다.

"엘리자베스 제인아, 이리 와."

하고 시장은 그녀 쪽으로 얼굴을 돌리며 말했다.

"내가 말하는 대로 적어봐― 나는 워낙 악필이어서 말이다. 지금 내가 이 신사 양반과 체결하려는 합의서에 관한 내용이야."

"하긴, 나도 악필인데요."

하고 그 신사가 말했다.

그녀는 종이와 잉크를 꺼내고 자리를 잡았다.

"그러면― '10월 16일에 협약을 맺다'고 적어라. 우선 그것부터 적도록 하렴."

그녀는 종이위에다 힘차게 펜을 눌렀다. 그녀 자신이 보아도 글씨체가 우아하고 둥글었다. 현대판 미네르바(로마 신화에 등장하는 예술의

---

10) [역자 해설] hagridden; 가위에 눌린, 악몽에 시달린, 두려움에 시달린.

여신)의 필체로 판정됐을 법한 글씨였다. 그러나 헨처드는 섬세한 여성의 필체는 아이다 왕비처럼 빈틈없이 또박또박 쓴 글씨체여야 하고 이것이 여성적 아름다움과 세련미를 더하는 것으로 생각했다.

"들판의 곡식은 억세게 몰아치는 동풍에
　고개 숙인 채 흔들리고"11)

엘리자베스 제인은 꼼꼼하게 한 줄을 적었다. 그런데 헨처드는 화가 나서 붉어진 얼굴로 그녀가 창피하다는 듯 단호한 어투로 쏘아 붙였다.

"그만 뒤, 차라리 내가 쓰는 것이 더 낫겠다!"

하고 면박을 주면서 그녀를 물러가게 했다.

그녀의 섬세하고 순종적인 마음가짐이 이제 와서 그녀를 옭아매는 덫이 되어 버린 것이다. 그녀는 종종 하지 않아도 될 힘든 일들까지도 스스로 해왔다. 사려 깊은 엘리자베스는 하녀 패배가 하루에 두 번씩 2층으로 올라오지 않게 하기 위해 초인종을 울리는 대신 주방으로 직접 내려갈 때도 있었다. 또 그녀는 한 번은 고양이가 벽난로에 사용할 석탄통을 뒤엎어 놓자 무릎을 꿇은 채 손으로 삽질을 하며 치웠다. 더욱이 그녀는 하녀가 해주는 일에 대해 항상 감사해 했다. 그러던 어느 날 하녀가 방문을 나서자마자 헨처드는 불쑥 험한 말을 내뱉었다.

"아이고 기가 막혀! 애야, 저 하녀에게 고맙다는 말 집어 치워! 저

---

11) [역자 해설] 테니슨(A. L. Tennyson)의 "The Princess"의 233—4행에 나오는 시 행들임. 이 "공주"란 시는 반여성주의적 몽상에 해당하는 시임. 테니슨은 자연을 사랑하면서 84세의 나이로 죽었고 죽음을 마치 인생행로 연장으로 보고 담담하게 맞이하고 있다. 실제로 이 시를 쓴 사람은 공주가 아니라 여장을 하고 여성의 흉내를 낸 왕자임. 이 시는 여성 고등교육을 위해 시험적으로 설립한 런던의 퀸즈 칼리지에 다소나마 부응하기 위하여 테니슨과 두 친구들이 돌아가면서 이야기를 한 것인데(테니슨의 두 친구 F. D. 모리스 및 찰스 킹슬리는 퀸즈에서 파트타임 교수였음), 해학적인 테니슨의 시는 길버트와 설리번이 사보이 오페라 〈아이다〉(1884)로 회화화(戲畵化)하였고 아이다의 유명한 노래들은 세 번째 발간(1850)된 시에 추가된 것임. 대가(大家)와 두 친구는 모든 여자대학에 여학생으로 변장하여 침투했음.

아이가 마치 여신이라도 되었나? 저 아이는 네가 시키는 일의 대가로 내가 일 년에 12파운씩 지불하는 걸 몰라?"

엘리자베스가 이 말을 들으면서 공포에 질려 움츠러들자, 헨처드는 잠시 미안한 표정을 지으면서 본의 아니게 거친 말을 하게 되었다고 말했다.

이처럼 표출되는 헨처드 집안 내부의 문제는 수면아래 잠겨 드러나지 않고 있는 빙산의 일각에 불과했다. 그러나 엘리자베스는 그로부터 냉대를 당하는 것이 그가 격한 감정을 드러내는 것에 비교해 볼 때 공포심은 덜 했다. 슬프게도 헨처드가 엘리자베스를 냉대하는 횟수는 갈수록 더 심해졌고, 이는 그가 그녀를 싫어하고 있음을 반증하는 것이었다. 그녀는 자신의 외관과 태도가 부드러운 여성답게 겉으로 표현되어 질수록, 헨처드와는 거리가 더 멀어지는 듯했다. 종종 엘리자베스는 헨처드가 그녀를 험상궂게 노려보는 눈초리가 너무도 불쾌하여 도저히 견딜 수 없었다. 헨처드의 과거 비밀을 잘 알지 못하는 그녀가 그의 성을 따르기로 한 순간부터 그의 적대감을 유발시켜야만 했다는 사실은 잔인한 웃음거리나 다를 바 없었다.

그런데 엘리자베스에게 가장 혹독한 시련이 다가오고 있었다. 최근에 와서 그녀는 오후만 되면 곡물창고에서 건초더미 단을 묶는 끈에 송곳으로 구멍을 뚫는 일을 하는 낸스 모크리지 여직원에게 사이다 아니면 맥주 한 잔과 치즈를 겸한 빵을 가져다주곤 했다. 낸스 여직원이 처음에는 고마워하는 마음으로 받더니, 얼마 지나지 않아 엘리자베스가 그런 친절을 베푸는 것을 당연한 것으로 생각했다. 어느 날 헨처드는 그의 의붓딸이 이런 잔심부름하는 일로 건초창고에 들어가는 것을 보았다. 그리고 엘리자베스는 가져온 음식들을 내려놓을 깨끗한 장소가 없었기 때문에 두 개의 건초다발을 바닥에 깔고 식탁을 꾸미기 시작했다. 모크리지 여직원은 엉덩이에 두 손을 얹고, 엘리자베스가 자신을 위해 식탁을 준비하는 모습을 당당하게 내려다보고 있었다.

"엘리자베스야, 이리 오너라!"

하는 헨처드의 말에 그녀는 복종했다.

"너는 어떻게 네 자신을 그토록 천하게 굴리니?"

하고 그는 끓어오르는 격함을 억누르며 말했다.

"내가 너에게 50번 이상은 말했잖아? 안 그래? 저런 천해 빠진 여직원을 위해 왜 너 스스로 그렇게 힘든 일을 찾아서 하는 거냐고! 내 얼굴에 똥칠을 해도 유분수가 있지!"

헨처드의 고함소리가 너무 커서 건초창고 안에 있는 여직원 낸스에게까지 들렸다. 그녀는 자신의 인격을 험담하는 소리를 듣자 즉시 격분했다. 이판사판 될 대로 되라는 식으로, 문간에 나오면서 그녀는 분에 못이겨 고함을 쳤다.

"아이고, 놀고들 있으시군. 이보세요, 마이클 헨처드 양반. 저 아가씨는 이보다 더 천한 일도 했다는 걸 말씀드려야 겠군요!"

"그렇다면 이 아이가 사려분별보다는 다른 사람을 생각하는 자비심이 더 커서 그런 거요."

"아, 그랬으면 오죽 좋았겠어요? 다른 사람을 위한 자비심이 아니라 품삯 일을 했었던 거요. 그것도 많은 사람들을 상대하는 시내 어느 공공연한 장소에서 말이오!"

"허튼 소리 하지 마시오!"

헨처드는 분에 이기지 못하여 펄쩍 펄쩍 뛰면서 소리쳤다.

"그럼 따님한테 직접 물어보시죠."

낸스는 두 팔로 팔짱을 끼고 팔뚝의 가려운 부위를 손으로 긁으며 그를 노려보고 말했다.

헨처드는 엘리자베스 제인을 쳐다보았다.

항상 집안에만 머물고 바깥출입을 거의 하지 않아 엘리자베스의 얼굴에서 생기 넘치던 모습은 찾아 볼 수 없었다.

"이게 무슨 말이냐?"

하고 엘리자베스에게 물었다.

"사실이냐 아니면 거짓말이냐?"

"그런 일을 했니, 안 했니? 그곳이 어디야?"

"머리너즈 호텔이었어요. 엄마랑 그곳에 투숙한 날 저녁 잠시 했어요."

낸스는 헨처드에게 보란 듯이 당당한 모습으로 건초창고 안으로 휘휘하니 들어가 버렸다. 낸스 여직원은 이미 해고당할 각오로 하고 싶은 말을 모두 해 버렸던 것이다. 그런데 헨처드는 그녀를 해고하겠다는 말은 전혀 하지 않았다. 자신의 과거 비밀이 드러날 것이 두려워 폭발직전의 분을 삼키고 있었다. 엘리자베스는 마치 죄를 지은 사람처럼 그를 따라 집안으로 들어갔다. 그러나 집안을 들어온 다음날부터 헨처드의 모습을 전혀 볼 수 없었다. 하루 온종일 그의 모습은 보이지 않았던 것이다.

헨처드의 사회적 지위에 치명적인 손상을 준 이 사실이 그에게는 큰 충격으로 받아들여졌음이 틀림없었다. 그래서 헨처드로서는 자신의 혈육이 아닌 엘리자베스를 마주칠 때마다 싫어하는 기색이 역력했다. 그는 그녀를 완전히 외면한 채, 대부분의 식사는 킹즈 암 호텔과 안테로프 호텔에 마련된 거래처에서 농장주들과 함께 했다. 아마도 헨처드가 그토록 쓸쓸하게 시간을 보내고 있는 엘리자베스의 처지를 두 눈으로 보았다면 그의 생각도 달라졌을 것이다. 그녀는 끝없이 책을 읽고 주석을 뒤적이며 사실들을 애써가며 확인해 갔다. 그러면서도 그녀는 스스로 자신에 대해 위축되지 않았다. 그녀는 캐스터브리지 도시의 로마 풍에 영향을 받아 라틴어 공부를 시작했다.

"비록 내가 라틴어를 잘 하지 못한다 해도, 그건 내 잘못이 아닐 거야."

하고 그녀는 이해가 안 되는 어려운 부분을 접할 때마다 상당한 좌절감을 느끼며 복숭아 빛 두 뺨 아리로 눈물을 흘러내리면서 혼자 중얼거렸다.

큰 눈을 가진 엘리자베스는 평소에도 말은 없었고, 생각이 깊어, 그녀를 한두 번 접촉으로는 알 수 없는 아가씨로 살아갔다. 엘리자베스는 파프리이에 대한 억제할 수 없는 끌림을 겉으로 드러내지 못한 채 억지로 삭혀갔다. 왜냐하면 그런 내색을 하는 것이 일방적이고, 처녀가 할 일이 아니라는 생각과 현명치 못한 처신으로 여겨졌기 때문이었다. 그녀는 자신만 혼자 아는 일이지만, 자신이 마당이 보인다는 이유로 거처하던 뒷방에서 길거리가 내려다보이는 앞방으로 옮겼다. 그러나 그 젊은이는 이 집 앞을 지나치는 경우에도 그녀를 향해 눈길을 주는 일이 드물 정도로 거의 없었다.

겨울이 코앞에 다가왔다. 변덕스런 날씨 때문에 그녀는 집안에만 쳐박혀 있었다. 캐스터브리지에 겨울이 일찍 찾아 왔던 것이다. 남서쪽에서 불어 닥친 거친 폭풍우가 잠잠해지자— 햇살이 비칠 때면 바람결은 부드러운 날씨가 이어졌다. 엘리자베스는 이렇게 잠잠해진 날씨가 이어지는 기간에 어머니가 묻힌 곳을 자주 들렀다. 옛 로마시대 묘지가 지금도 사용되고 있다는 점은 그녀의 호기심을 자극하기에 충분했다. 헨처드 부인의 시체는 유리로 된 머리핀과 호박 모양 목걸이로 장식한 여인들 틈바구니와 하드리언, 포스트휴머스 그리고 콘스탄틴 황제를 계승한 자들이 입에 동전을 물고 있는 틈에 묻혀 있었다.

아침 10:30분이면 그녀가 이곳을 찾아가는 시간으로, 캐스터브리지의 대로들은 나일 강 상류에 있는 이집트 촌락으로 고대 테베 유적이 있는 북쪽, 그 황량한 카르낙 가로수 길처럼 인적이 드물었다. 오랜 세월이 흘러갔지만 그곳에 평안은 없었다. 엘리자베스는 걸어가면서 책을 읽다가, 책에서 눈을 떼고 잠시 생각하다가 또 걸어서 마침내 어머니 묘지에 거의 이르는 지점까지 오게 되었다.

그녀는 어머니 무덤으로 다가 가던 중 자갈이 깔린 보도 가운데 검은 형체를 한 사람을 보았다. 이 사람 역시 뭔가를 유심히 읽고 있었다. 그러나 그 사람이 읽고 있는 것은 책이 아니라 헨처드 부인의 묘비위에 새겨진 글이었다. 그녀처럼 상복차림의 이 사람은 엘리자베스와 비슷한 또래의 나이와 비슷한 키를 지닌 여성이었다. 알 수 없는 그녀가 더 화려한 옷을 입고 있는 것을 빼고 나면 사람이 죽기 전후에 나타난다는 생령生靈 아니면 그림자 같은 환영幻影아닐까 착각을 불러일으킬 만큼 엘리자베스처럼 느껴졌다. 평소에 옷차림에 무관심 했던 엘리자베스는 알 수 없는 이 여성의 완벽할 정도로 우아하게 갖춰진 옷차림에 시선이 사로 잡혔다. 이 여성의 걸음걸이도 정상이 아니었다. 자신의 이상한 걸음걸이를 의식적으로 가려보려는 걸음걸이 같이 보였다. 엘리자베스가 주변의 이런 상황을 두고 스스로 판단을 내릴 수 있다는 사실은 새로운 모습이었다— 지금까지 그녀가 이런 변화된 자신을 생각할 수 없었기 때문이었다. 엘리자베스는 이 우아한 여인과 함께 있다는 사실에 자신의 싱그러운 젊음과 우아함까지 모두 도둑질 받는 듯한 느낌이 들었다. 이 낯선 여인이 자신의 결함 가운데서도 우아함을 지켜가는 걸 보면서, 엘리자베스 그녀 자신도 아름다울 수 있다는 자신감을 깨닫게 되었다.

엘리자베스가 질투하는 마음이 있었다면 이 알 수 없는 여인에 대한 질투심을 느꼈을 것이다. 그러나 그녀는 그렇게 하지 않았다— 그녀는 알 수 없는 여인의 우아함을 보면서 쾌감을 느꼈을 뿐이었다. 엘리자베스는 이 여인의 정체가 궁금했다. 그녀 손에 들려있는 안내책자도 그녀가 어디서 왔는지 어떤 암시를 주지 않았다. 검소한 생활이 몸에 베인 듯, 투박한 걸음걸이와 두 스타일의 옷차림을 보아도 캐스터브리지에 거주하는 여성이 아님을 알 수 있었다.

이 정체불명의 여인은 헨처드 부인 묘비 앞에서 곧 발걸음을 옮긴 후 담장 모퉁이를 지나 사라졌다. 엘리자베스가 무덤으로 다가갔다. 무덤 옆에는 그 여인이 그 자리에 오랫동안 서 있었음을 보여주는 발자국 두 개가 선명하게 남아 있었다. 그 순간 엘리자베스는 그 낯선 여인이 하늘의 무지개, 북극에서 내뿜는 불빛, 희귀한 나비 또는 유명한 영화의 특별한 한 장면을 깊이 생각하고 있었을지 모른다는 공허한 생각을 하면서 집으로 돌아왔다.

잠시 동안이었지만 집밖에서 엘리자베스는 기분전환을 할 수 있었으나, 집 안으로 들어오면서 불길한 하루가 시작되었다. 헨처드는 2년간 시장 임기가 끝나면 다시 재임은 어려울 것임을 알고 있었다. 또 파프리이가 시의원으로 선출될 가능성이 많다는 것도 알고 있었다. 게다가 그가 시장인 캐스트브리지에서 의붓딸 아이가 머리너즈 호텔에서 시중드는 일을 했다는 사실을 알게 된 후로 불편한 마음은 극에 달했다. 더욱이 엘리자베스가 그 배은망덕한 졸부, 도날드 파프리이에게 천한 시중을 들었다는 사실을 사적으로 알아본 후 더욱 자신이 수치스러웠다. 머리너즈를 들고나는 많은 사람들은 이미 알고 있는 일이어서 스태니지 부인은 그런 일에 조금도 신경이 쓰이지 않았다. 하지만 거만한 헨처드의 성격으로 볼 때 엘리자베스가 단순히 돈을 절약하기 위해 시중들었던 일이 그에게는 사교계에서 파멸 당하는 것으로 생각되었던 것이다. 헨처드 아내가 그녀의 딸과 함께 도착한 그날 밤 이래, 헨처드의 운명에 비상이 걸린 것이었다. 헨처드가 킹즈암즈에서 친구들과 어울려 그날 만찬을 즐겼던 것이 전환점이 되어, 마치 나폴레옹과 전쟁에서 러시아와 오스트리아 연합군이 패한 것처럼, 그의 운명을 바꾸어 놓을 오스털리츠가 된 것이었다. 그는 계속 성공을 누려 왔지만 지금부터 헨처드가 나아갈 길은 오르막길이었다. 예상했던 대로 시의원들—곧 시민 귀족계급—틈에 낄 수 없게 되었다. 이런 현실 앞에서 그는 마음이 무너져 내렸다.

"아니, 오늘은 어디 갔다 왔니?"

하고 그는 엘리자베스에게 퉁명스럽게 물었다.

"아빠, 워크즈와 엄마 산소를 둘러보고 왔어요. 그래서 몸 컨디션이 안 좋아 기분이 저기압이에요." 그 순간 헨처드 앞에서 말을 잘 못했음을 알고 입을 얼른 막아보았으나 이미 말이 입 밖으로 나와 버려, 쏟아진 물을 담을 길이 없었다. "네 말버릇 좀 봐! 어디서 그 따위 말버릇을 하는 거야!"하고 온 몸으로 버럭 소리를 질렀다.

"뭐, 저기압이라고? 누가 들으면 너를 농장에서 심부름이나 하는 여자로 생각하겠군. 한때는 네가 업소에서 시중들었다더니, 지금은 촌뜨기 같이 말을 해대고 있으니. 정말 열 받는다. 이런 일이 계속되면 한 지붕 아래서 두 사람이 함께 살 수 없어."

이런 일이 있은 후, 엘리자베스의 관심을 끄는 단 한 가지 유일한 대상은 그녀가 엄마 무덤에서 본 정체를 알 수 없는 그 여인을 다시 한 번 더 만나보고 싶다는 희망이었다.

한편, 헨처드는 자신의 혈육이 아닌 이 처녀에게 파프리이가 관심을 갖지 못하게 했던, 자신의 행동이 질투에서 시작된 어리석은 생각이었음을 회상하며 앉아 있었다. 만약 헨처드가 그 당시에 두 사람이 만나는 것을 관여하지 않았더라면 지금 그녀로 인해 마음 상해하는 일은 없었을 것이다. 마침내 그는 자리에서 황급히 일어나 책상 앞으로 몇 발자국 걸어가며 만족스러운 듯 혼자 중얼거렸다.

"아, 그 젊은이는 내가 이런 편지를 보내면 화해로 생각하고, 또 결혼 지참금을 주는 계기로 생각할 수도 있겠지— 내 집에서 엘리자베스로 인해 내가 마음의 고통을 받고 싶지 않아서 내보내려 하고 있음을 알지 못하겠지!"

헨처드는 다음과 같은 편지를 썼다.

"파프리이 젊은이에게,

젊은이 보게— 곰곰이 생각해 봤는데, 엘리자베스에 대한 자네 청혼에 더 이상 관여하고 싶지 않네. 아직도 그 아이에게 관심이 있다면 말이오. 내가 반대한 것을 이제 철회하는 바이오. 하지만, 한 가지 지켜야 할 것이 있소— 결혼식을 내 집에서 하는 것은 반대하는 바이오— 잘 지내시오.

헨처드 씀"

이튿날도 날씨가 좋았기 때문에 엘리자베스 제인은 또 묘지를 찾았다. 그러나 정체를 알 수 없는 그 여인을 만날 수 있지는 않을까 생각하며 사방을 둘러보다가 파프리이를 보자 그녀는 깜짝 놀랐다. 그는 묘지 문 밖으로 걸어 나가고 있었다. 그는 걸어가면서 무엇을 계산하고 있었던지 수첩을 유심히 읽고 있다가 잠시 고개를 들었다. 그리고 엘리자베스를 보았는지 보지 않았는지 앞만 보고 사라져 갔다.

엘리자베스는 파프리이가 자신을 무시하고 있다는 생각이 들어 풀이 죽고 힘이 쭉 빠졌다. 그래서 그녀는 힘없이 긴 의자에 풀썩 주저앉았다. 생각할수록 자신의 처지가 괴로웠다. 그래서 혼자 생각하기를,

"아, 엄마랑 함께 죽어버렸으면 좋았을 걸."

하며 한숨을 몰았다.

그녀가 앉아 있는 긴 의자 뒤로는 사람들이 자갈길 대신 종종 걸어 다니는 조그만 산책길이 담장 아래로 펼쳐져 있었다. 그 순간 직감적으로 그녀가 앉은 긴 의자에 무엇이 가까이 닿는 것 같았다. 그래서 고개를 돌렸다. 얼굴 반쯤은 가려진 환한 얼굴의 어제 보았던 그 젊은 여성이 엘리자베스 얼굴 위로 구부러지면서 옆자리에 앉으려 하고 있었다.

엘리자베스는 자신이 혼자 한숨을 내쉬면서 내뱉은 말이 다른 사람이 엿들었다고 생각하자 당황했다. 그러나 당황하면서도 마음은 기뻤다.

"그래요, 난 아가씨가 하는 말을 들었어요."

하고 그 낯선 여인은 엘리자베스의 표정에 답이라도 하듯 명랑한 목소리를 말했다.

"무슨 일이 있었기에?"

"아니, 말할 수 없어요."

엘리자베스는 화끈거리는 얼굴을 가리기 위해 손바닥으로 덮었다.

잠시 동안 어떤 몸짓도 말도 하지 않았다. 곧 그녀는 낯선 여인이 자기 옆자리에 앉는 것을 느꼈다.

"아가씨 기분을 알 수 있을 것 같아요. 저것이 아가씨 어머니 무덤이군요."

그 낯선 여인은 손으로 비석을 가리켰다. 엘리자베스는 모든 사실을 털어 놓고 싶은 심정으로 그 여인을 올려다보았다. 그 여인의 태도가 너무도 진지하였고 엘리자베스를 염려해 주는 듯하자 그녀의 속마음을 털어 놓아도 괜찮겠다는 결론을 얻었다.

"우리 엄마 무덤이에요. 내 친구이셨지요."

"하지만 아가씨 아버지 헨처드 씨는 어떡하고요. 그 분은 살아 계신

가요?"

"네, 살아 계세요."

"아가씨한테 친절한가요?"

"아버지를 원망은 하지 않아요."

"다투기라도 했어요?"

"조금."

"아마, 아가씨가 잘못 했을 거예요"

하고 낯선 여인이 알고 있기라도 한 듯 암시했다.

"여러 가지로 제가 잘못을 했어요."

하고 엘리자베스는 겸손하게 한숨을 내리 쉬었다.

"저는 집안일을 하고 있는 하녀가 했어야 할 고양이가 뒤집어 놓은 석탄통을 쓸어 담았어요. 그리고 아버지에게 기분이 별로 좋지 않다는 의미로 '저기압이다'는 말을 했어요. 그것 때문에 아버지가 저에게 화를 내셨어요."

그 여인은 그 말에 대답을 하기에 앞서 엘리자베스에게 동정하는 듯했다.

"아가씨의 말을 들으면서 내가 어떤 인상을 받았는지 알겠어요?"

하고 그 여인은 기탄없이 말했다.

"그 분은 원래 성격이 급한 사람이에요 — 다소 거만하기도 하지요 — 야심적인 사람이기도 하고. 그렇다고해서 나쁜 사람은 아니에요."

엘리자베스는 헨처드를 비난하지 않으려는 그 여인의 기탄없는 언행에 더욱 호기심이 갔다.

"아, 그럼요. 나쁜 분은 아니지요."

엘리자베스는 순진한 모습으로 맞장구쳤다.

"게다가 최근까지만 해도 — 그러니까 엄마가 돌아가시기 전만 해도 저에게 불친절하시지도 않았어요. 그런데 아빠가 심하게 대하실 때는 제가 정말 견디기 어려웠어요. 아마 제가 부족한 면이 많아서 그랬을 거예요. 그런 저의 결점은 제가 자라온 과정이 큰 원인일 것이구요."

"아가씨가 어떻게 자라왔는데?"

이런 질문을 하는 그 낯선 여인을 바라보면 여러 가지 생각에 잠겼다. 그녀는 낯선 여인이 자신을 똑바로 쳐다보고 있음을 알자 시선을 아래로 피했다. 그리고 또 다시 그 낯선 여인을 바라보았다.

"제가 성장해 온 과정은 즐거운 것도 흥미로운 것도 아니에요. 하지만 꼭 알고 싶으시다면 말씀드릴 수도 있지만요."

그 여인은 엘리자베스가 성장해 온 이야기에 대해 적극적인 관심을 보이고 있음을 확실히 느낄 수 있었다. 엘리자베스는 자신이 어떻게 자라왔는지 그녀가 알고 있는 대로 그 낯선 여인에게 모두 털어놓았다. 장터에서 헨처드가 그녀의 어머니를 팔아넘긴 내용이 빠진 것을 제외하면 대체로 옳은 이야기였다.

엘리자베스는 자신이 한 이야기를 듣고 그 낯선 여인이 놀랄 것으로 예상했으나 전혀 정반대로 무덤덤한 표정이었다. 그래서 엘리자베스는 더 마음이 편했다. 그러나 헨처드가 최근 와서 부쩍 거칠게 그녀를 다루어 온 걸 생각하며 집으로 돌아갈 생각을 하자 낙심이 되었다.

"집에 어떻게 들어가야 할 지 모르겠어요."

하고 엘리자베스는 혼자말로 중얼거렸다.

"아주 먼 곳으로 떠나버리고 싶어요. 그런데 어디로 가야죠?"

"아마 곧 괜찮아 질 거야."

하고 엘리자베스의 새로운 친구가 된 낯선 여인이 위로의 말을 했다.

"그런 이야기는 여기까지만 해요. 그런데 이렇게 하면 어떻겠어요? 그러니까— 내가 새로 살게 될 집에 함께 살 사람이 있었으면 했는데— 집안 살림도 돌봐주고 또 친구 노릇도 할 겸 말이에요. 나랑 함께 생활해 보지 않을래요?"

"오, 잘 됐어요. 그럴게요."

엘리자베스 눈에는 눈물이 맺혀지고 무척 기뻐했다.

"갈게요. 정말요— 제가 자립할 수만 있다면 무슨 일이든 하고 싶어요. 그러면 아버지께서도 저를 좋아하실지 모르죠. 헌데, 아!"

"왜 그래요?"

"저는 무식한 사람이에요. 부인의 친구가 되려면 교양 있는 사람이어야 할 텐데."

"아, 무슨 말을. 상관없어요."

"정말 괜찮아요? 하지만 저는 사투리도 쓴단 말이에요."

"걱정 말아요. 함께 생활하다 보면 그런 것들은 아무 상관없어요."

"하지만 ― 음, 또 한 가지 문제가 있어요!"

하고 그녀는 고통스런 웃음을 띠며 말했다.

"저는 여성들의 글씨체를 쓰는 대신 인쇄체 글씨를 배웠는데, 그것도 부인에게 문제가 안 될까요?

"당연한 소릴. 괜찮아요."

"정말, 여성들이 쓰는 글씨체를 쓸 줄 몰라도 상관없단 말이에요?"

하고 엘리자베스는 기뻐 어쩔 줄 몰랐다.

"물론이죠."

"그런데 지금은 어디 살고 있어요?"

"캐스터브리지. 아니 오늘 열두 시 이후로는 이곳에서 살게 될 거에요."

엘리자베스는 놀란 기색이 역력했다.

"이곳에 내 새집이 준비되고 있는 동안 버드머드에 며칠간 머물고 있어요. 내가 입주할 집은 '하이 플레이스 홀'이라고 하는 집이에요― 그곳은 시장으로 이어지는 골목길까지 내려다보이는 낡은 돌집이에요. 두세 개의 방들이 사용하기에 적합하지요. 오늘 밤은 처음으로 그 집에서 자게 되지요. 내가 제의한 것을 잘 생각해 본 후 다음 주 날씨좋은 첫날 이곳에 나와 다시 만나 아가씨의 뜻이 한결 같은지 알려주실래요?"

엘리자베스는 헨처드와의 숨 막힐 듯한 환경에서 벗어 날 수 있다는 희망으로 두 눈이 반짝 거리면서 그렇게 하겠다고 말했다. 이렇게 두 여인은 묘지의 입구에서 헤어졌다.

하이 플레이스 홀 저택의 모습

21. 낯선 여인과의 동거

어린 시절부터 늘 익히 들어왔던 잘 알려진 격언들도 실제로 성인이
되어 체험해 보면 얼마나 유익한 것이었는지 알게 되듯, 지금까지 백번
말로만 들어오던 하이 플레이스 홀이 엘리자베스에게 처음으로 그 모습
을 드러냈다.

엘리자베스의 마음은 온 종일 그 낯선 여인과 그 집, 그녀 집에서 살
희망에 대한 생각으로 가득 차 있었다. 그날 오후 엘리자베스는 시내 몇
군데 외상값을 지불하고 쇼핑을 할 기회가 있었다. 그때 이미 시내에서
는 하이 플레이스 홀 주택이 수리중이라는 사실과, 어떤 숙녀가 이곳에
살기위해 올 것이며, 그녀가 주변 가게의 고객이 될 가능성은 별로 없다
는 말까지 나오면서 공공연한 화제가 되어 입소문을 타고 번지고 있음
을 알았다.

그러나 엘리자베스는 이런 소문에 한 가지 새로운 사실을 더 보태면
서 분위기를 띄웠다. 그 숙녀가 이미 도착했다고 말했던 것이다.

가로등에는 불이 밝혀졌다. 그러나 굴뚝들, 다락방들, 지붕들이 보이
지 않을 정도로 어둡지는 않았다. 엘리자베스는 마음이 들떠서 설레는
마음을 주체할 길이 없어 하이 플레이스 홀을 멀리서나마 구경이나 해
보고 싶어서 그 쪽 방향으로 걸어갔다.

하이 플레이스 홀 저택은 앞부분과 난간이 회색으로 이 도시 중심에 가
까운 유일하게 큰 집이었다. 굴뚝 옆에는 새의 보금자리들이 있고, 이끼가
끼어 있어 구석들은 축축했고, 표면들은 자연스럽게 비바람이 손질을 한
듯 울퉁불퉁한 시골저택의 특징들을 그대로 지니고 있었다. 밤이 되면 행
인들의 검은 그림자가 가로등 불빛에 의해 희미한 벽 위를 수놓았다.

오늘밤은 사방에 밀짚들이 흩어져 있고, 새로 입주하기 전까지 세간들이 무질서한 상태로 너저분한 느낌이 들었다. 이 저택은 모두 돌로 지어졌으며, 큰 집이 아니면서 웅장한 느낌을 주고 있었다. 그렇다고 귀족적이거나 우뚝 선채로 거만을 부리고 있는 모습은 더욱 아니었다. 그러나 구식의 사람들은 이 저택을 보는 순간 근거도 없이 본능적으로 "이 저택을 짓는데 엄청난 수고와 대가를 지불했을 것이고 돈 많은 사람이 사는 곳이구나"하고 말하였다.

그러나 그 낯선 여인이 이 저택이 부유한 사람이 살던 집이라고 생각했다면 그것은 잘못이었을 것이다. 그 젊은 영인이 입주한 오늘 밤까지만 해도 이 저택은 거의 1~2년 동안 텅 비어있었던 곳이었다. 그 이전 입주하여 산 사람들도 들쭉날쭉 했던 것이었다. 이 저택이 인기 없었던 이유는 분명했다. 이 저택의 방들 중에는 장터가 내려다보이는 방이 있었는데, 입주자들이 이런 집을 좋아하지 않았기 때문이었다.

엘리자베스의 두 눈은 위층의 방들로 향했다. 그곳에서 불빛이 새어나왔다. 그 낯선 여성이 입주해 있음이 분명했다. 그토록 세련된 그 낯선 여인의 모습이 호기심 많은 엘리자베스에게 심어준 인상이 너무도 깊었기 때문에 엘리자베스는 그 낯선 여인이 아치형 통로 아래 서서 앞을 가리고 있는 담장 안에서 무엇을 하고 있을까 하고 상상하고 있었다. 엘리자베스가 이 저택의 앞면 건축술에 대해 궁금해 하는 것은 전적으로 그 낯선 여인에게서 받은 영향이었다. 그러나 이 저택의 앞면 건축술은 놀라왔으며, 연구해 볼만한 가치가 있었다. 이탈리아 건축가 안드레아 팔라디오의 건축양식으로 고딕시대 이래 세워진 건축물들처럼, 이 저택은 설계에 의한 것이라기보다는 편집된 건축이었다. 그래서 더 인상적이었다. 이 저택이 화려하지도 않으면서 화려했다. 인간이 허영심을 앞세워 건축하는 것이 바람직하지 않다는 사실을 깨닫고 불필요한 예술적 요란을 떨지 않았던 것이다.

최근 들어 사람들은 새로 입주할 저택에 이삿짐을 들고 들락날락하느라 대문과 거실을 마치 통행 도로처럼 만들어 놓았다. 엘리자베스는 어두컴컴한데서 열린 문을 통해 총총걸음으로 걸어 들어갔다. 그러나 그녀는 자신의 뻔뻔함에 놀라 뒷마당의 높은 담에 열려있는 문을 통해 다시 나왔다. 놀랍게도 그녀는 자신이 이 도시에서 거의 사용하지 않는 골목길 가운데 하나에 들어섰음을 알았다. 이 골목 안에 외롭게 서있는 가로등 불빛에 비춰진 저택의 문은 궁형弓形으로 낡았으며, 저택보다 더 오래된 것처럼 보였다. 그 문은 장식용 못으로 장식되었고, 아치의 쐐기돌은 기괴한 가면장식이었다. 이 가면은 우스꽝스러운 곁눈질을 하고 있었다. 그러나 여러 세대에 걸쳐 캐스터브리지 소년들이 그 가면의 입을 향해 돌멩이를 던져왔었다. 그 가면의 입 주변에 수없이 많은 돌을 맞아 입술과 턱이 마치 벌레가 갉아먹어버린 것처럼 이가 빠져있었다. 희미한 가로등 불빛에 비치는 그 모습이 너무도 무서워 그녀는 참고 볼 수 없었다 — 엘리자베스는 이 저택을 방문하면서 처음 받은 느낌은 불쾌함이었다.

무엇보다도 낡은 문의 위치와 괴상스런 모습으로 곁눈질하는 가면의 기이한 모습이 이 저택의 과거 역사와 관련된 한 가지 사실을 암시해 주었다—음모와 관련된 사건이었다. 이 하이 플레이스 홀 저택은 골목길을 딸라 그 옛날 극장, 투우장鬪牛場, 시합장, 이름 모를 아이들이 사라지곤 했던 작은 못 등, 각종 편리한 시설들이 있었던 곳임이 틀림없었다.

엘리자베스는 집으로 가기위해 가장 빠른 방향으로 발길을 옮겼다. 골목길로 내려가는 것이 가장 빨랐다. 그러나 반대쪽에서 다가오는 발자국 소리를 듣자, 그 시간에 그런 외딴 장소에서 다른 사람의 눈에 띄는 것이 싫어 급히 뒷걸음치며 물러섰다. 좁은 길목에서 몸을 피할 방법이 없자, 그녀는 그 행인이 그녀 앞을 지날 때까지 벽돌담 기둥 뒤에 서 있었다.

만약 엘리자베스가 그 지나가는 사람을 자세히 지켜보았더라면 그녀는 깜짝 놀랐을 것이다. 왜냐하면 그 행인이 곧 바로 향했던 곳은 아치형 대문이었고 가로등 불빛에 비쳐진 얼굴은 다름 아닌 헨처드였기 때문이었다.

그러나 엘리자베스 제인은 몸을 길목 구석에 꼭 붙어있었기 때문에 이 장면을 전혀 보지 못했다. 헨처드 역시 엘리자베스가 길목 한 모퉁이에 있었다는 사실을 모른 채 그 문 안쪽으로 사라져버렸다. 엘리자베스는 그 골목을 빨리 빠져나와 집으로 향했다.

헨처드가 엘리자베스를 숙녀답지 못하다고 반복함으로써 그녀는 소심하게 되었고, 이것이 원인이 되어 좁은 골목길에서처럼 극적인 순간에 서로를 몰라보게 했던 것이다. 만약 그 인적이 드문 골목길에서 서로를 알아봤다면 많은 의문들— 적어도 "아버지가" 또는 "저 애가 여기는 웬일일까?"하는 의문을 두 사람 모두 가지게 되었을 것이다.

엘리자베스가 집에 도착한 후 불과 몇 분이 채 되지도 않아 헨처드가 귀가했다. 엘리자베스는 오늘밤에는 아버지에게 집을 나가겠다는 말을 해야겠다고 생각했다. 하루 동안 있었던 일들을 생각하면서 엘리자베스가 내린 결정이었다. 그러나 아버지의 생각이 중요했기 때문에 엘리자베스는 초조한 마음으로 말할 기회를 찾고 있었다. 그녀가 보기에 아버지의 태도 역시 변했음을 알았다. 아버지의 화내는 모습은 더 이상 보이지 않았다. 그런데 화내는 모습을 보이는 대신 그녀에 대해 어떤 관심도 없는 듯한 냉담함이 그 자리를 대신하고 있었다. 헨처드가 급하게 화를 내는 것보다 그의 차가운 냉대는 엘리자베스로 하여금 그곳에 더 머물지 않도록 하는 원인이 되었다.

"아버지, 제가 이곳을 떠나도 되요?"

하고 그녀는 물었다.

"떠난다고? 떠나고 싶으면 떠나거라. 그런데 어디로 가는데?"

그녀는 자기에게 그토록 관심 없는 사람에게 행선지를 지금 알려준다는 것은 바람직한 일이 아닐 뿐만 아니라 필요 없는 일이라고 생각했다. 어차피 헨처드도 모든 사실을 알게 될 것이다.

"듣은 바로는 좀 더 교양을 쌓고, 세련되어지고, 좀 더 부지런해 질 수 있는 기회가 있다고 들었어요."

하고 그녀는 망설이며 대답했다.

"제가 공부도 할 수 있고 세련된 생활을 배울 기회도 있는 어느 가정집에 입주할 기회가 생겼어요."

"그렇다면 어떤 일이 있어도 그 기회를 놓치지 말고 이용하도록 하렴― 지금 이곳에서 그런 교양을 쌓고 세련된 생활을 할 수 없다면 말이야."

"그럼, 떠나도 되는 거죠?"

"그럼! 내가 반대할 이유가 없지."

그는 잠시 주저하면서 계속 말을 했다.

"이런 활기 넘치는 계획을 위해서는 충분한 돈이 필요할 텐데, 그렇지 않아? 괜찮다면 내가 기꺼이 용돈을 줄게. 세련되고 돈 많은 사람들일 수록 봉급에 인색하거든."

엘리자베스는 아버지의 이런 제의에 고마움을 느꼈다.

"너무 무리하지는 말거라"

하고 그는 머뭇거리며 말했다.

"큰돈은 아니지만 네가 독립하는데 도움이 될 수도 있을 것이니 받도록 해라. 그럼 됐지?"

"좋아요."

"그럼, 나도 그렇게 알고 있을게."

그는 이런 결정으로 엘리자베스 때문에 받은 스트레스를 홀가분하게 내려놓은 것으로 생각하는 듯했다. 이렇게 두 사람에 관한 문제는 일단락되었다. 엘리자베스는 그 낯선 여인을 다시 만날 그 날만 기다리게 되었다.

낯선 여인을 만날 그 시간이 다가왔다. 그러나 이슬비가 내리고 있었다. 이제 엘리자베스는 집안에만 머물며 아무 일도 하지 않았던 생활이 애써 일을 해야 하는 환경으로 바뀌었기 때문에 이런 변덕스런 날씨조차 아무렇지 않았다. 엘리자베스는 꿈이 많았던 시절 즐겨 신었던 신발이 걸려있던 신발장으로 갔다. 옛날 신었던 그 신발에는 곰팡이가 피어 있었기에 구두약을 칠한 후 옛날처럼 신었다. 이렇게 신발을 신고 나서 외투를 걸치고 우산을 받쳐 들고 약속했던 장소로 떠났다― 그 낯선 숙녀가 약속 장소에 나와 있지 않으면 그 저택으로 찾아갈 작정이었다.

교회 묘지 한쪽은— 비바람이 몰아치는 쪽으로는 밀짚 지붕이 씌워져 낡은 흙담으로 막혀 있었고, 그 담벼락의 처마는 거의 1미터 정도 내밀고 있었다. 그 담 뒤에는 곡창과 광들이 있는 타작마당이었다— 이곳은 그녀가 수개월 전에 파프리이를 만났던 곳이었다. 밀짚 처마 아래에서 한 사람의 모습이 보였다. 그 낯선 젊은 여인이 와 있었다.

그 낯선 여인이 약속장소에 나왔다는 사실은 엘리자베스가 그토록 갈망하던 소망을 현실적으로 가능하게 해 주었기 때문에 엘리자베스는 자신에게 찾아온 행운이 도저히 믿어지지 않는 눈치였다. 아무리 강심장이라 해도 현실성 없는 두려움이 생길 가능성은 언제나 있는 법이다. 이곳 교회묘지—인류의 문명이 거쳐 온 세월만큼이나 오래된— 그것도 이 악천후 가운데 신비한 매력을 지난 낯선 여인이 나를 만나기 위해 서 있었던 것이다. 어쩌면 악마가 요술을 부려 그 낯선 여인을 이곳에 내보냈을 지도 모를 일이었다. 엘리자베스는 교회 탑 쪽으로 걸음을 재촉했다. 교회 탑 꼭대기에 매달린 밧줄은 바람에 혼들거리고 있었다. 그녀는 담장에까지 이르렀다. 그 낯선 여인은 가랑비에 아랑곳없이 너무도 명랑한 모습을 띄고 있어서 엘리자베스는 문득 생각하던 것도 잊어버렸다.

"어서 오세요."

하고 그 여인은 자신의 얼굴을 가리고 있는 검은 베일 틈으로 흰 이빨을 살짝 드러내면서 입을 열었다.

"결정은 했어요?"

"네, 완전히 결정했어요."

하고 엘리자베스는 진지한 표정으로 말했다.

"아가씨의 아버지도 동의를 했어요?"

"네."

"그럼 저택으로 이사를 하도록 하세요."

"언제 이사 할까요?

"음— 아가씨 편리한 시간에 속히 오세요. 그렇지 않아도 내가 아가씨를 우리 집으로 데려오도록 사람을 보낼까하고 생각 중이었어요. 날씨가 험해서 말이에요. 하지만 난 날씨에 상관없이 외출하는 걸 좋아해요. 그래서 일찍 나온 거예요."

"저도 날씨에 상관없이 외출을 좋아해요."

"그런 우리 두 사람은 잘 어울릴 것 같군요. 오늘 당장 들어올 수 있을까요? 집이 크고 어두침침해서 마음이 공허해서 내 옆에 살아있는 존재가 있었으면 좋겠어요."

"그럴 수 있을 것 같아요"

하고 엘리자베스는 생각에 잠겼다.

그때 담장 뒤에서 사람들의 목소리와 빗방울 소리가 바람을 타고 함께 시끌벅적하게 들려왔다. '자루', '25펜스', '타작', '꼬리표', '토요일 장터' 등의 말들이 부서진 유리 조각 속 얼굴처럼 비바람 소리에 토막 난 말로만 들려왔다. 두 여인은 모두 귀를 기울였다.

"저분들은 누구죠?"

"한 사람은 저의 아버지에요. 저 마당과 창고를 빌려 쓰고 있어요."

그 여인은 곡물거래의 전문적인 말들에 귀를 기울이느라 자신이 해야 할 일을 깜박 잊고 있는 듯 보였다. 한참 후 그녀는 갑자기 이렇게 말했다.

"아가씨 아버지한테 행선지는 말씀드렸어요?"

"아니요."

"아니― 그건 왜 물어보시죠?"

"우선, 저에게는 그곳을 빠져 나오는 것이 급선무에요― 아버지는 언제 어떻게 마음이 변할지 도대체 알 수 없는 분이시거든요."

"아마, 아가씨의 생각이 옳을지도 모를 일이죠. 그건 그렇고 아직 아가씨한테 내 이름을 알려주지도 않았군요. 내 이름은 템플만이라고 해요. 근데 저기 있던 사람들은 갔나?― 저 뒤쪽에 있던 사람들 말이야."

"아니요. 창고로 들어갔어요."

"근데, 여기가 축축해 지는군. 오늘 저녁 아가씨를 기다리고 있겠어요― 저녁 6시에 말이요."

"그런데 저는 어느 길로 들어가야 하지요?"

"앞길로— 돌아서 정문으로 오세요. 난 아직 다른 길은 몰라요."

엘리자베스 제인은 골목길의 그 샛문을 생각하고 있던 참이었다.

"행선지를 아직 밝히지 않았다고 하니 그곳에서 완전히 퇴거할 때까지는 비밀로 해 두는 것이 좋을 것 같군요. 아버지 마음이 또 변할지 누가 알겠어요?"

이때 엘리자베스 제인은 고개를 저었다.

"생각해 보면 그런 것도 이젠 두렵지 않아요."

하고 그녀는 슬픈 기색으로 말했다.

"아버지는 지금껏 저에게 관심이 없고 아주 냉정했어요."

"좋아요, 여섯시에 봐요."

두 여인이 큰 길로 나와 헤어질 때 즈음, 우산을 바람 부는 쪽으로 숙여야 할 필요가 있었다. 그런 그 젊은 여인은 지나치면서 그 타작마당의 문을 바라보고 잠시 두 발을 한 곳에 모았다. 그러나 교회 탑 뒤로 짚더미와 이끼가 덮여 불룩해진 곡물창고 외에는 아무것도 보이지 않았다. 교회 탑에 매달린 밧줄은 바람이 불어 깃대에 부딪쳤다.

한편 헨처드는 엘리자베스가 그렇게 서둘러 집을 나가리라고는 추호도 예측을 하지 못했다. 헨처드가 여섯시가 되기 전에 귀가하여 킹즈암즈의 마차가 문 앞에 서 있고 그의 의붓딸이 자기 작은 가방들과 상자들을 마차 안으로 옮기는 장면을 보고 깜짝 놀랐다.

"아버지, 제가 집을 나가도 좋다고 말씀하셨잖아요?"

그녀는 마차의 차창을 통해 변명했다.

"내가 말했다고!— 그래 맞았어. 하지만 나는 네가 다음날, 아니면 내년을 의미하는 것으로 생각했었어. 어쨌든— 네게 좋은 기회가 온 것 같구나! 그런데 이제까지 널 위해 내가 얼마나 희생을 많이 해왔는데, 은혜에 대한 보답을 이런 식으로 하냐?"

"아버지, 어떻게 그런 식으로 말씀하세요? 그렇게 말씀하시는 게 아니에요!"

하고 엘리자베스는 펄쩍 뛰면서 말했다.

"그래 좋아, 네가 편리한 대로 하렴."

헨처드는 집 안으로 들어갔다. 그녀의 짐이 아직 다 내려오지 않은 것을 보자 그는 그녀의 방으로 올라가 둘러본다. 그는 한 번도 엘리자베스의 방에 들른 적이 없었다. 늘 교양이 없다고 구박 당했던 엘리자베스는 스스로 세련되고 교양 있는 여성이 되기 위해 노력한 흔적들로 책, 스케치, 지도, 취미를 위한 자질구레한 물건들을 방안에 어지럽게 펼쳐놓았다. 헨처드는 이런 그녀의 노력을 그때까지 전혀 알지 못했다. 헨처드는 갑자기 몸을 돌려 아래로 내려와 문 앞으로 다가섰다.

"얘야!"

그는 누그러진 목소리로 말했다— 이번에 그는 엘리자베스의 이름을 부르지 않았다.

"나 혼자 두고 떠나지 마. 내가 너무 심했는지 몰라도, 나는 나름대로 너로 인해 많은 고통을 받아왔어— 그런 이유가 있단다."

"저 때문에요?"

하고 그녀는 깊은 관심을 보였다.

"제가 뭘 어떻게 했어요?"

"지금은 말하지 못하지만, 네가 나와 함께 살아가면 때를 보아서 모두 말해 줄 거야."

그러나 헨처드의 제의는 다소 늦은 감이 없지 않았다. 그녀는 이미 마차에 올라타고 있었고, 그녀의 마음은 그 낯선 여인의 저택에 가 있었다.

"아버지."

하고 그녀는 동정어린 말투로 말했다.

"제가 이렇게 떠나는 것이 우리 두 사람 모두에게 좋은 것이에요. 이왕 떠나는 데 오래 머물 필요가 없어요. 그렇다고 멀리 떠나는 것도 아니잖아요. 혹 제가 보고 싶으면 제가 금방 다녀갈 수 있어요."

헨처드는 조용히 고개를 끄덕였다. 그녀의 결정을 따르는 것 외에는 아무것도 그가 할 수 있는 일이 없었다.

"멀리 떠나지 않는다고 했어. 그런데 네 주소는 어디야? 내가 너에게 편지라도 쓸려면 주소는 알아야지. 내가 알면 안 되니?"

"그건 아니에요ー 상관없어요. 시내니까요ー 하이 플레이스 홀이에요."

"어디라고?"

하고 헨처드는 힘없는 표정으로 말했다.

그녀는 되풀이해서 말했다. 그리고 헨처드는 꼼짝 않고 말도 없이 있었다. 엘리자베스는 헨처드를 향해 다정한 모습으로 손을 흔들어 보이고는 마부에게 마차를 몰도록 지시했다.

22. 애정에 대한 권리

헨처드가 보여준 태도를 알아보기 위해 이야기는 잠시 지난밤으로 돌아간다.

엘리자베스 제인이 그 낯선 여인의 저택을 몰래 둘러 볼 생각을 하고 있었던 그 시간에 헨처드는 루시타 필적의 편지 한 통을 받고 무척 놀랐던 것이다. 그 편지에서 루시타는 이제까지 보였던 절제와 체념은 보이지 않았고 처음 그녀를 만났을 때처럼 명랑하고 들뜬 기분으로 가득했다.

"하이 플레이스 홀에서,

사랑하는 헨처드 씨ㅡ 놀라지 마세요. 제가 캐스터브리지에 살기 위해 온 것은 제가 바라고 있는 대로, 당신과 저 두 사람에게 모두 좋게 하자는 거예요. 제가 이곳에 얼마나 있을지는 아직 모르겠어요. 그것은 다른 사람에게 달렸어요. 그 분은 남자이고, 상인이며, 시장이고, 저의 첫 사랑이기도 하지요.

솔직히 말해서, 지금 제 마음은 편지내용만큼 홀가분하지는 않아요. 당신 부인이ㅡ 당신이 과거 수년 동안 사망한 것으로 상상하시곤 했던 그 분이 돌아가셨다는 소식을 듣고 이곳에 왔어요. 불쌍한 여인이었어요. 그분은 참 선량하고 불평할 줄도 모르고 머리가 좀 모자라기는 했지만 산전수전 다 겪었던 사람 같아요. 당신이 그녀에게 처신을 잘 하신 것을 기쁘게 생각해요. 제가 당신 부인이 이 세상을 떠난 사실을 알게 되면서, 당신이 저에게 오래전 약속하신 말씀을 이행해 줄 것을 촉구함으로써 저에게 드리워진 어두운 그림자를 걷혀 줄 것을 요구하게 되었습니다. 저와 같이 당신도 이런 목적을 위해 동일하게 수고해 주시길 바라요. 그러나 저는 우리 두 사람이 헤어진 후 당신이 어떤 상황에 있는지, 또 무슨 일이 있었는지 알지 못했기 때문에 당신과 새로운 시작을 하기 전에 이곳에 오기로 결심한 것이에요.

당신도 저의 입장을 충분히 이해하실 거예요. 이틀 후에는 당신을 만날 수 있을 것 같군요. 그럼 만날 때까지 안녕─

당신을 사랑하는 루시타

추신─ 저는 이전에 캐스터브리지를 통과하던 중에 당신을 잠시 만나겠다던 약속을 지키지 못했어요. 갑자기 집안사정으로 약속을 지킬 수 없었어요. 그 사정을 들으면 당신도 놀라실 거예요."

헨처드는 하이 플레이스 홀이 새로운 입주자를 위해 수리되고 있다는 이야기를 그때 이미 들어서 알고 있었다. 그래서 그는 그곳에서 만난 사람에게,

"이 저택에는 어떤 분이 입주합니까?"

하고 물었다.

"템플만이란 여자 분이라고 합니다, 시장님"

이라고 하자 헨처드는 동명이인으로 들리는 사람이 궁금했다.

"혹시, 루시타와 관계있는 사람이 아닐까?"

하고 혼자 중얼거렸다.

"그녀라면 내가 상당한 대우를 해야지"

이는 그가 도덕적인 필요성이 발동해서 나온 생각은 아니었다. 엘리자베스 제인이 그의 친딸이 아니라는 점과 그가 이제 자식이 없는 사람이란 사실을 몸소 체험하면서 무의식적으로 그 허전함을 채우고자 하는 갈망이 그런 생각을 하도록 했던 것이다. 비록 강렬한 감정에 이끌려 골목길을

걸어 올라간 것은 아니었지만, 그가 일전에 엘리자베스 제인을 거의 만날 뻔했던 그 좁은 골목길을 올라가 하이 플레이스 홀 저택의 샛문에 들어섰다. 그가 뜰 안으로 걸어 들어가, 나무상자에서 자기 그릇들을 꺼내고 있는 한 남성에게 르 슈아 양이 이곳에 살고 있느냐고 물었다. 르 슈아는 그가 루시타를, 혹은 그녀가 당시 자신을 그렇게 불렀던 이름이었다.

그 남성은 그런 사람이 없다고 했다. 템플만 양이 입주해서 살고 있다고 하자, 헨처드는 루시타가 아직 입주하지 않았음을 알고 발길을 돌렸다.

헨처드는 엘리자베스 제인이 이튿날 출발했을 때에 여전히 궁금증이 더했다. 그녀가 말했던 주소를 듣는 순간, 루시타와 템플만이 동일인일 수 있다는 생각이 들었다. 왜냐하면 그녀와 친밀하게 지냈던 과거, 그녀의 부자 친척 가운데 템플만이라는 이름을 지닌 분이 있었기 때문이었다. 그가 재산을 보고 여자를 찾는 사람은 아니지만, 루시타가 그녀의 너그러운 친척으로부터 유산을 받을 것이라는 사실에 어떤 매력을 느꼈던 적이 있었다. 헨처드는 중년의 내리막길을 걷고 있었지만 재물에 대한 집착이 그의 마음을 서서히 사로잡았다.

그러나 헨처드는 오랫동안 이런 궁금증에 머물지 않았다. 루시타는 기대했던 두 사람 사이의 결혼이 물거품으로 돌아갔을 때처럼, 평소에도 습관처럼 글씨를 휘갈겨 써 보내는 습성이 있었다. 엘리자베스가 하이 플레이스 홀 저택으로 떠나자마자, 루시타로부터 또 한 통의 편지를 받게 되었다.

"저는 새로운 집으로 이사하여 잘 지내고 있어요. 이곳으로 오기 전까지 성가신 일도 있었어요. 제가 무슨 말을 하려는지 아시겠지요? 당신은 제 말을 잘 믿지 않으려 했지만, 은행가의 미망인이신 저의 자상했던 템플만 아주머니께서 돌아가시기 전, 저에게 자신의 재산을 유산으로 남겨 주셨어요.

제 이름에 그 친척 아주머니의 이름을 더한 것 이외에 더 자세한 말은 하지 않겠어요.

이제 저는 자유로운 몸이에요. 그리고 하이 플레이스 홀에 세 들어 캐스터브리지에서 살기로 했어요. 당신이 저를 보고 싶어 하시면 적어도 당신의 입장이 난처하지 않도록 하기 위해서지요. 처음엔 당신이 길거리에서 저를 우연히 만나게 될 때까지 이 모든 것들을 비밀로 할까 생각하기도 했어요. 그러나 솔직하게 밝히는 것도 나쁘지 않을 것 같았어요. 당신은 제가 당신의 딸과 함께 살기로 한 사실을 알고 있으시겠죠? 비웃으셨나요?— 그러니까 말이에요— 제가 당신의 딸에게 함께 살자고 제안을 했었어요. 당신의 따님과는 우연히 만나게 되었어요. 헨처드, 왜 제가 그런 결정을 하게 되었는지 조금이라도 감이 오지 않아요?— 그 것은, 당신이 당신 따님을 보러 온다는 구실을 드리고자 하기 위해서였어요. 그렇게 하면 우리 두 사람이 자연스럽게 만날 수 있잖아요. 당신 따님은 착하고 사랑스럽더군요. 그리고 그 아가씨는 당신이 그녀를 부당하게 냉대를 했다고 생각하고 있어요. 당신은 성질이 급해서 그렇게 했을 것 같아요. 고의로 그런 냉대를 하시지는 않았을 것으로 알아요. 결과적으로 제가 당신 따님을 이곳으로 데려 오게 되었으니 당신을 탓하고 싶지 않아요— 그럼 이만 줄여요.

루시타로부터"

헨처드는 이런 사실들을 하나하나씩 알고부터 우울했던 마음에 커다란 기쁨을 되찾게 되었다. 그는 식탁에서 몸을 숙이고 깊은 생각에 빠졌다. 엘리자베스와 파프리이 간의 관계가 멀어지면서, 헨처드의 감정들도 고갈되었으나, 이제 루시타로 인해 회복되어가고 있었다. 그녀는 분명히 결혼에 대한 의지를 가지고 있었다. 그녀는 이전에 그녀의 시간과 마음을 헨처드에게 순수한 마음으로 쏟아 부었고 결국 그녀의 뜻을 이루지 못했던 걸 생각하면 지금 루시타가 캐스터브리지에 이주하여 살겠다는 결단을 내린 것은 충분히 이해할 수 있었다. 그것 외에 그녀가 할 수 있는 선택은 없었을 것이다! 헨처드에 대한 애정 못지않은 그녀의 양심이 이곳으로 데려왔음에 의심의 여지가 없었다. 그렇다고 그녀는 탓하지는 않았다.

"애교가 풍부한 여자야!"

헨처드는 루시타가 엘리자베스에게 제안한 상황을 두루 이해하고 나서 루시타가 귀엽다는 생각이 들었다.

헨처드는 루시타를 만나보고 싶은 마음에 그녀의 집으로 발걸음을 옮겼다. 그는 모자를 쓰고 집을 나섰다. 그가 집을 출발하여 그녀 집 앞에 도착한 것은 8~9시 사이였다. 그런데 루시타가 그날 밤에는 다른 약속이 있어 헨처드를 다음날 만나고 싶다는 말을 전해왔던 것이다.

"나한테 너무 하는군!"

하고 헨처드는 중얼거렸다.

"하지만, 여러 가지 일로 그럴 수도 있겠지……."

루시타가 그를 만날 생각이 없음을 확실히 알게 되자, 그는 조용히 발걸음을 돌렸다. 그러나 이튿날 그녀를 찾아가지 않기로 다짐했다.

"여자들이란 그저 알 수 없는 데가 있어─ 도대체 그 속을 알 수 없단 말이야!"

헨처드의 인생행로 그가 생각해 온 혼적들을 하나씩 추적해 보기로 하자. 이 특정한 날 밤의 하이 플레이스 홀 저택 내부부터 보기로 하자.

엘리자베스 제인이 도착하자 나이 지긋한 어떤 여인이 무덤덤하게 위층으로 올라가 옷을 갈아입으라고 말했다. 그녀는 괜찮다고 진지하게 대답한 후 복도에서 그녀의 모자와 외투를 벗었다. 그러고 나서, 그녀는 저택의 첫 문 앞까지만 안내되었고 혼자 방으로 가야했다.

엘리자베스가 생활할 방은 여성의 침실처럼 객실답게 아름다운 모양으로 꾸며져 있었다. 두 개의 원통모양으로 된 베개가 놓여있는 소파위에는 검은 머리카락에 커다란 눈을 지닌, 다소 프랑스인 모습의 아름다운 여인이 누워 있었다. 눈에는 광채가 났고, 엘리자베스보다는 몇 살 위의 나이임이 분명했다. 소파 앞에는 작은 탁자가 하나 놓여 있었고, 그 위에는 한 통의 카드들이 뒤집혀진 채 널려 있었다.

그녀는 너무도 편안한 자세로 누워 있다가 갑자기 방문이 열리자 용수철처럼 튀어 일어났다.

엘리자베스인 것을 안 그녀는 다시 편안한 자세를 취했다가 갑자기 총총걸음으로 엘리자베스에게로 다가왔다. 그녀의 갑작스러운 거칠고 요란한 행동은 태어날 때부터 물려받은 그녀의 우아함 때문에 겉으로 드러나지 않았다.

"그런데, 조금 늦었구먼."

하고 그녀는 엘리자베스의 두 손을 잡았다.

"정리할 자질구레한 일들이 너무 많았어요."

"그런데 아가씨 얼굴이 많이 좋지 않군요. 피곤해 보이기도 하구. 내가 재미있는 방법으로 아가씨에게 생기를 되찾게 해 줄게요. 거기 앉아보세요. 잠간만 그대로 있어요."

루시타는 카드를 끌어 모으고 탁자를 자기 앞으로 끌어 당겨 카드를 능숙한 솜씨로 나누어주기 시작하면서 엘리자베스에게 몇 개를 선택하라고 했다.

"자, 선택했어요?"

하고 루시타는 마지막 카드를 내던지면서 물었다.

"아뇨."

하고 엘리자베스는 명상에서 깨어나 더듬거렸다.

"다른 생각으로 깜박하고 있었어요. 제가 잠시 동안 루시타 당신과 저를 연관하여 생각했는데 이상한 것은 제가 어떻게 이곳에 와 있는가 하는 생각이었어요."

템플만은 엘리자베스 제인을 흥미 있게 바라보면서 카드를 내려놓았다.

"아무것도 아닌 걸 가지고. 아가씨가 내 옆에 앉아있는 동안, 나는 여기 눕겠어요. 우리 이야기나 좀 해요."

엘리자베스는 소파 머리맡에 즐거운 마음으로 조용히 앉았다. 엘리자베스가 주인보다 나이는 어리지만 태도와 모든 면에서 더 현명해 보이는 사람처럼 보였다. 템플만은 조금 전의 편안하게 누워있는 자세로 소파위에 몸을 내맡기고 팔은 이마위에 얹어놓고 있었다― 이탈리아 화가 티션이 고안해 낸 잘 알려진 자세 가운데 그녀는 자신의 이마와 팔 너머로 엘리자베스에게 말하고 있었다.12)

"아가씨한테 말해 줘야 할 것이 있어요. 이미 아가씨가 눈치 챘을 지도 모르겠어요. 내가 큰 재산과 부를 가지게 된지는 얼마 안 됐어요."

"아, 그래요?"

하고 엘리자베스는 얼굴을 살짝 숙이면서 작은 목소리로 말했다.

"나는 어릴 적 국경수비대가 주둔하는 도시와 다른 지역에서 아버지와 함께 살았어요. 그런데 내 마음이 갈 바를 모르고 방황하였고 불안정한 삶을 살게 되었어요. 아버지는 육군 장교였어요. 이런 사실들을 아가씨도 알게 되면 좋겠다고 생각되어 이야기 하는 거예요."

"아, 네……."

엘리자베스는 유심히 관심 있는 시선으로 방안을 둘러보았다― 그녀의 시선은 놋쇠로 장식을 새겨 넣은 조그마한 네모 피아노, 창의 커튼, 램프 위, 트럼프용 테이블 위의 조각들로 향했다. 그리고 마지막으로 루시타 템플만의 일그러진 얼굴로 다시 옮겨왔다. 템플만의 빛나는 커다란 두 눈이 이번에는 잘 어울리지 않게 이상하게 느껴졌다.

엘리자베스의 마음은 거의 병적일 정도로 그녀가 모르는 사실들에 대해 궁금했다.

"템플만 여사님께서는 이탈리어 정도는 유창하게 구사하시겠지요?

---

12) [역자 해설] 이탈리아에서 르네상스가 한창인 16세기에 베네치아에서 명성을 날린  화가 베첼리오 티치아노(Vecellio Tiziano·영어명 티션 Titian). '다이애나와 액티언(Diana and Actaeon)'과 '액티언의 죽음(The Death of Actaeon)' '다이애나와 칼리스토(Diana and Callisto)' 내셔널 갤러리는 이 귀중한 작품들을 전시하였음.

저는 라틴어만 조금 할 수 있을 뿐이거든요."

"글쎄, 그런 문제라면, 내가 태어난 섬에서는 불어를 말한다는 것은 대단한 일이 아니에요. 오히려 그 반대지요.

"어디서 태어나셨는데요?"

템플만은 약간 주저하더니

"저어지."

라고 말했다.

"그곳에서는 길 한 쪽에서는 불어를 말하고, 건너편에서는 영어로 말하며, 길 한 가운데서는 뒤섞인 언어를 말해요. 하지만 난 그곳을 떠나온 지 한참 되었어요. 바스라는 곳이 우리 가족들의 진짜 고향이에요. 저어지에서 우리 조상들은 영국 어느 누구 못지않게 훌륭한 분들이었어요. 그분들은 르 슈아 가의 인물들 이었지요. 당시에는 세상이 다 인정하는 전통 있는 가문이었어요. 나는 아버지가 돌아가신 후 그곳에서 살았어요. 그런데 과거에 있었던 일들이 뭘 그리 중요하겠어요. 이제 나는 취미와 생각 모두가 영국 사람이 다 되었어요."

루시타는 잠시 하지 말았어야 할 말을 하고 말았다. 그녀는 바스의 한 숙녀로서 캐스터브리지에 도착했던 것이며, 저어지가 그녀의 인생 이야기에서 등장하지 말았어야 하는 명백한 이유들이 있었다. 엘리자베스는 루시타의 모든 이야기를 듣고 싶었으나 맘대로 되지 않았다.

그러나 루시타가 좀 더 잘 알고 지내는 정도의 편안한 대화의 상대였더라면 그런 사적인 말을 하지 않았을 수도 있었을 것이다. 루시타는 그 이상의 말은 하지 않았다. 그날 이후에도 그녀는 말조심을 했기 때문에 그녀가 헨처드와 다정한 친구였던 그 저어지의 여인임을 아슬아슬하게 드러내지 않고 지나갔다. 루시타는 영어보다 불어가 더 쉽게 입으로 튀어나왔기 때문에 불어가 입에서 무심코 흘러나오는 것을 제어하기란 그리 즐거운 일은 아니었을 것이다. 루시타는 법정에서 마음 약한 사도가 "자기 입에서 나온 말이 자신을 옭아 맨다"고 한 것처럼 말조심을 했다.

이튿날 아침 루시타를 보니 뭔가 크게 기대하는 듯한 모습이었다. 그녀는 헨처드를 맞이하기 위해 옷을 차려입고, 정오 전에 그가 올 것으로 생각하고 들뜬 기분으로 기다리고 있었지만 그가 오지 않았기 때문에 오후까지도 온종일 그를 기다렸다. 그러나 그녀는 자신이 기다리고 있는 인물의 엘리자베스의 의붓아버지라는 사실을 말하지 않았다. 이 두 여인은 루시타 저택의 한 방의 창가에 마주 앉아 뜨개질을 하면서 창밖으로 장터 위를 내려다보고 있었다. 장터는 활기가 넘쳤다. 엘리자베스는 군중들 틈에서 그녀 아버지의 모자 꼭대기를 볼 수 있었다. 그런데 엘리자베스는 눈치 채지 못했지만 루시타 역시 간절한 마음으로 헨처드가 오지 않는지 깊은 관심으로 지켜보고 있었다. 헨처드는 항상 이 시간이면 사람들이 바삐 움직이고 모여드는 곳에 있었다.

비교적 조용한 곳들도 과일가게와 야채가게들 때문에 소란스러웠다. 농부들은 그들에게 배당된 덮개 씌운 침침한 가게들보다 사람들로 붐비고 마차에 부딪칠 우려가 있을지라도 거래장소가 확 트인 십자로를 선호했다. 그들은 매주 하루 동안 이곳으로 몰려들어 각반, 여성용 또는 아동용 보온바지, 말채찍, 부대를 거래하며 한 세계를 형성했다. 산등성이처럼 배가 불룩하게 튀어나온 사람, 11월 태풍속의 나무처럼 걸을 때에 머리가 흔들리는 사람들 그리고 대화를 나눌 때 두 무릎을 양쪽으로 벌려 신장을 낮게 보이려는 사람들 그리고 안쪽 깊숙한 주머니에 손을 찔러 넣은 사람들이 가지각색의 모양으로 몰려들었다. 그들의 얼굴에서도 그 더운 열기를 발산하고 있었다. 각자 집에서는 또 다른 모습들이겠으나 장터에서는 일 년 내내 분주하고 들떠있는 모습들이었다.

이곳에서 사람들이 입는 모든 외투들을 불편하고 거추장스럽지만 필수품처럼 생각했다. 화려하게 옷을 입는 사람들도 가끔 있긴 하지만 대부분은 옷에 신경을 쓰지 않았다. 사람들은 오랫동안 옷을 입어 닳은 옷차림 그대로 나타났다. 많은 사람들은 구겨진 수표를 호주머니에 지니고 다니면서 필요할 때마다 은행잔고가 네 자리 숫자 그 이하로 떨어지지 않도록 조정하였다. 사실 현금을 얼마만큼 지니고 다니는가에 따라 사람들의 모습도 달랐다. 그러나 그 현금은 귀족이 일 년을 기다려 모은 돈이 아니라 필요할 때는 언제든지 사용할 수 있는 돈을 말하는 것이고 또 전문 직업인이 은행에서 융통할 수 있는 거액의 돈이 아니라 두툼한 손에 언제든지 이용 가능한 현금 액수에 따라 다른 모습을 나타내었다.

오늘따라 이 많은 사람들 틈에서 두서너 그루의 사과나무가 마치 그곳에서 자랐던 것처럼 우뚝 솟아올랐다. 마침내 그 사과나무는 진흙투성이의 사람들이 자기 생산지에서 직접 가져와 팔려고 내놓은 것으로, 사과즙을 전문적으로 생산하는 지역에서 가져온 사람들이 이 사과나무를 잡고 있었다. 이런 모습에 익숙한 엘리자베스 제인은,

"왜 매 주일마다 똑같은 나무만 팔러오지?"

하고 말했다.

"무슨 나무를 말해?"

하고 장터에서 서성이는 헨처드에게만 시선이 집중돼 있던 루시타가 물었다.

엘리자베스는 엉뚱한 대답을 했다. 그 순간 엘리자베스의 모든 시선이 한 남성에게 집중되고 있었기 때문이었다. 그 나무들 가운데 한 그루 뒤쪽에 파프리이가 한 농부와 함께 선전용 견본을 넣은 주머니에 대해 진지한 대화를 나누고 있었는데 헨처드가 우연히 그 젊은이와 마주쳤다. 그 젊은이의 표정은 마치

"이제 서로 대화하면서 지내면 안 될까요?"

하고 묻는 듯한 표정이었다.

엘리자베스에게는 그녀의 의붓아버지가

"아니, 그럴 생각 없네!"

하고 젊은이에게 차가운 표정을 짓고 있는 모습이 보였다.

엘리자베스는 깊은 한숨을 내쉬었다.

"아가씨는 나 외에 특별히 관심 있는 사람 있어요?"

하고 루시타가 물었다.

"아, 아니요."

하는 엘리자베스의 얼굴은 붉은 빛으로 변했다.

다행히도 파프리이의 모습은 그 순간 사과나무에 가려 보이지 않았다. 루시타는 엘리자베스의 얼굴을 뚫어지게 쳐다보았다.

"지금 한 말이 정말 맞아요?"

"아, 그럼요."

하고 엘리자베스는 서둘러 대답했다.

루시타는 다시 밖을 내다보았다.

"장터에 나온 저 사람들은 모두 농사꾼들이겠지?"

"아니요. 술장수 벌즈 씨, 말 장수 벤자민 브라운레트 씨, 양돈가 키쳐 씨, 경매군 요퍼 씨, 그 외에 엿기름 생산업자들이며 도정업자들도 끼여 있어요."

그 순간 파프리이의 모습이 분명하게 보였다. 그러나 그녀는 그를 들먹이지 않았다.

토요일 오후에 이렇게 황당한 분위기 가운데 지나갔다. 시장터도 조금씩 한가한 시간으로 바뀌어져 갔다. 이때쯤에는 하루 동안 있었던 온갖 이야기들이 소문으로 떠도는 시간이었다. 헨처드는 그렇게 가까이 시장터를 서성거렸지만 루시타를 방문하지 않았다. 루시타는 헨처드가 많이 바빠서 오지 않았을 거라고 스스로 위로했다.

일요일이나 월요일이면 오겠지.

그날이 되었어도 헨처드는 오지 않았다. 그러나 루시타는 세심한 신경을 쓰면서 옷치장을 하고 기다렸다. 그래도 헨처드가 오지 않자 풀이 죽었다. 이렇게 기분이 엉망이 되자, 루시타는 과거 그토록 친절했던 헨처드가 아니구나 하는 성급한 판단을 할만도 했다. 그동안 소원했던 두 사람 간의 사랑은 모든 감정까지 식게 만들었던 것이다. 그러나 이제 두 사람 사이에 방해가 될 아무런 걸림돌이 없었기 때문에 헨처드와 결합해야 한다는 소망은 남아 있었다. 이런 감정만으로 루시타는 행복감을 유지할 수 있었다. 결혼을 하는데 헨처드가 걸림돌이 없다는 이유와 루시타가 경제적으로 넉넉한 유산을 확보하고 있다는 세속적인 구실은 두 사람이 결합할 수 있는 충분한 연결고리 역할을 했다.

화요일은 2월 2일 가톨릭 행사인 성촉절聖燭節로 큰 장이 서는 날이었다. 아침식사를 하면서 루시타는 엘리자베스에게 아무렇지도 않은 것처럼 이렇게 말했다.

"오늘은 아가씨의 아버지께서 아가씨를 만나러 올 것 같군요. 그분은 다른 곡물 상인들과 함께 장터 가까운 곳에 계시겠지요?"

엘리자베스는 고개를 저었다.

"아버지는 오시지 않을 거예요."

"왜요?"

"아버지는 지금껏 저를 좋아하시지 않았어요."

하는 엘리자베스의 목소리는 떨렸다.

"내가 알고 있는 것보다 더 심각한 일들이 있어나 보군요."

엘리자베스는 자기 아버지라고 믿고 있는 사람을 더 난처하게 하고 싶지 않아 얼른 말했다.

"맞아요."

"그렇다면, 그분은 아가씨가 머무는 곳이면 어디든지 피하시겠어요?"

엘리자베스는 우울한 표정으로 고개를 끄덕였다.

루시타는 아무 생각 없는 표정으로 엘리자베스의 두 눈썹과 입술을 보면서 갑자기 신경질적으로 흐느껴 울기 시작했다. 루시타가 엘리자베스로부터 듣기를 원했던 대답을 듣지 못하자— 실망했던 것이다.

"오, 템플만 여사님— 왜 그러세요?"

하고 엘리자베스는 소리쳤다.

"나는 아가씨와 함께 지낸다는 사실이 너무 좋아요!"

하고 루시타는 마음을 진정시키면서 말했다.

"네— 저도 그렇게 좋은 걸요!"

하고 엘리자베스는 맞장구쳤다.

"하지만— 하지만……."

그녀는 말을 끝맺을 수 없었다. 루시타가 끝맺지 못하는 이유가 따로 있었다. 만약 헨처드가 지금처럼 엘리자베스를 몹시 싫어한다면 엘리자베스를 부득이 내보내야 된다는 의미였던 것이다. 그런데 루시타는 순간 기지를 발휘하면서 말했다.

"헨처드양— 아침 식사가 끝나는 대로 심부름 하나 해 주시겠어요? — 아, 그건 아가씨가 대단히 친절을 베푸는 일이 될 거에요. 가서 ……."

여기서 일단 말을 중단하고 그녀는 여러 곳의 상점에서 어떤 심부름을 할 것인지 길게 나열해 보았다. 이 일을 하려면 적어도 엘리자베스로서는 한두 시간은 족히 걸리는 일이 될 것이었다.

"그런데 아가씨는 박물관 구경을 해 보았어요?"

엘리자베스는 그런 기회가 없었다.

"그렇다면 즉시 박물관 구경을 가보도록 해요. 그곳까지 도착하려면 아침나절은 지날 거예요. 뒷골목에 위치한 낡은 집인데— 글쎄, 그 위치는 잊었지만— 아가씨는 금방 찾을 수 있을 거예요. 그곳에 가면 참 흥미로운 물건들이 많아요—해골들, 이빨들, 낡은 솥과 냄비들, 옛날 사람들이 신던 장화와 구두들, 새알들 모두가 상당히 교육적이지요. 그곳에 가면 배고픈 줄도 모르고 구경할 거예요."

엘리자베스는 서둘러 옷을 챙겨 입고 그곳으로 출발했다.

"루시타가 오늘따라 왜 나에게 거리를 두려고 하는지 모르겠어!"

그녀는 걸어가면서도 서글픈 생각이 들었다. 루시타가 엘리자베스에게 어떤 봉사나 도움을 요청하기보다는 자리를 비켜 주기를 요구하고 있다는 사실은 순수한 엘리자베스라도 금방 느낄 수 있는 일이었다. 그러나 루시타가 왜 자리를 비켜주기를 바랐는지는 알 수 없었다. 엘리자베스가 10여 분 걸어 집을 나서고 나서, 루시타는 하인을 시켜 편지 하나를 헨처드에게 전달하도록 했다. 그 편지에는 다음과 같은 내용이 적혀있었다.

"사랑하는 마이클— 당신은 오늘도 한두 시간 거리에 떨어진 곳에서 사업을 하고 계시겠지요. 그렇게 바쁘지만 않다면 제발 저를 좀 만나줘요. 저는 마음에 슬픔이 가득해요. 제가 왜 이렇

게 초조해 하면서 당신을 기다리는지 당신은 알고 계시잖아요-
게다가 제 친척 아주머니께서 유산으로 물려준 재산이 있어서
더욱 그래요. 당신의 따님이 이곳에 있어서 그러시는 건가요?
그럴 것 같아서 아침 일찍 엘리자베스를 오전 내내 먼 곳으로 보
내 놓았어요. 사업차 이곳을 들르는 것처럼 하세요- 오늘도 저
혼자 집에 있단 말이에요.

루시타 드림"

심부름 갔던 하인이 돌아오자, 루시타는 만약 어떤 신사분이 방문하
면 즉시 그분을 내 방으로 안내하라는 지시를 하고 기다리고 있었다.
　지나치게 감상적인 그녀였지만, 이제 헨처드가 그다지 보고 싶은 마
음이 없어졌다― 그가 늦어지고 있는 것이 그녀를 지치게 했던 것이다.
그러나 반드시 만날 필요는 있었다. 그래서 한숨을 쉬어가면서 그녀는
의자에 앉아 여러 가지 포즈를 취했다. 처음엔 이렇게, 다음은 저렇게,
그러고 나서 불빛이 그녀 머리위로 비추도록 해보았다. 또 그다음에는
그녀가 좋아하는 반쯤 유연한 자세로 소파에 몸을 내던지고 팔을 이마
위에 얹고 문 쪽을 바라보았다. 이 자세가 제일 어울리는 것으로 결론을
내렸다. 이러고 있던 중, 계단에서 남자의 발자국 소리가 들려왔다. 그
소리에 루시타는 자신의 흩어진 몸매도 잊어버리고 벌떡 일어나더니 수
줍어하면서 창문 커튼 뒤로 몸을 감췄다. 그에 대한 뜨거운 사랑은 식어
가고 있었지만 그 상황은 흥분되기에 충분했다― 루시타는 헨처드를 저
어지에서 헤어진 후로 그를 단 한 번도 만난 일이 없었다.
　그러자 하인이 방문객을 안으로 안내하는 소리를 들을 수 있었다. 마
치 손님 혼자 가서 안주인을 찾으라는 듯 방문을 닫고 자리를 뜨는 소리
가 들려왔다. 루시타는 장난기 넘치는 인사말을 하면서 커튼을 확 걷어
치웠다. 그런데, 그녀와 마주한 남자는 헨처드가 아니었다.

23. 저택을 찾은 파프리이

루시타를 방문하고 있는 남성이 헨처드가 아닐지도 모르겠다는 생각이 머릿속을 스쳐가는 순간 이미 그 남성이 그녀 앞에 서 있었다.

그는 캐스터브리지 시장보다 한참 연하였다. 순수하고 시원시원하며 호리호리하여 인상이 좋았다. 그는 흰 단추들이 달린 점잖은 각반과 반짝거리는 장화에 밝은 색의 코르덴 양복바지를 검은 벨벳 상의와 조끼에 받쳐 입고 있었다. 그리고 손에는 은으로 만든 채찍이 들려있었다. 루시타는 얼굴을 붉혔다. 그녀는 당황하기도 하고 웃음이 섞인 묘한 표정으로,

"아, 제가 실례를 했군요."

하고 말했다.

방문객은 그녀와는 딴판으로 표정이 흐트러지지 않았다.

"아닙니다. 제가 실례를 했어요!"

하고 그는 양해를 구하는 말투로 말했다.

"저는 헨처드 양을 보려고 왔습니다. 여기에 있다고 안내를 해 주더군요. 제가 잘 몰라서 부인에게 실례를 한 것 같군요."

"정말 죄송합니다. 제가 무례했습니다."

"그런데, 부인, 제가 집을 잘못 찾은 건가요?"

하고 파프리이는 당황한 채 약간 눈을 껌벅이면서 말채찍을 각반에 툭툭 치면서 말했다.

"아, 아니에요. 잠시 앉으시지요. 이왕 오셨으니 앉으세요."

하고 루시타는 그의 어색함을 덜어주기 위해 친절하게 말했다.

"헨처드 양이 곧 올 거예요."

그러나 헨처드 양이 곧 돌아올 가능성은 없었다. 하지만 루시타는 그 젊은이의 호감이 가는 인상이며 엘리자베스와 머리너즈 호텔 주변의 사람들 관심을 끌고 있다는 사실과 그가 지닌 매력 때문에 첫눈에 그의 매력에 이끌렸다.

그는 망설이며 의자를 쳐다본 후 머뭇거리다 앉았다.

파프리이가 이곳에 예상치 않게 나타난 것은 헨처드가 파프리이에게 편지로 엘리자베스에게 청혼할 생각이 있으면 그녀를 만나도 좋다는 허락을 받았기 때문이었다. 처음에 파프리이는 헨처드가 보낸 무례한 편지에 관심을 두지 않았다. 그러나 특별히 그가 거래하고 있는 사업으로 헨처드와 관계가 호전되었고 원하기만 하면 언제든지 결혼할 수 있다는 말을 듣게 된 것이었다. 그러면 어느 모로 보나 엘리자베스 제인만큼 붙임성 있고 검소한 여성을 찾기란 쉬운 일이 아니었다. 헨처드와 파프리이가 화해를 함으로써 엘리자베스와의 만남도 자연스러워 질 것이었다. 따라서 그는 시장의 무례함을 모두 용서했다. 오늘 아침 장터로 나가던 길에 파프리이는 헨처드 집으로 엘리자베스를 방문했던 것이다. 그곳에서 그는 그녀가 템플만 양의 집에 거주하고 있다는 사실을 전해 들었다. 엘리자베스가 헨처드 집에서 젊은이를 기다리고 있지 않은 것이 서운하여 성급하게 —남자들은 사랑하는 여성을 만날 때 마음이 들뜨는 법이었다— 하이 플레이스 홀을 방문하게 되었고 우연찮게 루시타와 마주치게 된 것이었다.

"오늘은 큰 장이 설 것 같군요."

하고 그들의 시선이 시끌벅적한 바깥 시장터로 향했을 때 루시타는 자연스럽게 화제를 바꾸었다.

"이곳의 정기적인 시장과 상점들이 참 재미있어요. 이곳에서 지켜보노라면 온갖 일들이 떠오르게 돼요."

파프리이는 어떻게 대답해야 할지 몰라 어정쩡한 표정으로 있었다. 시장터에서 사람들이 요란하게 떠들며 나누는 대화 소리가 방안에 앉아 있는 그들에게까지 생생히 들렸다.

"아가씨께서는 바깥을 자주 내다보시나 봐요?"

"네− 가끔씩요."

"그런데 찾고 계시는 분이이라도 있습니까?"

그녀가 그이 질문에 대답을 할 이유가 없었다.

"그냥 재미있어 바라봐요."

하고 그녀는 명랑한 표정으로 말하면서 계속 말했다.

"그런데 지금부터는 어떤 사람을 찾게 될 것 같군요− 저는 지금부터 앞에 계신 젊은이를 찾게 될 것 같아요. 젊은이는 언제나 저 시장터에 계시겠지요? 아− 그냥 농담으로 하는 소리예요! 하지만 사람들이란 자기가 아는 어떤 사람을 군중 속에서 찾는 것이 즐거울 때가 있어요. 그 사람이 꼭 필요해서 아니라도 말이에요. 왜냐하면 혼자 외로워하지 않고 주변에 많은 사람이 있다는 생각에 우울하지도 않게 되니까요."

"아! 아가씨는 많이 외로우신가 봐요?"

"정말 외로워요."

"하지만 아가씨는 굉장한 부자라고 들었는데요?"

"그래도 많은 재산을 어떻게 사용하면서 인생을 즐겨야 하는지 몰라요."

"아가씨는 어디서 오셨나요?"

"바스라는 곳에서 왔어요."

"저는 에든버러에서 왔어요."

하고 파프리이는 계속 말을 이었다.

"고향에 사는 게 더 좋습니다. 하지만 남자란 돈을 버는 곳에서 살기 마련이지요. 정말 유감스러운 일이지만 언제나 그렇더라고요! 저는 금년에 사업을 하면서 톡톡한 재미를 보았습니다. 정말입니다."

하면서 거침없이 말을 계속 했다.

"저기 황갈색 캐시미어 저고리 입은 사람 보여요? 제가 가을에 밀 값이 많이 떨어졌을 때 저분에게서 많이 구입했었어요. 그리고 나서 값이 올랐을 때 모두 팔아치웠지요. 이익은 크게 남지 않았습니다. 농장주들은 값이 오를 것만 기대하지 자기 곡물을 팔려는 생각은 하지 않아요. 쥐들이 곡물 포대를 갉아 구멍이 났어도 팔아 놓고 나니 처음보다 값이 더 떨어졌어요. 그래서 곡물을 움켜잡고 있던 농장주들로부터 처음 값보다 더 싼 값에 막 사들였지요. 그랬더니……."

하고 파프리이는 얼굴이 벌겋게 달아올라 신나게 떠들어 댔다.

"몇 주일 후 제가 그것들을 팔려고 하자 값은 우연히 다시 오르더군요. 이런 식으로 저는 크게 욕심을 부리지 않으면서 적은 이익에 만족할 줄 알아 500파운드를 벌어 들였어요─ 정말 신나는 일이었어요!"

그는 지금 자신이 어디 있는지를 까맣게 잊은 듯 주먹으로 탁자를 치면서 말했다.

"손에 움켜쥐고만 있던 농장주들은 한 푼도 못 벌었지 뭡니까!"

루시타는 차분히 들으면서 그를 지켜보고 있었다. 파프리이라는 젊은 이는 루시타가 보기엔 새로운 모양의 남자였다. 이때 파프리이와 루시타의 시선이 마주쳤다.

"아, 제가 아가씨를 피곤하게 해드렸군요!"

하고 그는 큰 소리로 말했다.

루시타는 약간 얼굴을 붉히면서,

"아녜요. 재미있어요."

하고 말했다.

"정말 제가 재미있어요?"

"네, 정말 재미있는 분이세요."

이번에는 파프리이의 얼굴이 붉혀졌다.

"제가 하는 말은 젊은이 같은 스코틀랜드인들은 모두 그렇다는 뜻이에요"하고 루시타는 얼른 말을 바꾸었다.

"남부 사람들은 과격하고 활달해요. 우리 같은 사람들은 이쪽 아니면 저쪽, 뭐 그런 부류들이지요─ 따뜻하든지 냉정하든지, 정열적이든지 아니면 무덤덤하든지 그래요. 그런데 젊은이를 보니 두 가지 기질을 모두 지니고 계시군요."

"하지만 그게 반드시 좋은 것은 아니잖아요? 그런데, 아가씨, 좀 더
쉬운 말로 설명해주세요."

"북부 젊은이들은 활기가 넘쳐요— 그러면서도 감상적인 면이 있어
요. 고향 생각을 자주하나요?"

"네, 가끔씩 고향 생각이 나요!"

하고 그는 간단히 대답했다.

"저도 그래요— 그럴 때가 있어요. 하지만 제가 태어난 곳은 촌스런
집이었어요. 개축하기 위해 낡은 집을 허물었지요. 그러니 지금은 생
각나고 그리워해야 할 고향이 없어요."

루시타는 그녀의 집이 바스에 있는 것이 아니라 세인트 핼리어에 있
다고 덧붙일 수도 있었지만 말하지 않았다.

"그래도 그 고향엔 옛날의 산, 안개, 그리고 바위들은 그대로 있잖
아요! 그런 것들 때문에 고향이 더 그리워지지 않아요?"

그녀는 고개를 저었다. 파프리이가 이어서 말했다.

"적어도 나는 그런 주변의 경관들 때문에 고향이 생각나요. 저는 그
랬어요."

파프리이는 겨우 들릴 정도로 말했다. 그런 표정에서 파프리이의 마
음은 북쪽으로 향하고 있음을 읽을 수 있었다. 파프리이의 인생에서 이
상한 두 가지 흐름, 즉 상업적인 면과 감상적인 면이 때로는 분명히 구별
되었다. 색깔들이 얼룩덜룩 섞여 조화를 이루듯 파프리이에게서도 이 두
가지 속성은 잘 조화를 이루고 있었다.

"젊은이는 다시 고향으로 돌아가고 싶으세요?"

"아, 아닙니다."

파프리이는 급히 제 정신으로 말했다.

창밖을 통해 보이는 장터는 사람들로 붐비면서 시끄러워져 가고 있었
다. 연중 노동계약을 맺으며 정기시장과는 분위기가 많이 달랐다. 대체
로, 장터는 노동자들로 붐볐다. 마차 포장 같은 여인들이 덮어쓴 긴 모자
들, 무명치마와 체크무늬 어깨 두르는 목도리 그리고 마차 몰이꾼들로

뒤 섞여 있었다. 이들 모두는 일자리를 찾고 있었다. 길 구석에는 여러 사람들 무리 속에 늙은 목동 한 사람이 서 있었다. 이 사람은 말없이 서 있어 파프리이와 루시타의 눈길을 끌었다. 표정을 보아 고생을 많이 하는 사람으로 보였다. 세상을 살아가는 것이 그에게는 힘들어 보였다. 우선 그는 체구가 왜소했다. 그는 힘든 노동과 나이 탓으로 이제 몸이 굽어져 뒤에서 보면 머리가 안 보일 정도로 굽어져 있었다. 그는 지팡이를 도랑에 꽂고 그 손잡이에 의지하고 서있었다. 지팡이 손잡이는 그가 오랫동안 사용하여 닳고 닳아져 은빛으로 보였다. 그는 지금 자신이 어디에 있는지 무엇을 하러 왔는지도 모르고 두 시선은 땅바닥을 향해 있었다. 조금 떨어진 곳에서 그에 관한 협상을 하는 사람들이 있었다. 그러나 그는 전혀 신경 쓰지 않았다. 그의 마음속에서는 한창 젊은 시절을 회상하는 듯 했다. 젊은 시절에는 기술도 있고 힘도 넘쳐 어느 농장으로 던지가기 바빴다.

그를 두고 벌이는 협상은 먼 곳에서 온 농장주와 이 노인의 아들 사이에 진행되고 있었다. 협상은 오래 끌었다. 농장주의 입자에서는 조금이라도 자신에게 유리한 협상을 끌어내려 했다. 곧 농장주는 협상을 벌이는 노인의 아들과 함께 노인을 데려가길 원했다. 그런데 노인의 아들에게는 농장에 애인이 있었고 그녀는 옆에 서서 협상의 결과를 초조하게 기다렸다.

"넬리, 너를 두고 내가 떠나게 돼서 미안해."

하고 그 청년은 아쉬워하면 말했다.

"그러나, 아버지를 굶기게 할 수는 없잖아. 아버지는 성모축일에 실직하셨어. 그리고 내가 가서 일할 농장은 겨우 35마일 떨어진 곳이야."

그 소녀의 두 입술이 파르르 떨렸다.

"35마일이나!"

하고 그녀는 놀라면서 말했다.

그녀에게 35마일은 큐피드의 화살을 쏘아 당기기에는 너무 먼 절망적인 거리였다. 이들 두 남녀에게는 어려운 결정이었다.

"오! 안 돼, 안 돼— 절대 안 된단 말이야"

하고 그녀는 청년의 손을 꽉 잡고 불평했다. 그리고 그녀는 흘리는 눈물을 움켜잡고 루시타 집 담벼락 쪽으로 얼굴을 돌렸다. 농장주는 그 청년에게 30분 안에 결정하도록 하고 그 자리를 떠났다.

눈물이 가득 고인 루시타의 두 눈이 파프리이의 눈과 마주쳤다. 놀랍게도 그 광경에 그의 눈도 젖어있었다.

"가혹하군요."

하고 그녀는 애석해 하면서 말했다.

"사랑하는 사람들은 저렇게 헤어지면 안 되지요! 오, 나의 소원이 있다면 내 맘대로 사랑하고 살고 싶은 일이지요!"

이때 파프리이가 끼어들면서 말했다.

"저들이 헤어지지 않도록 혹시 제가 주선할 수 있을지 모르겠어요. 저에게도 짐마차꾼이 한 사람 필요하거든요. 그러면 저 노인도 함께 있을 수 있어요. 저 노인은 임금이 비싸지 않을 것 같아요. 내가 제의하면 좋은 결과가 있을 것 같은데."

"아이고, 젊은이가 인정도 많으시군요!"

루시타는 기뻐 소리쳤다.

"어서 가서 저 사람들한테 말하세요. 그리고 어떻게 되었는지 저에게도 말해 주세요!"

파프리이는 밖으로 나갔다. 그가 그 사람들에게 말을 걸고 있는 모습이 보였다. 주변의 모든 사람들 눈빛이 밝아졌다. 계약은 성사되었고 계약이 끝나자 파프리이는 루시타에게 돌아왔다.

"젊은이는 참 친절하세요. 저는 우리 집 하인들이 원하기만 하며 저들이 사귀는 애인을 모두 허락할 거예요! 젊은이도 그렇게 하도록 하세요!"

파프리이는 고개를 갸우뚱하면서 정색을 했다.

"저는 그보다는 약간 엄격하게 해야 합니다."

"왜요?"

"부인께서는—부유한 여성이지만, 저는 온몸으로 건초장수와 곡물을 거래하면서 살아가는 사람입니다."

"저는 하고자 하는 일이 많은 정렬적인 여자입니다."

"아, 그러나, 저는 정열적이든 순수하든 숙녀 분들에게 말하는 법을 잘 모릅니다"

하고 도날드는 근엄한 표정에 어색한 표정이 역력했다.

"저는 사람들에게 친절하려고 노력합니다— 그저 친절하려고 합니다!"

"제가 보아도 젊은이는 그런 것 같더군요."

그녀는 이 순간을 놓치지 않고 재치 있게 거들며 말했다.

파프리이는 이때 창문 밖으로 시장터를 향해 눈길을 돌렸다.

시장터에서는 농장주 두 사람이 서로 악수하고 있었다. 창가에서 아주 가까운 곳이었기 때문에 그들이 하는 이야기기 모두 들렸다.

"자네 오늘 아침 파프리이 씨를 보았어?"

하고 한 사람이 물었다.

"그 사람과 12시에 이곳에서 만나기로 했어. 그런데 아무리 찾고 기다려도 나타나지 않는구먼. 그 사람, 약속은 철저히 지키는데 말이야"

"아, 내가 약속을 깜박하고 있었군."

하고 파프리이는 정신이 번쩍 드는 표정을 했다.

"그럼 어서 가보세요. 안가도 되는 약속인가요?"

"꼭 가야 하는 약속입니다."

그렇게 말하면서도 파프리이는 여전히 망설이고 있었다.

"어서 가보세요."

하고 루시타가 재촉했다.

"고객 한 사람 한 사람이 모두 중요하지요."

"그런데, 템플만, 저를 내몰고 싶어 안달이시군요."

하면서 파프리이가 말했다.

"그럼 가지 마세요. 좀 더 계시겠어요?"

파프리이는 자신을 찾는 그 농장주를 염려스럽게 바라보았다. 바로 그때 농장주가 길을 가로질러 건너가는 곳에 헨처드가 서 있었다. 파프리이는 다시 돌아서면서 루시타를 쳐다보았다.

"더 머물고 싶은데 이제 가 봐야겠어요. 잠시라도 소홀히 하면 사업은 힘드니까요."

"맞는 말씀이에요. 지금 가 보세요."

"그래요. 괜찮으시다면 또 와도 될까요?"

"좋으실 대로 하세요."

"아무튼 그냥 해 본 소리입니다."

"알았어요. 장터에서 젊은이를 부르고 있으니 가보세요."

"네. 사업이 뭔지. 세상에 사업이란 것이 없었으면 좋겠군요."

루시타는 터져 나오는 웃음을 참았다. 이때 루시타의 마음속 한구석에서는 투정하고 싶은 마음이 쏟아 올랐다.

"젊은이, 변했군요. 이럴 수 없어요. 가지 마세요."

"저도 가고 싶지 않습니다."

하고 파프리이는 멀쑥한 표정을 지었다.

"제가 괜히 여기 와서 아가씨를 만난 것 같군요!"

"그렇다면, 다시는 제 집에 오지 않는 것이 좋겠어요.
제가 젊은이의 마음을 혼란하게 해드렸나 봐요!"

"어쨌든, 저는 아가씨를 생각하게 될 것 같습니다. 이제 가보겠습니다. 즐거운 시간이었습니다."

"와 주셔서 고마웠어요."

"이 집을 나가 장터로 가면 모든 것을 잊고 그곳에 정신이 팔리겠지."
하고 혼자 중얼거렸다.

이때 루시타가 말을 했다.

"근데, 그런데 말이에요ㅡ 모르긴 해도 말이에요!"

파프리이가 막 나가려하자 루시타는 진지하게 말했다.

"시간이 지나면 캐스터브리지 사람들이 저를 바람둥이 여자라고 할지도 모르겠어요. 지난 날 그런 일들이 있어서 그런 말을 하는 사람들이 더러 있을 수 있어도, 그런 말은 믿지 마세요. 저는 그런 여자가 아니에요."

"꼭 명심하겠습니다!"

하고 진지하게 대답했다.

이들 두 사람의 만남은 이렇게 시작되었다.

루시타는 파프리이의 정열에 불을 지펴 주었고 감상적인 파프리이는 루시타에게 새로운 여유를 일깨워 주었다. 그 이유가 무엇이었을까? 그들도 그 이유에 대해 알 수 없었다.

루시타가 그 젊은이를 만나 대화를 나누었을 때 느낀 감정은 순수한 소녀들이 지닌 감정상태가 아니었다. 루시타가 이제까지 헨처드와 분별 없이 사귀어 오면서 자신에 대해 잊고 있었던 것이다. 그녀는 어린 시절 가난을 경험하면서 주변으로부터 거절당한 경험이 있었다. 이제 그녀는 편안히 휴식을 취할 수 있는 피난처를 갈망하고 있었다. 그 대상이 어떤 부류의 사람이건 상관없었다.

파프리이는 엘리자베스를 만나기 위해 루시타 저택을 방문했다는 생각을 완전히 잊은 채 문 앞까지 배웅을 받았다. 루시타는 창가에 서서 그가 농장주들과 일꾼들 사이를 꼬불꼬불 빠져나가고 있는 것을 지켜봤다. 그리고 파프리이도 루시타를 의식하고 있다는 사실을 느낄 수 있었다. 이렇게 루시타는 겸손한 파프리이에게 마음이 끌렸다. 파프리이가 다시 올지도 모른다는 기대감이 넘쳤다. 이때 파프리이의 모습은 시장 건물 안으로 사라졌고 모습이 더 이상 보이지 않았다.

루시타가 창가에서 물러서자마자 힘찬 노크소리가 한 번 들렸고 하녀가 경쾌한 걸음으로 나갔다.

"시장님이셔요."

하고 하녀가 전해 주었다.

루시타는 비스듬히 누워 꿈을 꾸듯 손가락 사이로 바라보고 있었다. 그녀는 즉시 대답하지 않았다. 하녀가 한 번 더 말을 하면서,

"시장님께서 바쁘다고 하세요."

하고 말했다.

　"아, 그래? 나도 오늘은 두통이 나서 그분을 오늘 만나고 싶지 않다고 전해드려라."

그 전갈이 전해지고 문이 닫히는 소리가 들려왔다.

루시타는 자기에 대한 헨처드의 감정을 일깨우기 위해 캐스터브리지에 왔던 것이다. 그녀는 그의 감정을 일깨우는 데 성공했으나 이제 그에 대해 냉담해져 갔다.

루시타는 엘리자베스가 방해되는 존재라는 생각도 바뀌졌다. 그래서 그녀의 의붓아버지를 위해 제거할 필요성도 강하게 느끼지 않았다.

엘리자베스 제인은 이런 분위기를 전혀 모른 채 명랑한 얼굴로 루시타 저택에 돌아왔고 루시타는 그녀에게 다가가면서 진지하게,

　"아가씨가 돌아오니 정말 기뻐요. 나하고 오래 함께 사는 거죠?"

하고 물었다.

헨처드를 쫓아내기 위한 방편으로 엘리자베스— 얼마나 새롭고 신나는 생각인가. 생각하니 그럴듯하게 여겨졌다. 돌이켜보면 헨처드는 지난날 말할 수 없이 루시타의 명예에 손상을 입혀놓고도 최근 며칠 동안 그녀에게 소홀히 해왔던 것이다. 루시타 자신이 이제 자유로운 몸이라는 사실 그리고 이제 그녀가 재력가인 점을 안다면, 헨처드의 태도가 달라졌을 것이라는 생각이 들었다.

루시타는 온갖 잡다한 생각에 사로잡혔다. 흥분했다 침착성을 되찾았고, 이렇게 생각하다 또 저런 생각을 하며 하루를 보냈다.

24. 안타깝게 멀어져 가는 사랑

　파프리이에 대한 애정을 은밀히 키워 온 가엾은 엘리자베스는 갑자기 나타난 루시타가 그를 차지할 생각을 하고 있다는 사실도 알지 못한 채, 루시타가 오래 함께 살자는 말에 기쁨을 감출 수 없었다.

　루시타 집에서 생활할 수 있다는 편안함 외에도 장터를 훤히 내려다 볼 수 있는 그 저택이 그녀에게는 큰 매력이었기 때문이었다. 장터의 십 자로는 장엄한 연극무대에서나 볼 수 있는 공간과 같이, 이곳에서 일어 나는 모든 일들은 이웃주민들의 일상생활과 깊은 관련이 있었다. 농부 들, 상인들, 목축업자들, 행상인들이 매주 이곳에 왔다가 오후가 되고 날 이 저물어 갈 때면 서서히 사라졌다. 이곳은 주민들이 살아가는 생활의 터전이었다.

　엘리자베스와 루시타에게서, 토요일에서 다음 토요일까지 한 주간은 하루하루 너무도 빠르게 스쳐 지나갔다. 이들 두 젊은 여인은 감상적으 로 세상을 살지 않았다. 평일에는 곳곳으로 산책을 나가고 장날은 모두 집에 머물렀다. 이 두 여인은 창밖으로 장터에 나온 파프리이의 어깨와 머리를 창밖으로 은밀하게 내다보았다. 그러나 파프리이는 사업상의 일 로 분주하게 돌아 다녀야 했기 때문에 그들 쪽으로 시선을 돌리는 일이 없었다.

　하루하루가 이렇게 계속 지나가던 어느 장날 아침, 새로운 일이 터졌 다. 엘리자베스와 루시타가 아침 식사를 하고 있던 중에, 루시타에게 두 가지 옷이 포장된 채로 런던에서 배달되었다. 루시타는 식사 중이던 엘 리자베스를 불렀다. 엘리자베스가 루시타 방으로 들어서자 펼쳐놓은 옷 들이 보였다. 하나는 짙은 분홍색이고 다른 하나는 조금 엷은 색이었다.

소매 끝마다 장갑이 한 짝씩 놓여있고, 목 위에는 모자가 하나씩 놓여있었고, 장갑과 장갑 위에는 파라솔이 하나씩 가지런히 놓여있었다. 루시타는 사람 모양을 하고 펼쳐진 옷가지 형상 옆에서 생각에 잠긴 모습으로 서 있었다.

"나 같으면 그렇게 어렵게 생각하지 않겠어요."

엘리자베스는 루시타가 어떤 옷이 잘 어울릴까 하는 문제로 대단히 고심하고 있는 모습을 보며 말했다.

"새 옷을 골라 입기란 참 어려운 일이에요."

하고 루시타가 말했다.

"(펼쳐진 한쪽 옷가지를 가리키며) 나는 다가오는 봄철 내내 저 사람이 될 수도 있고, (다른 한쪽의 옷가지를 가리키며) 또 저 사람이 될 수도 있어요. 그런데 말이요, 저 두 가지 옷 가운데 어느 한쪽은 나한테 어울리지 않을 수도 있어요. 어떤 옷이 안 어울리는지 모르지만."

결국 루시타는 어떻게 해서든 짙은 분홍색 옷차림이 어울린다고 판단하고 그 옷을 입겠다고 했다. 루시타는 그 옷을 들고 앞방으로 들어가고 엘리자베스는 그녀 뒤를 따랐다.

이튿날 아침은 화창한 날씨였다. 태양이 루시타 저택 맞은편 집들과 보도 위를 너무도 밝게 비췄고, 반사된 빛은 그녀 방안까지 쓰며 들었다. 이때 덜거덕거리는 차 소리가 들리고 아름다운 광채가 천장에 비춰지면서 그려졌다. 두 여인은 창가로 갔다. 맞은편 건널목에서는 말로 표현하기 어려운 차 한 대가 마치 전시라도 하는 듯 그곳에 정지해 있었다.

그것은 그때까지 이 지방에는 알려지지 않은 작은 고랑(이랑)에 씨를 뿌리기 위한 새로운 모양의 신식 농기구였다. 이 지방에서는 고랑에 씨를 뿌리는 농기계가 옛날처럼 여전히 사용되고 있었다. 이 기계는 마치 비행기가 처음 채링 크로스에서 선을 보였을 때처럼, 캐스터브리지 주민들에게는 큰 관심거리였다. 농부들이 사방에서 모여들고, 여인들은 가까이서 구경하려고 했으며 아이들은 호기심에서 애써 안으로 기어들어 구경하려고 애를 썼다. 그 기계는 밝은 색으로 파랗게 노랗게 빨갛게 칠해져 있어 전체적으로 보아 큰 말벌, 메뚜기, 그리고 새우를 합성해 놓은 듯한 모습이었다. 이런 모습을 본 엘리자베스와 루시타는 크게 감명을 받았다.

"야, 저 농기구는 다름 아닌 농업용 피아노 같은 존재구만."

하고 루시타가 외쳤다.

"저 농기구는 곡물과 관련 있는 기계 같아요."

하고 엘리자베스가 거들었다.

"저런 것을 이곳에 도입할 생각을 어떤 분이 했을까?"

두 여인 모두 도날드 파프리이가 그 주인공이 아닐까 하는 생각을 했다. 그가 농부는 아닐지라도 농사일과 불가분의 관련을 맺고 있었기 때문이었다. 마침 그들 생각에 대답이라도 하듯, 그가 그 순간 다가와 그 기계를 한 번 바라보고 그 주위를 한 바퀴 돌더니 기계구조에 관해 알기라도 하듯 다루어 보았다. 그 장면을 지켜보고 있던 두 여인은 내심 놀랐다. 엘리자베스는 창가를 떠나 방 뒤 구석으로 가서 마치 벽의 널빤지에 빨려들기라도 한 듯 서 있었다. 엘리자베스는 루시타가 그녀의 새 옷을 입고 발랄하게,

"우리 나가서 저 기계를 구경하는 게 어때요?"

하고 말할 때까지 엘리자베스는 그녀가 파프리이에게 빠져있는 행동에 대해 전혀 의식하지 못하고 있었다.

루시타가 엘리자베스 제인의 모자와 어깨 쇼올을 잡아끌면서 밖으로 나갔다. 주위에 운집한 모든 사람들 틈에서 이 새로운 기계의 소유자가 마치 루시타인 것 같아 보였다. 그녀 혼자만이 색깔에 있어서 그 기계와 겨눌 수 있는 듯 보였기 때문이었다.

그들은 호기심 어린 눈으로 기계를 구경했다. 트럼펫 모양의 튜브들이 겹겹으로 돼있는 열들과 회전하는 타원형 모양들도 살펴보았다. 이 타원형으로 생긴 모형은 땅과 연결되어 튜브 위 주둥이 속으로 씨앗을 퍼 넣는 역할을 했다. 그때 누군가가,

"엘리자베스 제인, 잘 있었니?"

하고 말했다. 그녀는 얼른 고개를 들었다. 거기에는 그녀의 의붓아버지가 서 있었다.

헨처드의 인사말은 생기가 없었고 크게 들렸다. 엘리자베스는 당황한 채 더듬거리며 말했다.

"아버지, 이 분이 제가 함께 기거하고 있는 숙녀분이세요. 템플만 양이라고 해요."

헨처드는 손을 모자에 갖다 대면서 인사를 했다. 템플만 양도 허리를 굽혀 인사를 했다.

"만나서 반가워요, 헨처드 씨. 이거 참 신기한 기계네요?"

"네."

하고 헨처드는 대답하고 기계에 대해 설명을 하기 시작했다. 그러나 설명을 들어도 무슨 말인지 감이 오지 않았다.

"누가 이 기계를 이곳으로 가져왔나요?"

하고 루시타가 말했다.

"아가씨, 그런 질문은 나한테 하지 마세요. 글쎄, 이 기계는 제 구실을 하지 못할 것입니다. 이 기계는 시건방진 젊은이가 추천을 해서 우리 기계공으로 일하는 한 사람이 도입한 것입니다."

그의 눈에는 엘리자베스가 애원이라도 하는듯한 표정을 짓는 모습이 보였다. 헨처드는 엘리자베스의 청혼이 지금쯤 진행되고 있는지도 모른다는 생각이 들어 하던 말을 멈췄다.

헨처드가 발길을 돌려 그곳을 뜨려고 하던 참이었다. 그때 엘리자베스는 도저히 믿어지지 않은 말을 헨처드가 하는 소리를 언뜻 듣게 되었다.

마치 루시타를 나무라는 듯, "네가 나를 만나길 거절하다니"라고 중얼거리는 소리를 듣게 되었던 것이었다. 실로 그 말이 주변에 있던 사람들이 아닌 헨처드의 입에서 튀어나왔다는 사실이 도저히 믿어지지 않았다. 그러나 루시타는 아무 말이 없었다. 그러나 이 순간적인 혼란은, 기계 안에서 들리는 듯, 흥얼대는 어떤 콧노래 소리에 흩어져 버렸다. 그 소리는 마치 기계 안쪽에서 흘러나온 소리인 것 같았다. 헨처드는 이때쯤 이미 시장 건물 안으로 사라져 버리고 보이지 않았다. 그래서 그녀 둘 모두는 다시 그 신기한 기계 쪽으로 시선을 돌렸다. 이들 두 여인의 눈에는 기계 뒤에 한 남자의 구부러진 등이 보였고 그 사람은 기계 내부로 머리를 들이밀고 내부구조를 살피고 있었다. 그 남자가 흥얼대는 콧노래는 다음과 같았다.

> "어ㅡ느 무ㅡ더운 여ㅡ름날 오ㅡ후
> 해ㅡ질 무렵에 나ㅡ 홀로 갔ㅡ엇ㅡ다ㅡ네
> 그ㅡ때 키티는 갈ㅡ색 가ㅡ운을 입ㅡ고
> 산ㅡ너ㅡ머 고우리 언ㅡ덕에서 날 반ㅡ겨 주ㅡ었ㅡ다ㅡ네"

엘리자베스 제인은 그 노래하는 사람이 누구인지를 곧 알아차렸다. 그리고 일찍 알지 못한 것이 죄송스러워 하는 표정이었다. 루시타도 뒤이어 곧 그를 알아보고는 한층 더 발랄한 표정으로 말했다.

"이런 신식 농기계 안에서 '고우리 처녀' 노래를 하다니, 어떻게 된 거죠?"

마침 기계내부를 모두 살펴보고 그 젊은이는 똑바로 일어섰다. 그들의 시선은 기계 꼭대기 너머로 마주쳤다.

"우린 이 신기한 농기구를 구경하고 있어요."

하고 템플만 양이 말하면서,

"하지만 사실은 이 농기구는 대단한 기계는 아니지요?"

하고, 헨처드가 한 말이 생각나서, 덧붙여 물었다.

"변변치 못한 농기계라고요? 오, 천만에요!"

파프리이가 정색을 하며 말했다.

"이 농기계는 이 지역에서 봄철에 씨앗을 파종하는데 큰 혁신을 가져올 겁니다! 이제 이 기계를 사용하면 씨앗을 손으로 뿌리면서 가시덤불속에 씨앗이 떨어지는 일은 더 이상 없게 될 것입니다. 낱알 하나하나가 똑바로 제자리에 심어질 뿐 절대로 밖으로 튕겨나가는 일이 없게 되는 것이지요!"

"그렇다면 구식으로 씨앗 뿌리는 사람들의 추억과 낭만은 영원히 사라지게 되겠지요."

하고 엘리자베스가 끼어들었다. 그녀는 성경을 인용하는 데는 파프리이와 통하는 점이 있었다.

""바람을 의식하고 염려하는 자들은 씨를 뿌리지 말지니라"라고 전도서에서 말했어요. 그러나 그 말은 더 이상 적절치 않게 될 거에요. 세상 참 많이 변하고 있어요!"

"정말 그래요. 정말. 앞으로 그렇게 될 것입니다!"

하고 도날드는 동의를 표시했다. 그의 시선이 먼 허공으로 향했다.

"그러나 이 농기계들은 이미 영국 동부와 북부지방에서는 대중화되었습니다"

하고 아쉬운 표정을 지으며 말했다.

루시타는 자기 성경 지식이 다소 모자란다고 생각해서 인지 이 대화에는 기어들지 않았다.

"이 기계는 젊은이 거예요?"

하고 루시타는 파프리이에게 물었다.

"아, 아니요, 아가씨."

하고 그는 말했다.

그 젊은이는 엘리자베스 제인 앞에서는 마음이 아주 편안해 보였지만, 루시타의 목소리에는 당황해 하고 공손하였다.

"제 소유가 아니지요. 저는 다만 이 기계를 도입하자고 추천을 했습니다."

잠시 침묵이 흐르며, 파프리이는 엘리자베스를 의식하는 것처럼 보였다. 그녀를 생각하며 파프리이는 기분이 전환되는 듯 보였다. 루시타는 파프리이의 그런 모습을 보면서 그가 사업가적 기질과 낭만적인 성향을 모두 지녀 어디에 장단을 맞춰져야 할지 몰라 경쾌한 분위기로 다음과 같이 말했다.

"이곳에 사는 우릴 위해 저 기계를 버리지 마세요."

하고 말한 후 그녀는 엘리자베스와 함께 집으로 돌아갔다.

엘리자베스는 그 이유는 알 수 없지만, 자신이 방해물이 됐다는 느낌을 받게 되었다. 그러나 루시타가 거실로 들어와 다음과 같은 말을 하게 되었을 때 그 이유를 어느 정도 짐작할 수 있었다.

"어저께 난, 파프리이와 함께 이야기를 나눌 기회가 있었어요. 그래서 그분을 알아요."

루시타는 그날 엘리자베스 제인에게 매우 친절했다. 그들은 함께 장터가 사람들로 메워지는 것을 지켜보았으며, 시간이 지남에 따라 햇빛이 그 기다란 모양으로 시장터의 처음과 끄트머리를 비추고 서서히 기울어 저녁이 되자 시장이 텅비어가는 장면들을 지켜보았다. 마차와 짐수레들도 하나씩 사라져 길 위에는 어떤 차량도 보이지 않았다.

타고 움직이는 세계는 모두 끝나고 도보 여행자들의 세계가 펼쳐졌다. 들일꾼들과 그들 아내들 그리고 자녀들은 쇼핑하기 위해 인근 촌락들로부터 몰려들었다. 조금 전 덜컹거리던 바퀴소리와 말발굽 소리 대신 요란한 신발소리만이 들려왔다. 가구들, 농부들, 돈 많은 사람들은 모두 사라지고 시내의 상권은 양보다는 질과 수로 바뀌었고 거래되는 금전 단위도 커졌다.

루시타와 엘리자베스는 밤이 되어 가로등들이 밝혀지고 덧문을 닫지 않아서 이런 광경을 모두 볼 수 있었다. 벽난로에서 따뜻한 불빛이 스며나오는 분위기에서 더욱 친밀한 이야기가 오고 갔다.

"아가씨 아버지는 아가씨와 멀어졌나 봐요."

"네."

루시타를 향해 헨처드의 입에서 나온 그 혼란스런 말을 까마득하게 잊고 그녀는 말을 계속했다.

"아버지는 제가 행실이 바르지 못하다고 생각하셔요. 그러나 저는 아버지가 상상도 할 수 없을 정도로 노력을 해 왔지만 모두 헛수고였지요. 제 엄마가 옛날 선원이셨던 아버지와 사별한 것이 저에겐 엄청 큰 불행이었어요. 돌아가신 분은 제가 그런 어려움을 경험하는 것을 모르겠지요?"

루시타는 약간 충격을 받은 눈치였다.

"난, 그런 걸 잘 몰라요. 그러나 당사자의 입장은 힘들고 어려웠겠지요. 여러 가지로."

"그런 느낌을 경험한 적이 있으세요?

엘리자베스는 천진난만한 표정으로 물었다.

"아, 아니요."

하고 루시타는 서둘러 대답했다.

"내가 생각하기엔, 여자들이 잘못한 것이 없어도 세상이 그렇게 바라보면 참 기분이 좋지 않아요."

"입방아를 놀리는 사람들은 모르지만 피해를 입는 당사자는 상처를 많이 받지요."

"참으로 황당한 일이지요. 다른 사람이 어떤 느낌을 받는지도 모르고 하는 짓이니까요."

"하지만, 전적으로 좋아하거나 맘에 들지는 않더라도, 반드시 나쁜 의미로만 받아들일 필요는 없겠지요."

루시타는 다시 한 번 충격을 받았다. 그녀의 과거가 캐스터브리지에서 안전하지 않았다. 왜냐하면 과거 헨처드와의 무수히 주고받은 편지들이 아직도 그의 수중에 있었기 때문이었다. 그러나 헨처드가 편지들을 없애버렸을지도 모를 일이었다. 이제 와서 루시타는 그 편지들을 처음부터 쓰지 말았어야 했다는 생각을 하게 되었다.

엘리자베스가 파프리이를 다시 만나고 헨처드가 루시타에 대하는 태도를 종합적으로 생각하고 판단하면서 총명한 엘리자베스는 한층 더 주의 깊게 루시타를 관찰하게 되었다. 며칠 후 외출하는 루시타와 눈이 마주치자 엘리자베스는 루시타가 그 매력적인 스코틀랜드 젊은이를 만날 희망을 품고 있음을 직감적으로 알아 차렸다. 아무리 순진한 엘리자베스라 해도, 루시타의 진한 화장과 요란한 옷차림으로 보아 그런 정황을 분명히 읽을 수 있었다. 루시타는 밖으로 나가 대문을 닫았다.

사리판단이 예리한 엘리자베스는 난롯가에 앉아서 그녀가 보여준 언행들을 통해 마치 과거 있었던 일들을 파노라마처럼 펼쳐지는 사건들을 직접 보고 있는 듯한 착각이 들었다. 엘리자베스는 마음으로 루시타의 뒤를 미행하고 있었다. 그녀는 마치 우연인 것처럼 파프리이를 만날 것이다. 파프리이는 우연히 만난 루시타를 보면서 감정이 닳아 오를 것이다. 그녀는 열정적인 모습으로 그에게 다가 설 것이다. 시간이 지나면서 이들 두 남녀는 헤어지기 싫어하고 남의 눈에 띄지 않으려 우유부단함에 갈등할 것이다. 그리고 두 사람은 악수를 하고 끓어오르는 욕망을 억누른 채 겉으로는 근엄한 표정으로 헤어지게 될 것이다. 시간이 흘러가는 것도 모른 채, 깊은 침묵 가운데 상상의 날개를 펼쳐 여행하고 있었을 때 루시타가 그녀 뒤로 조용히 다가와 엘리자베스를 깜짝 놀라게 했다.

엘리자베스가 상상해 보았던 무대가 모두 사실로 드러났다. 그녀가 그려보았던 상황이 그대로였다. 루시타의 짙은 화장은 더 밝은 빛을 발했다.

"파프리이 씨를 만나셨군요?"

하고 엘리자베스는 아무렇지도 않게 물었다.

"네, 어떻게 알았어요?"

하고 루시타는 난로 옆에 무릎을 꿇고 엘리자베스의 두 손을 움켜쥐었다. 그러나 그녀는 자신이 언제 어떻게 그를 만났으며 무슨 말을 함께 나누었는지는 말하지 않았다.

그날 밤 루시타는 기분이 들떠 있었다. 아침이 되자 루시타에게 열이 있었다. 아침식사를 하면서 루시타는 엘리자베스에게 어떤 숙녀의 은밀한 이야기를 해 주겠다고 했다. 그러자 엘리자베스는 진지하게 이야기를 들으려고 했다.

"이 여인은, 그러니까 이 숙녀는, 한때 한 남자를 몹시 좋아했어요"하고 말을 시작했다.

"아, 그래요!"

하고 엘리자베스는 대답했다.

"그들은 깊은 사이였어요. 남자가 그 여자를 무척 사랑했고, 여자는 남자가 그 여자를 사랑한 만큼은 사랑하지 않았던 사이였어요. 그런데 남자는 한순간 허전함을 채우려고 그 여자에게 자기 아내가 되어 줄 것을 제의했고 그 여자는 이를 받아들였어요. 그러는 사이에 전혀 생각지도 않았던 장애물이 생겨난 것이지요. 하지만 그 여자는 그 남자를 깊이 사랑했기 때문에 다른 남자에게 시집을 간다는 생각을 꿈에도 생각하지 않았어요. 그런데 그 후부터 두 사람의 사이는 멀어지고, 오랫동안 서로 소식을 몰랐지요. 그래서 그녀는 자신의 인생은 완전히 끝났다고 생각하게 되었어요."

"아, 그 아가씨, 가엽기도 하지!"

"그 여자는 그 남자 때문에 정신적으로 많은 고통을 받았지요. 그들 간에 있었던 일이 전적으로 남자 잘못만은 아니었어요. 그런데 마침내 그들 두 사람을 갈라놓았던 장애물이 전혀 예상치도 않게 제거됐답니다. 그래서 그 남자는 다시 그 여자에게로 돌아왔어요. 결혼을 하려고 말이지요."

"아이고, 너무 좋겠다!"

"그런데 그 동안 그 여자는― 내 가여운 친구는 그 남자보다 더 좋아하는 남자를 만났던 거예요. 자, 문제는 바로 여기 있어요. 그 여자는 망설이지 않고 옛날 첫 번째 그 남자를 버릴 수 있을까요?"

"그 여자가 새로 만난 남자를 더 좋아한단 말이지요? 그렇게 하면 안 되는 건데!"

"그렇지요?"

하고 루시타는 양수장 펌프를 가지고 노는 한 소년을 바로 보며 고통스런 표정을 지었다.

"새로운 남자를 만나는 것이 나쁘긴 하지요! 하지만 그 여자가 우연히 그 첫 남자와 모호한 관계에 빠져들었다는 점은 인정해 줘야 해요.

첫 번째 남자는 두 번째 남자만큼 교육도 받지 못했고 세련되지도 않았으며, 시간이 갈수록 여러 가지 결점들이 드러나고 있단 말이에요."

"글쎄, 저는 잘 모르겠어요."

하고 엘리자베스는 생각에 잠겼다.

"참 어려운 일이에요. 이 문제를 해결하자만 교황이라도 찾아가야 하겠어요."

"아가씨는 이 문제에 대해 신경을 쓰고 싶지 않은 거지요?"

루시타의 호소하는 목소리에는 그녀가 엘리자베스의 판단에 얼마나 의지하고 있는지 역력하게 나타났다.

"그래요, 탬플만."

하고 엘리자베스는 말했다.

"그 문제에 대해 깊이 관여하고 싶지 않아요."

그러나 루시타는 자신의 은밀한 이야기를 그녀에게 털어놓자 마음이 홀가분해 지는 걸 느꼈다. 그리고 두통도 서서히 진정되어 가고 있었다.

"거울 좀 가져 와 보세요. 사람들에게 난 어떤 모습일까요?"

하는 그녀 말에는 힘이 없었다.

"약간 피로해 보이시는데요."

하고 엘리자베스는 은근히 루시타를 바라보았다. 그녀가 거울을 가져 와 루시타가 볼 수 있도록 비춰주었다.

"시간이 지나면 조금씩 나아지겠지요."

하고 그녀는 한참 지난 후 말했다.

"네."

"나에게 최대 약점은 뭘까?"

"두 눈 밑이, 약간 푸르스름해요."

"그래요. 두 눈 아랫부분이 내 약점이에요. 몇 년 후에 나는 흉하게 늙어버릴까?"

엘리자베스가 루시타보다 나이는 어렸지만, 이런 어려운 논의를 하는 데는 어른스러운 점이 보였는데 거기에는 충분한 이유가 있었다.

"글쎄요, 5년쯤 지나면?"

하고 엘리자베스가 진지한 표정으로 말했다.

"아니면, 만약 편안한 생활을 한다면 10년쯤 지나서는 늙고 흉한 모습으로 변하겠지요? 애정문제로 신경을 쓰지 말아야 10년까지 신선한 모습을 간직할 수 있어요."

루시타는 엘리자베스의 이런 평가를 올바른 판단으로 생각하는 듯했다. 루시타는 엘리자베스에게 자신의 이야기를 제3자의 사건처럼 더 이상 말하지 않았다. 그날 밤, 침착하고 다정다감한 엘리자베스는 루시타가 자신의 은밀한 이야기를 모두 털어놓을 만큼 그녀를 신뢰하지 않는다는 생각이 들어 깊은 한숨을 지었다. 왜냐하면 루시타가 이야기한 제3의 여인이 루시타 자신이라는 느낌을 떨쳐버릴 수 없었기 때문이었다.

25. 강렬한 시선과 고통의 시기

엘리자베스는 루시타의 마음을 사로잡고 있는 존재가 헨처드가 아니라 파프리이라는 확증을 잡게 된 것은 파프리이가 루시타를 방문하면서 어색할 정도로 당황한 표정을 지었을 때였다. 그는 템플만과 엘리자베스와 함께 이야기를 나누었으나, 같은 방안에 앉아 있으면서도 파프리이는 엘리자베스에게 시선을 주지 않았다. 그리고 엘리자베스의 재치 있는 말에는 퉁명스럽고 냉담한 반응을 보이기까지 했다. 파프리이의 시선과 표정 그리고 그의 모습과 어법에서, 그가 루시타의 생기발랄함과 신선함에 몰입해 있음을 알 수 있었다. 루시타는 엘리자베스를 대화 가운데 끌어들이려고 무척 애썼다. 그러나 엘리자베스는 세 사람이 함께 하는 자리가 너무도 어색하고 불편했다.

수잔 헨처드의 딸은 이때까지 어려운 환경을 잘 극복해 온 것처럼 냉랭하고 싸늘한 아픔과 상처를 잘 견디고 있었다. 그러나 어색하기 짝이 없는 그 방에서 엘리자베스는 가능한 한 벗어나고 싶어 빠져나갈 묘책을 강구했다. 엘리자베스에게 사랑과 환상을 안겨주고 춤추며 가슴을 설레게 했던 그 파프리이가 아닌 것처럼 느껴졌다. 사랑은 고통스럽지만 사랑하는 동안에는 고통을 잊을 수 있는 것이다.

엘리자베스는 그녀 침실 창문을 통해 말없이 창밖을 내다보며 그녀가 처한 운명이, 마치 교회 꼭대기에 매달린 종탑처럼 위태롭다는 생각을 했다.

"아, 이제야 알겠군."

하고 엘리자베스는 문지방을 손바닥으로 가볍게 툭 치면서 입을 열었다.

"파프리이가 바로 루시타가 일전에 나에게 말한 두 번째 남자야!"

이 기간 동안 내내 헨처드는 루시타에 대한 애정이 불꽃처럼 타오르고 있었다. 한때 사랑한 그 여자가 한동안 두절된 채 지내다 보니 어색해졌지만 보다 성숙한 모습으로 이제는 자기 자신의 인생을 만족시켜줄 상대라고 생각했다. 거리를 두고 루시타를 끌어들여보려던 그의 생각은 수정되지 않을 수 없는 상황에 처했다. 계속되는 루시타의 침묵이 이를 증명해 주고 있었기 때문이었다. 그래서 헨처드는 루시타와 거리를 두고 끌어들이겠다는 전략을 바꾸고 그녀를 다시 방문했다. 마침 엘리자베스는 부재중이었다.

파프리이가 보여주는 겸손한 눈빛과는 달리, 어색한 표정을 한 헨처드의 발걸음은 무거웠다. 그는 강렬하면서도 포근한 시선과 옛 친구를 맞이하는 다정한 시선을 지키려 노력하면서 루시타가 있는 방으로 다가섰다. 그런데 그녀의 태도가 옛날과 같지 않았다. 그녀가 악수를 하려 내민 손길이 차갑고 냉랭하여 맥 빠진 사람처럼 의자에 앉았다. 헨처드가 평소 옷차림에 신경을 쓰지 않았지만 오늘은 루시타 앞에 서있는 자신의 옷맵시에 문제가 있음을 충분히 느꼈다. 루시타는 헨처드가 방문해 준 것에 대해 정중하게 말했다. 루시타의 그 정중한 말이 헨처드의 불안한 마음을 진정시켰다. 그는 자신의 불안한 심정을 억누르면서 루시타의 얼굴을 유심히 쳐다보면서 말했다.

"루시타, 내가 당연히 올 곳에 왔는데, 와 주어서 고맙다니, 무슨 그런 말을 해? 그동안 내가 여길 오고 싶어도 상황이 허락하지 않았다는 사실은 당신이 잘 알지 않소?ㅡ 내가 당신을 사랑하는 마음이 간절했어도 사정이 허락하지 않았단 말이오. 그래서 지금 당신을 찾아와 당신이 나와 결혼하고 그동안 당신이 고통당하고 상실했던 것들을 보상해 주고 싶은 심정이요. 결혼 날짜는 당신 편리한 대로 잡도록 하세요. 당신이 결정하는 대로 모두 따르겠소. 이런 일들은 당신이 나보다 더 잘하잖소."

"아직은 너무 일러요."

하고 루시타는 말을 회피했다.

"그래요. 그런 것 같기도 하군요. 하지만, 애처로운 수잔이 세상을 떠난 후, 그때는 재혼에 대해 생각할 상황이 아니었지만, 지금은 우리 둘 사이에 결혼을 지연시킬 아무런 장애가 없다는 생각이 들어요. 그렇다고 내가 결혼을 억지로 서둘러 하고 싶은 마음은 아니요. 왜냐하면 당신이 가진 재산을 내가 탐내서 결혼을 서두르는 인상을 주고 싶지 않기 때문이요."

헨처드의 목소리는 가라앉아 있었다. 헨처드의 말투는 밖에서 하던 때와는 달리 상당히 거칠어져 있었다. 헨처드는 우아한 가구들과 고상한 물건들이 있는 방안을 유심히 훑어보았다.

"이런 가구들을 캐스터브리지에서 구입하지는 못할 텐데."

"그럼요, 이곳에서는 구할 수 없지요. 아마 이곳의 도시화가 50년이 흘러가도 구하기는 어려울 거예요. 이런 가구들을 이곳에 가져오는데만 마차 한 대와 말 네 필이 필요했어요."

"당신은 마치 돈더미 위에서 사는 것 같군."

"아니, 그렇지 않아요."

"많을수록 나쁠 건 없지. 하지만 당신이 이렇게 변한 모습이 나에게는 다소 어색하군."

"왜요?

더 이상 대답이 필요 없었다. 그래서 헨처드는 말을 하지 않았다.

"글세."

하고 그는 말을 이었다.

"루시타, 나는 당신이 돈 많은 재력가가 되는 걸 보고 싶었어. 정말이요. 당신에겐 이런 모습들이 어울리는구려."

헨처드는 루시타에게 뜨거운 시선을 보냈지만 루시타는 그의 시선을 의식하고 움츠렸다.

"그런 말씀해 주시다니 감사하군요."

하고 루시타는 다소 예의를 갖추어 말했다. 이런 루시타의 모습에 헨처드는 화가 났다— 그런 루시타의 형식적인 모습을 헨처드는 재빨리 알아차렸다.

"당신이 내가 한 말에 고마워하든 말든 상관없어요. 루시타 당신이 이렇게 부유한 생활을 하면서 행복하든 불행하든 난 그저 내가 느낀 대로 말을 하고 있소."

"저에게 그런 식으로 무례한 말을 하다니 기분이 썩 좋지 않군요." 루시타는 화난 시선으로 말했다.

"천만에!"

헨처드 역시 화가 난 표정으로 대답했다.

"내가 당신과 다투려고 여기 온 것이 아니야. 나는 당신이 저어지에서 상했던 마음을 위로하고 싶어서 온 것이요. 그러니 당신이 나에게 감사해야 하는 거요."

"어쩌면 그렇게 무례한 말을 하나요!"

하고 루시타는 발끈 대꾸했다.

"여자로서 내게 잘못이 있었다면, 내가 지나치게 소녀 감정으로 당신을 만났던 것이고, 누가 뭐라 말해도 내가 잘못한 것은 없으니 당신이 나에게 그런 기분 상하는 소리를 할 필요가 없어요. 내가 그 시절 받은 정신적 고통은 말로 표현하기 어려울 정도로 큰 것이었어요. 그때 당신은 부인이 돌아왔다고 나와 헤어져야 한다는 편지를 보냈어요. 그러니 지금은 내가 당신의 어떤 제안에 대해서도 관심을 갖지 않는다 해도 나의 결정이 정당한 것은 분명해요."

"그건 그래. 내가 말하는 것은 당신이 현재 있는 그대로가 아니라 다른 사람들이 볼 때 그렇게 느낄 수 있다는 이야기야. 그러니 우리가 가정을 꾸미는 것이 합당한 일이지. 당신의 명예를 위해서도 그렇고 당신 고향 저어지에 알려져 있는 일들을 생각해서도 그렇지 않겠소?"

"헨처드, 왜 저어지 이야기만 하세요? 난 영국 사람이에요."

"아무튼 좋아요. 그런데 내 제의에 대해 어떻게 할 참이요?"

헨처드와 루시타가 만난 이래로 처음, 루시타는 조목조목 따지고 들었다. 그러면서도 루시타는 주저하는 모습이 역력했다.

"당분간 이대로 있어요."

하고 루시타는 다소 어색한 모습을 지우면서 말했다.

"그저 아는 사이로만 지내요. 그게 편하니까요. 세월이 흘러가
면……."

여기서 루시타는 말을 멈췄다. 헨처드 역시 깊은 침묵 속에서 아무 말
도 하지 않았다. 서로에게 침묵보다 더 필요한 일은 없었기 때문이다.

"주위 사람들의 시선에 신경을 많이 쓰는군."

하고 헨처드는 침울한 반응을 보였다.

반사되어 비친 노란 햇살이 방안을 가득 채웠다. 그 반사된 햇빛은 시
골에서 건초더미가 파프리이 이름이 새겨진 마차에 실려 시골에서 들어
와 루시타 저택 앞을 지나치면서 반사된 것이었다. 그 마차 옆에는 파프
리이가 말에 올라타 따라가고 있었다. 이때 파프리이의 모습을 본 루시
타의 얼굴이 갑자기 환하게 밝아졌다.

헨처드가 그 장면을 보기 위해 밖을 한번이라도 쳐다보았더라면 루시
타가 왜 이토록 냉랭하게 그를 대하는지를 금방 알 수 있었을 것이다.
그러나 헨처드는 루시타의 알 수 없는 차가운 태도로 괴로워 방바닥만
아래로 내려 보고 있었기 때문에 루시타의 얼굴이 갑자기 밝아진 이유
를 알아보지 못했다.

"여자들이란 믿을 수 없는 존재들이야. 절대 정을 주지 말아야 한다고."

하고 헨처드는 비틀거리며 일어났다. 그동안 루시타는 헨처드가 그녀
의 은밀한 비밀을 눈치 챌 수 없도록 하기 위해 왜 벌써 가느냐고 하면
서 사과 한 개를 권했다.

그러나 헨처드는 그것을 먹으려 하지 않았다.

"아니야, 나 이런 사과 좋아하지 않아."

하고 덤덤히 말하고는 문 쪽으로 발길을 옮겼다. 나가면서 그는 그녀
에게로 얼굴을 돌리고,

"당신이 캐스터브리지에 온 것은 나와 함께 살려고 온 거요. 그런데
이제 와서 나의 제의에 대해 명확한 답변을 하지 않고 있소!"

헨처드가 계단을 내려가자마자 그녀는 소파 위에 몸을 털썩 던져 앉

왔다가 기를 쓰고 다시 일어섰다.

"나는 파프리이를 사랑할 거야!"

하고 힘주어 외쳤다.

"헨처드는— 헨처드 그분은 성격이 급하고 냉정해. 그런 걸 알고도 나를 그 사람과 묶는다는 것은 미친 짓이지. 나는 과거처럼 헨처드의 노예가 되기 싫어— 나는 내가 좋아하는 사람을 사랑할 거야!"

그러나 사람들은 그녀가 헨처드와 인연을 끊기로 했기 때문에 파프리이보다도 더 조건이 좋은 사람을 선택할 수 있다고 생각했다. 그러나 루시타는 조건을 전혀 따지는 사람이 아니었다. 그녀는 옛날에 교제했던 사람들로부터 비난이 두려웠던 것이다. 그녀에겐 생존해 있는 친척이 없었다. 그리고 스스로의 운명을 받아들였다.

엘리자베스는 루시타가 헨처드와 파프리이를 두고 고민하는 입장을 순수한 마음으로 직시했다. 엘리자베스가 아버지라고 부르는 헨처드와 도날드 파프리이가 루시타를 차지하기 위해 하루하루 필사적으로 노력하고 있음을 알아차렸다. 파프리이 입장은 미혼의 젊은이로서 루시타를 사랑하는 입장이었고 헨처드 입장은 부자연스러운 충동과 질투심에서 비롯되었다.

루시타는 두 남자를 두고 무척 고통스러워했으나 헨처드와 파프리이는 그녀의 고민이 무엇인지를 전혀 눈치 채지 못했다. 루시타의 손가락이 가시 하나에 찔리기만 해도 두 남자는 서로 그녀가 죽어가기라도 한 듯 깊은 염려와 걱정을 했다. 그러나 엘리자베스가 몸이 불편하다거나 아파서 위험에 처해 있다는 소식에는 의례적인 인사 외에는 동정의 말 한마디 없었다. 파프리이는 그렇다고 인정하더라도, 헨처드의 이런 태도를 보면서 엘리자베스는 자식으로서 자신의 처지가 슬펐다. 루시타 옆에서 이런 고민을 해야 하는 엘리자베스 그녀는 도대체 누구인가?— 그녀는 캄캄한 밤 저 높은 하늘에 반짝이는 아무도 관심을 가져주는 이 없는 보잘 것 없는 별 하나에 불과했던 것이다.

엘리자베스는 일상생활을 통해 포기하는 법을 배웠고, 하루하루 그녀의 소망이 허물어지는 데 익숙해 졌다. 이 세속적인 삶이 그녀에게 삶의 철학을 일깨워 주기에는 역부족이었지만, 적어도 그녀는 이런 삶을 통해 자신을 단련하는 법은 터득했다. 그녀가 하는 경험은 계속되는 실망감이 아닌 일련의 대안과 같은 것이었다. 엘리자베스가 원하는 것은 주어지지 않았고, 그녀에게 주어진 것은 그녀가 원하는 바가 아니었기 때문이었다. 따라서 파프리이가 엘리자베스의 확실한 연인이 아니었던 것처럼, 그녀는 지난날 간직하고픈 추억을 잊으려 애를 쓰며, 파프리이를 대신할 사람을 하늘이 보내 줄지 모른다는 생각을 했다.

26. 침묵속의 불편한 만남

　어느 화창한 봄날 아침 헨처드와 파프리이는 이 도시 남쪽 성벽을 따라 뻗어진, 밤나무가 줄지어 늘어진 산책길을 지나가다 우연히 마주쳤다. 그들은 각자 일찍 아침식사를 마치고 산책 중이었다. 그들 주변에 다른 사람들은 없었다. 헨처드는 자신이 보낸 편지에 루시타가 답장으로 보내온 편지를 읽고 있었는데, 그 편지에서 루시타는 헨처드가 두 번째로 만나길 원한다는 요청을 거절한다는 변명을 적어가고 있었다.

　파프리이는 현재 그들의 부자연스런 관계에서 헨처드와 대화를 나누고 싶은 마음이 없었다. 뿐만 아니라 얼굴을 찌푸린 채 말없이 스쳐 지나가는 것도 민망했다. 그가 고개로 인사를 하자 헨처드도 같이 인사를 했다. 그들이 서로 길을 가고 있었을 때,

　"파프리이!"

　하고 부르는 소리가 들려왔다. 헨처드였다. 그는 파프리이를 바라보고 있었다.

　"생각나오?"

　하고 헨처드는 마치 파프리이에게 말을 시키는 사람이 기억이라는 존재이지 헨처드 자신이 아닌 것처럼 물었다.

　"옛날 내가 말했던 그 두 번째 여인에 관한 나의 이야기 말이오? 철부지하고 앞뒤 가리지 않고 나와 연인으로 지냈던 그 여자 말이오."

　"아, 생각나는군요."

　"그것이 어떻게 시작되어 어떻게 끝났는지 자네에게 들려준 것도 기억나시오?"

　"네."

"글쎄, 내가 최근에 홀가분해진 마음으로 그녀에게 결혼을 제의했는데도 그녀는 나와 결혼을 하지 않으려 하고 있소. 그런데 자네는 그녀를 어떤 여자로 생각하고 있소? 자네 생각이 궁금하오."

"시장님은 이제 그녀한테 진 빚이 없다고 생각해요"

하고 파프리이는 진지하게 말했다.

"그건 그렇소."

하고 말하면서 헨처드는 발걸음을 계속 옮겼다.

헨처드가 읽고 있던 편지에서 고개를 들고 파프리이에게 그런 질문을 한 것은 루시타에 대한 파프리이 감정이 변할 수 있는 전환점이 될 수도 있었으나, 루시타가 보여주는 모습은 헨처드와는 너무도 달라 파프리이에게 미칠 영향은 미미했다. 헨처드는 파프리이에 대한 좋지 않았던 이미지가 많이 좋아져 있었다. 그들 두 사람은 의식적으로 적대감을 가지고 있는 그런 사람들은 아니었다.

그러나 제3자로 인한 적대감은 존재한다는 것이 확실했다. 헨처드는 루시타 주변 분위기를 통해서 그런 느낌을 가지게 되었다. 분명히 그에 대한 적대적인 분위기가 계속되고 있었다. 헨처드가 루시타에게 가까이 접근하려 할 때마다 그녀의 거부감은 더해져 갔다. 헨처드는 루시타의 그런 모습이 태어날 적부터 물려받은 변덕이 아님을 확신하고 있었다. 루시타의 창문에서 스며 나오는 불빛은 마치 헨처드에 대한 거부감을 드러내는 것처럼 느껴질 정도였다. 게다가 늘어진 커튼은 더욱 헨처드에 대한 단절을 상징하는 것 같았다. 헨처드는 그에 대한 루시타의 적대감이 어디에서 시작되었는지 알아보기 위해 한 번 더 루시타를 만나려고 애를 썼다. 그리고 마침내 그녀를 만나는데 성공했다.

루시타와 이야기를 나누던 중에 헨처드는 조심스럽게 루시타를 향해 혹시 파프리이 씨를 알고 있느냐고 물었다.

그 질문에 대한 답변은 분명했다. 루시타가 그를 알고 있다고 했다. 루시타의 이야기로는 그녀가 이 도시의 중심지— 그것도 투기장이 내려다 보이는 전망대 위에 살기 때문에 캐스터브리지 거의 모든 사람들을 알게 되지 않을 수 없다는 것이었다.

"생기발랄한 친구야."

"정말 그래요."

하고 루시타는 말했다.

이때 엘리자베스는 어색한 분위기를 덜어주기 위해 끼어들었다.

"우리 두 사람은 모두 파프리이 씨를 알고 있어요.

갑자기 노크 소리가 들려왔다. 세 번 크게 들리더니 끝으로 짧게 한 번 더 들려왔다.

"저 노크 소리를 들어보니 상냥한 사람 같기도 하고 순진한 사람 같 기도 하군."

하고 헨처드는 중얼거렸다.

"그러니 파프리이라 할지라도 이상할 것 없어."

곧 이어 파프리이가 걸어 들어왔다.

루시타는 불안한 마음에 안절부절 못했다. 그녀의 이런 태도는 헨처 드의 의혹심을 확신시켜 주기에 충분했다. 헨처드는 자신이 루시타에 대 해 괴상망측한 입장에 처해 있다는 생각이 들자 잔인해 졌다. 루시타가 헨처드를 향해 버림받은 자신을 책망하면서 그녀의 입장을 고려해 줄 것을 요구했었고, 이곳으로 이사 와서는 그녀를 방문해 줄 것을 줄기차 게 요구하기까지 한 여자가 아니었던가. 그런데 지금 헨처드는 루시타 저택 테이블에 앉아 그녀의 주의를 끌려고 애쓰며, 다른 젊은 남자의 존 재로 인해 사랑의 노여움을 품고 있는 것이다.

엠마오에서 저녁 식사하는 두 제자의 그림처럼, 헨처드, 파프리이, 엘 리자베스, 그리고 루시타는 어둠에 잠겨가는 테이블을 마주하고 굳은 자 세로 앉아 있었다. 루시타는 마치 모든 사람의 주목을 받는 제3의 인물 로서 앉아 있었고 엘리자베스는 마치 복음을 전하는 선교사처럼 거리를 두고 이 장면을 관찰하고 있었다.

오랫동안 아무도 말을 하지 않았다. 이런 적막함은 숟가락과 사기그 롯들이 부딪치는 소리, 창문 아래 구둣발 소리, 손수레나 짐마차 지나가는 소리, 마차 몰이군의 휘파람 소리, 맞은 편 양수장에서 물 쏟아지는 소리, 이웃사람들끼리 나누는 인사 소리, 저녁먹이를 운반해 가는 말들의 멍에가 덜거덕 거리는 소리에 모두 빨려 들어가 버렸다.

"버터 빵을 좀 더 드실래요?"

하고 루시타는 헨처드와 파프리이에게 말하면서 길쭉한 빵조각들이 가득 담긴 쟁반을 그들 앞에 내밀었다. 헨처드는 길쭉한 빵의 한쪽 끝을 잡았고 파프리이는 같은 빵의 다른 끝을 동시에 잡았다. 두 사람은 모두 자기 자신이 먼저 잡았다고 생각하고 잡아당기면서 빵은 두 동강이 났다.

"아, 정말 미안해요!"

하고 루시타는 웃으면서 말했다. 파프리이도 웃었다. 루시타에 대한 사랑하는 마음이 넘쳐나 이런 일도 부정적으로 생각하지 않았다.

"저 세 사람이 하는 짓들이 참 우습기 짝이 없어!"

하고 엘리자베스는 혼자말로 중얼거렸다.

헨처드는 루시타와 파프리이에 대한 확실한 증거를 잡지도 못한 채 루시타의 집을 떠났다. 그는 어떤 결론도 내리지 않았다. 그러나 엘리자베스는 파프리이와 루시타가 서로 사랑하는 사이임을 창문에서 양수장을 바라보는 것만큼이나 명백하게 알고 있었다. 루시타는 주변을 의식하면서도 마치 새가 자기 둥지를 흘깃 흘깃 바라보듯 파프리이에게로 그녀의 시선이 향함을 억제할 수 없었다. 그러나 헨처드는 이런 루시타의 모습을 보고도 예민한 관찰력이 없어 눈치 채지 못했다. 헨처드에게 루시타의 이런 은밀한 행동은 마치 사람의 청각으로는 듣기 어려운 아주 먼 곳에 있는 벌레 소리 같이 알아채기가 여간 어려운 일이 아니었다. 그러나 헨처드는 불안했다. 루시타에 대한 구혼이 잘 성사되지 않으면서 적대감이 늘어가고 사업도 시원치 않았다.

이런 그의 적대감은 파프리이가 출현함으로 원래 자리를 빼앗겼던 지배인 조프를 데리러 헨처드가 한 사람을 보냄으로써 구체적으로 나타났다. 헨처드가 노상에서 종종 제프를 만난 일이 있었다. 그의 옷차림을 통해 그가 궁핍하다는 것을 알았다. 이 도시의 빈민가인 믹슨 레인에 살고 있다는 사실도 알았다. 이런 사실은 헨처드가 지금 처해 있는 상황을 적나라하게 보여주는 증거였다.

조프는 어두워지자 헨처드 집의 앞마당 문을 열고 들어왔다. 그는 건초더미와 짚이 쌓인 속으로 길을 헤치고 들어와 헨처드가 혼자 그를 기다리고 있는 사무실로 들어섰다.

"내가 지배인이 필요한데, 자네 혹시 지금 일하고 있는가?"

하고 헨처드가 물었다.

"시장님, 저는 거지나 다를 바 없습니다."

"보수는 얼마면 되겠나?"

조프는 매우 싼 보수를 말했다.

"언제부터 일을 할 수 있겠나?"

"지금 당장이라도 하겠습니다."

그런데 조프는 두 손을 호주머니에 꽂고 윗도리 두 어깨 부분이 햇볕에 바라질 때까지 길 모퉁이에 서서 장바닥에서 헨처드를 한결같이 지켜보고 있었다. 또한 한곳에 조용히 머물러 있는 사람이지만 헨처드의 움직임에 대해서 익히 잘 알고 있었다. 조프는 평소 말이 없었지만, 루시타가 저어지 출신이라는 사실을 ―입이 무거운 엘리자베스와 헨처드를 제외하고― 은밀히 알고 있던 유일한 사람이었다.

"시장님, 저도 저어지를 알고 있습니다. 시장님께서 그곳 사업을 하실 때 저도 그곳에 있었어요. 아, 참. 그곳에서 종종 뵙기도 했지요."

"그래, 좋아. 그럼 이 문제는 결정됐어. 자네가 나한테 저번에 추천서도 보여주었지. 그것으로 충분하네."

헨처드는 사람이 어려움에 처하게 되면 본성이 드러나고 더 악해진다는 사실을 깨닫지 못한 것 같았다.

조프는,

"감사합니다."

하고 말하고, 마치 지배인 자리를 마침내 차지한 것 마냥 당당하게 버티고 섰다.

"이제,"

하면서 헨처드는 강렬한 눈빛으로 조프를 뚫어지게 쳐다보았다.

"이 지방의 가장 큰 규모의 곡물 및 건초 장사로서 말인데, 한 가지 일이 나한테 필요해. 그 스코틀랜드인 말이야. 그 자가 이곳의 상권을 잡아 흔들고 있어. 그 자를 없애야겠어. 자네 내 말을 듣고 있는가? 그 자와 나는 함께 공존할 수 없단 말이야. 그것만큼은 분명한 사실이야."

"저도 모두 보아 알고 있습니다."

"물론, 내가 하는 말은 공명정대하게 그렇게 하자는 말이야."

헨처드는 계속 말을 했다.

"하지만 공정한 것만큼이나 가혹하게, 매섭게, 단호하게 해 보겠다는 거야. 그렇게 죽기 아니면 살기로 입찰을 하면서 그와 맞서게 된다면 농장주들이 늘 그러하듯 그가 이 지방에서 생매장될 거야. 그래서 내 쫓아버리겠다는 거야. 나는 그렇게 할 자본이 충분해. 무슨 의미인지 알겠나? 반드시 그렇게 해낼 거야."

"저도 전적으로 동의합니다."

하고 새 지배인이 말했다. 조프는 파프리이가 한때 자신의 자리를 빼앗았던 사람이라는 적대 감정을 갖고 있었다. 이런 감정이 그를 자발적인 하수인이 되게 했으며 동시에 사업상으로 헨처드가 생각했던 것 이상으로 위험부담을 지닌 인물이 되게 했다.

"파프리이 그 젊은이는 일 년 앞을 내다볼 줄 아는 사람이라고 종종 생각했습니다."

하고 조프는 덧붙였다.

"그자는 무엇이건 손만 대면 행운을 가져오는 비결이 있어요."

"그는 속이 깊어, 정직한 사람은 누구도 그 속을 헤아릴 수 없단 말이야. 그러니 우리가 그자의 판단을 흩트려 놓아야 해. 그리고 곡물과 건초들을 다양으로 많이 사들여 그자를 압도하는 거야. 그러면 그자는 파멸을 하게 될 거야."

그들은 곧 이 일을 달성시킬 세밀한 계획을 위해 늦은 시간까지 작업을 시작했다.

엘리자베스 제인은 그녀의 의붓아버지가 조프를 채용했다는 소문을 우연한 기회에 듣게 되었다. 엘리자베스는 조프라는 인물이 지배인을 할 적임자가 아니라는 사실을 직감적으로 알고 있었기 때문에 아버지의 노여움을 불러일으키는 것을 각오하고 그녀의 생각을 표현했다. 그러나 헨처드는 들은 척도 하지 않았다. 헨처드는 엘리자베스의 우려를 한 번에 일축해 버렸다.

시간이 흘러가면서 주변 환경이 헨처드와 조프를 도와주는 듯 했다. 시기적으로 외국 경쟁시장에서 곡물거래가 거의 혁명에 가까운 상황으로 변화하고 있었기 때문이었다. 그때까지만 해도 밀 시세가 매달마다 전적으로 국내 수확기에 따라 결정되고 있었기 때문이었다. 밀 수확이 좋지 못하거나 전망이 불안하면 곡물 가격이 몇 주내로 두 배 이상 인상되었고, 반면에, 수확이 호전되면 곡물 값은 급속도로 곤두박질하는 것이었다.

농사일을 하는 사람들의 수입은 밀 수확에 따라 좌우되었고 밀 수확은 날씨와 밀접한 관계를 맺고 있었다. 따라서 농사군은 모든 신경을 하늘과 바람에 집중되어 주변 기후가 그들의 운명을 결정할 정도였다. 농사꾼이 아닌 사람들도 기후에 예민했다. 그들 지역 이외의 기후에 대해서는 관심이 없었다. 이들의 기후에 대한 집착은 오늘날까지도 다른 사람의 입장에서는 이해를 할 수 없는 수수께끼 같은 것이었다. 때 아닌 비가 오던지 폭풍이 몰아치면 그들은 죽을 표정을 지었다. 이렇게 비와 폭풍은 그들에게선 '복수의 여신'으로 인식될 정도였다.

한 여름이 지나고 나면 그들은 사랑방에 앉아 있는 사람들이 마당에서 서성거리는 하인을 지켜보듯 바람개비들을 지켜보았다. 태양이 그들에게 생기를 불어넣어 주었다. 조용히 내리는 비는 그들을 안정시켰고 몇 주간의 폭풍우는 그들을 아연실색케 했다. 그들이 지금도 못마땅하게 생각하는 이런 변덕스런 날씨는 하늘이 그들에게 부리는 심술로 생각되었다.

6월이었다. 날씨는 꽤 순조롭지 않았다. 캐스터브리지는 인근 촌락과 마을들이 분주한 것에 비해 따분한 분위기였다. 상점 진열장에는 새로운 상품 대신 지난여름에 외면당했던 물건들이 다시 모습을 드러내고 있었다. 수확용 낫들, 뒤틀린 갈퀴들, 퇴색한 각반들, 오래된 갖가지 물건들이 쌓여 있었다. 낡은 것들은 말끔히 손질되어 마치 새것처럼 보이게 진열되었다.

조프의 도움을 받고 있던 헨처드는, 저장된 곡식들은 손해가 막심할 것으로 생각되었다. 그래서 그는 파프리이에 대한 전력을 마련할 생각이었다. 그러나 행동으로 옮기기 전 당장 그 가능성이 가장 큰 것이 무엇인지를 생각해 보았다— 이런 소망을 가졌던 사람이 지금까지 얼마나 많았을까. 헨처드는 고집 센 사람들이 가끔 그러하듯 미신을 믿었다. 그래서 이 일을 위해 한 가지 생각을 마음속에 기르고 있었다. 그것은 조프에도 말하기 싫은 생각이었다.

이 도시에서 수마일 떨어진 어느 외딴 촌락— 너무도 멀리 떨어져 쓸쓸한 마을들이 많았다—그 한적한 마을에 날씨를 잘 알아맞히어 신통한 사람이 살고 있었다. 그 집까지 길은 몹시 꼬불꼬불했고 진흙수렁들이 많아 현재 악천후에 가기에는 어려운 길이었다. 비가 몹시 퍼부어 담쟁이덩굴과 월계수 잎 사이에서 먼 곳의 총소리 같은 소리가 났다. 집을 나선 사람이 그의 머리와 눈언저리까지 감쌀 구실을 찾을 수 있었던 어느 날 밤, 그 신통한 점쟁이 오두막 위로 드리워진 개암나무 덤불숲 쪽으로 걸어가는 한 사람이 있었다. 그 길은 대로가 소로로, 소로가 우마차 길로, 우마차 길이 말만 다닐 수 있는 길로, 말만 다닐 수 있는 길이 인도로 변해 있었고, 그 인도는 무성한 잡초로 덮여 있었다. 이 외로운 보행자는 여기서 미끄러지고 저기서 미끄러지며 덤불 옆에 저절로 만들어진 실개천들 위에 엎어져 가면서 마침내 그 점쟁이 집에 이르렀다. 그 집은 정원과 함께 높고 짙은 울타리로 둘러싸여 있었다. 비교적 큰 오두막은 현재 거주자가 진흙으로 지었던 것이며, 짚 지붕도 손수 이었던 것이다. 여기서 그는 계속 살아왔었고, 여기서 그는 일생을 마칠 것으로 보였다.

그는 점卜치고 받은 사례비로 하루하루 살아갔다. 이웃에서 몰려드는 사람들이

　"그 사람의 예언은 믿을 만한 것이 못돼"

　하면서도 반신반의半信半疑하면서 그들의 발길을 끊지 못했다.
사람들은 일시적인 장난기에서 그 점쟁이에게 자문을 구했다. 그리고 사례비는 종종 가져왔지만

　"크리스마스 또는 성촉절을 위해 작은 돈을 가져왔습니다."

　라고 말하는 것이었다.

　그 점쟁이는 찾아오는 사람들이 좀 더 진지하고 장난으로 오지 않기를 바랐던 것이다. 그러나 찾아오는 사람들이 그에 대한 근본적인 믿음이 있으면서 장난기를 발동한다는 점에 다소 위로가 되었다. 그와 같은 점쟁이 일을 하면서도 그가 살아가는 데 문제는 없었다. 왜냐하면 그가 밖으로 외출을 하기만 하면 모든 사람들이 그를 도와주고 후원해 주었기 때문이었다. 사람들은 교회 가서는 이런 저런 고백을 많이 하지만 정말로 믿고 순종하려 하지 않는 반면에, 그를 찾아오는 사람들은 그를 믿고 의지하려는 사람들이 의외로 많다는 점을 놓고 놀라움을 금치 못했다.

　그의 명성 때문에 사람들은 그를 '지혜로운 사람' 또는 '돌팔이'라고 불렀다.

　그가 사는 집 정원 울타리는 입구 위로 아치 모양으로, 사립문은 담벼락에 끼워져 있었다. 이 문밖에서 덩치가 큰 방문자는 걸음을 멈추고 손수건을 얼굴에 감싼 다음 통로를 따라 걸어 들어갔다. 창 덧문들이 닫혀져 있지 않았고 그 안쪽에 점쟁이가 보였다. 그는 저녁밥을 짓고 있었다. 노크 소리를 듣고 포올이 촛불을 들고 문간으로 나왔다. 방문객은 불빛 밖으로 조금 물러나,

　"말씀 좀 나눌 수 있을까요?

　하고 성의 없게 말했다. 주인이 들어오라는 말에,

　"고맙습니다만, 여기가 좋습니다."

　하고 말했다. 방문객이 그곳이 편하다고 하니 주인은 어쩔 수 없이 밖

으로 나올 수밖에 없었다. 그는 옷장 한쪽 모서리에 촛대를 세워놓고 모자를 벗으면서 문을 닫으면서 현관으로 나와 손님과 마주했다.

"저는 지금까지 당신이 저를 위해 어떤 중요한 일을 할 수 있다는 소문을 들었습니다."

하고 그는 침착하게 말했다.

"헨처드 씨, 제가 할 수 있을지도 모르지요."

하고 날씨를 점치는 예언가가 말했다.

"아, 그런데 저를 어떻게 아시고 이름을 부르세요?"

하고 헨처드는 놀라 물었다.

"그것이 선생의 이름이기 때문이지요. 선생이 찾아오실 것으로 믿고 기다리고 있었어요. 그리고 이곳까지 오시느라 시장할 것 같아 저녁밥을 두 그릇 지었어요. 여기 보세요."

그는 문을 밀어 열고 저녁 식탁을 보여주었다. 식탁 앞에는 그 사람의 말대로 의자 하나가 더 놓여 있었고, 식탁위에는 칼과 포크, 접시와 물컵이 놓여 있었다.

헨처드는 자신이 마치 성서에 나오는 이스라엘 초대왕인 사울을 찾아와 대접받는 사무엘이 된 것 같은 느낌이 들었다. 헨처드는 몇 분 동안 침묵하고 있다가 지금까지 가면을 벗어던지고,

"그렇다면 제가 온 것도 헛된 일이 되지 않겠군요. 그런데 예언가께서는 주문(呪文)을 암송하여 사마귀를 물리칠 수도 있나요?"

하고 물었다.

"물론이지요."

"악귀들이나 옴 따위도 치료할 수 있어요?"

"그런 치료를 한 적이 있어요. 그런 경우엔 두꺼비 등짝을 밤낮 지니고 다녀야 하지요."

"날씨도 알아맞히세요?"

"노력과 시간이 필요해요."

"그렇다면 5실링 은화를 드리겠으니 예언 좀 해 주시오. 언제쯤이

면 내가 알 수 있겠소?"

"이미 난 그걸 알고 있습니다. 지금 당장 말씀드릴 수 있어요(사실은 이곳 여러 지방에서 다섯 명의 농장주들이 똑같은 용무로 이곳을 이미 다녀갔습니다). 태양, 달, 별들과 구름, 바람, 나무, 풀, 촛불, 제비, 풀냄새, 고양이 눈, 까마귀, 거머리, 거미, 풍뎅이 무리들을 보면 8월 마지막 두 주간은 비와 폭풍우가 몰아 칠 것입니다."

"물론 확실한 정보이겠지요?"

"사람들은 불확실한 가운데 모두 살아가지요. 그러나 영국에서 이번 가을은 하늘의 계시를 믿는 것이 더 나을 것이요. 내가 메모해 드릴까요?"

"아, 아니요. 나는 이런 예언을 믿지 않아요. 이런 문제는 두세 번은 고민하지요. 그러나 나는……."

"믿지 않으신다—믿지 않는다—아주 이해가 갑니다."

하고 예언가는 당당하게 말했다.

"선생께서는 돈이 많이 나에게 5실링을 주었어요. 이왕 식사가 준비되었으니 식사나 함께 하시는 게 어떻겠어요?"

헨처드는 순간적으로 그 제의를 수락하려 했다. 집 안에서 현관으로 흘러나오는 스튜냄새는 고기, 양파, 후춧가루, 야채 등 식욕을 자극하는 냄새로 가득했기 때문이었다. 그러나 그곳에 오랫동안 머물면 그 예언자를 너무 맹종한다는 우려가 있었기 때문에 거절하고 발길을 돌렸다.

다음 토요일 헨처드가 너무도 많은 양의 곡물들을 사들였기 때문에 변호사, 술가게 주인과 의사들 사이에서는 그가 구매한 곡물에 대해 이야기가 자자했다. 그 다음 토요일은 물론, 매일 매일 많은 양의 곡물들을 사들였다. 헨처드 창고에 더 저장할 공간이 없을 정도로 곡물들이 가득 차자 캐스터브리지 풍향계들은 약속이나 한 듯 모두 삐걱 거리면서 남서쪽 방향으로 바람이 불지 않고 오히려 정반대로 불기 시작했다. 날씨가 변한 것이었다. 몇 주일 동안 빛을 잃고 있었던 햇빛이 황옥색으로 변했다. 흐린 날씨로 사람들을 무기력하게 만들던 대기 온도는 맑은 날씨로 변하면서 생동감을 주었다. 좋은 날씨 덕분에 수확이 기대이상으로 좋아질 것이 확실했으므로 곡물가격도 똑같이 내리막길이었다.

이런 날씨의 변화는 많은 사람들에게는 기분을 상쾌하게 하는 원동력이 되었지만 탐욕스럽고 고집 센 헨처드에게는 큰 두려움을 가져다주었다. 그제야, 헨처드는 도박이란 도박장 푸른 테이블 위에서만 할 수 있는 것이 아니라 넓은 들판에서도 가능하다는 바를 깨달았다.

헨처드는 악천후를 기대하다 엄청난 손해를 입게 되었다. 그는 밀물을 썰물로 잘못 판단했던 것이다. 그러나 그가 사들인 곡물양이 너무 방대하여 처분을 미룰 수 있는 입장이 아니었다. 그렇지만, 처분을 하자니 몇 주 전에 쿼터 당 수실링씩 비싼 값에 사들인 곡물들을 손해를 보면서 팔아 치울 수밖에 없었다. 그 곡물들 가운데는 그가 보지 못한 것도 많았다. 이렇게 그는 막대한 손해를 보게 되었다.

무더위가 한창인 이른 8월 어느 날, 헨처드는 파프리이와 장터에서 만났다. 파프리이는 헨처드가 막대한 손해를 본 거래에 대해 알고 있었지만, 그 거래가 자기를 향한 음모가 있었음은 몰랐다. 헨처드를 동정한 파프리이가 맘에 들지 않았던 그는 탐탁지 않은 몇 마디 대화를 했다.

"아, 아니야. 심각한 거래는 아니야!"

하고 헨처드는 애써 담담한 표정으로 소리쳤다.

"거래하다 보면 이런 일은 흔한 일이야. 내가 최근에 막대한 손해를 본 것으로 생각하는 것 같은데, 나만 손해를 본 것은 아니잖아? 손해는 보았지만 그렇게 심각한 정도는 아니요. 이 정도 손해는 아무렇지도 않아!"

헨처드는 최근 들어 이어지는 불행한 일들로 캐스터브리지 은행에 가지 않을 수 없는 입장이 되었다. 은행장 사무실에 풀이 죽은 채 오랫동안 앉아 있었다. 방대한 양의 곡물들은 물론, 그때까지 이 도시와 그 인근에 있는 헨처드의 부동산들이 사실상 은행의 소유로 모두 넘어갔다는 소문이 떠돌기 시작했다.

은행 계단을 내려오다 헨처드는 조프와 마주쳤다. 은행 안에서 치욕과 파프리이가 보여준 동정 때문에 기분이 상한 그는 무척 흥분해있었다. 파프리이가 보인 그 동정은 거짓으로 위장한 동정일지 모른다는 생각이 들었다. 이런 분위기를 감지한 조프는 헨처드가 무슨 말을 하든 공손히 받아들였다. 조프는 모자를 벗고 이마의 땀을 닦으면서 아는 사람을 향해,

"날씨 참 좋군요."

하고 말했다.

"자네는 이마에 땀이나 씻으면서 '날씨 참 좋군요'라는 말을 할 수 있는가?"

하고 헨처드는 조프를 은행 벽 쪽으로 몰아붙이면서 격분한 목소리로 소리 질렀다.

"자네의 망할 조언을 듣지만 않았어도, 오늘 날씨가 나에게 정말 좋은 날씨가 될 뻔했는데. 왜, 자네는 내가 이렇게 되도록 내버려 두었는가? 조금이라도 조언하고 말렸으면 내가 다시 한 번 생각을 했을 것 아닌가! 자네도 돌팔이이군."

"제가 조언한 바는 가장 좋다고 생각하시는 것을 실천에 옮기는 것이었습니다."

"그거 말이 되는 소리군! 그렇다면 좀 더 일찍 그런 말을 해 주었더라도 이런 손실은 막았을 텐데!"

헨처드는 조프에게 온갖 화풀이를 다 하고 그 자리에서 그를 해고시키고 발길을 돌려 황급히 떠나버렸다.

"시장님, 이렇게 하시면 나중에 후회하실 겁니다. 무척 후회하게 될 것입니다!"

하고 조프는 창백한 얼굴로 서서 그가 장터 안으로 사라지는 뒷모습을 지켜보았다.

27. 알 수 없는 힘과 계속되는 불행

추수하기 바로 전날이었다. 곡물 가격이 떨어져 파프리이는 묵묵히 사들이고만 있었다. 어느 때나 마찬가지로 지방 농장주들은 기근을 가져올 날씨만을 너무 기대하다가 극단적인 행동으로 분별없이 팔아치우고 있었다. 풍작에 대한 기대감이 지나친 소치였다. 따라서 파프리이는 묶은 곡식을 비교적 싼 값에 계속 사들이고 있었다. 지난해 생산품이 양은 많지 않았으나 질은 아주 우수했기 때문이다.

헨처드가 자신의 일을 비참하게 청산하고 성가신 곡물을 엄청나게 손해 보는 값에 처분하고 나자 수확이 시작되었다. 쾌청한 날이 사흘이나 계속되었다. 그래서,

"그 빌어먹을 점쟁이 놈이 제대로 맞히기만 했다면 얼마나 좋았을까!"

하고 헨처드는 중얼거렸다.

추수가 막 시작되자 공기 속에는 물에서 자라는 미나리가 양분이 없이도 자라기에 충분한 습기가 느껴지기 시작했다. 습기의 농도가 짙어 걸어가는 사람의 뺨을 스칠 정도였다. 예상치 못할 정도로 후덥지근한 바람이 일었다. 이따금씩, 굵은 빗방울들이 멀리 떨어진 유리창 위에 별모양의 무늬를 수놓았다. 햇볕은 갑자기 펼쳐진 부채처럼 창문위에 새겨진 무늬를 뚫고 방바닥위로 흩어졌다가 갑자기 사라졌다.

그날부터, 곡물 수확이 성공적일 수 없다는 사실이 분명해졌다. 만약 헨처드가 꾹 참고 기다렸다면 그는 손해를 피할 수 있었을 것이다. 그러나 그는 성질이 참을성이 없고 타성에 젖어 일을 하는 사람이었다. 사태가 이렇게 악화되자, 헨처드는 말을 잃어갔다. 그의 마음은 그를 헤치려는 어떤 보이지 않는 힘이 작용하고 있는 것처럼 생각되었다.

"혹시나."

하고 그는 소름끼치는 표정으로 스스로 물었다.

"누가 밀랍으로 내 허수아비를 만들어 불에 태우고 있는 것은 아닐까? 나를 저주하려고 부정한 술을 휘젓고 있는 것은 아닐까? 나는 그런 짓거리들을 믿지 않아. 하지만— 만약 그 따위 짓을 하는 사람이 있다면 어떻게 하나?"

헨처드는 파프리이가 그 범인일 것이라고 생각하지는 않았다. 이런 생각들로 마음이 허전할 때는 우울해 졌다. 이럴 때에 헨처드는 현실적으로 생각할 수 없었다.

한편 도날드 파프리이는 하는 일마다 번창일로에 있었다. 그가 곡물들을 너무도 싼 값에 사들였기 때문에 현재는 다소 재정적으로 궁핍했지만 그 궁핍함은 금덩어리를 쌓게 해 주는 것과 다를 바 없었다.

"아니, 파프리이 이놈이 곧 시장이 되겠어!"

하고 헨처드는 말했다. 파프리이가 시장이 되어 시청으로 의기양양하게 향하는 그 뒤를 헨처드가 따라가야 한다는 생각이 들어 마음이 무척 힘들어 졌다.

어느 덧 9월의 밤 그림자가 캐스터브리지에 내리고, 시계는 8:30을 알렸다. 하늘에는 달까지 높게 떠올랐다. 시가市街는 비교적 이른 시간임에도 이상할 만큼 조용하기만 했다. 짤랑거리는 말 방울소리와 육중한 바퀴소리가 거리를 지나갔다. 이 행렬에 뒤이어 거친 목소리들이 루시타 집밖에서 들려왔다. 너무도 소리가 요란하여 루시타와 엘리자베스는 창가로 달려 나가 덧문을 들어올렸다.

이웃한 시장 건물과 시청사가 바로 이웃해 있는 교회당과 아래층을 제외하고는 서로 맞대고 있었다. 아래층 아치형의 큰 길은 불 스테이크 광장으로 통했다. 그 광장 한가운데는 돌기둥이 우뚝 서있었다. 옛날에 도축장에서 황소들을 도살하기 전, 이곳에 묶어두고 개들을 충동질하도록 하던 일종의 말뚝이었다. 이렇게 함으로써 황소고기가 연해지도록 했다. 그런데 이 한쪽 구석에는 가축들이 매여 있었다.

이곳으로 통하는 큰 길에는 건초더미들이 쌓여 있었다. 선두先頭를 달리는 말들은 이미 꼬리들이 서로 뒤엉켜있었다. 빈 마차들이었다면 서로 비켜 지나갈 수 있었을 것이지만 한 대가 창문 높이만큼 건초더미를 싣고 있어서 그냥 지나가기가 힘들었다.

"당신이 의도적으로 이렇게 높이 건초더미를 쌓았어!"

하고 파프리이의 마차꾼이 말했다.

"오늘 같은 밤이면 반마일 밖에서도 내 말의 방울소리가 들린단 말이오!"

"정신 나간 소리 그만하고 제발, 정신이나 차려!"

하고 헨처드의 마부가 당당하게 응수했다.

그러나 엄격히 말하자면 헨처드의 마부가 잘못했기 때문에 그는 하이 스트리이트 안으로 뒷걸음질 하려 했다. 이런 혼란 가운데 헨처드의 마차 뒷바퀴가 교회 벽을 치고 산더미 같은 건초더미들이 송두리째 넘어져버렸다. 이렇게 되고 보니 바퀴 넷 가운데 바퀴 두 개와 말이 허공에 들려 버렸다.

무너진 짐을 바로 세울 생각은 하지 않고 두 사람은 서로 엉켜 주먹다짐을 시작했다. 이 혼란 가운데 헨처드가 현장에 도착했다. 누군가가 그를 데리려 달려갔던 것이다.

헨처드는 엉켜 싸우던 두 사람을 한 손에 하나씩 멱살을 잡고 떼어놓고, 넘어진 말 쪽으로 몸을 돌려 말을 가까스로 구해냈다. 그리고 사고 경위를 따졌다. 헨처드 마차와 짐더미가 넘어진 걸 보고 헨처드는 파프리이 일꾼을 크게 꾸짖었다.

루시타와 엘리자베스 제인은 이때쯤 길모퉁이까지 달려 내려와 있었다. 이곳에서 그들은 새 건초더미가 달빛 속에 환희 놓여 있는 것을 지켜보고 헨처드와 마차 몰이꾼들 앞을 오락가락했다. 이 두 여인은 자기들 이외에는 아무도 보지 못했던 장면을 직접 목격한 장본인들이었다. 그래서 루시타가 입을 열었다.

"헨처드, 제가 사고 현장을 똑똑히 봤어요."

하고 소리쳤다.

"그런데 헨처드 씨 일꾼이 잘못한 거예요."

헨처드는 흥분하여 서슬 퍼렇게 야단치던 모습을 멈추고 고개를 돌렸다.

"아, 그랬군요. 템플만 양. 내 일꾼이 잘못했다고? 음, 그랬었군. 하지만 내 말을 좀 들어보시오. 저쪽은 빈 마차입니다. 그러니 얌체처럼 끼어 들어온 것이 잘못이란 말이요."

"아니에요. 저도 봤어요. 저쪽 마차는 어쩔 수 없이 들어온 거예요" 하고 엘리자베스 제인이 끼어들었다.

"저 여자분 들의 말을 들으시면 안 돼요, 주인님."

하고 헨처드의 일꾼이 투정부리듯 말했다.

"왜 안 된다는 말이야?"

하고 헨처드는 날카로운 목소리로 말했다.

"왜냐하면요, 여자들이란 모두 파프리이 편을 들기 때문이지요. 젊고 멋진 사람이니까 그렇지요. 마치 벌레들이 양의 머릿속을 파고들어 현기증을 불러일으키는 것처럼 파프리이는 젊은 처녀들의 가슴속을 파고드는 사람이에요. 파프리이가 지닌 물건이 꾸불꾸불한 것도 여자들의 눈에는 곧게 보이게 하는 사람이지요!"

"그런데 자네가 지금 그렇게 말하고 있는 저 여자분 들이 누구인지 알고 그런 말을 하는가? 저 여자분 들이 얼마나 귀한 몸이란 사실을 명심하도록 하게!"

"무슨 말씀인지요? 제가 보기엔 아무것도 아닌데요. 뭘! 제게 중요한 것은 일주일에 8실링이 전부입니다."

"그리고 파프리이 씨도 그런 사람이 아니야. 그 사람은 사업에는 예리하지만 자네가 생각하는 그런 비열한 짓은 하지 않아."

이런 나지막한 대화를 하는 가운데, 루시타의 모습은 문간 안으로 사라졌다. 그리고 헨처드가 그녀 뒤를 따라 들어가려 하기 전에 먼저 문이 닫혀져 버렸다. 그래서 헨처드는 더욱 실망스러웠다. 이 혼란가운에 헨처드는 루시타와 좀 더 가까이서 이야기를 나누고 싶어 했다. 이때 늙은 경찰관 한 사람이 다가왔다.

"스튜버드, 오늘밤 이 건초와 마차위로 아무도 차를 몰지 못하도록 감시하게"

하고 헨처드가 말했다.

"내일 날이 밝을 때까지는 그대로 둘 수밖에 없어. 모든 일꾼들이 아직도 들판에 있으니 어쩔 수 없어. 그러니 어떤 마차던지 이 길로 들어오려면 다른 길로 돌아가라고 하게. 내가 한 말을 꼭 명심하게……. 내일 아침 시청에서 해결해야 할 사건이라도 있는가?"

"예, 시장님, 한 건이 있습니다."

"무슨 일인가?"

"어떤 늙은 노파가 교회 벽을 향해 온갖 욕지거리를 하면서 소변을 보았습니다. 마치 술집에서 하는 짓을 했다고 했습니다, 시장님."

"좋아, 내가 직접 가보지. 저 건초더미를 잘 지켜야 해."

그동안 루시타는 헨처드를 교묘하게 피하고 있었지만 헨처드는 그녀를 뒤따를 생각을 하고 있었다. 그래서 그는 루시타 문을 노크했다.

헨처드가 들은 대답은, 템플만 양이 외출할 약속이 있어 그날 밤 또 만날 수 없다는 대답이었다.

헨처드는 문간에서 걸어 나와 길 맞은편으로 향했다. 그는 자기의 건초더미 옆에 서서 쓸쓸히 명상에 잠겼다. 경찰관과 말들도 모두 떠나고 없었다. 달빛도 희미하고 가로등도 아직까지 밝혀지지 않고 있었다. 헨처드는 불 스테이크로 통하는 큰 길 돌출한 곁기둥들 가운데 하나의 그림자 속으로 숨어들어갔다. 그곳에서 헨처드는 루시타 집을 감시했다.

촛불이 그녀 침실을 들락날락했다. 이 시간에 무슨 약속인지 몰라도 외출할 옷을 차려입고 있음이 분명했다. 시계가 9시를 알리고 불빛은 사라졌다. 거의 같은 순간에 파프리이가 맞은편 모퉁이를 돌아오더니 루시타 문을 노크했다. 루시타는 문 바로 뒤에서 그를 기다리고 있었다. 노크 소리를 들으며 루시타가 문을 열었기 때문이었다. 두 사람은 큰길을 피해 뒷골목 길을 따라 서쪽으로 향했다. 그들의 행선지를 상상하면서 헨처드는 두 사람을 미행하기로 했다.

변덕스런 날씨로 수확이 지연되었기 때문에 단 하루라도 날씨가 개이면 힘깨나 쓰는 사람들은 모두 들판으로 나가 심어 놓은 농작물 가운데 쓸 만한 것들을 구해 내는데 온 정성을 쏟고 있었다. 하루해가 너무 짧았기 때문에 수확하는 사람들은 달빛 아래서 일을 했다. 캐스터브리지에 위치한 밀밭들은 오늘밤 수확하는 사람들의 열기로 활기를 찾고 있었다. 그들의 고함소리와 웃음소리가 시장 건물 앞 헨처드에게까지 들렸다. 파프리이와 루시타가 가는 방향으로 보아 그들이 들판으로 향하고 있음을 확인할 수 있었다.

거의 모든 주민들이 들판에 나가 있었다. 캐스터브리지 주민들은 어려울 때 서로 돕는 옛 풍습을 잘 간직하고 있었다. 그러니 지금 거둬들이는 곡물은 더노버 농민들이 주인이지만, 나머지 주민들도 적잖게 이들이 거두어들이는 곡물에 관심을 보이고 있었다.

그 골목길 꼭대기에 이르자, 헨처드는 성벽의 어둠에 묻힌 가로수 길을 가로질러 풀로 덮힌 성벽을 내려가 그루터기들 사이로 다가갔다. 그곳은 밀짚들이 누런 들판 위 천막들처럼 서 있었고 멀리서 보니 희뿌연 달빛 속에 가려 잘 보이지 않았다.

헨처드는 현재 작업이 진행 중인 곳에서 먼 한 지점에 들어섰다. 그러나 파프리이와 루시타는 작업현장으로 들어갔다. 그 두 사람이 밀짚 사이로 꾸불꾸불 서성이는 모습이 보였다. 그 두 사람은 사방으로 돌아다니더니 마침내 헨처드가 있는 쪽으로 걷기 시작했다. 마주친다면 서로가 모두 어색할 것 같았다. 그래서 그는 제일 가까운 밀짚 무더기 빈 구멍으로 들어가 앉았다.

"괜찮아요."

하고 루시타가 즐겁게 말했다.

"뭐든 말씀해 보세요."

"좋아요, 그렇다면."

하고 파프리이는 사랑에 빠진 억양으로 말했다. 파프리이 입술에서 그처럼 또렷하게 말하는 억양을 헨처드가 들어보는 것은 처음이었다.

"아가씨의 지위, 재산, 재능, 그리고 아름다운 용모 때문에 주변에 아가씨를 유혹하는 사람들이 많을 겁니다. 그러나 멋쟁이들이 많이 붙어 다니는 그런 숙녀의 한 사람이 될 유혹을 뿌리치겠습니까? 평범한 남자를 선택하면서 만족하시겠어요?"

"그런데 그 평범한 남자란 지금 말하고 있는 분이시죠?"

하고 그녀는 웃으면서 말했다.

"참 마음에 들어요. 다음 질문은 뭐죠?"

"아! 지금 제 정신이 아니어서 무슨 말을 해야 할지 모르겠습니다!"

"그럼 말씀하지 마세요!"

헨처드가 미처 듣지 못한 몇 마디 단편적인 말을 한 후 그녀는 말했다.

"질투하지 않을 거죠?"

그녀의 손을 잡는 것으로 보아 파프리이가 그러지 않겠다는 다짐을 하는 듯했다.

"도날드, 당신은 내가 당신 외에 사랑하는 사람이 없다는 걸 잘 알고 있죠?"

하고 그녀가 말을 덧붙였다.

"하지만, 몇 가지 일은 제가 하고 싶은 대로 하고 싶어요."

"무엇이든 말씀만 하세요! 특별한 것이 있어요?"

"가령, 캐스터브리지는 행복해 질 수 없는 곳이기 때문에 이곳에서 살고 싶지 않다던가!"

헨처드는 그 대답을 들을 수 없었다. 그러나 엿듣는 짓은 하고 싶지 않았다. 두 사람은 추수하는 현장으로 발걸음을 옮겼다. 그곳에서는 곡물다발들이 손수레와 운반할 마차위로 일 분에 십여 개씩 실려지고 있었다.

루시타와 파프리이가 들판에서 일하는 사람들과 가까워지자 파프리이가 일꾼들에게 용무가 있음을 알고 그만 헤어지자고 했다. 파프리이가 루시타에게 조금만 기다려 달라고 요청했지만 그녀는 서둘러 집으로 가버렸다.

헨처드는 그 광경을 보고 밭에서 나와 그녀 뒤를 따라갔다. 다급해진 헨처드는 루시타 집 앞에 이르자 노크도 없이 문을 열어젖히고 그녀 거실로 곧장 걸어 들어갔다. 그런데 그녀는 그곳에 없었고 방도 비어 있었다. 급한 나머지 여기까지 달려오는 동안 어디선지 몰라도 루시타를 앞질러 온 것이 틀림없었다. 그러나 곧이어 문 닫는 소리가 들리더니 루시타가 홀로 들어오는 옷자락 소리가 들렸다. 곧 그녀가 모습을 드러냈다. 불빛이 너무 희미해 헨처드를 금방 알아보지 못했다. 그러나 곧 그를 보게 되자 그녀는 나지막한 소리로 거의 공포에 질려 소리를 내뱉었다.

"세상에, 사람을 이렇게 놀라게 하는 법이 어디 있어요?"

하고 그녀는 얼굴이 화끈 달아올라 소리 질렀다.

"열시가 지났어요. 이 시간에 나를 이렇게 놀라게 할 수는 없어요!"

"이렇게 해서 되는지 안 되는지 모르겠지만, 그럴 만한 이유는 있어. 내가 꼭 예의를 지키면서 이곳에 와야 하나?"

"너무 늦어 예의에 어긋나는 일이에요. 날 욕 먹이는 짓이란 말이에요."

"난 한 시간 전에 이곳에 왔어. 그러나 당신은 나를 만나주지 않았어. 루시타, 당신이 나를 이렇게 하도록 만들었어. 당신한테 분명히 말하겠는데 잘 들어."

루시타는 의자에 털썩 주저앉아 얼굴이 새파랗게 질렸다.

"듣기 싫어요. 듣기 싫단 말이에요!"

헨처드가 그녀 옆에 바싹 붙어 서서 저어지에서 있었던 일들을 들추어내기 시작하자 그녀는 두 손으로 얼굴을 가린 채 소리쳤다.

"듣기 싫어도 들어야 해."

"그건, 당신과의 모든 관계는 이미 끝난 일이에요. 끝난 일을 가지고 제가 이렇게 고통을 받게 할 수 없는 일이잖아요! 당신이 순수한 사랑으로 저에게 청혼을 했다고 판단되었더라면 저는 그 약속을 지켰을 거예요. 그러나 당신은 제가 당신을 간호한 것이 의무감에서 했다고 생각하는 걸 알았어요. 저는 제 자신의 체면을 더럽힌 것이고, 당신은 나에게 보상해야겠다고 생각하신 거예요. 이런 사실을 알고부터 저는 당신을 전처럼 깊이 생각하지 않게 되었어요."

"그런데도 날 찾기 위해 여기까지 왔다고?"

"저는 양심적으로 당신과 결혼해야겠다고 생각했기 때문이었어요. 제가 당신을 그렇게까지 좋아하지는 않았지만, 당신은 훌륭한 사람이었어요."

"그런데 지금은 왜 그렇게 생각하지 않는 거야?"

그녀는 말이 없었다. 새로운 사랑이 개입하기 전까지는 그 양심이 잘 지켜지고 있었음이 분명했다. 이런 생각이 들자, 그녀는 헨처드의 병적인 기질을 원인으로 지적하고 싶었지만 말은 하지 못하고 다시 헨처드 손아귀에 사로잡히고 있다는 사실을 잊고 있었다. 그녀가 할 수 있었던 유일한 말은 "그 당시 저는 불쌍한 소녀였어요. 그러나 지금은 내 처지가 달라요. 나는 옛날의 내가 결코 될 수 없어요"였다.

"그건 사실이야. 그것이 지금 내 입장을 난처하게 해 주는 것이오. 하지만 난 당신이 가진 돈은 대해서는 일절 간섭하지 않겠소. 그리고 당신이 지금 만나는 파프리이는 나보다 못한 인간이야."

"만약 그 사람만큼만 착하다면 저를 그냥 놓아 주실 거예요!"

하고 루시타는 격렬하게 소리쳤다.

이 말을 들은 헨처드는 화가 치밀어 올랐다.

"당신은 체면을 지키기 위해서라도 내가 하는 말을 거절할 수 없을 거야. 뿐만 아니라 당신 내 아내가 될 것을 오늘 밤 이 자리 증인 앞에서 약속하지 않는 한 나는 우리들의 친밀했던 관계를 모두 털어놓을 거야. 모든 사람들이 다 알도록!"

그녀의 얼굴에는 체념의 기색이 역력했다. 헨처드는 루시타의 비통한 표정을 읽을 수 있었다. 만약 루시타의 마음이 이 세상 파프리이가 아닌 다른 남자에게 주어졌더라면 그는 그 순간 확실히 그녀에게 동정을 보였을 것이다. 그러나 루시타 마음에 자기 대신 들어선 사람은 헨처드 두 어깨를 발판으로 출세한 오만불손한 놈(헨처드가 그렇게 부름)이었다.

따라서 헨처드는 자비를 베풀 수 없었다.

더 이상 말없이 그녀는 초인종을 울려 엘리자베스 제인을 그녀 방으로 불렀다. 엘리자베스는 열심히 공부하고 있다가 헨처드가 온 것을 보자 깜짝 놀랐다.

"엘리자베스야!"

하고 헨처드는 그녀의 손을 잡았다.

"지금 하는 이야기를 잘 들어라."

그리고 그는 루시타에게 시선을 돌리면서,

"당신은 나하고 결혼을 하겠소, 하지 않겠소?"

"만약 당신이 그걸 바라신다면 동의할 수밖에 없겠죠!"

"그럼, 동의한다고 한 거지?"

"그래요."

약속하자마자 루시타는 뒤로 넘어지며 기절해 버렸다.

"아버지, 루시타가 그렇게 괴로워하는데 그런 말을 꺼내신 것은……. 정말 잔인한 일이 아니에요?"

하고 엘리자베스는 루시타 옆에 무릎을 꿇으면서 말했다.

"그녀가 스스로 원하는 것이 아니면 절대로 강요하지 마세요! 저는 루시타와 함께 살면서 그녀가 인내심이 부족하다는 것을 알아요."

"북쪽에서 온 얼간이 같은 인간은 되지 마라!"

하고 헨처드는 담담하게 말했다.

"이 약속이 너를 위해 그를 해방시켜 줄 거다. 네가 그를 원한다면 말이다. 안 그래?"

이 말을 듣고 루시타는 깜짝 놀라 의식을 되찾은 듯했다.

"그 사람? 누굴 말씀하시는 거죠?"

하고 루시타는 미친 듯이 소리 질렀다.

"아무도 아니에요. 나하고 상관없는 일이에요."

하고 엘리자베스는 단호하게 말했다.

"아, 그래. 그럼 내가 잘못 생각하고 있었구나."

하고 헨처드가 말했다.

"그러나 오늘밤 일은 나와 템플만 양 사이의 일이야. 그녀는 내 아내가 되기로 약속했어."

"하지만, 지금 그걸 강조하지 마세요."

하고 말하면서 엘리자베스는 루시타의 손을 붙든 채 헨처드를 향해 애원했다.

"루시타가 나한테 약속만 한다면 이렇게 시끄럽게 하고 싶지 않아."

하고 헨처드가 말했다.

"이미 저는 약속했어요. 약속했단 말이에요."

하고 루시타는 괴롭고 혼미한 정신으로 흐느적거리며 말했다.

"마이클, 제발 더 이상 이러지 말아요!"

"그러지."

하고 헨처드는 모자를 집어 들고 나가 버렸다.

엘리자베스 제인은 루시타 옆에 계속 무릎을 꿇고 있었다.

"도대체 어찌된 일이세요? 저의 아버지를 잘 알고 있는 듯 마이클이라 부르다니? 그리고 저의 아버지는 아가씨한테 이런 강요를 하고 또 아가씨는 결혼 약속을 하고, 도대체 무슨 일이죠? 아, 당신은 나한테 감추고 있는 비밀이 너무 많아요."

"아마, 아가씨도 나한테 숨기고 있는 것이 있죠?"

하고 말하면서 루시타는 눈을 지그시 감았다. 그러나 루시타는 엘리자베스가 파프리이를 은밀하게 사랑하고 있다는 사실은 눈치 채지 못했다.

"저는 루시타 아가씨한테 손해 될 만한 짓을 하려든 것이 없어요!"하고 엘리자베스는 더듬거리며 말했다. 엘리자베스는 모든 감정을 마음속에 가두어 놓고 있어 더 이상 견디지 못하고 폭발할 것 같은 기세였다.

"저는 아버지가 어떻게 된 영문인지 모르지만 당신을 향해 그런 명령을 할 수 있다는 사실이 이해할 수 없어요. 아버지의 그런 행동이 너무 낯설어요. 제가 아버지를 찾아가 아가씨를 놓아드리라고 부탁을 해야겠어요."

“아니야, 정말 아니라니까.”
하고 루시타는 말했다.
　　“그냥 내버려 두세요.”

28. 우울한 분위기

이튿날 아침 헨처드는 치안재판을 주재하기 위해 루시타 집 아래쪽에 위치한 시청으로 나갔다. 그가 시장으로 있었기 때문에 당분간 치안판사 신분이었다. 그가 시청으로 가는 길에 루시타의 창문을 올려다보았다. 그러나 그녀는 그림자조차도 보이지 않았다.

치안판사로서 헨처드의 모습은 셰익스피어 『헨리 4세』에 나오는 두 명의 우스꽝스러운 치안판사인 셀로우와 사이런스보다 더 어울리지 않는 모습이었다. 그러나 헨처드가 지닌 순간적인 판단력은 법률지식을 많이 알고 경험이 풍부한 판사들보다 더 뛰어났다. 오늘은 금년도 시장인 초크필드가 부재중이어서 헨처드가 시장 자리에 앉아 있었다. 헨처드의 시선은 아무 생각 없이 창밖으로 뻗어진 하이 플레이스 홀의 전면을 향했다.

범죄 사건은 한 건이 전부였다. 그 범법자가 그 앞에 섰다. 그녀는 얼룩얼룩 반점이 있는 얼굴을 한 노파로 외모에 걸친 황갈색, 적갈색, 담갈색, 회색도 아닌 묘한 여성용 어깨 걸치개를 두르고 있었다. 얼굴 생김새로 보아 그녀는 이 지방 어느 시골 출신이 아님을 보여주고 있었다.

노파는 헨처드와 부치안관을 호기심 있는 눈초리로 쳐다보았다. 헨처드도 마치 그 노파가 그에게 무언가를 생각나게 하는 듯 관심 있게 바라보았다.

"자, 그런데 저 분의 범죄사실이 무엇이지요?"

하고 헨처드는 범죄 진술서를 내려다보면서 말했다.

"그 노파는, 선생님, 소변을 보아 풍기문란죄를 범했습니다."

하고 경찰관인 슈트버드가 조용히 말했다.

"어디서 그런 노상방뇨 행위를 했단 말입니까?"

하고 부치안관이 물었다.

"교회 옆에서요. 가장 경건해야 할 장소에서 그런 짓을 했어요."

"그렇다면 자네는 잠시 뒤로 물러서게"

하고 헨처드가 말했다.

"자네의 진술을 좀 들어보기로 하지."

스튜버드에게 선서를 시켰다. 법정 서기는 펜에 잉크를 찍었다. 헨처드는 친히 메모하는 사람이 아니었다. 그 경찰관은 진술을 시작했다.

"저는 5일 밤 10시 25분에 욕지거리와 요란한 소리를 듣고 본능적으로 그 길을 따라 내려갔습니다. 제가……."

"스튜버드 씨, 조금 천천히 말하세요."

하고 법원 서기가 말했다.

경찰관은 법원서기의 펜 끝을 지켜보면서 기다렸다. 마침내 법원 서기가 받아 적고나자, 스튜버드는 계속 진술을 했다.

"제가 현장에 도착하니 피고인이 좀 떨어진 곳에, 즉 낙수홈통 곁에 있었습니다."

그는 다시 법원 서기가 받아 적을 수 있도록 펜촉을 바라보면서 주춤했다.

"낙수홈통, 스튜버드 씨."

"약 12피트 9인치되는 지점이었습니다."

하고 서기가 받아 적을 수 있는 속도로 천천히 말했다.

"그 점에 이의가 있어요."

하고 노파는 반론을 제기했다.

"약 12피트 9인치란 말은 옳은 진술이 아니요!"

치안관들은 서로 의견을 모았다. 그리고 재판부에서 경찰관의 진술을 인정하기로 합의했다고 선언했다.

스튜버드는 자신의 진술이 인정받았기 때문에 더욱 의기양양한 기세로 진술을 계속했다.

"그런데 제가 서 있던 곳에서, 저 노파가 아주 위험스러운 걸음걸이로 비틀거리며 들어오고 있었어요. 제가 가까이 다가가자, 그때 노파는 저를 모욕하면서 방뇨(放尿)를 했습니다."

"모욕했다고 하셨는데 어떻게 모욕했어요?"

"저 노파는 '등불을 저리 치워'라고 덤벼들었습니다."

"그래서."

"저 여자는 '내 말이 말 같지 않아, 이 늙은 병신아?'하고 다시 소리질렀습니다. 그리고 '당장, 그 등불을 치워. 난 너 같이 멍청한 인간보다 훨씬 더 근사한 사내들도 때려 눕혔어. 이 개자식아, 내 말이 거짓말로 들리면 어디 한번 날 때려봐'하고 말했습니다."

"그 증언에 이의가 있습니다!"

하고 노파는 진술하는 가운데 끼어들었다.

"지금 진술을 내가 들을 수 없어요. 그렇기 때문에 들리지도 않는 진술은 효력이 없어요."

재판부는 다시 합의를 위해 진행을 잠시 중단했다. 법률서적을 뒤적이고나서 스튜버드에게 증언을 계속하도록 했다. 그 노파는 치안판사들보다 더 자주 이 법정에 출입을 하여 재판과정을 엄격하게 진행하지 않을 수 없었다. 그러나 스튜버드가 하찮은 이야기를 지루하게 늘어놓자 헨처드는 참지 못하고 불쑥 말을 내뱉었다.

"자, 우리는 그 따위 횡설수설하는 진술을 들으려는 게 아니요! 요점만 말하시오. 그렇지 않으면 진술을 중단하시오!"

그러고 나서 노파에게 시선을 돌리면서,

"자, 피고인은 증인이 한 진술에 질문 있어요?"

라고 물었다.

"예."

하고 그녀는 눈을 깜박이면서 대답했다. 법원서기는 펜촉을 잉크에 담갔다.

"20여 년 전, 나는 웨이던 장바닥 어느 천막집에서 잡탕죽을 팔고 있었어요ㅡ."

"20년 전이라고요ㅡ 아니, 아주 오래전이군요. 아득한 옛날로 돌아
가는 군요!"

하고 법원서기가 빈정거리면서 말했다.

그러나 헨처드는 두 눈을 크게 뜨지 않을 수 없었다. 그는 무엇인 증
거이고 무엇인 진술인지 아무 생각도 없었다.

"한 부부가 어린 아이를 데리고 내 천막 친 가게로 들어왔지요"

하고 노파는 말을 이었다.

"그 부부는 자리를 잡고 각자 잡탕죽을 한 그릇씩 사먹었어요. 아!
그 당시 나는 지금보다 처지가 훨씬 나았었지요. 밀주장사를 크게 했
거든요. 그런데 나는 잡탕죽에 럼주를 조금씩 섞어 팔았어요. 물론 그
걸 찾는 사람한테만 팔았어요. 나는 그 남자한테도 그렇게 팔았어요.
그랬더니 그 남자 분은 더 많이 달라고 했어요. 그리고 자기 부인과
말다툼을 했어요. 그리고 자기 아내를 최고 입찰가격으로 경매에 붙였
고 어떤 선원이 들어와 5기니 값에 그녀를 데리고 갔어요. 그런데 아
내를 그렇게 팔아치운 그 남자는 저기 큰 의자에 앉아있는 저 사람입
니다."

노파는 헨처드 쪽으로 고개를 끄덕이고 두 팔을 끼면서 말을 끝냈다.
모든 시선이 헨처드에게 향했다. 헨처드의 얼굴이 이상해졌다. 마치
잿더미를 뒤집어 쓴 듯한 모습이었다.

"우리는 당신의 인생담이나 모험담을 듣자는 것이 아니요."

하고 부치안관이 침묵을 깨뜨리고 날카롭게 소리 질렀다.

"본 고발사건과 관련 있는 내용을 진술하라는 것이요."

"내가 한 말은 본 사건과 직접 관련 있어요. 다시 말해 헨처드라는
저 치안관은 노상방뇨한 나보다 나을 것이 없고 재판석에 앉아있을 자
격이 없다는 것을 입증하는 것이요."

"그만 닥치시오. 그런 허무맹랑한 소리를 그만둬요!"

하고 법원서기가 끼어들었다.

"아니요, 저 여인이 한 말은 모두 사실입니다."

하고 헨처드가 말했다.

"하나도 빠짐없이 모두 사실입니다."

하고 헨처드는 천천히 이어서 말했다.

"그리고 내가 저 여인보다 나을 것이 없다는 것을 증명하고 있소! 따라서 공정한 재판을 위해 본 사건의 재판에 본인을 제외하고 여러분들에게 일임하는 바이요."

법정 안은 쥐 죽은 듯이 고요했다. 헨처드는 자리에서 일어나 밖으로 나왔다. 그가 지나온 계단과 밖에는 보통 때보다 더 많은 군중들이 모여 있었다. 왜냐하면 그 잡탕죽 장사를 한 노파가 캐스터브리지에 도착한 이래 줄곧 묵고 있는 골목길 안 주민들에게 자기는 이 지방 거물 헨처드 씨에 관한 한두 가지 기이한 비밀을 알고 있으며 이를 법정에서 폭로하겠다고 암시했기 때문이었다.

"그런데, 오늘은 시청 주위에 웬 건달들이 저렇게 많이 모였지?"

하고 루시타는 하녀에게 물었다. 그때는 이미 그 사건의 재판이 끝났을 때였다. 그녀는 잠자리에서 늦게 일어나 창문 밖을 내려다보고 있었다.

"아, 사람들이 저렇게 많이 모인 것은 헨처드 씨에 관한 추문 때문이지요. 한 여인이 헨처드가 과거 시장터 천막 친 술집에서 자기 부인을 5기니에 팔았다는 사실을 폭로했대요."

헨처드가 루시타에게 자기 아내와 헤어진 것이 수년이 되었고 죽은 것으로 생각한다는 이야기를 했지만 그 직접적인 동기에 대해서는 한 번도 명확하게 설명하지 않았던 것이다. 루시타는 한 번도 그런 이야기를 들어본 적이 없었다.

지난 밤 헨처드에게 한 약속의 말을 떠올리자 루시타는 깊은 번민으로 가득차기 시작했다. 결국 헨처드의 본성은 이런 것이었구나. 한 여자가 자신의 운명을 그 남자에게 맡겨야 한다는 것은 얼마나 몸서리쳐지는 우연이란 말인가.

낮 동안 그녀는 원형경기장과 또 다른 곳으로 나가 거의 황혼 무렵이다 되어서야 돌아왔다. 집으로 돌아온 후 엘리자베스 제인을 만나자 마자 그녀는 며칠 동안 해변으로— 포트 브레디로 여행을 할 계획이라고 말했다. 캐스터브리지는 너무 우울하다는 이유에서였다.

엘리자베스는 루시타를 포트 브레드로 떠나보내고 그녀가 돌아올 때까지 하이 플레이스 홀을 보살피기로 했다. 쓸쓸하고 끊임없이 비가 내린 2~3일이 지나고 나서 헨처드가 찾아왔다. 그는 루시타가 부재중이라는 소식을 듣자 실망하는 눈치였다. 비록 겉으로는 아무렇지도 않은 듯했지만 초조한 태도로 턱수염을 만지작거리면서 발길을 돌렸다.

그 다음날에도 헨처드는 찾아왔다.

"그 여자 이제 돌아왔나?"

하고 그는 물었다.

"예, 오늘 아침 돌아왔어요."

하고 엘리자베스는 말했다.

"그런데 지금 집에 없어요. 대로를 따라 포트 브래디 쪽으로 산책 나갔어요. 저녁 무렵이면 돌아올 거예요."

헨처드는 안절부절못해 하면서 몇 마디 말만하고 다시 그 집에서 떠났다.

29. 오후의 산책 그리고 협박

    엘리자베스가 말한 그대로 루시타는 그 시간에 포트 브레드 방향으로 뻗은 길을 따라 걷고 있었다. 루시타가 3시간 전에 마차에 몸을 싣고 캐스터브리지로 돌아왔던 그 길을 다시 오후 산책길로 택했다는 것은 이상한 일이었다— 모든 일에는 그럴만한 이유가 있기 마련이지만 연속적으로 일어나는 이상한 현상만은 틀림없었다. 오늘은 큰 장이 서는 날— 바로 토요일이다. 파프리이가 상인들 방에서 자기가 있어야 할 자리를 처음 비운 날이었다.

    그러나 그는 그날 밤 귀가할 것으로— 캐스터브리지 시민들의 표현으로는 "일요일을 위하여" 그가 돌아올 것으로 알려져 있었다.

    루시타는 계속 걸어 이 도시의 이쪽저쪽에서 대로와 접해 도열한 나무들이 늘어선 끝까지 도착했다. 이 끝에는 1마일 표지가 서 있었다. 거기서 그녀는 발걸음을 멈췄다.

    그 지점은 두 개의 완만한 경사진 언덕이 있는 골짜기였다. 로마시대 건설되었던 그대로인 도로는 마치 측량기사가 줄자로 곧게 뻗은 길을 산마루 너머까지 잰 것처럼 보였다. 지금 전면의 노상에는 울타리도 나무도 없고, 길바닥은 주름치마 위의 줄무늬처럼 들판과 붙어있었다. 그녀 옆에는 광이 하나 있었다— 그녀의 시야에 들어오는 유일한 건물이었다.

    그녀는 두 눈을 가늘게 뜨고 작아져 가는 길을 바라보았다. 그러나 노상에는 아무것도— 하나의 점 같은 것도 보이지 않았다. 그녀는 "도날드!"하고 외마디 소리를 탄식하듯 내뱉었다. 그리고는 되돌아오려고 시내 쪽으로 얼굴을 돌렸다.

그런데 그때 반대방향에서 한 사람의 모습이 그녀에게로 다가오고 있었다— 엘리자베스 제인이었다. 루시타는 혼자 쓸쓸했음에도 불구하고 마음이 약간 어지럽혀진 눈치였다. 서로 말을 건네기엔 아직 거리가 멀었지만 루시타를 바라본 엘리자베스는 따뜻한 표정을 지었다.

"이곳에 오면 아가씨를 만날 수 있을 것으로 생각하고 왔어요."

하고 엘리자베스는 미소 지으면서 말했다.

루시타가 무슨 대답을 하려고 하다 중단했다. 그녀 오른쪽에 트인 작은 길을 따라 걷고 있었는데, 황소 한 마리가 그녀와 엘리자베스 쪽으로 그 길을 따라 불안스럽게 어슬렁거리며 내려오고 있었다. 그런데 엘리자베스는 반대쪽에서 걷고 있었기 때문에 그 황소를 잘 볼 수 없었다.

매년 중반 이후 이때쯤이면, 황소는 캐스터브리지 인근과 주민들이 살아가는데 중요한 바탕이기도 했지만 공포의 대상이기도 했다. 그런데 이곳 들판에서는 소의 사육이 크게 성공을 거두고 있었다. 이 계절이면 지방의 경매꾼들이 팔기 위해 이 도시로 몰아 들어오고 나가는 소떼들이 대단히 많았다. 그런데 이 뿔난 짐승들은 들어오고 나가면서 여자와 아이들을 집 안으로 몰아넣었던 것이다. 대체로 이 짐승들은 길을 고분고분 걸을 수 있었지만, 괴상한 소리와 동작으로 무서운 소리를 질러대고, 커다란 막대기를 휘둘러대고, 주인 없는 개들이 끼어드는 것이 틀림없는 캐스터브리지 소몰이꾼들의 전통임을 알 수 있었다. 그래서 소들의 성미가 과격해졌던 것이다. 집주인이 방문을 나서는 날에는 집안과 홀의 통로에는 어린아이들, 어린아이 보는 여자들, 나이 든 여자들과 숙녀들로 붐볐다. 그들은 공포에 질려,

"황소가 팔려 지나가고 있어요."

하며 집안으로 마구 뛰어 들어와 몸을 피하며 사과하였다.

루시타와 엘리자베스는 그 소를 의아스럽게 바라보았다. 그동안 그 소는 무턱대고 그들 쪽으로 다가오고 있었다. 그 소는 짙은 암갈색으로 등줄기 주위에 반점이 있어 보기가 흉했다. 두 뿔은 두텁고 그 끝은 놋쇠로 씌워져 있었다. 두 콧구멍은 옛날 장난감 망원경을 통해 본 테임즈

터널 같았다. 두 콧구멍 사이에는 연골을 통해 튼튼한 구리 코뚜레가 끼워져 있어 놋쇠로 된 목테처럼 맘대로 뺄 수 없게 되어 있었다. 그 코뚜레에는 1야드 정도 크기의 물푸레나무 막대기가 달려 있었다. 황소는 머리를 움직일 때마다 이 막대기를 도리깨질하듯 이리 내던지고 저리 내던졌다.

두 젊은 여인이 정작 놀란 것은 이 막대기를 보고서 부터였다. 그 황소는 도망쳐 나온 늙은 소로 너무 난폭하여 다루기 힘들어 보였다.

여인들은 피신할 곳이나, 숨을 곳을 찾아 두리번거리다가 가까이 있는 광이 생각났다. 그녀들이 그 황소에서 눈을 떼지 않고 있는 동안은 황소도 약간 주저주저하는 태도였다. 그러나 그들이 그 강 쪽으로 몸을 돌리자마자 황소는 머리를 번쩍 쳐들고 그들을 단단히 혼내줄 심사였다. 이것이 두 무력한 여인으로 하여금 무모하게 뛰게 만들었다. 이렇게 되자 황소는 맹렬한 기세로 돌진해 왔다.

광은 진창바닥의 파란 못 뒤편에 있었고, 그들 쪽의 두 문 중 하나가 막대기에 받쳐 열려 있을 뿐 모두 닫혀 있었다. 두 여인은 그 열려진 문을 향해 질주했다. 마른 클로버 더미가 쌓여있는 한쪽 끝을 제외하고 내부는 최근 타작으로 깨끗이 치워져 있었다. 엘리자베스는 사태를 바로 관찰했다.

"우리 저기로 올라가야 겠어요."

하고 그녀는 말했다.

그러나 그들이 그곳에 채 도달하기도 전에 밖에서는 황소가 연못을 철벅철벅 건너오는 소리가 들렸고 곧 문의 받침대를 들이 받아 쓰러뜨리고 광 안쪽으로 들어왔다. 육중한 문이 쾅하고 닫혔다. 사람과 짐승이 함께 광 안에 갇혀버렸다. 길을 잘못 든 그 짐승은 그들을 보았다. 그 여인들이 달아난 광의 한쪽 끝으로 성큼성큼 걸어왔다. 그 여자들은 너무도 교묘히 몸을 피해 돌아섰기 때문에 황소가 벽 앞에 다다랐을 때 그들은 이미 되돌아 반쯤 와 있었다. 황소가 그 긴 몸뚱이를 틀어 그들을 추적하려 할 때 그녀들은 이미 벽 밑까지 와 있었다. 황소의 콧구멍에서 내뿜어지는 뜨거운 김이 사막의 열풍처럼 그들에게 덮어 씌워지는 속에 쫓고 쫓기는 일이 이렇게 계속되었다. 엘리자베스나 루시타가 문을 열 틈도 없었다. 그들의 이러한 위급함이 오래 계속되었다면 무슨 일이 일어났을는지도 모른다. 그러나 잠시 후 덜컥거리는 문소리가 황소의 주의를 딴 곳으로 돌려놓았다. 한 남자가 나타났다. 그는 소의 코에 매달린 코뚜레 앞으로 곧장 달려가더니 소의 머리를 비틀고 쳐들어 마치 목을 툭 잘라 놓을 것만 같았다. 사실 너무도 거칠게 비틀어 소의 그 두터운 목이 빳빳함을 일고 반쯤 맥 빠진 듯 했으며, 코에서는 핏방울이 뚝뚝 떨어졌다. 코뚜레라는 인간의 창의적 아이디어가 충동적인 짐승의 힘을 제어하도록 했던 것이다.

그 남자는 다소 어둑어둑한 속에서 몸집이 크고 겁낼 줄 모르는 사람으로 보였다. 그는 황소를 문 앞으로 끌고 갔다. 햇빛에 그가 헨처드임이 드러났다. 그는 황소를 문 밖에 단단히 매어두고 루시타를 구하기 위해 다시 들어왔다. 그는 엘리자베스는 보지 못했다. 그녀는 클로버 더미 위에 기어 올라가 있었기 때문이었다. 루시타는 흥분해 있었다. 헨처드는 그녀를 두 팔로 번쩍 안고 문가로 나갔다.

"당신이 저를 구해 주셨군요."

하고 그녀는 정신을 차리자마자 큰소리로 말했다.

"나는 당신의 친절에 보답한 거요."

하고 그는 부드러운 말씨로 말했다.

"당신도 한때 내 목숨을 구해 주었지 않소."

"이 위급한 때에 어째서 당신—당신이 저를 구해주었을까요?"

하고 루시타는 헨처드의 말에 신경 쓰지 않은 채 물었다.

"여기까지 당신을 찾으려 왔던 거요. 지난 2~3일 동안 당신한테 무슨 이야기를 하려고 했소. 그러나 당신이 출타 중이었기 때문에 이야기를 할 수 없었소. 지금은 말할 수 있을까?"

"아, 그럼요. 그런데 엘리자베스는 어디 있어요?"

"저, 여기 있어요!"

하고 보이지 않던 엘리자베스가 명랑하게 소리쳤다. 사다리가 놓아지길 기다릴 필요 없이 그녀는 클로버 더미 위에서 미끄러져 밑바닥으로 내려왔다.

헨처드와 엘리자베스는 루시타를 한쪽씩 부축하여 오르막길을 따라 서서히 걸었다. 그들이 언덕길 꼭대기에 도달하여 막 내리막길을 내려가고 있었을 때 루시타는 이제 정신이 들어 목도리를 광에 떨어뜨리고 온 것을 생각했다.

"제가 되돌아갔다 올게요. 저는 아가씨만큼 지치지 않았으니 괜찮아요."

엘리자베스는 말을 마치자 광 쪽으로 되돌아 달려갔고, 두 사람은 걸음을 계속 했다.

엘리자베스는 목도리를 금방 찾았다. 광을 나오면서 그녀는 잠깐 발걸음을 멈추고 그 황소를 바라보았다. 코에서 피를 흘리고 있어 약간 동정이 갔다. 살인보다는 아마 장난을 치고 싶었던 모양이었다. 헨처드가 소의 코뚜레를 광의 문돌쩌귀에 끼워 넣고 말뚝으로 쐐기를 박아 놓아 그 소를 꼼짝달싹 못하게 해 놓았다. 생각에 잠긴 그녀는 마침내 몸을 돌려 그들의 뒤를 급히 따라가려고 했다. 그때 반대쪽에서 파랗게 까만 단두 마차 한 대가 접근해 오는 것을 보았다. 마차는 파프리이가 몰고 있었다.

그가 그곳에 나타난 것은 루시타가 그쪽으로 산책하고 있었음을 설명해 주는 듯 했다. 도날드는 엘리자베스를 보고 다가왔다. 그리고는 무슨 일이 있었는지를 알게 되었다. 루시타가 대단히 위험에 처했었다는 엘리자베스의 말에 그는 흥분을 감추지 못했다. 그는 루시타가 위험에 처한 상황에만 정신이 팔려 엘리자베스를 자기 옆에 편승시켜줄 생각은 하지도 못했다.

"루시타는 헨처드와 이미 떠났다는 말씀이지요?"

하고 그가 마침내 물었다.

"네, 저의 아버지가 아가씨를 집까지 데려가고 있는 중이에요. 그 두 분은 지금쯤 아가씨 집에 거의 도착했을 거예요."

"루시타가 확실히 집까지 갈 수 있었겠죠?"

"아가씨의 의붓아버지가 그녀를 구했단 말씀이죠?"

"네, 그렇다니까요."

파프리이는 마차의 속도를 갑자기 늦췄다. 엘리자베스는 그 이유를 추측해 보았다. 그는 현재로서는 그 두 사람 사이에 끼어들지 않는 것이 상책이라 생각하고 있었다. 헨처드가 루시타를 구했다. 따라서 헨처드에게 보다 자기에 대해 더 깊은 애정을 보이도록 자극하는 일이라도 하게 된다면 그것은 현명치 못할 뿐 아니라 너그럽지 못한 처사라고 생각했다.

그들 간의 당면한 화젯거리가 고갈돼 버렸기 때문에 엘리자베스는 자기의 지난날 애인 옆에 이렇게 앉아있는 것이 더욱 어색했다. 그러나 앞서 간 두 사람의 모습이 곧 시내 어귀에서 보였다. 루시타가 자주 뒤를 돌아다보았다. 그러나 파프리이는 말에 채찍을 가하지 않았다. 이 두 사람이 시내 성곽 앞에 다다랐을 때 헨처드 일행은 길 아래로 사라지고 보이지 않았다. 파프리이는 엘리자베스가 그곳에서 내리고 싶다는 간절한 소망에 그녀를 내려주고 마차를 몰아 자기 숙소 뒤편 마구간으로 돌아갔다.

그래서 그는 정원을 통해 집안으로 들어갔다. 그는 방으로 올라가면서 자기 셋방 주변이 매우 어질러져 있는 것을 알았다. 상자들은 계단 앞으로 들어내어져 있었고, 책장은 세 부분으로 분리되어 있었다. 그러나 이런 광경이 그의 마음을 조금이라도 언짢게 하지는 않는 듯했다.

"언제쯤이면 모두 옮겨주겠습니까?"

하고 그는 이삿짐을 감독하고 있는 여주인에게 물었다.

"젊은이가 이사 간다는 사실을 오늘 아침에야 알았지 뭐요."

"그럼 좋습니다. 걱정하지 마세요!"

하고 파프리이는 쾌활하게 말했다.

"더 늦지만 않는다면 8시라도 충분해요. 자, 여기서 이야기만 하고 섰지 말아요. 곧 12시가 되겠어요."

이렇게 말하면서 그는 앞문으로 나가 길 위로 나섰다.

그동안 헨처드와 루시타는 색다른 경험을 했다. 엘리자베스가 목도리를 찾으러 떠난 후 헨처드는 그녀의 손을 자기 팔 밑에 꼭 끼우고 자신의 감정을 솔직히 털어놓았다. 그러나 그녀는 자신의 손을 빼고만 싶었다.

"여보, 루시타. 나 최근 2~3일 동안 당신이 너무 보고 싶었소."
하고 그는 말했다.

"당신을 마지막으로 본 이후 줄곧 그랬다오! 나는 그날 밤 당신의 약속을 받아 낸 그 방법을 몇 번이고 생각해 보았어. 당신은 '내가 남자라면 그렇게 하지 않겠어요'라고 말했지. 당신이 한 그 말에도 일리는 있지만, 그 말이 내 비위를 거슬렀던 거요. 나는 당신을 불행하게 만들고 싶지 않소. 그래서 지금 당장 결혼하자는 거요. 그러나 당신의 입장을 생각해서 결혼을 1~2년 뒤로 미루기로 결정했소."

"하지만, 하지만 제가 당신을 위해 다른 어떤 일을 해 드릴 수는 없을까요? 저는 당신에 대한 고마운 마음으로 가득 차 있어요― 당신은 제 생명을 구해 주셨어요. 그리고 당신이 저를 얼마나 열렬하게 사랑하는지도 알았어요. 저는 돈 많은 여자예요. 당신이 베풀어주신 호의에 대한 보답으로 무엇이든 해 드릴 수 있어요."

헨처드는 잠시 생각에 잠겨 있었다. 그는 이런 말을 기대하지 않았던 것이다.

"루시타, 당신이 할 수 있는 일이 하나 있어. 하지만 엄밀하게 말해서 그런 것은 아니야."

"그럼 어떤 일인데요?"
하고 그녀는 실망하며 물었다.

"나는 당신에게 한 가지 비밀을 지켜 달라고 해야겠어. 당신은 금년 내 운수가 좋지 못하다는 이야기를 들었을 거요. 나는 지금까지 없었던 일을 저질렀어. 무모하게 투자를 해서 손해를 보았어. 그래서 내가 어려움에 처해 있소."

"그래서 제가 당신에게 돈을 좀 융통해 드리기를 바라세요?"

"아니, 그건 아니야!"

하고 헨처드는 성급하게 부인했다.

"나는 여자 등쳐먹는 사람 아니요. 비록 그 여자가 당신같이 내 여자나 다름없는 상대라 할지라도 말이요. 당신이 할 수 있는 일은 이런 것이야. 그렇게만 하면 나를 구해 낼 수 있을 거요. 나의 제일 큰 채권자는 그로우어 씨야. 내가 만일 누구의 손에서 고통을 받아야 한다면 그건 바로 그의 손안에서지. 그 사람 편에서 2주일만 참아주면 나는 이 어려움을 헤치고 나갈 수 있어. 한 가지 방법으로 그에게서 이 동의를 얻어낼 수 있을 거야. 당시니 그에게 이런 사실을 알려준다면ㅡ 우리 두 사람이 2주일 후에 조용히 결혼할 거라고 말이야. ……자, 이 정도 해두고, 다 듣지는 않았지만! 이런 이야기를 그 사람에게 하는 거야. 우리 두 사람의 결혼은 사실 오랜 시일이 걸린다는 사실은 물론 아무도 모르게 하자는 거야. 당신이 나와 함께 그로우어 씨한테 가서 내가 그 사람 앞에서 당신한테 마치 우리들이 그러한 사이인 것처럼 말만하게 해 주면 되는 거야. 나는 그 사람한테 그걸 비밀로 해 달라고 청할 것이고, 그러면 그때까지 기꺼이 기다려 줄 거야. 2주일 후 내가 그 사람 앞에 나섰을 때 우리들 사이의 모든 일이 1~2년 뒤로 미루어졌다고 그에게 시치미를 딱 떼고 말할 생각이야. 그렇게 되면 당신이 나를 어떻게 구해 주었는지를 시내에서 아는 사람이 한 사람 없게 되는 거야. 이것이 당신의 나를 도울 수 있는 방법이오."

이제 소위 하루 중 '불그스레 물들어 가는' 시간, 즉 황혼이 내리기 15분 전이었기 때문에 그는 그녀의 얼굴에 나타나는 자기 말의 효과를 처음에는 관찰하지 못했다.

"그 외의 다른 일이 있다면."

하고 그녀는 말을 시작했다. 그녀의 입술이 타고 있음이 목소리에서 드러났다.

"하지만 그것은 사소한 일에 지나지 않아!"

하고 그는 몹시 책망하면서 말했다.

"당신이 제의한 것보다 작은 일이지. 당신이 최근 약속한 일의 시작에 불과해! 그에게 내가 직접 말할 수 도 있지만, 그가 나를 믿지 않을 거야."

"그 일을 제가 하고 싶지 않기 때문이 아니라, 제가 절대로 그 일은 할 수 없기 때문이에요."

하고 그녀는 괴로워하는 기색을 더해 가면서 말했다.

"정말, 짜증나게 만드는군!"

그는 버럭 소리 지르면서,

"그것만으로도 내가 당신한테, 당신이 이미 약속한 바를 당장 이행하도록 할 수도 있어."

하고 루시타를 향해 협박했다.

"그래도, 저는 그 일은 할 수 없어요!"

그녀는 필사적으로 거절했다.

"왜? 당장 이행해야 할 당신의 약속에서 내가 당신을 해방시켜 준 지가 불과 몇 분밖에 되지 않았는데?"

"왜냐하면 그분은 증인이기 때문이에요!"

"증인? 무슨 뜻이야?"

"사실대로 말해도 저를 비난하지 마세요."

"글쎄! 무슨 말인지 어서 해 봐!"

"그로우어 씨, 그분은 바로 제 결혼의 증인이에요!"

"결혼?"

"네, 파프리이 씨와의 결혼! 오, 마이클! 저는 이미 그분의 아내예요. 우리는 이번 주 포트 브레디에서 결혼했어요. 저희들이 이곳에서 하기를 꺼린 이유가 있어요. 그로우어 씨는 그때 우연히 포트 브레디에 왔다가 증인이 돼 주셨어요."

헨처드는 얼굴이 새파랗게 질린 것처럼 보였다. 루시타는 헨처드의 표정에 겁을 먹고 그에게 2주일간 재정적 위기를 극복하기에 충분한 돈을 빌려주겠노라고 말을 했다.

"그 사람과 결혼을 해?"

하고 헨처드가 마침내 입을 열었다.

"세상에 이런 일이다 있어! 뭐, 그 자식과 결혼을 했다고? 나하고 약혼 중인데?"

"사실을 말씀드릴게요."

하고 그녀는 두 눈에 눈물을 글썽거리며 떨리는 목소리로 말했다.

"제발, 이성을 잃지 마세요! 저는 그분을 무척 사랑했어요. 그리고 당신이 그분한테 제 과거를 이야기할 것이라 생각했어요. 그래서 저는 무척 괴로웠어요! 그런데 제가 당신한테 약속을 한 후 장터에서 당신이 첫 아내를 소나 말처럼 장터에서 팔았다는 이야기를 듣게 되었어요! 그런 이야기를 듣고서야 어떻게 제 약속을 지킬 수 있었겠어요? 저는 제 자신을 당신의 손아귀에 맡길 수 없었어요. 당신이 그런 짓을 했다는 사실을 알고서도 제 이름에 당신의 성을 붙이는 것은 스스로 파멸하는 일이 될 거라 생각했어요. 하지만 저는 그 분과 결혼하지 않으면 그분을 잃을 것이라는 사실을 알고 있었어요. 당신이 저를 잡아 두기 위해 그분에게 우리의 관계를 말할 거라 알고 있었기 때문이지요. 그러나 이제는 제가 결혼했으니 그렇게 하지 않을 거죠? 이제 우리 두 사람은 한 몸이니까요."

멀리서 성 베드로 성당에서 웅장한 종소리가 들려왔다. 그리고 이제 이 도시 취주악대의 요란한 소리가 장단을 맞추며 길거리를 따라 내려갔다.

"사람들이 지금 요란한 소리를 내는 것도 그 때문이군?"

"그래요. 그분이 사람들에게 이야기를 한 것 같아요. 아니면 그로우어 씨가 그렇게 했을 거예요. 이제 저는 가도 되지요? 그분은 지금 포트 브래디에 머물고 있어요. 그래서 저를 자기보다 몇 시간 먼저 보낸 거예요."

"그렇다면 내가 오늘 오후 구해준 것은 그자의 아내 목숨을 건져준 것이었군."

"맞아요. 그 분이 평생 당신에게 감사할 거예요."

"정말, 고맙군…… 아, 당신은 진실치 못한 여인이야!"

하는 말이 헨처드의 입을 통해 흘러나왔다.

"나한테 그렇게 약속까지 해 놓고!"

"그래요, 그래요! 그러나 그건 당신이 우격다짐으로 강요해서 한 것이에요. 뿐만 아니라, 그때는 제가 당신의 과거를 모두 알지 못했던 거예요."

"이제 나는 당신이 받아 마땅한 벌을 보여 줄 것이야! 내가 파프리이에게 당신이 나에게 구애했던 일들을 한 마디만 말해도 당신의 행복은 그것으로 산산조각이 날 테니까!"

"마이클, 제발 이러지 말아요! 한번만 동정을 베풀어 주세요!"

"당신은 동정을 받을 자격이 없는 여자야! 옛날에는 몰라도, 지금은 더 이상 아니야!"

"헨처드, 당신이 빚을 갚도록 도와드릴게요."

"이제 나와는 상관없는 일이야! 내 옆에 일분일초도 있지 말고 떠나 버려! 꺼지란 말이야! 더 심한 말이 나오기 전에……."

루시타가 남쪽 산책길의 가로수 아래로 사라질 때 악대가 그녀의 행복을 축하하며 풀 한 포기, 돌멩이 하나까지 일깨워 놓으면서 길모퉁이를 돌아 나오고 있었다. 루시타는 거들떠보지도 않고 뒷길을 달려 올라가 남의 눈에 띄지 않고 그녀 집에 도착했다.

30. 신혼 생활

　파프리이가 자기 하숙집 안주인에게 한 말은 자기 상자들과 다른 짐들을 하숙집에서 루시타 저택으로 옮기라는 것이었다. 이삿짐 옮기는 일은 힘든 일이 아니었으나, 그가 루시타 집으로 옮겨 간다는 말에 사람들이 너무 놀라 이삿짐 운송이 중단되면서 지연되고 있었다. 그런데 이사한다는 사실에 대해서는 마음씨 좋은 안주인은 몇 시간 전에 통고를 받아 익히 알고 있었다.

　포트 브레디를 떠나는 마지막 순간에 파프리이는 존 길핀처럼 주요고객들에 의해 붙들렸다. 아무리 상황이 아니라 할지라도 그는 자신을 붙드는 고객들을 소홀하게 취급하지 않았다. 다행한 것은 루시타를 집에 먼저 갈수 있도록 했다는 점이다. 루시타와 파프리이 두 사람이 비밀리에 결혼한 사실을 그녀 집에서는 아무도 알지 못했다. 그래서 그녀가 그 소식을 집안 식구들에게 전하고, 그녀 남편인 파프리이 입주를 위한 준비를 지시하는 것이 우선이었다. 따라서 파프리이는 이틀밖에 되지 않은 신부를 말 한 필이 끄는 사륜마차(블룸형)에 태워 먼저 보내면서 같은 날 밤 자기가 도착할 시간을 그녀에게 미리 말해 놓고 밀과 보리 낟가리들이 쌓여 있는 수마일 밖의 어느 시골로 갔던 것이다. 이것이 네 시간 동안 서로 떨어져 있은 후 그녀가 그를 마중하기 위해 총총걸음으로 외출했던 일을 설명해 주었다.

　헨처드와 헤어진 후 그녀는 애써 안정을 되찾고, 하숙집을 떠나오는 파프리이를 하이 플레이스 저택으로 맞을 채비를 했다. 무엇보다도 루시타는 파프리이를 마침내 모든 어려움을 극복하고 차지했다는 생각에 힘이 났다. 그녀가 도착하니 반시간 후에 파프리이가 걸어 들어왔다. 그녀는 구원받은 듯한 기쁨으로 그를 맞이했다. 위태로운 가운데 한 달을 떨어져 있었다 하더라도 그 기쁨은 이보다 더 크지 않았을 것이다.

"제가 아직 끝내지 못한 일이 한 가지 있어요. 중요한 일이거든요."

하고 루시타는 자신의 황소와의 모험담을 이야기한 후 진지하게 말했다.

"중요한 일은, 이제 우리들의 결혼 소식을 순진한 엘리자베스 제인에게 알리는 일이예요."

"아, 당신이 아직까지 이야기 하지 않았군!"

하고 그는 걱정스럽게 말했다.

"나도, 그녀를 광에서 집까지 태워다 주었지만 그 이야기는 하지 않았는데. 나는 그 아가씨가 그 소식을 시내에서 듣고서도 수줍어 축하 인사를 못하고 있다고 생각했다오."

"그녀가 그런 소식을 들었을 리가 없어요. 지금 제가 엘리자베스에게 가서 말해야겠어요. 그런데, 도날드, 그 아가씨가 전과 같이 이곳에서 저와 함께 살아도 괜찮겠어요? 그녀는 참 조용하면서도 겸손해요."

"물론이지, 괜찮아."

하고 파프리이는 대답했다. 그러나 약간은 어색한 표정이었다.

"그런데 그 아가씨가 그렇게 하려 할까?"

"당연하지요!"

하고 루시타가 진지하게 말했다.

"저는 그렇게 할 것으로 확신할 수 있어요. 뿐만 아니라, 가엾게도 그녀는 집이 따로 있는 것도 아녜요."

파프리이는 아내를 쳐다보았다. 파프리이는 루시타가 헨처드의 비밀을 눈치 채지 못하고 있다고 생각했다. 그는 루시타가 그런 사실을 차라리 모르는 것이 더 낫다고 생각했다.

"엘리자베스 일은 당신이 알아서 하구려. 이집은 당신 집이니까 당신 맘대로 하세요."

"제가 달려가서 아가씨에게 말하겠어요."

루시타가 위층에 있는 엘리자베스 제인의 방으로 간 후 파프리이는 외출복을 벗은 다음 책을 들고 휴식을 취했다.

　루시타는 엘리자베스가 자신의 소식에 대해 아무것도 모르고 있음을 알았다.

　"템플만 아가씨, 제가 아가씨한테 내려가 보질 못했어요."

하고 엘리자베스는 순수하게 말했다.

　"황소 공격으로 크게 놀란 후 아가씨께서 진정되셨는지 궁금했는데. 방문객이 있더군요. 밖에서는 종들이 울리고 악대까지 연주하고 있더군요. 누군가 결혼을 한 것이 틀림없는데⋯⋯. 아니면 크리스마스를 준비하는 연습을 하고 있는지도 모르겠고."

　루시타는 그냥 "맞아요"하고 대답했다. 루시타는 엘리자베스 옆에 앉으면서 생각에 잠긴 듯 그녀를 유심히 쳐다보았다.

　"아가씨는 참 외로운 사람이에요."

하고 루시타가 입을 열었다.

　"주변이 무슨 일이 진행되고 있는지, 사람들이 크게 관심을 갖고 곳곳에서 무슨 이야기를 나누고 있는지 전연 모르고 있으니. 아가씨도 밖으로 나가 사람들이 하는 이야기를 좀 들어보세요. 그러면 그런 순진한 질문을 나한테 하지 않을 테니까. 그런데, 아가씨한테 중요한 이야기가 있어요."

　엘리자베스는 고맙다고 말한 후 신경을 곤두세우고 들을 자세를 취했다.

　"한참 거슬러 올라가면서 이야기를 해야겠어요."

하고 루시타는 이야기를 시작했다.

　자기 옆에 묵묵히 생각에 잠겨있는 여인에게 자신을 흡족하게 설명하는 어려움이 루시타의 말끝마다 점점 더 뚜렷하게 나타났다.

　"언젠가 내가 아가씨한테 양심의 문제를 기억하고 있겠지요─ 첫 애인과 둘째 애인에 관해서 말한 것 말이에요?"

하고 그녀는 떨리는 목소리로 그 이야기의 서두를 한두 마디 끄집어냈다.

　"오, 그럼요. 기억나요. 템플만 아가씨 친구 이야기 말이군요."

하고 엘리자베스는 루시타의 두 눈을 뚫어지게 바라보면서 말했다.

"그 두 애인― 옛 애인과 새 애인. 그녀는 새 애인과의 결혼을 대단히 원했지만 옛 애인과 결혼을 하지 않을 수 없다고 생각했다고 했죠? 그래서 그녀는 지금 제가 '나는 더 나은 쪽과 못한 쪽을 둘 다 알고 있지 못한 쪽을 택한다'고― 마치 로마시대 시인 오비디우스에서처럼 더 나은 쪽을 소홀히 하여 더 못한 쪽을 따르게 됐다지요?"

"오, 아니야. 꼭 못한 쪽을 택했다는 것은 아니에요."

하고 루시타가 급하게 대답했다.

"그러나 아가씨가 말하기로는 그녀가, 아니 말하자면, 템플만 아가씨는,"

하고 엘리자베스는 대담하게 털어놓고 대답했다.

"양심상 첫 사람과 결혼하기로 했다고 했잖아요?"

루시타는 자신의 본색이 드러났다고 생각되자 몇 번이고 얼굴을 붉히다가 대답했다.

"엘리자베스, 이 사실을 절대로 발설하지 마세요!"

"하지 말라고 하면 절대로 하지 않겠어요."

"그렇다면 말해 주지요. 사실은 내가 한 이야기보다 어렵고 더 복잡해요. 나와 그 첫 번째 남자는 모두 정상이 아니었어요. 주변사람들이 우리관계를 알고 나서 우리는 결합해야 한다고 생각했어요. 그 남자분은 홀아비였어요. 그리고 수년 동안 자기 아내의 소식을 듣지 못했는데, 마침내 아내가 돌아온 거예요. 그래서 우리는 서로 헤어지게 되었어요. 그리고 그 여자가 이제 죽었어요. 그리고 그 남자는 다시 나한테로 와서 '이제 우리 하나가 됩시다'하고 구혼을 한 거예요. 하지만 엘리자베스, 구혼은 전적으로 그 남자가 한 것이었어요. 나는 그 남자의 부인이 돌아옴으로써 내가 했던 모든 약속에서 자유롭게 되었던 거예요."

"아가씨는 아가씨의 약속을 최근에 들어 새로이 하지 않았나요?"

하고 엘리자베스는 조용히 집히는 데가 있어 물었다. 그녀는 그 첫 남자를 알아차렸던 것이다.

"그건 그 남자가 일방적인 협박으로 몰아붙였던 거예요."

"네, 그건 그렇다고 해도, 모름지기 여자란 지난날에 한 남자와의 교제가 불행했다 하더라도 여자 편에서 잘못이 없다 해도 가능하다면 그 남자와 그대로 살아야 한다고 나는 생각해요."

루시타의 얼굴에서는 핏기가 가셨다.

"그 남자는 내가 결혼하기에 두려운 사람으로 드러났는데도 그렇게 살아야 한다고요?"

하고 반문했다.

"정말 몸서리쳐져요! 그런 사실을 나는 약속을 하고나서야 알았어요."

"그렇다면 그대도 정직하게 살려면 독신녀로 살아야 해요."

"그래도 그렇지, 다시 생각해 보세요! 내 입장이 되어 보라고요 ……."

"하지만 제 생각엔 변함없어요."

하고 엘리자베스는 흔들림 없이 말했다.

"저는 그 남자가 누구인지 잘 알아요. 저의 아버지예요. 아가씨한테 저의 아버지가 아니라면 다른 사람은 없어요."

온당치 못한 일에 대한 의구심이 엘리자베스 제인에게는 투우 앞의 붉은 보자기와 같았다. 사태를 올바르게 수습하라는 엘리자베스의 요구는 사실 심술을 부리는 듯 느껴질 정도였다. 어머니를 먼저 보낸 엘리자베스가 경험한 고통 때문에 루시타의 상황에 대한 두려움이 피부로 느껴졌다. 이런 사실을 알지 못하는 사람들이 느낄 수 없는 고통이었다.

"당신은 헨처드 씨와 결혼해야 해요. 다른 사람과는 안 된다고요. 다른 사람과는 절대로 안 돼요!"

하고 그녀는 입술을 바르르 떨면서 계속 말했다. 그 떨리는 동작 속에는 두 가지 열망이 있었다.

"그것만은 동의할 수 없어요."

하고 루시타가 돌발적으로 말을 가로챘다.

"동의하건 말건, 그것만큼은 양보할 수 없어요."

루시타는 더 이상 변명할 말이 없는 듯 오른손으로 두 눈을 가리고, 반지 낀 왼손은 엘리자베스 쪽으로 내밀었다.

"아니, 아가씨는 우리 아버지와 이미 결혼했군요!"

그녀는 루시타의 손가락을 보고 기뻐 날뛰면서 소리쳤다.

"언제 결혼했어요? 왜 미리 말해 주지 않았어요? 이렇게 놀리다니, 정말 자랑스러워요! 저의 아버지는 술에 곯아떨어져 한때 어머니를 학대한 듯해요. 때로는 용서할 줄 모르시는 것도 사실이에요. 하지만 당신은 아름다운 용모와 재산과 교양으로 그분을 완전히 지배하시리라고 저는 확신해요. 당신은 그분이 숭배할 여자예요. 그래서 이제 우리 셋이서 다 같이 행복할거예요!"

"오, 엘리자베스!"

하고 루시타는 괴로운 표정으로 소리쳤다.

"내가 결혼한 남자는 다른 사람이에요. 나는 너무 절망적으로, 강제로 결혼하는 것이 두려웠고, 또 나의 과거 있었던 사실을 폭로당하는 것이 두려워서, 모든 것들을 희생하면서 서둘러 1주일 만에 결혼을 했어요!"

"당신은……. 일을 저질렀군요. 파프리이 씨와 결혼을!"

하고 엘리자베스 제인은 침통한 목소리로 말했다.

루시타가 고개를 숙였다. 그녀는 제정신으로 돌아와 있었다.

"저 종소리들은 그 때문에 울리고 있는 거예요. 내 남편은 지금 아래층에 계셔요. 그분은 적당한 신혼집이 준비될 때까지 이곳에서 함께 살 거예요. 그런데 나는 아가씨가 전과 다름없이 나와 함께 살았으면 한다고 그분한테 말씀드렸어요."

"그 문제는 제가 혼자서 조용히 생각해 볼게요."

하고 엘리자베스는 소용돌이치는 감정을 애써 억누르면서 빨리 대답했다.

"나는 아가씨를 이곳에 붙들어 둘 생각이에요. 우리는 다 함께 행복하게 살 수 있을 거예요."

루시타는 아래층 도날드에게 내려갔다. 그곳에서 아주 편안히 있는 남편을 보자 그녀의 즐거움 위에 막연한 불안감이 떠돌았다. 루시타가 그런 감정을 갖게 된 것은 엘리자베스 때문만은 아니었다. 루시타는 엘리자베스가 자신의 감정을 애써 억누르는 모습을 지켜보았지만, 가장 큰 염려는 헨처드 때문이었다.

그런데 헨처드의 딸이 순간적으로 내린 결정은 이집에서 더 이상 살지 않겠다는 결단이었다. 루시타가 취한 처신의 온당성에 대한 그녀의 평가는 그만두고라도, 파프리이는 엘리자베스의 애인이었음은 모든 사람이 다 알았기 때문에 루시타 저택에서 함께 산다는 것은 있을 수 없는 일이었다.

아직도 이른 저녁시간에 그녀는 급히 의상을 갖추어 입고 밖으로 나왔다. 지리를 잘 알고 있었기 때문에 몇 분 내에 그녀는 적당한 하숙집을 구할 수 있었다. 그리하여 그날 중으로 그 집에 입주할 주선을 했다. 소리 없이 돌아온 엘리자베스는 그녀의 예쁜 외출복을 벗고 평상복으로 갈아입었다. 벗어 놓은 옷들은 외출복으로 아끼기 위해 싸뒀다. 지금부터 그녀는 매우 근검절약해야 하기 때문이었다. 그녀는 루시타에게 남길 쪽지를 하나 썼다. 루시타는 문을 꼭 닫고 파프리이와 더불어 응접실에 있었다. 잠시 후 엘리자베스는 손수레꾼을 한 사람 불렀다. 자기 짐들이 실리는 것을 보고 그녀는 총총걸음으로 새로 얻은 하숙집으로 향했다. 그 하숙집은 헨처드가 살고 있는 거리에 위치해 있었다. 그의 집과 거의 마주보고 있었다.

거기에 앉아 엘리자베스는 앞으로 어떻게 살아가야 할 것인지 곰곰이 생각해 보았다. 그녀의 의붓아버지가 매달 지원해 주는 돈으로 생활은 가능할 것이었다. 어린 시절 그녀가 뉴손에게서 배워온 고기 잡는 그물망을 뜨는 솜씨는 그녀에게 큰 도움이 될 것이다. 그리고 끈기 있게 공부해온 그녀의 공부도 도움이 될지 모를 일이었다.

이때쯤, 그 결혼소식이 캐스터브리지 전역으로 퍼져나갔다. 그 이야기는 길가의 돌바닥 위에서 떠들썩하게, 가게의 계산대 뒤에서는 은밀하게, 그리고 드리 머리너즈 호텔에서는 유쾌하게 퍼져나갔다. 파프리이가 자기 사업을 팔아 치우고 아내의 돈으로 신사행세를 할 것인지, 아니면 그가 충분히 독립심을 발휘하여 자기 부인의 도움에 상관없이 사업을 계속 밀고 나갈 것인지가 큰 관심사였다.

31. 허물어지다

오래전 웨이던 프라이즈 장터에서 죽장사를 하던 노파가 치안판사들 앞에서 헨처드를 보복했다는 소식이 사방으로 퍼졌다. 그리하여 하루가 지난 후, 캐스터브리지에서는 헨처드가 오래 전에 웨이던 프라이즈 장터에서 인간으로서 하지 말았어야 할 짓을 했다는 이야기를 모르는 사람이 없을 정도였다. 그러나 헨처드가 자기 인생의 후반부에 이르러 행했던 보상은 자신의 과거 죄악들이 파묻혀 눈에 띄지 않게 했다. 헨처드의 과거 못쓸 행위가 꾸준히 주변에 알려져 왔다면 지금쯤은 젊은 기분에 방탕한 젊은이의 외도쯤으로 가볍게 넘어갔을지도 모른다. 그러나 고집이 세기는 하지만 모든 면에서 착실한 헨처드의 모습을 볼 때 과거 그가 저지른 행위를 상상하기란 어려웠다. 이제까지 헨처드의 파묻혀진 과거 행위는 많은 시간이 지났음에도 불구하고 오늘날 범죄행위나 다름없이 느껴졌다.

치안법정에서 있었던 폭로는 사소한 일인 것처럼 보일 수도 있었지만 헨처드에게서는 운명을 바꾸어 놓는 전환점이 되었다. 헨처드는 그날 이후 이제까지 누렸던 모든 번영과 명예를 내려놓으면서 급속하게 몰락의 길로 치닫게 되었다.

헨처드가 그토록 빠른 속도로 모든 사람들로부터 신뢰를 잃어갔다는 사실은 참으로 이상했다. 사회적으로 그는 경멸을 받고 있었고 무모한 거래로 이미 사업의 추진력은 상실되었고 모든 면에서 몰락으로 내리치닫는 속도는 시간이 갈수록 가속화 되어갔다.

이런 일이 있은 후, 헨처드는 길을 걸어갈 때면 주변의 집을 똑바로 쳐다보는 대신 시선이 보도위로 내려다보는 경우가 많아졌다. 그리고 사람들을 쳐다볼 때도 똑바로 쳐다보질 못했다. 그 일이 있기 전에는 그가 사람들을 쳐다볼 때면 항상 꿰뚫어 보아 상대방을 압도하곤 했던 것이다.

일련의 사건들로 인해 헨처드는 급속히 허물어져 갔다. 헨처드뿐만 아니라 다른 사람들에게도 운이 나쁜 해였다. 그가 신임했던 한 채권자가 크게 실패함으로써 헨처드의 신용은 완전히 망가지게 되었다. 게다가 곡물 장사를 하는데 가장 중요한 상품과 견본 간의 엄격한 일치를 유지하는데 실패한 것도 치명적이었다. 이는 그가 고용한 일꾼에게 책임 있는 실수였다. 그 일꾼은 헨처드 소유의 많은 2급 품에서 견본을 골라 보내놓고는 쪼그라들고 상하여 검은 싹이 난 밀을 대량으로 실어 보내는 어리석음을 범했던 것이다. 만약 곡물을 정직하게 보냈다면 아무런 스캔들도 일어나지 않았을 것이다. 그러나 때가 때인 만큼 속여서 보낸 그 실수는 헨처드의 이름을 시궁창으로 밀어 넣었다.

어느 날 엘리자베스 제인이 킹즈암즈 앞을 지나가고 있었다. 그때 그녀는 장날도 아닌데도 사람들이 어느 때보다 붐비며 들락거리는 것을 보았다. 그래서 그녀는 왜 사람이 이렇게 붐비는지 한 구경꾼에게 묻자 한 구경꾼이 그녀가 모르고 있는 것에 약간 놀라면서 헨처드 씨의 파산을 정리하는 담당자들의 모임이 열리고 있다고 귀띔해 주었다. 그녀는 눈물이 쏟아져 나옴을 느꼈다. 그래서 그녀는 헨처드가 호텔 안에 있다는 이야기를 듣고 안으로 들어가 그를 만나고 싶어 했다. 그러나 그날 중으로는 기어들지 말라는 충고를 받았다.

채무자와 채권자들이 회의를 열고 있는 방은 호텔의 길가 쪽 방이었다. 헨처드는 창밖으로 시선을 던지고 있다가 덧문의 쇠줄 틈으로 엘리자베스 제인의 모습을 목격했다. 그때 그에 대한 조사가 종결되고 채권자들은 자리를 뜨고 있었다. 엘리자베스의 출현이 그를 명상에 잠기게 했다. 마침내 창가로부터 얼굴을 돌려 모든 빚쟁이들 앞에 우뚝 서면서 그들의 주의를 잠시 더 모았다. 그의 얼굴은 번창했을 때의 윤기를 약간 잃고 있었으며, 검은 머리카락과 구레나룻은 이전과 변함없으나 얼굴 나머지 부분은 핏기가 가셔 잿빛으로 변해 있었다.

"여러분."

하고 그는 입을 열었다.

"우리가 지금까지 토의해 온 재산 외에도, 대차대조표에 나타나 있는 것 이외에도 이것들이 있어요. 이것들은 모두 내 재산과 마찬가지로 여러분의 소유물이요. 이것을 여러분들한테 감추고 싶지 않소. 절대로."

이 말을 마치자마자 그는 호주머니에서 금시계를 끄집어내고 테이블 위에 놓았다. 그리고 지갑— 농장주들이나 농사꾼이면 누구나 휴대하고 다니는 노란색 돛베로 만든 돈 주머니를 끄집어내고 흔들어 그 속의 돈을 테이블 위의 시계 옆에 쏟아 부어 놓았다. 그 돈주머니를 그는 잽싸게 끌어당겨 가더니 머리카락으로 만든 끈을 집어 당겼다. 루시타가 그를 위해 만들어준 것이었다.

"자, 이제 여러분은 내가 이 세상에서 가졌던 모든 것을 차지했소. 그런데 여러분을 위해 좀 더 있었으면 좋겠소…….."

채권자들, 농장주들은 거의 예외 없이 그 시계를, 그 돈을 바라보고 창밖의 길 위로 시선을 돌렸다. 그때 웨더버리의 농장주 제임스 에버딘이 입을 열었다.

"아니, 아니요. 헨처드 씨"

하고 그는 온정에서 말했다.

"우리는 그것까지 바라지 않습니다. 당신의 처신은 존경받을 만하오. 허나, 그것은 그대로 가지도록 하세요. 여러분 어떻습니까? 내 말에 동의하시오?"

"예, 물론이지요. 우리가 그것까지 모두 원하지는 않습니다."

하고 채권자 중 한 사람인 그로우어 씨가 대답했다.

"그것은 저분이 가지도록 합니다, 두말 말고."

하고 뒤 구석에서 누군가가 중얼 거렸다. 볼드우드라는 조용하고 침착한 젊은이였다. 나머지 사람들도 이구동성으로 호응했다.

"그러면,"

하고 선임 집행관이 헨처드에게 말했다.

"본 사건이 비참하기는 하지만 헨처드 당신보다 더 양심적인 행동을 한 사람을 본 일이 없다는 것을 인정합니다. 나는 이 대차대조표가 이것보다 더 정직하게 작성될 수 없다는 것을 알았습니다. 우리는 지금까지 별 어려움이 없었습니다. 재산을 빼돌렸다거나 숨긴 것은 발견하지 못했습니다. 불행한 처지로 이끈 무모한 거래가 이런 결과를 가져온 것이 분명합니다. 그러나 내가 알고 있는 한, 헨처드 씨가 누구한테도 손해를 입히는 일은 피하려고 무척 노력했다는 점입니다."

헨처드는 이 말을 듣고 집행관들이 자기를 알아주고 있다는 사실에 감동했다. 그는 창 쪽으로 다시 시선을 돌렸다. 그 선임 집행관의 말에 이어 모두 동의하는 분위기였다. 곧 모임은 끝나고 사람들은 뿔뿔이 흩어졌다. 모두 나가고 나자 헨처드는 그들이 자기한테 돌려준 시계를 쳐다보았다.

"이건 법적으로 내 것이 아니야."

하고 혼자 중얼거렸다.

"참, 사람들이 왜 이건 가져가지 않았지? 내 것이 아닌데 내가 가져 뭘 해!"

갈등 끝에 그는 시계를 길 건너 시계점으로 가져가서 적당한 값에 팔아버렸다. 그 돈을 쥐고 그는 채권자들 중 빚이 비교적 적은 채권자, 더 노버의 궁색한 환경에 처해 있는 어느 오두막 집 주인에게로 찾아갔다. 그에게 그는 그 돈을 넘겨주었다.

헨처드 소유였던 재산에 낱낱이 딱지가 붙여지고 경매가 진행될 때 시민들 간에는 아주 동정어린 반응이 나타났다. 그때까지만 해도 얼마 동안 그를 멸시만 하던 시민들이었다. 이제 헨처드의 모든 경력이 그의 이웃들 뇌리에 뚜렷하게 새겨져, 그들은 헨처드가 끈질긴 노력이라는 단 하나의 재능을 이용하여 완전히 무에서 성공을 할 수 있던 전 사실에 감탄하고 있었다. 그는 송곳과 낫을 넣은 바구니를 등에 짊어지고 뜨내기 건초 일꾼으로 이 고장에 첫발을 들여 놓았을 때 그가 보일 수 있었던 점은 활기 넘치는 정력이 전부였다는 점을 되새기며 사람들은 그의 몰락을 아쉬워했다.

엘리자베스는 헨처드를 만나려고 애를 썼지만 그를 만날 수 없었다. 어느 한 사람 믿지 않아도 그녀만은 그의 사람됨을 아직 믿고 있었다. 그래서 그녀는 자신에 대한 그의 불친절을 용서해 줄 수 있기를 바랐고 곤경에 처한 그를 도울 수 있기를 바랐다.

그녀는 그에게 편지를 보냈다. 그로부터 답장이 없었다. 그녀는 그의 집으로, 잠시나마 그녀가 행복하게 살았던 옛 집, 사방에 윤이 나는 암갈색 벽돌과 육중한 철제 창들로 전면이 꾸며진 그 커다란 집으로 찾아갔다. 그러나 헨처드는 더 이상 그곳에 없었다. 전직 시장은 자기 번영을 누렸던 그 집을 떠나 헨처드는 수도원 물방앗간 옆 조프의 집으로 이사를 했다고 했다. 엘리자베스가 자기 친딸이 아니라는 것을 알았던 날 밤, 그가 거닐었던 침침한 변두리였다. 그녀는 그곳으로 발길을 옮겼다.

엘리자베스는 그가 옮겨갈 장소로 그곳을 택한 것이 이상하게 여겨졌다. 고목이 된 것으로 보아 탁발 수도사들이 심은 것 같아 보이는 나무들이 아직도 사방에 서 있었고, 물방앗간에 수세기 동안 무시무시한 우렛소리를 일으켰던 폭포는 아직도 그대로 이었다. 그 오두막 자체는 수도원에서 오래 전에 떨어져 나온 낡은 돌들과, 트레이 조각들, 이겨서 만든 창문의 결기둥들, 그리고 벽에서 떨어져 나온 돌 부스러기들과 뒤섞인 낙숫물받이들로 지어져 있었다.

이 오두막에서 그는 방 두서너 개를 차지하고 있는데 헨처드에게 고용되고 푸대접받고 농락당하고 그리고 해고당하기를 번갈아 맛보았던 조프가 집 주인이었다. 그러나 이곳에서 조차 그녀의 의붓아버지는 없었다.

"그분의 딸인데도 만날 수 없나요?"

하고 엘리자베스가 애원을 했다.

"현재 그분은 어떤 사람도 만나려 하지 않습니다."

라는 대답만을 그녀는 들었을 뿐이다.

잠시 후 그녀는 아버지의 상업지였던 곡물창고와 건초 광들 옆을 지나가고 있었다. 그녀는 그가 이미 그곳을 관리하지 않는다는 것을 알고 있었다. 그러나 그 낯익은 문간을 바라본 후 놀라움을 금치 못했다. 안개 속의 선박들처럼 선박에 써진 글씨들이 희미하게 비치고 있었지만, 짙은 남색 페인트로 헨처드의 이름이 지워져 있었으며 그 위에 파프리이 이름이 흰 페인트로 선명하게 쓰여 있었다.

아벨 휘틀이 창구로 그의 바짝 마른 머리를 삐죽이 내밀고 있었다. 그녀는,

　　"파프리이 씨가 이곳 주인이에요?"

하고 물었다.

　　"예, 미스 헨처드. 파프리이 씨가 이 사업장과 이곳에 딸린 우리 일꾼들을 모두 샀어요. 그래서 우리는 지난날보다 한결 좋아졌어요. 그분의 따님인 아가씨한테 제가 할 말은 아니지만, 우리는 전보다 더 열심히 일하고 있지만 지금은 겁먹지 않고 있어요. 앞으로는 모두 잘 될 거예요. 주먹으로 얻어맞는 일도, 문을 쾅 닫는 일도, 끊임없는 간섭으로 전신이 일그러지는 일도 이제는 없어요. 미스 헨처드, 마음이 항상 괴로움으로 억눌려있다면 이 세상을 다 준들 무슨 소용 있겠어요?"

틀린 말은 아니었다. 헨처드의 창고들은 파산기간 동안 마비상태로 있다가 새 주인이 들어서자 동시에 활기를 되찾기 시작했다. 가득한 포대들은 반짝거리는 쇠사슬 고리에 묶여 닻 걸이 아래서 분주히 오르내리고, 털이 숭숭 난 팔들은 여기저기 문간에서 곡물들을 끌어 들이고 있었다. 건초다발들이 다시 광 안으로 끌어올려지고 내려지고 있었으며, 기구들은 삐걱거렸다. 저울과 철제 자들은 주먹구구가 표준이었던 곳에서 분주해지기 시작했다.

32. 초원 속, 두 개의 다리

캐스터브리지 아래 지역 가까이에는 두 개의 다리가 놓여 있었다. 첫 번째 다리는 비바람에 얼룩진 벽돌다리로, 하이 스트리이트 바로 끄트머리에 위치하고 있었다. 이곳에서는 큰 길에서 갈라져 나오는 한 가닥 길이 더노버의 작은 길들과 연결되어 있었다. 따라서 이 다리 주변은 상류사회와 하류사회의 접합점인 셈이었다. 둘째 다리는 돌로 만들어져 대로에서 좀 더 멀리 떨어진 곳에 위치하고 있었다— 역시 이 마을 경계선이긴 하지만 사실 꾀 먼 초원 가운데 위치하고 있었다.

이 두 다리는 서로 마주 보면 대화라도 할 듯한 모습으로 있었다. 다리마다 튀어나온 부분들은 모두 서로 닮았고 뭉툭하였다. 종종 비바람에 의해 마모되긴 했지만 수세대에 걸쳐 빈둥거리며 놀고 지내는 사람들의 발자국에 더 많이 닳아 헤어진 부분들도 있었다. 이 두 다리가 제자리에 있는 동안 사람들과 짐승의 발꿈치가 이 다리 난간과 부딪쳐 마찰되어 해가 갈수록 마모가 더 심해졌다. 좀 더 부서지기 쉬운 벽돌과 돌들은, 심지어 다리 표면에까지 반복되는 마찰과 마모로 닳아져 움푹하게 파여졌다. 꼭대기에 서 있던 석고조각상들은 쇠로 죄어져 있었다. 실의에 빠진 사람들은 치안관들을 무시하고 그것들을 비틀고 떼어 내어 강물에 던지기도 하였다.

더욱이 이 고장에서 실패한 사람이라면 이 두 다리 위로 발길이 항상 이끌렸다. 사업에 실패한 사람, 연애에 실패한 사람, 금주에 실패한 사람, 죄 지은 사람들이 그들이었다. 왜 주변의 불행한 사람들이 집 울타리나, 목장의 문간 또는 목장 울타리 아래에 위치한 계단이 아닌 이 두 다리를 그들이 좋아하는 장소가 되었는지는 분명하지 않았다.

그런데 가까운 벽돌다리를 찾는 사람과 멀리 떨어진 돌다리를 찾는 사람들 사이에는 질적으로 현저한 차이가 있었다. 성품이 저속한 사람들은 마을에서 가까운 벽돌다리를 더 좋아했다. 그들은 남의 시선을 꺼리지 않았던 것이다. 그들은 실패하지 않았을 때에도 별 대수로운 사람들이 아니었기 때문에 그들이 풀죽어 맥없이 보이더라도 자기들의 패가망신을 별로 수치스럽게 여기지 않았다. 그들 두 손은 대개 호주머니에 꽂혀 있었고 그들 바지의 엉덩이와 두 무릎 부분은 가죽 조각으로 대어져 있었고, 끈이 많이 필요하지만 끈 하나 달려있는 것 같지 않은 장화들을 신고 있었다. 그들은 자기들의 어려움에 한숨 쉬는 대신 침을 뱉으며, 그들은 학대를 받아 심한 고통을 겪었다고 말하지 않고 단지 그들의 운이 나빴다고 했다. 조프는 괴로울 때 종종 이곳에 와 서 있었다. 쿡섬 어머니도, 크리스터 코우니도 그렇게 했고, 불쌍한 아벨 휘틀도 그러했다.

　먼 곳에 있는 다리 위에 발걸음을 멈추는 불우한 사람들은 보다 점잖은 부류의 사람들이었다. 이들 가운데는 파산한 실업가, 우울증 환자, 운이 없어 '곤란한 입장에 있는 사람들', 무능한 직업인들— 아침식사 때와 점심식사 때 사이에 무료한 시간을, 저녁식사 때와 어두워질 때 사이 무료한 시간을 어떻게 보내야 할지 모르는 볼품없는 신사들이 포함되었다. 이들의 시선은 대개 다리 난간 너머로 흐르는 물 위로 향했다. 이곳에서 그렇게 못 박힌 듯이 강물을 내려다보고 있는 사람들은 어떤 이유로 세상에서 친절한 대우를 받지 못하고 있는 사람들임에 거의 확실했다. 시내 가까운 다리 위의 사람들이 행인의 눈길을 의식하지 않고 등을 다리 난간에 붙이고 지나가는 사람들을 바로 보는 반면, 이 다리 위에서 자신의 처지를 한탄하는 사람들은 결코 길을 마주하고 서지는 않았으며, 다가오는 발자국 소리에 고개조차 돌리는 일이 없었다. 그들은 오히려 자신들의 처지에 너무 민감한 반응을 보였다. 그들은 낯선 사람들이 다가올 때는 언제나 마치 이상하게 생긴 물고기가 그들의 관심을 끌고 있기라도 하듯 흐르는 물줄기를 바라보았다. 그러나 사실은 지느러미 달린 생물이란 생물은 죄다 밀렵당하고 수년 전에 이미 자취를 감추었던 것이다. 그래서 이곳에서 사람들은 묵상에 잠기었다. 만약 그들의 비애가 억압당해 생긴 슬픔이라면 그들은 자신들이 왕이었으면 하고, 만약 가난으로 인한 슬픔이라면 백만장자가 되었으면 하고, 만약 죄악을 범해 생긴 고민이라면 성자나 천사였으면 하고, 만약 여인으로부터 실연당해 생긴 슬픔이라면 뭇 아름다운 여인의 애모를 받은, 희랍신화의 여신 비너스의 사랑을 온 몸에 받았던 미모의 사냥꾼인 아도니스이기를 바랐다. 강물 위로 시선을 향하고 그렇게 한 곳에 오랫동안 묵상에 잠겨 있다가 가련하게도 익사체로 발견된 사람들도 더러 있었다. 그들은 다음날 아침 그들이 헤어 나올 수 없는 곳— 이곳에서 약간 상류인 블랙워터라는 깊은 곳에서 시신으로 발견되기도 했다.

이 다리로 헨처드는, 자기 앞서 온 일이 있는 다른 불행한 사람들과 마찬가지로 찾아왔다. 이 도시 변두리 으스스한 강 쪽 길을 따라 이곳까지 이르렀던 것이다. 더노버 교회의 시계가 다섯 시를 알리는 어느 바람센 오후 그는 이곳에 서 있었다. 강풍이 교회 시계소리를 그 앞에 있는 습지를 가로질러 그의 귓전으로 실어다 주고 있는 동안 뒤쪽으로 지나가다 헨처드에게 이름을 부르며 인사하는 사람이 있었다. 헨처드는 살며시 고개를 돌려 바라보았다. 다가오는 사람은 지금 다른 곳에 고용된 그전날의 지배인 조프였다. 미워하기는 했지만 그는 이 사람 집에 거처를 정하고 있었다. 조프는 이 몰락한 곡물상이 그의 관찰과 의견을 냉담하리만큼 무시했던 캐스터브리지에서 유일한 사람이었다.

헨처드는 겨우 알아볼 정도로 목례를 하고, 조프는 걸음을 멈췄다.

"그분 내외가 오늘 자기들의 시집으로 이사했습니다."

하고 조프가 입을 열었다.

"그래요."

하고 헨처드는 건성으로 대답했다.

"그게 어느 집이지요?"

"선생님이 사시던 옛집입니다."

"내가 살던 집으로 이사를 했다고?"

헨처드는 놀란 표정으로 덧붙여 말했다.

"허다한 집들이 시내 있는데 하필이면 내 집에 들어가다니!"

"아니, 누구든지 그 집에 살게 될 것은 확실하고, 선생님께서는 그럴 수가 없으니 그분이 그 집 주인이 되었다 해도 나쁠 거야 없지요."

틀림없는 사실이었다. 그는 그것이 자기한테 나쁜 일은 아니라고 생각했다. 파프리이는 타작마당들과 창고들을 이미 손아귀에 넣은 후 인접해 있다는 그 편리함 때문에 그 집마저 소유하기에 이른 것이 분명했다. 그렇지만 전 주인인 헨처드가 조그마한 오두막에 방을 얻어 살고 있는데 그자가, 하필이면 그 자가 방들이 널찍널찍한 그 집을 차지했다는 소식은 헨처드를 더욱 비참하게 만들었다.

조프는 이어서 말했다.

"그런데 선생님의 재산 경매에서 파프리이가 좋은 가구들은 모두 사 버렸다는 소식은 들었습니까? 그 입찰에 응한 사람은 다른 사람이 아닌 파프리이였습니다! 그 가구들을 그 집에서 실어내지도 않았어요. 그 사람은 이미 그 집까지 차지했으니까요."

"내 가구들까지도! 틀림없이 그자는 내 몸뚱이와 영혼까지 사고 말겠군."

"그 사람이 그렇게 하지 않으리라고는 말할 수 없지요. 선생님께서 기꺼이 팔기만 한다면 말이지요."

이런 아픈 상처들을 한때 거만했던 헨처드에게 남긴 채 조프는 가던 길을 계속 갔다. 한편 헨처드는 흐르는 강물을 계속 응시하던 가운데 다리가 마치 자기를 태우고 뒤로 물러나가는 것만 같이 느껴졌다.

아래쪽 땅은 더 검어졌고 하늘은 더 짙은 회색으로 변해 있었다. 주위가 잉크 방울로 얼룩진 그림처럼 보이기 시작할 때 두 번째 행인이 그 커다란 돌다리로 다가오고 있었다. 그 사람은 단두마차를 몰고 있었는데 방향은 역시 시내 쪽이었다. 아치 바로 밑에서 그 마차는 멈추었다. 그 마차에서,

"헨처드 씨입니까?"

하는 파프리이 목소리가 들려왔다. 헨처드는 얼굴을 돌렸다. 자신의
추측이 옳았다는 것을 알자 파프리이는 자기 동행인에게 마차를 집으로
몰아가라고 이르고 마차에서 내려 예전 친구인 헨처드 앞으로 다가갔다.

"선생님께서 이민 갈 생각을 하고 계신다는 말을 들었습니다. 헨처
드 씨, 그게 정말입니까? 저는 이런 질문을 하게 된 진짜 이유가 있습
니다."

얼마 동안 헨처드는 침묵을 지키고 있다가 입을 열었다.

"그렇소, 사실이지요. 나는 당신이 수년 전 가려고 했던 그곳으로
갈까 하오. 그때는 내가 당신을 만류하여 이곳에 눌러 살게 했었지요.
돌고 도는 것이 세상사이군요! 내가 당신을 이곳에 머물도록 설득할
때 우리 두 사람이 초크 워크에서 이렇게 서서 이야기를 나눈 걸 기억
하오. 그때 당신은 무일푼이었고 나는 콘 스트리이트 위의 그 저택의
주인이었지요. 그러나 이제는 내가 지팡이 하나, 넝마조각 하나 없는
빈털터리가 되고 그 집 주인은 당신이 되었소."

"아, 예. 그렇게 되었군요! 세상일이 다 그렇게 그런 것이지요."
하고 파프리이는 말했다.

"하하하, 정말 알 수 없는 것이 세상일이오!"
하고 소리치면서 헨처드는 갑자기 익살스런 감정에 빠져들었다.

"돌고 도는 것이 세상사이지요! 나는 그런 일에 익숙해 졌어요. 아
무튼 그런 일이야 어찌되든 무슨 상관이겠어요!"

"자, 내 말을 잘 들으세요. 선생님의 시간을 뺏는 일이 아니라면 말
이요."
하고 파프리이는 말했다.

"제가 옛날에 선생님의 말에 귀를 기울였듯이 말입니다. 가지 마십
시오. 고향에 살도록 하시지요."

"이보게 젊은이, 하지만 나한테는 달리 할 수 있는 일이 없잖소!"
하고 헨처드는 조소하듯 대답했다.

"내 수중에 남은 돈으로는 몇 주일 동안 겨우 연명할 수 있게 할 거

요. 그 이상은 아무것도 없소. 날품팔이 일로 되돌아가고 싶다는 생각을 해 본 일은 아직 없다오. 하지만 그렇다고 아무 일도 않고 지낼 수 없는 노릇이고. 그리고 나한테 좋은 기회는 다른데 있소."

"그렇지 않아요. 제가 제의하는 바는 이렇습니다ㅡ 들으시겠다면 말입니다. 선생님의 옛집으로 들어와 사시도록 하십시오. 우리는 방 몇 개씩 서로 나눠 쓸 수 있습니다ㅡ 제 아내도 그걸 상관하지 않으리라고 확신합니다ㅡ 선생님한테 기회가 생길 때까지 말입니다."

헨처드는 놀랐다. 루시타와 한 지붕 아래서 자기에 관해 의심하지 않고 있는 젊은이가 그려내는 그림은 너무도 엄청나서 태연히 받아들 수 없었다.

"아니, 아니요."

하고 헨처드는 무뚝뚝하게 대답했다.

"반드시 우리는 다투게 될 거요."

"선생님은 선생님 전용 구역을 갖게 될 것입니다. 따라서 누구 하나 선생님께 참견하지 않게 될 것입니다. 현재 선생님이 거처하고 있는 저 아래 강가보다는 건강에 훨씬 좋은 것입니다."

헨처드는 여전히 거절만 했다.

"당신은 지금 당신이 무슨 제의를 하고 있는지 모르고 있소. 아무튼 고마워요."

그들은 함께 나란히 시내로 걸어 들어왔다. 헨처드가 그 젊은 스코틀랜드인에게 머물기를 설득할 때 그들이 함께 걸었던 것과 꼭 같았다.

"들어가서 함께 저녁식사나 같이 하시겠습니까?"

하고 그들이 시내 복판에 이르렀을 때 파프리이가 제의했다. 그곳에서 그들의 길은 좌우로 갈라지게 되어 있었다.

"아니, 아니요."

"아참, 그런데 깜박 잊고 있었네요. 제가 선생님의 가구들을 많이 샀어요."

"그랬다는 말은 이미 들었다오."

"그러나, 나 자신을 위해 그렇게 사들인 것이 아닙니다. 선생님께서 그대로 갖고 싶은 것은 모두 골라서 가지도록 하십시오— 어떤 사연이 있어 선생님이 아낄만한 것이라든지, 아니면 선생님에게 꼭 필요한 것들을 말입니다. 그래서 그것들을 선생님의 거처로 가져가도록 하십시오— 그렇게 해도 제가 손해 보는 것은 없으니까요. 우리 식구는 다소 덜 가져도 잘 지낼 수 있습니다. 뿐만 아니라 저한테는 좀 더 많이 살 기회가 얼마든지 있을 것이니까요."

"뭐라고 했어요? 그것들을 모두 나한테 공짜로 주겠다는 거요?" 하고 헨처드가 반문했다.

"하지만 당신은 채권자들에게 그 값을 모두 치렀지 않소?"

"아, 물론이지요. 하지만 그것들은 선생님이 사용하셔야 더 빛이 날 것입니다."

헨처드는 다소 감동했다.

"나는…… 젊은이를 학대했다는 생각을 종종 한다오."

하고 그는 어둠속에서 얼굴을 돌린 채 떨리는 목소리로 말했다.

그는 급히 파프리이와 악수를 나누고 더 이상 자신을 폭로하고 싶지 않다는 듯 서둘러 자리를 떠났다. 파프리이는 그가 대로상에서 볼 스테이크로 접어들어 수도원 물방앗간 쪽으로 사라지는 것을 지켜보았다.

한편 엘리자베스는 그 예언가의 방보다 크지도 않는 어느 위층 방에서 그녀 자신이 잘 나가던 시절 입었던 옷가지들을 상자 안에 싸서 옆에 두고, 틈틈이 책을 읽으면서 뜨개질을 열심히 하고 있었다.

지금은 파프리이의 소유가 돼 버린 그녀의 의붓아버지 집 맞은편에 숙소가 위치해 있었기 때문에 그녀는 파프리이와 루시타가 아주 의기양양하게 저택을 뻔질나게 출입하고 있는 것을 볼 수 있었다. 엘리자베스는 가능한 한 그쪽으로 시선을 주지 않으려고 노력하였다. 그러나 대문이 삐걱 거릴 때마다 인지상정 그녀가 저절로 끌리는 시선을 피할 수 없었다.

이렇게 조용한 나날을 보내고 있던 어느 날, 그녀는 헨처드가 감기에 걸려 방안에 틀어박혀 있다는 소식을 들었다. 아무 궂은 날씨 속에 냇가에 오래 서 있었던 결과임이 분명했다. 그녀는 아버지가 거처하고 있는 곳으로 즉시 출발했다. 그녀는 이번에는 어떻게 해서든 아버지를 만나겠다는 결심이었다. 그래서 곧장 위층으로 향했다. 아버지는 커다란 외투를 몸에 두르고 침대위에 앉아 있었다. 처음에는 헨처드가 엘리자베스의 방문을 불쾌하게 받아들였다.

"돌아가! 돌아가란 말이야!"

하고 헨처드가 말했다.

"아무도 만나고 싶지 않아!"

"하지만, 아버지는…….."

"아무도 보고 싶지 않다고 했잖아!"

하고 그는 되풀이 했다.

그러나 결국 헨처드는 마음 문을 열지 않을 수 없었다. 엘리자베스는 그곳에 머물렀다. 그녀는 그 방을 좀 더 아늑하게 꾸미고, 아래층 사람들에게 이러저러한 지시를 했다. 그리하여 그녀가 그곳을 물러나올 때는 헨처드가 만족스럽게 여길 정도로 만들어 놓게 되었다.

그녀의 봉사 때문인지 아니면 단순히 그녀가 헨처드에게 와서 그런지 헨처드의 건강은 급속히 회복되어 문 밖 출입이 가능하게 되었다. 그런데 그의 눈에는 모든 사물이 새로운 색채로 보이는 듯했다. 이제 이민 갈 생각은 하지 않게 되었고, 엘리자베스를 더 생각하게 되었다. 그러나 그가 할 일이 없어졌다는 사실은 그를 더욱더 쓸쓸하게 만들었다.

그러던 어느 날, 파프리이에 대한 나쁜 생각을 떨쳐버리고, 정직하게 노동일을 함으로써 재기해 보겠다는 결심으로 날품팔이 건초 일꾼으로 자신을 써 달라고 요청했다. 그는 즉시 고용되었다. 헨처드의 고용은 어느 지배인을 통해 이루어졌다. 파프리이는 전날의 그 곡물 도매상인과 필요이상으로 직접 접촉한다는 것은 바람직한 일이 아니라고 느꼈기 때문이었다. 그를 도와주고 싶으면서도 그는 헨처드의 불확실한 기질을 이 때쯤은 이미 잘 파악하고 있었기 때문에 어느 정도 거리를 두고 관계를 맺는 것이 최선이라고 생각하였던 것이다. 같은 이유로 이쪽 혹은 저쪽 시골 농장에서 건초를 베라는 그의 헨처드에 대한 명령은 일반적으로 제3자를 통해 이루어졌다.

한동안 이런 일들은 잘 진행되었다. 인근 여러 농장에서 구매한 건초들을 실어오기 전 그럴듯한 풀 갈이 밭에서 건초를 묶는 것이 관습으로 돼 있었기 때문이다. 따라서 헨처드는 그러한 장소에서 한 주일 내내 보내는 일이 종종 있었다. 이런 일들이 모두 끝나고 어느 정도 익숙해지자 남들과 같이 구내에 들어와 일하게 되었다. 한때 번창했던 곡물 도매상인이자 시장이었던 그가 전날 자기의 소유였던 광과 곡물창고에서 한 사람의 날품팔이로 있게 된 것이다.

"나도 옛날에는 날품팔이꾼이지 않았던가?"

하고 그는 냉소적으로 말하는 때가 종종 있었다.

"허지만 내가 그런 일을 다시 하지 말아야 할 이유는 없지?"

그러나 그는 젊었을 때 자신과는 판이하게 다른 날품팔이꾼으로 보였다. 그 당시 그는 상쾌한 혈색의 단정한 옷을 입었고, 금잔화처럼 노란 각반을 차고, 새로운 리넨처럼 때 묻지 않는 깨끗한 코르덴 바지를 입고, 화려한 목도리를 둘렀다. 지금은 당시 신사시절 파란 천의 낡은 옷을 입고, 먼지 긴 비단 모자를 쓰고, 때 묻고 초라한 옛날 검은 천의 목도리를 두르고 있었다. 이런 옷차림으로 그는 아직 비교적 원기 왕성한 남자로서 왔다 갔다 했다— 그는 40을 넘기지 않았기 때문이었다. 그는 도날드 파프리이가 정원으로 연결된 파란 문을 통해 들락거리는 것을, 그 큰 집을, 그리고 루시타를 다른 일꾼들과 함께 마당에서 지켜보았다.

겨울이 시작될 무렵 이미 시의회 의원이기도 한 파프리이가 앞으로 1~2년 후 시장직을 맡아 달라는 제의를 받고 있다는 소문이 캐스터브리지에 나돌았다.

"맞았어, 루시타가 현명한 선택을 한 거야. 태어나면서부터 영리한 데가 있었어!"

하고 헨처드는 어느 날 파프리이 건초 광으로 향하는 길이 이 소식을 듣자 혼자서 그렇게 중얼거렸다. 그는 건초다발의 끈에 구멍을 뚫으면서 내내 이것만을 반복해서 생각하고 생각했다. 그런데 이 한 토막의 소식이 자기와 그 옛날 경쟁상대로서 적대적이었던 파프리이에 대한 판단으로 작용했다.

"그 나이또래에 시장이 된다는 것은 말이 안 돼는 소리야, 흥!"

하고 그는 입가에 묘한 웃음을 띠고 중얼거렸다.

"하지만 파프리이 녀석을 두둥실 띄워 올리는 것은 루시타의 돈이야. 허허허─ 정말 웃기는 일이군! 나는 이곳에서, 그자의 전날 주인으로 그자 밑에서 일꾼으로 일하고, 그자는 내 집과 내 가구들과 내 아내라고 할 수도 있는 여자까지 온통 제 것으로 차지하고 주인으로 군림하고 있으니."

그는 이런 말을 하루에도 수백 번씩 되풀이하며 지껄였다. 루시타와 교제하던 가운데도 그는 그녀를 잃고 지금 후회하고 있는 것만큼 처절하게 그녀를 자기 것으로 주장하고 싶은 적이 없었다. 그의 마음을 흔들어 놓고 있는 것은 그녀의 재산을 탐내는 갈망이 아니었다. 그러나 그 재산은 자기와 겉은 기질의 남자들에게 매력을 주는 독립심과 거만함을 그녀에게 부여함으로써 그녀를 더욱 바람직한 대상으로 만들어 놓은 결과가 되었던 것이다. 그 재산은 그녀에게 하인들을 비롯한 훌륭한 옷을 주었고, 그녀에 대해 모든 것을 알고 있는 그의 눈에 신기할 만한 무대를 부여했던 것이다.

따라서 그는 우울한 기분에 빠졌고, 파프리이가 시장에 피선될 가능성이 짙다는 말을 들을 때마다 그 스코틀랜드인에 대한 증오심은 더해갔다. 이와 함께 그는 한 가지 정신적 변화를 일으켰다. 이 변화가 그로 하여금,

"단 2주일 동안만 더! 단 십여 일만 더!"

하고 하루하루 숫자를 줄여가면서 앞뒤를 가리지 않는 말투로 종종 의미심장한 말을 했다.

"왜 십여 일만 더, 십여 일만 더 하시지요?"

하고 솔로몬 롱웨이즈가 곡물 창고 안에서 헨처드와 일을 하면서 물었다.

"12일 후면 내가 옛날 맹세한 구속에서 해방되는 날이기 때문이요."

"무슨 맹세인데요?"

"알코올이 있는 음료는 마시지 않겠다는 맹세요. 12일 후면 내가 맹세한 지 꼭 21년이 되는 날이요. 그때부터 나는 내 인생을 즐길 것이라는 의미요. 그것이 신의 뜻이라면 말이요."

엘리자베스는 어느 일요일 창가에 앉아 있었다. 그때 헨처드의 이름을 들먹이는 대화 소리가 아래쪽 길에서 들려왔다. 그녀는 무슨 일인가 하고 의아해 했다. 그때 길을 지나가고 있던 제3자가 그녀의 마음속에 도사리고 있던 질문에 대답을 했다.

"마이클 헨처드가 21년 동안 금주해 오다가 자신의 맹세가 끝나고 이미 술을 마시기 시작했다는군."

엘리자베스는 놀라서 벌떡 일어나 옷을 입고 밖으로 나왔다.

33. 금주하기로 한 맹세는 끝나고

이때 캐스터브리지에는 친목을 도모하기 위한 연회의 관습이 공식적인 행사로 인정을 받지는 못했지만 사회적으로 널리 받아들여지고 통용되었다. 그것은 매주 일요일 오후만 되면 한 떼의 캐스터브리지 재주꾼들이— 교인들과 점잖은 성품의 사람들이 예배에 참석한 후 교회에서 쏟아져 나와 길 건너 드리 머리너즈 호텔로 향하는 일이 있었다. 또한 비올라, 바이올린, 플루트 등을 겨드랑이에 낀 합창단이 이들 뒤를 따라갔다.

이런 특이한 모임으로 해서 좋았던 점은 각자가 자신의 주량을 절제하는 것이었다. 이렇게 신중한 태도를 호텔 주인이 잘 알고 있었기 때문에 그들은 모두 그런 행동에 어울리는 대접을 받았던 것이다. 호텔에서 서비스 받은 컵들은 모두 똑같은 모양으로 옆면에 수직으로 잎이 없는 두 그루의 참피나무가 고동색으로 그려져, 한 그루는 그 잔을 마시는 사람의 앞쪽으로 향하고 다른 한 그루는 정반대쪽으로 향해 있었다. 이 여관에 이러한 컵이 총 몇 개나 있을까 하는 것이 신기해 하는 어린 아이들이 있기도 했다. 이런 경우 그 큰 방에서 적어도 40개는 눈에 띄었을 것이다. 영국 월트샤이어의 샐리즈베리 평원에 위치하고 있는 거대한 태초의 스톤헨지 돌기둥 원주처럼, 다리가 열여섯 개 달린 거대한 참나무 식탁의 가장 자리 둘레에 놓여 둥그런 고리를 이루고 있었다. 그 40개의 연기가 사출되어 하나의 원을 이루고 있고, 그 담뱃대들의 바깥쪽으로는 빙 둘러 놓은 40개의 의자에 등을 기댄 40명의 교인들 얼굴이 보였다.

그들 간의 대화는 평상시 대화가 아니라 더욱 섬세하고 말투는 비교적 고상하였다. 그들은 그날 설교를 한없이 토의하고 분석하며 보통이상이니 이하이니하고 평가하곤 했다. 그것을 비판하는 사람들과 비판받는 대상 간에 있어서 객관적으로 볼 때 그들 생활과는 전혀 무관하여 학문적 업적이나 행위로 간주하는 것이 일반적인 견해였다. 비올라 연주자와 교회의 서기는 자기들이 교회 설교자와 공적인 관계 때문에 나머지 사람들보다 좀 더 큰 권위를 가지고 이야기하는 것이 통례였다.

그런데 머리너즈 호텔은 헨처드가 자신의 오랜 금주기간을 청산하기 위한 장소로 선택한 술집이었다. 그는 너무도 적절하게 들어왔기 때문에 그 40명의 교인들이 그들의 습관적인 음주를 위해 들어서고 있을 때쯤 그 큰 방안에 이미 자리를 잡고 있었다. 그의 불그스레한 얼굴은 21년간 그 맹세가 이미 막을 내렸다는 것을 증명하며 헨처드가 앞뒤를 가리지 않고 술독에 빠지는 생활을 시작했음을 알려주었다. 그는 그 교인들을 위해 예약해 둔 그 거대한 참나무 식탁 옆에 끌어대어져 있는 조그마한 식탁에 앉아 있었다. 그 교인들 중에는 자리에 앉으면서 그에게 목례를 보내며,

"안녕하세요, 헨처드 씨? 이런 곳에 전혀 오실 줄 몰랐어요."

하는 사람들도 있었다.

헨처드는 몇 분 동안 대답하려 들지 않았다. 그의 눈길이 내뻗친 두 다리와 장화 위에 멈췄다.

"네."

하고 그는 마침내 입을 열었다.

"옳은 말씀하시는군요. 나는 몇 주일 동안 기분이 좋지 않았어요. 여러분 중에는 그 이유를 아는 사람도 있겠지만. 이젠 좀 나아졌어요. 아직 완전히 자유롭지는 않지만, 나는 여러분 합창대원들이 한 곡조 연주해 주기를 바라오. 여러분의 노래와 스테니즈 술과 더불어 우울한 기분을 모두 털어버리고 싶소."

"그렇게 해드리지요."

하고 제1바이올린 연주가가 말했다.

"저희들은 지금 악기 줄을 모두 느슨하게 풀어 놓았어요. 하지만 곧

다시 조이고 연주해 드리겠습니다. 자, 여러분, A장조로 된 악보 하나를 헨처드 저분께 한 장 전해 주세요."

"나는 여러분의 연주면 만족하며 가사 따위는 신경 쓰지 않아요." 하고 헨처드가 말했다.

"찬송가이든지, 춤곡이든지, 아니면 말 많은 여인의 하찮은 소리든지, 행진곡이든지, 천사의 노래든지…. 화음만 잘 맞고, 연주만 잘 한다면 좋아요."

"좋습니다. 그 정도는 충분히 해 드릴 수 있어요. 저희들 모두는 교회 성가대를 20년 이상 봉사해 온 사람들입니다." 하고 지휘자가 말했다.

"여러분, 마침 주일이고 하니 내가 시편 4장을 개작하여 보완한 곡을 연주해 보는 것이 어떨까요?"

"시편 4장 따위는 집어 치우시오."[13] 하고 헨처드가 말했다.

"시편 따위는 집어 치우시오. 옛날 월트샤이어가 노래할 만한 곡이요. 그 곡은 내가 성실한 사람이었을 적에 내 피를 요동하게 만든 곡이요. 그 곡에 맞는 가사를 내가 찾아보도록 하지."

그는 시편을 펼치고 책장을 넘기기 시작했다. 그 순간 우연히 시선을 들어 창밖으로 내다보니 지나가는 한 떼의 사람들이 보였다. 설교가 아래쪽 교구민들이 좋아하는 것보다 더 길어 이제야 끝이 난 위쪽 교회 성도들이라는 것을 알았다. 그 속의 유지급 주민들 틈에 시의원인 파프리이가 루시타에게 팔을 잡힌 채 걸어가고 있었고, 알아볼만한 친숙한 여

---

13) [역자 해설] 내 의의 하남이여, 내가 부를 때 응답하소서. 곤란 중에 나를 너그러이 하셨사오니, 나를 긍휼히 여기사 나의 기도를 들으소서. 인생들아 어느 때까지 나의 영광을 변하여 욕되게 하며 허사를 좋아하고 궤휼을 구하겠는고. 여호와께서 자기를 위하여 경건한 자를 택하신 줄 너희가 알지어다. 내가 부를 때에 여호와께서 들으시리로다. 너희는 떨며 죄를 범치 말지어다. 자리에 누워 심중에 말하고 잠잠할 지어다. 의의 제사를 드리고 여호와를 의뢰할 지어다. 여러 사람의 말이 우리에게 선을 보일 자 누구요 하오니 여호와여 주의 얼굴을 들어 우리에게 비취소서. 주께서 내 마음에 두신 기쁨은 저희의 곡식과 새 포도주 풍성할 때보다 더하나이다. 내가 평안히 거하게 하시는 이는 오직 여호와시니이다.

자 상인들도 그 가운데 끼어있었다. 헨처드는 입을 약간 삐죽하고는 계속 책장을 넘겼다.

"자, 그러면 시편 109편 6~14절까지, 월트샤이어 곡조에 맞춰서 내가 여러분들에게 가사를 불러 주겠오"하고 그는 말했다.

"악인으로 저를 제어하게 하시며
대적으로 그 오른편에 서게 하소서
저가 판단을 받을 때에 죄를 지고 나오게 하시며
그 기도가 죄로 변케 하시며
그 년수를 단촉케 하시며
그 직분을 타인이 취하게 하시며
그 자녀는 고아가 되고
그 아내는 과부가 되며
그 자녀가 유리 구걸하며
그 황폐한 집을 더나 빌어먹게 하소서
고리 대금하는 자로 저의 소유를 다 취하게 하시며
저의 수고한 것을 외인이 탈취하게 하시며
저에게 은혜를 계속할 자가 없게 하시며
그 고아를 불쌍히 여길 자도 없게 하시며
그 후사가 끊어지게 하시며
후대에 저희 이름이 도말되게 하소서
여호와는 그 열조의 죄악을 기억하시며
그 어미의 죄를 도말하지 마시고"

"그 시를 알겠습니다. 그 시를 알고 있어요!"
하고 지휘자가 빨리 말했다.
"하지만 나는 그 곡을 차라리 노래하지 않는 것이 좋겠습니다. 그것은 노래하기 위해 지어진 것은 아닙니다. 우리는 어떤 집사가 목사의 말을 훔쳤을 때 그 목사를 위로할 셈으로 그 곡을 선택한 일이 있었습니다. 그랬더니 목사는 무척 언짢아했습니다. 다윗이 무슨 생각을 하며 이 시편을 썼던지, 누구든지 그 노래를 부르게 되면 반드시 자신을 모욕하게 됩니다. 나 같은 사람이 그 이유를 알 수는 없지만 말이요! 자 그럼, 시편 4장을 내가 보완한 사무엘 에이크리의 곡에 맞춰봅시다."

"건방진 소리 집어 치워! 109장을 월트샤이어 곡에 맞춰 노래하란 말이야! 당신들한테 그 노래를 꼭 부르게 하겠어. 두고 봐!"하고 헨처드가 버럭 화를 냈다.

"밥만 먹을 줄 아는 당신들 가운데 한 사람도 그 노래를 부르지 않고는 이 방에서 나갈 생각 말아!"

그는 식탁에서 미끄러져 나와 부지깽이를 집어 들고는 문 앞으로 가등을 문에 기대고 버티어 섰다.

"자 그러면 어서 시작해 보시지! 당신들의 그 빌어먹을 깡통 같은 대갈통들이 깨지고 싶지 않으면 말이야!"

"그러지 마시오. 그렇게 흥분하지 마시오! 마침 안식일이니, 그리고 그것은 다윗의 말이지 우리말은 아니지 않소. 혹시 한 번쯤은 괜찮겠지?"

하고 겁에 질린 한 합창대원이 동료들을 둘러보면서 말했다. 이리하여 악기들은 조율이 되고 그 저주의 노래가 불려졌다.

"고맙소. 고맙소."

하고 헨처드는 부드러워진 목소리로 말했다. 그의 시선은 내리깔리고 그의 태도는 선율에 대단히 감동한 사람의 태도로 변했다.

"다윗을 탓하지 마시오."

하고 그는 시선을 들지 않은 채 고개를 저으면서 낮은 소리로 중얼거렸다.

"그분은 그 시를 작성할 때 자기의 심정을 잘 알고 있었던 거야…. 에이 망할 놈의 것, 나한테 능력만 있다면, 나한테 능력이 있는데도 교회의 합창대를 하나 내 자비로 두고 내 인생의 이 의기소침하고 어두운 때에 나한테 연주하고 노래하게 하지 않는다면 내 목을 쳐. 그러나 비통한 일은, 내가 부자였을 적에는 내가 가질 수 있었던 것을 필요로 하지 않았고, 지금은 가난해서 필요로 하는 것을 가질 수 없게 됐다는 사실이야!"

그들이 잠시 쉬는 동안 루시타와 파프리이가 또 지나갔다. 이번에는 자기들 집 쪽으로 향하고 있었다. 다른 사람들처럼 예배시간과 차 마시는 시간 사이에 잠시 대로상에서 왕복 산책하는 것이 그들의 습관이 돼 있었다.

"우리가 지금까지 부르고 있었던 노래의 대상 인물이 저기 가는군."

하고 헨처드가 말했다.

악사들과 노래하던 사람들은 고개를 돌려 그의 말을 알아 차렸다.

"하나님, 용서하소서!"

하고 저음 연주자가 말했다.

"그 사람이 그 대상이야."

하고 헨처드는 고집 세게 되풀이했다.

"그것이 어느 살아있는 사람을 의미하는 것이었다는 사실을 내가 알았더라면 내 악기에서 그런 노래가 나오지 말게 했어야 하는 건데, 신이어 불쌍히 여기소서!"

하고 클라리넷 연주자가 엄숙하게 말했다.

"나도 그래."

하고 합창대원 한 사람이 말했다.

"그러나 그 시는 하도 오래 전에 쓰인 것이라 나는 별 대수롭지 않게 생각했었던 거야. 그래서 한 사람의 소원을 들어 준 것이고. 그 곡을 나무랄 건 없으니까 말이야."

"아, 여보게들, 당신들은 그 노래를 이미 불렀어."

하고 헨처드는 득의양양하게 말했다.

"그 자에 관해 말하자면, 그자가 나를 압도하고 나를 번쩍 들어 내던진 것은 그자의 노래에도 원인이 있었어— 나는 그 자에게 그렇게 보복할 수도 있었지만 말이야—그렇게 하지 않아."

그는 부지깽이를 무릎 위에 걸치더니 나뭇가지 다루듯 구부려 내팽개쳐버리고 문에서 물러났다.

엘리자베스 제인이 의붓아버지의 소문을 듣고 창백하고 번민에 찬 얼굴로 그곳에 들어선 것은 바로 그때였다. 합창대원들과 그들의 일행은 그들의 반 파이트 규칙에 따라 그곳을 떠나고 없었다. 엘리자베스 제인은 헨처드한테로 다가가서 집으로 가자고 애원했다.

이 시간쯤 그의 화산 불같은 성질은 이미 식어져 아직 까지 많이 마시지 않았기 때문에 묵묵히 순종하였다. 그녀는 그의 팔을 잡고 함께 걸어 나갔다. 헨처드는 장님처럼 멍하게 걸으면서 그 합창의 끝부분을 되뇌었다.

"그의 후손은 끊기고
그의 이름은 다음 세대에서 없어지게 하자."

마침내 그는 그녀에게 입을 열었다.

"나는 내가 한 약속은 지키는 사람이지. 나는 내 맹세를 21년 동안 지켰어. 그래서 이제 나는 홀가분한 마음으로 술을 마실 수 있었단다. 내가 그 녀석한테 하지 않는다면— 아니 나는 마음만 먹는다면 지독한 농담도 할 수 있는 사람이야! 그놈이 나한테서 모든 것을 앗아갔어. 따라서 맹세코, 그놈을 만나기만 하면 나는 내 행동에 책임지지 않을 거야!"

이 알쏭달쏭한 말은 엘리자베스 제인을 크게 놀라게 했다.— 헨처드의 말없는 태도가 확고했기 때문에 더욱 그러했다.

"어떻게 하시겠어요?"

하고 불안한 마음으로 떨면서, 헨처드의 암시를 너무도 잘 추측하면서도 그녀는 조심스레 물어보았다.

헨처드는 대답하지 않았다. 이렇게 그들은 계속 걸어 마침내 그의 오두막집에 도착했다.

"저도 같이 들어가면 안 돼요?"

"아니, 안 돼. 오늘은 안 돼."

그녀는 파프리이한테 주의시키는 것이 자기 의무나 다름없다고 생각하면서 발길을 돌렸다. 그녀는 그렇게 해야 한다는 강한 충동을 느꼈다. 일요일이건 평일이건 파프리이와 루시타는 두 마리 나비들— 아니 공동생활을 영위하는 한 마리 벌과 한 마리 나비처럼 읍내에서 경쾌하게 움직이고 있는 것을 볼 수 있었다. 그녀는 남편의 동행 없이는 어디든지 다니기를 좋아하지 않는 듯했다.

따라서 사업관계로 그가 오후 한나절이라도 집을 비우고 없을 때는 그가 귀가할 때까지 시간이 가기를 기다리고 있는 그녀의 얼굴을 엘리자베스 제인은 자기 방의 높은 창가로 볼 수 있었다. 그럴 때마다 엘리자베스 제인은, 파프리이는 그런 그녀의 정성에 감사해야 할 것이라고 혼자 말로 하지는 않았지만 책을 많이 읽은 덕으로 "아가씨, 너 자신을 알라. 두 무릎을 꿇고 하나님께 훌륭한 남자의 사랑에 얽어매어 준 것을 감사하라"는 셰익스피어의 「네 뜻대로」에 나오는 재치 있는 여주인공인 로자린드의 감탄을 인용했다.

그녀는 또한 헨처드에 대해서도 예의 주시하고 있었다.

어느 날 그의 건강을 묻는 엘리자베스의 말에 그는 마당에서 함께 이랄 때에 자기에 대한 아벨 휘틀의 동정어린 눈길을 참을 수 없다고 대답했다.

"너무도 바보이기 때문에."

하고 헨처드가 말했다.

"내가 그곳의 주인이었을 때를 그는 결코 잊지 못하고 있단 말이야."

"제가 가서 아버지를 위해 그 사람 몫의 일을 해 드리겠어요. 아버지만 허락하신다면 말이에요."

하고 그녀가 말했다.

그녀가 그 일터로 나가려는 동기는 의붓아버지가 그곳의 일꾼이므로 파프리이의 집 내부의 일반적인 상황을 관찰할 기회를 얻자는 데 있었다. 헨처드의 위협이 그녀를 너무도 놀라게 했기 때문에 그 두 사람의 얼굴이 마주칠 때의 그 행동을 보고 싶었던 것이다.

그녀가 일터에 나오기 시작한 후 2~3일 동안 도날드는 전연 얼굴조차 내밀지 않았다. 그러던 어느 날 오후 그 파란 대문이 열리더니 파프리이가 먼저, 그리고 바로 뒤따라 루시타가 나왔다. 도날드는 자기 아내를 아무런 거리낌 없이 내보였다. 그는 아내와 지금 날품팔이 건초 일꾼과의 과거를 조금도 눈치 채지 못하고 있는 것이 분명했다.

헨처드는 그들 어느 쪽으로도 자기 눈길을 돌리지 않았다. 그가 비스듬히 매고 있던 끈에만 시선을 모으고 있었다. 마치 그 일에만 정신이 팔려 있는 듯한 태도였다. 몰락한 적수에게 뽐내는 듯한 어떤 행위도 피하게 하는 묘한 감정이 파프리이를 충동질하여 그로 하여금 헨처드 부녀가 일하고 있는 건초 광을 피해 곧장 곡물 부서로 향하게 했다. 그러나 루시타는 헨처드가 자기 남편의 일꾼 노릇을 한다는 소식을 들은 적이 없기 때문에 그녀는 광 쪽으로 슬그머니 걸어갔다. 그곳에서 그녀는 갑자기 헨처드와 마주치게 되자 "아!"하고 외마디 소리를 질렀다. 행복하고 분주하기만 한 파프리이는 너무 멀리 있었기 때문에 그 소리를 듣지 못했다. 헨처드는 휘틀과 그의 동료들처럼 비굴한 태도로 그녀를 향해 그의 모자 테에 한 손을 가져다 댔다. 그것을 보고 그녀는 기어드는 목소리로,

"안녕하세요."

하고 모기소리로 말했다.

"뭐라 말씀하셨지요, 마님?"

하고 헨처드는 마치 그녀의 말을 알아듣지 못한 태도로 말했다.

"아, 안녕하시냐고요."

하고 더듬거리며 그녀가 말했다.

"아, 예, 안녕하시지요, 마님."

하고 자기 모자에 다시 손을 가져갔다.

루시타는 당황한 표정이었으나 헨처드는 말을 이어갔다.

"여기서 일하는 저희들 천한 것들은 숙녀 분께서 이곳에 오시어 관심을 기울여 주시는 것에 대단한 영광으로 생각하고 있습니다."

그녀는 애원하듯 그를 바라보았다. 그녀에게는 너무도 뼈저리고 너무
도 참기 어려운 야유 같았다.

"몇 시인지 좀 알려주시겠어요, 마님?"

"예."

하고 그녀는 급히 답했다.

"넷 반이군요."

"고마워요. 한 시간 반만 지나면 저희들은 일이 끝나요. 아, 그런데,
우리 보잘것없는 일꾼들은 마님같이 귀족이 즐기시는 즐거운 여가 같
은 것은 모르지요."

루시타는 될 수 있으면 빨리 헨처드 앞에서 벗어나 엘리자베스 제인
에게 고개를 끄덕이면서 미소 지어 보이고는 저쪽 끝에 있는 그녀 남편
에게로 갔다. 그곳에서 그녀는 바깥쪽 문을 통해 남편을 인도해 나가는
것이 보였다. 헨처드 앞을 다시는 지나가지 않기 위해서였다. 그녀는 놀
랐던 것이 분명했다. 이렇게 우연히 마주친 결과는 이튿날 아침 루시타
로부터 한 통의 편지가 헨처드 손에 쥐어진 것이었다.

"선생님께서는…."

그 짤막한 편지에서 루시타는 표현할 수 있을 만큼 대단히 비통한 어
조로 표현했다.

"제가 그 마당을 또 지나가더라도 선생님께서는 오늘 같은 그 뼈를
도려내는 듯한 빈정거리는 소리로 저한테 말을 걸지 않는 친절을 베풀
어 주시지 않으시겠어요? 저는 선생님께 아무런 악의가 없어요. 뿐만
아니라 선생님께서 저의 사랑하는 남편을 위해 일하시게 됐다는 것을
저는 대단히 기쁘게 생각하고 있으니까요. 그러나 저를 그의 아내로
공정하게 대해 주세요. 그리고 그런 은밀한 조롱으로 저를 불행하게
만들려 하지 마세요. 저는 죄를 저지른 일도 없고 선생님한테 해를 입
힌 일도 없어요."

"애처로울 정도로 멍청한 여자로군!"

하고 헨처드는 그 쪽지를 쳐들면서 잔인함을 즐기는 태도로 중얼거렸다.

"이 따위 쪽지, 쓰지 않는 것이 더 낫다는 걸 모르는군! 아니, 내가 이걸 자기 남편한테 보이기만 해봐… 어디 두고 보지!"

그는 그 편지를 불 속으로 던져버렸다.

루시타는 그 건초 광과 타작마당 쪽으로 다시는 오지 않으려고 주의했다. 그녀는 그렇게 인접한 곳에서 헨처드를 두 번 다시 만나는 모험을 겪는 것보다 차라리 죽어 버리는 것이 더 나을 것이다. 그들 간의 틈은 날이 갈수록 더 벌어졌다. 파프리이는 자기의 몰락한 친구를 언제나 동정했다. 그러나 그는 전날의 그 곡물 도매상인을 자기 일꾼 이상으로 대우하기를 점차 꺼려하지 않을 수 없었다. 헨처드는 이것을 알아차리게 되었다. 그래서 그는 매일 밤 드리 머니너즈에서 마음껏 술을 퍼마심으로써 마음을 굳게 키워 가면서 자신의 감정을 둔감이라는 덮개 아래 감추고 있었다.

그의 음주를 막으려는 노력으로 엘리자베스 제인은 오후 다섯 시만 되면 종종 조그마한 바구니에 차를 담아 그에게 날라다 주었다. 어느 날 이런 용무로 당도하자 그녀의 의붓아버지는 곡창의 맨 위층에서 클로버 씨와 평지 씨를 저울에 달고 있었다. 그녀는 그에게로 올라갔다. 매 층마다 닻 걸이 밑에 문 한 짝씩이 허공에 열려있고, 그 닻 걸이에는 곡식부대들이 달아 올릴 쇠사슬에 대롱거리고 있었다.

엘리자베스가 통로 위로 머리를 들어 올렸을 때 그 위의 문은 열려있고, 그녀의 의붓아버지와 파프리이는 문 바로 안쪽에서 이야기를 하고 서 있었다. 파프리이는 아찔아찔한 가장 자리 가까이 서 있고, 헨처드는 조금 안쪽에 서 있었다. 그들을 방해 하지 않으려고 그녀는 머리를 그 이상 높이 들지 않고 사다리 계단 위에서 기다렸다. 이렇게 기다리고 있는 동안 그녀는 자기 의붓아버지의 얼굴이 이상한 표정에 사로잡히면서 한 손을 파프리이 어깨 높이만큼 서서히 들어 올리는 것을 보았다.— 아니, 보았다고 생각되었다. 그녀는 공포에 사로잡혀있었기 때문이다. 그 젊은이는 헨처드의 그런 동작을 전혀 의식하지 못하고 있었다. 너무도 넌지시 하는 동작이었기 때문에 파프리이가 의식했다 하더라도 그는 그냥 내뻗어 보는 팔 동작으로만 믿었을 것이다. 그러나 살짝 건드리기만 했어도 파프리이의 몸 중심을 잃게 하여 허공 속에 거꾸로 떨어지게 했을 것이다.

엘리자베스는 그녀 아버지의 이런 동작이 의미했을 법한 것을 생각하자 마음이 아팠다. 그들이 시선을 돌리자 그녀는 들고 있던 차를 헨처드에게 부리나케 들고 가 내려놓고 곧장 그곳을 물러갔다. 곰곰이 생각해 본 후 그녀는 아버지의 그런 동작이 아무런 뜻이 없는 동작이었을 뿐 다른 의도는 없었다고 자신을 애써 위로했다. 그러나 한편으로 다시 생각해 보면, 그가 한때 주인이었던 그 사업장에서 지금 그의 위치가 어쩌면 자극제 구실을 했을 가능성도 있었다. 그래서 그녀는 마침내 도날드에게 주의시키기로 결심했다.

이튿날 아침 그녀는 그런 이유로 다섯 시에 일어나 거리로 나갔다. 아직 밝지 않았다. 짙은 안개가 깔려있고, 이 자치도시를 둘러싸고 있는 장방형의 가로수 길의 나뭇잎 끝에 맺혀 있는 물방울들이 똑똑 떨어지는 소리를 제외하고 읍내는 어둠에 싸여 있는 것만큼이나 조용했다. 처음에는 웨스트 워크에서, 그 다음에는 사우스 워크에서 소리가 들리는 듯하더니 곧 양쪽에서 동시에 들려왔다. 그녀는 콘 스트리이트 아래쪽으로 움직였다. 파프리이의 아침 산책 시간을 잘 알고 있었기 때문에 몇 분 기다리지 않아 귀에 익은 대문 여닫는 소리가 들려오더니 곧 그는 빠른 걸음걸이로 그녀 쪽으로 다가왔다. 그녀는 그 길의 맨 끝집 옆 맨 끝 나무가 서 있는 지점에서 그를 만났다.

그는 처음 그녀를 선뜻 알아보지 못하다가 의아한 듯 고개를 들고,

"아니, 헨처드 양— 이렇게 이른 시간에 웬일이세요?"

하고 말했다.

그녀는 그렇게 이른 시간에 노상에서 그를 기다리고 있는 자기를 용서해 달라고 했다.

"하지만 선생님께 꼭 말씀드리고 싶은 것이 있어서요. 제가 댁으로 방문할 수도 있었지만 선생님의 부인을 놀래드리고 싶지 않았던 거예요."

"그래요?"

하고 그는 덤덤하면서도 유쾌하게 말했다.

"그런데 무슨 이야기지요? 참 친절하기도 하군요."

그녀는 자신의 마음속에서 껄끄러운 말들을 막상 전달하려니 매우 어

렵게 느껴졌다. 그러나 그녀는 가까스로 말을 끄집어내어 헨처드의 이름을 들먹였다.

"저는 가끔 두려워요."

하고 그녀는 애써 말했다.

"그분이 어떤 술책을 꽤하여 선생님에게 모욕을 주게 될 것 같아서 걱정이 됩니다."

"그러나 우리 두 사람은 친한 사인데요."

"혹 선생님한테 몹쓸 악담을 할지도 몰라요. 그분은 최근 자신을 몹시 학대해 왔다는 사실을 염두에 두도록 하세요."

"다시 말하지만 우리 두 사람은 아주 친해요."

"아니면 어떤 다른 짓을 할지도 몰라요─선생님을 헤칠지도 몰라요 ─ 선생님을 다치게 한다거나, 상처를 입힌다거나…."

말을 끝맺을 때마다 그녀로서는 두 배 이상 힘들었다. 그녀는 파프리이가 아직도 그녀의 말을 믿지 않고 있다는 것을 알 수 있었다. 그가 고용하고 있는 불쌍한 헨처드는, 파프리이의 눈에 그를 지배하려던 그 헨처드가 아니었다. 그러나 그는 여전히 같은 사람일 뿐 아니라, 전날에는 잠자고 있었던 음흉한 생각들이이 지금은 자학으로 재빨리 되살아나고 있는 사람이었다.

행복하기만 하고 못된 짓이라고는 생각조차 않는 파프리이는 그녀의 경고를 계속 대수롭게 여기지 않았다. 이렇게 그들은 헤어져 그녀 집으로 향했다. 마부들은 수선을 의뢰한 물건들을 찾으러 마구상으로, 농부들은 일하는 말들을 몰고 말편자 가게로 향했고 노동자들의 아이들이 보이는 등 이제 일꾼들이 거리에 나타났다. 엘리자베스는 자신의 행동에 효과가 없었다는 생각과 먹혀들지도 않는 경고를 함으로써 자신이 오히려 어리석게만 보이게 했다는 생각에 기분이 상해 하숙집으로 돌아왔다.

그러나 도날드 파프리이는 결코 화를 당하지 않는 그런 사람들 중의 하나였다. 그는 뒤이어 일어나는 견해에 비추어 자신의 막연한 생각들을 바로 잡았으며 그의 순간적인 감정에 끌린 판단이 올바른 판단이라고 할 수 없었다. 희미한 새벽녘 보았던 엘리자베스의 진지한 얼굴 모습이 낮 동안 그에게 여러 번이나 떠올랐다. 그녀의 신중한 성격을 알고 있었기 때문에 그는 그녀의 암시를 전적으로 헛소리로만 받아들이지 않았다.

그러나 그는 헨처드를 위해 마음속에 생각하고 있었던 한 친절한 계획을 단념하지 않았다. 그래서 그날 늦게 읍청 서기 조이스 변호사를 만나자 그는 자신의 계획을 바꿀 아무런 일도 없었다는 듯이 그 계획에 대해 이야기를 시작했다.

"그 조그마한 씨앗가게 말입니다."

하고 그는 말을 꺼냈다.

"교회 문이 내려다 뵈는 그 가게 말인데요. 세놓으려는 것 말이에요. 그것은 내가 필요해서 아니라 우리 불운한 헨처드 씨를 위해서입니다. 규모는 작지만 그분한테는 새 출발이 될 수 있을 것입니다. 그래서 나는 그분한테 그것을 주선해 드리기 위해 남들보다 먼저 앞장서서 기부금을 내놓겠다고 했어요ㅡ 다른 분들이 50파운드만 내놓으면 나머지 50파운드는 나 단독으로 내놓겠다고 읍의 의원들에게 이미 말했습니다."

"예, 예. 그저 그 소식을 들었어요. 그래서 그 문제에 관해 이의가 있습니다."

라고 서기는 솔직한 태도로 말했다.

"하지만, 파프리이 씨, 남들은 알고 있는데 당신만 모르고 있군요. 헨처드 씨는 당신을 미워하고 있어요ㅡ 예, 미워해요. 따라서 당신은 그 점을 알고 계셔야 해요. 내가 알기로는, 그 자는 간밤에 머리너즈에 나타나 여러 사람들 앞에서 당신에 관해 차마 입에 담지도 못할 말들을 늘어놓았다고 하더군요."

"그래요ㅡ 아, 그랬어요?"

하고 파프리이는 시선을 떨구면서 말했다.

"그분이 왜 그래야 할까요?"

하고 젊은이는 비통한 투로 말을 했다.

"내가 그분에게 무슨 해를 끼쳤다고 그분이 나를 못살게 굴려고 하지요?"

"그걸 누가 알겠어요?"

하고 조이스는 얼굴을 찡그리면서 말했다.

"그 사람을 참고 견디어 내자면, 당신이 계속 고용하고 있는 한 오랫동안 많은 어려움을 겪을 것임을 보여주고 있는 것이지요."

"그래도, 한때 나의 좋은 친구이었던 사람을 해고할 수 없어요. 내가 이곳에 처음 왔을 때 나를 이곳에 발붙이게 해 준 분이 바로 그분이었음을 잊어서는 안 되지요. 그럼요. 절대로 잊으면 안 돼요. 내가 시킬 날일이 있는 한 그분이 좋다고만 하면 나는 그분을 고용할 겁니다. 그분에게 그런 사소한 일을 거절할 내가 아니지요. 그러나 좀 더 생각해 볼 때 까지 그분에게 가게를 차려 줄 생각은 일단 내려놓겠습니다."

이 계획을 포기한다는 것이 파프리이를 대단히 슬프게 만들었다. 그러나 떠도는 이런 저런 말들로 그 계획에 이미 찬물이 끼얹어졌기 때문에 가게 주인한테 가서 자신의 주선을 철회할 생각을 했다. 마침 그때 가게 주인이 집에 있었기에 파프리이는 자신이 그 협상을 취소하는데 따른 해명을 좀 해야 할 필요성을 느끼고, 헨처드의 이름을 들먹이면서 읍 의회의 계획이 변경됐다고 말했다.

가게 주인이 크게 실망했다. 그래서 그는 헨처드를 만나자 그에게 가게를 차려 주려던 읍 의회의 계획을 파프리이가 앞장서서 백지화해 버렸다고 말해 버렸다. 이렇게 되어 한 사람의 실언으로 두 사람간의 반목과 질시는 깊어져 갔다.

그날 저녁 파프리이가 집에 들어서자 차 주전자가 반 계란형 화덕위에서 끓고 있었다. 루시타는 하늘의 요정처럼 경쾌하게 달려 나와 그 두 손을 잡았다. 그러자, 파프리이는 의무적으로 그녀에게 키스했다.

"오!"

하고 그녀는 창 쪽으로 시선을 돌리면서 명랑하게 말했다.

"주의하세요— 덧문들이 아직 닫히지 않았어요. 사람들이 들여다보겠어요 - 창피하게!"

촛불이 밝혀지고, 커튼이 내려진 후 두 사람이 자리에 앉았을 때 노골적으로 물어보지 않고 그녀의 시선은 그의 얼굴을 염려하듯 더듬었다.

"찾아온 사람이라도 있었어?"

하고 그는 얼빠진 사람처럼 물었다.

"날 찾아온 사람이라도 있었어?"

"아니, 무슨 일이라도 있어요, 도날드?"

"음 - 이야기 거리가 되지는 못해"

하고 그는 우울하게 답했다.

"그렇다면 신경 쓰지 마세요. 당신은 그걸 이겨내실 거예요. 운 좋은 스코틀랜드 사람이니까요."

"아니, 그런 것만도 아니야!"

하고 그는 식탁 위의 음식 부스러기를 응시하면서 침울하게 고개를 휘저었다.

"그렇지 못한 사람을 나는 많이 알고 있소! 샌디 맥파레인은 돈벌이하러 미국으로 가다가 익사했고, 아치볼드 리드는 살해되었어! 그리고 불쌍한 윌리 던블리즈와 메이틀랜드 맥프리즈는 나쁜 길로 들어 그 모양이 돼버렸고."

"아니, 바보스럽게도 당신도…. 내 말은 일반적으로 그렇다는 거예요. 당신은 항상 너무 고지식하기만 해요. 이 차를 마시고 나서 굽 높고 은 손잡이가 달린 구두와 마흔한 명의 구혼자에 대한 그 우스운 노래나 불러 주세요."

"아냐, 아냐. 오늘 밤에는 노래할 수 없어. 헨처드 때문이야. 그는 나를 미워해. 그래서 마음만 내킨다면 그 사람과 친구가 되지 않을 수도 있어. 그 사람이 다소 질투한다는 것은 이해가 가는 일이야. 한데 루시타, 당신은 알겠소? 사업의 경쟁보다는 케케묵은 사랑의 경쟁 같단 말이야."

루시타의 얼굴에 약간 핏기가 가셔졌다.

"아뇨, 모르겠어요."

"나는 그 사람한테 일자리를 주었소. 그거야 거절할 수 없지. 그러나 그런 성정머리를 갖고 있는 사람은 언제 무슨 행동을 저지를지도 모른다는 사실을 전연 모른 체할 수도 없어!"

"무슨 말을 들었어요? 오 도널드, 여보?"

하고 루시타는 놀라 묻는다. "저에 대해들은 이야기라도 있어요?"라는 말은 그녀의 입술에까지 나왔다. 그러나 그 말만을 하지 않았지만 흥분을 누를 수 없어 그녀의 두 눈에는 눈물이 고였다.

"아니, 아니야. 당신이 짐작하는 것만큼 심각한 이야기는 아니야"하고 파프리이는 위로하듯 말했다. 그러나 그가 그 심각성을 그 여자만큼 알리가 없었다.

"저는 우리가 이야기한 일이 있는 그대로 했으면 좋겠어요"하고 루시타는 슬픔에 잠겨 말했다.

"사업을 집어치우고 여기를 떠나요. 우리한텐 돈도 많은데 꼭 여기서 살아야 해요?"

파프리이는 이 제안을 심각하게 토의하고 싶었다. 그리하여 그것에 관해 이야기하고 있노라니 어떤 방문객이 찾아왔다는 전갈이 왔다. 그들의 이웃인 시의원 바트 씨가 들어섰다.

"초크필드 박사가 돌아가셨다는 소식을 들으셨겠지요? 돌아가셨어요. 오늘 아침 5시에."

초크필드는 지난 11월에 시장직을 계승한 시의원이었다.

파프리이는 그 소식을 듣고 마음 아파했다. 바트 씨는 계속 말했다.

"우리는 그분이 언젠가 곧 돌아가시라는 것을 알고 있었지요. 그리고 그분의 유족은 만반의 대비를 하고 있으니 우리는 그대로 조치해야 할 거요. 그런데 내가 방문한 목적은 이걸 당신한테 물어보기 위해서요. 아주 사적으로. 만약 내가 당신을 그분의 뒤를 잇도록 지명한다면 특별한 반대는 없겠지요? 시장직을 수락하겠소?"

"하지만 나보다 차례가 먼저인 사람들이 많은데요. 뿐만 아니라 나는 너무 젊어요. 그래서 다들 건방지다고 생각할는지도 모릅니다"하고 파프리이는 잠시 후 말했다.

　"천만에, 이건 나 혼자만의 생각이 아니라 여러 사람이 그렇게 생각하고 있어요. 거절하지는 않겠지요?"

　"우리는 이곳을 떠날 생각이에요."

하고 루시타가 초조한 얼굴로 파프리이를 바라보면서 말참견했다.

　"일시적 기분에 지나지 않습니다."

하고 파프리이는 중얼거렸다.

　"시의원의 절대 다수 의견이라면 거절 하지 않겠습니다."

　"좋습니다. 그렇다면 선출된 것으로 생각하시오. 우리는 지금까지 오랫동안 나이 많은 사람들만 시켜 왔어요."

그가 떠나고 나자 파프리이는 생각에 잠겨 말했다.

　"이제 하나님의 뜻에 의해 우리가 지배되고 있는 것을 봐. 우리는 이것을 계획하면 저것을 하게 되지. 만약 시의원들이 내가 시장이 되기를 원한다면 나는 이대로 주저앉겠어. 헨처드는 제멋대로 잡소리나 지껄여대게 내버려 두기로 하고."

이날 밤부터 루시타는 몸이 대단히 아프기 시작했다. 만약 그녀가 경솔하지만 않았다면 그녀는 이틀 후 우연히 헨처드를 만났을 때 했던 거와 같은 행동은 하지 않았을 것이다. 분주한 장터에서였다. 그때 그들의 대화를 지켜볼 만한 사람은 아무도 없었다.

　"마이클, 저는 제가 수개월 전에 요구했던 바를 다시 요구해야겠어요― 당신이 간직하고 계실지도 모를 저의 편지라든가 쪽지들을 돌려달라고 말이에요― 그것들을 태워 없애지 않으셨다면 말이에요. 모든 사람들을 위해 저지에서 일을 뭉개어 지워버리는 것이 얼마나 바람직한 일인가를 당신도 알거에요."

　"이봐! 마차 속의 당신한테 건네주기 위해 나는 당신의 필적이 담긴 쪽지라고는 모두 꾸렸어. 그러나 당신은 코빼기도 나타내지 않았어."

그녀는 아주머니의 죽음으로 그날 여행할 수 없었다고 해명했다.

"그래서, 그 꾸러미는 어떻게 하셨어요?"

그는 말 할 수 없었다. 기억을 더듬어 갔다. 그녀가 떠나가고 나서야 그는 폐지 뭉치 하나를 자기 옛 식당방의 금고— 지금 파프리이가 차지 하고 있는 자기 옛집의 벽에 설치된 금고 속에 넣어두었다는 기억을 되살려 냈다. 그 편지들은 그 속에 섞여 있을 가능성이 많았다. 괜하게 히죽 히죽 웃는 모습이 헨처드 얼굴에 나타났다. 그 금고가 열리기만 한다면?

이 일이 있은 바로 그날 밤 캐스터브리지에서는 종소리들이 요란하게 울려 퍼지고, 목관악기, 현악기, 북의 혼합 악대가 음률을 어느 때보다도 더 아낌없이 울려 퍼뜨리면서 시가를 누비고 있었다. 파프리이가 시장이 된 것이다. 찰스 1세 이후 선거에 의한 2백여 번째 시장이었으며 루시타 는 마을 전 여성의 선망의 대상이 되었다. 그러나 꽃망울 속의 벌레와 같은 존재인— 헨처드를 어떻게 한단 말인가? 그가 뭐라고 지껄여 댈까!

자기에게 그 조그마한 씨앗가게를 마련해 주려는 계획을 파프리이가 반대했다는 약간 그릇된 정보를 듣고 분해 그동안 속 태워 오던 헨처드 는 시장 당선 소식을 듣게 되었다. 파프리이가 비교적 젊고 전례 없는 스코틀랜드 출신이라 시장에 당선되었다는 그 소식은 그에게 남다른 관 심이 되었다. 티무르의 나팔소리만큼이나 드높은 교회 종소리와 악대의 연주소리가 이 몰락한 헨처드를 말할 수 없을 정도로 자극했다. 이제 그 는 완전히 축출되어 버린 것 같았다.

이튿날 아침 그는 평상시와 다름없이 일터에 나왔다. 열한 시경에 도날 드가 파란 문을 통해 들어섰다. 그에게서 위엄이라곤 풍기지 않았다. 그 러나 이 선거로 그와 헨처드 간에 이루어진 좀 더 단호한 자리바꿈이 그 겸손한 젊은이의 태도에 약간 어색함을 다시 나타나게 하고 있는 반면 헨처드는 이것을 전연 못 본체하는 사람의 무례한 태도를 보이고 있었다. 그리하여 파프리이는 자기의 쾌적한 기분을 반밖에 맛보지 못했다.

"내가 당신한테 물어 보려던 참이요."

하고 헨처드가 말을 걸었다.

"내가 식당방의 내 옛 금고 속에 남겨둔 서류꾸러미에 관해서 말인데."

하고 그는 자세히 말을 했다.

"그렇다면 지금도 그곳에 있을 것입니다."

하고 파프리이는 대답했다.

"나는 그 금고를 아직 열어 본 일조차 없습니다. 나는 밤에 편히 자기위해 내 서류들은 은행에 맡겨두고 있으니까요."

"사실은 그리 중요한 것은 아니지만— 나한테는,"

하고 헨처드가 말했다.

"그걸 가지러 오늘 밤 찾아 가겠소. 괜찮겠어요?"

그가 자기 말대로 집을 나선 것은 아주 늦은 시간이었다. 그는 최근 잦은 버릇으로 독한 술을 잔뜩 퍼마시고 난 뒤에 찾아가게 되었다.

그는 마치 어떤 지독한 형태의 즐거움을 생각하고 있는 것처럼 그 집에 가까워지자 그의 입술에는 냉소하는 심술이 주렁주렁 매달려 있었다. 그 심술이 무엇이었는지 상관없이, 이번이 그가 이 집에서 주인으로서 살았던 이래로 처음 찾아가는 것이었지만 문 안으로 들어서는 그의 활기는 예나 지금이나 다름없었다. 종소리는 뇌물을 받아먹고 그를 버리는 어떤 낯익은 악착스런 사람의 목소리처럼 들렸다. 문들의 움직임이 지난 날을 회상시켜 주었다.

파프리이는 그를 식당방 안으로 안내하여 벽에 장치돼 있는 그의 철제 금고를, 헨처드의 지시로 솜씨 좋은 자물쇠 공이 만들어 단 헨처드의 금고를 즉시 열어 젖혔다. 파프리이는 금고에서 편지 꾸러미를 다른 서류들과 함께 꺼내면서 그것들이 미처 돌려주지 못한 불찰을 사과했다.

"괜찮소."

하고 헨처드는 아무렇게나 답했다.

"사실은 이것들은 대부분이 편지들이지요, 암."

하고 그는 앉아서 루시타의 정열에 찬 편지 뭉치를 펼치면서 말을 이었다.

"여기 있군. 이것들을 나는 다시 한 번 일고 싶었을 따름이요! 부인께서는 어제 그렇게 애쓰신 후 편안하신가요?"

"집사람은 약간 지쳤어요. 그래서 일찍 잠자리에 들었습니다."

헨처드는 루시타의 편지 뭉치들을 흥미 있게 가려내고 있고, 파프리이는 헨처드의 맞은편에 앉아 있었다.

"당신은 물론 잊지 않았겠지요?"

하고 그는 다시 말을 꺼냈다.

"내가 당신한테 들려주었던 이야기 있었지요? 사실은 이 편지들이 그 불행한 일과 관련이 있다오. 고맙게도 이제는 모두 끝나버린 이야기가 되었지만 말이오."

"그 가련한 여인은 어떻게 되었습니까?"

하고 파프리이가 물었다.

"다행히도 그녀는 결혼을 했어요. 결혼을 해도 잘 했어요. 따라서 그녀가 나한테 퍼부었던 이 비난들이 이제 더 이상 내 마음을 아프게 하지 않아요. 결혼을 안 하였다면 아직도 그럴 것이지만, 노했던 한 여인이 뭐라 했는지 한번 들어 보시지 않겠소?"

파프리이는 전연 흥미 없었지만 헨처드의 비위를 맞추기 위해 하품을 연방해 가면서 정중하게 주의를 기울였다.

"'저에게는'"

하고 헨처드는 읽기 시작했다.

"'사실상 미래라는 것이 없어요. 관습을 너무도 무시하고 당신한테 정성을 기울인 여인이에요. 당신 이외에 어떤 남자의 아내가 된다는 것은 불가능한 것으로 생각하고 있는 여인이에요. 하지만 당신한테는, 당신이 길거리에서 만난 첫 여인의 신세보다 나을 것이 없는 여인이에요. 이런 사람이 곧 저예요. 저를 학대하는 당신의 어떠한 의도도 완전히 용서해요. 하지만 당신은 저에게로 학대가 나오는 문이에요. 당신의 현 부인이 죽는 경우엔 저를 그분의 자리에 앉혀 주시겠다는 것은 그런대로 위안이 되고 있어요. 그러나 그것이 어떻게 돼가고 있나요? 이렇게 저는 저의 몇 명 안 되는 친구한테서 버림받고, 그리고 당신한테서도 버림을 당하고 여기 앉아 있는 중이에요!'"

"이것이 그녀가 수만 마디의 말로 나를 나무란 바이요. 그때 발생한
일은 내 입으로는 다스릴 수 없었던 일이었다오."
"네."
하고 파프리이는 별 관심 없이 대꾸했다.
"여자란 그런 거지요. 그러나 사실은 남자 측에서 여자에 관해 별로
알지 못하고 있었군요. 하지만, 남자가, 사모하는 여인이 토로하는 말
과 잘 알지 못하는 여인이 쌓아 놓는 말 사이에 어떤 스타일상 유사점
은 구별하면서도, 그 여자가 그를 누구라고 생각했건 그는 희랍신화의
사랑과 미의 여신인 아프로디테가 말한 것 같이 결론을 내렸군요."
헨처드는 또 한 통의 편지를 펴들고 꼭 같은 방식으로 쭉 읽어 내려
다가 앞서와 마찬 가지로 서명에서 중단했다.
"그녀의 이름은 읽지 않겠소."
하고 헨처드는 온화한 말씨로 말했다.
"내가 그녀와 결혼하지 않고 다른 남자가 했으니 나는 그녀의 명예
를 생각해서 그렇게 할 수 없소."
"옳은 말씀입니다. 옳은 말씀입니다."
하고 파프리이가 말했다.
"그러나 선생님은 부인 수잔 여사가 작고하셨는데도 그녀와 왜 결
혼하지 않으셨습니까?"
하고 파프리이는 그 문제와는 대단히 관계가 먼 사람의 거리낌 없는
냉담한 어조로 자꾸 질문을 했다.
"아, 그럴듯한 질문이군요!"
하고 말하는 헨처드의 입가에는 다시금 조소가 엿보이기 시작했다.
"그녀의 갖가지 항의에도 불구하고 내가 후한 마음으로 그렇게 하
려고 그녀에게 다가갔을 때는 그녀는 이미 내 여자가 아니었다오."
"그 여자는 이미 다른 남자와 결혼해 버렸던 모양이었나 보군요?"

헨처드는 좀 더 깊이 들어가는 것은 바람 쪽으로 너무 가까이 돛을 띄우는 일이 될 거라고 생각하는 듯 했다. 그래서 그는 "예"하고 대답만 했다.

"그 젊은 숙녀는 매우 쉽게 마음을 옮기는 기질을 가졌음에 틀림없군요!"

"그래요, 정말 그래요."

하고 헨처드는 힘주면 말했다.

그는 세 번째 그리고 네 번째 편지를 개봉하여 읽는다. 이번에는 서명까지 읽어버릴 것처럼 맺음말까지 다다른다. 그러나 다시 뚝 그쳐 버렸다. 실은 예견할 수 있는 바와 같이, 이 편지에 서명된 이름을 읽어 버림으로써 이 연극 마지막에 커다란 재앙을 불러일으키자는 것이 그의 의도였다. 그는 이 생각만을 가지고 이 집으로 찾아왔던 것이다. 그러나 여기 침착하게 앉아 있는 자리에서는 그렇게 할 수 없었다. 그런 악의가 그 자신까지도 오싹하게 했다. 그의 사람됨이 그러했기 때문에 그는 열면 행동으로 그들 두 사람을 모두 멸망시킬 수 있었을 것이다. 그러나 말에 담긴 독으로 그런 일을 한다는 것은 그의 끓어오르는 증오심으로도 할 수 없는 일이었다.

35. 애원

도날드가 말한 대로 루시타는 피로해서 자기 방으로 일찍 물러갔던 것이다. 그러나 그녀는 잠자리에 든 것이 아니라 침상 옆의 의자에 앉아 책을 읽고 그리고 하루 중에 있었던 일들을 생각해 보고 있었다. 헨처드의 초인종 누르는 소리에 그녀는 이렇게 비교적 늦은 시간에 누가 찾아 왔을까하고 궁금히 여겼다. 식당 방은 그녀의 침실 바로 밑에 위치해 있었다. 누군가가 안으로 안내되는 소리가 들리더니 잠시 후 어떤 사람이 뭔가를 읽는 명확치 않은 소리가 들려왔다.

도날드가 위층 방으로 올라오는 평상시 시간이 지나고 있었다. 그러나 읽는 소리와 대화는 여전히 계속되었다. 그녀는 어떤 특이한 범죄가 발생하여 누구이건 그 방문객이 <캐스터브리지 저널>의 특별 판에서 범죄에 대한 기사를 읽고 있는 것으로 밖에는 생각할 수 없었다. 마침내 그녀는 자기 방을 나와 아래층으로 내려갔다. 식당 방의 문이 조금 열려져 있었다. 집안이 고요히 잠들어 있는 침묵 속에 그녀는 층계의 마지막 계단을 채 내려서기도 전에 그 목소리의 주인을 알아 차렸다. 그녀는 못박힌 듯 그 자리에 꼼짝도 못하고 서 있었다. 헨처드의 목소리 속에 그녀를 들먹이는 말이 무덤을 나온 유령처럼 그녀의 귀에 와 닿았다.

루시타는 층계 기둥에 몸을 기대고 부드러운 난간에 볼을 댔다. 마치 그녀는 그것을 자기의 불행 속 친구로 삼으려는 듯한 태도였다. 이러한 자세로 몸이 굳어 있노라니 대화 소리가 점점 계속해서 그녀의 귓전에 와 부딪쳤다. 그러나 그녀를 더욱 놀라게 하는 것은 그녀의 남편 말투였다. 그는 자기의 시간을 선물로 바치는 사람의 말투로 이야기에 응하고 있었다.

그는 헨처드가 또 한 통의 편지를 개봉하는, 종이 바스락 거리는 소리
가 들리자,

"잠깐만."

하고 파프리이가 말했다.

"선생님 혼자만 보시도록 쓰인 사적인 편지를 전연 관계없는 제3자
에게 그렇게 장황하게 읽어대는 것은 그 젊은 여인에 대한 공정한 처
사가 아니지 않습니까?"

"네, 그럴 수도 있겠지요."

하고 헨처드는 대답했다.

"그녀의 이름을 읽지 않음으로써 나는 이것을 모든 여성의 한 예로
말하는 것뿐이오. 따라서 어떤 특정 인물의 스캔들을 읽는 것이 아니
요."

"만약 내가 선생님이라면 그것을 태워 없애 버리겠습니다."

하고 파프리이는 지금까지보다 그 편지들에 주의를 더 기울이면서 말
했다.

"만약 그것이 알려진다면 그것은 남의 부인으로서 그 여인에게 명
예 손상을 입히는 일일 것입니다."

"아니오, 나는 이것들을 태워 없애지 않을 거요."

하고 중얼거리면서 헨처드는 편지들을 챙겼다. 그러고 나서 그는 자
리에서 일어났다. 루시타의 귀에 더 이상 들려오는 것은 없었다.

루시타는 반 마비상태로 방에 돌아왔다. 너무도 두려워 그녀는 옷을
벗을 생각도 못하고 침대에 걸터앉아 기다렸다. 헨처드가 혹 "작별인사
말에서 그 비밀을 폭로해 버리지는 않을까?"하는 그녀의 불안은 견디기
어려울 정도였다. 만약 그들이 사귀던 초기에 도날드에게 죄다 고백해
버렸다면 그는 그것을 극복하고 그녀와 결혼은 결혼대로 했을 것이다—
한때는 그럴 것 같지 않았지만. 그러나 이제 와서 그녀나 혹은 어떤 다른
사람의 입을 통해서 그에게 사실을 털어놓는다는 것은 치명적일 것이다.

문이 쾅하고 닫혔다. 그녀의 남편이 빗장 거는 소리가 들렸다. 그의 습

관대로 한 바퀴 둘러본 후 느릿느릿 층계를 올라왔다. 그가 침실의 문 앞에 이르렀을 때 그녀의 눈은 빛을 거의 잃고 있었다. 그녀는 한동안 자신의 눈을 의심했다. 그러나 곧 그가 성가신 어떤 현장에서 막 풀려난 사람의 안도를 보이는 미소로 그녀를 바라보는 것을 보고 그녀는 기뻐 어쩔 줄 몰랐다. 그녀는 더 이상 자신의 감정을 억제할 수 없어 신경질적으로 흐느껴 울었다.

그녀를 진정시킨 후 파프리이는 자연스럽게 헨처드에 관한 말을 끄집어냈다.

"모든 사람 중에서 그 사람은 방문객으로 제일 바람직하지 못해. 그런데 내 짐작으로는 그 사람 약간 정상은 아닌 것 같아. 여태까지 나한테 자기 과거와 관련 있는 수많은 편지들을 장황하게 읽어대고 있었어. 나는 귀담아 들음으로써 그의 비위를 맞춰 줄 수밖에 없었어."

이만하면 충분했다. 그렇다면 헨처드는 발설하지 않은 것이 확실했다. 헨처드가 문지방을 넘어서면서 파프리이한테 한 마지막 말은 이렇게 간단했다.

"자, 귀담아 들어 주어서 감사하오. 그녀에 관해 좀 더 들려 드릴 날이 있을 거요."

이것을 알고 그녀는 그 문제를 아주 공개해 버리려는 헨처드의 의도 때문에 몹시 괴로웠다. 이런 경우 우리 인간이란 우리들 자신에게서 혹은 우리 친구들한테서도 결코 찾을 수 없는 시종일관된 행동의 힘을 어떤 원수 탓으로 돌려버리고 인정이 메말라 생겨나는 완숙치 못한 노력이 관용을 베푸는 것만큼 복수도 할 수 있다는 것을 쉽게 잊어버리기 때문이다.

이튿날 아침 루시타는 이제 시작되는 헨처드의 공격을 어떻게 피해야 하는 가를 고민하면서 잠자리에 그대로 누워 있었다. 도날드에게 막연히 생각하고 있는 그 진상을 털어 놓는다는 행동은 너무 무모했다. 그녀는 남편도 세상 사람들처럼 있을법하지 않은 사건을 그녀의 불운이상으로 생각할까봐 두려웠다. 그녀는 설득하기로 결심했다— 남편이 아니라 적

敵, 그 사람을. 그것만이 한 연약한 여인으로서 그녀한테 남아 있는 유일한 실제 무기 같았다. 계획이 일단 정해지자 그녀는 자리에서 일어나 자기를 조바심 나게 하는 그에게 다음과 같이 글을 썼다.

"저는 간밤에 선생님이 제 남편과 대화하는 소리를 엿들었어요. 그리고 선생님께서 저에게 앙갚음하려는 의도도 알게 되었어요. 그 생각만 하면 저는 몸뚱이가 금방이라도 산산조각 날 것 같아요. 번민에 싸인 한 여인을 동정해 주세요! 제 꼴을 보신다면 마음이 풀리실 거예요.

요즘 제가 얼마나 불안에 떨고 있는지 선생님은 모르실 거예요. 선생님께서 일을 마치실 때쯤 제가 경기장에 가 있을게요. 해가 넘어가기 직전에 말이에요. 제발 그곳으로 좀 나와 주세요. 저는 선생님을 직접 대면하여 이 난폭한 장난을 더 이상 하지 않겠다는 약속을 선생님이 입을 통해 듣기 전에는 잠을 이룰 수 없을 것 같아요."

이 간절한 호소를 끝맺으면서 그녀는 중얼거렸다.
"만약 눈물과 애원이 강자와 싸우는 데에 약자한테 도움이 된 일이 있다면 이제 나도 그렇게 해야지."
이런 생각에서 그녀는 지금까지와는 달리 화장을 했다. 지금까지는 그녀의 타고난 매력을 높이는 것이 그녀의 여인으로서 인생이 변함없는 노력이었다. 그런데 그렇게 하는 데 있어서 그녀는 풋내기가 아니었던 것이다. 그러나 그녀는 지금 이것을 무시하고 타고난 아름다움을 줄이기 위한 노력까지 했다. 그녀의 약간 일그러진 모습의 당연한 이유 이외에도 간밤에 전연 잠 한숨 자지 못한 이유로, 이런 화장이 예쁘기는 하지만 약간 지친 얼굴이 무척 며칠 사이에 겉늙어 버린 모습으로 바뀌었다. 그녀는 일부러 그렇게 하기도 했지만 그것만으로는 마음이 내키지 않아 그녀의 가장 보잘 것 없고, 가장 검소하고, 가장 오랫동안 처박아 뒀던 옷을 골라 입었다.

우연히 남의 눈에 뜨일 것을 피하기 위해 그녀는 얼굴을 가리고 재빨리 집을 빠져나갔다. 그녀가 그 원형 경기장의 맞은편 길 위에 올라섰을 때는 해가 눈꺼풀 위의 핏방울처럼 서쪽 산 위에 걸려 있었다. 그녀는 원형 경기장 안으로 급히 들어섰다. 내부는 그늘에 싸여 있고, 오랫동안 쓰지 않고 내버려 두었던 모습이 곳곳에 역력했다.

그녀는 그를 기다리는 두려움에 찬 희망 속에서 실망하지 않았다. 헨처드가 경기장이 꼭대기를 넘어 내려오고 있었기 때문이었다. 그녀는 숨을 죽이고 그를 기다렸다. 그러나 투기장에 이르렀을 때 그녀는 그의 거동에서 어떤 변화를 의식했다. 그는 그녀로부터 약간 떨어진 곳에 우뚝 서는 것이었다. 그녀는 그 이유를 알 수 없었다.

어느 누구도 알 수 없었을 것이다. 사실은 이 밀회를 위해 이 지점, 이 시간을 정할 때 루시타는 자기가 극단적인 말을 사용할 수 있었던 강력한 논조로 이 변덕스럽고, 침울하고, 미신을 믿는 사나이에 대한 자신의 애원을 부지중에 뒷받침해 둔 셈이었다. 이 거대한 경기장 한가운데 그녀의 모습, 그녀의 유례없는 검소한 옷차림, 희망과 호소가 뒤섞인 그녀의 태도 등이 지난날 이곳에 이렇게 섰다가 지금은 저 세상으로 가 영원히 잠들어 버린 학대받은 다른 한 여인의 추억을 그의 마음속에 너무도 생생하게 재생시켜 그는 기력을 잃게 되었고, 너무도 연약한 또 한 사람의 여성에게 보복을 시도해 보는 자신을 그의 마음이 사정없이 후려갈겼던 것이다. 그가 그녀 앞에 다다랐을 때는 그녀가 아직 말 한마디도 채 꺼내기 전이지만 그녀의 목적은 반쯤 달성된 셈이었다.

그가 여기로 내려오기까지 태도는 빈정거리는 무관심이었다. 그러나 이제 그는 자신의 냉혹한 냉소를 걷어치우고 누그러지고 온화한 어조로 친절하게 말했다.

"잘 있었소? 당신이 필요로 한다면 내가 기꺼이 오는 것은 당연하지."

"아, 고마워요."

하고 그녀는 근심스럽게 말했다.

"그렇게 모습이 안 좋아 보여 안 됐구려."

하고 그는 뉘우치고 있음을 숨기지 못하고 있었다.

그녀는 고개를 저었다.

"선생님이 어떻게 미안해하세요. 고의로 그렇게 만들고 계시면서."

하고 그녀는 말했다.

"뭐라고!"

하고 헨처드는 불안한 어조로 말했다.

"당신이 그 지경에 이른 것이 내가 무슨 짓을 했기 때문이란 말이오?"

"모두 선생님 때문이에요. 저한테는 다른 슬픔이 있을 수 없어요. 선생님의 위협만 없다면 저의 행복은 보장되고도 남을 거예요. 오, 마이클, 저를 더 이상 불행하게 하지 마세요! 선생님도 지금까지 지나치게 하신걸 알잖아요! 제가 여기 처음 왔을 때 저는 생기발랄한 젊은 여인이었어요. 그러나 이제 저는 급속도로 늙어가고 있어요. 제 남편이건 누구건 저를 관심 있게 바라보는 것이 오래지 않을 거예요."

헨처드는 무장해제 되었다. 여자라면 누구나 오만불손했던 그의 지난 날 동정심이 그의 첫 여인과 비슷한 처지에 놓인 채 여기 나타난 이 애원자로 인해 더욱 짙어졌다. 더욱이 그 첫 여인을 온갖 수난 속으로 이끌어 넣었던 그 생각 없는 통찰력의 부족까지도 이 가련한 루시타에게 드러나 보였다. 그녀는 위험은 생각하지 못하고 이렇게 타협하는 태도로 그를 만나기 위해 여기 와 있는 것이다. 이런 여인은 사냥하기에 너무도 어린 사슴 같다. 그는 부끄러웠다. 루시타에게 창피를 주자던 열의가 당장 사라졌다. 파프리이가 자기 재산을 사들인 것에 더 이상 질투가 느껴지지 않았다. 파프리이는 돈과 결혼 했을 뿐 그 이상은 아무것도 아니다. 헨처드는 이 장난에서 손을 떼고 싶었다.

"그러면 당신은 내가 어떻게 해 주길 바라오?"

하고 그는 부드럽게 물었다.

"내 기꺼이 응할 것을 확언하오. 내가 그 편지들을 읽어댄 것은 일종의 장난이었소. 뿐만 아니라 내가 폭로한 것이라곤 아무것도 없소."

"저의 결혼 생활을 무위로 만들, 혹은 그보다 더한 것을 할, 선생님이 갖고 계신 그 편지들과 쪽지들을 모두 저에게 돌려주시는 일이에요."

"그렇게 하도록 합시다. 조각 하나 남김없이 돌려 드리겠소. 하지만 루시타, 우리끼리 이야기지만, 그는 틀림없이 우리들의 관계를 조만간 어느 정도 알게 될 것이요."

"아!"

하고 그녀는 얼떨떨한 목소리로 말했다.

"하지만, 그때쯤 저는 그의 충실하고 칭찬 받는 아내로 판명되어 있을 거예요. 그러면 그분은 모든 것을 용서해 주실 것에요!"

헨처드는 말없이 그녀를 바라보았다. 그는 파프리이의 그런 사랑을 지금 이 순간에까지도 질투하다시피 했다.

"음, 그렇게 되길 바라오! 하지만 그 편지들은 틀림없이 돌려 드리겠소. 그리고 당신의 비밀은 지켜드리겠소! 맹세하오."

"아, 정말 고마우셔라! 그 편지들을 어떻게 돌려받지요?"

그는 생각에 잠겼다. 그리고 내일 아침 보내주겠다고 말했다.

"이제 나를 의심하지 마오."

하고 그는 덧붙였다.

"나는 약속은 지키는 사람이오."

36. 허덕이는 삶의 터전

이 밀회에서 돌아오던 중 루시타는 어떤 남자 한 사람이 그녀의 집 문과 가까운 가로등 옆에 서 있는 것을 보았다. 그녀가 안으로 들어가기 위해 잠시 발걸음을 멈추자 그 남자가 다가와 그녀에게 말을 걸었다. 조프였다.

그는 그녀에게 말을 거는 양해를 구했다. 그리고는 그는 파프리이 씨가 어느 이웃 곡물상으로부터 지배인 한 사람을 천거해 달라는 부탁을 받고 있다는 것을 들었다는 것이다. 사실이라면 그는 자신을 천거하고 싶다는 것을 들었다는 것이다. 그는 훌륭한 보증인을 세울 수 있으며, 파프리이 씨한테는 편지로 그 정도 말씀을 드렸다는 것이다. 그러나 만약 루시타가 그녀의 남편에게 자기를 위해 한마디 해 주면 그는 대단히 고맙겠다는 것이었다.

"나는 전혀 모르는 일이에요."

하고 루시타는 쌀쌀하게 말했다.

"하지만, 마님, 마님께서는 저의 믿음에 관해 어느 누구보다 잘 말해 주실 수 있습니다."

하고 조프가 말했다.

"저는 저어지에 몇 년간 살았어요. 그래서 마님을 그곳에서 뵙고 알고 있었어요."

"그래요! 하지만 나는 댁을 본 일이 전혀 없어요."

"마님, 마님께서 한두 마디만 거들어 주시면 제가 대단히 소원하고 있는 바를 얻을 수 있으리라고 생각합니다."

하고 그는 고집을 부렸다.

그녀는 그 일에 관여하기를 한결같이 거절했다. 그리고 남편이 자기를 찾기 전에 집에 들어가고 싶어 그의 이야기를 갑자기 중단시키고 그를 보도 위에 남겨둔 채 발길을 돌렸다.

그는 그녀가 보이지 않을 때까지 그녀의 뒤를 지켜보다가 집으로 향했다. 집에 당도하자 그는 불기 없는 난롯가에 앉아 장작 받침쇠를 지켜보았다. 주전자를 데우기 위한 장작이 그 위에 걸쳐져 있었다. 위층의 인기척이 그의 마음을 흩트려 놓았다. 헨처드가 자기 침실에서 내려왔다. 그런데 침실에서 그는 상자들을 뒤적거리고 있었던 것 같았다.

"조프, 지금 오늘 밤, 내 심부름 하나 해 주게. 자네가 할 수 있다면 말이야. 이것을 파프리이 씨 댁으로 가져가서 그 댁 마님한테 전하게. 물론 내 자신이 손수 들고 가야 옳을 것이지만 그곳 사람들의 눈에 띄고 싶지 않아서 말이야."

그는 갈색 종이에 싸여져 봉해진 꾸러미 하나를 넘겨주었다. 헨처드는 자신의 약속을 지켰다. 집으로 돌아오자마자 그는 자기의 몇 안 되는 소유물들을 샅샅이 뒤졌던 것이다. 그리고 그가 갖고 있던 루시타의 필적이 담긴 쪽지 하나까지도 그 꾸러미 속에 챙겨 넣었다.

조프는 그렇게 하겠노라고 무심하게 대답했다.

"한데, 오늘은 좀 어떤가?"

하고 헨처드는 물었다.

"일자리를 얻을 전망이라도 있는가?"

"없습니다."

하고 조프가 대답했다. 그는 파프리이한테 지원했었다고는 말하지 않았다.

"캐스터브리지에는 없을 거야."

하고 헨처드는 단호하게 말했다.

"자네는 좀 더 멀리 들판으로 나가야 할 거야."

그는 조프에게 잘 자라는 말을 남기고 자신의 처소로 올라갔다.

조프는 혼자 앉아 있노라니 벽 위의 양초 심지 그림자로 눈길이 끌렸다. 타고 있는 촛불을 바라보다가 심지가 꽃양배추 머리 부분같이 뭉툭하게 뭉쳐있는 것을 발견했다. 헨처드의 짐 꾸러미가 그 다음으로 그의 눈길을 모았다. 그는 그 꾸러미 속에는 헨처드와 지금의 파프리이 부인과 구혼 성격을 띤 무엇이 담겨 있다는 것을 알아차렸다. 이 일에 대한 그의 막연한 생각은 저절로 이렇게 좁혀졌다. 즉 헨처드는 파프리이 부인 소유의 짐 꾸러미를 하나 갖고 있던 중인데 헨처드에게는 그것을 그녀에게 직접 전하지 못할 이유가 있다는 것이다. 그러면 이 꾸러미 속에 무엇이 들어있을까? 이렇게 그는 몇 번이고 되풀이해서 생각했다. 마침내 그는 거만하다고 생각되는 루시타의 행동에 분개함으로써, 그리고 그녀의 헨처드와 구애에 무슨 약점이라도 없나하는 것을 알고 싶은 호기심에서 용기를 얻어 그 꾸러미를 조사하기 시작했다. 펜과 그 관련물들은 헨처드 손에는 서투른 도구들이었기 때문에 그는 그것을 봉인하지 않았다. 이런 것을 봉하는 데에는 봉인이 있어야 효과가 있다는 생각이 떠오르지 않았던 것이다. 조프는 결코 초보자가 아니었다. 그는 호주머니 칼로 한쪽의 봉한 부분을 들어 열려진 틈으로 들여다보았다. 그 속에는 편지들로 가득 차 있었다. 그는 대단히 흡족한 기분으로 밀랍을 촛불에 녹임으로써 열려진 부분을 간단히 다시 봉했다. 조프는 그 꾸러미들을 들고 청을 받은 대로 길을 떠났다.

그의 갈 길은 이 도시의 아래쪽 강가를 따라 나있었다. 하이 스트리이트의 끝에 있는 다리의 가로등 불빛 속에 들어서자 쿡섬 부인과 낸스 모크리지가 다리 위에서 서성이고 있는 모습이 보였다.

　"우리는 믹슨 레인 거리로 막 내려가려던 참이야. 잠자리로 기어들기 전 피터즈 핑거에 들러보려고 말이야."

하고 쿡섬 부인이 말했다.

　"그곳에서는 바이올린과 탬버린 연주가 있거든. 아, 참, 그런데 조프. 함께 가지 그래. 5분 이상 걸리지 않거든."

조프는 대개 이들과는 어울리지 않았다. 그러나 현재 상황이 그를 보통 때보다 약간 더 무모하게 만들어 놓았다. 여러 말 없이 그는 그쪽으로 방향을 바꾸기로 작정했다.

더노버 위쪽은 주로 광들과 농장들의 이상한 집합체로 구성돼 있지만 교구에 비해 덜 아름다운 면이 있었다. 이곳이 믹슨 레인인데 지금은 많이 헐려 버렸다.

믹슨 레인은 모든 이웃 촌락들의 가나안이었다. 이곳은 재난에 처한 사람, 빚진 사람, 그리고 가지각색의 곤경에 처한 사람들의 은신처였다. 농사일을 하면서도 남의 영역에 밀렵을 일삼던 품팔이꾼들과 농사꾼들이, 밀렵을 하면서도 술이나 퍼마시고 싸움질이나 일삼던 건달들이 조만간 이 믹슨 레인으로 기어들어와 있는 자신들을 발견하기에 이르렀다.

너무도 게을러 생산수단을 기계화하지 못하고 있는 시골의 기술자들이, 너무도 반항적이라 봉사할 수 없는 시골의 하인들이 믹슨 레인으로 흘러들어오거나 혹은 들어오지 않을 수 없었던 것이다.

이 골목길과 그 주위의 초가지붕의 오두막 숲이 습하고 안개 낀 저지대 안으로 하나의 갑뼈처럼 내리 뻗쳐 있었다. 슬픈 것이, 비열한 것이, 악독한 짓들이 믹슨 레인에서는 자주 눈에 띈다. 어떤 집에서는 악이 제멋대로 문지방을 넘나들고 있으며, 굴뚝이 뒤틀린 지붕 아래에서는 무모한 행동이, 어느 궁형 창문의 집에서는 수치스런 일이, 갯버들나무들 옆의 초가 토담집에서는 절도가, 대개의 경우 탈취가 자행되고 있었다. 여기서는 살육행위까지 전연 없지 않았다. 한 골목 위에 자리 잡고 있는 이 오두막집 구역 내에 이런 병폐로 수년 전에 이미 제단 하나쯤 세웠을 법도 했다.

헨처드와 파프리이가 시장을 지내던 시절 믹슨 레인은 그러했다. 그러나 캐스터브리지라는 건장하고 무성한 나무의 이 병든 잎이 탁 트인 공지에 가까이 놓여 있었다. 느릅나무들이 늘어서 있는 곳으로부터 채백 야드도 떨어져 있지 않았으며, 바람 센 고지대의 황무지와 밀밭들과 유명한 사람들의 저택들 너머로 경치가 한눈에 들어오는 곳에 위치해 있었다.

개천 하나가 이 황무지와 빈민가를 양쪽으로 갈라놓고 있었다. 겉보기로는 이 개천은 건널 길이 없었다.— 이 오두막집들에로 건널 길이 없어 대대로 둘러 들어가야만 하도록 되어 있었다. 그러나 집집마다 계단 밑에 폭이 9인치 정도 되는 이상한 널빤지 하나씩이 간직되어 있었다. 이 널빤지가 비밀 다리인 것이다. 만약 우리가 이 도피처의 집 주인 한 사람으로, 일터로부터 돌아온다면 ―여기서는 이때가 작업 시간이다― 우리는 은밀히 그 황무지를 가로 질러 앞서 말한 개천의 가장자리에 다다라 맞은편 자기 집을 향해 휘파람을 불게 될 것이다. 그 소리를 듣고 건너 쪽에서는 한 사람이 그 널빤지를 세워 들고 나타나 곧 그것이 놓이고 가까운 장원들에서 몰래 잡은 꿩과 토끼들을 들고 내미는 손을 붙잡고 건너가게 될 것이다. 우리는 그것들을 이튿날 아침 남몰래 팔아치우고는 그 다음날 동정에 찬 이웃들의 시선을 등에 집중시키며 치안관들 앞에 서게 될 것이다. 그 후 얼마 동안 모습을 감추게 되겠지만 곧 우리는 믹슨 레인에서 조용히 사라져 가는 모습으로 다시 발견될 것이다.

해질 무렵에 낯선 사람이 이 골목길을 따라 걸어가노라면 두세 가지의 특이한 광경에 부딪치게 된다. 첫째는 조금 떨어진 위쪽의 여관 뒤 구석으로부터 간간히 들려오는 우르르 하는 소리이다. 이것은 구주희 놀이를 하는 곳을 의미한다. 둘째는 이집 저집에서 울려 퍼지는 휘파람 소리로 열려진 거의 모든 문에서 들려오는 관악기의 소리이다. 세 번째로는 대문간 주위에 서 있는 여인들이 때 묻은 치마위에 하얀 앞치마를 두른 모습이 자주 눈에 띤다는 점이다. 흰 앞치마는 때 묻지 않기가 어려운 환경에서 의심받을 만한 옷차림이다. 더욱이 이 흰 앞치마가 표현해 주고 있는 근면과 청결함은 그것을 두르고 있는 여인들의 자세와 걸음걸이에서 거짓임이 드러난다.— 그들의 손가락 관절은 대개 그들 엉덩이에 얹혀있고 그들의 어깨들은 문기둥에 기대어 있다. 한편 그 골목길을 따라 남자의 발자국 같은 무슨 소리만 들려오면 여인들은 제각기 민첩하게 고개를 돌리고 눈을 이리 저리 번득거려댄다.

그러나 이런 허다한 악 속에서 가난하기는 하나 존경할 만한 태도도 또한 발견된다. 어떤 지붕 아래에서는 순결하고 정숙한 사람들이 살고 있다. 그들이 이곳에 살게 된 것은 순전히 궁핍 때문이었다. 운이 다 된 촌락의 가족들— 한때는 번성했으나 이제는 자취를 감추다시피 해 버린 가족들, 토지 소유자들이 그들이다. 이들의 들보가 어떤 이유로 무너져, 대대로 그들의 생활 터전이 되어 왔던 시골을 떠나 노변의 울타리 밑에 나앉지 않기 위해 이곳으로 오지 않을 수 없었던 것이다.

피터즈 핑거라는 여관은 믹슨 레인의 교회였다.

이곳은 이런 장소들이 으레 그러하듯 한가운데에 위치해 있었고, 드리 머리너즈와 킹즈암즈와의 관계와 비슷한 사회적 관계를 드리 머리너즈에 대해 지니고 있었다. 첫눈에 보아선 이 여관은 너무도 품위가 있어 보여 어리둥절하게 한다. 정문은 닫혀있고 계단은 너무도 깨끗하여 모래 깔린 그 표면 위를 밟고 지나간 사람이 거의 없었음을 보여준다. 한쪽 구석의 좁다란 틈에 지나지 않는 하나의 골목이 이 여관을 이웃 건물과 분리시켜 놓고 있었다. 이 골목의 중간에 좁다란 문이 하나 있는데 손과 어깨에 닳아서 반짝 거리고 페인트가 벗겨져 있다. 이 문이 사실상 이 여관의 출입구이다.

이 믹슨 레인은 길을 따라 지나가던 행인이 갑자기 자취를 감추게 되어 목격자를 눈만 깜박거리게 하는 일이 많다. 마치 애쉬튼이 레이븐즈우드의 사라짐을 지켜본 것과 같았다. 그 행인은 교묘하게 몸을 모로 세워 그 좁은 틈으로 빠져들어 갔다. 그 틈으로부터 같은 수법으로 그 여관에 들어선다.

드리 머리너즈에 출입하는 사람들은 이곳에 모여드는 사람들에 비해 질이 좋은 사람들이다. 드리 머리너즈에 모이는 사람 중 제일 못한 사람이 피터즈 패거리의 가장 나은 사람과 여러 면에서 맞먹는다는 것을 알 수 있을 것이다. 부랑자들과 정처 없는 떠돌이들은 죄다 이 주위에서 서성거렸다. 이 여관의 안주인은 수년 전 어떤 사건의 공범자로 사후에 부당하게 투옥당한 일이 있는 정숙한 여인이었다. 그녀는 12개월 복역했다. 그 이래 그녀는 순교자와 같은 모습을 띠고 있었다. 그러나 그녀를 체포했던 경찰관을 만나게 될 때는 사정이 달랐다. 이런 때는 경찰관에게 윙크를 해 보이는 것이었다.

그 집에 조프와 그 일행이 도착했다. 그들이 앉은 긴 의자들은 얄팍하고 높았다. 의자들의 등받이 윗면들은 몇 가닥의 꼰 실로 천장의 고리에 고정되어 있었다. 그렇게 고정해 두지 않으면 손님들이 술기에 거칠어져 의자들이 요동치고 뒤집혀질 염려가 있기 때문이었다. 요란하게 공 굴리는 소리가 뒷마당으로부터 울려 왔다. 벽난로의 송풍장치에는 풀무질하는 사람이 서 있고, 주인들로부터 까닭 없이 처벌 받은 전날의 밀렵꾼들과 사냥터지기들이 어깨를 맞대고 앉아 있었다. ―지난날 달빛 아래서 치고받고 하던 사람들이었다. 한쪽은 형이 끝나고, 다른 쪽은 주인의 신임을 잃고 내쫓겨 지금은 똑같은 처지로 여기 들어와 앉아 있는 것이다. 이 여관에 그들은 지금 조용히 앉아서 지난날의 이야기를 나누고 있다.

"이보게, 차알, 자네는 가시덤불 하나로 다랑어 한 마리를 채올리고도 물소리를 내지 않았던 것을 기억하는가?"

하고 쫓겨난 사냥터지기가 말했다.

"내가 자네를 붙든 것도 거기였지, 기억나지?

"그럼. 내가 가장 곤란했던 것은 얄버리 우드에서 꿩을 잡던 일이야. 자네 부인이 그때 거짓증언을 했어, 죠. 아, 그건 사실이야. 부인할수 없는 사실이야."

"어쨌는데?"

하고 조프가 물었다.

"아니, 죠가 나를 덮쳤지. 그래서 우리는 둘이서 다 같이 뒹굴어 내렸어. 저 사람 집 울타리 가까이까지 굴렀지 뭐야. 그 소리를 듣고 저사람 부인이 부지깽이를 들고 뛰쳐나왔던 거야. 그런데 나무 밑이라 어두웠기 때문에 그 여편네는 누가 위에 있는지를 알 수 없었던 거야. '죠, 당신 어디요? 위요? 아래요?'하고 자네 부인이 소리쳤지. '아, 아래야, 정말!'하고 저 친구가 대답했어. 그러자 그놈의 여자가 부지깽이로 내 대갈통, 등짝, 옆구리를 할 것 없이 마구 두들겨 패는 거야. 그래서 우리는 다시 위아래가 바뀌었던 거야. '여보 죠, 이제는 어디요?'하고 그 여편네가 또 소리를 질렀어. 여하튼, 내가 잡힌 것은 그 여자 때문이야! 그렇게 돼서 우리가 장원 영주의 홀 안에 서게 되었는데 내가 들고 있던 장끼가 자기가 기르던 꿩이라는 거야. 죠, 사실은 자네가 기르고 있던 꿩이 아니었네. 브라운 어르신네 것이었어. 그분의 꿩이었단 말이야. 한 시간 전에 우리가 그 댁의 숲을 지나갈 때 잡았던 거야. 그 때문에 나는 감정이 뒤틀렸던 거지. 아 그런데! 이제 다 지난 이야기야!"

"난 그보다 며칠 전에 자네를 잡을 수도 있었어."

하고 사냥터지기가 말했다.

"내가 자네와 십여 야드 이내 거리에 있었던 때가 십여 번이나 되었어. 그 불쌍한 장끼 한 마리가 아니라 여러 마리를 들고 있었던 거야. 자네가 말이야."

"그랬었군. 하지만 그것쯤이야 세상 사람들이 소문이라고 이야기할 만도 한 일은 아니지."

하고 그 옛날 죽장수 노파가 말을 참견했다. 최근에 이 빈민가에 정착한 그녀도 그 자리에 끼어 있었다. 젊었을 때는 두루두루 돌아다녔던 여인이라 그녀는 넓은 소견으로 말했다. 조프에게 겨드랑이 밑이 단단히 끼고 있는 그 꾸러미가 무어냐고 물었던 사람도 그녀였다.

"아, 이 속에 커다란 비밀이 들어 있어요."

하고 조프가 말했다.

"사랑의 정열이라오. 한 여인이 한 남자를 그토록 사랑하고, 다른 한 남자를 그렇게도 무자비하게 증오하고 있는 것을 생각해 보면 말이요."

"누구라고 생각하시오, 선생?"

"이 도시에서 지위가 높은 사람. 나는 그 여자에게 창피를 주고 싶소. 맹세코, 그 여자의 연애편지들을 읽어보다는 것은 연극 치고는 훌륭할 거야. 그 거만 떠는 것들! 내가 여기 갖고 있는 것은 그 여자의 연애편지들이야."

"연애편지? 어디 그렇다면 들어 보자고, 이 양반아."

하고 쿡섬 어멈이 말했다.

"제기랄, 리차드, 우리가 젊었을 때 어쩌면 그렇게도 바보 같았을까? 학교 다니는 사내아이들한테 우리 편지를 써 달라고 떼를 썼으니 말이야. 게다가 동전 한 닢을 주면서 그 애한테 뭐라고 썼는지 다른 사람에게 말하지 말라고 했으니 말이야, 기억이 나니?"

이때쯤 조프는 꾸러미의 봉한 부분에 손가락을 밀어 넣고 열어 젖혔다. 속에 든 편지들을 닥치는 대로 여기서 하나 저기서 하나 집어 들어 큰소리로 읽기 시작했다. 이렇게 진행되는 동안 루시타가 묻어 버리고 싶어 한 간절한 비밀들이 드러나기 시작했다. 그러나 편지들은 모두 암시적인 말들로만 씌어 있어 무슨 내용인지 명백하지 않았다.

"그건 파프리이 씨 부인이 쓴 거야!"

하고 낸스 모크리지가 말했다.

"같은 여성으로서 그런 짓을 하다니! 점잖은 우리들한테 부끄러운 일이야. 이제 와서 엉뚱한 남자한테 다짐하다니!"

"그렇게 할수록 그 여자한테는 나은 일이지요."

하고 나이든 죽장수 노파가 말했다.

"아, 난 그 여자를 정말 나쁜 결혼에서 건져내 준 셈이야. 그러나 그 여자는 나한테 감사할 사람이 아니거든."

"그런데 부도덕한 결혼에 대한 좋은 조롱거리가 되겠는데."

하고 낸스가 말했다.

"정말이야."

하고 쿡섬 어멈이 생각에 잠기면서 말했다.

"내가 아는 만큼이나 훌륭한 조롱감이야. 이거 그냥 넘겨서는 안 돼. 캐스터브리지에서 마지막 보았던 것은 단 하루가 넘어도 십 년이 지난 것과 같아."

이 순간 한 번의 날카로운 휘파람소리가 들려왔다. 그러자 여관의 안주인이 차알이라는 사내에게,

"짐이 돌아온 모양이오. 나가서 내 대신 다리를 좀 놓아 주겠어요?"

차알과 그의 친구 죠는 대답 없이 일어나 그녀로부터 초롱불을 받아 들고 뒷문으로 나가 뜨락을 내려갔다. 이 길은 앞서 말한 개천의 가장자리에서 갑자기 뚝 끝나 버린다. 개천 건너편은 탁 트인 황무지였다. 황무지로부터 차고 끈적끈적한 바람이 그들의 얼굴에 부딪쳤다. 준비되어 있던 널빤지를 그들 중의 한 사람이 물위로 가로질러 걸쳐 놓는다. 한쪽 끝이 건너편에 닿자마자 두 발이 그 위를 밟고 들어섰다. 두 무릎에 가죽을 댄 건장한 사내가 어둠 속으로부터 나타났다. 그의 겨드랑이 밑에는 총신이 둘 있는 총이 끼워져 있었고, 등 뒤에는 날짐승 몇 마리가 매달려 있었다. 그들은 그에게 운이 좋았느냐고 물었다.

"별로."

하고 그는 냉담하게 대답했다.

"안에서는 다들 별고 없나?"

그렇다는 대답을 듣고 그는 곧장 안으로 들어가고, 나머지 두 사람은 그 다리를 거두어 그를 뒤따라 되돌아가기 시작했다. 그러나 그들이 집 안으로 막 들어서려는 순간 건너편 황무지로부터 "어이!"하는 소리가 그들의 발걸음을 멈춰 세웠다.

고함소리가 되풀이 되었다. 그들은 바깥채 안으로 호롱불을 밀어 넣고 물가로 되돌아갔다.

"어이, 이 길이 캐스터브리지로 가는 길이요?"

하고 건너편에서 어떤 사람이 물었다.

"그렇다고 말 할 수 없습니다."

하고 차알이 대답했다.

"당신 앞에는 개천이 있어요."

"상관없어요— 이렇게 된 이상 건네어야지!"

하고 황무지 쪽의 사람이 말했다.

"오늘은 너무 많이 걸었어요."

"그러면 잠깐만 기다리시오"

하고 차일이 말했다. 보아하니 별로 해로울 것 같지 않은 사람 같았다.

"죠, 널빤지와 등불을 가져오게. 여기 길 잃은 사람이 있어. 여보시오, 친구. 당신은 대로를 따라 걸음을 계속했어야 했어요. 벌판을 가로질러 이쪽으로 향할 것이 아니라."

"그랬었군요. 이제 알고 보니 말이요. 하지만 이곳의 불빛이 눈에 띄었어요. 그래서 나는 그것이 외딴집이라고 생각하고 불빛을 따라왔지요."

널빤지가 이제 놓여졌다. 낯선 자의 모습이 어둠속으로부터 서서히 드러났다. 때 이르게 희끗희끗해진 머리카락과 구레나룻에 널따랗고 온화한 얼굴의 중년 남자였다. 그는 겁 없이 널빤지 위를 성큼 성큼 건너왔다. 그리고 이렇게 건너게 되는 것을 전연 이상하게 여기지 않는 눈치였다. 그는 그들에게 감사하고 그들 사이에 서서 뜨락으로 걸어 올라갔다.

"여기가 뭐하는 곳이요?"

하고 그는 문 앞에 당도하자 물었다.

"여관이요."

"아, 내가 하룻밤 묵기에 적당할 것 같군. 자 그렇다면 들어가지요. 나를 건네준 대가로 목구멍들이나 축이게 술 한 잔 사겠소."

그들은 그를 따라 여관 안으로 들어섰다. 안의 밝은 불빛은 그를 목소리로 평가한 것보다 꽤 지위가 높은 사람임을 드러내 주었다. 그는 약간 안 어울렸으나 상당히 훌륭한 옷차림을 하고 있었다.— 윗도리 깃에는 털이 대어져 있고, 밤에는 쌀쌀하지만 제법 깊어진 봄이기 때문에 낮에는 약간 더울 것 같은 해표껍질로 만든 모자를 쓰고 있었다. 또 그의 손에는 쇠 띠가 둘려져 있고 놋쇠로 죄어져 있는 조그만 마호가니 상자가 들려 있었다.

부엌문을 통해 그를 마주 내다보고 있는 사람들을 보고 놀라 그는 이 여관에서 하룻밤 묵을 생각을 당장 버렸다. 그러나 그러한 광경을 예사롭게 보아 넘기면서 최고급 술을 한 잔 청했다. 그는 통로에 서서 그 값을 치르고 정문을 통해 나가려했다. 그러나 문은 잠겨 있었다. 여관 안주인이 그 문을 따고 있는 동안 거실에서 진행되고 있는 놀림거리 이야기가 그의 귓전에 와 닿았다.

"저 사람들의 조롱감이란 것이 도대체 무슨 얘기요?"

하고 그가 물었다.

"아, 선생님!"

하고 안주인은 기다란 귀걸이를 흔들어 대면서 애원하듯 얌전한 태도로 대답했다.

"어떤 사람의 아내가ㅡ 도덕상으로 볼 때 그 사람만의 아내가 아니라는 게 밝혀져 이 지방 사람들이 벌이게 될 오랜 전통의 우스꽝스러운 조롱이에요. 하나 점잖은 주부의 한 사람으로서 난 그런 짓을 권하고 싶지 않아요."

"그런데 저 사람들이 그 일을 곧 할 것인가요? 좋은 구경거리가 될 것 같은데요?"

"에, 선생님!"

하고 그녀는 싱글싱글 웃는다. 그리고 나서 곧 자연스런 표정을 짓고 곁눈질하면서,

"이 세상에서 가장 재미있는 일이에요. 그리고 준비하는 데 돈도 많이 들지요."

"아! 그런 일을 들은 기억이 나요. 그렇다면 앞으로 2~3주 동안 캐스터브리지에 머물러야겠소. 그 구경을 해야지. 잠깐만 실례하오"하고 그는 거실로 되돌아 들어가면서 말했다.

"자, 여러분, 나도 여러분들이 논의하고 있는 옛 관습을 구경하고 싶소. 나도 그 일을 위해 약간이 도움이 되고자 합니다. 이것 받으세요."

그는 1파운드짜리 금화 한 닢을 탁자위에 던지고 문간의 안주인한테로 발길을 돌렸다. 그는 그녀에게 읍내로 들어가는 길을 물은 후 작별을 했다.

"저 금화 한 닢을 내놓은 사람한테는 돈이 많이 있는가 보군."

하고 차알이 그 금화를 집어 안주인에게 보관시키면서 말했다.

"정말! 우리는 그 사람이 이곳에 머무는 동안 그에게서 몇 닢 더 우

려내야해."

"그건 안 돼. 정말 안 돼."

하고 여관 안주인이 대꾸했다.

"이곳은 점잖은 집이야, 무슨 그런 소리를 해! 나는 도리에 어긋나는 일은 절대 하지 않을 거야."

"자."

하고 조프가 말했다.

"이제 우리는 이미 시작된 그 일만을 생각하도록 해야겠어. 그러니까 곧 준비를 갖추어야지."

"그럼!"

하고 낸스가 맞장구 쳤다.

"한바탕 웃어젖히면 강심제를 먹는 것보다 내 가슴이 더 훈훈해 지거든. 그건 사실이야."

조프는 편지들을 주섬주섬 주워 모았다. 이제 시간이 약간 늦었기 때문에 그것들을 오늘 밤중으로는 파프리이 씨 집에 전할 마음이 없었다. 그는 집에 되돌아 온 후 그것들을 종전대로 봉했다. 그리하여 그 꾸러미는 이튿날 아침 그 주소대로 전해졌다. 한 시간 내에 그 꾸러미의 내용물은 루시타에 의해 재로 화해 버렸다. 그녀는 가엾게도 자신의 과거에 헨처드와의 불행했던 사건의 증거가 드디어 하나도 남지 않았다고 두 무릎을 꿇고 감사해했다. 그 증거는 그녀의 고의에서라기보다 야무지지 못한 부주의에서 생긴 것이었지만 만약 알려지게 되면 그녀 자신과 남편 사이에 치명적인 작용을 할 가능성이 조금도 덜하지는 않았기 때문이다.

37. 화려한 나들이

　이러한 상태에 처해 있을 때 캐스터브리지에서는 커다란 한 사건으로 모든 업무가 중단되어 이곳의 제일 낮은 사회계층에 까지 영향을 미치게 되었다. 따라서 그들의 조롱 연극 준비까지도 동시에 밑뿌리까지 흔들어 놓았다. 이 사건이 시골의 조그마한 도시를 흔들어 놓으면, 따스한 여름이 나무둥치에 한 해 나이테를 영원히 남겨 놓듯 이 도시의 역사에 영구적인 흔적을 남겨 놓을 흥분해 할 일들 가운데 하나가 되기에 충분했다.

　왕족의 행차가 어떤 거대한 기계시설의 준공식을 위해 서쪽으로 향하는 중 이 자치도시를 통과하게 되었던 것이다. 그는 이 도시에 약 반 시간 동안 머물러 캐스터브리지의 자치기구로부터 인사말을 듣기로 동의했었다. 대표적인 농업 중심지로서 캐스터브리지는 영농기술을 보다 과학적인 것으로 바꾸기 위한 고안을 그가 열렬히 촉진함으로써 농업과 경제에 크게 도움이 되었다는 인사말을 전하고 싶었던 것이다.

　캐스터브리지에서는 조지 3세 이후로는 왕족의 행차를 구경한 일이 없었다. 그때도 왕이 야간 여행 중 킹스암즈에 잠시 머물러 말을 바꾸고 있는 몇 분 동안 촛불 밑에서 왕이 모습을 보았을 뿐이었다. 따라서 읍민들은 이 뜻하지 않은 기회를 완전히 대축제일로 삼기로 했다. 반 시간의 체류는 사실 길지 않다. 그러나 무엇보다 날씨가 좋다면 일단의 사리 밝은 사람들은 그동안에 많은 일들을 할 수도 있을 것이다.

　연설문은 장식 글씨에 능한 한 예술가의 솜씨로 양피지 위에 작성되었다. 그 위에는 간판장이의 상점에 있는 최고급의 금박과 색체가 입혀졌다. 행사의 일정을 토의하기 위해 지정된 전날의 화요일에 시의회가 회합을 열었다. 회의실의 문을 열어 둔 채 의원들이 회의를 진행하고 있는 도중 계단을 올라오는 무거운 발걸음 소리가 들려왔다. 그 소리가 복도를 따라 들려오더니 헨처드가 다 해진 초라한 옷, 그가 의원의 한 사람으로 바로 이 자리에 앉았던 그의 황금기에 입었던 바로 그 옷을 입고 회의장 안으로 들어섰다.

"나도 당신들과 함께 우리의 유명한 방문객의 영접에 참여하고 싶소." 하고 그는 탁자 앞으로 다가와 파란 탁자보 위에 손을 얹으면서 말했다.

"나도 당신들 틈에 끼어 함께 출영하겠소."

당황하는 시선들이 의원들 간에 오갔다. 침묵이 흐르는 동안 그루우어 씨는 들고 있던 깃털 펜의 끝을 너무 세게 깨물어 거의 끊어 놓다시피 했다. 직책상 큰 의자에 앉아 있는 젊은 시장 파프리이는 좌중의 눈치를 직감적으로 알아 차렸다. 의장으로서 뭘 말해야겠지만 그 말이 다른 사람의 입에서 나오기를 기대하다가,

"그렇게 하는 것이 적당하리라 생각되지 않습니다. 헨처드 씨"하고 그는 말해 버렸다.

"의회는 의회입니다. 그리고 선생님은 이미 의원이 아니기 때문에 그 행사에 변칙이 일어나게 됩니다. 만약 선생님이 끼이신다면 다른 사람들이 어떻게 가만있겠습니까?"

"나한테는 그 의식을 거들고 싶은 특별한 이유가 있어요."

파프리이는 좌중을 둘러보았다.

"저는 의원들이 의향을 미리 표현했다고 생각합니다."

"예, 그렇습니다."

하고 동의가 바아드 박사, 변호사, 시의원 튜버, 그리고 몇몇 사람들로부터 이구동성으로 터져 나왔다.

"그렇다면 나는 그 일과는 공적으로 아무런 관계도 가질 수 없단 말입니까?"

"그렇습니다. 논의할 바도 못되는 이야기입니다. 하지만 물론 선생은 다른 사람들처럼 그 의식을 구경은 할 수 있습니다."

헨처드는 그 명백한 제의에는 대답 않고 발길을 돌려 나가 버렸다.

그의 일시적인 변덕에 지나지 않았지만, 여러 사람의 반대가 그 변덕을 하나의 결심으로 결정시켜 주었다.

"내가 왕족 마마를 환영해야지. 나 아니면 어느 누가 한단 말인가!"

하고 그는 지껄여댔다.

"나는 파프리이 옆에도, 혹은 그 하찮은 녀석들의 어느 누구 옆에도 자리 잡지 않을 테다! 두고 봐!"

사건으로 가득한 아침이 밝았다. 환한 태양이 일찍 일어나 동쪽 창문을 내다보는 사람들의 얼굴을 비췄다. 그들은 모두 날씨가 좋으리라고 예견했다(그들은 날씨를 알아맞히는 데는 익숙해 있었기 때문이다). 곧 구경꾼들이 농촌으로부터, 이웃 마을로부터, 먼 숲속으로부터, 외딴 고지대에서 몰려들기 시작했다.

외딴 고지대의 사람들은 그 영접을 구경하기 위해, 혹은 구경은 놓치더라도 그 현장에 조금이라도 가까워지기 위해 기름 먹인 장화를 신고, 색칠한 모자를 쓰고 몰려오고 있었다. 읍내에 깨끗한 옷차림을 하지 않은 사람이라고는 거의 없었다.

솔로몬 롱웨이즈, 부즈포드 및 그 패거리들은 그들의 습관적인 열한 시의 반 파인트 술을 열시 반으로 앞당기는 재치를 보였다. 이때부터 그들은 며칠 동안 원래의 시간으로 돌아가기 힘들게 된다.

헨처드는 그날 하루 동안 일하지 않을 결심이었다. 그는 아침부터 럼주를 잔뜩 퍼 마시고 길을 걸어가다 엘리자베스와 마주쳤다.

그는 그녀를 한 주일 동안이나 보지 못했었다.

"다행한 일이야."

하고 그는 그녀에게 말했다.

"이 일이 있기 전에 내 21년 동안 맹세가 끝났으니 말이지, 그렇지 않았으면 나는 그 일을 실천할 용기를 갖지 못했을 거야."

"무엇을 실천해요?"

하고 그녀는 놀라 물었다.

"내가 우리 왕족의 방문을 맞는 이 환영 말이다."

그녀는 어리둥절했다.

"우리 같이 가서 함께 구경하기로 해요."

"구령하렴. 나한테는 따로 해야 할 더 중요한 일이 있단다. 너도 보게 될 거마. 볼만한 일이야!"

그녀는 이 말의 뜻을 알아내기 위해 할 수 있는 일이 아무것도 없었으므로 가슴만 답답했다. 정해진 시간이 자기 의붓아버지가 드리 머리너즈로 향한다고 생각했다. 그러나 그렇지 않았다. 그는 들떠 있는 군중 틈을 헤치고 나아가 피륙상 울프리 씨의 가게로 들어섰다. 그녀는 바깥의 군중 틈에서 기다렸다.

몇 분 지나자 놀랍게도 그는 화려한 장미꽃 같은 물건을 하나 들고 나왔다. 더욱 놀라운 것은, 그의 손에 들려있는 것은 다름 아닌 조그마한 대영제국 국기를 달아 붙인 약간 수수하게 만든 기였다. 상당히 가느다란 막대기에 달린— 천을 감는 막대기에 달린 기들이 오늘 이 도시의 어느 곳에서나 흔히 눈에 띄었다. 헨처드는 들고 있던 기를 계단 위에서 둘둘 말아 그것을 겨드랑이 밑에 끼고 길을 내려갔다.

갑자기 군중 틈에서 키 큰 사람은 목을 길게 뽑고, 키 작은 사람은 발돋움을 했다. 왕족의 행렬이 가까워 졌다고들 말했다. 그 당시 철도가 캐스터브리지 까지 벋쳐 있었으나 실제 철로가 부설된 것은 수마일 밖까지에 불과 했다. 따라서 그 사이 거리는 나머지 여정과 함께 구식으로 행차하게 되어 있었다. 사람들은 이렇게 기다렸다— 시골 사람들은 그들의 마차 안에서, 대부분의 일반 군중은 선채 마차의 방울소리와 사람들이 소곤거리는 소리에 고개를 이리저리 돌려 가면서 멀리 뻗은 대로를 지켜보았다.

뒤편에서 엘리자베스 제인도 현장을 바라보고 서 있었다. 귀부인들을 위해 의식 현장을 지켜볼 좌석이 몇 개 마련되어 있었다. 제일 앞좌석에는 루시타가 시장의 부인으로서 막 좌정하고 있었다. 대로 위에 그녀의 눈이 미치는 곳에는 헨처드가 서 있었다. 그녀의 모습이 너무 환하고 아름다워 그는 순간적으로 그녀의 주목을 끌고자 하는 심약함을 경험하고 있는 듯 했다. 그러나 그는 여자의 시선을 끌기는커녕 대부분의 눈에는 빈껍데기로 보일 뿐이었다. 그는 전날 같은 모습으로 보일 수 없는 날품팔이 일꾼에 지나지 않을 뿐 아니라 가급적이면 그렇게 보이고 싶지도 않았다. 시장으로부터 세탁부에 이르기까지 누구나 자신의 형편대로 새 옷차림으로 빛났다. 그러나 헨처드만은 고집 세게도 지난날의 좀먹고 바랜 옷을 그대로 입고 있었다.

그 후, 이런 일이 예상치 않게 일어났다. 즉 루시타의 두 시선은 헨처드에게서 슬쩍 벗어나 —화려한 옷차림을 한 여인이 그런 경우 간혹 그러하듯— 그의 모습 위에서는 잠시도 머물지 않고 좌우로 분주히 움직였다. 그녀의 태도는 그녀가 그를 대중 앞에서는 더 이상 아는 체하지 않는 다는 것을 아주 명백하게 보여주었다.

그러나 그녀는 도날드를 지켜보는 데는 결코 지치지 않았다. 파프리이는 왕의 일각수─角獸 문장文章 둘레만큼 큰 네모 고리들이 달린, 시장을 상징하는 황금 목걸이를 걸고 몇 야드 밖에서 친구들과 함께 쾌활한 대화를 나누고 서 있었다. 그녀의 남편이 대화중에 나타내는 사소한 감정 하나하나가 그녀의 얼굴과 두 입술에 그대로 나타났다. 그녀의 얼굴과 입술은 남편의 것과 똑같이 움직였다. 그녀는 자신의 것보다는 남편의 몫을 살고 있었으며, 이날은 파프리이의 것 이외에는 어떤 것에도 신경 쓰지 않았다.

마침내 그 대로大路의 제일 먼 모퉁이에, 즉 앞서 말한 바 있는 두 번째 다리 위에 배치된 한 사람이 신호를 보내왔다. 관복을 입은 시당국 자들이 시 청사의 정문으로부터 이 도시에 입구에 세운 아치로 향해 움직였다. 왕족과 그 수행원들을 태운 마차들이 뿌얀 먼지 속에 그 지점에 도착했다. 행렬이 이루어 졌다. 전 행렬이 시 청사까지는 보통 걸음으로 도착했다.

이 지점은 관심을 집중시키는 곳이었다. 왕족이 탄 마차의 정면에는 몇 야드 거리위에 산뜻하게 모래가 깔려 있었다. 그 안으로 한 사람이 걸어 들어갔다. 어느 누구도 미처 그를 제지할 수 없었다. 헨처드였다. 그는 자기가 개인이 만든 국기를 펼쳐들고 있었다. 그는 모자를 벗어들고, 느릿느릿 다가오는 마차 옆으로 비틀거리면서 접근했다. 왼손으로는 대영제국 국기를 이리 저리 흔들어대면서 왕족한테 자기의 바른손을 은근히 내밀었다.

귀부인들이 죄다 숨을 죽이고 이구동성으로,

"아, 저것 보세요!"

하고 소리 질렀다. 루시타는 기절할 것만 같았다. 엘리자베스 제인은 앞 사람들의 어깨 사이로 내다보고는 무슨 일인가를 알고 혼비백산했다. 희한한 그의 행차에 대한 그녀의 흥미는 두려움으로 사라져 버렸다.

파프리이는 시장의 권위로 즉각 일어나 대처했다. 그는 헨처드의 어깻죽지를 움켜잡고 뒤로 끌어내 거친 목소리로 그에게 이곳을 나가라고 말했다. 헨처드의 두 눈의 그의 눈과 마주쳤다. 파프리이는 자신의 흥분과 노여움 속에서도 헨처드의 두 눈에 무서운 빛이 서려 있음을 알았다. 한동안 헨처드는 꼼짝 않고 버티고 서 있었다. 잠시 후 어떤 알 수 없는 충동으로 수그러져 물러났다. 파프리이는 귀부인들의 좌석에로 시선을 던졌다. 그의 아내의 얼굴이 창백했다.

"아니, 부인 남편의 옛 후원자군요!"

하고 루시타 옆에 앉아있던 이웃집 블로우보디 부인이 말했다.

"후원자!"

하고 도날드 부인이 발끈 화를 내면서 말했다.

"저 사람이 파프리이 씨의 친구란 말씀이에요?"

하고 내과의사 바드 부인이 참견했다. 그녀는 내과의사와 결혼하여 이 시에 온 지 얼마 되지 않은 부인이었다.

"저 사람은 제 남편의 일꾼이에요."

하고 루시타가 말했다.

"아, 그것이 전부인가요? 사람들이 저한테 들려주기로는 부인의 남편께서 캐스터브리지에 첫 발판을 굳힌 것은 저 사람의 덕이라 하던데요. 사람들은 무슨 이야기를 그렇게 한담!"

"글쎄 말이에요. 그 이야기는 전혀 그렇지 않아요. 도날드의 천재적인 두뇌로는 어디서건 남의 도움 없이 그의 발판을 굳히게 했을 거예요! 이 세상에 헨처드라는 사람이 애당초부터 없었다 하더라도 그에게는 마찬가지였을 거예요!"

그녀로 하여금 이런 식으로 말하게 한 것은 도날드가 이곳에 정착한 경위를 루시타가 모르고 있는데도 이유가 있었지만, 이 의기양양한 순간에 누구나 그녀를 얕잡아 보려 드는 듯해 보이는 데도 그 이유가 있었다. 그 사고는 불과 몇 분 동안 계속된 것에 지나지 않았지만 틀림없이 왕족이 목격했던 것이다. 다만 왕족은 재치 있게도 이상한 것이라고는 아무것도 보지 못한 체 했을 뿐이다. 왕족이 하차했다. 시장이 나가서 환영사를 읽었다. 왕족은 답사를 하고 파프리이에게 몇 마디 말을 건넨 후 시장의 부인으로서 루시타와 악수를 교환했다. 그 의식은 불과 몇 분밖에 걸리지 않았다. 그리하여 마차들은 고대 이집트의 왕인 파라오가 이끄는 전차들처럼 콘 스트리이트로 육중하게 덜거덕 거리면서 내려가 해변으로 여행을 계속하기 위해 브드머드로 들어섰다. 군중들 틈에는 코우니, 브즈포드, 롱웨이즈가 끼어 있었다.

"지금의 그와 드리 머리너즈에서 노래를 불렀을 때 그와는 약간 차이가 있는데."

하고 코우니가 말했다.

"그가 그 짧은 시간에 그 예쁜 부인으로 하여금 한몫 끼게 만들었다는 사실은 정말 신통한 일이야."

"정말 그래. 하지만 사람들이란 훌륭한 옷차림에 감탄하는 법이지! 그런데 그 거만한 헨처드의 혈족이라해서 아무도 전혀 거들떠보지도 않고 있는, 그녀보다 더 잘생긴 여자가 한 사람 있어."

"부즈, 그런 말을 하다니 놀라운데"

하고 낸스 모크리지가 말했다.

"나는 크리스마스 촛불 같은 것에서 장식이 벗겨져 내리는 그런 꼴을 보고 싶어. 내 자신 마음씨 고약한 여자는 아니지만, 내 몇 푼 안 되는 돈을 다 써서라도 그 귀부인에게 겉치레가 번드르르한 장식이 입혀지는 것을 보고 싶단 말이야. 암 난 곧…."

하고 그녀는 의미심장하게 덧붙였다.

"그건 여자가 지닐 만한 고상한 정열은 아니야."

하고 롱웨이즈가 말했다.

낸스는 대답하지 않았다. 그러나 그녀의 말뜻을 모두 다 알아차렸다. 피터즈 펑거에서 루시타의 편지들을 읽음으로써 퍼뜨려진 내용이 스캔들로 뭉쳐 독기 서린 안개처럼 믹슨 레인에서 캐스터브리지의 뒷골목으로 번져 나갔다.

서로서로 잘 아는 이 뒤섞인 건달패는 저절로 곧 두 패로 갈렸다.

피터즈 펑거에 자주 드나드는 패거리는 그들의 거주지 믹슨 레인 쪽으로 떠나고, 코우니, 브즈포드, 롱웨이즈와 그 일당은 노상에 남았다.

"자네들은 저 아래서 어떤 일이 빚어지고 있는지 알겠지?"하고 부즈포드가 동료에게 은밀히 말했다.

코우니가 그를 바라보았다.

"부도덕한 결혼을 조롱하는 일 아니야?"

부즈포드는 고개를 끄덕끄덕했다.

"그것이 실행될는지 의심스러운데."

하고 롱웨이즈가 말했다.

"그자들이 그걸 획책한다면 절대로 비밀에 붙여야 할 텐데."

"그들은 2주 전에 할 생각이었다는 거야. 여하한 일이 있더라도 말이야."

"나는 확인만 되면 고발할거야."

하고 롱웨이즈가 힘주어 말했다.

"그건 너무 심한 장난이야. 시내에 일대 소란을 일으켜 놓게 될 거야. 우리는 그 스코틀랜드인이 잘못이 없는 사람이란 것을, 그리고 그의 부인 역시 이곳에 온 이래 줄곧 올바르게 처신해 온 사람이란 것을 알고 있어. 그리고 그 여인에게 그 전에 무슨 잘못이 있다고 하더라도 그것은 그들의 일이지 우리들이 상관할 일은 아니야."

코우니는 생각에 잠겼다. 파프리이는 여전히 그 사회에서 인기가 있었다. 그러나 사업에 열중하고 야심만만한 시장으로서 재산가로서 그는, 가난한 주민의 눈에서는 숲속의 새처럼 경쾌한 마음으로 노래했던 그 유쾌한 동전 한 푼 없던 청년으로서 그들에게 주었던 그 신비로운 매력 같은 것을 상실했다고 인정하지 않을 수 없었다. 따라서 그를 괴로움에서 구해주려는 마음이 전날 같으면 활발했었을 그 열성을 전혀 보이지 않았다.

"크리스토퍼 윌가를 한번 알아보는 것이 어떨까?"

하고 롱웨이지가 말을 계속했다.

"그래서 사실인 기미가 보이면 관련 인사들에게 투서하기로 하지. 그래서 그들이 피할 수 있도록 하게."

이런 방침이 정해졌다. 그리고 그 무리는 헤어졌다. 부즈포드가 코우니한테 말했다.

"이 친구야 가자. 움직이도록 하자. 여기서 더 구경할 것은 없어."

이 선의의 사람들은 그 장난 계획이 실로 대단히 무르익어 있다는 사실을 알았다면 대단히 놀랐을 것이다.

"그래, 오늘 밤,"

하고 조프가 믹슨 레인의 구석에서 피터즈 패거리한테 말했다.

"오늘은 사람들이 대단히 들떠 있기 때문에 이 연극은 왕족의 행차에 대한 하나의 마무리로서 한층 더 안성맞춤일 거야."

적어도 그에게는 이 일이 웃기 위한 장난이 아니라 하나의 보복, 하나의 앙갚음이었다.

38. 목숨을 건 모험

왕족을 영접하는 의식은 짧았다— 루시타에게는 너무나도 짧았던 것이다. 그녀는 취하게 하는 황홀감에 상당히 매료되어 있었다. 그러나 이번 행사가 그녀에게 커다란 승리감을 안겨준 것만은 틀림없었다. 왕족과 나누었던 악수가 아직도 그녀의 손가락 위에 남아 있었다. 그녀의 남편이 작위를 받는 영예를 누릴지도 모른다는, 그녀가 엿들은 잡담이 전연 터무니없는 환상만은 아닌 것 같았다. 그녀의 스코틀랜드인만큼 선량하고 매력적인 사람들에게 희한한 일들이 일어났던 예도 있었다.

시장과 실랑이를 벌인 후 헨처드는 부인들의 뒤편으로 물러났다. 거기에 서서 그는 자기 윗도리의, 파프리이 손이 움켜잡았던 부분을 얼빠진 시선으로 바라보았다. 그는 마치 자기가 한 때 그렇게도 열성을 기울여 후하게 보아 주었던 사람으로부터 그런 노여움이란 납득이 되지 않는다는 듯이 그곳에 자기의 손을 얹어보았다. 이렇게 반쯤 멍청해진 상태로 서 있노라니 루시타와 다른 부인들과의 대화가 그의 귀에 들려왔다. 그는 그녀가 그를 부인하는 —그가 도날드를 후원해 주었다는 것을, 그리고 평범한 떠돌이 일꾼에 지나지 않는다는— 소리를 분명히 들었다.

그는 집 쪽으로 발길을 돌렸다. 불 스테이크로 이르는 길의 아치 아래서 조프와 마주쳤다.

"선생님께서는 그렇게 퇴짜를 당하셨군요."

하고 조프가 말했다.

"그래서 어떻다는 거야?"

하고 헨처드는 쏘아 붙였다.

"아니, 저도 한 번 당했어요. 그래서 우리 둘은 다 같이 냉대를 받은 셈입니다."

그는 루시타의 도움을 빌어 일자리를 얻으려 했던 자기 경험을 간단히 말했다.

헨처드는 그의 이야기를 별 관심 없이 들었다. 자기 자신의 파프리이와 루시타에 대한 생각 때문에 다른 이야기들은 아무것도 귀에 들어오지 않았다. 그는 계속해서 띄엄띄엄 혼잣말을 했다.

"그 계집이 옛날에는 나한테 애걸복걸해 놓고 이제 와서는 그 혓바닥이 나를 인정하려 들지도, 그 눈이 나를 보려 들지도 않다니! …그런데 그는, 그는 대단히 화난 표정이었어. 그 녀석이 나를 마치 울타리를 들이받은 황소를 몰아내듯이 끌어냈단 말이야. 나는 그의 그러한 짓을 순한 양처럼 받아들였어. 그곳에서는 해결할 수 없는 문제라는 것을 알았기 때문이었어. 그 녀석은 갓 난 상처 위에도 소금물을 끼얹을 놈이야! 하지만 그 녀석한테 그 대가를 치러 받아야지. 그리고 그 계집한테는 마음 아파하게 해 줘야지. 일대 격투를 벌여야지… 일 대 일로 말이야. 그러면 잘난 체 하는 놈이 어떻게 되는 건지 알게 될 거야!"

더 이상 생각에 잠기지 않고 그 몰락한 상인은 어떤 난폭한 목적에 사로잡혀 저녁밥을 급히 먹고 파프리이를 찾으러 나섰다. 적수로서 그에 의해 기분이 상했지만, 날품팔이 일꾼으로서 그에 의해 냉대를 받아오고 있었지만 오늘을 위해 그러한 극한적인 모욕을 참아왔던 것이다. 부랑자인 그 녀석을 전 시민이 바라보는 앞에서 멱살을 쥐고 쩔쩔 흔들어 놓아야지.

군중은 이미 흩어지고 없었다. 당국에서 세운 파란 아치가 아직 서 있는 것을 제외하고는 캐스터브리지는 정상을 회복했다. 헨처드는 콘 스트리이트를 걸어 내려가 마침내 파프리이 집에 당도했다. 그는 문을 노크했다. 그리고 그는 자기 주인이 돌아오는 대로 그를 곡물 창고에서 좀 만났으면 좋겠다는 전갈을 남겼다. 이렇게 한 후 그는 뒤쪽으로 돌아 마당 안으로 들어섰다.

마당 안에는 아무도 없었다. 그가 알기로는 일꾼들과 마차꾼들이 아침나절의 행사로 반휴일을 즐기고 있었기 때문이었다. 그러나 말들에게 먹이를 주고 잠자리에 짚을 깔아주기 위해 마차꾼들은 조금 후 잠시 왔다 가지 않을 수 없을 것이다. 그는 창고의 사다리 앞에 이르러 막 오르려 하다가,

"나는 그 녀석보다 힘이 세."

하고 큰 소리로 혼잣말을 했다.

헨처드는 헛간으로 되돌아 왔다. 이곳에서 여기저기 흩어져 있는 여러 개의 밧줄 중에서 짤막한 것을 하나 골랐다. 밧줄의 한쪽 끝은 못에 매고 다른 한쪽 끝은 바른손에 잡고 왼팔을 옆구리에 붙인 채 몸뚱이를 빙빙 돌렸다. 이런 방법으로 그는 한 팔을 효과적으로 붙들어 맨 셈이었다. 그는 이제 곡물 창고의 맨 꼭대기 층까지 사다리를 밟고 올라갔다.

곡식부대가 몇 개 있는 것 이외에는 비어 있었다. 저쪽 끝에서는 문이, 앞에서도 몇 번 언급한 바 있는 그 문의 곡식 부대들을 끌어올리는 덧걸이와 쇠사슬 아래 열어 젖혀져 있었다. 그는 문을 열어 고정시켜 놓고 창틀 너머로 내다보았다. 땅바닥까지는 30~40피트는 됐다. 여기가 바로 파프리이와 마주 서서 한 팔을 들었을 때 엘리자베스 제인이 그것을 목격하고 그 동작이 무슨 뜻이었을까에 관해 갖가지 추측을 자아내게 했던 현장이었다.

그는 안으로 몇 발짝 물러서서 기다렸다. 그 높다란 위치에서 그는 주위의 지붕들을, 1주일 정도 밖에 안 돼 잎이 연약한 화려한 밤나무들이 윗부분을, 참피나무들의 늘어진 가지들을, 파프리이의 정원과 그곳으로부터 통해 있는 파란 대문을 한눈에 훑어 볼 수 있었다. 얼마 동안의 시간이 흐르자 그 파란 대문이 열리면서 파프리이가 들어오고 있었다. 그는 마치 여행이라도 떠날 것 같은 옷차림이었다. 그가 담벼락의 그늘 속에서 나오자 저물어 가는 저녁의 나지막한 햇살이 그의 머리와 얼굴을 불그레하게 물들였다. 헨처드는 입을 굳게 다물고, 턱을 당기고, 얼굴을 어색하게 수직으로 세우면서 그를 지켜보았다.

파프리이는 한 손을 호주머니에 꽂고, 마음속에는 지금 자기가 부르는

노랫가락의 가사만이 들어 있는 듯이 콧노래를 부르면서 다가왔다. 그가 인생과 행운을 모험하는, 어디로 가야할지 정처 없는 빈털터리 청년으로 수년 전에 드리 머리너즈에 도착 했을 때 불렀던 바로 그 노래였다.

"이 믿음직한 친구야, 여기 내 손이 있으니 너의 손을 내밀어봐."

옛날 노래 가락만큼이나 헨처드의 마음을 움직일 수 있는 것은 아무것도 없었다. 그는 주춤했다.

"안 돼, 나는 그렇게 할 수 없어!"

하고 그는 숨을 헐떡거렸다.

"왜 저 악마 같은 멍텅구리가 하필이면 지금 노래하고 있는 거야!"

마침내 파프리이는 조용해 졌다. 헨처드는 창밖을 내다보았다.

"당신 일 좀 올라오겠소?"

"아, 예. 나는 미처 보지 못했어요. 뭐 잘못된 일이라도 있어요!"

잠시 후 맨 밑 사다리 위에 발을 올려놓는 소리가 헨처드의 귀에 들려왔다. 2층에 당도하여 3층으로, 3층에서 4층으로 오르는 소리가 들려왔다. 그리하여 얼마 안 있어 뒤편의 사다리 구멍으로 그의 머리가 올라왔다.

"이 시간에 여기서 뭘 하는 겁니까?"

하고 그는 앞으로 다가오면서 물었다.

"다른 일꾼들처럼 왜 휴일을 즐기지 않지요?"

그는 아침나절의 그 난처했던 사고를, 헨처드가 술에 취해 있었던 것으로 기억하고 있다는 것을 보여주는 근엄한 투로 말했다.

헨처드는 말이 없었다. 그러나 출입구 쪽으로 되돌아가서 층계의 덮개를 닫아버렸다. 그리고는 그 위에 올라서서 덮개가 이가 맞도록 제대로 닫히게 밟았다. 그 다음 그는 의아해 하고 있는 젊은이 쪽으로 몸을 돌렸다. 그는 헨처드의 한 팔이 옆구리에 묶여 있는 것을 그제야 겨우 알아 차렸다.

"자,"

하고 헨처드는 조용히 입을 열었다.

"우리는 얼굴을 맞대고 섰어ー 남자 대 남자로서. 당신이ー 돈과 당신의 그 훌륭한 아내가 당신을 더 이상 내 위로 들어 올리지 못해. 뿐만 아니라 내 가난이 나를 이 이상 더 짓누르지도 않을 것이고."

"그게 무슨 뜻이요?"

하고 파프리이는 짧게 물었다.

"잠깐만, 젊은이. 잃을 것이 없는 사람에게 극도로 모욕을 주기 전에 다시 한 번 생각해 봤어야 했었어. 나는 당신이 ー경쟁을ー 나를 망하게 한 그 경쟁을, 그리고 당신의 냉대를ー 나를 비굴하게 만든 그 냉대를 참아왔어. 하지만 나에게 모욕을 준 당신의 그 난폭한 행동만은 참을 수 없어!"

파프리이는 이 말을 듣고 약간 흥분했다.

"당신은 그 일에 상관없어요."

"당신들 어느 누구도 마찬가지요! 뭐라고, 이 건방진 풋내기 같은 놈! 이 나이의 어른한테 네놈이 그 일에 상관없었다라니!"

그가 말할 때 그의 이마에는 힘줄이 돋아났다.

"당신은 왕족을 모욕했소, 헨처드. 따라서 당신을 제지시키는 것이 치안 책임자로서 내 의무였어요."

"뭐 말라비틀어진 것이 왕족이야. 그 점에 관해서 나도 당신 못지않는 충성심이 있어!"

"시비하자고 여기 온 것이 아니오. 당신이 진정될 때까지 기다리도록 합시다. 당신의 이성이 회복될 때까지 기다리도록 합시다. 그때 가서는 당신도 나와 같은 생각이 될 거요."

"먼저 진정해야 할 사람은 당신이야!"

하고 헨처드는 험악하게 말했다.

"자, 여러 말 말고 이렇게 하자고. 이 다락방에 우리 두 사람이 들어 있으니 오늘 아침 당신이 시작한 그 조그마한 레슬링을 마저 끝내도록 하지. 저기 문이 있어, 지상 40피트야. 우리들 어느 한 쪽이 상대방을 저 문밖으로 밀어내게 될 거야. 승자는 이 안에 남아 있게 될 것이야. 만약 승자가 나중에 밑으로 내려가 상대방이 실족으로 떨어졌다고 알리건 아니면 사실대로 말하건 그건 그 사람의 자유야. 내가 더 힘이 세기 때문에 당신한테 그 이점을 이용하지 않도록 한 팔은 묶어 놓았어. 알겠어? 자 그럼 덤벼들어!"

파프리이에게는 한 가지 밖에, 즉 헨처드에 달라붙는 것밖에는 아무것도 할 여유가 없었다. 헨처드가 너무도 갑작스럽게 달려들었기 때문이다. 이것은 레슬링 시합이었다. 각자의 목적은 상대편을 뒤로 밀어 넘어뜨리는 것이었다. 그러나 그 문을 통해 밀어내려하는 것이 헨처드의 목적임에 틀림없었다.

처음부터 헨처드가 자기의 자유로운 바른손으로 움켜잡았던 곳은 파프리이의 왼쪽 깃이었다. 그것을 그는 단단히 움켜잡았고, 파프리이는 자기의 왼손으로 헨처드의 옷깃을 잡았다. 그는 바른손으로 헨처드의 왼팔을 잡으려 애썼다. 그러나 그렇게 되지 않았다. 헨처드는 호리호리한 상대편의 내리깔린 두 눈을 응시하면서 자기의 왼팔을 등 뒤로 교묘하게 돌려놓고 있었기 때문이었다.

헨처드는 첫발을 앞으로 내디뎠다. 파프리이는 그와 엇갈리게 발을 내디뎠다. 지금까지는 정상적인 레슬링의 모습과 매우 흡사했다. 양쪽 모두 태풍속의 나무들처럼 얽히고설키면서 이런 자세로 몇 분이 지났다. 어느 쪽에서도 말이라고는 없었다. 이때쯤 그들의 숨결만이 높았다. 그때 파프리이는 헨처드의 다른 쪽 깃을 움켜쥐려고 애썼다. 몸집이 더 큰 헨처드가 있는 힘을 다해 몸을 비틀면서 파프리이의 손을 막아냈다. 이번의 싸움은 그가 그 억센 한 팔로 파프리이를 짓눌러 두 무릎을 꿇게 함으로써 끝났다. 그러나 그 자신도 힘이 빠져 상대방을 계속 그런 자세로 누르고 있을 수만은 없었다. 파프리이가 다시 일어나 싸움은 조금 전처럼 계속되었다.

한 바퀴 빙 돌림으로써 헨처드는 파프리이를 아주 위험할 정도로 난간에 가까이 몰아 붙였다. 이를 알고 파프리이는 자기의 위험에 처음으로 제동을 가했다. 그래서 그 노기충천한 마왕—지금의 그의 모습으로 보아 그렇게 부를 만도 하였다—은 아무리 애써도 파프리이를 들어 올린다든지 아니면 떼어 놓기에는 힘이 부족했다. 비상한 노력으로 그는 마침내 성공했다. 그러나 그 위험천만인 문에서 다시 안쪽으로 들어와 있을 때였다. 이런 상황 속에서 헨처드는 파프리이를 공중잡이로 완전히 한 바퀴 넘길 궁리를 했다. 만약 헨처드의 한 팔마저 자유로웠다면 파프리이는 그때 완전히 끝장나 버렸을 것이다. 그러나 파프리이는 헨처드의 팔을 몹시 비틀면서 다시 일어났다. 헨처드의 표정이 일그러지는 것으로 보아 대단히 고통스러운 모양이었다. 그 순간 헨처드는 자기의 엉덩이 끝부분으로 젊은이를 꼼짝달싹 못하게 돌렸다. 그 점을 이용하여 그를 문 쪽으로 밀어붙였다. 파프리이의 머리가 창틀 너머로 매달리고 그의 한 팔이 문 밖으로 대롱거려도 늦추어주지 않았다.

　"자,"

하고 헨처드는 숨을 헐떡이면서 말했다.

　"이거 당신이 오늘 아침 나절에 시작했던 일의 끝장이야. 당신의 목숨은 내 손에 달려있어!"

　"그렇다면 죽이시오. 죽이시오!"

하고 파프리이는 소리쳤다.

　"당신이 그토록 오랫동안 바라온 바가 아니요?"

헨처드는 침묵 속에서 그를 내려다보았다. 그들의 눈이 마주쳤다.

　"오, 파프리이! 이건 나의 진의가 아니오!"

그의 음성은 처절했다.

　"내가 한때 당신을 사랑했듯이 한 사람이 다른 한 사람을 그토록 사랑한 일은 일찍이 없었다는 것을 하나님이 증언해 주실 거요……. 그런데 내 비록 당신을 죽이고자 여기 왔지만 나는 당신의 머리카락 하나 다치게 할 수 없어! 가서 나를 고발하시오. 무슨 짓이든 마음 내키는 대로 하시오. 나한테 어떤 일이 덕치더라도 상관하지 않겠소!"

그는 다락방의 뒤편으로 물러나서 자신이 묶였던 팔을 풀었다. 후회하는 가운데 한쪽 구석의 부대들 위로 몸을 던졌다. 파프리이는 말없이 그를 바라보다가 곧 승강구의 뚜껑 쪽으로 가서 아래로 내려갔다. 헨처드는 그를 부르고 싶었다. 그러나 혓바닥이 잘 움직여 주지 않았다. 곧 그 젊은이의 발자국 소리가 그이 귓전에서 사라졌다.

헨처드는 수치심을 통감하고 자책을 금할 수 없었다. 그가 파프리이와 처음 알게 되었던 장면들이 그의 뇌리를 스치고 지나갔다— 그 당시 그 젊은이의 표정에서 낭만과 생기가 이상하게 뒤얽혀 그의 마음을 너무도 사로잡았기 때문에 그는 악기에서 흘러나오는 선율에 매료되는 듯했던 것이다— 그는 마음이 너무도 누그러져 남자로서, 부대위에서 웅크린 자세로 앉아 있었다. 아래로부터 대화소리가, 마구간 문을 여는 소리가, 문을 채우는 소리가 들려왔다. 그러나 신경 쓰지 않았다.

그는 엷은 그늘이 불투명하게 희미한 그늘로 두터워 질 때까지, 다락방 문이 회색빛의 장방형으로 바뀔 때까지 거기에 앉아 있었다. 주위에 보이는 것이라고는 이 문밖에 없었다. 마침내 그는 일어나 피로한 기색으로 옷의 먼지를 털었다. 그리고는 승강구 쪽으로 길을 더듬어 가서, 층계를 기어 내려가 마침내 마당 가운데 내려섰다.

"그는 한때 나를 존경했었는데,"

하고 그는 중얼거렸다.

"이제는 나를 미워하고 나를 영원히 멸시하겠지!"

그는 그날 밤 안으로 파프리이를 다시 만나고 싶은 견딜 수 없는 충동에, 그의 조금 전의 미친 듯했던 공격을 용서받자는 거의 불가능한 일을 시도해 보고픈 약간 처절한 애원에 사로잡혔다. 그러나 파프리이의 파란 대문을 향해 걸어가면서 그는 자신이 다락방에서 멍청하게 쭈그리고 앉아 있던 중 마당에서 있었던 일에 별 신경 쓰지 않았던 일을 회상했다. 파프리이가 마구간으로 가서 말을 마차에 채웠던 일이 기억났다. 그렇게 하고 있는 동안 휘틀이 그에게 편지 한 통을 전했던 기억도 났다. 파프리이는 그때 자기는 원래 계획대로 부드머드 방향으로가 아닌 웨더베리에 예기치 않은 볼 일이 있어 그쪽으로 가는 길에 메스토크를 방문할 생각이라고 말했던 것이다. 멜스토크는 그의 여정에서 불과 한두 마일 벗어난 곳에 위치해 있었다.

도날드가 적의를 눈치채지 못하고 마당에 처음 들어섰을 때 그는 어떤 여행준비를 갖추고 들어왔음이 분명했다. 그리고 그들 두 사람 간에 있었던 일에 관해서는 어느 누구에게도 말하지 않고 바꿔진 방향으로 마차를 몰고 떠났음이 분명했다.

따라서 매우 늦기 전에 파프리이의 집을 방문한다는 것은 소용없는 일일 것이다.

기다린다는 것이 그의 불안하고 자책하는 마음에 거의 고통스럽기까지 했지만 파프리이가 귀가할 때까지 기다리는 수밖에 별도리가 없었다. 그는 거리를, 이 도시의 외각지대를 거닐었다. 여기저기서 잠시 서성거리다가 이미 언급된 바 있는 그 돌다리에 그는 마침내 당도했다. 이 다리는 이제 그가 자주 발걸음을 멈추는 곳이 되어 버렸다. 여기서 그는 오랜 시간을 보냈다. 수문을 통해 졸졸 흐르는 물소리가 들려왔다. 캐스터브리지의 불빛들이 과히 멀리 떨어지지 않은 곳에서 깜박거렸다.

이렇게 난간에 몸을 기대고 있는 동안 시내 쪽으로부터 귀에 익지 않은 소리에 그의 무관심한 주의력이 일깨워 졌다 그것은 장단이 맞는 소음의 혼란이었다. 그 혼란에 길거리들이 그 소음을 되울려 흩어놓음으로써 더 큰 혼란을 첨가시키고 있었다. 이 잊을 수 없는 날을 한바탕의 저녁 연주로 마무리하려고 동원된 시 취악대가 불러일으키고 있는 소란일 것이라는 무관심한 생각이 어떤 이색적인 여운으로 잘못 이해되었음이 드러났다. 그러나 그 불가해한 소란이 그에게 더 이상 아무것도 진실로 깨우쳐 주지 못했다. 자신이 천한 꼴이 됐다는 생각이 너무도 강해 다른 생각은 아예 떠오르지도 않았던 것이다. 그는 조금 전처럼 다시 난간에 몸을 기댔다.

39. 이런 일 저런 일

파프리이는 헨처드와 한바탕 싸움을 치른 후 숨을 헐떡거리면서 그 다락방을 내려오자 그는 숨을 돌리기 위해 땅바닥에서 잠시 쉬었다. 그는 마차에 몸소 말을 채워 일꾼들은 모두 휴일을 즐기고 있었기 때문에 부드머드 노변의 어느 마을로 몰아 갈 의도에서 마당 안으로 들어왔다. 끔찍했던 결투에도 불구하고 그는 집안으로 들어가기 전에, 루시타의 시선을 받기 전에 정신을 차리기 위해 여행을 떠나기로 했다. 그는 너무도 심각한 경우에는 자신의 처신을 생각해 보기를 좋아했던 것이다.

그가 마차를 막 몰아 나가려는데 휘틀이 졸렬한 필치의 쪽지 하나를 들고 들어왔다. 겉봉에는 '긴급 서신'이란 글씨가 적혀 있었다. 개봉해 보고는 그 편지에 서명이 돼 있지 않은 것에 놀랐다. 그가 경영하고 있는 어떤 사업관계로 그날 밤 안으로 웨더버리에 와 달라고 요청하는 간단한 내용이 담겨져 있었다. 파프리이가 알고 있기로는 긴급할 일이라고는 전연 없었다. 그러나 그는 마침 여행하려던 참이라 그 익명의 요구에 응하기로 했었다. 특히 같은 여정에 포함시킬 수 있는 멜스토크를 방문할 일도 있던 참이었다. 이렇게 되어 그는 자기의 행선지가 바뀌었다고 헨처드가 엿듣게 된 말을 휘틀에게 일러놓고 떠났던 것이다. 파프리이는 안으로 그렇게 전하라고 일꾼들에게 지시하지 않았으며, 휘틀은 제 마음대로 그렇게 할 것 같지도 않았다.

그런데 그 익명의 편지는 선의의 의도에서 쓰인 것이었다. 그 풍자적인 무언 익살극이 실행에 옮겨지더라도 김빠진 장난으로 끝나게 하기 위해 그를 그날 밤 동안 피해 있도록 하기 위한 롱웨이즈와 파프리이의 일꾼 중 한 사람의 서투른 계획이었다. 공개적으로 제보하면 자신들이 이 거칠고 낡은 장난을 즐기는 사람들로부터 보복을 받을 가능성이 있었다. 따라서 간접적으로 편지를 보내는 방법이 택해졌던 것이다.

가련한 루시타에 대해서는 그들로서도 보호해 줄 방법이 없었다. 그 스캔들은 어느 정도 사실이라고 대다수가 믿고 있었기 때문이다. 그러므로 그녀 스스로 최대한으로 참아낼 수밖에 없을 것이다.

여덟 시경이었다. 루시타는 응접실에 혼자 앉아 있었다. 어둠이 내린 지 반시간 이상이 되었지만 그녀는 촛불을 밝히지 않고 있었다. 파프리이가 출타 중일 때는 그녀는 벽난로 앞에 앉아 그를 기다리기를 더 좋아했기 때문이다. 그리고 날씨가 과히 차지 않으면 남편의 마차 바퀴소리가 자기 귀에 빨리 와 닿도록 창문 하나를 조금 열어놓고 기다리는 것이었다. 그녀는 결혼 이후 이때까지 즐겨 왔었던 것보다 좀 더 희망에 찬 기분 속에 의자에 앉아서 등을 기대고 있었다. 오늘은 일대의 성공이었다. 헨처드의 무례한 행위가 그녀 마음속에 일으켜 놓았던 일시적 불안감이 헨처드가 그녀 남편의 꾸중을 듣고 조용히 물러남으로써 사라졌다. 그녀의 그에 대한 어이없는 애정의 증거물들은 그 결과와 함께 이미 소각돼 버렸다. 그녀는 실로 두려워해야 할 이유가 없는 듯 했다.

이런 일 저런 일이 뒤섞인 명상이 멀리서 들려오는 함성으로 깨뜨려졌다. 함성은 시시각각으로 높아지고 있었다. 그녀는 함성을 듣고도 크게 놀라지 않았다. 왕족의 행차가 통과한 후 대다수 주민들은 오후 시간을 오락에 바치고 있었기 때문이다. 그러나 윗방 하녀의 목소리가 즉각 그녀의 주의를 그 함성으로 돌리게 했다. 그 하녀는 위층 창문에서 좀 더 높다란 건너편 집의 하녀에게 말하고 있었다.

"지금 그들이 어느 쪽으로 향하고 있니?"

하고 이쪽 하녀가 관심 있게 물었다.

"아직, 확실하게 모르겠어."

하고 건너편 집 하녀가 대답했다.

"양조장의 굴뚝 때문이야. 정말이야. 그런데, 이제 보이는군. 원, 저런! 저런!"

"왜 그래? 왜?"

이쪽의 하녀가 더욱 열을 내서 물었다.

"그들이 결국 콘 스트리이트로 올라오고 있어! 그들은 등과 등을 대고 앉아 있어!"

"뭐? 둘이라고? 두 사람이야?"

"그래, 당나귀의 잔등에 두 사람의 허수아비가 앉아있어. 등과 등을 맞대고, 그들의 팔꿈치는 서로 얽혀 있어! 여자는 나귀의 머리 쪽으로, 그리고 남자는 꼬리 쪽으로 향해 앉아 있다고."

"어떤 인물을 표현하는 거지?"

"뭐, 그럴 테지. 남자는 파란 윗도리에 캐시미어 각반을 치고 있고, 검은 구레나룻에 불그스레한 얼굴이야. 속을 채워 넣어 가면을 씌운 허수아비군."

점점 소음이 커져 가고 있었다. 그러다가 곧 작아졌다.

"하지만 여전히 나한텐 안 보이는데!"

하고 실망한 이쪽 하녀가 말했다.

"어느 뒷골목으로 들어가 버렸어. 그게 전부야."

하고 다락방을 차지하고 있는 하녀가 말했다.

"하지만 난 처음부터 끝까지 신나게 보았어!"

"여자는 어떻게 생겼어? 말만 해. 내 마음속에 짚이는 사람을 의미하는 것인지 당장 알아 낼 수가 있으니까 말이야."

"저런, 왕족의 일행이 시청사에 왔을 때 맨 앞좌석에 앉아 있던 그녀와 같은 옷차림이었어!"

루시타는 깜짝 놀라 일어났다. 거의 그 순간 방문이 느닷없이 열리더니 엘리자베스 제인이 난로 불빛 속으로 걸어 들어왔다.

"부인을 좀 뵈러 왔어요."

하고 엘리자베스 제인은 숨을 헐떡이면서 말했다.

"노크하지 않았어요. 용서하세요! 덧문도 닫지 않고, 창문도 열려 있군요."

루시타의 대답을 기다릴 필요 없이 엘리자베스는 창가로 재빠르게 걸어가듯 덧문 중의 하나를 끌어 내렸다. 루시타가 그녀에게 미끄러지듯 다가갔다.

"그대로 두세요, 쉬!"

하고 그녀는 명령조의 낮은 목소리로 말하면서 엘리자베스를 붙들고 손가락을 입술에 세워 보였다. 그들의 말은 너무도 낮고 빨리 이루어졌기 때문에 밖에서 들려오는 대화는 한마디도 놓치지 않았다. 그 대화는 이러했다.

"그녀의 목은 드러나 있고, 머리카락은 끈으로 묶여있어. 그리고 뒷머리 빗이 꽂혀있어. 암갈색의 비단옷에 하얀 스타킹, 색깔 있는 구두 차림이야."

다시 엘리자베스 제인은 창문을 닫을 했다. 그러나 루시타는 억지로 그녀를 제지했다.

"그건 나야!"

하고 그녀는 얼굴이 사색이 되어 말했다.

"행렬….스캔들…. 나 그리고 그이의 허수아비!"

엘리자베스의 얼굴에 루시타가 그것을 이미 알고 있었구나하는 듯한 표정이 나타났다.

"우리 저걸 닫도록 해요."

하고 엘리자베스 제인은 소음과 웃음소리가 가까워짐에 따라 루시타의 굳고 거친 표정이 더욱 굳어지고 거칠어져 감을 의식하면서 달랬다.

"우리 저걸 닫도록 해요!"

하고 그녀는 날카롭게 소리 질렀다.

"그이도 보게 되겠지? 도날드는 보게 될 거야! 그이는 막 집으로 돌아오고 있을 텐데… 이 일이 그이의 가슴을 찢어 놓을 거야. 그이는 날 더 이상 사랑하지 않을 거야! 오, 저것이 날 죽일 거야. 날 죽여!"

엘리자베스 제인은 이제 미칠 지경이 되었다.

"아, 저것을 중단시킬 방법은 없을까?"

하고 그녀는 소리쳤다.

"그렇게 할 사람이 아무도 없는가— 한 사람도?"

그녀는 루시타의 손에서 빠져나와 문가로 달려갔다. 루시타는 앞뒤 가리지 않고,

"내가 직접 봐야지!"

하면서 창문 쪽으로 몸을 돌려 창문을 들어 올리고 발코니로 나갔다. 엘리자베스 그녀를 즉시 따랐다. 그녀를 끌어들이기 위해 그녀의 허리를 안았다. 루시타의 두 눈은 이제 빠른 속도로 다가오는 그 무시무시한 장난의 광경을 똑바로 바라보았다. 두 개의 허수아비 주위의 수많은 횃불이 그것들을 무서울 정도로 선명하게 나타내고 있었다. 그 한 쌍의 남녀를, 그 의도된 희생자를 그들 부부 이외의 다른 사람들로 잘못 생각한다는 것은 불가능한 일이었다.

"들어와요, 들어오세요!"

하며 엘리자베스는 애원했다.

"저 창문을 닫겠어요!"

"저 여잔 나야! 저 여잔 나라고! 파라솔까지도— 내 파란 파라솔이야!"

하고 루시타는 안쪽으로 걸음을 떼어 놓을 때 미친 듯이 웃으면서 소리쳤다. 그녀는 잠시 꼼짝 않고 서 있더니 그만 방바닥에 쓰러져 버렸다.

그녀가 쓰러지는 거의 그 순간 무언극의 격렬한 음악소리가 그쳤다. 터져 나오는 조소가 사방으로 물결쳐 나가면서 쿵쿵거리며 걷는 발자국소리들이 스쳐 지나가는 바람처럼 사라졌다. 엘리자베스는 이런 것을 넌지지 의식할 따름이었다. 그녀는 초인종을 눌러 놓고 루시타 위로 몸을 굽혔다. 루시타는 카펫 위에서 간질 증세의 격렬한 발작을 일으키며 누워 있었다. 엘리자베스는 초인종을 누르고 또 눌렀으나 허사였다. 아마 하인들이 그 악마의 유희를 집안에서 보다 좀 더 자세히 보기 위해 죄다 밖으로 나가고 없는 모양이었다.

마침내 파프리이의 일꾼이, 그 다음으로 요리사가 문간에서 놀라 입을 떡 벌린 채 다가왔다. 엘리자베스는 덧문을 내려 단단히 닫았다. 촛불이 밝혀지고 루시타는 그녀 방으로 옮겨졌다. 그리고 의사를 데리러 그

남자하인이 보내졌다. 엘리자베스가 그녀의 옷을 벗기고 있는 동안 루시타는 의식을 회복했다. 그러나 무슨 일이 있었던 지를 기억하는 순간 발작을 다시 일으켰다.

의사가 서두르고 싶지 않은 태도로 도착했다. 그는 밖의 소음이 무엇을 의미하는가하고 의아해 하면서 다른 사람들처럼 자기 집 문 앞에 서 있었던 것이다. 그는 이 불행한 수난자를 살펴보자마자 엘리자베스의 말없는 호소에 대한 대답으로,

"이 환자는 중태입니다!"

하고 말했다.

"기절했어요."

하고 엘리자베스가 말했다.

"예, 하지만 이분의 현재 건강상태에서 졸도는 불행을 의미합니다. 즉각 파프리이 씨를 데려와야겠습니다. 어디 계시지요?"

"주인님은 시골로 마차를 몰고 가셨어요, 선생님."

하고 하녀가 말했다.

"부드머드의 어느 곳으로 가셨는데 곧 돌아오실 거예요."

"걱정 마세요. 서둘러 돌아오지 않으신다면 데리러 보낼 터이니."

의사는 다시 침상 옆으로 돌아왔다. 사람이 급히 보내졌다. 그 사람이 뒷마당에서 덜컥 거리는 소리가 곧 들려왔다.

한편 이미 언급한 바 있는 저명한 시의원 베냐민 그로우어 씨는 하이스트리이트의 집에 앉아 식칼, 회 젓가락, 탬버린, 통, 뱀 모양의 악기, 숫양의 불, 피리 그리고 많은 다른 옛날 악기소리를 듣고 영문을 알아보기 위해 모자를 쓰고 밖으로 나왔었다. 그는 파프리이의 집 위쪽 모퉁이에 다다랐다. 곧 그 행령의 성격을 추측했다. 이 도시 태생이었으므로 그런 난잡한 장난을 전에도 여러 번 목격했기 때문이다. 그의 첫 반응은 여기저기서 경찰관들을 찾는 일이었다. 이 도시에는 두 명의 경찰관이 있었다. 폐물이 되다시피 한 사람들이었다. 어느 때보다 한층 더 움츠러들어 골목길 안에 숨어 있었다. 그 두 경찰관들을 그는 기어이 찾아냈다.

그들은 눈에 띄면 혼난다는 근거 없는 두려움을 느끼고 있었다.

"우리 이 불쌍한 두 절름발이가 그 많은 군중을 상대해서 뭘 어떻게 하지요?"

하고 스튜버드가 그로우어 씨의 꾸중에 충고하듯 말했다.

"그들을 자극하면 저희들한테 흉악한 짓을 하게 하는 일이 될 거예요. 그들을 건드렸다간 죽음을 자초하게 될 거요. 그래서 저희들은 까닭 없이 개죽음을 당하고 싶은 마음 없어요. 절대로!"

"원병을 청해봐 그렇다면! 자, 내가 동행하지. 당국의 말 몇 마디가 무슨 일을 해 내는지 보게 될 거야. 자 빨리 걸어! 자네들은 곤봉은 지참하고 있는가?"

"저희들은 군중이 저희들을 경찰관으로 알아보길 원치 않습니다. 손이 너무 모자라기 때문이죠. 그래서 저희들은 곤봉들을 이 송수관 안으로 밀어 넣어버렸습니다."

"그것들을 끌어내. 그리고 따라와, 빨리! 아, 블로우보디 씨가 저기 오는군. 다행이야."

블로우보디는 이 자치도시의 치안관 3명 가운데 3인자였다.

"아니 도대체 무슨 일이야?"

하고 블로우보디가 말했다.

"그자들의 이름은 알아냈는가? 이봐!"

하고 그로우어가 한 경찰관에게 말했다.

"아니요."

"자네는 블로우보디 씨와 함께 올드 워크를 돌아 이리로 나오도록 하게. 나는 스튜버드와 함께 곧장 똑바로 가 보도록 할 테니. 이렇게 해야만 그자들을 양쪽에서 덮치게 될 거야. 그자들의 이름만 알아 두도록 하게. 건드리거나 중지시키지 말고."

이렇게 그들은 출발했다. 그러나 스튜버드가 그로우어 씨와 함께 콘 스트리이트로 소음이 들려왔던 곳으로 들어갔을 때에는 그들은 아무런 행렬도 보이지 않는데 놀랐다. 그들은 파프리이의 집 앞을 지나 그 길의 끝가지 살펴보았다. 가로등 불빛은 반짝였고, 워크의 나무들은 살랑거렸으며, 몇 사람의 건달들이 호주머니에 손을 꽂고 여기저기 서 있었다. 모든 것이 정상이었다.

"얼룩덜룩한 옷을 입고 소란 피우던 군중 못 보았소?"

하고 그로우어는 이들 중 퍼스틴언 천의 윗도리를 입은 어떤 사람에게 오만한 말투로 물었다. 그는 파이프로 담배를 피우고 있었으며 두 무릎에는 가죽이 대어져 있었다.

"뭐라고요?"

하고 그 사람이 온화한 말씨로 말했다. 이 사람은 다름 아닌 피터즈 펑거의 차일이었다. 그로우어 씨는 되풀이했다.

차알은 전연 모른다는 듯 어린아이처럼 고개를 살래살래 저었다.

"아니요. 우리는 아무것도 보지 못했어요. 그렇지 않아? 조? 자네는 나보다 먼저 이곳에 있었잖아?"

조셉도 마찬가지로 전연 모른다는 대답이었다.

"음ー 그거 이상하군."

하고 그로우어 씨가 말했다.

"아ー 여기 믿을 만한 사람이 오는군. 나는 그냥 보기만 해도 알지. 당신은?"

하고 그는 다가오는 조프에게 물었다.

"당신은 괴상한 소란ー 무언 익살극인가 뭔가 하는 그따위 소란을 피우는 폭도들을 보았소?"

"아니요, 아무것도 못 보았어요."

하고 조프는 이상한 소리를 다 듣는다는 듯 대답했다.

"나는 오늘밤 멀리 있지 않았습니다. 그건 아마도…"

"아, 바로 여기였군, 바로 여기."

하고 치안관이 말했다.

"이제 알겠습니다. 생각을 해보니까, 오늘 밤에는 워크의 나무들에서 바람이 유별나게도 특이하게 시적으로 중얼거리고 있구먼. 혹시 그 소리가 아닌가요?"

하고 조프는 그의 커다란 윗도리 호주머니 안에서 자기 손을 바로 하면서 능청을 떨었다(호주머니 안에서 그의 손은 그의 조끼 밑에 쑤셔 넣은 젓가락, 소뿔 등을 손으로 교묘하게 떠받치고 있었다).

"아니, 아니야! 나를 바보로 아시오? 경찰관, 이쪽으로 가보도록 하지요. 그놈들이 뒷골목으로 들어갔을 수도 있으니."

그러나 뒷길에서도 앞길에서도 난동꾼들은 전혀 보이질 않았다. 블로우보디와 다른 경찰관 한 사람도 그때 도착했다. 비슷한 정보를 입수했을 따름이다. 허수아비들, 당나귀, 초롱들, 악기들 등이 모두 희랍신화 가운데 잔치와 축제의 신으로 횃불을 들고 날개가 달려 술 취한 청년을 상징하는 코우머스처럼 종적을 감추어 버렸다.

"이제,"

하고 그로우어 씨가 말했다.

"우리가 할 수 있는 일이란 한 가지 뿐이야. 자네 대여섯 사람을 더 모아가지고 떼를 지어 믹슨 레인으로 가서 피터즈 핑거에 들어가 보게. 거기서도 범인들의 단서를 얻지 못한다면 내가 잘못 생각한 거야."

이 서툴기 짝이 없는 법 집행관들은 될 수 있는 대로 빨리 보조원을 얻어 그 악명 높은 골목 안으로 떼 지어 당당히 들어갔다. 어떤 창문의 커튼에서, 혹은 연기를 내뿜는 굴뚝이 집안에 있어 닫을 수 없는 어떤 문의 틈바구니에서 이따금 흘러나오는 희미한 불빛 외에는 길을 밝혀줄 가로등이나 어떤 불빛도 없었기 때문에 밤중에 그곳에 당도하기란 쉬운 일이 아니었다. 그들은 대문을 자기들의 임무의 중요성만큼이나 큰소리로 오랫동안 두드린 후 그 여관 안으로 당당한 태도로 들어섰다. 그때까지 그 문은 빗장이 굳게 거려 있었던 것이다.

어느 때와 마찬가지로 줄로 천정에 매달아 고정시켜 놓은 커다란 방 안의 등받이가 높은 의자들에는 늘 출입하는 패거리들이 장식처럼 조용한 태도로 앉아 술을 마시고 담배를 피우고 있었다. 안주인이 경찰관 일행을 부드럽게 바라보면서 점잖은 말씨로 수작을 붙였다.

"어서들 오세요. 방이 많아요. 궂은 일로 오신 거나 아니었으면 좋겠습니다만?"

그들은 방 안을 둘러보았다.

"틀림없이,"

하고 스튜버드는 좌중의 한 사람에게 말했다.

"나는 당신을 조금 전에 콘 스트리이트에서 보았어. 그로우어시가 당신에게 말을 걸었지요?"

그 사람은 차알이었다. 그는 멍청하게 고개를 저었다.

"나는 이 한 시간 동안 쭉 여기 있었소. 그렇지, 낸스?"

하고 그는 자기 옆에서 맥주잔을 입에 댔다 뗐다 하는 여인한테 말했다.

"정말이야, 그랬어. 나는 내 저녁 반주로 반 파인트의 술을 마시려 들어 왔었지. 그때도 당신은 여기 있었어. 여러 사람들이 다 같이 말이야."

다른 경찰관은 벽시계를 마주보고 있었다. 그 시계 유리에 여관 안주인의 재빠른 동작이 비쳐 보였다. 그 경찰관은 번개같이 몸을 돌려 그녀가 화덕의 문을 닫고 있는 것을 포착하였다.

"그 화덕에 수상한 점이 있는가 보구만, 부인!"

하고 그는 발을 내디디면서 말했다. 그리고는 그것을 열어젖히고 탬버린 하나를 끄집어냈다.

"아,"

하면서 그녀는 사과하듯 말했다.

"그건 우리가 조그만 댄스파티라도 열게 되면 쓰려고 그곳에 보관해 둔 거라오. 날씨가 습하면 망가진다오. 그래서 건조하게 보관하려고 내가 그곳에 넣어둔 거요."

경찰과는 알겠다는 듯 고개를 끄덕였다. 그러나 그가 안 것은 엉터리였다. 아무리해도 이 말없고 악의 없어 보이는 사람들한테서 무엇을 끌어낸다는 것은 어려운 일 같았다. 몇 분 후 그 수사관들은 밖으로 나와 문간에 남아 있던 작들의 보조원들과 합류했다. 그들은 다른 곳으로 발길을 돌렸다.

40. 시장 부인의 죽음

이보다 훨씬 전에 헨처드는 그 다리 위에서 자신의 깊은 생각에 진력이 나서 시내 쪽으로 발길을 돌렸었다. 그 길의 발치에 다다르자 바로 위편에서 어느 골목길을 막 돌아 나오는 어떤 행렬이 언뜻 눈에 띄었다. 초롱, 짐승의 뿔, 군중이 그를 놀라게 했다. 나귀 등에 실린 허수아비도 보였다. 그는 그것이 모두 무엇을 의미하는지 알아 차렸다.

그 행렬은 길을 건너 다른 큰 길로 들어섰다. 그리고는 시야에서 사라졌다. 그는 몇 걸음 되돌아가 심각한 생각에 잠겼다. 결국 강가의 어둠침침한 길을 따라 집 쪽으로 발길을 돌렸다. 그곳에서도 안절부절 못하고 그는 자기 의붓딸의 하숙집으로 갔다. 거기서 엘리자베스가 파프리이 부인의 집으로 갔다는 이야기를 들었다. 어떤 마력에 끌려 행동하는 사람처럼, 그리고 이름 모를 두려움에 사로잡혀 그는 그녀를 만나리라는 희망 속에 그쪽으로 향했다. 떠들썩하던 사람들은 이미 사라지고 없었다. 실망이 되어 그는 대문위의 초인종 줄을 아주 살며시 잡아 당겼다. 그는 거기서 파프리이를 냉큼 데려오라는 의사의 급한 명령과 부드머드로 그를 데리러 사람을 보냈다는 말과 함께 곧 사건 경위를 상세히 들었다.

"그러나 그 사람은 멜스토크나 웨더버리에 가 있을 거요!"

하고 헨처드는 말할 수 없을 정도로 비통하게 소리쳤다.

"부드머드 쪽으로는 애당초 가지 않았어."

그러나, 아, 헨처드도 가련했다. 그는 위신을 잃은 지 이미 오래였던 것이다. 누구도 그를 믿으려 하지 않았다. 그의 말을 무턱대고 지껄여대는 허튼 소리로만 받아 들였다. 그 순간 루시타의 생명은 그녀의 남편의 귀가에 달려 있는 듯 했지만 (그녀는 남편이 자기 지난날의 헨처드와 관계를 사실대로 모조리 알게 되지는 않았을까 하는 커다란 정신적 번뇌에 사로잡혀 있었다) 웨더버리 방면으로는 아무도 보내지 않았다. 헨처드는 초조하고 뼈저린 뉘우침 속에 파프리이를 자기 자신이 찾아 올 결심을 했다.

이런 목적으로 그는 이 도시의 아래쪽으로 급히 빠져 나와 더노버 황무지 너머로 동쪽 길을 따라 달렸다. 그 너머 언덕을 넘었다. 약간 어두운 봄날 밤에 그는 계속 달려 마침내 두 번째 언덕을 넘고 약 3마일 떨어진 세 번째 언덕에 거의 도달했다. 그 언덕 발치에 있는 얄버리 바텀에서 그는 귀를 기울였다. 처음에는 그의 심장 고동소리 위로 들려오는 것이라고는 양쪽 고지대를 덮고 있는 얄버리우드 전나무와 낙엽송 수풀 사이에서 잔잔한 바람이 신음하는 소리 외에는 아무것도 없었다. 그러나 노면 위 새로 입혀진 돌조각에 바퀴의 테두리가 갈리는 경쾌한 소리가 멀리서 가물거리는 불빛과 함께 곧 들려왔다.

그는 그 소리의 뭐라 말할 수 없는 특성만을 듣고서도 그것은 그 언덕을 내리 닫고 있는 파프리이의 단두마차라는 것을 알 수 있었다. 그 마차는 자기 가재도구들의 경매장에서 그 스코틀랜드인이 구입하기 전까지는 자기 소유였기 때문이다. 그 소리를 듣고 헨처드는 얄버리 바텀 쪽으로 몇 발짝 되돌아갔다. 마차가 두 농장 사이에서 속도를 줄여 다가왔다.

대로상의 한 지점이었다. 여기서 가까운 곳에 맬스토크로 향하는 길이 집으로 향하는 길과 갈라져 있었다. 원래 의도대로 그쪽으로 방향을 바꾸면 파프리이의 귀가는 한두 시간 늦어질 것이 확실했다. 파프리이가 그렇게 하려하고 있음이 곧 나타났다. 불빛이 앞서 말한 샛길 쿠쿠 레인 쪽으로 벗어나고 있었기 때문이었다. 방향을 바꾸는 파프리이 마차의 등불 빛이 헨처드의 얼굴을 스쳤다. 같은 순간에 파프리이는 자기 조금 전의 적대자를 알아보았다.

"파프리이—파프리이!"

하고 숨찬 헨처드는 손을 추켜올리면서 외쳤다.

파프리이는 그 샛길로 말을 몰아 몇 걸음 들어간 후 고삐를 당겼다.

뒤이어 어깨 너머로,

"왜요?"

했다. 분명히 원수를 대하는 듯 말투였다.

"지금 곧 캐스터브리지로 돌아가시오!"

하고 헨처드는 말했다.

"당신 집에 뭐가 잘못 됐소! 당신이 돌아오길 기다리고 있소. 나는 당신한테 일러주기 위해 여기까지 줄곧 달려온 거요."

파프리이는 말이 없었다. 그의 침묵에 헨처드의 마음은 천길 물속으로 빠져드는 것 같았다. 너무도 분명한 것을 그는 왜 이보다 좀 일찍 생각하지 못했을까? 4시간 전에 파프리이를 꾀여 악착같은 레슬링을 벌였던 사람이 이제는 이슥한 밤의 어둠 속 호젓한 노상에 서서 그를 어느 특정된 길로 안내하고 있는 것이다. 그곳에는 복병이 매복돼 있을지도 모른다. 원래 계획된 길로 들어서면 불의의 공격으로부터 자신을 방어할 좀 나은 기회가 있을는지도 모른다. 헨처드는 파프리이의 마음속에 이런 생각이 스치고 있다는 것을 더욱 분명히 느낄 수 있었다.

"나는 멜스토크로 가야하오."

하고 파프리이는 움직이려고 고삐를 늦추면서 쌀쌀하게 말했다.

"그렇지만,"

하고 헨처드는 다급하게 말했다.

"사태는 멜스토크의 일보다 더 심각한 일이 발생했다오. 그건 바로 당신 아내에 관한 일이오! 부인이 많이 아프오. 같이 가면서 내가 상세하게 이야기하리다."

헨처드의 그 흥분과 서둘러댐이 그를 바로 그 옆의 숲으로 유인하려는 계략이라는 파프리이의 의심을 더욱 짙게 했다. 그 숲속에서 헨처드는 아침나절에 방법상 혹은 용기 부족으로 실패했던 바를 효과적으로 달성할 수 있을 것이 아닌가. 그는 말을 출발시켰다.

"나는 당신이 뭘 생각하고 있는지 아오!"

하고 헨처드는 뒤를 따라 뛰어가면서 그런 것이 아니라고 소리쳤다.

그는 자기가 전날 친구의 눈에 믿기 어려운 악한 상으로 비치고 있다고 생각되자 절망감으로 허리를 굽히다시피 했다.

"하지만 나는 당신이 생각하고 있는 그런 사람이 아니오!"

하고 그는 목쉰 소리로 고함을 쳤다.

"나를 믿어주시오, 파프리이! 나는 전적으로 당신과 당신 부인을 위해 온 거요. 부인은 위험에 처해 있소. 그 후는 어떻게 됐는지 모르오. 사람들은 당신이 돌아오기를 바라고 있소. 당신의 하인이 잘못 알고 엉뚱한 곳으로 갔소. 파프리이! 나를 의심치 마시오. 나는 나쁜 사람이 아니오. 허나 당신에 대한 내 마음은 아직도 진실하오."

그러나 파프리이는 그를 극히 의심했다. 그는 아내가 아이를 가졌다는 것을 알고 있지만 자기가 조금 전 그녀를 남겨 두고 떠나올 때 아무런 이상 없이 건강했었다. 그래서 헨처드의 음모는 그의 이야기 이상으로 확실하게 생각되었던 것이다. 그는 그의 밑에 있을 적에도 헨처드의 입에서 나오는 비꼬는 말을 들은 일이 있었다. 지금도 비꼬는 말인지도 모른다는 생각을 하였다. 그는 말에 채찍을 가했다. 곧 그곳과 멜스토크 사이에 놓인 고지대에 올라섰다. 헨처드가 발작적으로 뛰어 뒤따르고 있는 것이 그의 악의에 찬 흉계라는 자신의 생각을 더욱 사실로 믿어지게 했다.

헨처드의 두 눈에서 마차와 그 몰이꾼은 하늘을 배경으로 가물가물하게 작아졌다. 파프리이를 위한 헨처드의 노력은 모두 허사로 끝나버렸다. 이 뉘우치는 죄인에게 이 하늘 아래서는 최소한 즐거움도 주어지지 않았다. 그는 욥 같은 기분으로 자신을 저주했다. 격렬한 감정의 소유자는 가난 속의 마지막 정신적 지주라 할 자존심을 상실했을 때 자신을 저주하게 마련인 것이다. 그는 옆에 있는 숲의 그늘에 몸을 가리고 서서 보이지 않는 감정의 어두운 면을 한동안 겪은 후 이런 심경에 도달했던 것이다. 곧 그는 자기가 왔던 길을 따라 되돌아 걷기 시작했다. 파프리이는 이후 집으로 돌아오는 도중에 노상에서 자기를 만나게 됨으로써 지체되는 따위의 일은 절대로 없으리라.

캐스터브리지에 돌아온 헨처드는 환자의 경과를 알아보기 위해 다시 파프리이의 집으로 갔다. 문이 열리자마자 현관에서 층계에서 초조한 얼굴들이 그의 얼굴과 마주쳤다. 그들은 모두 슬픈 실망감으로,

"아, 그분이 아니었군!"

하고 말했다. 남자 하인은 자기 착오를 뒤늦게 알고 돌아온 지 오래였다. 그래서 모든 희망이 헨처드에게 집중되어 있었다.

"당신도 그분을 찾지 못했어요?"

하고 의사가 물었다.

"찾았습니다. 그러나 말씀 드릴 수 없었습니다!"

하고 헨처드는 입구 안쪽 의자에 털썩 주저앉으면서 대답했다.

"그 사람은 2시간 내에 집에 돌아올 수 없을 겁니다."

외과 의사는 위층으로 돌아가면서 "음"하고 무거운 숨을 내쉬었다.

"부인은 좀 어떠하시냐?"

하고 헨처드는 엘리자베스에게 물었다. 그녀도 집안사람들 중에 끼어 있었다.

"대단히 중태예요, 아버지. 남편을 보고 싶어 하는 초조함이 그녀를 몹시 불안하게 만들고 있어요. 불쌍한 여인…… 그들이 그녀를 죽인 것 같아요!"

헨처드는 동정에 가득 찬 엘리자베스를 마치 그녀가 새로운 견해에서 자기를 공격하는 듯 얼마 동안 바라보았다. 잠시 후 말없이 문을 나서서 자기의 쓸쓸한 오두막으로 향했다. 그는 남자의 경쟁 치고는 너무 지나쳤다고 생각했다. 죽음이 굴 알맹이를 차지하고, 파프리이와 그 자신은 굴 껍질만 차지하는 셈인가. 그러나 엘리자베스 제인은 그의 침울하기만 한 기분 속에서도 그에게 조그만 한 가닥의 빛 같았다. 그는 층계에서 자기 말에 대답하던 그녀의 표정이 좋았었다. 그 속에는 애정이 담겨 있었던 것이다. 그가 지금 무엇보다 바라고 있는 것은 선하고 순결한 그 무엇으로부터 애정이었다. 그녀는 자기 혈육이 아니다. 만약 그러나 그녀가 자기를 계속 존경만 하다면 그는 그녀를 친딸처럼 좋아하게 될지

도 모르겠다는 희미한 꿈을 처음으로 가져 보았다.

헨처드가 집에 당도했을 때 조프는 막 잠자리에 들려 하고 있었다.

헨처드가 안으로 들어서자 조프는,

"파프리이 씨의 부인이 편찮으시다니 좀 안 됐군요."

하고 말했다.

"정말일세."

하고 그는 짧게 대답했다. 그러나 오늘 밤의 그 익살극에 조프도 가담했다는 사실을 그는 꿈에도 생각 못했다. 그는 시선을 들어 조프의 얼굴에 근심스런 표정이 나타나 있는 것을 알아 차렸다.

"누군가가 선생님을 뵈러 왔었습니다."

하고 조프가 말했다. 헨처드는 자기 방으로 막 문을 닫고 들어가려던 참이었다.

"여행자 같았어요. 선장 같은 사람이었어요."

"음, 누구였을까?"

"부자인 듯해 보였습니다. 머리카락은 희끗희끗하고 얼굴은 넓적했어요. 헌데 그 사람은 자기 이름도 밝히지 않고 전할 말도 남기지 않았어요."

"나는 그 사람한테 신경 쓰지 않네."

그리고는 헨처드는 자기 방문을 닫고 들어 가버렸다.

멜스토크로 갈라져 들어감으로써 파프리이의 귀가는 헨처드의 예상대로 근 두 시간이나 지연되었다. 그가 집에 있어야 할 가장 중요한 이유는 두 번째 의사를 데리러 부드머드로 사람을 보낼 그의 권위가 필요했기 때문이었다. 마침내 파프리이는 집에 돌아오자 자기가 헨처드의 동기를 의심한 것을 괴로워하는 심경이 되었다.

밤이 꾀 이슥했지만 부드머드로 사람을 급히 보냈다. 밤은 깊어만 갔고, 의사는 이른 새벽에야 도착했다. 루시타는 도날드가 돌아옴으로써 많이 진정되었다. 그는 아내의 병상 옆을 거의 떠나지 않았다. 그가 들어선 직후 그녀는 자기를 너무도 억압해 온 그 비밀을 혀가 잘 돌지 않는 말로 털어놓으려고 애썼다. 그러나 그는 말하는 것이 해롭지나 않을까 해서 모든 것을 이야기할 시간은 앞으로 많이 있다고 안심시키면서 그녀의 힘없는 말을 제지시켰던 것이다.

이때까지도 그는 그 익살극에 관해서는 전연 모르고 있었다. 파프리이 부인이 중태이며 유산했다는 소문이 곧 읍내에 퍼졌다. 그 익살극을 주도했던 사람들은 그 원인을 겁에 질린 마음으로 추측했다. 그 법석을 떤 장본인들은 양심의 가책과 두려움으로 쥐죽은 듯 침묵을 지켰다. 그리고 루시타의 주위 사람들도 그 이야기를 끄집어내어 그녀 남편의 괴로움을 더해 주고 싶지 않았다.

그 슬픈 날 밤 부부 단둘이만 남게 되었을 때 파프리이의 아내가 지난날 자기의 헨처드와의 관계에 관해 무엇을 얼마나 그에게 이야기했는지 알 수 없다. 자기의 그 곡물상인과 친했던 관계에 관한 숨김없는 사실을 그녀가 남편에게 이야기했음은 파프리이의 말에서 명백해 졌다. 그러나 자신을 헨처드와 결합시키기 위해 캐스터브리지에 오게 된 동기, 그를 두려워 할 이유를 발견하고 그를 버린 그녀 나름대로의 정당성(실은 첫눈에 다른 남자한테로 정을 옮긴 그녀의 모순적인 열정이 첫 남자를 버린 것과 주로 관계가 있었지만), 첫 남자와의 결혼하려는 조치를 취해 놓고서도 양심을 달래 두 번째 남자와 결혼하게 된 그 경위 등 자기의 일련의 행위에 관해 그녀가 어느 정도 이야기했는지는 파프리이 혼자만이 아는 비밀이었다.

그날 밤 캐스터브리지에서 시간과 날씨를 알리던 야경꾼 외에 콘 스트리이트를 이따금 오르락내리락 거니는 한 사람이 있었다. 헨처드였다. 그는 잠자리에 들어 잠을 청했으나 허사였던 것이다. 그는 잠잘 것을 포기하고 이리저리 거닐다가 이따금 환자의 경과를 물었다. 그는 루시타를 염려한 것 못지않게 파프리이를 염려해서 찾아갔던 것이며, 한편으로는 그 어느 쪽보다 엘리자베스 제인을 염려해서 찾아갔던 것이다. 갖가지 관심사 중 하나하나 잘려 나가고 그의 삶의 보람은 그가 최근 학대했던 자기 의붓딸에게 집중되는 듯했다. 경과를 알기 위해 루시타의 집을 찾을 때마다 딸의 모습을 보게 되는 것이 그에게는 하나의 위안이 되었다.

그가 마지막으로 찾아갔던 것은 희뿌옇게 먼동이 트는 새벽 4시경이었다. 샛별이 더노버 황무지 너머로 기울어 가고 있었고, 참새들이 노상에 막 내려앉고 있었으며, 외딴 집들에서는 암탉들이 꼬꼬댁거리고 있었다. 파프리이의 집까지 불과 몇 야드 떨어진 거리에 다다르자 대문이 살며시 열리더니 한 사람이 대문 위의 노커에 손을 얹어 천 조각을 풀어냈다. 그 천 조각은 노커의 소리를 줄이기 위해 덧붙여 놓았던 것이다. 그는 건너갔다. 그가 걷는 길 위의 참새들은 그렇게 이른 시간 사람이 나타나리라고는 생각하지도 못하고 있다가 놀라며 사뿐사뿐 날아 자리를 옮겨갔다.

"그건 왜 떼어 내는 거지?"

하고 헨처드는 물었다.

그녀는 그의 출현에 약간 놀라 고개를 돌렸다. 얼마 동안 대답이 없었다. 그를 알아보고 그녀는 입을 열었다.

"방문객이 원대로 크게 두들기도록 하기 위해서요. 마님께서는 이 소리를 더 이상 듣지 않으실 테니까요."

41. 딸의 생부

헨처드는 집으로 돌아왔다. 날이 이제 완전히 밝았기 때문에 그는 난로에 불을 지폈다. 그리고는 그 옆에 오랫동안 멍하게 앉아 있었다. 그가 그 옆에 오래 앉아 있지 않아 사뿐사뿐 발걸음이 다가오더니 통로로 들어왔다. 손가락으로 가볍게 문을 노크했다. 헨처드의 얼굴이 밝아졌다. 그는 그 동작이 엘리자베스의 동작이란 것을 잘 알고 있었기 때문이었다. 그녀가 방안으로 들어섰다. 지치고 슬픈 표정이었다.

"들으셨어요?"

하고 그녀는 물었다.

"파프리이 씨 부인 이야기! 그분은─ 돌아가셨어요! 돌아가셨어요. 정말이에요─ 한 시간 전에!"

"알고 있다."

하고 헨처드가 말했다.

"나도 그곳에서 돌아온 지 얼마 안 된단다. 엘리자베스야, 네가 찾아와서 알려주니 대단히 고맙구나. 너도 뜬눈으로 밤을 새우느라고 매우 지쳤겠구나. 오늘 아침은 여기서 나와 함께 식사하도록 하자. 우선 저 방으로 가서 한숨 자도록 해라. 아침 식사가 준비되는 대로 너를 부르마."

그의 최근 친절을 이 외로운 처녀는 눈물겹도록 고맙게 여기고 있었기 때문에 그를 기쁘게 하기 위해, 그리고 휴식도 취할 겸 그의 말대로 했다. 아버지가 옆방에 등받이가 높은 의자로 임시로 만들어 놓은 소파 같은 것에 몸을 눕혔다. 아버지가 아침식사를 준비하느라고 왔다 갔다 하는 소리가 들려왔다. 그러나 그녀의 마음은 루시타에게로 힘차게 줄달음질 쳤다. 인생의 한창때에 그리고 어머니가 된다는 즐거운 희망 속에 죽음이라고는 예상도 못했던 무서운 일이었다. 곧 그녀는 깊이 잠에 빠져들었다.

한편 그녀의 의붓아버지는 바깥방에서 아침식탁을 마련했다. 그러나 그녀가 잠들어 있는 것을 알고 그녀를 깨우고 싶지 않았다. 그는 그녀를 자기 집에 머물게 하는 것이 마치 명예로운 일이라도 되는 듯 난롯불을 살피고 가정주부 같은 솜씨로 주전자를 끓이면서 기다리고 있었다. 사실, 그에게는 그녀에 대한 커다란 변화가 있었던 것이다. 그는 그녀의 효성어린 출현에 의해 밝혀진 어떤 미래의 꿈을 전개시키고 있었다. 마치 그 꿈속에서만 행복이 놓여 있는 듯 했다.

그는 어떤 노크 소리에 꿈을 깼다. 하필이면 그때 찾아온 사람어서 누구이건 약간 못마땅하게 생각하며 일어나 문을 열었다. 몸집이 건장한 한 남자가 문간에 서 있었다. 이국적이고 약간 눈에 선 인상이 그의 자태에서 그리고 그의 태도에서 풍겼다. ―범세계적인 경험을 가진, 그리고 약간 식민지적 냄새가 나는 인상이었다― 피터즈 펑거에서 길을 물었던 그 사람이었다.― 헨처드는 고개를 끄덕하고 무슨 일로 왔느냐는 듯한 표정을 지었다.

"안녕하십니까?"

하고 그 낯선 사람은 예를 갖추며 말했다.

"헨처드 씨이십니까?"

"내가 헨처드요."

"그렇다면 용하게 집에 계실 때 찾아왔군요. 아침은 다들 일터로 나가는 시간이니까요. 잠시 이야기를 나눌 수 있을까요?"

"그럽시다."

하고 헨처드는 낯선 사람을 맞으면서 말했다.

헨처드는 그를 무관심하게 쳐다보았다. 그리고 고개를 저었다.

"내 이름은 뉴손이라고 합니다."

헨처드의 얼굴과 두 눈은 사색이 되어갔으나 상대방은 그것을 의식하지 못했다.

"그 이름은 익히 잘 알고 있습니다."

하고 헨처드는 방바닥을 내려다보면서 마침내 말했다.

"의심치 않습니다. 한데 실은, 지난 두 주일 동안 선생님을 찾고 있었습니다. 나는 헤이븐풀에 상륙해서 펠머드로 향하던 길에 캐스터브리지를 통과했습니다. 그래서 찾아가 보았더니 사람들은 선생님이 수년 전부터 캐스터브리지에 살고 계신다고 말하더군요. 나는 다시 되돌아섰지요. 오래 걸려 느지막이 십 분 전에 역마차로 도착했습니다. '그 사람은 저 아래 물방앗간 옆에 삽니다'하고 사람들이 일러주더군요. 그렇게 해서 여기까지 오게 된 것입니다. 그런데, 20여 년 전에 우리 두 사람 간에 있었던 그 거래— 내가 찾아온 것은 그것 때문입니다. 참으로 해괴한 일이었어요. 나는 그때 너무 철없고 어렸어요. 어떻게 보면 아마 그 일은 덜 들먹일수록 좋겠지요?"

"괴짜 일! 괴짜라기 보다 더 괴상한 일이었소. 나는 내 자신을 당신이 그때 만난 그 사람이라고 생각하고 싶지도 않습니다. 나는 내 정신이 아니었으니까요. 정신이 올발라야 사람이라고 말할 수 있지 않겠습니까?"

"우리는 둘 다 어리고 지각이 없었습니다."

하고 뉴손이 말했다.

"하여튼, 나는 시비를 벌이기보다는 일을 바로잡고자 왔습니다. 불쌍한 수잔……. 그녀도 별 희한한 경험을 다 한 셈이지요."

"그렇습니다."

"그녀는 인정 많고 소박한 여자였습니다. 그녀는 흔히 말하는 재치 있고 영악스런 사람이 전혀 아니었습니다. 그보다 더 나았지요."

"그래요."

"선생님도 잘 아시겠지만, 그녀는 그 매매에 구속력이 있는 것으로 생각할 만큼 단순했습니다. 그 해괴망측한 일에 그녀에게는 천상의 성자만큼이나 전연 잘못이 없었습니다."

"알고 있습니다. 알고 있고말고요. 나는 바로 그 점을 즉각 알아냈던 것입니다."

하고 헨처드는 여전히 시선을 피했다.

　"그 점에 내 마음을 아프게 찔러 주는 가시가 들어 있었다오. 만약 그녀가 그 일을 바로 알았더라면 나한테서 떠나지 않았을 것이요. 절대! 하지만 그녀가 그걸 어떻게 알 수 있었겠습니까? 뭘 아는 게 있었어야지요. 아무것도 모르는 여자였습니다. 그녀는 자기 이름을 겨우 쓸 수 있는 정도이었습니다."

　"그런데, 나는 그 일이 벌어지고 있을 때 그녀에게 사실을 깨우쳐 줄 생각이 없었소. 그녀는 나와 함께 더 행복하리라고 생각했습니다. 그런 내 생각에 허영심이 들어 있었던 것은 아니었습니다. 그녀는 얼마 동안 꽤 행복했소. 그래서 나는 죽는 날까지 그녀에게 깨우쳐 주지 않을 생각이었습니다. 그런데 선생님의 아이가 죽었어요. 그녀는 또 한 명 낳았지요. 그래서 매사가 다 잘 되어 갔습니다. 그러나 때가 왔어요ー 때란 언제나 오게 마련이지요. 때가 왔습니다ー 그녀와 나와 그 아이가 미국에서 돌아와 얼마가 지났을 때 이었습니다. 그때 그녀가 자기 내력을 어떤 사람에게 다 털어놓았을 때 그 사람은 그녀에 대한 나의 권리는 가짜라고 말하고, 내 권리를 굳게 믿고 있는 그녀의 신념을 조롱했습니다. 그 후부터 그녀는 행복을 느끼지 못했어요. 그녀는 번민에 번민을 거듭하고, 한숨과 탄식을 그치지 않았습니다. 그녀는 나와 헤어져야겠다고 말했습니다. 그리하여 우리 아이의 문제가 나왔지요. 그때 나한테 취할 행동을 가르쳐준 사람이 하나 있었습니다. 나는 그렇게 했지요. 그것이 최상책이라고 생각했기 때문이었습니다. 나는 그녀를 펠머드에 남겨두고 배를 탔어요. 내가 대서양 저쪽에 도달했을 때 폭풍우가 밀어 닥쳤습니다. 나 자신은 물론, 대부분의 사람들이 뱃전에서 물결에 휩쓸려나가 버렸다고 생각됐던 거지요. 그러나 나는 뉴우펀들랜드 해안에 기어올랐습니다. 그때 나는 어떻게 할 것인가 하고 나 자신에게 물었습니다. '이왕 이곳에 다다랐으니 난 여기서 살아야겠다'하고 생각했습니다. 이제 그녀가 나를 싫어하니 그녀에게 나를 죽은 것으로 생각하게끔 하는 것이 그녀에게 대단히 좋은 일을 해주는 거라고, 우리 두 사람이 다 살아있는 상화에서는 그녀는 불행할 것이라고, 만약 그녀가 나를 죽은 것으로 생각하면 그녀는 당신에게로 돌아갈 것이고, 아이는 가정을 갖게 될 거라고 나는 생각하게 되었습니다. 나는 한 달 전에 이 영국으로 돌아왔습니다. 그리하여 나는 예상대로 그녀가 내 딸과 함께 당신한테로 돌아간 것을 알아냈습니다. 수잔이 죽었다고 펠머드에서 사람들이 알려주더군요. 그런데 내 엘리자베스 제인은— 그 아이는 어디 있습니까?"

"그 애도 죽었습니다."

하고 헨처드는 서슴없이 말했다.

"물론 그것도 들었겠지요?"

그 수부는 깜짝 놀라 튀어 일어났다. 그리고는 힘없이 방안을 한두 걸음 왔다 갔다 했다.

"죽다니!"

하고 그는 나지막한 목소리로 외쳤다.

"그렇다면 내 돈이 나한테 무슨 소용이란 말인가?"

헨처드는 그거야 뉴손 자신의 문제지 자기기 알바 아니라고 생각하는 듯 대답 없이 고개만 저었다.

"그 애가 묻힌 곳은 어디요?"

하고 여행자가 물었다.

"그 애의 어미 옆에."

하고 헨처드는 여전히 얼빠진 말투로 대답했다.

"그 애가 언제 죽었지요?"

"일 년 남짓 되었소."

하고 헨처드는 서슴없이 대답했다.

그 선원은 계속 서 있었다. 헨처드는 방바닥으로부터 결코 시선을 들지 않았다. 마침내 뉴손이 말문을 열었다.

"여기까지 내 여행이 헛일이 되었군요! 서둘러 왔듯이 서둘러 돌아가는 편이 좋겠습니다! 모두 내가 못나서 일어난 일이요. 더 이상 당신을 귀찮게 하지 않겠습니다."

헨처드에게는 모래 깔린 바닥 위로 뉴손의 물러가는 발자국 소리가, 기계적으로 빗장이 들리는 소리가, 좌절되고 기가 꺾인 사람으로는 당연한 살며시 문이 여닫히는 소리가 들려왔다. 그러나 헨처드는 고개도 돌리지 않았다. 뉴손의 그림자가 창 옆을 지나갔다. 그는 떠났다.

헨처드는 자기 재치의 증거들을 거의 믿지 않으면서 자리에서 일어나 자기가 한 일에 놀랐다. 그것은 한 순간의 충동이었던 것이다. 그가 최근에 엘리자베스에 관해 갖게 된 감정이, 그녀는 그에게 그녀가 스스로 믿고 있듯이 친딸로서 자랑스러운 딸이 되어줄 것이라는, 그의 외로움 속의 새로 싹튼 희망이 뉴손의 예기치 않은 출현으로 자극받아 그녀를 독점하고 싶은 욕심으로 확대되었던 것이다. 따라서 그녀를 잃게 된다는 갑작스런 예상이 그로 하여금 결과는 전연 무시하고 어린애처럼 새빨간 거짓말을 하게 했던 것이었다. 그는 갖가지 질문들이 자기한테 집중되어 그의 날조가 5분 내에 그 가면을 벗게 되리라고 생각했었다. 그러나 그런 질문들을 해 오지 않았던 것이다. 그러나 그런 질문들을 언젠가는 반드시 해 오게 될 것이다. 뉴손이 떠난 것은 일시적인 일일 것이다. 그는 시내에서 이리저리 수소문해 봄으로써 모든 사실을 알게 될 것이다. 그러면 돌아와 그를 저주하고 그의 마지막 보물을 앗아가 버릴 것이다.

그는 급히 모자를 쓰고 뉴손이 떠난 방향으로 나갔다. 뉴손의 등이 곧 불 스테이크를 가로지르는 노상에 보였다. 헨처드는 뒤따랐다. 그를 찾아왔던 사람이 킹즈암즈 앞에 멈추는 것이 보였다. 그를 태우고 왔던 아침 역마차가 그곳에서 교차되는 다른 역마차를 반시간 동안이나 기다리고 있었다. 뉴손이 타고 온 역마차는 이제 다시 출발하려는 참이었다. 뉴손이 마차에 올랐다. 짐이 실렸다. 몇 분 후 마차는 그와 함께 사라져 버렸다.

그는 고개도 별로 돌리지 않았다. 헨처드의 말을 단순히 신뢰해 버린, 너무도 단순하기만 해서 숭고하기까지 한 신뢰하는 행동이었다. 20여 년 전에 얼떨결에 그리고 그녀의 얼굴을 한 번 흘낏 본 것만을 보증으로 수잔 헨처드를 데려갔었던 그 젊은 선원이 헨처드의 말을 너무 철저히 믿음으로써 헨처드를 부끄럽게 여기게 하였고, 머리카락이 희끗희끗한 그 여행자의 모습을 보면서 그런 양심의 찔림이 헨처드를 통해 살아 행동하고 있었다.

엘리자베스 제인은 순간적인 이 배짱 좋은 날조의 덕으로 그의 것으로 남아 줄까?

"아마 오래가지는 않을 거야."

하고 그는 혼잣말을 했다. 뉴손은 자기 동료 여행자들과 이야기를 나눌 수도 있을 것이다. 그 동료 여행자 중에는 캐스터브리지 사람들도 더러 있을는지도 모른다. 그렇게만 되면 그 잔꾀는 드러날 것이다.

이런 가능성이 헨처드를 방어태세로 몰아넣었다. 그리하여 잘못을 어떻게 하면 제일 잘 바로잡고 엘리자베스의 친아버지에게 진실을 알려주게 될까를 생각하지 않고 그는 자기가 우연히 얻은 위치를 지킬 방법만을 생각하게 되었다. 엘리자베스 제인에 대한 그의 자애로운 정은 그녀에 대한 그의 권리가 폭로될 새로운 위험이 닥칠 때마다 질투심에서 더욱 강렬해 졌다.

그는 뉴손이 자기 아이에 대한 권리를 주장하기 위해 밝고 화난 표정으로 걸어 되돌아오는 것을 보게 되리라고 예상하면서 먼 대로상을 지켜보았다. 그러나 나타나는 사람은 없었다. 마차 안에서 어느 누구에게도 말하지 않고 그 슬픔을 혼자 마음속에 묻어 버렸을 가능성이 짙었다.

뉴손의 슬픔! 그 슬픔이란 것이 그가, 헨처드가 그녀를 잃음으로써 갖게 될 것에 비한다면 뭐 그리 대수로운 일인가? '뉴손의 애정은 몇 년간 세월이 흐르는 속에 식어 버려 계속해서 그녀의 모습을 대해 온 그의 것에는 비교도 되지 않는다.' 이렇게 그의 질투심은 아버지와 자식 간을 떼어 놓을 구실을 그럴 듯하게 주장했다.

그는 엘리자베스가 가 버렸을 거라고 생각하면서 집으로 돌아왔다. 아니었다. 그녀는 있었다. 안방에서 막 나오고 있었다. 눈꺼풀 위에는 잠잔 흔적들이 보였다. 그러나 대체로 원기가 회복된 모습이었다.

"아, 아버지!"

하고 그녀는 생글생글 미소를 띠고 말했다.

"저는 자리에 눕자마자 깜박 잠들어 버렸어요. 잠잘 마음은 없었는데, 그렇게 깊이 생각했는데도 불쌍한 파프리이 부인이— 꿈이 꾸어지지 않은 것이 이상해요. 최근 일을 그렇게 골똘히 생각했는데도 꿈이 꾸어지지 않는다는 것은 정말 이상해요."

"네가 잠들 수 있어서 기쁘다."

하고 그는 그녀의 손을 자기 소유로 확인하듯 잡으면서 말했다. 그것은 그녀에게 즐거운 놀라움을 준 행위였다.

그들은 아침식탁에 마주 앉았다. 엘리자베스의 마음은 루시타에게로 되돌아갔다. 그녀의 슬픈 생각들은 명상에 잠겨 침착해진 것에 아름다움이 있는 그녀의 얼굴에 매력을 더해 주었다.

"아버지."

하고 그녀는 식탁 위의 조반으로 생각이 되돌아오자 입을 열었다.

"손수 이 훌륭한 아침식사를 차려 주셔서 정말 고마워요. 저는 한가롭게 잠만 자고."

"그건 내가 매일 하는 일이야."

하고 그는 대답했다.

"너도 나한테서 떠나 버리고, 모든 사람이 나한테서 떠나 버렸는데 내 스스로 직접 할 수밖에 없지 않느냐?"

"아버지가 대단히 외로우신 모양이군요?"

"그래, 얘야. 너는 상상도 못할 정도야! 모두 내 잘못이야. 네가 지난 몇 주 동안 내 옆에 가까이 있은 유일한 사람이었어. 하지만 너는 더 이상 오지 않겠지."

"왜 그런 말씀하세요? 저는 꼭 올 거예요. 아버지가 저를 보고 싶어 하시면 말이에요."

헨처드는 의심스럽다는 표정을 지었다. 그는 최근에 엘리자베스 제인이 딸로서 자기 집에서 다시 같이 살기를 몹시 바라왔지만 지금은 그녀에게 그렇게 해 달라고 청하고 싶지 않았다. 뉴손이 어느 순간에 나타날지 모르며, 엘리자베스 제인은 그를 그의 속임수 때문에 어떻게 생각할지 모르므로 그녀와 별거하는 것이 제일 상책이라고 생각했다.

그들이 아침식사를 끝내고 난 후에도 그녀는 가지 않고 여전히 서성거렸다. 마침내 헨처드의 낮일 나가는 시간이 되었다. 그때서야 그녀는 일어났다. 곧 다시 오겠다고 몇 번이고 다짐하면서 아침 햇살 속에 언덕을 걸어 올라갔다.

"지금 이 순간 그 애의 나에 대한 마음은 나의 그 애에 대한 것만큼 온정에 차 있어. 그 애는 내가 청하기만 하면 여기 이 보잘 것 없는 오두막에서 나와 함께 살거야! 하지만 저녁이 되기 전에 그는 틀림없이 오고 말거야. 그러면 그 애는 나를 멸시하겠지!"

헨처드의 머릿속에 계속해서 되풀이 되는 이런 상상은 그가 어디를 가든지 하루 종일 따라다녔다. 그의 기분은 반항적이고 빈정대고 무모한 짓을 저지르는 사람의 그것이 이미 아니었다. 인생을 재미있게 혹은 보람 있게까지 만들 수 있는 모든 것을 이미 완전히 상실해 버린 사람의 납덩어리 같은 무거운 침울함이었다. 그에게는 자랑스럽게 여겨질 그의 마음을 굳게 해줄 사람이 아무도 없게 될 것이다. 엘리자베스 제인은 곧 아무 관계도 없는 사람에 불과해지거나 혹은 그보다 더 못한 관계가 될 것이기 때문이었다. 수잔, 파프리이, 루시타, 엘리자베스— 그의 잘못으로 혹은 그의 불운으로 하나하나 모두 그에게서 떠나 버렸다.

그들을 대신할 흥밋거리도, 오락도, 혹은 욕망도 그에게는 없었다. 만약 그가 음악이라는 보조물에 의지한다면 그의 존재는 지금이라도 되살아 날 것이다. 헨처드에게는 음악이 신통한 힘을 부여하기 때문이었다. 단순한 트럼펫 소리나 혹은 풍금소리라도 그의 마음을 움직이는데 충분하며, 높은 하모니는 그를 변질시키기까지 했다. 그러나 가혹한 운명이 그에게 그가 지금 절실히 필요로 하는 이런 기분마저 불러일으키지 못하게 엄히 명령했다.

그 앞에 놓여있는 땅덩어리는 송두리째 암흑과도 같았다. 올 것도 없었고 기다릴 것도 없었다. 그러나 주어진 수명 때문에 그는 조롱을 받아가며 혹은 기껏해야 동정을 받아가며 이 땅덩어리 위에서 앞으로 30년 혹은 40년은 더 서성거리지 않으면 안 될지도 모른다.

이런 생각을 하니 견딜 수 없었다.

캐스터브리지의 동쪽 편에는 많은 물이 흘러내리는 황무지들과 넓은 초원들이 있었다. 고요한 밤에 이쪽을 거니는 사람이 잠시 발걸음을 멈춰서면 불 꺼진 곳의 오케스트라에서처럼 황무지의 멀고 가까운 곳에서 각기 다른 음으로 연주하는 특이한 심포니를 이 물에서 듣게 될 것이다. 썩어 문드러진 수문의 구멍에서는 은은한 노랫소리가 들려오고, 돌흙벽 너머로 떨어지는 질에서는 명랑한 소리로 들리고 아치 아래서는 금속성의 심벌즈 연주소리가 들여오고, 더노버 홀에서는 치찰음을 쏟아 놓는다. 가장 높은 악기 소리를 내고 있는 지점은 텐 해치스(열 개의 수문)라는 곳이다. 이곳에서는 많은 물이 떨어지는 동안 대단한 둔주곡이 연주된다.

이곳에서는 강이 언제나 깊고 물살이 세었다. 그래서 수문들의 뚜껑은 윈치와 톱니바퀴에 의해 끌어올려지고 내려졌다. 대로 건너의 두 번째 다리(앞서 말한 바 있는)로부터 통로 하나가 이 수문들까지 나있었다. 이 물줄기의 상류에서는 좁다란 널빤지 하나로 이어진다. 그러나 해가 지고나면 그쪽으로 가는 사람은 거의 없다. 이 길은 이 강의 블랙워터라는 깊은 곳으로 통해 있으며 통행이 매우 위험하기 때문이었다.

헨처드는 동쪽 길을 따라 이 도시를 벗어나 두 번째 이 돌다리로 발길을 옮겼다. 이곳으로부터 갑자기 이 호젓한 통로 안으로 접어들었다. 강가의 통로를 따라 걸어 들어가 텐 해치스의 검은 형상들이 서쪽 하늘에서 아직 머뭇거리고 있는 환한 광채에 의해 수면에 그 아름다운 모습이 수놓아지는 곳에 다다랐다. 그는 수심이 가장 깊은 수문 옆에서 잠시 발걸음을 멈췄다. 그리고는 전후좌우를 두리번거렸다. 눈에 들어오는 사람의 모습은 없었다. 그는 즉시 윗도리와 모자를 벗고는 두 손을 앞으로 모으고 물 가장자리에 섰다.

그의 시선이 수면위로 향하고 있는 동안 수세기 동안 물에 씻겨 형성된 빙빙 도는 소용돌이 속에서 떠돌고 있는 무엇이 보였다. 이 소용돌이는 그가 자신의 죽음의 자리로 삼으려는 곳이었다. 처음에는 그것이 둑의 그늘 때문에 잘 보이지 않았다. 그러나 그것은 그 소용돌이에서 빠져나와 형체를 드러냈다. 수면 위에 빳빳하게 굳어 누워있는 인체의 형상이었다.

그 소용돌이 속의 한 가운데 물살에 의해 그 형체는 물가로 떠나와 그의 눈 밑으로 통과했다. 그는 것을 자기 자신으로 생각하고 공포를 느꼈다. 그를 약간 닮은 사람이 아니라 어느 면으로 보나 바로 그가, 그의 육신이 텐 해치스에서 죽은 것처럼 떠내려가고 있는 것이었다.

이 불행한 남자에게는 초자연의 사물에 대한 불가사의한 의식이 강했다. 그래서 그는 사람이 어떤 무서운 기적의 실질적인 출현 앞에서 했을 것처럼 고개를 돌려 버렸다. 그는 눈을 가리고 고개를 숙였다. 그는 흐르는 물속을 다시는 들여다보지 않고 윗도리와 모자를 집어 들었다. 그리고는 서서히 발길을 돌렸다.

곧 그는 자기 거처의 문 앞에 서있는 자신을 발견했다. 거기에는 놀랍게도 엘리자베스 제인이 서 있었다. 그녀는 마주 다가오면서 그를 전과 같이 "아버지"라고 불렀다. 그렇다면 뉴손이 그때까지 아직 돌아오지 않았다는 것이 아닌가.

"저는 아버지가 오늘 아침에는 매우 슬퍼보였다고 생각했어요. 그래서 아버지를 또 뵈러 왔어요. 저 자신도 슬프지 않다는 것은 아니에요. 하지만 모든 사람이, 그리고 매사가 아버지에게 너무 적대적인 것 같아요. 그래서 저는 아버지가 괴로워하신다는 것을 알아요."

어쩌면 이 여자가 사람의 마음을 그토록 신통하게 꿰뚫어본단 말인가! 그러나 그녀는 빈틈없이 송두리째 꿰뚫어보지는 못했다.

그는 그녀에게 말했다.

"엘리자베스야, 기적이 아직도 일어난다고 생각하니? 나는 배우지 못한 사람이라 내가 바라는 것만큼은 알지 못한다. 나는 열심히 읽고 배우려고 평생 노력해 왔다. 하지만 나는 알려고 노력할수록 더욱 더 무식한 것 같이만 생각되는구나."

"저는 오늘날 기적이란 것이 일어난다고는 전혀 생각하지 않아요."

"예를 들어, 필사적으로 몰두하는 경우 방해받지 않는다면? 아마 안 일어날 거야. 직접적으로는 아마 안 일어날 거야. 잠시 나와 함께 산책이나 하면 어떨까? 그런데 내 말이 무슨 뜻인지 알게 해주마."

그녀는 쾌히 응했다. 그는 그녀를 데리고 대로를 건너 쓸쓸한 소로를 따라 텐 해치스로 향했다. 그는 허겁지겁 걸어갔다. 마치 어떤 귀신의 그림자가, 그녀의 눈에는 보이지 않는 그림자가 그의 주위에서 맴돌며 그의 눈앞을 어지럽히는 것 같았다. 그녀는 루시타에 관해 이야기하는 것이 기뻤겠지만 아버지의 마음을 어지럽혀 놓고 싶지 않았다. 그들이 그 수문에 가까워지자 그는 걸음을 우뚝 멈췄다. 그녀에게 앞으로 나아가서 소용돌이 속을 들여다보고 본대로 자기에게 말해 달라고 했다.

그녀는 나아갔고 곧 그에게로 되돌아 왔다.

"아무것도 없어요."

하고 그녀는 말했다.

"다시 가 보아라."

하고 헨처드가 말했다.

"그리고 자세히 살펴보아라."

그녀는 물가로 다시 나아갔다. 얼마 동안 지체한 후 돌아와 그녀는 그곳에서 빙빙 떠돌고 있는 무엇을 보았다고 말했다. 그러나 그것이 무엇인지는 알 수 없다는 것이었다. 그것은 헌 옷 같아 보였다는 것이다.

"내 것 같더냐?"

하고 헨처드는 물었다.

"네, 그래요. 어머! 혹시… 아버지 우리 돌아가요!"

"가서 한 번만 더 보고 오너라. 그리고 나서 우리 집으로 돌아가도록 하자구나."

그녀는 다시 갔다. 그녀가 소용돌이 가장자리에 머리가 닿을 정도로 몸을 숙이고 있는 것이 보였다. 그녀는 깜짝 놀라 몸을 일으켜 그의 옆으로 급히 돌아왔다.

"그래,"

하고 헨처드는 물었다.

"이제는 뭐라 말할 수 있니?"

"집으로 가요."

"하지만 말해 보거라, 어서. 그곳에서 떠도는 것이 무엇이던?"

"그 허수아비예요"

하고 그녀는 급히 대답했다.

"그들이 치안관들에게 발각 될까 봐 겁이 나 없애 버리려고 이 강 상류의 블랙워터에서 물속의 버드나무 숲속에 던져 버렸음이 틀림없어요.

그런데 그것이 여기까지 온 것이 분명해요.

"아, 확실히 내 허수아비! 그런데 다른 하나는 어디 있어? 왜 그하나만? 그 사람들의 그 지랄들이 그녀는 죽였어, 나는 살려두고!"

엘리자베스 제인은 자기들이 서서히 시내로 되돌아오고 있을 때 "나는 살려두고"라는 말을 생각해 보았다. 그리하여 마침내 그 뜻을 추측해 내었다.

"아버지, 저는 아버지를 이렇게 혼자 사시게 하고 싶지 않아요!"

하고 그녀는 큰 소리로 말했다.

"제가 아버지와 함께 살아도 돼요? 옛날처럼 아버지 시중을 들어드리고 싶어요. 아버지가 가난한 것은 상관없어요. 저는 오늘 아침에 그렇게 하기로 했어야 할 일이지만 아버지가 저한테 그런 말씀 하시지 않아서…."

"네가 내게로 오겠다고?"

하고 그는 비통한 어조로 소리쳤다.

"엘리자베스야, 나를 놀리는 건 아니지! 만약 네가 오기만 한다면!"

"갈게요."

"너는 지난날 내 모든 학대를 어떻게 용서하겠느냐? 할 수 없을 거야!"

"그건 이미 잊었어요. 그 이야기는 더 하지 마세요."

이렇게 그녀는 그를 안심시키고 재결합을 위한 그들의 계획을 주선했다. 마침내 그들은 각자 자기 집으로 향했다. 그 후 헨처드는 며칠 만에 처음으로 면도를 하고 깨끗한 내의로 갈아입고 머리를 빗었다. 그때부터 되살아난 사람 같았다.

이튿날 아침 그 사실은 엘리자베스 제인이 말한 대로 판명되었다. 그 나머지 허수아비 하나가 어느 목동에 의해 발견되었다. 같은 강줄기 좀 상류에서 발견된 루시타의 허수아비였다. 그러나 그것에 관해서는 가급적 말없이 은밀히 태워 없애 버렸다.

그 불가사의한 일이 이렇게 자연스레 풀렸음에도 불구하고 헨처드는 그 허수아비가 그곳에서 떠돌고 있게 되었음을 여전히 자신을 노리는 일로 간주했다. 엘리자베스 제인은 그가 "나처럼 용서받지 못할 사람이 또 누구란 말인가! 나도 어느 누군가의 손에 달려 있는 것 같구나!"라고 말하는 것을 들은 일이 있었다.

42. 씨앗을 팔다

　그러나 그가 어떤 사람의 손아귀에 쥐여 있다는 감정상의 확신은 그런 감정을 싹트게 했던 그 사건으로 시간이 서서히 멀리 해 줌으로써 헨처드 마음에서 사라지기 시작했다. 뉴손의 환영이 그의 눈앞에 자꾸 어른거렸다. 그는 틀림없이 되돌아오고 말 것이다.

　그러나 뉴손은 돌아오지 않았다. 루시타는 교회 묘지의 길을 따라 운반되어졌다. 캐스터브리지 시민들은 그들의 일터로 나가기 전에 그녀에게로 그들의 시선을 마지막으로 돌렸다. 마치 그녀가 살았던 일도 없었던 것 같았다. 그러나 엘리자베스는 헨처드에 대한 자신의 관계에 관한 신념에 아무런 동요도 없었으며, 이제는 그와 거처도 함께 하고 있었다. 아마 뉴손은 결국 영원히 사라져 버렸는지도 몰랐다.

　그러는 동안 홀아비가 된 파프리이는 루시타가 발병하여 죽게 된 원인을 알게 되었다. 그리하여 그 불행을 불러온 그 장본인들에게 법의 이름으로 원한을 풀겠다는 그의 첫 충동은 너무도 당연했다. 그는 그 일에 손대기 전 장례가 끝나기를 기다리기로 했다. 드디어 때가 와 그는 생각해 보았다. 결과는 불행스런 것이었지만 그 얼룩덜룩한 차림의 행렬을 주선했던 지각없는 패거리들이 그런 결과를 예견했던 것도 목적했던 것도 아니었다. 그가 아는 한 그 사건의 내용과 관계있는 사람들을 얼굴 붉히게 한다는 부추기는 기대가— 그런 기대 속에 몸을 비비 꼬는 사람들의 극도로 통쾌한 즐거움이 그들을 충동질 했을 뿐이었다. 그는 조프의 선동에 관해서는 전연 모르고 있었기 때문이었다. 여러 가지 다른 일도 또한 고려해 보았다. 루시타는 죽기 전에 모든 것을 그에게 고백했었다. 따라서 그녀의 내력에 관해 많은 소동을 벌이는 것은 그녀를 위해서와 마찬가지로 헨처드를 위해서, 그리고 자신을 위해 바람직한 일만은 아니었다. 그 사건을 하나의 운 나쁜 우발적인 사고로 간주하는 것이 파프리이에게는 최선의 도덕적인 책임일 뿐만 아니라 고인의 영혼을 진정으로 달래줄 것 같았다.

헨처드와 자신은 만나기를 서로 삼갔다. 헨처드는 파프리이가 주동이 된 다수의 시의원들이 자기에게 새 출발의 기회를 주기위해 사들인 조그만 씨앗가게를 엘리자베스를 위해 자신의 자존심을 억누르고 기꺼이 받아들였다. 자신에게만 국한되었다면 헨처드는 자신이 그렇게도 잔인하게 공격했었던 그 사람이 간접적으로 제공하는 도움이라 할지라도 거절했을 것은 의심할 여지가 없었다. 그러나 그 소녀의 동정이 자신의 생존에 필요한 것으로 생각했다. 따라서 그녀 때문에 자존심은 스스로 비굴이라는 옷을 입게 된 것이 되었다.

그들은 이곳으로 옮겨와 자리를 잡았다. 그들이 살아가는 하루하루 헨처드는 경쟁을 두려워하는 불타는 질투심에 의해(과) 부성애가 깊어가는 예리한 주의력으로 그녀로부터 한 가지 한 가지 소망을 모두 예상했다. 그러나 뉴손이 캐스터브리지로 되돌아와 그녀를 자기 딸이라고 주장할 것이라고 상상할 이유가 없었다. 그는 방랑자요 이방인이었으며 외국인이나 거의 다름없었다. 그는 자기 딸을 그때까지 수년 동안 보지 못했던 것이다. 그녀에 대한 애정은 그의 성질상 두터울 수 없었다. 다른 관심사들이 그녀에 대한 그의 기억들을 곧 희미하게 만들 가능성이 있었으며, 또 그 관심사들이 자기 딸은 여전히 현재의 이 소녀라는 것을 알게 할 과거에 대한 새로운 조사를 방해하게 될 것이었다. 헨처드는 자신의 야심을 다소나마 달래기 위해 그 탐냈던 보물을 자기가 소유하게 된 그 거짓말은 그런 목적으로 고의로 한 것이 아니라 그 결과를 고려하지 않은, 한 절망에 빠져있는 사람의 마지막 발악으로 한 말이라고 혼자 되풀이했다. 더욱이 뉴손은 자기가 사랑하는 것만큼 그녀를 사랑할 수 없을 것이며, 혹은 자기가 기꺼이 할 준비가 돼있는 것만큼, 그녀를 그의 목숨이다 할 때까지 보살피지 못할 것이라고 그는 마음속으로 변명했다.

교회의 공동묘지가 내려다보이는 그 씨앗가게에서 그들은 이렇게 살아갔다. 그 해의 나머지 기간 동안 그들의 생활을 특징지을 만한 일이 발생하지 않았다. 외출도 극히 드물었고 장날에 외출하는 일은 절대 없었기 때문에 그들이 도널드 파프리이를 보게 되는 일은 극히 드물었으며, 보게 된다하더라도 대개 노상의 먼발치에서 잠시 눈에 띄는 것에 지나지 않았다. 그리고 그는 상처한 사람이면 누구나 한동안 시일이 지나면 그러하듯 동료 상인들에게 기계적으로 미소를 지어 보이고 거래인들과 논쟁하면서 자기 본업에 종사하고 있었다.

  시간이 파프리이에게 그의 루시타에 대한 경험을 이건 이렇고 저건 저렇다고 쓸쓸하게 평가하게 했다. 세상에는 우연히 간직하게 된 어떤 인상을, 그들의 판단이 그것은 귀한 것이 아니라고 혹은 그 정반대이기까지하다고 선언한 오랜 후까지 고집 세게도 잊지 못하고 연연해하는 사람들이 있다. 그것 없이는 값어치가 불안전한 것이다. 그러나 파프리이는 그런 부류의 사람이 아니었다. 그의 통찰력이, 그의 성격의 활발함이, 신속함이 그를 그의 상처喪妻가 그에게 던져준 공허함에서 밖으로 끌어내게 되었다는 것은 불가피한 일이었다. 그는 루시타의 죽음으로 자신의 마음을 어둡게 하는 불행을 단순한 슬픔으로 대체했다는 사실을 직감하지 않을 수 없었다. 어떤 환경에서라도 조만간 드러날 것임에 틀림없는 그녀의 내력이 그렇게 폭로된 후, 그녀와의 인생이 좀 더 많은 행복을 가져왔을 것이라고는 믿기 어려웠다.

  그러나 사정이 그러했음에도 불구하고 루시타의 인상은 하나의 추억으로 여전히 그와 함께 살아 있었으며, 그녀의 우유부단함은 아주 온건한 비판을 불러일으키는 것에 불과했고, 그녀가 겪은 고통은 그녀의 숨김에 대한 분노를 이따금 순간적인 섬광으로 감소시켰던 것이다.

  한 해가 끝나갈 무렵 헨처드의 조그마한 씨앗가게는 찬장 정도 밖에 안 되는 크기지만 장사가 상당히 잘 되었으며, 의붓아버지와 딸은 그 상점이 위치한 아늑하고 양지바른 구석에서 마음의 평온함을 한껏 즐기고 있었다. 정신적인 활동으로 가득 차 있는 사람의 조용한 태도가 이 시기의 엘리자베스 제인의 특징이 되어 있었다. 그녀는 일주일에 두서너 번 교외로 긴 산책을 했다. 대개 부드머드 쪽으로 향했다. 그녀가 이런 고무적인 산책을 한 후 밤에 그와 함께 앉아 있을 때, 그녀는 애정이 깊다고 하기보다는 점잖다는 생각이 가끔 그의 머리에 떠올랐다. 그러면 그는 괴로웠다. 그녀의 귀중한 애정이 자발적으로 주어졌을 때는 그의 엄격한 억압으로 그 애정을 동결시켜 버림으로써 그가 이미 경험한 아픔에 쓰라린 후회를 하나 더 첨가해 놓았던 것이다.

그녀는 이제 모든 것을 제 마음대로 했다. 들고 나서는데서, 사고파는 데에까지 그녀의 말이 곧 법이었다.

"엘리자베스야, 너 새 머플러를 하나 구입했구나."

하고 그는 어느 날 아주 점잖은 말로 그녀에게 말했다.

"네, 샀어요."

그는 식탁위에 놓여있는 그것을 바라보았다. 반들반들한 갈색 모피였다. 그는 그런 물건을 평가할 만한 사람이 되지 못했지만 그가 보기에도 그녀가 소유하기에는 대단히 좋은 것 같아 보였다.

"애야, 약간 비싼 물건 같구나. 그렇지 않니?"

하고 그는 용기를 내어 말했다.

"네, 제 처지로는 약간 고급스러워요."

하고 그녀는 침착하게 말했다.

"하지만 야하지는 않지요?"

"물론이지."

하고 우리에 갇힌 사자는 그녀의 비위를 조금이라도 건드리지 않기 위해 애써 말했다.

그로부터 얼마 지난 후 봄이 되었을 때 그는 지나가다가 그녀의 빈 침실 앞에서 발걸음을 멈췄다. 그는 그녀가 자기의 거친 성격 때문에 콘 스트리이트에서 옛날 커다란 아름다운 저택에서 떠났을 때를, 그리고 지금과 같은 태도로 그녀의 방안을 들여다본 일을 생각해 보았다. 그녀의 현재 방은 그때 방에 비교가 안 될 정도로 보잘 것 없었다. 그러나 그를 놀라게 한 것은 구석구석 어느 곳에나 책이 많이 놓여 있다는 점이었다. 그 책들의 수에서나 질에서나 그 책들을 받치고 있는 보잘것없는 가구들이 어색할 정도로 어울리지 않아 보였다. 최근에 사들인 것임에 틀림없어 보이는 것들이 더러 있었다— 아니 실로 많았다. 그는 무리가 되지 않도록 사라고 그녀에게 말한 일은 있지만 그녀가 자기 타고난 학구열을 그들의 근소한 수입의 형편에 맞추고 있다고는 생각되지 않았다. 그는 그것이 낭비라고 생각되자 처음으로 약간 기분이 상했다. 그래서 이러한 낭비에 관해 그녀에게 한 마디 하리라고 결심했다. 그러나 말을 꺼낼 용기를 채 갖기 전에 그의 의도를 전연 다른 방향으로 돌려놓은 한 사건이 발생했다.

씨앗 장사의 바쁜 시기는 지나고 건초 철이 되기 전의 조용한 몇 주일이 찾아와 목제 갈퀴, 노랗고 파랗고 빨간 새 짐마차, 무섭게 생긴 낫, 조그만 가족의 식구 수만큼이나 가지가 많은 쇠스랑들을 장바닥에 쏟아 놓음으로써 캐스터브리지의 특징을 드러냈다. 헨처드는 자기 버릇과는 반대로 어느 토요일 오후 장터로 향했다. 전날 황금시기를 누렸던 현장에서 몇 분 동안이나마 보고 싶은 이상한 기분에서였다. 자기와는 아직도 비교적 서먹서먹하기만 한 파프리이가 곡물거래소의 문에서 몇 발 아래쪽에 서 있었다. 이 시간쯤이면 그에게서 볼 수 있는 평범한 자세였다. 그는 조금 떨어진 곳에서 자신이 찾고 있는 그 무엇에 관해 생각에 잠겨있는 듯했다.

헨처드의 두 눈은 파프리이의 시선을 추적했다. 그는 그 시선의 표적이 견본을 전시하고 있는 농부가 아니라 자기 의붓딸이라는 것을 알아차렸다. 그녀는 길 건너 어느 가게에서 막 나서고 있었다. 그녀 편에서는 그의 시선을 전연 의식하지 못하고 있었다. 이 일에 있어서 그럴싸한 찬미자들이 시야 안에 있을 때는 언제나 희랍신화의 주피터 아내이면서 질투의 여신인 주노의 새처럼 바로 화려한 겉차림으로 희랍신화의 눈이 백 개 달린 거인이었던 아거스의 시선을 끄는 젊은 여인들보다는 운이 좋지 못했다.

헨처드는 이 계제에 엘리자베스 제인을 바라보는 파프리이의 눈길에 의미 깊은 일은 아마 아무것도 없을 것이라고 생각면서 발길을 돌렸다. 그러나 그는 그 스코틀랜드인이 그녀에게 일시적인 지나가는 생각에서나마 부드러운 관심을 한때 보였던 일이 있다는 것을 잊을 수 없었다. 그래서 그의 진로를 처음부터 지배해 왔던, 그리고 그를 현재 그로 만들어 놓는데 주 역할을 한 자기 자신의 그 특이한 기질이 즉시 표면으로 드러났다. 자기의 애지중지하는 의붓딸과 정열적이고 번성하는 도날드 간의 결합을 그녀와 자기 자신을 위해 바람직한 일이라고 생각하기는커녕 그는 바로 그 가능성부터 싫어했다.

그런 본능적인 거부감이 이미 행동으로 구체화 됐음직한 때였다. 그러나 그는 이제 전날의 헨처드가 아니었다. 그는 다른 문제에 있어서와 마찬가지로 이 문제에 있어서도 그녀의 뜻을 절대적이고 의심할 여지없이 명백한 것으로 받아들일 정도로 자신을 교육해 놓고 있었다. 그는 어떤 상반되는 말 한마디가 자신의 정성에 의해 그녀로부터 다시 얻어낸 그 존경을 잃게 하지나 않을까 해서 두려워했다. 별거함으로써 이런 존경을 유지하는 것이 그녀를 가까이 둠으로써 그녀의 혐오감을 유발하는 것보다 낫다고 생각하고 있었기 때문이었다.

그러나 그런 별거라는 단순한 생각이 그를 대단히 흥분시켜 놓았다. 그래서 그는 그날 밤 조용히 의심스런 태도로 말했다.

"엘리자베스야, 오늘 파프리이 씨를 보았느냐?"

엘리자베스 제인은 그 질문에 놀랐다. 그녀는 약간 당황하면서,

"아니요."

하고 말했다.

"아, 그렇구나. 그럼 그렇지…. 우리 둘이 함께 있을 때 나는 길에서 그 사람을 보았기 때문에 물어본 거야."

그는 그녀의 당황함이 그의 새로운 의혹— 그녀가 최근 해오고 있는 그 긴 산책들이 그를 대단히 놀라게 한 그 새 책들이 그 젊은이와 무슨 관련이라도 있지 않나 하는 의혹을, 혹시 정당화시켜주는 것이나 아닐까

하는 생각을 하고 있었다. 그녀는 그에게 납득이 갈 만하게 명백히 밝히지도 않았다. 침묵이 그녀로 하여금 그들 부녀간의 현재 다정한 관계에 이롭지 못한 생각을 갖게 하지나 않을까 두려워서 그는 화제를 다른 곳으로 돌렸다.

헨처드는 천성이 좋은 일을 위해서건 나쁜 일을 위해서건 은밀히 행동하는 사람이 아니었다. 그런 그의 사랑의 안달 나게 하는 걱정거리는 엘리자베스로부터 존경심에 그가 기울어 있는 (다시 말해서 그가 향해 나아가 있는) 그 의지가 그를 변질시켜 놓았다는 점이다. (그가 엘리자베스를 그토록 사랑한 만큼, 그녀에 대한 집착은 강했다) 그는 종종 그녀의 이러저러한 행동의, 혹은 말귀의 의미를 몇 시간씩 저울질해 보고 숙고해 보는 것이었다. 전날 같으면 본능적으로 무뚝하고 단정적인 질문을 했을 것이다. 그래서 (그녀가 그로부터 등을 돌리는 모습과) 그녀의 파프리이에 대한 열정을 생각하자 불안해져 그는 그녀의 들고나는 것을 좀 더 세밀하게 관찰하기로 했다.

엘리자베스 제인의 거동에는 습관적인 버릇이 나타나고 있는 것 외에는 남몰래 하는 일은 전연 없었다. 우연히 마주치면 도날드와 가끔 대화를 나눈 그녀의 잘못이 그녀 이야기에서 즉시 인정될 수도 있었다. 그녀의 부드머드로 잦은 산책의 목적이 무엇이었든 간에 그 산책으로부터 귀가는 파프리이가 약간 바람이 센 그 대로상에서 한 20분간 바람을 쐬기 위해 —파프리이의 말대로 차를 들기 전에 몸에 달라붙은 곡식알들과 왕겨를 바람에 날려 버리기 위해— 콘 스트리이트를 빠져나오는 시간과 자주 일치했던 것이다.

헨처드는 원형 경기장으로 나가 경내에 몸을 숨기고 그 노상을 감시하다가 마침내 그들이 만나는 것을 목격함으로써 이것을 알게 되었던 것이다. 그의 얼굴에는 몹시 괴로워하는 표정이 있었다.

“저 녀석이 나한테서 저 아이까지 강탈해 가려하는군!”

하고 그는 중얼거렸다.

“하지만 저 녀석한테는 그런 권리가 있어. 나는 간섭하고 싶지 않아.”

그들의 만남은 실은 전연 다른 뜻이 없는 순수한 성질의 것이었으며, 그 두 젊은이 사이의 관계는 헨처드의 질투심 깊은 비탄이 추론한 것만큼 결코 진전하지 않았다. 그가 그들 간에 오고 간 대화를 들을 수 있었다면 그 내용이 다음과 같았다는 것을 그는 알 수 있었을 것이다.

"아가씨는 이쪽으로 산책하기를 좋아하는 모양이지요, 헨처드양─그렇지 않아요?"(파프리이 특유의 억양으로 명상에 잠긴 시선으로 말했을 것이다)

"아, 네. 저는 최근에 이 길을 걷기 시작했어요. 무슨 특별한 이유가 있어서가 아니라."

"하지만 무슨 이유라도 이유가 있겠지요."

(얼굴을 붉히면서) "저는 그런 건 몰라요. 하지만 이유 같은 것이 있다면 그건 제가 매일 바다를 보고 싶어서요."

"그 이유는 비밀입니까?"

(어쩔 수 없는 말투로) "네."

(자기 고향의 민요조의 애수를 띄며) "아, 나는 비밀을 지키는 것이 좋은 일이라고는 생각하지 않아요! 어떤 비밀이 내 인생에 짙은 그림자를 씌워 놓았어요. 그것이 뭣인지 아가씨는 잘 알거요."

엘리자베스는 안다고 했다. 그러나 그녀는 바다가 왜 자기 마음을 끄는지를 털어놓지 않았다. 그녀는 그것을 충분히 설명할 수 없었다. 어릴 때 바다와 관계말고도 그녀의 혈관 속에 흐르는 피가 어느 뱃사람의 것이라는 그 비밀을 모르고 있었기 때문이다.

"그 새 책들 고마워요, 파프리이 씨."

하고 그녀는 수줍게 덧붙였다.

"그렇게 많이 받아도 괜찮은지 모르겠어요!"

"물론! 왜 안 돼요? 아가씨가 직접 구하는 것보다 내가 아가씨를 위해 구입해 주는 것이 나한테는 기뻐요!"

"그럴 리가!"

그들은 시내에 다다를 때까지 길을 따라 함께 걸었다. 마침내 그들의 방향이 갈라졌다.

헨처드는 그들의 목적이 무엇이건 간에 그들을 멋대로들 하도록 내버려 두기로, 그들의 진로를 전연 방해하지 않기로 맹세했다. 만약 그가 그녀를 잃을 운명이라면 그대로 따를 수밖에 없었다. 그들의 결혼이 창조해 낼 환경에서 그는 자신을 위한 인정받는 입장을 전혀 찾을 수 없었다. 파프리이는 그를 거만한 태도에서만 인정할 것이다. 그의 가난이 그의 지난날 행위에 못지않게 그것을 확실하게 했다. 그렇게 되면 엘리자베스는 그에게서 점점 멀어져 남이 될 것이고 그의 여생은 친구하나 없는 외로움으로 끝날 것이다.

그러한 가능성과 함께 그는 그들을 감시하지 않을 수 없었다. 실로 일정한 선 안에서 그는 자기의 책임으로 그녀를 감시할 권리가 있었다. 매주 특정한 날에 만나는 것이 그들의 당연지사가 된 듯했다.

마침내 그는 확고한 증거를 포착했다. 그는 파프리이가 그녀를 만나고 있는 장소에서 가까운 어느 담 뒤에 숨어 있었다. 그 젊은이가 그녀에게,

"내 사랑 엘리자베스 제인."

하고 말을 건네는 소리가 들리더니 곧 이어 그녀에게 키스하고, 그녀는 누가 가까이 없나를 확인하기 위해 재빠르게 주위를 살폈다.

그들이 그곳을 떠난 후 그는 담 뒤에서 나와 슬픔에 잠겨 캐스터브리지까지 그들의 뒤를 따랐다. 그들의 이런 약혼을 불안스럽게 하는 헨처드의 고통은 조금도 줄어들지 않았다. 파프리이와 엘리자베스 제인은 둘 모두 다른 사람들과 마찬가지로 엘리자베스를 그의 친딸로 생각하고 있음이 틀림없을 것이다. 그 자신도 그렇게 믿고 있는 동안 그가 했던 고언이 사실이라는 착각에 빠질 때가 있었다. 파프리이가 그를 장인으로 인정하기에 반대하지 않을 정도로 그를 용서한 것임에는 틀림없으나 그들 두 사람은 결코 친밀해 질 수는 없었다. 마찬가지로 그의 유일한 친구인 그녀 역시 자기 남편의 영향력 아래서 그로부터 점차 멀어지게 될 것이며 그를 멸시하게 될 것 같은 생각이 들었다.

그녀가 그가 낙심하지 않았던 전날 생명을 걸고 서로 겨루고, 저주하

고, 필사적인 싸움을 했던 그 사람만이 아닌 이 세상의 어떤 다른 남자한테 마음을 주었다면 헨처드는 "만족하다"라고 말을 했을 것이다. 그러나 지금 그려지는 전망 속에서는 만족이란 얻기 힘들었다.

사람의 두뇌에는 용인되지 않는, 졸라대지 않는 유해한 생각들이 제자리로 되돌아가기에는 앞서 잠시 동안 이리저리 방황하는 바깥방이 하나 있게 마련이다. 이런 생각중의 한 가지가 지금 헨처드의 뇌리 속에 떠올랐다.

만약 그가 파프리이에게 그의 약혼녀는 마이클 헨처드 자식이 전혀 아니라는— 법적으로 어느 누구의 자식도 아니라는 사실을 알린다면 그 빈틈없는 이 도시의 지도자는 그 정보를 어떻게 받아들일까? 그는 엘리자베스 제인을 버릴지도 모른다. 그러면 그녀는 다시 그녀의 의붓아버지의 것이 될 것이다.

헨처드는 몸을 떨었다. 그리고는 소리쳤다.

"하나님, 그런 일을 금하소서! 왜 저는 그 녀석을 멀리하려고 이렇게 애쓰고 있는데도 그 악마의 방문을 여전히 받아들여야만 하나요?"

43. 이젠 빈털터리가 되어

헨처드가 이렇게 일찍 목격했던 바가 그 후 얼마 지나지 않아 다른 사람들의 눈에도 띄었다는 것은 너무도 당연했다. 파프리이가 "허다한 처녀들을 두고 파산한 헨처드 의붓딸과 함께 산책했다"는 것이 시중의 평범한 화제가 되었다. 이 떠돌아다니는 간단한 말이 이곳에서는 구혼을 의미하는 말로 사용되고 있었다. 캐스터브리지 열아홉 명의 양가집 규수들이 제각기 그 젊은 시장을 행복하게 할 수 있는 유일한 여자라고 생각해 오다가 화가 나서 파프리이가 다니는 교회에는 발길을 끊었고 의식적인 예의를 피했으며 취침전의 기도에서 그를 그들의 혈연 속에 포함시키기를 중지했다. 간단히 말해서 제정신들을 되찾은 것이다.

스코틀랜드인의 어렴풋한 선택이 순수한 만족을 준 이 도시의 아마 유일한 주민들은 그 절제 있는 패거리들이었을 것이다. 그 속에는 롱웨이즈, 크리스터 코우니, 빌리 윌즈, 부즈포드 등도 끼어 있었다. 드리 머리너즈는 그 젊은 남녀가 수년 전에 캐스터브리지라는 무대에 겸허한 첫발을 들여놓는 것을 그들이 목격했던 집이었기 때문에 그들은 그 젊은이들의 일에 은근한 관심을 갖게 되었다. 그 후 자기들 손에 의해 떠들썩한 대접을 받았다는 생각과 관련이 없는 것이 아니었다. 스태니즈 부인이 어느 날 밤 그 큰 홀 안으로 뒤뚱뒤뚱 들어와 이 도시의 기둥인 파프리이 씨 같은 남자가 직업인들의 딸이나 규수 중 하나를 선택할 수 있는데도 그렇게 비굴하게 저자세를 취한다는 것은 이상한 일이라고 말했다. 코우니가 불쑥 입을 열어 그녀와 의견을 달리했다.

"그렇지 않아요, 부인. 이상할 게 조금도 없어요. 비굴하게 구는 것은 그녀입니다. 이것이 내 견해요. 그 홀아비― 그 첫 아내는 그에게 명예롭지 못했어요. 자유로운 몸이자 여러 사람의 호감을 사고 있는 그 탐독하는 여인이 또 누구에게 어울리겠소? 그러나 상처 위의 멋진 반창고로서 그렇게 하는 것이 대단히 좋다고 나는 생각하오. 남자란 그 사람처럼 아내의 무덤 앞에 최상급의 대리석 비석을 세우고, 실컷 울고, 한참 생각에 잠겨 있다가 이렇게 혼잣말을 하게 되는 법이지요. "그 여자가 나를 속였어. 나는 이 여자를 먼저 알았던 거야. 배우자로 재치 있는 여인이었어. 이보다 고상한 생활에 충실한 여인은 또 없어"라고 말이요. 그녀가 애정을 표시하는 데도 그녀를 붙들지 않는다면 그로서는 그보다 더 어리석은 짓이 없을 거요."

그들은 드리 머리너즈에서 이렇게들 말했다. 그러나 우리는 장차 예상되는 그 사건으로 인해 커다란 센세이션이 일어났다는, 남의 이야기하기 좋아하는 일들이 그것에 관해 지껄여 대는 모든 소문 등등, 너무도 거침없는, 틀에 박힌 선언을, 비록 그 선언이 우리들의 가련한 여주인공의 이력에 다소 광채를 던져주는 일이 있다 하더라도 경계해야 할 것이다. 분주하게 소문을 퍼뜨리고 다니는 사람들에 관해 모든 것이 이야기되고 나자 직업적 관계가 없는 일에 누구나 표면적으로 그리고 일반적으로 관심을 표했다. 캐스터브리지 주민들(열아홉 명의 처녀들은 제외하고)은 그 소식을 듣고 잠시 시선을 들어다가 그들의 관심을 떨쳐버리고 파프리이의 가정적인 화제에는 관심 없이 들판에 나가 일하고 식료품을 사들이고 자녀들을 양육하고 죽은 자를 매장하는 일을 계속했다는 것이 비교적 참된 표현일 것이다.

그 일에 관해서는 엘리자베스 자신에 의해서나 혹은 파프리이에 의해서도 그녀의 의붓아버지에게 암시를 전연 주지 않았다. 그들이 침묵을 지키고 있는 이유를 추리해 본 후 그는 그 가슴 두근거리는 남녀가 그를 그의 과거에 의해 평가하고 그 이야기를 끄집어내기 두려워하고 있으며, 그를 방해되지 않도록 기꺼이 치워 버리고 싶은 귀찮은 장애물로 간주하고 있다는 결론을 내렸다. 사회에 반감을 품고 있는 것만큼 마음이 쓰라렸기 때문에 자신에 대한 이런 침울한 생각이 헨처드를 점점 더 단단히 사로잡아 오던 중, 사람들을 그 중에서도 특히 엘리자베스 제인을 대해야 할 매일 매일의 필요성은 마침내 그가 견딜 수 없을 정도가 됐다. 그의 건강은 쇠약해졌고 그는 병적으로 신경과민이 되었다. 그는 자기를 원치 않는 사람들을 피해 자기 머리를 영원히 감춰 버렸으면 하고 바랐다.

그러나 만약 그의 생각이 착각이었다면, 그리고 그녀와의 절대적인 이별을 그녀의 결혼이란 그 사건과 관련시킬 필요가 없다면 어떻게 하나? 그는 대안의 그림을— 자기 의붓딸이 주인인 집의 뒤 구석에서 발톱 없는 사자처럼 살아가는 자신을 그려보기 시작했다. 엘리자베스한테서 상냥한 미소를 받고 그녀의 남편으로부터 온후한 관용을 받는 비위 거슬리지 않는 늙은이였다. 그렇게까지 비굴하게 굴 것을 생각한다는 것은 그의 자존심에 참을 수 없는 일이었다. 그러나 그 소녀를 위해서 그는 모든 것을 참을 수도 있었다. 심지어 파프리이로부터 냉대와 주인다운 꾸중까지도 참을 수 있을 것 같았다. 그녀가 사는 집에 거처한다는 특권이 개인적인 굴욕쯤은 거의 대수롭지 않은 것으로 만들어 줄 것 같았다. 이것의 가능성이 희미하건 혹은 그 반대이건 그 구혼은 이제 표면화되어 그에게 마음을 송두리째 뺏는 관심을 불러 일으켰다.

엘리자베스는 앞서 말했듯이 부드머드 노상으로 종종 산책하였고 파프리이는 그곳에서 그녀를 우연히 만나는 것을 아주 편리하게 생각했다. 2마일 밖에 그 대로에서 4분의 1마일 떨어진 곳에 마이단이라는 규모가 크고 많은 성벽으로 이루어진 역사 이전의 보루가 있었다. 이 보루의 담 안에나 혹은 그 위에 선 사람은 이 길에서 보면 조그마한 한 점으로 보인다. 헨처드는 손에 망원경을 들고 가끔 이쪽으로 와서 원래 로마 제국의 군대가 닦은 울타리 없는 이 도로를 2~3마일 밖까지 살폈다. 파프리이와 그의 애인 간의 일의 진전을 살피는 것이 그의 목적이었다.

어느 날 헨처드가 이 지점에 도달했을 때 한 남자의 모습이 그 길을 따라 부드머드 쪽으로부터 와서 머뭇거렸다. 망원경을 눈에 대면서 헨처드는 평상시와 마찬가지로 파프리이의 모습이 들어오리라고 생각했다. 그러나 망원경의 렌즈는, 오늘의 그 사람은 엘리자베스의 애인이 아니라는 것을 보여 주었다.

어느 상선의 선장차림의 사람이었다. 그런데 그 사람이 노상을 찬찬히 살피느라고 몸을 돌리자 그 사람의 얼굴이 드러났다. 그 얼굴을 보는 순간 헨처드는 한평생을 다 살아버린 것 같았다. 뉴손이었다.

헨처드는 망원경을 떨어뜨리고 얼마 동안 꼼짝달싹하지 못했다. 뉴손은 기다렸다. 헨처드도 기다렸다— 그곳에 못 박혀 서 있는 그것을 기다림이라 한다면, 그러나 엘리자베스 제인은 나타나지 않았다. 어떤 일이 그녀로 하여금 오늘 그녀의 습관적인 산책을 게을리하게 했음이 틀림없었다. 아마 파프리이와 그녀가 다양성을 위해 다른 길을 택했는지도 모른다. 그러나 그것이 결국 어쨌다는 건가? 그녀가 내일은 이곳에 나타날지도 모른다. 그러면 여하튼 뉴손은 그녀와 은밀히 만나 그녀에게 진상을 밝히려 든다면 곧 기회를 잡을 수 있을 것이다.

그때 그는 그녀에게 자기가 아버지라는 것은 물론 그가 한때 발길을 돌려야 했던 그 계략을 말해주게 될 것이다. 엘리자베스의 엄격한 성격이 그녀로 하여금 자기 의붓아버지를 처음으로 멸시하게 할 것이고, 교활한 사기꾼으로서 그의 인상을 뿌리 뽑아 버릴 것이며, 뉴손은 그녀의 마음을 자기 대신 지배하게 될 것이다.

그러나 뉴손은 그날 아침나절 동안 그녀의 코빼기도 보지 못했다. 한동안 조용히 서 있다가 마침내 그는 발길을 돌렸다. 헨처드는 몇 시간 동안 유예기간을 가진 사형수 같은 느낌이 들었다. 집에 당도하자 그녀는 집에 그대로 있었다.

"아, 아버지!"

하고 그녀는 천진난만하게 말했다.

"편지 한 통을 받았어요. 이상한 편지에요. 서명도 없어요. 누군가가 저에게 오늘 정오 부드머드 노상에서, 혹은 오늘밤 파프리이 씨 댁에서 자기를 만나달라는 거예요. 그 사람의 말은 자기가 얼마 전에 저를 만나러 왔으나 어떤 농간으로 저를 만나지 못했다는 거예요. 저로서는 이해가 가지 않는 일이에요. 하지만 아버지와 저 사이의 이야기입니다만, 이 일에 도날드가 관련돼 있는 것 같아요. 그리고 저를 만나고자 하는 그 사람은 그의 선택에 의견을 말하고자 하는 그의 친척인 것 같아요. 하지만 저는 아버지를 뵙기 전에는 가고 싶지 않았어요. 가도 돼요?"

헨처드는 침통하게 대답했다.

"그래, 가 보거라."

캐스터브리지에 그가 머물는지의 문제는 뉴손이 이곳으로 이렇게 조여 들어오는 것에 항상 달려 있었다. 헨처드는 자기 양심에 직접 관련된 문제로 인한 확실한 비난을 버틸만한 사람이 못되었다. 고민을 말없이 조용히 참아내는 데에 익숙해 있는데다가 거만하기까지 했기 때문에 그는 자기 의도를 될 수 있는 대로 가볍게 생각하기로 결심했으며 자기 거취를 즉각 취했던 것이다.

그는 마치 자기가 그녀에 관해서 더 이상 관심이 없다는 듯이,

"엘리자베스야, 나는 캐스터브리지를 떠날까한다."

하고 그녀에게 말함으로서 자기가 이 세상에서 자기 전부로 생각하는 엘리자베스 제인을 놀라게 했다.

"캐스터브리지를 떠나신다구요?"

하고 그녀는 소리쳤다.

"저한테서 떠나신다구요?"

"음, 이 조그마한 가게는 너 혼자서도 우리 두 사람이 하는 것만큼 꾸려나갈 수 있을 거다. 나는 가게고, 길거리고, 사람들이고 모두 관심 없구나. 혼자 시골로 가고 싶다. 사람들 눈앞에서 사라지고 싶구나. 그래서 나는 내가 가야 할 길을 가고, 너는 네 자신에 맡기고 싶구나."

그녀는 고개를 떨어뜨렸다. 그녀의 눈에서는 말없이 눈물만 흘렀다. 그녀에게는 그의 이런 결심이 자기 연애와 그 후에 있을 결과 때문인 것 같았다. 그러나 그녀는 자신의 감정을 누르고 다음과 같이 말을 꺼냄으로써 파프리이에 대한 자신의 애정을 보였다.

"아버지께서 그런 결심을 하셔서 서운해요."

하고 애써 단호한 말로 말했다.

"제가 앞으로 얼마 후에 파프리이 씨와 결혼하는 것이 있을 수 있는, 가능한 일이라고 생각했기 때문에, 저는 아버지가 저의 이런 처사를 승낙하시지 않으실 줄은 몰랐어요!"

"야야, 나는 네가 하고자 하는 바는 무엇이든 동의한단다."

하고 그는 목쉰 소리로 말했다.

"설사 내가 동의하지 않는다 하더라도 문제될 것은 없을 거야. 멀리 떠나고 싶구나. 내 존재가 장차 여러 가지 일을 어색하게 만들 거야. 그러니까 간단히 말해서 내가 떠나는 것이 최상의 결정인 것 같구나."

그녀를 생각하면 생각할수록 자신의 결정에 다른 대안이 있을 수 없었다. 왜냐하면 그녀는 자기가 모르는 바를— 그는 그녀에게 의붓아버지 이상의 관계는 아니라는 것을 그녀가 알게 되더라도 그녀는 그를 멸시하지 않을 것이라는 것을, 그리고 그녀로 하여금 모르고 있게 하기 위해 그가 그때까지 무슨 짓을 해 왔는가를 그녀가 알게 되더라도 그녀가 그를 미워하지 않을 것이라는 것을 단언할 수는 없었다. 그녀가 그렇게 삼가지는 않을 것이라는 것이 그의 신념이었다. 그리고 그의 그러한 신념을 물리칠만한 말도 사건도 아직 없었다.

"그러면,"

하고 그녀는 한참 만에 입을 열었다.

"아버지는 저의 결혼식에 참석하실 수 없겠군요. 그건 안 돼요."

"나는 보고 싶지 않구나. 그것을 보고 싶지 않아!"

하고 그는 부르짖었다.

그는 좀 더 부드럽게 덧붙였다.

"하지만 네가 장차 살아가는 동안 때때로 나를 생각해다오. 그렇게 할 거지? 네가 이 도시의 가장 부유하고 가장 강력한 권력가의 아내로 살아갈 때 나를 생각해다오. 그리고 네가 모든 걸 죄다 알게 되더라도, 내가 너를 늦게 사랑했지만 진심으로 사랑했었다는 것을 내 지은 죄와 결부하여 모두 잊게 되지 않기를 바란다."

"도날드 때문이군요!"

하고 그녀는 흐느꼈다.

"나는 그 사람과의 결혼을 반대하지는 않는다."

하고 헨처드는 말했다.

"나를 아주 잊지 않겠다고 약속해다오."

그는 "뉴손이 오게 되더라도"하고 말하려고 했다.

그녀는 흥분 속에 기계적으로 약속했다. 그날 저녁 해질 무렵 헨처드는 이 도시를 떠났다. 이 도시의 발전을 위해 몇 해 동안 그는 주요 자극제와 같은 구실을 해 왔던 것이다. 낮 동안 그는 새 연장 바구니를 구입하고, 낡은 건초용 칼과 송곳을 소제하고, 가죽 각반과 무릎받이와 코르덴 천의 옷으로 치장하여 젊은 시절 작업복 차림으로 되돌아감으로써, 그의 몰락 이래 한때 잘 살았던 때가 있었던 그런 사람으로 특징져졌던 캐스터브리지 시내에서 초라한 신사복과 때 묻은 비단 모자를 영원히 버리게 되었다.

그는 남몰래 혼자 빠져 나갔다. 그를 알아 왔던 많은 사람 중 그가 떠나는 것을 안 사람은 단 한 사람도 없었다. 엘리자베스 제인만이 그 대로 상의 두 번째 다리까지 배웅했다. 누군지 알 수 없는 그 방문객을 파프리이 집에서 만나기로 한 약속 시간이 아직 되지 않았기 때문이었다. 그녀는 마지막으로 떠나보내기 전에 그를 한 1~2분 동안 지체시키면서 진정한 놀라움과 슬픔 속에서 그와 작별했다. 그녀는 그의 체구가 황무지 너머로 멀어져 가는 것을 끝까지 지켜보았다. 그의 등 뒤의 노란 골풀 바구니가 이 발 저 발을 떼어 놓을 때마다 오르락내리락 춤을 추고, 그의 두 무릎 뒤의 옷 주름이 들락날락하다가 결국 그녀의 눈에는 아무것도 들어오지 않았다. 그녀는 몰랐지만, 헨처드는 자신이 거의 4반세기 전 캐스터브리지에 처음으로 들어올 때의 바로 그 모습을 거의 비슷하게 나타내고 있었다. 이제는 나이가 들어 그의 걸음걸이의 탄력이 상당히 줄어들었고, 그의 절망적인 상태가 그를 악화시켜 놓았으며, 연장 바구니의 무게가 양 어깨를 누름으로써 눈에 띌 정도로 몸을 굽히게 되었다는 것이 그때와 다른 틀림없는 차이였다.

그는 계속 걸어 첫 이정표에 다다랐다. 그 이정표는 험준한 언덕의 중간쯤에 위치해 있었다. 그는 그 돌기둥 위에 바구니를 내려놓고 그 바구니 위에 두 팔꿈치를 기댔다. 그리고는 발작적으로 몸을 떨었다. 흐느껴 우는 것 이상이었다. 너무 힘들고 목말랐기 때문이었다.

"내가 그 애하고 같이만 살 수 있다면……. 함께 살수만 있다면," 하고 그는 중얼거렸다.

"힘든 노동일쯤이야 나한테는 아무것도 아니겠는데! 그러나 그럴 수 가 없으니. 나는 홀로 외로워도 싸지, 버림받은 방랑자나 다름없으니까. 하지만 내가 감당하기에 너무 벅차다. 너무 힘들어!"

그는 비통한 심정을 근엄한 표정으로 억누르고 바구니를 어깨에 걸치고 걸음을 계속했다.

한편 엘리자베스는 그를 한숨으로 떠나보낸 후 마음을 가누어 캐스터브리지 쪽으로 발길을 돌렸다.

그녀는 집에 이르기도 전에 도중에 도날드 파프리이를 만났다. 이것은 분명히 그들이 그냥 처음 만나는 것은 아니었다. 그들은 손과 손을 선뜻 맞잡았다. 파프리이는 초조한 모습으로 물었다.

"떠나셨소― 그분께 말씀드렸소? 우리들의 문제 말고 그 다른 일에 관해서 말이요."

"가셨어요. 그리고 제가 당신의 친구에 관해 알고 있는 것은 모두 말씀드렸어요. 도날드, 그분이 누구세요?"

"글쎄, 글쎄. 곧 알게 될 거요. 뿐만 아니라 헨처드 씨도 너무 멀리만 가지 않는다면 듣게 될 거요."

"멀리 가실 거예요― 남의 눈에서 완전히 사라지고 싶어 하셨으니까요!"

그녀는 애인 옆에 붙어서 길을 따라 걸었다. 그들이 갈림길에 다다르자 그녀는 곧장 그녀 집으로 향하지 않고 그와 함께 콘 스트리이트로 접어들었다. 파프리이의 집에 도달하자 그들은 걸음을 멈추었다가 들어섰다.

파프리이는 일층 거실 문을 활짝 열어젖히면서,

"자, 저분이 아가씨를 기다리고 계셨소."

하고 말했다.

엘리자베스는 들어섰다. 안락의자에는 약 1~2년 전 어느 날 아침 헨처드를 찾아온 일이 있었던 그 널따란 얼굴의 온화해 보이는 사람이 앉아 있었다. 찾아온 지 반시간 만에 마차에 올라 떠나갔던 바로 그 사람, 리처드 뉴손이었다. 마치 죽어서 헤어지기라도 했던 것처럼. 그녀가 5~6년 동안 보지 못했던 아버지와 재회하는 장면을 상세히 묘사할 필요는 없을 것 같다. 친 부녀간이라는 관계는 차치하고라도 이 장면은 실로 감동적이었다. 헨처드가 떠나는 장면도 곧 설명했다. 진정한 사실이 밝혀지자 뉴손에 대하여 그녀가 옛날의 신념으로 자신을 복귀시키기란 실제보다는 그렇게 어렵지 않았다. 헨처드의 행위 그 자체가 그 사실들이 정말이라는 증거였기 때문이다. 더욱이 그녀는 뉴손 아버지의 보살핌 아래 성장했던 것이다. 헨처드가 사실상 그녀 아버지이었다 하더라도 그녀가 그와 석별의정이 다소 사라지고 나면 어릴 적 보살펴준 부정이 헨처드와 관계를 모두 지워버릴 것이다.

그녀가 성장하여 이렇게 훌륭한 처녀가 되었다는 것에 대해 뉴손의 긍지는 그가 표현할 수 있는 그 이상이었다. 그는 그녀한테 키스를 하고 또 했다.

"나는 네가 와서 나를 만나는 수고를 덜었단다─ 하하하!"

하고 뉴손이 먼저 말을 시작했다.

"실은 여기 있는 파프리이 씨가 '저의 집으로 와서 하루나 이틀간만 머물면, 제가 그녀를 데려오겠습니다!'라고 말했단다. 그래서 '좋습니다. 그렇게 하지요'하고 말했지. 그렇게 해서 내가 여기까지 오게 된 거란다."

"조금 전 헨처드 씨는 떠나갔습니다."

하고 파프리이가 문을 닫으면서 말했다.

"그 사람은 모든 것을 자발적으로 했어요. 엘리자베스의 말을 듣고 추측해 보건대 그 사람은 지금까지 따님한테 매우 잘했던 모양입니다. 저는 약간 불안했어요. 하지만 이제 모든 것이 제대로 되었습니다. 그래서 우리는 이제 아무런 어려움도 없게 되었습니다. 뉴손 선장님."

"나도 그 정도는 생각했었소."

하고 뉴손은 두 사람의 얼굴을 번갈아 보면서 말했다.

"내가 이 애를 몰래 살짝 보러 가고 싶을 때는, '기다려 보자, 무슨 좋은 길이 있을 때까지 이렇게 조용히 보내는 것이 상책일거야'라고 생각하며 몇 백번을 참았어요. 역시 당신 말이 옳았다는 것을 이제야 알겠군요. 내가 이제 무엇을 더 바라겠소?"

"헌데, 뉴손 선장님, 저는 이제 선장님을 매일 여기서 뵈어도 좋을 것 같습니다. 이제 아무런 거리낌이 없을 테니까요."

하고 파프리이가 말했다.

"그런데 제가 지금까지 생각해온 바는 결혼식을 가급적이면 저희 집에서 하는 것이 좋겠다는 것입니다. 집도 넓고 또한 선생님께서는 혼자 하숙을 하고 계시니까 말씀입니다. 그렇게 하면 선생님이— 번거로움과 비용을 덜 수 있지 않겠습니까? 그리고 신혼부부가 집까지 도달하기에 멀지 않는 것이 편리하기도 하구요!"

"기꺼이 동의하오."

하고 뉴손이 말했다.

"당신 말대로 이제 가련한 헨처드가 떠나고 나니 그렇게 하는 것도 해로울 것은 없겠구먼. 이렇게 말한다고 해서 내가 뭐 그 사람한테 조금이라도 달리 했거나 방해하지는 않았을 거야. 선의로 그러나 나는 젊었을 때 이미 그 사람의 가정문제에 깊이 뛰어든 사람인가. 하지만 딸애가 그 점에 관해 어떻게 생각하는지? 엘리자베스야, 이리 와서 우리 이야기를 들어보렴. 듣지 않는 것처럼 창밖만 내다보지 말고."

"도날드와 아버지께서 결정하세요."

하고 엘리자베스는 아무래도 좋다는 듯 대답했다. 여전히 그녀의 시선은 노상의 어떤 조그만 목표를 응시하고 있었다.

"좋아, 그렇다면."

하고 뉴손은 그 문제에 철저히 임하는 태도로 다시 파프리이한테로 눈길을 돌리면서 말을 계속했다.

"우리 그렇게 해야겠군요, 파프리이 씨. 당신은 장소 등 많이 부담하게 될 터이니까 나는 술과 음료를 담당하지요. 럼주와 스키이담을 주선하겠소. 대여섯 항아리면 충분할까요? 손님 중에는 여자 손님도 많을 것이고. 암 여자 손님들은 보통 세게 마시지는 않겠지요? 하지만 당신이 잘 알겠지요. 난 남자들과 뱃놈들한테만 자주 대접해 봤기 때문에 이런 잔치에서 여자 한 사람이, 술을 잘 마시지 않는 여자라면 그로그를 몇 잔씩이나 마시게 될까를 전혀 알 수 없다오."

"아, 한 잔도 — 우리는 그것을 많이 필요하지 않을 겁니다. 거의 확실해요!"

하고 파프리이는 당황한 표정으로 진지하게 고개를 저으면서 말했다.

"모두 저에게 맡겨 주십시오."

그들이 이런 문제에 이야기가 약간 깊게 미쳤을 때 뉴손은 의자에 앉은 채로 뒤로 등을 기대고 생각에 잠긴 듯 미소를 띠고 천장을 바라보면서 말했다.

"파프리이 씨, 내가 당신한테 이 이야기를 했었는지 모르겠군 — 헨처드가 그 당시 나를 어떻게 따돌렸던가를?"

그는 선장이 암시하는 바를 모른다고 했다.

"아, 내가 이야기 하지 않았군. 나는 그 사람이 체면을 손상시키지 않기 위해 이야기하지 않으려 결심했어요. 하지만 그 사람이 이미 가 버리고 없으니 이야기해도 괜찮을 듯하군. 나는 내가 당신을 찾아낸 지난 주 그날로부터 아홉 달인가 열 달 전에 캐스터브리지에 왔었지. 그 전에도 여기 두 번 온 일이 있었어. 첫 번은 엘리자베스가 여기 산다는 것을 모르고 서쪽으로 가던 길에 이 도시를 통과했어요. 그 후 헨처드라는 이름의 어떤 사람이 이곳의 시장이라는 소식을 어떤 곳에서 — 어디서였는지 잘 기억이 나지 않지만 — 듣고 어느 날 아침 그의 집으로 찾아갔었어요. 늙은 악마 같으니라고! ─ 그 사람의 말은 엘리자베스 제인이 수년 전에 죽었다는 것이었어."

엘리자베스는 이제야 그의 이야기에 진지하게 주의를 기울였다.

"그런데 그 사람이 나한테 거짓말로 그렇게 치명상을 입히고 있다는 생각이 떠오르지 않더란 말이야."

하면서 뉴손은 말을 계속했다.

"내 말을 믿는다면, 나는 너무도 마음이 상해서 내가 타고 왔던 마차로 되돌아가서 이 도시에 도착한 지 채 한 시간도 되기 전에 떠나 버렸었어. 하하하! ─훌륭한 농담이었어─ 썩 잘 들어맞았지. 난 사실을 전부 알고 나서 그 사람한테 그런 농간을 부리는 소질이 있는 것으로 결론을 내렸어."

엘리자베스 제인은 그 소식을 처음으로 듣고 놀랐다.

"농담요? 오, 아니에요!"

라고 그녀가 소리쳤다.

"그렇게 해서 그분이 저와 아버지를 그 여러 달 동안 떼어 놓은 거예요. 아버지께서 여기 계실 수도 있었는데."

그녀의 아버지는 일이 그렇게 됐다고 인정했다.

"그분이 그렇게까지는 하지 말았어야 되는 건데 말이야!"

하고 파프리이가 말했다.

엘리자베스는 한숨을 쉬었다.

"나는 그분을 결코 잊지 않겠다고 말했어요. 그렇지만 아! 나는 이제 그분을 잊어야만 할 것 같아요!"

뉴손은 자신이 제일 고통당한 사람이었음에도 불구하고 낯선 사람들과 낯선 도덕관념 속에 머무는 많은 사람들처럼 헨처드가 저지른 잘못의 극악함을 느끼지 못했다. 사실, 부재중인 죄인에 대한 공격이 점점 심각해져 가자 그는 헨처드를 옹호하기 시작했다.

"허지만, 결국 그 사람이 한 말은 열 마디도 되지 않아."

하고 그는 변명했다.

"그 사람은 내가 그 사람의 말을 간단히 믿어 버릴 바보라는 것을 어떻게 알 수 있었겠어? 그 사람의 잘못만큼 내 잘못도 커, 가련한 친구야!"

"아니에요."

하고 엘리자베스 제인은 감정적으로 변화를 일으켜 단호하게 부정했다.

"아버지, 그분은 아버지의 사람됨을 알고 있었어요— 아버지는 언제나 대단히 믿을 만한 사람이라는 것을. 저는 어머니가 수백 번이나 그렇게 말씀하시는 걸 들었어요. 그런 것으로 미루어 보아 그분이 아버지를 고의로 속이려고 그렇게 한 거예요. 자기가 내 아버지라고 말해 나를 지난 5년 동안 아버지한테서 떼어놓았다면 이런 짓은 말았어야지요."

그들의 이야기는 이렇게 계속되었다. 현재 이 자리에 없는 사람의 속임수에 대한 정상 참작을 엘리자베스 앞에 역설하는 사람은 아무도 없었다. 현장에 있었다 하더라도 헨처드는 그것을 원하지도 않았을 것이다. 그는 자신이나, 자신의 그 자자했던 명성을 별 대수롭지 않게 생각했기 때문이다.

"자, 자— 신경 쓰지 마. 모두 끝난 지나버린 일들이니."

하고 뉴손은 마음씨 좋게 말했다.

"자, 다시 결혼에 대해 이야기나 하자구나."

44. 딸의 냉대

 한편 그들의 화제의 인물은 동쪽으로 계속 그의 외로운 여행을 계속하여 마침내 전신이 피로에 싸였다. 그는 휴식을 취할 장소를 찾아 두리번거렸다. 그녀와 헤어질 때 그의 마음은 너무도 고통스러웠기 때문에 그는 여인숙이나 아무리 보잘 것 없는 어느 가정집에라도 들어갈 수 없었다. 그는 배고픈 줄도 모르고 들판으로 들어가 밀 낟가리 밑에 몸을 뉘었다. 그의 무거운 마음이 그를 깊은 잠속으로 빠뜨렸다.

 그루터기 너머로 그의 두 눈을 비추는 밝은 가을 햇살이 이튿날 아침 그들 일찍 잠에서 깨웠다. 그는 자기 바구니를 열어, 그가 전날 저녁밥으로 싸왔던 것을 아침삼아 먹었다. 식사를 하다가 그는 바구니의 다른 물건들을 모두 샅샅이 뒤져 보았다. 그가 가져온 물건 하나하나가 등에 짊어지고 운반할 필요가 있는 물건들이었으나, 그는 자기 연장들 틈에서 장갑, 신발, 필적이 담긴 종이쪽지 등 엘리자베스 제인이 버린 물건들을 감추고 있었다. 그의 호주머니에는 그녀의 머리카락이 한 움큼 간직되어 있었다. 이것들을 자세히 살펴본 후 그는 전부 다시 싸서 간직하고 다시 길을 걸었다.

 5일 동안 계속해서 헨처드의 골풀 바구니는 그의 어깨에 매달려 대로상의 울타리 사이로 여행을 했다. 그 노란 새 골풀 바구니는 그 길손의 모자와 머리와 아래로 숙인 얼굴과 함께, 그가 산울타리 틈으로 시선을 던질 때 이따금씩 들일꾼들의 시선을 받았으며, 그것들 위로 나뭇가지들의 그림자가 끝없는 행렬을 이루며 지나갔다. 그의 여행의 방향이 웨이던 프라이어즈임이 이제 분명해졌다. 그곳에 그는 엿새째 오후에 도착했다.

연례적인 정기시장이 수세대 동안 개정되었던 그 유명한 언덕에 이제 사람이라고는 없었으며 자기 외에 아무것도 없다시피 했다. 다만 양 몇 마리만 여기저기서 풀을 뜯고 있을 뿐이었다. 그러나 이 양들마저 헨처드가 꼭대기에서 발길을 멈추자 달아나 버렸다. 그는 잔디위에 바구니를 내려놓고 서글퍼진 마음으로 주위를 두리번거렸다. 마침내 그는 자신의 그의 아내, 두 사람 모두에게 잊히지 않을, 25년전 이 고지위로 들어왔었던 길을 찾아내었다.

"그렇지, 우리가 저 길로 올라왔었지."

하고 그는 자기가 갈 방향을 확인했다.

"아내는 그 아이를 안고 있었지. 나는 민요가 적힌 쪽지를 읽고 있었고 말이야. 그 후 우리는 이쪽으로 건너왔었지. 그녀는 너무 슬펐고 피로에 지쳐 있었어. 내 그 빌어먹을 놈의 자존심과 가난에 대한 분함 때문에 내가 아내한테 심한 말을 했었어. 그때 우리 눈에 그 천막집에 보였었어— 그게 더 이쪽으로 서 있었음이 확실한데."

그는 다른 한 지점으로 걸어갔다. 그곳은 실제로 그 천막이 서 있었던 곳이 아니라 다만 그렇게 보였던 것이다.

"우리는 여기로 들어갔었지. 그리고 여기에 앉고. 나는 이쪽으로 향해 앉았어. 그리고는 내가 술을 마시고 그 죄를 저질렀어. 그녀가 그 사람을 따라나서기 전 나한테 자기 마지막 말을 했을 때 그녀가 서 있었던 곳이 바로 저 조그만 자리였음에 틀림없어. 그들의 떠들썩한 소리가 그녀의 흐느끼는 소리가 들려오는군. '오, 마이클! 저는 당신과 수년을 함께 살아왔어요. 하지만 당신한테서 받은 것이라곤 신경질 밖에 없었어요. 이제 난 당신 것이 아니에요. 내 행운은 다른 곳에서 찾도록 하겠어요.'"

그는 야심에 찾던 행로를 돌이켜 봄으로써 자기가 감정상으로 희생했던 바가 물질적으로 얻었던 바에 못지않게 크다는 것을 깨닫게 되는 쓰라린 경험을 했을 뿐 아니라 취소하려 했을 때는 이미 모든 상황이 끝나 있었다는 쓰라림을 첨가했던 것이다. 그는 이 모두를 오래전에 마음 아파했던 것이다. 그러나 야심을 사랑으로 대체하려는 그의 시도들은 그의 야심 그 자체만큼 완전히 좌절돼 버렸던 것이다. 그의 학대 받았던 아내가 거의 미덕이 되다시피 한 대단히 단순한 기만으로 그것들을 모두 좌절시켜 버렸던 것이다. 사회 규범을 짓 주무른 이 모든 것에서 자연의 꽃, 엘리자베스가 출현했다는 것은 기이한 결과였다. 인생에서 손을 씻어버리고 싶은 그의 소망은 부분적으로 그가 그 인생의 심술궂은 모순성을— 정통이 아닌 사회원칙들을 지지하려는 자연의 으스대는 꼴을 의식한데서 생겨난 것이었다.

그는 속죄의 행위로서 찾아온 이곳으로부터 이 나라의 다른 곳으로 완전히 가 버릴 작정이었다. 그러나 그는 엘리자베스를 생각하지 않을 수 없었다. 세상이 싫어 생겨난 원심성의 경향이 그의 의붓딸에 대한 자신의 구심성의 영향에 의해 중화되어버린 것은 그의 이런 심정에서였다. 결과적으로 캐스터브리지로부터 멀리 직선적인 방향을 택하는 대신 헨처드는 처음 의도했던 그곳은 선에서 거의 무의식적으로 점점 벗어났다. 그리하여 그의 여정은 점차로 캐나다의 산사람처럼, 캐스터브리지가 중심을 이루는 한 원의 일부가 됐던 것이다. 어떤 특정한 언덕 위에 오를 때마다 그는 자신의 방위를 해와 달 그리고 별에 의해 거의 비슷하게 확인하고, 캐스터브리지와 엘리자베스 제인이 있는 정확한 방향을 마음속에 새겼다. 자신의 심약함을 비웃으면서 그는 시간마다 —아니, 매 분마다 그녀의 그동안 거동을— 그녀의 앉고 서는 모습을, 그녀의 들고 나는 모습을 추측해 보았다. 그러면 뉴손과 파프리이가 합심하여 반격해 오는 모습이 고요한 수면 위의 찬 광풍처럼 스치면서 그녀의 인상을 지워버렸다. 이런 때에는,

"이 바보야! 네 딸도 아닌 딸아이에 관해 이렇게 마음 아파하다니!"하고 말하곤 했다.

마침내 그는 건초 베는 일자리를 얻었다. 이맘때의 가을이면 그런 일꾼들이 많이 필요한 시기였다. 그가 고용된 곳은 서쪽으로 향하는 옛날 대로에 가까운 어느 목장이었다. 이대로는 분주한 대도시들과 웨섹스의

구석진 자치도시들 사이를 왕래하는 모든 교통의 통로였다.

그가 자기 일자리를 이 간선대로에 가까운 곳에 얻게 된 것은 비록 거리상으로는 50마일이나 떨어져 있지만, 이곳에 자리를 잡음으로써 거리상으로는 반마일밖에 안되더라도 길 없는 곳에서 일하는 것보다 그렇게 소중한 그녀와 사실상 더 가까이 있게 된다는 일념에서였다.

이렇게 헨처드는 자신이 4반세기 전에 점했었던 바로 그 위치에 처해 있는 자신을 발견했다. 외적으로는 그의 두 번째 오르막길의 시도를 방해할 요소가 없었으며 그의 영혼이 반쯤 형성시킨 상태로 달성할 수 있었던 것보다 더 고상한 일들을 그의 새로운 가치관에 의해 달성하는 것을 방해할 것은 없었다. 그러나 인간의 개선 가능성을 최소한으로 줄이기 위한, 신이 고안한 그 정교한 기계장치가 —그렇게 하려는 지혜를 그렇게 하려는 정열이 사라짐과 함께 보조를 맞추어 오게 하는 그 기계장치가— 앞길을 가로 막았다.

그에게는 페인트칠한 그림에 지나지 않는 이 인간세계를 자신의 두 번째 투기장으로 삼고 싶은 마음은 전연 없었다.

그의 건초용 칼이 향긋한 냄새의 풀줄기를 시각사각 베어 넘길 때 종종 그는 인간세계를 한번 생각해 보고 혼잣말을 하는 것이었다.

"인간세계의 어느 곳에서나 사람들은 그들 가족이, 그들의 국가가, 세계가 필요로 하고 있는 데도 서리 맞은 풀잎처럼 때가 되기도 전에 죽어가고 있는데, 나는 버림받은 이 인간은 이 땅위의 거추장스런 이 존재는 어느 누구에 의해서도 원해지지 않는데도, 모든 이의 멸시를 받고 있는데도 본의 아니게 살아가고 있구나!"

그는 그 길을 따라 지나가는 사람들의 대화에 종종 열심히 귀를 기울였다— 결코 일반적인 호기심에 의해서가 아니라 캐스터브리지와 런던 간을 내왕하는 그 여행자들 중에는 캐스터브리지의 이야기를 끄집어 낼 사람이 조만간 있으리라는 희망에서였다. 그러나 길까지 거리가 너무 멀어 그의 욕망을 충족시킬 가능성은 별로 없었다. 여행자들의 이야기에 주의를 기울였던 최대 결과는 어느 날 어느 짐마차의 마부가 내뱉은 '캐스터브리지'라는 지명을 그가 확실히 들었다는 것뿐이었다.

헨처드는 자신이 일하는 그 밭의 문으로 달려 나가 그 마부를 불렀다. 그 마부는 알지 못하는 낯선 사람이었다.

"예, 나는 그쪽에서 오는 길이요, 선생."

하고 그는 헨처드의 질문에 답했다.

"저는 그곳으로 내왕하면서 장사를 하지요. 그 흔한 기차 여행도 아닌 이것이 무슨 대수겠소. 내 장사는 곧 끝날 겁니다."

"그 옛날 도시에서 무슨 새로운 소식이라도 들었습니까?"

"언제나 마찬가지지요."

"시장 파프리이 씨가 결혼할 생각이라는 소식을 들었는데, 그것이 사실이요, 아니요?"

"전혀 모르겠어요. 아니오, 나는 그렇게 생각되지 않아요."

"맞아요, 존— 당신이 잊고 있어요."

하고 포장 속에 있던 한 여인이 말했다.

"금주 초에 우리가 그곳으로 실어다 준 짐짝들, 생각나지 않아요? 그 사람들의 말로는 확실히 결혼식이 곧 다가오고 있어요. 성 마르티누스 축일에 한다고 했지?"

그 남자는 자기로서는 그런 기억이 전연 없다고 했다. 그리고는 마차는 방울을 딸랑거리면서 고개를 넘어갔다.

헨처드는 그 여인의 기억이 옳다는 확신을 얻었다. 그날이 틀림없이 있을 법한 날이었다. 쌍방 어느 쪽에서나 지연시킬 하등의 이유가 없었기 때문이다. 그 문제에 관해 그는 엘리자베스에게 편지로 물어볼 수도 있었다. 그러나 그의 은둔 생활에 대한 본능이 그렇게 하는 것을 어렵게 했다. 그러나 그가 그녀를 떠나기 전 그녀는 자기의 결혼식에 그가 빠진다면 그것은 그녀가 바라는 바가 아니라고 말했던 것이다.

그 기억이, 그들로부터 그를 몰아낸 것은 엘리자베스와 파프리이가 아니라 그의 존재는 더 이상 바라지 않는다는 자신의 거만한 생각이었다는 것을 이제 그의 마음속에 계속적으로 재생시켜 주는 것이었다. 그는 그 선장이 돌아올 것이라는 절대적인 증거도 없이 뉴손이 돌아오고 말 것이라는 억측을 했던 것이며, 엘리자베스 제인이 뉴손을 환영할 것이라고는 덜 생각했던 것이며, 아무런 증거도 없이 그가 일단 돌아오면 그대로 눌러 앉게 되리라고 생각했던 것이다. 만약 그의 생각이 틀렸다면, 만약 그의 사랑하는 그녀와의 완전한 이별을 이 나쁜 사건들과 연관시킬 필요성이 없다면 어떡하나? 그녀와 한 번 더 가까이 있기 위해 돌아가 그녀를 만나 그녀 앞에 자기의 그 이유를 애원한다는 것은, 자기 거짓에 대해 그녀의 용서를 빈다는 것은, 자신을 그녀의 사랑 속에 묶어 두기위해 애쓴다는 것은 퇴짜를 맞는지도 모를 모험을, 아니 생명을 걸고라도 모험을 해볼 만한 가치가 있는 것이었다.

그러나 신혼부부가 자신의 모순된 처신을 보고 당혹스러워하지 않도록 하기위해 전날의 모든 결심을 어떻게 번복하는가를 깊이 생각하지 않을 수 없었다.

그는 이틀 동안 더 풀을 베었다. 그리하여 그 결혼잔치에 간다는 갑작스럽고 무모한 결심을 함으로써 그는 더 이상 망설이지 않았다. 그로부터는 편지도 전가도 기대하지 않을 것이다. 그러나 그가 참석치 않겠다고 말했을 때 유감을 표시하지 않았던가— 그의 예기치 않은 불시의 출현은 그가 없어 그녀의 마음이 다소 만족스럽지 못한 구석을 채워주게 될 것이다.

자신의 존재가 별로 보여줄 것이 없을 그 즐거운 잔치석상에 가급적이면 적게 개입하기 위해 그는 해질 때까지 자신의 모습을 나타내지 않기로 결심했다. 그때쯤 되면 굳은 표정들이 사라지고, 지난 일은 지난 일로 돌려 버리고 싶은 부드러운 소망들이 모든 사람들의 가슴속에 넘실대게 될 것이다.

그는 결혼식 당일도 하루로 계산하여 3일간의 여정 중에 하루에 16마일씩 걸을 셈으로 성 마루티누스 축일 이틀 전에 도보로 나섰다. 그의 앞길에는 조금이라도 중요한 도시라고는 멜체스터와 쇼츠포드 단 두 곳이 있을 뿐이었다. 쇼츠포드에서 그는 두 번째 밤을 지냈다. 휴식을 취하기 위해서 뿐만 아니라 다음날 밤을 위한 준비를 하기 위해서였다.

그는 지금 입고 있는 두 달 동안 험하게 입어 이제는 얼룩지고 망가진 작업복뿐이었기 때문에 내일의 화기애애한 분위기에 자신을 조금이라도 조화시킬 수 있을 옷가지들을 사기 위해 어느 가게로 들어섰다. 다소 조잡하기는 하나 품위 있어 보이는 윗도리와 모자, 한 벌의 셔츠와 목도리가 그가 산 전부였다. 그는 이런 옷차림으로 적어도 이제는 그녀의 감정을 상하지 않게 되리라고 스스로 만족하고 그녀에게 선물이라도 사주기 위한 좀 더 특별한 관심을 갖기에 이르렀다.

무엇을 선물할까? 그는 자기가 그녀에게 제일 주고 싶은 물건은 자기의 빈약한 호주머니 사정에 힘겹다는 침울한 생각으로 진열장 안의 상품들을 의심스런 눈초리로 바라보면서 길을 오르락내리락 했다. 마침내 새장에 든 방울새가 그의 눈에 띄었다. 새장은 수수하고 조그만 것이었고, 그 가게는 보잘 것 없는 것이었다. 그가 값을 물어보았다. 그 정도면 적당한 값으로 지불할 능력이 있겠다는 결론을 내렸다. 신문지 한 장으로 그 조그마한 새의 철사 우리가 둘러 싸여졌다. 그 둘러싸인 새장을 손에 들고 헨처드는 그날 밤 지낼 숙소를 찾아 나섰다.

이튿날 그는 마지막 여정에 올랐다. 그리하여 지난 수년 동안 그의 사업 터전이었던 지역으로 곧 들어섰다. 나머지 여정을 그는 역마차 뒤편의 제일 어두운 구석에 앉아 여행했다. 단거리 여행하는 주로 여자 손님인 승객들이 헨처드 앞에서 오르내리면서 이 지방 이야기를 많이 했다. 그들의 이야기 중 대부분이 그들이 다가가고 있는 도시에서 축하하는 그 결혼식에 관한 것이었다. 그들의 이야기로 미루어 보아 저녁 파티를 위해 시 취주악단을 세냈으며, 그 악단이 본능적인 잔치 기분으로 그들의 기술을 다 발휘하지 못할 것을 대비하여 부드머드로부터 현악단을 세내기로 되어 있어서 필요한 경우 의지할 예비 악단이 있는 듯했다.

그러나 그는 자신이 이미 알고 있는 것들 이외에는 상세한 이야기를 별로 듣지 못했다. 이 여행에서 가장 깊은 관심사는 캐스터브리지의 은은한 종소리였기 때문이었다. 그 종소리는 마차가 제동장치를 내리기 위해 얄버리 힐의 정상에 멈추었을 때 여행자들의 귓전에 와 닿았다. 시간은 열두 시 직후였다.

그 종소리들은 만사가 순조롭다는, 이 결혼식에 하등의 실수도 없었다는, 엘리자베스와 파프리이가 남편과 아내가 되었다는 신호였다.

헨처드는 이 종소리를 들은 후 더 이상 그의 재잘거리는 동료 승객들 틈에 끼어 타고 가고 싶지 않았다. 실로, 그것이 그의 기를 아주 꺾어 놓았던 것이다. 파프리이와 그의 신부로 하여금 굴욕을 느끼지 않도록 하기 위해 어두워질 때까지 캐스터브리지의 거리에 자신의 모습을 드러내지 않겠다는 그의 계획에 따라 그는 자기 짐꾸러미와 새장을 들고 얄버리 힐에서 내렸다. 곧 하얀 널따란 대로상에 외로운 존재로 남겨졌다.

그가 근 2년 전에 파프리이에게 그의 아내 루시타가 대단히 위독하다는 것을 알려주기 위해 그를 기다렸던 곳에서 가까운 언덕이었다. 그 장소는 변하지 않았다. 그때의 그 소나무들이 그때의 그 곡을 읊고 있었다. 그러나 파프리이는 새로운 아내를 얻었다— 헨처드의 판단으로는 더 나은 아내를 얻은 것이었다. 그는 엘리자베스 제인이 전날에 그녀에게 주어졌던 것보다 좀 더 나은 가정을 얻기만 바랐다.

그는 이상하게도 극도의 흥분한 상태로 오후 시간을 보냈다. 그녀와 만날 시간이 다가온다는 생각 이외에는 별로 다른 생각을 할 수 없어서 머리털 깎인 삼손처럼 그런 감정에 대한 자신을 슬프게 비꼬고 있을 뿐이었다. 결혼식이 끝난 직후 신랑 신부가 이 도시를 훌쩍 떠나갔다 오는 따위의, 캐스터브리지의 관습상 혁신 같은 것은 없는 듯 했다. 그러나 만약 그런 일이 있다면 그는 그들이 돌아올 때까지 기다리기로 했다. 이점을 확인하기 위해 그는 시내에 가까워졌을 때 어느 시장 사람에게 신혼 부부가 떠났는지를 물었다. 떠나지 않았다는 대답을 곧 들었다. 여러 가지로 미뤄보아 그 신혼부부는 그 시각에 콘 스트리이트 그들 집에 가득한 손님들을 접대하고 있음에 틀림없었다.

헨처드는 구두의 먼지를 털고, 강가에서 손을 씻었다. 그리고는 희미한 불빛 아래 시내로 향했다. 그는 미리 물어볼 필요도 없었다. 파프리이의 집에 가까워짐에 따라 안에서는 잔치가 벌어지고 있으며, 파프리이도 그 잔치석상에 끼어 있다는 것이 전혀 무관한 사람이라 할지라도 곧 알 수 있었기 때문이다. 파프리이는 자신이 그렇게도 애틋한 사랑하지만 아직 재차 방문하지 못한 그의 고향노래를 힘차게 부르느라고 목소리가 길에서도 똑똑히 들렸다. 정면의 보도 위에는 구경꾼들이 몰려있었다. 이 사람들의 눈에 띄고 싶지 않아 헨처드는 그 앞을 재빨리 지나 문 앞에 이르렀다.

문은 활짝 열려 있었다. 홀은 불빛으로 가득하고 사람들은 계단을 분주히 오르내렸다. 그는 용기가 나지 않았다. 그가 짐을 들고 초라한 옷차림으로 그 찬란한 장소에 들어선다는 것은 그녀의 남편으로부터 퇴짜는 받지 않는다 하더라도 그가 그토록 사랑하는 그녀에게 필요 없는 굴욕감을 안겨주게 될 것이다. 그래서 그는 자신이 잘 아는 뒤쪽 길로 돌아 정원 안으로 들어갔다. 그리고는 자기가 왔다는 어색함을 줄이기 위해 새가 든 새장을 밖의 울타리 속에 임시로 쑤셔 넣어두고 부엌을 통해 조용히 안으로 들어섰다.

외로움과 슬픔이 헨처드를 너무도 기죽게 했기 때문에 그는 전날 같으면 코웃음 쳤을 상태를 이제는 두려워했다. 그는 자신이 이런 분위기에 들어서지 말았으면 좋았을 것이라고 생각하기 시작했다. 그러나 그는 파프리이의 집안이 그때 법석대고 있는 동안 임시 가정부로 일하고 있는 듯한 나이 많은 한 여자가 부엌에 홀로 있는 것을 발견함으로써 그의 거동은 예기치 않게 수월해 졌다.

그 여자는 어떤 일에도 쉽게 놀라지 않는 사람 중의 하나였다. 전연 낯선 사람인 그녀에게는 그의 부탁이 이상했을 것임에 틀림없지만 그녀는 집안으로 들어가 주인 내외에게 '보잘 것 없는 옛 친구'가 찾아왔다는 것을 알려줄 것에 기꺼이 응했다.

그녀는 잠시 다시 생각하더니 그가 부엌에서 기다리는 것보다는 지금 비어있는 뒷방으로 들어가는 것이 좋겠다고 말했다. 그 말을 듣고 그는 그녀를 따라 그곳으로 갔다. 그곳에서 그녀는 그를 혼자 남겨두고 나갔다. 그녀가 계단 앞을 지나 제일 잘 꾸며진 방의 문 앞에 막 이르렀을 때 춤이 시작되었다. 그녀는 되돌아와 그 춤이 끝나기를 기다렸다가 헨처드가 왔음을 알리겠다고 했다. 파프리이 부부는 둘 모두 춤추고 있다는 것이었다.

앞방의 문이 장소를 좀 넓히기 위해 떼어내어졌고, 헨처드가 앉아있는 방의 문은 조금 틈이 나 있어서, 춤추는 사람들이 선회할 때마다 그들이 문에 가까워졌기 때문에 그들의 모습을 부분적으로나마 볼 수 있었다. 주로 치맛자락과 너풀거리는 머리카락들이 보였다. 바이올린 연주자가 가만있지 못하는 팔꿈치의 그림자와 비올라의 활 끝과 함께 악단 대원들의 3/5정도 옆모습들이 보였다.

헨처드는 그 흥겨움이 신경에 거슬렸다. 그는 대단히 침착한 파프리이가, 이미 시련을 겪었던 홀아비가 아직 아주 젊은 사람이란 사실에도 불구하고 흥겨운 잔치 기분에 왜 그토록 신경을 써야 하는지, 춤과 노래로 왜 재빨리 정열에 불타야 하는지 그 이유를 전연 이해할 수 없었다. 이미 오래 전에 인생을 온건하게 평가했던, 이미 처녀 시절부터 결혼이란 대체로 춤이나 추고 흥겨워나 하는 일이 아니라는 것을 잘 알고 있었던 차분한 엘리자베스까지 저렇게 마시고 떠드는 일에 열을 올리고 있다는 사실이 그를 한층 더 놀라게 했다. 그러나 젊은이들은 늙은 사람들과 같아질 수 없는 것이며 관습은 만능이라는 결론을 내렸다.

춤이 무르익어 감에 따라 춤추는 사람들이 약간 흩어져 자리가 넓혀졌다. 그때 그는 자기를 지배했던, 자기 마음을 아프게 했던 자기가 한때 멸시했던 그녀를 처음으로 얼핏 보았다.

그녀는 흰 실크 같기도 하고 혹은 사텐 같기도 한 천의 옷차림이었다. 그녀와의 거리가 충분히 가깝지 않아 어느 쪽인지 말할 수 없었으나 우윳빛이나 크림 빛이 나지 않는 눈 같이 흰색이었다. 그녀의 얼굴 표정은 즐거워한다기보다는 즐거움을 성가시게 하는 사람의 표정이었다. 곧 파프리이가 그쪽으로 돌아왔다. 활발한 스코틀랜드인의 동작이 순간 그를 뚜렷이 눈에 띄게 했다. 신혼부부가 한 쌍이 되어 춤추는 것은 아니었다.

그러나 바뀌는 곡이 그들을 순간적인 파트너로 만들어 놓을 때마다 그들이 감정은 다른 어느 때보다 훨씬 더 미묘해짐을 헨처드는 알아차릴 수 있었다.

점차로 헨처드는 파프리이를 완전히 능가하는 어떤 사람이 도약적인 열광 속에 그 곡을 춤추고 있다는 것을 알게 되었다. 이것은 이상한 일이었다. 이 사람이 엘리자베스 제인의 파트너라는 것은 더욱 이상한 일이었다. 헨처드의 눈에 처음 띄었을 때 그는 머리를 상하로 흔들어 대면서, 두 다리는 X자 형으로, 등은 문 쪽으로 돌리고 굉장히 큰 원을 그리면서 휩쓸고 있었다. 그 다음으로 반대방향으로 휩쓸어왔다. 그 사람의 흰 조끼가 그의 얼굴보다 앞서고 그의 발가락 끝이 그의 흰 조끼를 앞질렀다. 그 행복한 얼굴— 헨처드의 완전한 좌절이 그 속에 담겨 있었다. 뉴손의 얼굴이었다. 뉴손은 정말로 돌아와서 자기 대신 들어서 있었던 것이다.

헨처드는 문 앞으로 몸을 내밀었다. 그리고는 얼마 동안 다른 동작은 할 수 없었다. 그는 두 발을 딛고 일어나 '자신의 전복된 영혼의 그림자'에 가려져 검은 폐허처럼 우뚝 섰다.

그러나 그는 이러한 아픔에도 아무런 동요조차 느끼지 않고 견디어 낼 사람은 이미 아니었다. 그의 흥분은 컸다. 그는, 마음 같았으면 자리를 박차고 나가버렸을 것이다. 그러나 그가 자리를 뜨기 전에 춤이 끝나 가정부는 엘리자베스에게 그녀를 기다리고 있는 낯선 사람의 소식을 전했던 것이다. 그리하여 엘리자베스는 곧 그 방으로 들어섰다.

"오, 헨처드 씨이군요!"

하고 그녀는 주춤하면서 말했다.

"뭐, 뭐라고, 엘리자베스야?"

하고 그는 그녀의 손을 잡으면서 외쳤다.

"너 지금 뭐라고 했니? 헨처드 씨? 제발 나를 그렇게 비참하게 하지 말아다오! 차라리 보잘 것 없는 헨처드 늙은이라고 불러라. 아무렇게 말이다. 그러나 이렇게 냉대하지는 말거라! 얘야! 보아하니 너한테 다른— 나대신 진짜 아버지가 계시는 구나. 그렇다면 너는 모든 것을 이

제 알겠구나. 하지만 마음을 모두 그분한테만 쏟지 말거라! 나한테도
조금 남겨 다오!"

그녀는 얼굴이 확 붉어졌다. 그리고는 그녀의 손을 살며시 빼냈다.

"나는 당신을 평생토록 존경할 수 있었을 거예요─ 그렇게 했을 거
예요. 기꺼이 말이에요. 그렇지만 당신이 나를 그렇게도─ 그토록 가
혹하게 속였다는 것을 내가 아는 데도 내가 어떻게! 당신은 내 아버지
를 내 아버지가 아니라고 나를 설득했어요. 나로 하여금 수년 동안이
나 진실을 모르고 살게 했어요. 그러다가 그분이, 나의 자애로운 아버
지가 나를 찾으러 오셨을 때 내가 죽었다는 못된 날조로 그분을 잔인
하게 따돌려 보냈어요. 그런데 그 거짓이 그분이 심장을 찢어놓다시피
했어요. 내가 한때 존경했기는 하지만, 우리 부녀에게 이렇게 대접한
사람을 내가 어떻게 존경할 수 있단 말인가요!"

헨처드의 두 입술은 변명하기 위해 반쯤 열렸다. 그러나 더러운 벌레
라도 들어오는 듯 굳게 다물어 일체 말하지 않았다. 그 자리에서 당장
그녀 앞에 자신이 커다란 잘못에 대한 변명들을─ 자기 자신도 처음에
는 그녀의 신원에 속아 넘어갔다가 자기 딸은 이미 죽었다는 것을 그녀
의 어머니 편지에서 알게 되었다는 것을, 두 번째의 비난을 받고 있는
문제에 있어서는 자기 거짓말이 자신의 명예보다는 그녀의 사랑을 더
좋아했기 때문에 마지막으로 던진 필사적인 주사위였다는 것을 늘어놓
아 보았자 무슨 효과를 얻을 수 있겠는가? 그런 변명을 방해하는 많은
장애물 중에는 이것이, 즉 그가 힘들어 호소하여 혹은 논리 정연한 논쟁
을 하여 자신의 고통을 덜기에는 자신을 그다지 대수롭게 생각하지 않
는다는 것이 적지 않았다는 사실이었다.

따라서 그는 자기방어라는 그 특권을 포기하고 묵묵히 그녀의 난처해
하는 모습을 지켜볼 뿐이었다.

"나 때문에 괴로워하지는 말거라."

하고 그는 자존심 있는 윗사람으로서 태도를 가지고 말했다.

"나는 그걸 바라지 않아. 더욱이 이와 같은 때에. 내가 너한테 온

것이 잘못이었구나.─ 내 잘못을 알겠어. 하지만 이번이 마지막이야. 그러니 용서해다오. 다시는 너를 괴롭힐 마음이 없구나. 엘리자베스야. 다시는 오지 않을 거야. 내 죽는 날까지! 안녕. 안녕!"

그는 그녀가 채 정신을 가다듬기도 전에 방에서 나와 그가 왔던 뒷길을 따라 그 집을 떠났다. 그녀에게는 그가 더 이상 보이지 않았다.

45. 죽어가면서 남기는 서글픈 한마디

　이전의 44장에서처럼 막이 내린 날로부터 약 한 달가량이 지났을 때였다. 엘리자베스 제인은 자기 새로운 환경에 익숙해 졌고, 도날드의 지금과 옛날의 거동에 있어서 유일한 차이는 그가 얼마 동안 버릇 들어 있었던 것보다 일이 끝나면 좀 더 빨리 집으로 들어온다는 사실이었다.

　뉴손은 결혼잔치(이 잔치의 흥겨운 기분은 신혼부부보다는 그가 더 컸다고 할 수 있었다) 후 캐스터브리지에 3일간 머물렀다. 그동안에 그는 돌아온 크루소우처럼 사람들의 주목을 받고 존경받았다. 캐스터브리지라는 곳은 세상을 떠들썩하게 하는 일들이 거의 매년 일어나는, 수세기 동안 순회재판 개정지역이었기 때문에 어떤 극적인 귀환이나 사라짐에 의해서는 쉽사리 흥분하지 않는 곳이어서 어떤지 몰라도 시민들은 그 사람 때문에 자기들 마음의 안정을 완전히 잃지는 않았다. 넷째 날 그는 아무런 낙이 없는 듯 산위로 기어오르고 있는 것이 보였다. 아무데서나 바다를 한번 보고픈 그의 갈망 때문이었다. 소금물을 가까이 할 필요가 그의 생존에 너무도 절실한 것으로 판명되었기 때문에 그는 캐스터브리지에 딸을 두고서도 자신이 거주지로는 부드머드를 더 좋아했다. 그는 그곳으로 갔다. 파란 덧문들이 달린 조그만 오두막집을 그의 숙소로 정했다. 창문을 열고 충분히 몸을 내밀어 높다란 집들 사이로 바라보는 사람에게는 파란 바다의 수직조각이 보이도록 궁형 창들이 돌출한 집이었다.

　그 즈음 엘리자베스 제인은 자기 위층 방 한가운데에 서서 몇몇 가구들의 재배치를 고개를 갸우뚱거리며 살피고 있을 때 하녀가 들어와 성급하게 말했다.

"오, 사모님, 새장이 그곳에 있게 된 경위를 우리는 이제야 알아냈어요."

기분 상쾌한 이 방 저 방을 비판적인 만족감으로 살펴보면서, 어두운 지하실로 조심스럽게 들어가 보면서, 가을바람에 낙엽진 정원으로 힘차게 걸어 들어가면서, 그리고 야전군 사령관처럼 자신의 가정살림을 막 전개하려는 장소의 효능을 평가하면서 입주한 첫 주 동안 자신의 새로운 영역을 답사하고 있을 때 도날드 파프리이 부인은 앞이 가려진 한쪽 구석에서 신문지에 싸인 새장 하나를 발견했던 것이다. 새장의 안쪽 바닥에는 조그만 깃털 뭉치 하나가— 그 방울새의 죽은 몸뚱이가 놓여 있었다. 그 새와 새장이 그곳에 있게 된 경위를 말할 수 있었던 사람은 아무도 없었다. 불쌍하게도 그 조그만 새는 굶어 죽은 것이 분명했다. 이 슬픈 사건이 그녀의 마음에 걸렸다. 그녀는 파프리이의 애정 어린 위로에도 불구하고 이 사건을 며칠을 두고 잊을 수 없다가 이제 겨우 거의 잊어버릴 만 한때 다시 되살아 난 것이었다.

"오, 사모님, 우리는 그 새장이 어떻게 해서 그곳에 와 있었는지를 알고 있어요. 결혼식 날 밤 찾아왔던 그 농군이― 그가 길을 따라 이리 올라오고 있을 때 그 사람의 손에 그것이 들려 있는 것을 사람들이 보았대요. 그 사람은 안으로 들어오는 동안 그걸 그곳에 두었다가 어디에 두었는지 잊고 가 버린 것으로 생각돼요."

이만하면 그녀를 생각에 잠기게 하기에 충분했다. 이 궁리 저 궁리해 보다가 그녀는, 그 새는 헨처드가 자기 결혼선물로 그리고 뉘우침의 징표로서 사온 것이라는 여자다운 생각을 하기에 이르렀다. 그는 자신의 지난날 행동에 대한 어떤 유감의 뜻이나 변명을 그녀 앞에 한 일이 없었다. 자신의 죄를 가볍게 하려 함이 없이 잘못이 있으면 비난받아가면서 살아가는 것이 그의 기질의 일부분이었다. 그녀는 밖으로 나가 새장을 바라보았다. 그녀는 굶어 죽은 조그만 새를 묻어 주었다. 스스로 멀어져 간 그 사람에 대한 그녀의 마음은 그 시작부터 누그러지기 시작했다.

남편이 귀가하자 그녀는 그 새장의 비밀을 풀었다고 말하고, 그녀가 헨처드의 행방을 가급적 빨리 찾아 그와 화해할 수 있도록 도와 달라고 애원했다. 그의 인생이 방랑자의 인생이 덜 되도록 무슨 조치를 취하기 위해, 그리고 그에게 좀 더 관용을 베풀기 위해서였다. 비록 파프리이는 헨처드를 헨처드가 그를 좋아했던 만큼 좋아하지는 않았지만, 자기 전날의 친구가 한 것만큼 그를 열렬히 미워하지는 않았다. 따라서 그는 엘리자베스 제인의 칭찬할 만한 계획을 도와주지 않을 사람은 절대 아니었다.

그러나 헨처드를 찾아 나선다는 것은 결코 쉬운 일이 아니었다. 그는 파프리이 내외의 집을 나서자마자 땅속으로 꺼져 들어가 버리기라도 한 것 같았다. 엘리자베스 제인은 그가 한때 시도했던 바를 생각하고 몸을 떨었다.

그러나 그녀는 모르고 있었지만 헨처드는 그때 이후 이미 사람이 변해 있었다— 다시 말해 감정적으로 변화가 급진적으로 변하여 예측을 불가능할 정도였지만 그녀는 두려워하지 않았다. 파프리이의 며칠간에 걸친 수소문 끝에 헨처드가 밤 열두 시에 멜체스터 행 대로를 따라 동쪽으로 뚜벅뚜벅 걸어가고 있는 것을, 다시 말해 그가 왔던 길을 되돌아가고 있는 것을 그를 아는 어떤 사람이 보았다는 정보를 입수하였다.

그 정도면 충분했다. 이튿날 이참 파프리이가 엘리자베스 제인을 옆에 앉히고 자기 마차를 그쪽으로 몰고 있는 것이 눈에 띄었다. 그녀는 이 계절에 맞는 포근한 모피 숄로 몸을 감싸고 앉아 있었다. 그녀의 얼굴에는 전날보다 약간 더 윤택한 모습이, 그리고 '몸동작이 마음과 더불어 어울리는' 사람의 고요한 미네르바의 눈이 어울리게 해주는 결혼 생활의 권위가 배어 있었다. 적어도 보다 더 큰 인생의 고통을 겪은 자신은 이제 앞날이 약속되는 안식처에 도달했으므로 그녀의 목적은 헨처드가 그에게는 너무도 가능성이 짙은 생활의 비참한 단계에 빠져들기 전에 그를 다소 비슷한 안정 속에 정착시키자는 것이었다.

대로를 따라 마차를 몇 마일 몰아간 후 그들은 다시 수소문하여, 그 근방에서 몇 주째 일해 온다는 어느 도로 수리인으로부터 그 시각에 그런 사람을 목격했다는 정보를 얻어냈다. 그는 웨더베리에서 멜체스터 행

역마차 길을 벗어나, 에그돈 히드의 북부와 변경을 이루는 한 갈림길로 접어들었다는 것이었다. 그들은 그 길로 말머리를 돌렸다. 태초의 원주민들의 발길이 스친 이래 토끼들의 발톱에 의해 할퀸 일 이외에는 한 치의 지표도 어지럽혀진 일이 없는 원시의 땅을 그들은 곧 가로질러 굴러가고 있었다. 그들이 뒤로 하는, 잡초로 뒤덮인 황갈색의 고분들은 우뚝 동그랗게 솟아 있어 마치 그곳에 등을 대고 반듯이 누워있는 풍요의 여신 다이애나의 풍만한 젖가슴 같았다.

그들은 에그돈을 뒤졌다. 그러나 헨처드를 찾지 못했다. 파프리이는 계속 마차를 몰았다. 오후에 앵글버리의 북쪽까지 뻗어있는 황무지 근처에 다다랐다. 이곳의 뚜렷한 특색이라 할 산꼭대기의 시들은 전나무 덤불 밑을 그들은 곧 통과했다. 그들이 이 지점까지 마차를 몰아온 길이 헨처드 발길이 지나간 곳이라는 것을 그들은 확신할 수 있었다. 그러나 이제 여러 갈래로 갈라지기 시작하는 길에서 올바른 방향으로 좀 더 나아간다는 것은 순전히 추측에 의존할 수밖에 없었다. 그래서 도날드는 자기 아내에게 직접적인 수색을 포기하고 그녀의 의붓아버지 소식을 얻는 다른 수단을 강구하자고 열심히 타일렀다. 그들은 지금 집으로부터 적어도 20마일이나 와 있었다. 그러나 그들이 막 가로지른 어느 촌락에서 한두 시간 동안 말을 휴식시키면 그날 중으로 캐스터브리지에 돌아갈 수 있는 것이었다. 여기서 벌판으로 더 나아간다면 그들은 그날 밤을 야영하지 않을 수 없을 것이다.

"그것은 큰돈을 축내는 일일거야."

하고 파프리이는 말했다.

그녀는 사태를 숙고해 보고 동의했다.

그래서 그는 말고삐를 당겼다. 그러나 그들이 방향을 돌리기 전에, 잠시 지체하면서, 그들의 높은 위치가 드러내고 있는 광활한 들판 위를 막연히 내려다보았다. 그들이 바라보고 있는 동안 어떤 사람이 모습이 나무 덤불 밑에서 나와 그들 앞쪽을 가로질러 갔다. 그 사람은 어떤 노동자 같았다. 그의 걸음걸이는 비틀거리고, 그의 시선은 마치 먼지막이 안경을 쓰고 있는 것처럼 그의 앞쪽으로만 향해 있었다. 그리고 그의 손에는 막대기가 몇 개 들려 있었다. 그는 길을 건너 한 협곡으로 내려갔다. 그 곳에서 오두막집이 하나 보였다. 그 안으로 그는 들어갔다.

"캐스터브리지로부터 이렇게 멀리 떨어져 있는 곳만 아니라면 휘틀 임에 틀림없다 하겠어요. 꼭 그 사람을 닮았어요."

하고 엘리자베스 제인이 자기 생각을 말했다.

"휘틀일지도 모르지. 지난 3주 동안 일터에 나오지 않았으니까 말이 야. 전혀 말 한마디 없이 사라졌거든. 그런데 난 그자한테 이틀 치의 노임을 줄 것이 있어. 누구한테 지불해야 할지 모르고 있던 중이었어."

그 가능성이 그들로 하여금 마차에서 내려 그 오두막집으로 찾아가 물어보도록 했다. 파프리이는 울타리의 문기둥에 말고삐를 맸다. 그들은 그 허물어져 가는 듯한 보잘 것 없는 오두막집으로 접근했다. 원래 반죽 한 진흙으로 흙손으로 발라 지은 벽돌은 수년 동안 비에 씻겨 표면은 덩 어리로 뭉쳐 부스러지고 있고, 벽은 홈이 파져 꺼져들고 있었으며, 여기 저기 갈라진 벽들을 잎이 무성한 담쟁이덩굴들이 겨우 지탱하고 있었다. 서까래들은 주저앉았고 초가지붕은 여기저기 구멍이 나 있었다. 울타리 로부터 낙엽들은 바람에 문간의 구석들로 몰려 흩어지지 않은 채 그곳 에 쌓여 있었다. 문에 조금 틈이 나 있었다. 파프리이가 노크했다. 그들 앞에 나타난 사람은 그들의 추측대로 휘틀이었다.

그의 얼굴에는 깊은 슬픔의 표적이 뚜렷했고, 그의 두 눈은 초점을 잃 고 그들을 바라보았다. 그의 손에는 조금 전에 들려 있던 막대기들이 몇 개 그대로 들려 있었다. 그들을 알아보게 되지 그는 놀란 기색을 했다.

"아니, 휘틀, 자네가 아닌가?"

하고 파프리이가 먼저 입을 열었다.

"예, 사장님! 저의 어머님이 이 아래서 사실 적에 그분은 저의 어머 니한테 참 친절했어요. 비록 저한테는 엄하셨지만요."

"누구 말인가?"

"아, 사장님, 헨처드 씨말이요! 모르고 계셨어요? 그분은 막 돌아가셨어요. 해로 보아, 약 한 시간 전쯤이었어요. 저한테는 시계라는 것이 없으니까요."

"죽지는 않았겠지?"

하고 엘리자베스 제인이 더듬거리며 말했다.

"아니요, 사모님. 그분은 돌아가셨어요! 그분은 저의 어머니가 이 아래 사실 적에 저의 어머니한테 무척 친절하셨어요. 저의 어머니한테 제일 좋은 석탄도 보내주시고 재가 없는 석탄도 보내주신 분이었어요. 어머니한테 필요했던 멍석이나 발 같은 것도 보내주셨지요. 사장님께서 옆에 계신 사모님과 결혼하시던 날 밤 저는 그분이 거리를 걸어 내려가시는 것을 보았어요. 침울한 표정에 걸음걸이는 비틀거렸다고 생각됐어요. 저는 그분을 첫째 다리까지 따라 갔어요. 그랬더니 그분은 몸을 돌려 저를 보시고 '자네, 돌아가게!' 하시더군요. 하지만 저는 계속 뒤따랐어요. 그분은 다시 몸을 돌려 '내 말 듣고 있나? 어서 돌아가!' 하셨어요. 하지만 저는 그분의 기분이 우울하다는 것을 알았기 때문에 여전히 따라갔어요. 그러자 그분은 '휘틀, 내가 자네더러 돌아가라고 내내 말하는데 왜 나를 뒤따라오는가?' 하시더군요. 그래서 저는 '선생님의 기분이 좋지 않은 것 같아서입니다. 선생님은 저한테 가혹하셨지만 저의 어머니한테는 친절하셨습니다. 저도 선생님께 친절을 베풀고 싶습니다'하고 말했습니다. 그 후부터 그분은 계속 걷기만 하시고 저는 따르기만 했어요. 그때부터 그분은 저를 더 이상 나무라지 않았어요. 우리는 밤새도록 그렇게 걸었어요. 뿌연 아침에, 날이 채 다 밝기도 전에 눈을 들어보니 그분은 몸을 뒤틀고 계셨어요. 걸음을 거의 옮길 수 없었어요. 그때 우리는 여길 지나가고 있었지요. 지나가면서 보니까 이 집이 비어 있더군요. 저는 그분의 발길을 돌렸어요. 창문의 널빤지를 떼어내고 그분을 안으로 모셨어요. 그분은 '아니, 휘틀, 나 같은 야비한 놈을 돌보아 주다니 자네는 정말 어리석은 인간이군!' 하시더군요. 그리고 나서 저는 밖으로 나갔어요. 이 근방이 어떤 나무꾼들이 침대 하나, 의자 하나, 그리고 부엌도구들을 몇 개 빌려주더군요. 우리는 그것들을 이리로 가져와서 우리가 할 수 있는 대로 그분을 편안하게 해드렸어요. 하지만 그분은 기운을 차리지 못했어요. 음식을 잡수지 못했으니까요, 사모님. 전연 식욕을 느끼지 못하셨어요. 그리고는 점점 쇠약해지시더니 결국 오늘 돌아가셨어요. 이웃사람 하나가 그분의 관을 짤 사람을 데리러 내려갔어요."

"어쩜, 저런, 그랬었군!"

하고 파프리이가 말했다.

엘리자베스로서는 아무 말이 없었다.

"그의 머리맡에는 그분이 꽂아둔 종이쪽지가 하나 있었는데 그 위에 무어라고 써져있어요."

하고 아벨 휘틀은 말을 계속했다.

"하지만 저는 글을 배우지 못한 사람이라 읽을 수 없었어요. 그래서 저는 그 내용이 무엇인지 알지 못하고 있어요. 가져와서 두 분께 보여드리겠어요."

그들은 그가 오두막 안으로 달려 들어가는 동안 말없이 서 있었다.

그는 구겨진 종이쪽지 하나를 들고 단숨에 되돌아 왔다. 그 위엔 연필로 다음과 같이 쓰여 있었다.

"마이클 헨처드의 유언

엘리자베스 제인 파프리이에게 내 죽음을 알리거나 혹은 나 때문에

슬퍼하지도 말게 하시오.

나를 교회묘지에 묻지 마시오.

어느 누구라도 내 시체를 보는 것을 바라지 않소.

내 장례에 조객이 따르지 말도록 해 주시오.

내 무덤에 꽃을 심지 마시오.

어느 누구도 나를 기억하지 마시오.

이 유언장에 나는 서명합니다.

마이클 헨처드"

"어떡하지?"
하고 도날드는 쪽지를 그녀에게 넘겨주면서 말했다.
그녀는 분명한 대답을 할 수 없었다.
"아, 도날드!"
하고 그녀는 눈물을 머금은 채 마침내 입을 열었다.
"정말 가씀 아픈 일이에요! 오 마지막 헤어질 때 내가 냉혹하게만
하지 않았더라면 나는 이렇게 마음이 아프지 않았을 터인데! 하지만
이제 와서 별수 없는 일이에요. 이렇게 되어 버렸으니 말이에요."
헨처드가 죽음이란 고통 속에서 써놓았던 바를 엘리자베스 제인은 실
행할 수 있는 데까지는 존중했다. 그러나 그 유언의 신성함보다는 그것을
쓴 사람의 진심에서 말했다는, 그녀의 독자적인 판단에서였다. 그의 유언
은 그의 전 인생을 형성했던 것과 같은 재료의 한 조각이라는 것을, 따라
서 그녀 자신이 슬퍼함으로써 혹은 그녀의 남편이 도량 넓게 관용을 배
품으로써 함부로 손질할 수 없는 것이라는 것을 그녀는 알고 있었다.
모든 것이 마침내 끝났다. 그가 마지막으로 방문했을 때 그를 오해했
던 그녀의 후회도, 그를 좀 더 일찍 찾지 않았던 그녀의 후회까지도. 그
러나 그녀의 이런 후회는 상당히 오랫동안 그녀의 마음속 깊이 뼈저리
게 남아 있지 않은 것은 아니었다. 이때부터 계속 엘리자베스 제인은 온
화하고 감사하기만 한, 그리고 남의 자식 노릇을 한 몇 년간이 지난 지금
평온한 마음속에 처해있는 자신을 발견하게 되었다. 그녀의 결혼초기 생
활의 활발하고 불꽃 튀기는 감정이 한결같은 마음의 평정 속으로 밀착
해 들어감에 따라 그녀의 섬세한 마음은 그녀 주위의 옹색하게 살아가
는 사람들에게서 제한된 기회들을 견디어 내는 비결(그녀가 이미 옛날
에 배웠던)을 발견하는 여유를 갖게 되었다. 그녀는 절대적인 고통 속에

있는 사람만 아니라면 누구에게나 스스로 주어지는 미세한 형태의 만족들을 일종의 현미경 작용 같은 처리로 교묘하게 확대시키는 것에 그 기회들이 놓여 있다고 생각했다. 이렇게 다루기만 하면 그 기회들은 비교적 큰 이해가 마구 껴안는 것과 비슷한 고무적인 효과를 인생에 부여한다고 생각했다.

그녀의 독학은 그녀 자신에게 반사작용을 가해 그녀는 캐스터브리지라는 좁은 지역에서 최고의 존경과 명예를 누리는 것과 보다 큰 사회에서 그것을 누리는 것 사이에는 자기 개인으로서는 별 큰 차이를 느끼게 하지 않을 것이라고 생각했다. 그녀의 위치는 실로 괄목할 정도로 —평범한 말로 표현하면— 감사해야 할 것을 많이 부여받고 있는 사람의 위치임이 분명했다. 그녀가 감사함을 말로서 표시하지 않고 있다는 것은 그녀의 잘못이 아니었다. 그녀의 경험은 그녀의 것과 같은 화사한 한 줄기 빛이 길을 어느 중간지점까지 갑자기 비춰주고 있는 때라 할지라도 유감스런 인간세상을 잠깐 사이에 자니가 버리는 의심쩍은 명예가 지나치게 감정을 불러일으킬 수 없다는 것을 그녀에게 올바르게 혹은 그릇되게 가르치는 식의 경험이었던 것이다. 그녀뿐만 아니라 어느 누구도 자격은 적으면서 많이 부여받고 있다는 그녀의 강렬한 생각은, 훨씬 많이 부여받아야 마땅할 사람들이 실로 적게 부여받고 있다는 사실을 그녀로 하여금 모르게 하지는 않았다. 그리고 자신을 행복한 사람 축에 억지로 끼우면서 자기가 예측 할 수 없는 일의 계속성에 한결같이 놀라움을 금치 못했다. 이런 때면 그런 중단 없는 평온을 성년기에 계속 부여받는 사람은 그녀였다. 그런데 그녀의 젊음이, 행복은 고통이란 흔한 드라마에서 종종 발생하는 일화에 지나지 않는다고 가르쳐 주는 듯했다.

　『캐스터브리지의 시장』은 1886년 하디가 46세에 출간한 장편소설이다. 그가 쓴 글은 장편소설 14권, 단편집 4권, 서사극 2권을 비롯하여 산문과 시를 993수나 썼던 작가였다. 하디는 웨섹스의 소작농, 목동, 아니면 젖 짜는 여인 등 소시민을 작중 인물로 등장시켜 자연법에 배치되는 인습, 사회법규 등을 고발하지만 이들은 언제나 거대한 운명의 힘에 의해 파괴된다. 그러나 이런 주인공들은 단순한 수난자들이 아니라 사회 인습과 도덕의 변화를 위한 대행자들이다. 하디의 진화론적 사상은 그의 주인공의 자유를 구속하고 행동을 제약하는 사회 모순들을 설정하는 수단으로 나타나고 모순과 투쟁하는 개인에게 용기와 힘을 더해 준다. 주인공들의 파멸을 통해 사회가 지닌 모순된 상황을 개선하도록 희망하는 작가의 의지가 보인다. 19세기 독일의 염세 사상가 아르투르 쇼펜하우어Arthur Schopenhauer의 영향을 받았다고 알려진 하디가 비정한 우주를 비정하게만 바라본 것은 아니었다. 그는 자신을 염세주의자가 아니라 '진화적 사회 개량론자evolutionary meliorist'로 여겼다. 인간적 가치들에 대해 회의하면서도 그는 인간의 투쟁에서 감동을 받았다. 인간은 패배할 때 가장 고귀하고, 그러한 고귀함 때문에 희망이 있다. 「어둠 속의 지빠귀The Darkling Thrush」의 화자는 가장 어두운 시간 세찬 바람 속에 노래하는 한 마리 작은 지빠귀 소리에서 그러한 희망을 듣는다.

　하디 문학의 지역적 배경으로 등장하는 웨섹스Wessex는 6세기부터 10세기에 걸쳐 오늘날의 잉글랜드 서남부 지역을 차지하고 있던 고대 앵

글로색슨 왕국이었다. 웨섹스라는 이름은 11세기 초 이후로는 실재하는 국가의 명칭이나 특정 지역의 지명으로는 더 이상 쓰이지 않았다. 하디에 의하면 그가 이 오래된 왕국의 이름을 사용한 이유는 자신의 문학이 주로 시골의 작은 지역사회를 배경으로 하는데 그것을 실재하는 특정 지역으로 정할 경우 자신의 목적에 비해 너무 협소하게 여겨졌을 뿐 아니라 완전히 새로 지어낸 지명은 독자가 좋아하지 않는다는 점도 감안해야 했기 때문이었다. 그의 웨섹스는 도싯과 데븐Deven을 중심으로 하면서 서쪽의 플리머스Plymouth에서 동쪽의 사우스앰프튼Southampton에 걸친 지역이다. 하디는 웨섹스 왕국의 이름을 일관되게 이용함으로써 자신의 문학이 토착민들 사이에 유구하게 전승되어 온 문화적 전통과 뿌리 깊은 삶의 태도 등에 기초하고 있음을 효과적으로 표현할 수 있었다. 또한 그 고색창연한 지명은 인간 존재의 보편적 비극성에 주목하는 그의 숙명론적인 주제에도 잘 어울렸다.

본 소설에서 하디는 "성격은 운명이다Character is Fate"라고 말하고 있다. 주인공 헨처드는 신중하지 못하고 충동적으로 행동한다. 그리고 그는 인내심에도 한계가 있는 인물이다. 함부로 곡물시장에서 투기와 속단으로 반값에 처분하기도 하고 순간적인 행동을 곧잘 하여 예측이 어려운 사람이다. 그리고 그는 이상주의자로서 현실에 책임을 지지 않는 도피주의자에 가깝다. 그는 늘 자기중심적이기 때문에 자신의 행동이 주위 사람들에게 미치는 영향을 알지 못한다. 운명론은 하디 작품의 근간을 이루는 태도이다. 그것은 워즈워스William Wordsworth의 목가적 이상주의, 브라우닝Robert Browning의 불굴의 낙천주의, 스윈번Algernon Charles Swinburne의 단순한 범신론汎神論 등에 대한 하디의 대답이었다. 농부들의 모진 고생, 가뭄과 질병으로 인한 고통, 식물이나 인간의 끊임없는 투쟁과 필연적인 죽음을 직접 보았고 다윈Charles Darwin의 진화론에 심취하여 기독교 신앙까지 버린 그는 낭만주의자들처럼 자연을 다정하게만 여기지 않았다. 하디는 만약 우주를 지배하는 어떤 것이 있다면 그것은 우연이거나 우주의 변덕스런 주재자presider인 우주 내재의지Immanent Will일 것이라고 생각했다. 그는 신이 더 이상 인간을 걱정하지 않으며, 설령 이 세계에 대해 생각한다고 해도 자신의 실패작으로나 생각하는 것으로 보았다. 하디의 시는 19세기말의 염세적인 태도와 20세기 초 제1차 세계대전을 전후한 암울한 시기의 비관적 세계관이 시적으로 표현된 대표적인 하나의 예라고 할 수 있다. 하디가 세계를 고집스럽게 어둡게만 그려서 유형화된다는 점이 그의 단점으로 지적될 수 있다. 현실이 반드시 그런 것은 아닐 뿐 아니라 우연이 인간의 운명을 지배한다는 그의 생각과도 맞지 않기 때문이다. 그러나 작가는 대개 그들이 중요하게 여기거나 문제시 하는 것만을 작품에서 다룬다. 그렇다고 해서 그들이 세계가 그런 것들로만 채워져 있다고 믿는 것이 아니라는 것은 상식에 속하는 것이다. 도둑을 보고 짓는 개는 동시에 주인에게 꼬리를 흔들지 않는다. 이런 점은 대부분의 자연주의 소설가들도 마찬가지다.

하디의 소설은 대개 길거리에서 마차로 여행하던지 아니면 걸어서 여행하면서 시작된다. 주인공들이 여행하는 길거리는 그들에게 희망의 길이다. 주인공 헨처드는 웨이던 프라이어즈 장터에서 술에 취해 아내를 5기니에 경매로 팔아넘긴다. 헨처드는 아내를 팔아넘긴 후 완전히 남성 집단에 자신의 삶을 맡기며 돈, 부권, 법적인 계약 등 남성적 가치에 의해 인간관계를 정의해 간다. 특히 헨처드와 여성의 관계는 사회적 지위, 권력, 자신으로 설명될 수 있다. 술에서 깨어나 자신의 무모한 행동에 후회를 하지만 이미 때는 늦었고 모녀는 뉴손이라는 선원에 의해 팔려간다. 가족을 되찾기 위해 노력하지만 실패하고 웨섹스의 캐스터브리지 시에 정착하여 곡물상인으로 번창하고 시장이 된다.

그러던 어느 날 헨처드의 옛 아내가 나타나고 뉴손의 딸인 엘리자베스 제인과 함께 생활하면서 과거를 비밀로 한다. 헨처드는 사업일로 저어지에 자주 들러 루시타라는 젊은 여성과 깊은 관계를 맺었으나 스코틀랜드 젊은이 파프리이에게 빼앗기고 하는 일마다 실패하여 빈털터리가 된다. 사랑을 주제로 하는 하디 시의 원형적原型的 장면은 상실한 것들에 대한 상념에 사로잡혀 있는 한 인물이다. 그를 둘러싸고 있는 것은 그가 사랑했거나 소망했던 것들의 망령들이며, 고립 무원한 풍경 속에서 그는 오직 순간적으로 고조된 감정으로 자신의 정체성을 보존한다. 지나간 시간은 되찾을 수 없고, 기억은 단지 상실감만 깊게 할 뿐이다. 인간 존재의 숙명적 비극성을 주제로 하는 하디의 작품들을 읽기 위해서는 우주적 아이러니cosmic irony의 개념에 대한 이해가 선행되어야 한다. 이것은 운명의 아이러니irony of fate라고도 하는데, 인간의 이상과 현실, 또는 인간의 의도와 실제 결과 사이의 뚜렷한 괴리에서 생긴다. 문학작품에서 신이라고 불리든 우주내재의지라고 불리든 우주를 다스리는 절대적 존재가 특정 등장인물들이나 모든 인간을 그들의 의도와 소망과는 전혀 다른 방향으로 움직여 좌절시킴으로써 비극적 결말에 이르게 하는 데서 생기는 아이러니를 말한다.

엘리자베스 제인은 지적으로 자신을 더 개선하려는 불타는 야망과 말의 힘에 대한 인식 때문에, 자신의 힘이 미치는 한 많은 책을 수집해서 "닥치는 대로 책을 읽는다read omnivorously". 헨처드가 수잔과 재혼을 하고 엘리자베스가 그녀 자신을 위해 새로운 드레스와 파라솔을 사기 시작한 후에, 그녀는 "모든 이러한 화려한 옷을 팔아서 자신에게 문법책과 사전과 그리고 모든 철학이 담긴 역사책을 사는 것이 오히려 좋지 않은지(sell all this finery and buy myself grammar books, and dictionaries, and a history of all philosophies)"를 갈등한다. 결국 그녀는 후에 파프리이처럼 더 많은 것을 알기 위해서 그녀에게 교양을 쌓게 해주는 많은 책을 사고, 줄곧 학문의 가치에 대해 몰두한다. 그녀의 교육에 대한 관심, 더 넓은 세계로 삶을 확장시키고자 하는 욕망은 자기발전, 사회적 지위에 대한 관심과 관련되어 있다.

헨처드와 파프리이 두 사람은 돈을 벌고자 하는 이유가 다르다. 파프리이는 시장경제의 원리를 실현하는데 관심이 있으며 헨처드는 돈으로 살 수 있는 사회적 지위와 존경이 강조된다. 더 나아가서 지배계급에 대한 불만이 첫 연회 장면에서 두 집단이 대비를 통해 명확히 드러난다. 킹즈암즈 안쪽에서 시정을 논하고 있는 사람들과 바깥에서 그것을 구경하고 있는 사람들의 대비를 통해 캐스터브리지의 문제점을 명백하게 한다. 바깥에서는 유지들이 식사하는 모습을 보고 구경꾼들은 싹튼 밀로 만든 빵의 문제를 제기한다.

엘리자베스는 자기 아버지를 만나게 되고 비밀로 지켜져 왔던 과거 일들을 알게 되면서 헨처드를 냉대한다. 모진 운명이 닥쳐와 헨처드는 하는 일마다 실패하면서 파산하게 되고 옛날 저택을 비롯하여 모든 일에서 손을 떼게 된다.

루시타는 파프리이와 결혼하게 되고 과거 헨처드에게 보낸 편지들을 루시타가 요구하여 되돌려 받게 된다. 헨처드가 조프를 통해 편지를 되돌려준 것이다. 그러나 조프는 루시타의 연애 편지내용을 은밀히 보고 루시타에게 보복할 기회를 엿본다. 그래서 주막에서 이 편지는 공개되고 헨처드와 루시타의 허수아비들이 말에 태워져 거리거리로 돌려진다. 이 일에 충격을 받고 루시타는 유산하며 죽고 엘리자베스 제인이 파프리이와 결혼한다. 그리고 헨처드는 냉대를 받고 쓸쓸하게 죽음을 맞이한다. 하디 시는 용어선택diction과 제재에 있어서, 또한 규칙적인 보격meter과 가지런한 연의 형식으로 보면 빅토리아조에 속하지만, 이상한 행간걸침enjambment과 구어체 언어, 인간조건에 대한 복잡하고 어두운 관점, 다양한 경험들의 유기적 통합, 통렬한 아이러니 등은 20세기 초의 모더니즘 시에서 흔히 볼 수 있는 것이다. 그런가 하면 사랑과 그리움을 표현하는 그의 대표적인 단시들은 다분히 낭만적인 면을 보인다. 영미시의 대표적인 모더니스트인 에즈라 파운드Ezra Pound는 하디가 아내 에마의 사후

1812년부터 이듬해까지 한 해 동안 그녀를 그리며 쓴 작품들을 높이 평가했다. 필립 라킨Philip Larkin과 D. H. 로렌스Lawrence 등 현대 영미 시인들 중 하디의 영향을 받은 시인들이 많다.

하디의 시는 삶의 단편을 리얼하게 그리는 것들, 사별한 첫 부인을 생각하면서 쓴 사랑의 시들을 중심으로 하는 사랑의 시들, 우주내재의지와 관련된 숙명론적 내용의 작품들로 크게 세 부류로 나뉜다. 오랜 창작 기간에도 불구하고 세계관이나 기법에 있어서의 뚜렷한 변화를 보이지 않은 하디의 문학에서 사상과 기법의 변화에 따른 시기구분이나 작품분류는 별 의미가 없다.

하디가 소설가로서 먼저 크게 성공을 거두었고 많은 사람들이 그를 소설가로서만 알고 있기 때문에 소설가 하디에 대한 이해는 그의 시를 이해하는 데도 도움이 된다. 사실주의를 계승하여 19세기 말에 프랑스를 중심으로 왕성하게 일어났던 자연주의 문학사조는 좁은 해협을 사이에 둔 영국에는 이렇다 할 영향을 미치지 못했다. 하디를 영국의 대표적 자연주의 작가로 보는 견해도 있으나 양자 간에는 근본적인 차이가 있다. 겉으로 보기에 대체로 비관적이고 염세적인 생각을 세기말적 분위기로 표현한다는 유사성이 있지만, 자연주의 작가들의 경우는 그런 경향이 인간을 스스로의 힘으로 극복할 수 없는 생물학적인, 또는 사회경제적인 힘에 철저히 지배당하는 무력한 존재로 보는 자연과학적 관점이나 현실적 관점을 취하는 데서 비롯되지만, 하디의 경우는 그것이 그의 독특한 운명론적인 우주관에 뿌리를 두고 있기 때문이다.

하디 소설의 단점으로 플롯이 느슨하고 우연의 일치가 많다는 점이 지적된다. 잘 짜인 플롯은 분명한 인과관계에 바탕을 두고 있다. 소설이나 드라마 같은 문학작품은 예술art의 영역에 속한 것이고 예술은 인위적인artificial 조작의 산물이다. 이 세상에 원인이 없이 일어나는 일은 아무것도 없지만 우리가 보기에 모든 일들이 반드시 서로 통일된 목적에 부합하도록 조직적이고 일관되게 발생하는 것은 아니다. 그래서 현실에서는 '마른하늘에 날벼락 같이', '느닷없이' 일어난 일이나 사고로 사람의 운명이 바뀌는 경우가 흔하지만 잘 쓰인 소설에서는 그렇지 않다. 하디 소설에 우연의 일치가 많은 것은 그가 플롯을 치밀하게 짜지 못해서일 수도 있다. 그러나 생업의 근간인 말이 사고로 죽는 것이나 큰맘 먹고 쓴 고백의 편지가 '하필이면' 출입문 깔판 밑으로 들어가 버리는 일은 그것이 일어난 세계의 삶의 양상과 환경에서는 얼마든지 현실에서 일어날 수 있다. 그런 점에서 보면 하디의 소설이 예술적으로는 투박한 점이 있어도 역설적으로 현실을 그만큼 더 리얼하게 그린다고 할 수 있다. 또 다른 측면에서 볼 때 하디의 우연의 일치는 인간의 운명이 우리가 전혀 가늠할 수 없는 우주내재의지의 주사위 놀이 같은 것에 의해 결정된다는 것을 주제로 표현하는 그의 작품에서 중요한 역할을 하는 것은 당연하고 자연스럽다고 할 수 있다. 뿐만 아니라 하디가 예술가로서 자신의 독특한 우주관에 충실하였다면, 작가인 그와 그가 창조하고 움직이는 인물들의 관계가 우주내재의지와 인간의 관계와 같을 것으로 볼 수 있다. '신들의 우두머리President of the Immortals'가 테스를 가지고 '놀기sport'를 마쳤을 때 작가인 하디도 그의 꼭두각시 테스를 가지고 놀기를 그친 것이다. 놀기가 규칙이나 엄격한 인과율의 지배만 받고 엉뚱한 변덕이 끼어들 틈이 없다면 자유로운 놀이가 아니라 얽매인 일이 될 것이다.

1840년 Higher Bockhaampton에서 출생.

1862년 (22세) 런던에서 교회 건축가인 Arthur Bloomfield 아래서 건축
　　　　　을 배움. 광범위한 독서로 진보성향이 됨.

1868년 (28세) 『가난한자와 귀부인』을 탈고했으나 지나친 풍자로 출판이
　　　　　거절됨.

1886년 (46세) 『캐스터브리지의 시장』 간행.

1888년 (48세) 『테스』 집필.

1889년 (49세) 『테스』 출판 거절당함.

1895년 (55세) 『비운의 주드』를 간행하고 많은 비난을 받음.

1905년 (65세) Aberdeen 대학에서 명예 박사학위 받음.

1920년 (80세) Oxford 대학에서 명예 문학박사학위 받음.

1928년 (88세) Dorchester의 저택에서 사망함.

　토머스 하디(1840~1928)는 영국 도르셋Dorset의 도체스터Dorchester 동쪽
작은 마을 하이어 버캠프턴Higher Bockhampton에서 석공의 아들로 태어났
다. 어린 시절 인근의 한 학교에서 라틴어를 배웠으며 공부를 잘했으나
가정 형편이 어려워 대학 진학을 못하고 16세에 한 건축업자의 도제가
되었다. 도체스터에서 건축 기술을 배우다가 런던으로 가서 1859년부터
이듬해까지 킹즈 칼리지King's College의 야간부에 입학하여 현대 언어
modern languages를 공부하였다. 시간적으로나 경제적으로 여유가 없었던
그가 석공일과 동떨어진 언어 공부를 한 것은 그 당시 이미 작가가 되려
는 꿈을 가지고 있었음을 짐작케 한다. 1862년부터 1867년까지 런던에서
건축가로 일하면서 능력을 인정받기도 했으나, 런던에 정을 붙이지 못했

을 뿐만 아니라 건강도 나빠져서 도르셋으로 돌아갔다. 도르셋에서도 건축 일을 계속하면서 짬짬이 시를 썼으나 주목을 받지 못하자 좀 더 잘 팔리는 소설로 방향을 바꾸었다. 하디는 서부 콘월Cornwall 해안의 보스캐슬Boscastle이라는 작은 마을에서 동쪽으로 4km 정도 떨어진 외딴 곳에 중세 때 지어진 선트 줄리엇 교회St. Juliot Church라는 오래된 작은 교회가 있는데 1870년 30세 노총각이던 하디는 이 교회에 보수공사를 하러 갔다. 그는 언니 댁에 묵으면서 교회 일을 돕고 있던 그 교회 목사의 처제 에마 러비니아 기퍼드Emma Lavinia Gifford와 처음 만났다. 그녀도 하디와 동갑나기 노처녀였다.

하디는 4년 뒤인 1874년 9월 런던 패딩턴Paddington의 선트 피터 교회St. Peter's Church에서 결혼식을 올렸다. 그 무렵 하디는 작가로서 생계를 유지할 수 있게 되었다. 하디는 꾸준히 작품을 발표하여 사회적 명사가 되었으며 바깥출입을 꺼리는 병약한 아내와는 소원해지게 되었다. 심신의 병이 악화된 그녀가 1912년 갑자기 세상을 떠나자 크게 상심한 하디는 그녀와의 만남과 상실을 그린 일련의 시들을 써서 「1912—13년의 시편들Poems of 1912—13」이라는 제목과 '옛 불꽃의 흔적Veteris vestigia flammae'이라는 제사epigraph를 따로 붙여 시집 『상황의 풍자Satires of Circumstance』(1914)에 실었다. 잘 알려진 「목소리The Voice」를 비롯한 그의 최상의 작품들 중 몇 편이 여기에 포함되어 있다.

하디는 상처한 지 1년 반이 채 안 된 1914년 2월 73세의 나이에 35세의 아동문학가 플로렌스 에밀리 더그데일Florence Emily Dugdale과 재혼했다. 하디는 64세 때인 1905년에 26세의 더그데일과 처음 만났다. 그녀는 런던 북부 미들섹스Middlesex의 엔필드Enfield에서 자신의 아버지가 운영하던 학교의 교사로 근무하고 있었는데, 하디를 도우면서 창작활동을 하려고 1908년 학교를 떠났다. 더그데일은 하디의 첫 부인 기퍼드가 죽은 이듬해 하디가 살고 있던 집 맥스 게이트Max Gate로 들어가 그의 비서노릇을 하다가 결혼했다. 전처를 그리는 하디의 시들은 그녀를 심난케 하였으나, 그가 87세로 세상을 떠났을 때는 너무나 큰 충격을 받아 의사를 불러야 할 지경이었다. 그녀는 암에 걸려 1937년 58세의 나이로 세상을 떠났으며, 두 번의 결혼에서도 하디에게는 자녀가 없었다. 죽은 전처에 대한 하디의 그리움은 그의 작품을 통해 잘 알려져 있다. 그런데 2006년 12월 6일자 『더 타임즈 문학 증보The Times Literary Supplement』(<http://tls.timesonline. co.uk/article/0,,25338—2490047,00.html>)에 로버트 앨런 프리젤Robert Alan Frizzel이 쓴 「에마 러비니아 하디—소급 진단Emma Lavinia Hardy: A retrospective diagnosis」은 생전에 멀리했던 죽은 아내를 재혼한 더그데일이 시샘을 할 정도로 유난히 애틋해 한 까닭이 자신의 결정적인 실수에 대한 후회와 아내의 고통과 죽음에 대한 책임의식 때문이었음을 짐작할 수 있게 하는 신뢰할 만한 정보들을 제공하고 있다. 하디는 1885년부터 1928년 죽을 때까지 40년 넘게 이 집에 살면서 소설 『캐스터브리지 시장The Mayor of Casterbridge』, 『숲에 사는 사람들The Woodlanders』, 『더버빌가의 테스Tess of the D'Urbervilles』, 『미천한 쥬드Jude the Obscure』, 자서전 『토머스 하디의 생애 The Life of Thomas Hardy』를 썼고, 두 권의 단편소설집을 출판했으며 『패왕들 The Dynasts』을 비롯한 그의 시 대부분을 썼다. 더그데일이 죽은 뒤 그녀의 유언에 따라 경매에 붙여져 하디의 여동생 케이트Kate에게 낙찰되었고, 그 뒤 영국 문화보호협회National Trust의 소유로 넘어가 현재에 이르고 있으며, 일부 공간만 일반에게 공개되고 있다. 하디가 죽었을 때 장례 문제로 논란이 있었다. 하디는 교회에 다니지 않았을 뿐 아니라 기독교의 신을 모독하는 말까지 했지만, 인간의 역사와 가족에 대한 그의 관점에 비추어 볼 때 스틴스퍼드Stinsford에서 편안히 잠들 수 있을 것이라는 그의 말은 진심이었을 것이다.

하디의 가족들은 고인의 뜻에 따라 고향의 집에서 가까운 스틴스퍼드 마을의 작은 교회 선트 마이클즈St. Michael's의 묘지에 묻으려 했다. 그러나 『피터 팬Peter Pan』의 저자 J. M. 배리Barrie와 캠브리지의 피츠윌리엄 박물관Fitzwilliam Museum 관장 시드니 코커럴Sydney Cockerell 등이 런던의 웨스트민스터 대성당Westminster Abbey 측을 움직여 그곳의 시인 구역Poets' Corner에 묻도록 주장하게 했다. 양측이 양보의 기색이 전혀 없자 선트 마이클즈 교회의 목사가 절충안을 제시했다. 그렇게 해서 심장을 제외한 그의 시신은 서리Surrey의 워킹Woking에서 화장되어 웨스트민스터 대성당에 안치되었고 그의 심장은 선트 마이클즈 교회 묘지에 묻혔다. 두 번째 부인 플로렌스가 죽은 뒤 하디의 심장이 그의 두 아내와 합장된 무덤을 중심으로 나란히 자리 잡은 하디 가의 제법 거창한 세 무덤을 참배하는 사람들은 바로 곁에 서 있는 작고 평범한 묘비에서 뜻밖에 친숙한 이름을 발견하고 놀란다. 20세기 영시사의 또 한 사람의 중요 작가로 1968년부터 1972년 세상을 떠날 때까지 영국의 계관시인이었고, 옥스퍼드 대학교의 시 교수Professor of Poetry를 역임했으며 영미 문단의 여러 중책을 역임했던 세실 데이루이스Cecil Day-Lewis의 묘비는 아무런 연고가 없는 이 외진 시골 묘지에 그가 묻힌 이유가 평소 존경해 마지않던 하디 곁에 최대한 가까이 묻히고 싶다는 그의 유언 때문이었음을 생각할 때 그 소박함이 참으로 경건해 보인다. 그는 영국의 유명 배우 다니엘 데이루이스Daniel Day-Lewis의 아버지이기도 하다. 스틴스퍼드 마을은 하디가 고향의 생가에서 쓴 초기 소설 『녹음 속에서Under the Greenwood Tree』의 배경이며 작품에서 멜스톡Mellstock 마을로 나온다. 하디는 본격적인 소설을 써보라는 조지 메러디스Geroge Meredith의 충고에 힘입어 31세 때인 1871년 첫 소설 『최후의 수단Desperate Remedies』을 출판했다. 그 후 그는 25년 동안 새로운 각도에서 인물과 환경을 다루는 열두 권의 소설을 써서 영국소설사에서 가장 중요한 소수의 작가들 중 한 사람이 되었다.

독자들은 그의 냉정하고 가차 없는 자연주의적 세계관 같은 것에 매료되었지만 좀 더 보수적인 비평가들은 그의 거침없는 솔직함에 의심의 눈초리를 보냈다. 1895년 『미천한 주드』가 비도덕적이라는 공격을 받게 되자 하디는 크게 상심하여 그 뒤 더 이상 소설을 쓰지 않았다. 하디는 생계를 유지하기 위해 어쩔 수 없이 했다는 소설 쓰기를 버리고 처음부터 그가 애착을 가졌었던 시 쓰기로 돌아가 마지막까지 시인으로 활동했으며, 소설가가 아니라 시인으로 불리기를 원했다. 19세기 빅토리아조의 소설가인 하디는 시인으로서는 현대 시인이다. 57세 이후에는 시만 썼으며, 모두 9권의 시집을 출판했다.